丝路民间故事

SILU MINJIAN GUSHI

姜永仁　主编

时代出版传媒股份有限公司
安徽文艺出版社

图书在版编目（ＣＩＰ）数据

丝路民间故事/姜永仁主编. —合肥：安徽文艺出版社，2022.8
（2023.4 重印）
ISBN 978-7-5396-7366-0

Ⅰ．①丝… Ⅱ．①姜… Ⅲ．①民间故事－作品集－世界
Ⅳ．①I17

中国版本图书馆 CIP 数据核字(2021)第 277566 号

出 版 人：姚 巍
责任编辑：李 芳　　　　　　　　装帧设计：徐 睿
....
出版发行：安徽文艺出版社　　www.awpub.com
地　　 址：合肥市翡翠路 1118 号　　邮政编码：230071
营 销 部：(0551)63533889
印　　 制：阳谷毕升印务有限公司　　(0635)6173567
....
开本：787×1092　1/16　印张：30.5　字数：500 千字
版次：2022 年 8 月第 1 版
印次：2023 年 4 月第 2 次印刷
定价：68.00 元
....

编委会名单

主编：姜永仁

编委：余玉萍（阿拉伯民间故事）

孔菊兰　唐孟生（巴基斯坦民间故事）

粟周熊（俄罗斯民间故事）

吴杰伟（菲律宾民间故事）

邓淑碧（柬埔寨民间故事）

张良民　李小元（老挝民间故事）

吴宗玉（马来西亚民间故事）

杨国影（缅甸民间故事）

裴晓睿（泰国民间故事）

宋　霞（匈牙利民间故事）

王一丹（伊朗民间故事）

张玉安（印度尼西亚民间故事）

夏　露（越南民间故事）

前　言

　　五月,正是春夏交替的季节,月季花和蔷薇花竞相绽放,绚丽多彩,芳香扑鼻。此时,在安徽文艺出版社领导和编辑的共同努力下,《丝路民间故事》一书正式与广大读者见面了。这是出版社献给芬芳五月的一股沁人心脾的"书香"!

　　"丝路",顾名思义,即"丝绸之路",分为"陆上丝绸之路"和"海上丝绸之路"。"陆上丝绸之路"始于西汉,是一条以长安为起点,经甘肃、新疆,到中亚、西亚,并连接地中海沿岸欧洲各国的陆上通道。这条通道是古代中国与亚洲、非洲和欧洲各国的商贸路线,是东西方文化交流的桥梁,是连接中国与丝路沿线国家友好的纽带。"海上丝绸之路"形成于秦汉时期,以南海为中心,是古代中国与周边国家开展贸易和文化交往的海上通道,也称"海上陶瓷之路""海上香料之路"和"海上茶叶之路"。在古代,"陆上丝绸之路"和"海上丝绸之路"为我国与亚洲、非洲和地中海沿岸欧洲国家的商业贸易和文化往来发挥了极其重要的作用,为加强我国与丝路沿线国家的友好关系做出了不可磨灭的贡献。

　　2013 年 9 月 7 日,习近平主席在中亚哈萨克斯坦提出了建设"丝绸之路经济带"的倡议。同年 10 月,习主席又在访问东南亚期间,进一步提出了共建"21 世纪海上丝绸之路"的构想,由此勾画出了完整的"一带一路"宏伟蓝图。截至 2020 年 11 月底,中国已与 138 个国家、31 个国际组织签署了 201 份共建"一带一路"合作文件,共同展开了 2000 多个项目。"一带一路"构想正从中国倡议变成全球行动,成为构建人类命运共同体的伟大实践。

　　"国之交在于民相亲,民相亲在于心相通。"要彻底实现"一带一路"宏伟蓝图,必须加强"一带一路"沿线各国人民的相互了解和友谊。安徽文艺出版社正是为了这一目的,适时地组织翻译出版了《丝路民间故事》一书。可以说,《丝路民间故事》的出版恰逢其时,有益于进一步加深"一带一路"沿线各国人民的相互了解和友好关系,有助于"一带一路"沿线国家人民之间民心相通,为"一带一路"伟大构想的实施奠定思想基础。

文学,一般说来,包括民间文学和作家文学。民间文学是人民大众口头流传的文学,包括神话、传说、民间故事、谚语,等等。它是文学的一个重要组成部分,是由广大人民群众在生产劳动和日常生活中集体创作的,通过口耳相传的方式世代相传,并不断发展完善。它是人民生活、思想与情感的自发表露,反映了人们对历史、科学、自然和宗教的认知。作家文学,是指专业和业余作家创作的书面文学作品,主要包括小说、诗歌、散文、戏剧等等。它是一种用语言文字来塑造人物形象、反映社会生活、表达思想感情的艺术形式。作家文学的产生要晚于民间文学,民间文学是作家文学取之不尽用之不绝的源泉。通过一个国家的民间故事,我们可以了解这个国家人民的信仰、习惯、爱好、崇拜、禁忌、幻想、憧憬,以及他们的世界观和人生观,加深相互了解与彼此间的友谊。

《丝路民间故事》选择了丝路沿线的俄罗斯、匈牙利、印度尼西亚、缅甸、泰国、柬埔寨、越南、老挝、菲律宾、马来西亚、伊朗、巴基斯坦等 12 个国家以及阿拉伯地区的具有代表性的民间故事,参加翻译的人员都是相关专业的顶尖人才,包括教授、副教授和研究员等。所选故事均具有代表性,翻译质量上乘,故事情节引人入胜,是一部难得的体现丝路沿线国家风土民情的好书,值得一读。

北京大学教授姜永仁担任本书总编,参加本书翻译工作的有:吴宗玉、张玉安、裴晓睿、姜永仁、吴杰伟、王一丹、唐孟生、孔菊兰、杨国影、张良民、邓淑碧、粟周熊、宋霞、夏露、余玉萍、李小元等。

由于时间仓促,译文如有不当之处,敬请赐教。

姜永仁

于北京大学博雅德园寓所

2022 年 5 月 26 日

目　录

阿拉伯
民间故事

阿里巴巴和四十大盗

　　从前有两个少年，他们是兄弟俩，大的叫高西木，小的叫阿里巴巴。长大后高西木和一个富有的女人结婚了，阿里巴巴则娶了个一贫如洗的女子。阿里巴巴和妻子住在一间狭小的房子里，他们缺吃少喝，食不果腹。

　　阿里巴巴每天都到森林里去砍柴，砍完后让他那三头瘦弱的毛驴驮着，到街上叫卖，有些妇女从家里出来向他买柴。阿里巴巴就这样谋生，过着贫苦的生活，没有一天能够弄到足够的钱带回去给妻子和儿子。

　　有一天，阿里巴巴正在砍柴，一支马队突然朝他走来。他觉得他们相貌不善，便在瘦驴的耳边悄声说："我不想让他们看见我，或许他们会把我的柴拿走。你们到那边躲起来吧，我要爬到这棵树上藏着，等他们走后我再叫你们。"就这样，阿里巴巴爬到了树上，开始盯着那帮人。他们骑着马走过来了，突然，走在最前面的那个叫道："站住，我们要去的地方就在那儿，在那块高地上。"听到召唤，那帮人很快下了马。阿里巴巴发现每匹马背上都驮着个大袋子，那帮人很快将那些大袋子卸下来，背到了自己的背上，马被牵到了远处。接着那帮人带着那些东西爬上那块高地，来到了一块大岩石旁，挨近阿里巴巴躲藏的那棵树。阿里巴巴数了数这些人，总共有四十个。那帮人围着立在他们面前的那块大岩石，其中有一个喊道："芝麻开门！"很快，阿里巴巴看见岩石上有一道门打开了，接着他看见刚才喊话的那个人进去了，其余的人跟在那个人后面，最后一个人一进去，门就关上了，岩石恢复了原来的模样。

　　阿里巴巴嘟哝道："我现在多想回家呀，可又怕他们这时候出来看见我，我还是再等一会儿吧。"阿里巴巴只好躲在树上等着。他自言自语："我以前怎么没看见这道门？是谁打开的？门里面有个山洞吗？那帮人为什么把那些大袋子抬到里面去？那些袋子多大呀，里面会装着什么呢？里面会是些钱吗？那帮人是强盗吗？如果是的话，我现在从树上跳下来就危险了，可他们在里面待了好一会儿了,他们什么时候才出来?"正当阿里巴巴疑惑不解的时候,那帮人出来了。他们一个袋子也没拿,全都走出洞后,他们的头儿喊道:"芝麻关门!"岩石的门立刻关上了。那帮人来到他们的马跟前,跳上马背走了。阿里巴巴以最快的速度从树上滑下来,跑到岩石那儿,就像第一个人那样喊道:"芝麻开门!"门打开了,他朝里望去,里面是一个很深的洞。他看见那帮人扔下的袋子就堆在里面,噢,那个洞里不仅有袋子,还有别的东西:金子、银子、珠宝、昂贵的丝绸衣服。阿里巴巴心想:"我没有时间了,如果那帮人回来看见我在这儿,肯定会杀了我。我赶紧在洞里转一圈,查看一下周围的东西吧。"他转了转,仔细看了那帮人扔下的袋子,里面装满了钱。他很快把最大的那个袋子拖到门边,他进去之后门就关上了,可他一喊"芝麻开门",门立刻就开了,他赶紧拖着袋子出去了。然后他喊"芝麻关门",门便关上了。

阿里巴巴没费多少劲儿便找到了自己的三头驴子,它们正可怜巴巴地待在附近的树林里等着他呢。阿里巴巴很快把袋子放到驴背上,盖上些柴,没有人能看到那个袋子,然后他便上路回家了。

阿里巴巴回到家中,妻子看到袋子里有那么多的钱,不知所措了。砍柴匠坐在妻子身旁,告诉她自己在哪儿发现的宝藏,给她讲了故事,然后叮嘱她不要对任何人泄露秘密。妻子吃惊地问丈夫:"这么多钱,我们放在哪儿呢?"阿里巴巴回答说:"我挖个深洞,把钱藏在里面。"她希望阿里巴巴让她数数共有多少钱。她捧起一捧,从手指间撒下来,便开始数散落在自己面前的金币:"一、二、三、四、五、六……"阿里巴巴打断她说:"算了吧,那得花很长时间,我们的金币太多了。"女人叫丈夫挖个洞,她自己到哥哥高西木家里借个箱子装金币,她非常想知道这些钱到底有多少。她走时,阿里巴巴在她耳边悄声说:"小心点,别让他知道你为什么借箱子!"高西木不在家,他的妻子问弟媳妇说:"你借箱子干什么用?"阿里巴巴的妻子回答说:"我想装些面粉。另外……我能不能再借个杯子?我想量量我们有多少面粉。"高西木的妻子说:"好啊好啊,我这就去拿你要的杯子,不过希望你用完就还给我们。"她边去拿杯子边自言自语地说:"阿里巴巴的妻子从哪儿弄来这么多面粉的？他们的钱少得可怜，买不了什么，我得弄清楚这件事。我知道怎么做。"她拿了杯子，在杯底粘了点蜡，不容易看出来。阿里巴巴的妻子拿着箱子和杯子很快回到了家中。她说："我现在得看看这个杯子满了能装多少钱，到时知道箱子满了能装多少杯，用这个方法就能算出我们手里有多少钱。"

他俩开始量。他们发现一箱能装四十杯钱，一袋钱装满了三箱，全是金币，他们俩兴奋极了。阿里巴巴的妻子说："我现在得把杯子还给主人了。"她到了高西木家里，不知道杯底上粘有一枚金币。高西木的妻子接过杯子，拿在手里翻过来一看，发现底上粘着一枚金币。当她丈夫从店铺回来后，她问他有没有钱。高西木回答说："哪里有，我今天就没卖掉多少东西。"他妻子讽刺说："阿里巴巴可有很多钱。"高西木说："你在说什么？你清楚阿里巴巴是个穷光蛋。"他妻子大笑着说："相信我吧，他比你富，他需要大箱子来装他的金币呢。"接着她便对丈夫讲了她是怎么知道的。听到这个消息，高西木一点儿也不高兴。高西木到阿里巴巴家里问他从哪儿弄的金子。阿里巴巴没想到哥哥高西木会突然问他，便对哥哥说："你怎么知道我有钱的？"当高西木告诉他自己的妻子怎样发现这个秘密时，阿里巴巴说："好的，我把真相告诉你吧。"高西木是个贪婪的人，他无论如何也不愿意自己的钱比阿里巴巴的少，所以他对弟弟说："你应该把你发现金子的那个地方告诉我，如果你不说我就去报告警察，对他们说你是一个强盗。"这时阿里巴巴说："我告诉你去那个山洞的路，到那儿后你会发现有一棵树，树旁边有一块巨大的岩石。你走到岩石那儿，喊'芝麻开门'，很快你就能看见面前有一道门开了。从洞里出来后，你就喊'芝麻关门'，门就关了。这就是所有你该做的。"

第二天天一亮，高西木就骑上他的马，到阿里巴巴告诉他的那个地方去了。他带着八匹健壮的马，准备把所有他能弄到的金子都运回来。很快他就找到了那儿的岩石和门，他喊："芝麻开门！"门立刻就开了，他赶紧进去，接着身后的门就关上了。

看见一袋袋金子和珠宝，高西木很惊讶，他时不时问自己："我拿什么呢？"然后他挑了几袋大的拖到门那儿，说："我想这次我只拿得了这么多了。"他拿了八袋后低声说："现在我得尽快离开这个地方，我可不愿意那帮强盗发现我在这儿。"他整个心思都在想着那些袋子，以至于忘了门怎样才能打开。他说"小麦开门"而不是"芝麻开门"，所以门一直关着。他又叫"大麦开门"，同样说得不对，又说"燕麦开门"，还是什么动静也没有。他使劲推门，推不动，又试了一遍，还是打不开，他想不起能打开门的那句话了。

　　当那帮强盗又带回几袋金子的时候，高西木仍然被关在洞里。他们在外面看见了高西木带来的几匹马，便嘀咕道："一定是有人发现了进这个隐蔽地的秘密，别让他从我们手中跑了。"这时，他们的头儿叫道："芝麻开门！"门一开，高西木就跑了出来。他们把他抓住了，使劲儿打他，用刀刺他，然后把他扔进洞里，以为他已经死了。那一夜，高西木的妻子为丈夫未归担心极了。她到阿里巴巴那儿，求他说："高西木还没回来，希望你去找找他。"阿里巴巴答应了她的要求，立刻朝山洞走去。在那儿阿里巴巴找到了哥哥，他已经快死了。阿里巴巴把他放在驴背上，带回了家，嘱咐他的亲人们不要把这件事说出去。接着阿里巴巴说："如果有人问起高西木，你们就只说他病了，我和妻子会经常到你们家中来照看他，可我们需要有个人来帮我们给他治疗。"帮高西木妻子干活的姑娘麦尔加娜说："我认识个能帮我们的人，他是个老鞋匠，有给人治病的经验。我到他那儿去，给点钱，说服他过来。"第二天天没亮，人们开始工作之前，麦尔加娜就赶到了老头儿的店铺里，在那儿找到了他——老头儿一般天一亮就开始工作。姑娘主动开口说："能不能麻烦您跟我到我们家去？我们有个人病危了，如果您肯帮忙的话，这些钱都给您。"老头儿被麦尔加娜诚恳的声音打动了，说："姑娘，你们家在哪儿？"麦尔加娜说："很抱歉，我不能告诉您，这您不该知道。我带您去，您一路闭着双眼。"就这样她领着他到了高西木的家，又带他到了高西木躲着的房间，对他说："您现在可以睁开眼睛了，看看这个人，您能不能救救他？""这个人病得太重了，不过我尽全力吧。"接着，老鞋匠处理高西木的伤口，非常仔细地包扎，给他准备汤剂。观察照料他几个小时后，老鞋匠说："我想我只能做这些了。"麦尔加娜说："大叔，谢谢您做的一切。现在我带您回店铺，可我不希望有人知道您来过这儿。"老鞋匠闭上双眼，麦尔加娜把他带回到他的店铺。没过两天高西木就死了，麦尔加娜跑到街上喊："我家主人死了……我家主人死了。"妇女们从家里出来,想知道是谁在喊,她们看见高西木的妻子在自家窗口那儿号啕大哭。第二天,高西木的尸体被送到郊外埋葬了。之后,阿里巴巴和妻子搬到了高西木家里,和嫂子一块儿生活。阿里巴巴的儿子到伯伯的店铺干活,管理店铺。

两三天后,那伙强盗回到了山洞,打开门一看,不见高西木的踪影。他们说:"一定是有人把他带走了。我们得有个人去把那个知道我们山洞秘密的人找到。"他们中的一个主动要求说:"让我来完成这个任务。"那人第二天一早就出发找人去了。他来到鞋匠的店铺,走过去问鞋匠:"老人家,有人到你这儿买鞋吗?"鞋匠自豪地回答说:"有啊,孩子。不光是买鞋,还有人请我办别的事呢。比如说,几天前,有人请我去救一个人的命,他被刀刺得快死了。我去了,不过好像时间耽误了,我没能帮他多少。"强盗说:"你说什么?带我到你去过的那个房子,我把这袋金币给你。"老头儿回答说:"我不知道那个房子在哪里。一个姑娘带我去的,一路都让我闭着眼。"强盗说:"那么……你试着闭上眼跟着我走,或许你能找到那个地方。你想想看,往左走还是往右走?路长还是短?咱们走吧,把手给我,闭上眼。"两人就这样出发了,一直走到了高西木家门前,老头儿说:"我觉得这就是我去过的地方。"这时,强盗在门上画了个白色的记号,把老头儿带回到他的店铺,给了他一袋金币后就走了。

麦尔加娜出门买东西时,看见了他们家门上这个白色的记号。她想:"是谁在这儿做的记号?是胡同里的孩子吗?我想不是。为什么只把记号画在我们家门上呢?"于是麦尔加娜在其他几家门上都画上了相同的记号,然后买东西去了。这期间那个强盗回到了山洞,对他的同伙说:"我已经找到了我们要找的那个人的家,跟我来,我带你们去。"当他们到达地点后,那个强盗发现几家门上都有同样的白色的记号,便分不出哪家是他们要找的那家了。强盗们迷糊了,只好按原路返回山洞。

那伙强盗回到山洞之后,又有一个人说:"让我再试一次吧。"第二天老鞋匠就像陪着他的第一个伙伴一样陪着他,找到那家之后,他在门上画了个红色的记号,只有这家画的是红色的记号。麦尔加娜从街上回来,看见了红色的记号,她像第一次一样在别人家的门上也画上了红色的记号。当那伙强盗第二次回来时,事情又混乱了,他们认不出要找的那一家了。他们的头儿很生气,对他们叫道:"没用,我得自己去,我亲自找出那家。"他自己一个人到了鞋匠那儿,老头儿就像陪前两个强盗一样陪着他到了那家。强盗头子没有在门上做任何记号,而是非常仔细地看了之后就返回了。他回去之后,把手下都召集起来,对他们说:"让我想想怎么做。"

第二天,强盗头子对手下说:"我找到办法了。你们现在就去买几个用来装油的大罐子。不过我只需要一个罐子里装油就行,其余的罐子你们带空的来。"听完,强盗们都觉得奇怪。有一个喊道:"为什么?"强盗头子回答他说:"因为你们要躲在罐子里让马驮着,我自己把马赶到那个人家,对他说我从远方来,走了好长时间的路,然后请他允许我住在他家。"强盗们嘀咕道:"我们做什么呢?"强盗头子说:"你们得藏在罐子里,在里面待着,罐子很大,你们每个人都能待得下。等时间到了,我会告诉你们怎么做。"

事情就像强盗头子计划的一样进行着。那一夜,阿里巴巴允许他住在自己家里,帮着他把那些罐子从马背上卸下来,然后对他说:"请进去吧,跟我们一块儿吃晚饭。"强盗头子吃饱喝足之后说:"现在我得去给马喂喂水。"在马厩里他从一个罐子走到另一个罐子,挨个儿对藏在里面的人说:"如果听到我从窗口发出口哨声,就像鸟叫一样,马上从罐子里出来,我从我房间的窗户跳下来,告诉你们怎么做。"然后他悄悄地离开马厩,回到了房间里。那天夜里麦尔加娜起来烧火,她灯里的油烧完了,灯灭了,黑夜里看不见,她便对自己说:"明天早上我得去买油了,不过先从那些罐子里借点儿也没事,我就拿一点儿够今晚用就行。"她走向了第一个罐子,躲在里面的人悄声地说:"到时间了吗?"他还以为来的人是他们的头儿呢。麦尔加娜吓了一跳,可她克制住了,低声说:"没有,时间还没到,等一会儿。"她走到了第二个罐子、第三个罐子……每一次,躲在里面的人都悄声地问:"到时间了吗?"麦尔加娜回答他们说:"不,还没到,等一会儿。"在最后一罐她才发现了油。她把灯装满了油,然后想到了一个主意,便取了足够的油,在火上烧开后,走到罐子那儿,朝每个罐子里都浇了滚烫的油。

于是，那帮强盗的末日来临了。

黑夜里，强盗头子从自己房间里出来，才发现他手下的人全死了。他跳上马背，逃跑了。

第二天早上，麦尔加娜把发生的一切告诉了阿里巴巴，也没忘了把红色记号和白色记号的事儿都告诉他。阿里巴巴十分感谢她所做的一切，并强调说自己永远不会忘记她。然后他叫了几个人在森林里挖了个大坑，当天晚上把那些强盗都埋在了那个坑里。

自此以后，强盗头子就自己孤单一人，他说："我去买个大店铺，把洞里所有的丝绸、珠宝都放在里面，如果卖了，我就能永远过舒适的生活。"他动手实施自己的想法，买了店铺。每个路过的人都说："多漂亮的店铺呀！"

阿里巴巴儿子的店铺和强盗头子的店铺挨着。一天，他遇见了强盗头子，便邀请对方到家里吃晚饭。阿里巴巴已经忘了强盗头子的模样，记不起曾经见过他。然而一看到强盗头子进家，麦尔加娜就开始起了疑心，她想："这个人以前来过，他好像对我们心怀不善，我得阻止他达到目的。"她走到阿里巴巴跟前，说："你们吃完晚饭后，要不要我给你们跳个舞？"阿里巴巴表示欢迎。他们一吃完饭，麦尔加娜就走进来，跳起了精彩的舞蹈。跳完之后，她手里拿个杯子，围着观众转，好让他们放些钱进去。阿里巴巴在杯子里放了些迪尔汗，他的儿子也放了。接着麦尔加娜向强盗头子弯下腰来，他把手伸向杯子，往里扔了几个迪尔汗。就在这时，麦尔加娜看见了强盗头子藏在衣服里的匕首，这个姑娘立刻以闪电般的速度扑向了他，抓过了他的匕首，刺向他的胸膛，他立刻死了。阿里巴巴从座位上跳起来喊道："麦尔加娜，你干什么？"她回答说："我要是不那么做的话，他就把你们杀死了。他就是上次带着油罐子来的强盗头子，以前在我们这儿住过，你还记得吗，先生？"阿里巴巴想起了之前的事，便对她说："你真是个好姑娘，我很高兴。如果你同意我儿子做你的丈夫，我就太幸福了。"

就这样，麦尔加娜嫁给了阿里巴巴的儿子。宝藏和强盗头子的店铺都归阿里巴巴和他的家人所有了。不过，阿里巴巴把大部分的钱财都分给了穷苦的人，从此以后所有人都过着幸福富裕的生活。

阿拉丁与神灯

很久很久以前,在一个国家的北方有一座城市,一个名叫穆斯塔法的裁缝就住在这里。他每天起早贪黑地在自己的作坊里忙碌,但日子依然过得很贫困。

穆斯塔法只有一个孩子,名叫阿拉丁。穆斯塔法很喜爱儿子,但是由于生活艰辛,穆斯塔法无法给孩子提供良好的教育,平日也无暇顾及他,只能任由他成天在外边玩耍。渐渐地,阿拉丁结交了一些游手好闲的朋友,变成了一个典型的坏孩子。阿拉丁聪明,但也很任性。穆斯塔法劝他同那些坏孩子断绝来往,并尝试教他学手艺,将来好终生受用,可他根本不听,父亲的努力付之东流。穆斯塔法只好转而以强硬的手段对待他,而阿拉丁丝毫不介意父亲的惩罚与训斥,依然我行我素,使父亲很失望。最后,穆斯塔法意识到自己的儿子只有靠时间才能教育好,生活里那些残酷的教训应该足以让他悔过自新。不久,穆斯塔法染上重病,带着对儿子的深深遗憾离开了人世。贫穷的他死后只给妻儿留下一间小店铺。阿拉丁的母亲一看儿子终日游手好闲,竟未从他父亲那学得一点手艺,便索性把店铺卖了。接下来的好长一段时间,母子俩靠着卖店铺的钱糊口度日。后来,钱花完了,母亲为了不让自己和儿子饿死,便以摇车纺纱来维持生计。

再说阿拉丁,自父亲死后,他便如脱缰的野马,一发不可收拾。母亲见其无法管教,就干脆撒手不管了,只是终日企盼老天爷发发慈悲,给儿子指出一条正确的道路。

转眼间阿拉丁已是十五岁的少年。一天,阿拉丁像往常那样和伙伴一起在外玩耍时,遇到一个陌生人。从相貌和衣着看,此人并非本地人。陌生人一瞅见阿拉丁,便立即停下来仔细端详他的外表,然后向其中的一个孩子打听阿拉丁的名字。当得知那孩子就叫阿拉丁时,他不禁喜形于色,好似找到了什么宝贝。

原来，此人是非洲某地的一个著名的魔法师，自小便学习魔法和巫术，并深谙此道。他两天前来到此地，是因为有一本魔法书告诉他，在这个遥远的地方有一座高山，山下埋着丰富的宝藏，宝藏中有一盏神奇的、刻有符箓的灯。人一旦拿手擦拭它，灯里便会钻出一个神怪，并答应此人的任何要求。这个神怪是最强大的精灵之王，拥有的兵士最多。而天底下只有此地的一个年轻人能打开这个宝藏——他的名字叫阿拉丁，其父是个裁缝，名叫穆斯塔法。于是，魔法师不远万里来到这里。他瞅见正同伙伴们一起玩耍的阿拉丁时，觉得阿拉丁的相貌很符合自己在魔法书上所读到的那些特点。再问此人的姓名，便知道这个年轻人就是自己所要寻找的对象了。

"你叫阿拉丁吗?"魔法师问道。

"是的，我的爹娘是这样叫我的。"

"你是裁缝穆斯塔法的儿子吗?"魔法师再问。

"是的，先生!"阿拉丁答道，"他已经去世多年了。"

"老天爷啊，"魔法师大声哀叹道，"裁缝穆斯塔法去世了吗？太遗憾了!我还未见上他一面，他竟然就永远离我而去了!"

说完，魔法师上前拥抱阿拉丁，亲吻着他的脸庞，泪珠在眼眶里直打转，还不时地唏嘘叹息。

见这个陌生人如此伤心，阿拉丁感到有些诧异，便问他为何哭自己的父亲。魔法师泣不成声地答道："你父亲穆斯塔法是我的亲兄弟，你是我的亲侄子啊!我一生爱好旅行，一直忙着周游列国、穿洋过海。后来我想家了，也想回来看看我的兄弟，没想到老天爷不愿让我们在生前相聚……你同他长得很像，这多少让我得到了一些安慰。"

阿拉丁被魔法师的话蒙骗住了，相信了他所说的一切，亲吻着他的手，感谢他的一片心意。

"你住在哪里，我的孩子?"魔法师问。

阿拉丁将自己的住址告诉了他。

魔法师交给阿拉丁两枚金币，对他说道："回到你妈妈那儿去，告诉她，如果可以的话，我会在明晚去拜访你们，看一看我兄弟穆斯塔法生前住过的家。"

于是，阿拉丁告别了魔法师，一口气跑回家中，心情十分激动。他惊异地问母亲："告诉我，妈妈，您知道我有一个叔叔吗？"

"我的孩子，你没有叔叔，也没有舅舅。"母亲同样吃惊地答道。

阿拉丁便将魔法师所说的一切原原本本地讲给母亲听，还把两枚金币也交给了她。母亲感到奇怪，说道："你父亲曾经跟我提起过，说他有一个兄弟，很早就死了，死去的时候他都没能见上一面。也许这个人就是你父亲说的已去世的兄弟吧！"

第二天，魔法师再次来到阿拉丁和同伴们玩耍的地方，又交给他两枚金币，对他说："我的侄子，回去告诉你妈妈，今晚我到你们家吃饭。"

阿拉丁连忙回到母亲那里，将两枚金币交给她，并把魔法师的话转述了一遍。母亲便从邻居那借来一些贵重的碗碟，开始预备一顿丰盛的晚餐。

夜幕降临的时候，魔法师来了，还带来一个大篮子，里面装满了各种水果。阿拉丁的母亲一见他，就伤心地哭起来。

"亲爱的嫂嫂，请告诉我，我已故的兄弟以前坐在哪个座位？"魔法师问道。

阿拉丁的母亲指指角落里的一张十分陈旧的长椅。魔法师一见，表现出更加伤心的样子。阿拉丁的母亲让他坐在他"兄弟"的座位上，他却痛苦地说道："我不能坐在他的位置上。我现在正想象着他和我们坐在一块儿，他的灵魂已经降临。他曾经是多么爱我，我也是多么爱他。但是老天爷不想让我在他去世之前见上他一面，和他说会儿话。"

接着，魔法师向阿拉丁母子俩讲起自己的事：他离开自己的"兄弟"已经有四十年了。在这四十年间，他一直在外漂泊，到过印度、波斯、巴格达，还游遍了整个非洲。最后，终于在偏远的非洲西部安顿下来。

而后，魔法师将话题转向阿拉丁，和蔼地问道："我的孩子，你现在干些什么呢？"

阿拉丁感到很难为情，无法回答这个问题。母亲替他答道："除了和坏孩子一道游手好闲之外,他成天什么也不干。他父亲曾想把手艺传给他,可他就是不学。我就更管不了他了。"

魔法师先是对阿拉丁的不可教诲表现出很吃惊的样子,然后和颜悦色地劝导他,并提供了许多工作,让他从中挑选一样。但是阿拉丁始终沉默着。

"如果你对学手艺不感兴趣的话,"魔法师说,"我认为你不会对做生意也感到厌烦吧?假如你愿意成为一名商人,我的侄儿,我后天可以在集上为你买一个铺面,给你准备各种又漂亮又贵重的货物,让你去做大生意,在商界出人头地。"

听罢此言,阿拉丁很高兴,再三感谢魔法师对自己的关心。是啊,他何尝不想摆脱这种游手好闲的日子,做一个真正的男子汉呢!

阿拉丁的母亲原本还心存疑虑,对这个陌生人是不是自己丈夫的兄弟表示怀疑。此时,当看见他对儿子的未来如此关心后,她就完全相信了他所说的一切。

晚饭时间到了,他们一起用餐。席间,魔法师不断地给予母子俩虚假的承诺和恩惠。大半个晚上过去了,魔法师才起身告辞。

翌日,魔法师带着阿拉丁来到集上,给他买了一套最昂贵的衣服,然后领他来到一家为外地商人开的旅店——魔法师就住在那儿。他请来各行各业的生意人在一起吃饭、聊天,当着大家的面称阿拉丁是自己的侄子。

天黑下来后,魔法师才把阿拉丁送回家去。阿拉丁的母亲见儿子穿着如此漂亮的新衣服,心里无比喜悦。她再三感谢魔法师的恩典,心想,老天爷是真的听见她在祈祷时对儿子的祝福了,才派来这么一位高贵的天使,使儿子霉气顿除,吉星高照,财运亨通。她叮嘱儿子一定要事事顺从魔法师的意愿。

"我原来打算明日为阿拉丁买一个铺面,可正好遇上礼拜五,店都不开门。我想,明日还是让他和我一道出城去玩玩,那是他一直都没去过的地方。后天再给他买店铺也不迟。"魔法师对她说。

第二天一早,魔法师来到阿拉丁的家,瞧见他早已准备就绪,便带他出了门。一路上，魔法师不断地让他看两旁的风景，好让他忘却一路上的劳累。出城都好远了，魔法师依然没有返回的意思。后来，阿拉丁累得实在走不动了，便要魔法师带他回去。

"过一会儿，我要让你看一样东西，那是你这辈子从未见过的。"魔法师满脸堆笑地安抚他。

阿拉丁不能违背他的意愿。于是，魔法师连哄带骗地让他继续往前走。

他们俩就这么一直走着，最后来到一座高山脚下。魔法师对阿拉丁说："现在你就将看见你想都没想过的东西了。"

魔法师让阿拉丁拾来一些柴草，点着后又往里头扔了一些沉香。接着，魔法师嘟哝了几句阿拉丁根本听不懂的咒语。于是，山摇地动，脚下的地面在一点点地裂开，显现出一块又长又厚的石板，石板上面安着一个铜环。

阿拉丁早被眼前的景象吓坏了，想夺路而逃，却被魔法师重重地打了一耳光，还被威胁说，如果他想逃跑，自己就杀死他。阿拉丁全身颤抖，又惊又怕，因为刚才还笑容可掬的魔法师转眼间就变得如此凶恶。他哭着问道："叔叔，我做了什么错事，你要这样来惩罚我？"

"我难道不是你的叔叔吗？你怎能违背我的命令？"魔法师说，"我把你带到这个偏远的地方，是为了告诉你，这里的地底下埋着丰富的宝藏，里面的财宝是用你的名义保存起来的，世上只有你一个人能进得去。想想看，你怎能拒绝这一生中连做梦都梦不来的幸福呢？"

听了这话，阿拉丁转忧为喜，心里对魔法师的恩典感激不尽。

"你走过去，抓起石板当中的那个铜环，把石板掀起来，掀的时候要念着你自己的姓名，还有你父亲及祖父的姓名。"魔法师命令他。

阿拉丁毫不迟疑地按照魔法师的吩咐去做。果然，那石板毫不费劲地一下子就被拉开了。阿拉丁往里一瞧，看见有一个梯子直通地下。

这时，魔法师接着说道："留神听着，阿拉丁！记住我对你所说的一切，不然你只会自寻死路。现在，你沿着梯子走下去。到了下面，你将看见一扇打开的门。你走进去，会看见路上有四个宽敞的大屋子，每间屋子里都摆放着四个黄金或白银坛子，里面装的全是贵重珠宝。你必须迅速走过去，千万不要用手摸它们，或让衣襟蹭到，不然你就会马上倒地而死。走过去后，你将看见前面有一座美丽的花园，园中的果树上结满了五光十色的新鲜水果。你从中间穿过去，便可来到一个富丽堂皇的大厅。大厅的墙中间有一个很小的窗子，窗台上放着一盏已经点亮的油灯。你必须拿起灯，把它熄灭，拔掉灯芯，将里面的油倒出来，然后带着灯回来。如果你想要花园里的一些果实，可以随便摘。"

阿拉丁牢记着魔法师的嘱咐，小心翼翼地向深处走去，一直来到油灯所在的地方。他拿起灯，吹灭它，倒掉灯中的油，把它放进胸前的衣袋里，然后回到花园中。他见树上的果子又大又好看，心里很是喜欢，便摘了满满的一包，也放进胸前的衣袋里。其实，那些树上结的都是宝石果子，有绿宝石、红宝石、翡翠、珍珠等。可是，阿拉丁以前根本没见过珠宝的模样，在他看来，这些果实不过是些漂亮的玻璃球，可以拿回去向伙伴们炫耀的。

阿拉丁怕耽搁太久，魔法师会骂他，便急急忙忙地踏上了回去的路。他来到洞口，高声喊道："叔叔，快来拽我的手，把我拉上去！"

"你先把灯递给我，侄儿，这样可以减轻你的负担。"

"现在不行啊，叔叔！灯在我的衣袋里装着，不好拿。况且灯也不重，压不倒我。你还是先把我拉上去吧，我一上去就把油灯交给你。"

可是，魔法师一再坚持要阿拉丁先把油灯递给他。阿拉丁心里好生奇怪，开始有了一些不祥的预感。于是，魔法师越是急不可待，阿拉丁就越是不敢将灯交给他，只是坚持要先出洞口。

"递过来！"魔法师开始喊叫了，而且伸出手去抢那盏灯，但是阿拉丁马上缩回了身子。在争抢中，魔法师没有注意到一枚戒指从自己的手指上滑落下来。

最后，魔法师被激怒了，转回身在点燃的柴草中又扔了些沉香，嘟哝了几句咒语。于是，身边的那块石板很快覆盖了洞口，恢复成原样。他拍拍双手，扬长而去。

阿拉丁被埋在了地底下。他开始对自己的固执懊悔起来，便扯着嗓门使劲喊了几遍："叔叔，给你灯，让我出去！"

没有人回答他。阿拉丁吓得惊慌失措。他忍受不了洞里的漆黑，想回那个花园去，然而所有的门窗已经紧闭。他意识到自己会在这个洞里闷死，没想到这里竟会成为自己的坟墓！他万分痛苦，又想不出别的办法，只能听天由命。

就这样，阿拉丁在洞里待了整整两天两夜。他回忆起过去的许多事，觉得自己一向冥顽不化，给父母带来了许多麻烦，感到十分悔恨。原来老天让他遭遇这样的危险，就是为了惩罚他以前的行为。

第三天，阿拉丁已经饿得两眼昏花，有气无力。他非常痛苦，越发对以往的过错悔恨不已，于是举起双手默默地忏悔，祈求老天爷将自己从困境中解救出来。而后，他下意识地将魔法师遗落的那枚戒指戴在手指上并来回转了一下。这时，一个巨大的神怪忽然出现在一片云雾之中，对他说道："来了，主人！我是您忠实的仆人，听从您的命令！"

阿拉丁吓得惊恐不已。他结结巴巴地说道："如果……你能够……我求你……让我从这个地方出去。"

话音刚落，神怪已经把阿拉丁送到地面。阿拉丁真是欣喜万分，非常感激老天爷对他的恩德。他急匆匆地往家赶，回到家时已精疲力竭。由于担忧和牵挂儿子，阿拉丁的母亲已经三天没有合眼了，一直在祈祷老天保佑儿子平安无事。见儿子归来，母亲十分庆幸。然而阿拉丁由于疲劳过度，一下子昏倒在地上。母亲费了好大劲才将他唤醒。醒后，阿拉丁迫切地说道："娘！快给我拿吃的来，我要饿死了！"

母亲连忙端来家里仅有的一点面包屑。阿拉丁狼吞虎咽地吃了下去，然后同母亲讲起所发生的一切。阿拉丁的母亲听后，知道魔法师差点要了儿子的命，心里很气愤，同时也庆幸老天有眼，将儿子解救出来。

阿拉丁说完后，想起衣袋里的东西，便将神灯和一堆珠宝玉石一并掏出，让母亲观赏。阿拉丁的母亲也没见过珠宝，以为它们不过是一些漂亮的玻璃制品，便随手将它们搁置起来。

阿拉丁实在太困了，一直睡到第二天中午。起床后他感觉很饿，可家里能吃的东西已经都被吃光了。母亲决定到集上将自己纺好的一点棉纱卖了,换回点食物。

"把这些棉纱留着,娘! 你把那盏灯给我,我拿去卖掉。油灯保管比纱值钱些。"阿拉丁说。

母亲端来那盏旧油灯,见上面很脏,就拿起一块布擦拭起来。刚擦了一下,从云雾中就钻出一个神怪。那神怪又高又大,像一座大山。它大声地对阿拉丁的母亲说道:"来了,来了! 您想要什么,我的女主人? 我是您忠实的仆人。"

老妈妈吓得目瞪口呆,昏厥过去。阿拉丁终于明白发生了什么事,因为他早已在宝洞里见过一个类似的神怪,所以这回他不再紧张了。他紧握着油灯,一字一句地说道:"我们很饿,请给我们一顿美餐,慷慨的精灵!"

神怪马上消失了,随即便端来一顿丰盛的饭菜,一共装了十二盘,有各种可口的食物和水果,另加六张大饼。神怪放下饭菜后,再次消失了。阿拉丁唤醒母亲,并将发生的一切告诉她。母亲又惊又喜。二人一同坐下来吃饭。这顿丰盛的饭菜,他们足足吃了三天。

老妈妈对那个神怪仍心有余悸,要阿拉丁将油灯远远地收藏着。阿拉丁答应了母亲的要求。他不想让神怪再次打扰母亲,于是决定不轻易用它。饭菜吃完后,他把其中的一个盘子拿到集市上,卖给了一个犹太商人,得了一枚金币,然后买回食物,将剩余的钱交给母亲。等过几天食物吃完后,他就再卖掉一个盘子……直至把所有的盘子卖完。后来的一天,趁母亲不在家,阿拉丁拿出油灯轻轻地擦拭。像上次那样,神怪立即答应了阿拉丁的要求。

有一天,阿拉丁到集市上卖盘子,结识了一位厚道的珠宝店老板。老板告诉他这盘子是金子做的,至少值七十枚金币。阿拉丁才明白自己上了那个犹太商人的当,于是决定以后只将盘子卖给珠宝店老板。他和老板成了好朋友,并向老板学习了很多做生意的常识。这时他才恍然大悟,原来自己从花园里摘来的那些果实,哪里是什么玻璃玩具,那是世上罕见的珠宝!

就这样,靠着卖金盘子,阿拉丁母子俩积攒了不少钱,生活状况比以前好了许多。尽管如此,母子俩依然非常节约。阿拉丁已经长大了,也懂事多了。他意识到自己肩上的责任，和那些游手好闲的旧伙伴断绝了来往，开始结交有学问、有涵养的名人，从中学到很多知识和本领。母子俩的生活也日渐宽裕起来。

转眼间，阿拉丁已长成一个高大、英俊的小伙子。一天，阿拉丁像往常那样到集市上走走，听见街上的人们都在津津乐道一件事，说皇帝的女儿布都尔公主一会儿要来澡堂沐浴熏香。阿拉丁从未见过公主，很想一睹她的芳容，便等在一旁。不久，公主果然在卫兵们的簇拥下经过此地，只见她美丽可爱，仪态动人，就似仙女下凡。阿拉丁被公主的美貌折服，对她一见倾心。

在回家的路上，阿拉丁边走边琢磨着刚才这件事。他有一个大胆的想法，就是向皇帝提亲，请求皇帝把女儿嫁给自己。他觉得自己现在已成为本地名流，是有资格向皇帝提亲的。倘若有什么障碍，他的那盏神灯一定能帮他克服各种困难，最终实现自己的愿望。

回家后，阿拉丁的母亲见儿子心事重重的样子，就问他怎么了。阿拉丁低着脑袋，有些难为情。在母亲的一再追问下，他才吞吞吐吐地说："妈妈，我原本想瞒着您，免得您以为我疯了。可您老问，我也不好藏在心里……今天，我见到布都尔公主了，她是我生平见过的最美、最可爱的人。我对她一见钟情，所以想去见皇帝，请求他把公主嫁给我。"

母亲吃惊得都要叫出声来。她惶惑不安地说道："伟大的皇帝陛下的女儿！阿拉丁——贫穷的裁缝穆斯塔法的儿子，竟想娶她做妻子?! 你一定是着魔了，我的儿！"

"不，妈妈！我很明白自己所说的话。我只求您办一件事，就是替我向皇帝提亲。"阿拉丁微笑着说。

"我的儿！这件事你最好连想都不要想。如果皇帝听见这话，会杀我们头的。我们是谁？怎能指望和伟大的皇帝结亲？另选一个姑娘吧，儿子！任何一个姑娘都行，我会为你提亲去。别指望娶布都尔公主了，这是不可能实现的。况且，你也没有必要冒这个风险，去惹皇帝发怒和被人们嘲笑。"

"请相信我的能力，妈妈！不管您如何劝说，我都不会改变自己的主意。

您能为我进宫向皇帝提亲吗？如果他答应了，您就帮我实现了我最大的愿望。"

"即使我去了，我拿什么提亲的礼物献给皇帝啊？"

"别担心，妈妈！我不但有礼物，而且有世界上最贵重的礼物呢。您还记得吗，妈妈？那回我从地下宝库中带回来的东西，原来我一直以为是玻璃，可现在我晓得那是无价之宝。我拥有的最小的一颗宝石，比皇帝最大的珠宝还要大得多。您把这些宝贝献给皇帝，不就可以理直气壮地为我求亲了吗？"

母亲见阿拉丁如此坚决，便答应帮助他实现愿望。阿拉丁十分高兴，怀着美好的期待进入了梦乡。

翌日一早，阿拉丁的母亲穿上最好的衣服，怀揣着一大匣子的珍贵宝石见皇帝去了。她急急忙忙地来到皇宫门前，看见文武百官早已排成长队，依次等着皇帝接见。于是她小心翼翼地站在远处，打量着一切。可直到晌午过后，官员们都离开了，仍没有人理她。她只好泄气地拿着珠宝转回家去。

阿拉丁一见母亲把珠宝带回来了，知道事儿没办成，便问母亲怎么了。母亲将经过告诉阿拉丁，并答应他第二天再去。可是第二天去了以后，还是同样的情况。就这样，一个星期过去了。

皇帝近来不断地发现阿拉丁的母亲规规矩矩地站在外面，却一次也没进来求见。于是他告诉宰相，若那个老妇人再出现，便让她先进宫来。

第二天，阿拉丁的母亲果然又来了。宰相将她带到皇帝面前。她一见到皇帝便磕了几个响头，大呼"皇帝陛下万寿无疆"。

"老人家，你有何事？"皇帝问道。

阿拉丁的母亲上前跪下："如果伟大的皇帝陛下愿意听我的故事，我一生都不会忘记您的大恩大德。"

接着，她献上礼物。皇帝打开匣子，一瞧见这么多世上罕见、价值连城的宝石，惊奇得合不拢嘴。

"我若接受了如此贵重的礼物，你要我做何事？"皇帝问。

"民妇的儿子阿拉丁，想斗胆向慷慨的皇帝陛下求亲。"

皇帝想不到阿拉丁的母亲说出这番话来。他想了想，然后说道："那好吧。我觉得能献出这么多宝贝的人，有资格做布都尔公主的丈夫。你回去对你儿子说，三个月后，我愿将公主嫁给他。"

老妈妈迅速回家将好消息告诉阿拉丁。阿拉丁欣喜若狂，真没想到皇帝如此痛快就答应了自己的请求。

两个月过去了，阿拉丁每天都在计算着，盼望着与布都尔公主成亲的那天早日到来，心里充满了对未来的无限憧憬。然而，意想不到的事情发生了！一天清早，阿拉丁的母亲上街买东西，看见整个城市装扮一新，到处都张灯结彩的，好一派热闹的景象！她很纳闷，便问别人是怎么回事。

"老人家，你是外乡人吧？不知道今天是布都尔公主与宰相的公子成亲的日子？"别人反问她。

阿拉丁的母亲听后，心里又惊又急。她急匆匆地赶回家，将这个消息告诉儿子。阿拉丁听了十分难过，也很失望，但他知道灰心丧气是没有用的。他暗暗思忖了一番，想了一个绝妙的办法。

阿拉丁回到自己的卧室，把门掩上，拿出藏在里面的神灯，用手擦了一下。突然，神怪出现在云雾之中，恭顺地说道："我来了，主人！请命令我吧，我和所有的手下人都遵从您的旨意。"

"今晚是宰相的儿子和布都尔公主成亲的日子。"阿拉丁说，"我只要求你将宰相的儿子带走，整夜都不让他接近公主。"

"遵命，我的主人！您会如愿以偿的。"神怪说完，便消失了。

是夜，当婚礼结束，客人们陆续离开以后，神怪将宰相的儿子从布都尔公主的房里掳走，关在皇宫的盥洗室里。公主找不见自己的丈夫，独自一人待到早上，心里十分奇怪，不知新郎为何一整夜都不见人影。

天亮时，神怪松绑了新郎。宰相的儿子回到公主的房间时，已经吓得面如死灰，只字没敢向公主提起昨晚的遭遇。

早上，皇帝和皇后来看望新婚的女儿，发现她愁容满面，就问她怎么了。布都尔公主怕引起他们的担忧，便装出没事的样子。

紧接着的两个晚上，神怪都像第一夜那样将新郎掳走，关在盥洗室里。

于是，布都尔公主再也忍受不下去了，便在私下里将这件怪事告诉了母亲。皇后又把这件事禀告了皇帝。皇帝大怒，立即召见宰相和他的儿子，要他们将发生的一切解释清楚。宰相的儿子见事已至此，不能再顾及面子了，只好将三夜的遭遇如实叙述了一遍，然后扑通一声跪倒在皇帝面前，哀求他解除自己与公主的婚约。

皇帝答应了宰相之子的请求，宣布解除婚约。皇帝思来想去，对这件怪事百思不得其解。他隐隐约约地记起自己曾在阿拉丁的母亲面前做过承诺，答应将公主许配给她的儿子。那么，难道这一切是老天的安排吗？因为他没有履行自己的诺言，女儿也就无法得到婚姻的幸福吗？

而阿拉丁仍然在家里耐心地等待着。三个月期满的时候，他让母亲再次前往皇宫，提醒皇帝自己所做的承诺。皇帝立刻召见了她。

"皇帝陛下，您讲好的三个月期限已经到了，现在我求您让布都尔公主同我儿子成亲。"阿拉丁的母亲跪着禀告道。

皇帝一时有些为难，不知如何应答。于是，他将宰相召至近前，询问宰相的意见。

"臣以为皇帝陛下不应允许将公主下嫁给一个没有任何身份的无名小辈，也许他根本没有资格和伟大的皇帝陛下结亲。依臣看，只有一个办法能摆脱这个尴尬的局面，就是在公主的聘礼上狠狠加价，让他无力支付。这样，我们便可以在不违背诺言的情况下，顺理成章地拒绝这门亲事。"宰相说。

皇帝一听这个主意不错，非常高兴，便对阿拉丁的母亲说道："你去告诉你的儿子，我这个人遵守诺言，决不食言。只是公主的聘礼极其昂贵，他得好好准备一番。要拿四十个纯金盘子，盘里装满像上回献给我的那种特大宝石，由四十个女奴捧着，再由四十个男仆护卫，一起送进宫来，表示对公主的爱意。"

皇帝的话让阿拉丁的母亲很失望，她灰心丧气地回到家中，觉得儿子这回一定没有办法满足皇帝的苛刻要求了。可是，阿拉丁听了母亲的叙述后满心欢喜。他拿出神灯，轻轻地一擦，神怪立即出现在眼前。阿拉丁要求它送来四十大盘珠宝,并由四十个衣着华丽的女奴端盘,外加四十个男仆护卫。不一会儿,神怪便将主人所要求的宝石和男女仆人全带来了。

阿拉丁马上让母亲带着仆人去皇宫送礼。于是,老妈妈在前面领路,婢女们头顶金盘,跟在后头,而男仆们则伴随女仆,保护财产。街头的人们一见如此壮观的景象,个个惊叹不已。皇帝则更加吃惊,因为阿拉丁竟然在这么短的时间内就把聘礼置办好了。他把头转向宰相,询问宰相的意见。宰相尽管十分嫉恨阿拉丁,但此时已无法阻止他同公主成婚。

"老人家,我接受你的请求了,并且要见见你的儿子,好将公主许配给他。"皇帝终于说道。

阿拉丁的母亲谢过皇帝的恩典,请求告辞。她兴高采烈地回到家,告诉儿子皇帝要召见他,并将公主许配给他。阿拉丁激动得跳起来,感谢老天帮助他实现了这个美好的心愿。阿拉丁回到卧室,拿出神灯,轻轻擦了一下。神怪立即出现了,毕恭毕敬地说道:"请下命令吧,主人!"

"给我准备一间天下最气派的澡堂,再给我弄一身华丽至极的衣服。"阿拉丁命令道。

话音刚落,神怪便带着阿拉丁飞起来,一直飞到一座富丽堂皇的澡堂里。这座澡堂是用玛瑙和雪花石砌成的,金光闪闪,真是世间少有。在阿拉丁沐浴时,神怪派了手下的奴隶在一旁伺候着他,并给他端来气味芬芳的香水和镶满名贵珠宝的衣服。阿拉丁穿上后,英俊潇洒,俨然一位显赫的王子。

沐浴后,阿拉丁要求神怪带来一匹身挂金鞍的骏马,以及四十个手捧珠宝、衣着整齐的男仆,男仆们分两队在前后簇拥着他,再带来六个衣着华丽的女仆,女仆们在一旁陪伴母亲,另加十个各装一千枚金币的麻袋。神怪很快满足了阿拉丁的一切要求。

准备就绪后,阿拉丁带着壮观的队伍浩浩荡荡地向皇宫进发。母亲和女仆们在队伍中间向围观的百姓散发着手里的金币。人们聚集在道路两旁,欢呼着阿拉丁的名字,感谢他的慷慨。

阿拉丁到达皇宫时,皇帝的大臣和内侍们早已在门口列队迎接他。阿拉丁在他们的陪伴下进入大殿。在宝座前,阿拉丁欲行跪礼,皇帝却把他拦住了,而且高兴地拥抱他,把他拉到身边就座。阿拉丁谢过皇帝,说道:"蒙陛下厚爱,允许我和布都尔公主成婚。今后,我一定铭记陛下对我的恩德,永远做一个忠实的仆人和儿子。祝陛下万寿无疆,国泰民安!"

皇帝请阿拉丁和众臣共赴午宴。席间,阿拉丁谈吐大方,言语睿智,深得皇帝的喜爱。午宴结束后,皇帝叫来大法官,当场将布都尔公主许配给了阿拉丁。

"在举行结婚仪式之前,"阿拉丁说道,"我希望陛下允许我在皇宫前面为公主建造一座新宫,以表示我对公主的深情。我会很快把宫殿造好的。"

国王应允了阿拉丁的请求。阿拉丁高兴地回到家中,然后拿出神灯轻轻一擦,神怪立刻出现在眼前。

"我要你以最快的速度在皇宫前面的那块平地上,建一座豪华的宝石宫殿。宫里的摆设,要用世界上最精美的东西。在宫殿的顶层建造一个宽敞的望景亭,亭上开二十四扇由珠宝镶嵌的格子窗。宫殿的周围还要建一个美丽的大花园。"阿拉丁命令道。

"遵命,我的主人!"神怪说完便离开了。

第二天一早,阿拉丁刚睁开双眼,神怪就出现在面前。

"主人,宫殿已经盖好了,请您随我前去看看。"

神怪带着阿拉丁飞到宫殿前。阿拉丁仔细巡视了一番,对这座壮丽雄伟的宫殿感到很满意。他命令神怪在新宫殿和皇宫之间铺一张又长又宽的织锦地毯,供公主来回行走时使用。而后,他回家取来神灯,将它端端正正地摆放在新宫的一个房间里。

阿拉丁立即来到皇宫,邀请皇帝去参观他为布都尔公主建造的新宫殿。在一夜之间就拔地而起的豪华宫殿前,皇帝和宰相几乎都看呆了。宰相心里充满了对阿拉丁的妒忌和愤恨,因为自己的儿子本应成为国王的乘龙快婿,这样的荣耀却被阿拉丁抢去了。

"这人一定是个巫师。普通人不管多么富有,多么有本事,是不可能在一夜之间建成这样一座豪华宫殿的。"宰相对国王耳语道。

"这没有什么奇怪的。既然他先前能拿出那样名贵的珠宝献给公主做聘礼,也就一定有能力建造这么一幢华丽的宫殿。"国王答道。

见阿拉丁走近,两人停止了谈话,同他热烈地拥抱握手,并随他一道进新宫殿参观。对新宫殿内精致的陈设、别致的布局、豪华的家具,他们都不时地发出阵阵惊叹。最后,一行人来到了顶层的望景亭。皇帝看着一扇扇镶满宝石的窗子,再望望四周美不胜收的景色,心神恍惚,仿佛置身于仙境之中,惊讶得说不出话来。

回到皇宫后,皇帝立即传令击鼓,将全城装饰一新,庆祝公主与阿拉丁成婚。夜幕刚刚降临,城里早已灯火通明,一片喜气洋洋的景象。布都尔公主对新宫殿非常满意,阿拉丁更为能与美丽的公主成婚而高兴。

婚后,两人生活在快乐和幸福之中。阿拉丁不时出外打猎几日,回到宫中,便向穷人施舍财物。皇帝每天早晨都来新宫殿看望公主,然后返回皇宫处理国事。就这样,他们幸福美满地过了整整一年。

再说那个魔法师将阿拉丁关进地下宝洞后,便回到了非洲。他一点也不怀疑阿拉丁已经死在洞里了。日子一天天、一月月地过去了,魔法师似乎再也没想起阿拉丁。

一天夜里,魔法师忽然做了个梦,梦见阿拉丁已经变成一位富有的王公贵族。他醒来后又惊又怕,连忙取出占卜的工具,准备好好地卜问一下,弄清楚阿拉丁的下场和神灯的去向。占卜的结果表明阿拉丁还活着,并且已经成为神灯的主人。魔法师怒不可遏,匆匆忙忙地准备了一下,马上踏上了去找阿拉丁的路途。

到达目的地后,魔法师在一家旅店稍事休息,便开始上街打听有关阿拉丁的事情。他听见人们都在赞扬阿拉丁的慷慨美德、巨额财富和超凡能力。人们所议论的一个普遍话题是:阿拉丁如何能在一夜之间建成一座举世无双的豪华宫殿?

"阿拉丁是谁?"魔法师问。

人们对魔法师的问题感到很惊讶,见他是个异乡人,就将他们所知道的有关阿拉丁的故事讲给他听。魔法师表示很想去看一看那座绝妙的宫殿,于是，一个当地人主动给他领路。魔法师一见到宫殿如此奢华，便知道阿拉丁一定得到神灯的帮助了。因为他——一个穷裁缝的儿子，如果没有神灯的帮助，仅靠自己的能力是绝对不可能如此飞黄腾达的。

翌日，魔法师来到宫殿门前，向门房问起主人。门房告诉他，阿拉丁三天前出门打猎去了，要八天才能回来。魔法师心中大喜——复仇的机会来了！

魔法师回到旅店，占卜了一下神灯的下落，得知神灯此时就被摆放在公主卧房的隔壁房间里。他绞尽脑汁，想出了一个好办法。于是，他来到一个铺子，买了十盏新灯，将它们放在一个卖东西用的大篮子里。然后他拎着大篮子，一路朝阿拉丁的宫殿走去。走到近旁后，他开始扯着嗓子高声吆喝道："旧灯换新灯喽！"

他刚喊完，那些在街上玩耍的孩子便哄笑起来。他们紧紧地跟随着魔法师，一边走一边笑他是笨蛋。叫喊声惊动了正在望景亭中眺望景致的公主，她探头一看，不知道外面发生了什么事，便打发一个婢女出去看个究竟。婢女回来后，笑着禀告公主，说是一个人要用自己的新灯换别人的旧灯。公主和婢女们越发感到奇怪。

"我觉得这人说的绝不是真话。"一个婢女说。

"公主，咱们可以试试他说的话是真是假。"另一个婢女说，"隔壁房间里有一盏旧灯，我们拿去给他，不就明白他到底要干什么了吗？"

原来，阿拉丁一时疏忽大意，有一次忘记把神灯锁起来藏好，碰巧被那个婢女看见了。

公主从未听阿拉丁说起过神灯的事，以为那不过是一盏普通的旧灯，便同意了婢女的建议，让她拿着旧灯去找那个吆喝者。于是，婢女下楼将神灯交给魔法师，魔法师马上给了她一盏新灯。婢女高高兴兴地回宫去了。

魔法师拿到神灯，高兴得简直要发疯。他停止了吆喝，一路猛跑，甩掉了跟在后面的孩子们，然后溜回郊外的旅店。他决意报复阿拉丁，便耐着性子等待夜晚的来临。

夜幕降临后，魔法师从怀里掏出神灯，轻轻地在上面一擦，神怪立刻出现在面前,说道:"请下命令吧,我的主人!我和我所有的手下随时听候您的吩咐。"

"我命令你马上将阿拉丁的宫殿连同宫里的一切都搬到非洲。还有,顺便把我也带过去。"魔法师说。

"遵命,我的主人!"

瞬间,魔法师、宫殿以及宫殿里所有的东西都被运到了非洲。

第二天清晨,皇帝像平日那样早早地起了身,来到窗子旁往外一望,咦!女儿的宫殿怎么不见了?他以为自己看错了,就使劲揉了揉双眼,再仔细一看,还是什么也没有。皇帝大吃一惊,急忙来到原来宫殿所在的那块平地上,却找不到一丝残迹。他十分纳闷,心想:难道地裂了,把宫殿吞掉了?或者是它自己飞到天上去了?

国王惊慌失措地将宰相叫来,告诉他所发生的一切。宰相也很吃惊,同时觉得这是一个报复阿拉丁的好机会,便说:"陛下!臣以前曾对您说过,阿拉丁是一个巫师,宫殿只是巫术所为,可陛下不相信臣的话。现在,您总该相信了吧。"

听了宰相的话,国王勃然大怒,命令卫队四处搜寻阿拉丁,将他戴上镣铐押回。卫队立即出发去寻找,终于在城外的山上找到了正在打猎的阿拉丁。卫队长走上前,告诉他国王发怒了,下令逮捕他。阿拉丁惊讶不已,忙问国王为何发怒。

"说真的,尊贵的驸马爷,我也不知道。"卫队长答道。

阿拉丁没有反抗,顺从地跟着他们回皇宫去了。

阿拉丁戴着镣铐进城后,人们都很惊讶,消息风一般地迅速传开。阿拉丁平时对穷苦人是很和善、慷慨的,因此老百姓都很爱戴他。他们看见阿拉丁被捕,都为他的遭遇而痛哭起来。城里的知名人士纷纷聚集在一起,要面见皇帝,询问他对驸马阿拉丁发怒的原因,准备为阿拉丁说情。

而皇帝一见到阿拉丁,不由分说就命令刽子手砍他的头。刽子手解下阿拉丁脖子和手上的镣铐,令他跪下,将他的双眼蒙上,然后抽出雪亮的宝剑,等待皇帝下达处决的命令。

就在刽子手把剑架在阿拉丁脖子上的时候，一位大臣上前说情，然后是第二位、第三位……接着，由民间知名人士组成的代表团也进宫来，请求皇帝饶恕阿拉丁的罪过。宰相一看有这么多民众同情阿拉丁，只好对皇帝耳语了几句，劝他接受他们的说情，将斩首延期执行。当时，皇帝也觉得最好是放弃杀头，改用另一种方式惩罚阿拉丁，以平息民众的情绪。于是，他便命令刽子手放开阿拉丁。

"感谢陛下对我的不杀之恩。希望陛下能再赐予我一个恩典，让我知道究竟是什么事使您如此生气。到现在我都不明白自己犯了什么罪，惹陛下您如此动怒。"阿拉丁起身彬彬有礼地说道。

皇帝没有正面回答，只是拽着他来到窗前，怒气冲冲地问道："告诉我，你的宫殿到哪里去了？我的女儿又到哪里去了？"

阿拉丁四处张望，没发现半点宫殿的影子。他自己也莫名其妙，不知道出了什么事。皇帝又大声呵斥了一通，他才从恍惚中回过神来。

"请原谅，陛下！我也不知道这究竟是怎么一回事。我失去了妻子，不比陛下您失去女儿所受的痛苦要少。我会不遗余力地寻找她。请求陛下给我一个期限，最好是四十天。如果过了四十天，我还找不回公主，那我情愿受罚，绝无怨言。"

"可以，不过你记住，如果你失败了，我一定会杀死你的。你到任何地方都逃不出我的手掌心。"

阿拉丁出了宫，心情十分沮丧，不知该如何是好。他开始像疯子一样在城里四处乱走，见人就问："我的宫殿到哪里去了？我的妻子到哪里去了？"

人们对他的遭遇深表同情，但除了给他送些吃的，也只能说些安慰的话语。

阿拉丁就这样魂不守舍地在城里流浪了三天，没有任何收获，他只好出城去寻找。阿拉丁一路漫无目的地走着，来到一条河边。万分绝望的他想投河自尽，一死了之。然而，当他站在河岸边，看着滚滚流淌的河水，他一下子想起当年被困在地下宝洞的那种无助感。当时他没死，才有了今天的地位，现在怎么能自杀呢？要知道，向绝望投降绝非男子汉的品格。

想到这里，阿拉丁一下子坚强了起来。他俯身掬一捧水想洗洗脸，却感到头重脚轻，不小心一头栽进了水里，几乎要被淹死。幸运的是，他发现离岸边不远处有一块凸起的岩石，于是连忙攀住它，想爬上去。这时，他手指上的戒指与石头碰了一下。这么长时间以来，阿拉丁已经把这个神奇的戒指给忘了，他忘了从前就是这个戒指将自己从宝洞里解救出来的。戒指与石头一摩擦，神怪就出现在眼前，说道："来了，主人！请下命令吧！"

阿拉丁看到戒指神怪，心里十分高兴，说道："赶快把我救上岸。"

戒指神怪立刻将他救上了岸。

"帮我把宫殿搬回来。"阿拉丁又命令道。

"主人，这件事我实在做不到。我赢不了灯神，它是最强大的精灵王，也是它将您的宫殿搬到非洲的。"

"那么，你就把我带到我的宫殿所在地吧。"

于是，戒指神怪背着阿拉丁飞上天空，眨眼间便来到他的宫殿前。此时，夜已深，四周什么也看不清，但阿拉丁还是设法找到了布都尔公主的房间。他站在窗前，忆起了往日的幸福和温馨，思潮起伏，潸然泪下。后来，他实在太疲倦，就在宫殿附近的一棵树下睡着了。

黎明时分，阿拉丁醒来了，便来到布都尔公主的窗下。恰巧这天公主起得比平日早，她一眼瞥见阿拉丁时，又惊又喜，连忙跑下楼去，打开小侧门让他进来。两人见面，喜悦是无法用言语来描述的。坐定之后，公主便将非洲魔法师用新灯换走旧灯的事从头至尾细说了一遍，并且告诉阿拉丁，魔法师如何想霸占自己，倘若不应允，他如何以杀死她相逼，她又如何蔑视魔法师的威胁，等等。阿拉丁听了非常气愤，他问公主神灯的下落。公主也早已明白了这场灾难的缘由，说道："魔法师总把灯揣在怀里，一刻也不离身。"

阿拉丁决意报仇，他和妻子一起安排了一个将魔法师置于死地的计策。随后，他怀着对魔法师的满腔仇恨出了宫殿，往城里走去。路上他遇见一个农夫，就将自己的新衣服给了他，穿上农民脱下的破烂衣服，乔装打扮进了城，免得让魔法师认出来。在城里，他买了一瓶烈性麻醉药，然后回到了布都尔公主那里。

入夜,魔法师一回到宫中,布都尔公主就满面春风地迎上前来。魔法师显然上当了,他很高兴,以为公主终于对阿拉丁彻底死了心,同意嫁给他了。公主拿出酒杯,亲手斟了一杯酒,还说了许多娓娓动听的话。魔法师完全相信了公主,快乐得忘记了一切,将酒一饮而尽。谁知,酒一下肚,他便觉得天旋地转,随即瘫倒在地上,呼呼大睡。

这时,阿拉丁连忙进来,从魔法师怀中搜出了神灯,然后带着公主迅速来到另一个房间。他关上房门后,拿出神灯轻轻一擦,神怪便出现在面前。

"把那个魔法师抬到高山上,从山顶扔下去,让野兽把他吃了,然后将宫殿搬回原来的地方。"

一会儿工夫,神怪就完成了阿拉丁交给它的所有任务。

第二天清晨,皇帝像平日那样起得很早。他往窗外望了望,忽然看见阿拉丁的宫殿回到了原位。他不敢相信自己的眼睛,以为自己还在做梦,于是使劲揉揉双眼,宫殿果真还在那儿,一动不动的。于是,皇帝喜不自禁地吩咐侍从备马,他要亲自去证实一下。他刚跑出去,就看见女儿从窗内探出头,正朝着皇宫张望呢。布都尔公主见日夜思念的父亲来了,忙跑下楼。父女相见,喜极而泣。

坐定后,公主迫不及待地将发生的事情一五一十地告诉父亲。皇帝对冤枉了无辜的女婿感到十分后悔,便来到阿拉丁的房间,叫醒他,向他真诚地道歉。

"陛下,当初的一切都不要再提了。"阿拉丁说道,"您那样对我,实是出于爱女之心,我不会怪您的。要怪只怪那狠毒的非洲魔法师。现在好了,请放心,我一定会好好珍爱公主的。"

听了这话,皇帝很高兴,于是下令装饰全城,大摆宴席,庆祝布都尔公主和驸马阿拉丁平安归来。

阿拉丁杀了非洲魔法师,重新拥有了神灯、公主,但他还没有永远地摆脱魔法师的危害。因为那个非洲魔法师有一个哥哥,也精通魔法和巫术,并且比他弟弟还要恶毒、狡猾。兄弟俩总是每年在非洲的老家会一次面,然后各奔东西,等来年再聚。

这一年过去后,作为哥哥的大魔法师返回老家,等着和弟弟团聚,可等了好些日子,他弟弟都没有露面。大魔法师感到很纳闷,便端出占卜的工具,卜问弟弟的下落。卦象显示,他的弟弟已不在人世。大魔法师连忙又卜了一卦,得知弟弟是死于非命的,连尸体都被野兽吃掉了。他很伤心,于是一遍又一遍地占卜,终于明白了发生的一切。

大魔法师决心以牙还牙,替弟弟报仇雪恨。他穿洋过海来到阿拉丁所在的城市,在城里找了一个旅店,安顿下来后,便上街熟悉情况。在一个茶馆里,他听见有些人在议论一个名叫法帖梅的老道姑,说她如何虔诚善良、品德高尚。她住在城外一个僻静的地方,每周接待来访者两次,免费为他们治病,并且总能妙手回春,药到病除。

说者无心,听者有意。大魔法师知道这些情况后,便在心里酝酿了一个罪恶的阴谋。他向旁人打听了道姑的住所,便回到旅店,耐心地等待日落。当天夜里,他来到道姑法帖梅的小屋时,道姑已经睡下。由于屋里没有什么值钱的东西,她从不担心会有盗贼来,屋门也关得不严实,所以大魔法师不费吹灰之力便撬开了门锁。他偷偷摸摸地进屋后,看见道姑法帖梅正躺在一张破旧的木床上睡觉。他拔出匕首,把道姑叫醒。道姑醒后,发现一个男人站在面前,正手拿匕首指着自己的胸膛,吓得浑身发抖。大魔法师趁机威胁道:"快起来,老太婆!别出声,否则我要你的命。照我说的去做,我不会伤害你的。"

道姑法帖梅只好服从大魔法师的命令,战战兢兢地问道:"老爷,你要我做什么?"

"我要你的衣服,把它脱下来给我穿。"大魔法师命令道。

道姑法帖梅顺从地照他的话做了。大魔法师穿上道姑的衣服,戴上头巾、面纱后,又命令道:"现在,我要你想办法给我化妆,让我的脸看起来像你的脸。我发誓,假如你完成了这个任务,我是决不会伤害你的。"

道姑法帖梅不敢不从。她点亮油灯,拿出自己所有的油膏,在大魔法师的脸上涂来涂去,终于使他的面貌看起来和她一样,然后取下长念珠,挂在他的脖子上,又将拐杖也给了他。最后,道姑取来一面镜子,让大魔法师照照自己的模样。大魔法师左照右照，觉得镜子里的人确实和眼前的老太婆相差无几，便点头表示满意。道姑法帖梅以为他会信守诺言放过自己，然而她完全想错了。尽管道姑法帖梅已经年老体弱，狠毒的大魔法师也不愿放过她。他把道姑扔进屋旁的一口深井里后，便转回屋子，在里面睡了一宿。

　　第二天早上，狡猾的大魔法师起身后，匆匆忙忙地向城里赶去。刚进了城，便有许多人围上前来，拿起他的手和衣襟不断地亲吻，并祝福他健康长寿。显然，人们已经把他当成可敬的道姑法帖梅了。他在众人的簇拥下，来到阿拉丁的宫殿前。布都尔公主从窗口望见这一热闹的景象，便打发一个婢女下楼探个究竟。婢女回来后，禀告公主，说是道姑法帖梅来了。布都尔公主对这位善良的道姑慕名已久，很想亲眼看看她，于是让婢女请她进宫来。

　　就这样，可恶的大魔法师堂而皇之地进入了阿拉丁的宫殿。布都尔公主见他来了，连忙起身迎接，亲切地问候他，希望他能在宫中住上一段时间，为她祈祷求福。显然，公主也相信他就是自己所景仰的道姑法帖梅。面对公主的请求，大魔法师假装迟疑了一下，仿佛担心世间俗事会打扰自己修道练功。在公主的再三恳求下，他才接受了她的邀请，同意在宫中住一些时日。他为自己挑选了一个最小的房间。当布都尔公主邀请他一同进餐时，他回绝了，因为吃饭时是要摘掉面纱的，一旦露出马脚，不就前功尽弃了吗？于是，他对公主说道："请公主不必费心了。我是一个修道的老太婆，不习惯吃你们那种油腻丰盛的食物。你只需送一点面饼和水果来，让我在自己的小屋里吃就行了。"

　　布都尔公主依从了他的要求。

　　第二天，布都尔公主陪着这位假冒的道姑法帖梅来到宫殿的顶层，参观那个有二十四扇宝石窗户的望景亭。大魔法师对宫殿奇妙的布局、豪华的陈设和窗外美丽的景色一一表示赞叹，然后说道："恕我直言，公主，这间望景亭尚有一个美中不足的地方。如果再加上一件东西，便能完美无缺了。"

　　"法帖梅老人家，请快告诉我，还缺一样什么东西？"公主急切地问。

　　"如果你能在屋顶的正中央挂上一个稀罕、名贵的神鹰蛋，我想，这个望景亭便再也没有什么可挑剔的地方了。"

"好的,我今天就可以找一个神鹰蛋挂上。"

太阳下山时,阿拉丁打猎回来了。布都尔公主见了丈夫,同他寒暄几句后,便提起神鹰蛋的事。阿拉丁满口答应了,然后走进自己的房间,拿出神灯轻轻一擦,唤来了神怪。

"你去给我找一个神鹰蛋,把它挂在望景亭的正中央,让我的宫殿锦上添花。"阿拉丁说道。

神怪听了阿拉丁的要求后,勃然大怒,大吼了一声,把阿拉丁吓得差点晕过去。

"你这个忘恩负义的家伙!"神怪骂道,"我这样忠心耿耿为你服务,你还不知足,竟然让我去拿我们王后的蛋。你难道不知道我们精灵都尊敬、崇拜神鹰吗? 指天发誓,要是这个主意是你出的,我非马上杀了你,烧了你的宫殿不可! 不过我知道,那个真正作孽的是上次你杀死的那个魔法师的同胞哥哥。他为了替弟弟报仇,才设下了这个圈套,要置你于死地。"

阿拉丁忙问这个魔法师的哥哥是什么人,神怪便将真相告诉了他。阿拉丁很感谢神怪的帮助,请它原谅自己。神怪接受了他的道歉,悄然退去。

过了一会儿,阿拉丁装着头痛难忍的样子,来到布都尔公主面前。公主一见丈夫身体不舒服,便让女仆去请道姑法帖梅来给他治病。大魔法师伪装的道姑法帖梅应声前来,他走到阿拉丁身边,将手放在阿拉丁的手上,假装为阿拉丁祈祷祝福。说时迟,那时快,阿拉丁一跃而起,将大魔法师按倒在地上,然后从腰间掏出一把锋利的匕首,一刀刺进大魔法师的胸腔,当场结果了他的性命。

布都尔公主被阿拉丁的举动吓坏了,高声尖叫道:"天哪! 你怎么敢杀害道姑法帖梅? 她可是一个大好人啊!"

"不,你弄错了。"阿拉丁将整个真相一口气讲给公主听。说完,他上前一把扯下道姑法帖梅的面纱。布都尔公主定睛一看,原来躺在地上的不是法帖梅,而是一个陌生的男子。她恍然大悟,感谢老天让他俩及时地从这个恶棍的魔掌中解脱出来。

阿拉丁一连战胜了两个险恶的敌人,和公主一起过上了幸福的生活。两年后,老皇帝去世,阿拉丁继承了王位。他廉洁公正,宽厚仁慈,深受老百姓的尊敬和爱戴。在他的领导下,王国日益强盛起来,老百姓安居乐业,迎来了一个太平盛世。

渔夫和精灵

从前，有个渔夫，他家里很穷，他每天很早便外出打鱼。他为自己立了一个规矩：每天撒网不超过四次。一天拂晓，月亮尚未西沉，渔夫就来到海边。他将渔网撒出，然后沿着岸边一路拉网，感觉有些沉。他以为自己捕到一条大鱼，心里很高兴。但是，等他将网拉上来一看，里面竟然是一头死驴。

渔夫很失望，他将被死驴蹭破的网修补了一下，然后再次撒向海里。在拉网的时候，又感觉有些沉，他想这回应该是条大鱼了。但是，等他将网拉上来一瞧，却是一堆垃圾。

"噢，命运啊！"他喊道，"别这样捉弄我——一个可怜的渔夫！他有妻子和三个孩子，连家都快养不起了！"

他把渔网里的垃圾清理干净，第三次撒出网。这回捞上来的是石块、贝壳和泥沙，他几乎要绝望了。

接着，渔夫第四次将渔网撒向海里。这回他将网拉上来一看，网里面仍然没有鱼，只有一个很重的黄色铜瓶，里面似乎盛满了东西。渔夫注意到，瓶盖用铅封得死死的，还盖了一个大印。他兴奋地想：我至少可以把它卖给翻砂工人，换几斗小麦啦！

渔夫仔细检查了一下铜瓶的四周，摇了摇，看是否有咯噔的声音。什么声音也没有，瓶盖又被封成这样，说明里面一定有值钱的宝物。他拿出刀子，轻松地打开了铜瓶。他试着将铜瓶倒空，却什么也没倒出来，他很惊讶。就在这当儿，从瓶口处冒出一股很冲的青烟，呛得他不得不后退几步。这股青烟上升到云层，然后弥漫到海面上，形成厚厚的浓雾。渔夫看呆了。而后，烟逐渐聚拢，形成一个面貌丑陋的巨人般的精灵。渔夫见状，拔腿要跑，但浑身颤抖的他一步也迈不动。

"精灵之王！"精灵喊道，"我再也不会违抗您的命令了！"

听到这话,渔夫的好奇心被激起,他壮着胆问道:"你在说'精灵之王'吗? 你从何处来? 为何被关在这个瓶子里?"

精灵倨傲地看着渔夫,说道:"在我杀了你之前,请对我放尊重些!"

"主啊!"渔夫喊道,"你怎么能杀我? 是我把你放出来的,你这么快就忘了?"

"没有,"精灵答道,"但这并不妨碍我杀你。你放了我不假,所以我还给你一个好处,就是你可以选择自己的死法。"

"但是,我的确救了你呀!"渔夫喊道。

"我只能杀了你。"精灵说,"如果你想知道为什么,就听听我的故事吧。"

于是,精灵开始讲述自己的故事:"我违背了精灵之王的指令。为了惩罚我,他将我关在这个铜瓶里,封上他的魔印,防止我逃出来,然后将铜瓶扔到大海里。刚开始时,我发誓如果有人在第一百年到来之前把我救出去,我就让他变得很富有。但是,一个世纪过去了,没人来救我。在第二个世纪,我发誓如果有人来救我,我就把所有的宝藏给他弄来。但是,仍然没人来。在第三个世纪,我承诺让救我的人成为一个国王,我会时刻在其左右,每天为他实现三个愿望。但是,第三个世纪也过去了,我依然被困在瓶子里。最后,我发怒了,发誓说如果有人来解救我,我就立刻杀了他,只允许他选择如何死去。接下来就是你今天看到的,你救了我,所以你可以选择自己的死法。"

渔夫听罢很沮丧,说道:"我是一个多么不幸的人,救了你反要被杀。求求你放了我吧!"

"我告诉过你,"精灵说,"这是不可能的。快做选择吧! 莫再浪费时间!"

渔夫开始在心里琢磨对策了。

"既然我一定得死,"他说道,"那么,在我做出选择之前,我恳求你告诉我你刚才是否真的在那个铜瓶里。"

"是的。"精灵回答。

"我真的无法相信,"渔夫说道,"那个瓶子那么小,连你的一只脚都盛不下,怎么能装下你的整个身子呢？我无法相信,除非我亲眼看见你在里面。"

于是,精灵将自己重新化为一股烟,在海上升腾,然后聚拢、收缩,慢慢地回到铜瓶里,最后铜瓶外面什么也没有了,只有一个声音从瓶子里面传出,对渔夫喊道:"好了,这回你相信了吧,我就在瓶子里。"

渔夫没有回答,而是拿起铅盖,迅速地将瓶口盖上。

"精灵啊!"他喊道,"现在,你向我求饶吧! 轮到你来选择自己的死法了。但是,我最好还是就地把你扔回海里去吧。在把你捞上来的地方,我会盖一座房子,警告到此撒网的渔民们:切莫打捞一个像你一样邪恶的、恩将仇报的精灵。"

听到这话,精灵连忙央求渔夫放他出去。但是渔夫哪会听他的话?因为瓶盖上有魔印,精灵无论如何也逃不出来了。

狮子和胡狼

有一只胡狼住在一个大山洞里，与豺狼虎豹等猛兽为邻。它很廉洁自律，从不像邻居们那样恃强凌弱，杀生害命。因为这点，猛兽们对它充满了敌意。它们说："你的主义，我们很不喜欢。想想看，廉洁对你有什么好处，你要如此坚守？无论如何，你总是我们的同类，和我们一块儿玩耍，一块儿营生。你究竟为什么不杀生食肉，总要显得特别一些呢？"

胡狼回答说："与你们为伴，并没有犯什么法——只要我自己本身不犯法，因为犯法与在什么地方居住、交什么样的朋友是没有关系的，犯法是内心和行为的问题。假如说，在洁净的地方所干的事就一定是善良的，在污秽的地方所干的事就一定是卑劣的，那么在圣所里把教士杀了，岂不是没有犯罪，而在战场上救护伤员，反而是犯罪了？我只是以自己的身体与你们为伴，不以内心和行动与你们同流，因为我深知善恶终有各自的报应，所以要信守生活的原则。我和你们在一起，心里绝无恶意。倘若这样损害了你们的利益，天下之大，岂无安身之地？"

于是，胡狼依然保持着自己的特色，没有被邻居们同化。

它廉洁的声名，逐渐传遍了各处。当地的兽王狮王听说了胡狼忠诚可靠、廉洁自律的品德之后，十分欣赏，便召见了它。狮王一边与胡狼攀谈，一边仔细观察，觉得它各方面都很符合自己招贤纳士的要求。过了几天，狮王再次召见胡狼，对它说道："我的猛将谋士实不算少，这你是知道的。尽管如此，我仍然急需一些得力的助手。你的廉洁、重礼、睿智和虔诚我早有耳闻，所以我把你找来考验了一番，结果你并没让我失望。因此，我更加器重你，要委你以重任，使你成为我的心腹。"

"恕我直言，大王，"胡狼说，"任命能人为助手，委以差事，是君王的权力。但君王切忌强求某个臣民出任某个职位，因为勉强做的事，是不会做得好的。我素来没有干大事的志向，见识也不多，更不善于与王权打交道，所以请您另择贤能，不必挽留我。大王您是百兽之首，臣民中绝对不乏有能力又愿意做大事的，您若任用了它们，互相受益，不是两全其美之事吗？"

狮王却说道："你不必推辞了，我意已决。像你这样的能者，我是不会让你赋闲的。"

胡狼说："世上只有两种人，为王权服务而无后顾之忧。一种是好阿谀奉承的奸佞小人，他们常常为了中饱私囊而徇私舞弊，靠耍阴谋诡计来逃脱罪责；另一种是卑下无能的昏庸之人，这种人，没有人会妒忌他。至于那些忠心耿耿为君王服务的正人君子，不会耍阴谋诡计，也不会溜须拍马，自然免不了受人妒忌。同僚们眼红他的地位，总千方百计地排挤他，或设陷阱拉他下水。君王一旦为此捕风捉影地找毛病，他便难逃厄运。而那些与王政为敌的人，嫉恨他辅佐君王，更是不择手段地想置他于死地。倘若有这两种敌人一齐攻击他，那他必死无疑了。"

"胡狼你多虑了。你随时在我左右，我完全可以保证，这里绝不会有谁嫉妒或陷害你。我一定会给你一个体面的职位，让你充分发挥自己的才干。"狮王再劝道。

"若大王真心要赐予我恩惠，就请让我无忧无虑、自由自在地在这里生活。"胡狼说，"因为我知道，做君王的亲信，在一个时辰内所经历的灾难和恐惧，是普通人一生中都遇不上的。对君王的亲信来说，喜乐只是暂时的，悲哀和恐惧才是永久的。与其过着这种富贵却恐怖的日子，我不如去追寻简单而安心的生活。"

狮王说道："我明白你的意思了。有我在，这些事你都不用担心。无论如何，我已选定你辅佐我的事务。"

"既然大王决意要我任职，"胡狼说，"请先给我一个承诺。假如将来有谁陷害我，无论是地位在我之上、怕我与其竞争的，还是地位在我之下、欲与我争夺权力的，也无论是直接向大王进谗言的，还是借其他大臣之口诬陷我的，无论在什么情况下，大王一定要认真审查，在是非尚未分晓之前，切忌匆忙定案。如果大王这样承诺的话，那么我才敢走马上任，鞠躬尽瘁，尽忠职守,决不辜负大王的一片期望。"

狮王一口答应了胡狼的要求,委任它专门管理粮秣事务,并对它另眼相看。

狮王的许多臣子一见此情形,愤怒到了极点。它们聚集在一块,共同商议陷害胡狼的计策。有一天,狮王得到一块肉,肉味十分香甜。狮王特意留下一半,令胡狼保管,将肉收藏在最稳当的地方,等日后食用。狮王的那帮臣子,可算逮着一个好机会!它们把肉偷出来,然后扛到胡狼家里,隐藏在它察觉不到的地方,以便制造向狮王进谗言的口实。

第二天,狮王要进午膳时,发觉那块肉不见了,怎么找也找不着。胡狼因出去为狮王办事,对这里面的阴谋诡计还一无所知。一会儿工夫,那些企图陷害胡狼的臣子都来了,等着见机行事。狮王再三严厉地追问那块肉的下落,众臣子只面面相觑,一言不发。后来,有一个臣子终于站出来,以近乎诚恳的口吻说道:"凡是与狮王有关的事,无论是好是坏,也无论说出来有多么麻烦,我们做臣子的,都应该如实禀报。据我所听到的消息,肉是被胡狼拿到家里去了。"

另一个说道:"我看胡狼不至于这样做吧。不过,'狼'心难测,还是搜查一下为好啊!"

第三个说道:"我肯定,只要你们去查看,就会发现那块肉在胡狼家里。胡狼表面廉洁奉公,实际上是假仁假义。"

第四个说道:"假若这件事是真的,那么胡狼就背叛了狮王,简直是胆大包天,大逆不道!"

第五个说道:"诸位有德行的人,我不打算否认你们的话,但证据是最能够说明一切的。等狮王派人去胡狼家里检查后,真相便大白了。"

第六个说道:"若狮王要检查胡狼的家,必须从速进行,因为胡狼的耳目很多,万一走漏风声,情势就不妙了。"

就这样,你一言我一语的,众臣子竟然把狮王的心说动了。于是,狮王召见了胡狼,劈头便问:"我令你保管的那块肉到哪去了?"

胡狼答道:"我已交给厨师,让它送来给大王了。"

狮王就召见了厨师——厨师是陷害胡狼的同谋者。

厨师说："胡狼没交给我什么东西。"

于是，狮王真的派一个亲信去胡狼家里搜查，果然查出一块肉。亲信把肉带回来见狮王，狮王大怒。这时，有一个至此尚未开腔的大臣走到狮王面前，仿佛是要显示自己属于那种不等真相大白决不妄下断言的公正人士，不紧不慢地说道："胡狼徇私舞弊的证据既已确凿，大王实在应该决不姑息。因为，大王今日若饶过胡狼，以后就难以制止其他违法乱纪的臣子。所谓杀一儆百，起的就是这个作用啊！"

狮王就下令将胡狼驱逐出森林。

这时，又有一个侍臣说道："恕我直言，大王！我感到奇怪的是，如此欺世盗名的胡狼，竟能瞒得住大王的眼睛。我更担心的是，大王既已明了胡狼的所作所为，是否还想宽恕它。"

狮王一听此话颇有道理，就派了一个使臣赶去将胡狼叫住，要求它立即悔过，再听候处置。使臣想陷害胡狼，就捏造了一个虚假的答复，来禀报狮王。狮王听了大怒，下令执行官马上将胡狼押解出去，处以死刑。

狮王的母后听说了这个消息，担心狮王犯了性急的毛病，于是立即派亲信去阻止执行官，要它们从缓办理。同时，它亲自去见狮王，问道："我的儿，胡狼犯了什么罪，你要把它处死？"

狮王便将整件事的来龙去脉告诉了母后。母后苦口婆心地说道："明达的人处理一件事情，总是要仔细推敲、多方考虑；性急的人缺乏足够的证据便匆忙行事，终归会后悔。身为一国之君，在处理事务时是最需要三思而行的。国王在决策时，最关键的是了解左右臣民，量才任用；同时，果断制止臣子之间的相互倾轧。因为同僚之间，只要有机可乘，就有可能会互相陷害。胡狼的忠义仁厚，你不是已经考察过了吗？你不是也一直对它赞不绝口吗？现在，你怎么根据一个尚不明真假的罪名，就轻易对它施以重刑呢？倘若胡狼是被陷害的，那该怎么办？对于臣子间的事，国王若不以为意，疏忽大意，就可能带来严重的后果。自从胡狼进宫以来，我只看见它忠信廉洁的表现，没有任何过失可究。现在，你竟然因为一块肉就对它翻脸无情，是不是太过分了？作为国王，你实在应该仔细调查一下，弄清楚平时只食素的胡狼，为何要将一块肉藏在自己家里。也许你稍加考察，就会发现一点名堂。说不定是某些存心要谋害胡狼的家伙，预先把肉藏到它家里的。老鹰的爪里抓着一块肉时，还会有一群鸟追逐它；狗嘴里若叼着一根骨头，也会有许多狗来追它呢。胡狼到这里以后，为了你的利益披肝沥胆，操了多少心，吃了多少苦，没做过一件背叛你的事情，所以你一定要审慎办案，不要冤枉了它！"

母后正同狮王说话的时候，进来一位心腹大臣，报告失窃一案已经查明，胡狼毫无罪过。狮王这才恍然大悟，意识到母后所说的确实有理。这时，母后进一步说道："胡狼的确被证实无辜之后，狮王绝不应姑息这帮陷害忠良的大臣，务必严惩不贷，以免引起无穷后患。不要小看了它们的欺骗伎俩，因为杂草再无力量，团在一块儿，也能编成捆绑大象的粗绳。明达的人，绝不应纵容大逆不道、无法无天的小人，应该依法惩治。动辄发怒、鲁莽轻率的人，总难成就大事。这你已经知道了。对无辜受冤的胡狼，你应该极尽安抚，不要因此心存芥蒂。正直大方、忠信守义、能苦心为人的君子，一刻也不能抛弃；寡廉鲜耻、忘恩负义、不与人为善的小人，要像躲避瘟疫一样远远地避开。胡狼的确是君子，你应该善待它。"

于是，狮王立即召见胡狼，向它真诚地道歉，并要给它官复原职。胡狼说道："大王最初要我进宫任职时，我顾虑重重，不知大王您是否还记得？一般小人，是损人利己的，只考虑自己，不考虑别人，为满足私欲而伤及朋友。我不是这样的小人，大王是清楚的。但是，像我这样受过重罚的，大王实在不应再与之相处。也许大王会说：'这个胡狼准是记恨着曾经遭受的冤屈，以此来报复我。'老天知道，我胡狼绝没有这么小气，绝不会为此而心存芥蒂。我担心的只是，倘若那些大臣故技重演，再加害我一次，我该怎么办？所以我不应该再留下来伺候大王，大王也不应该再以我为臣了。"

狮王没有理会胡狼的这番话，说道："你的品格，我曾经考验过。刚才，我再次证实了你的忠实守信，也认清了那帮陷害你的臣子。在我的心目中，你是君子的楷模。而君子是只念友谊，不记旧仇的。既然我已经恢复了对你的信任,请你也恢复对我的信任之心吧！我们彼此间都会为这种信任而感到欣慰的。"

于是,胡狼接受了狮王官复原职的建议。从此,狮王加倍地善待胡狼,敬重之心与日俱增。

巴基斯坦
民间故事

智慧与命运

一天,智慧与命运争执起来。智慧说:"我的本事比你大。"命运说:"我的本事比你大。"争来争去,谁也说服不了谁。最后,它们商定在一个人身上做一次试验,看看到底谁的本事大。

它们选准了一个牧羊人。牧羊人以替别人放羊糊口度日,由于终日与羊打交道,他的很多习惯酷似羊,特别是他吃饭、喝水的动作与羊一模一样。

话说,国王的女儿到了结婚的年龄,她的美貌使很多国家的王子慕名赶来求婚。国王想:若是选中其中一个,那就要得罪其他王子,最好能想出一个既能解决公主的婚事,又不影响同别国关系的两全其美的好主意。经过深思熟虑,国王决定通过转久丽①来择婿。

选婿的日子到了,各国国王、王子、富豪以及穷人都纷纷赶来。那日,牧羊人碰巧也来看热闹。他见众多人围在一起,便站在一个角落里,看谁被选中。

智慧和命运也随牧羊人来到现场。命运说:"你瞧着吧,我要和牧羊人在一起,你就会看到,我们谁的本事大。"

国王一声令下,久丽旋转起来,转来转去,突然停在牧羊人的面前。众人见了大吃一惊,心想:久丽怎么会停在一个衣不遮体、蓬头垢面的牧羊人面前?眼看着一位美丽的公主就要落到一个牧羊人手里,在场的很多人都接受不了这一现实,于是,他们齐声嚷道:"这不是公主的真实命运,重转一次,重转一次……"

依照多数人的意愿,国王决定再转一次久丽。这次久丽又停在牧羊人

————————

①久丽:一种盛奶或水的瓷器或铜器器皿。旧时当地人习惯用旋转久丽来解决有争执的问题,它停在谁的面前,谁就有决定权。

的面前。国王和王子们还是不服气,又转了第三次,结果久丽还是停在牧羊人的面前。无奈,国王只好接受牧羊人为自己的女婿。仆人们帮牧羊人沐浴、刮脸,穿戴好华丽的衣裳,让他在国王面前与公主完婚。

结婚仪式完毕后,公主见他吃、喝与羊一般,十分厌恶。公主心想:牧羊人肯定是个白痴,自己如何能跟这种人生活一辈子?想到这里,她计上心来。公主对牧羊人说:"你要是能回答出我的问题,你就可以做我的丈夫,一辈子住在王宫里,否则我就要把你绞死。"牧羊人同意了。

公主问:"什么东西的肚子好?"

牧羊人答:"比拉鱼的肚子好。"

公主问:"什么东西连绵不断?"

牧羊人答:"木头连绵不断。"

公主问:"什么花好?"

牧羊人答:"玫瑰花好。"

牧羊人的答非所问激怒了公主,她叫来宰相,命他立即把这个蠢人拖出去绞死。

智慧和命运一直在目睹着这出戏。智慧对命运说:"你干的好事,让他与公主攀上亲,可这件好事会要他的命,新婚之夜就要被绞死。"

命运无可奈何地说:"我所有的本事都施展尽了,现在我是无能为力了。"

智慧说:"让我助他一臂之力给你看看。"说完,智慧就钻入牧羊人的大脑。牧羊人立时来了灵感,他对宰相说:"宰相大人,您好啊,我们这是去哪儿?"

宰相告诉了他。牧羊人想,现在应该想办法摆脱这个灾难。于是,他对宰相说:"宰相大人,执行公主的旨意我在所不辞。如果临死前能见国王一面,我死而无怨。"

宰相同意了牧羊人的请求,把他带到国王面前。他对国王说:"国王陛下,您自愿选我做您的女婿,几个小时前让我与公主举行了婚礼。可现在我就要被绞死了,这太不合情理了。"

国王疑惑地看了宰相一眼。宰相说："公主说他是个傻瓜,让我绞死他。"

国王立即叫来公主,问她为何如此残暴。

公主对国王说："我们有言在先,他若回答不出我的问题,我就绞死他。"

国王说："好吧,你当着我的面,再问他一遍,如果他回答出来,就免他一死,如果回答错了,再绞死他也不迟。"

公主又一次重复了第一个问题:"什么东西的肚子好?"

牧羊人答："大地的肚子好,它能囊括万物。"

公主问第二个问题:"什么东西连绵不断?"

牧羊人答："雨连绵不断,它使人心旷神怡、延年益寿。"

公主问最后一个问题:"什么花好?"

牧羊人答："棉花的花好,人们可以用它来包裹自己的身躯。"

听了牧羊人的回答,国王对公主说："女儿,这可不是傻瓜所能回答出来的,这是一个有智慧的人的语言。"

公主后悔自己为什么这么鲁莽,做出了要绞死丈夫的决定。最后,她满面羞惭地请求丈夫原谅。从此,两人欢欢喜喜地生活在一起。

命运对智慧说："我服气了,没有你,我什么也做不了……"

从此,命运和智慧言归于好,再也不吵吵闹闹了。

雷电的由来

有一个大国的国王,他统治的国家疆土辽阔,军队所向无敌。国王只有一个女儿,她是国王的掌上明珠,国王十分宠爱她,只要她要什么,国王都会满口答应。国王还为她修建了一座漂亮的花园。它仿佛是天堂里的花园,园中不仅长着奇花异草,而且还有各种各样的水果缀满了枝头。为了让女儿更加高兴,国王还在花园内修建了一个秋千,秋千的座椅上镶嵌了各种珍贵的宝石,吊绳是用黄金打造成的。每当太阳落山时,公主就跟伙伴们一起来到花园荡秋千。但是每当她坐上秋千,天就下起了小雨,这让她极为扫兴。

有一天,公主刚刚坐上秋千,天又下起雨来了。公主不悦地说:"又下雨了,老天,让雨快点停住,等到晚上十二点再下吧!"她的话音刚落,雨果然停了。公主高兴极了,她痛痛快快地荡了一次秋千。

半夜十二点时,公主已经进入梦乡,突然砰的一声门被打开了,公主惊恐地坐了起来,只见在屋子正中站着一位英俊的小伙子。公主认为自己是在做梦,她用手指掐了自己一下,发现这一切都是真的。她大叫一声,随即问道:"你是谁?为何深夜闯入我的闺房?"

小伙子微笑着说:"你忘了,是你叫我夜里十二点来的。我是雨神王子,我走到哪儿,哪儿就会下雨。从你第一天荡秋千起,我就喜欢上你了,每当你到花园荡秋千,我就会出来看,所以也带来了雨。今天白天你告诉我夜里十二点来,我这才走了,把雨也带走了。"

公主听完雨神王子的话,心中非常欢喜。她请王子坐在自己身边,两人亲亲密密叙谈了一夜。临离别时,雨神王子对公主说:"我每天夜里十二点来。"从此,他每天深夜十二点来与公主约会。

过了一段日子,雨神王子对公主说:"我们总这样偷偷摸摸地约会也不是回事儿,我们结婚吧,这样就可以永远在一起了。"

公主说:"你要是想娶我,必须征得我父王的同意。父王为我择婿立下了几个条件,符合条件者方可与我成婚。"

"哪些条件?"雨神王子问。

公主说:"第一,和我结婚的人必须是王子;第二,向我求婚的王子要在皇宫前参加比武,获胜者才可和我成婚;第三,在各国王子们参加的马术比赛中的优胜者可和我成婚。"

择婿比赛的日子终于到了,雨神王子和众王子站在一起,他不仅人长得英俊,他的坐骑也格外显眼。国王看见雨神王子,心里也在琢磨:但愿这位王子能成为我的女婿。马术比赛场上,雨神王子和他的神马表现突出,获得胜利;比武场上,雨神王子技压群雄,取得第一。国王信守诺言,为公主和雨神王子举行了隆重的婚礼。不久,国王去世,公主和雨神王子掌管国家大事。

雨神王子自从与公主结婚,就再没有回过自己的家。他的母亲盼儿心切,派女神外出打探雨神王子的下落,并吩咐女神一旦查明就带他赶快回来。女神接了旨令来到公主的国家,她穿着朝觐者的服装来到皇宫门前,对侍卫说:"我刚刚朝觐回来,带来了一些圣人的遗物,要献给公主。"得到允许,女神进宫见到公主。她花言巧语,说服了公主让她住在皇宫里,每日给公主讲些有趣的故事,讨得公主欢心。

一天,女神问公主:"您知道您丈夫是哪里人吗? 他叫什么? 属于哪一种姓?"

公主说:"这些我全不知道。"

"公主呀,"女神接着说,"您应该小心点儿,一旦您的丈夫哪一天抛弃您,到时候您到哪儿去找他? 所以,您现在最好问清楚他的姓名和老家的住址。"

公主听了女神的这番话,便来到雨神王子面前,说:"夫君,你要向我发誓,我问你什么,你要如实回答。"

"我发誓。你想问些什么呢?"雨神王子问。

"我想问你从哪儿来,叫什么名字。"公主说。

"我曾经告诉你,我是雨神王子。你以前从来没有问过我这样的问题,快告诉我,是谁让你来问的?"雨神王子说。

公主把女神的话重复了一遍,雨神王子马上明白这是母亲派来的人。他对公主说:"我的好公主,我想你不问这些,对你我都有好处。否则,你会后悔莫及的。"

但是,公主执意要问。雨神王子一看不说是不行了,于是,他对公主说:"你给我在宫里修一个池子,里面灌满牛奶,到时候我什么都告诉你。"

池子很快修好了,并且灌满了鲜牛奶。雨神王子穿着华丽的衣服站在池中间说:"我的好公主,我告诉你,我是仙女国的王子,名字叫迈克·拉迦。现在我的母亲在掌管国事,她想召我回去,于是派女神装扮成朝觐者来欺骗你,你上了她的当。我一再劝你别问这些,你就是不听。现在,我把秘密都说了出来,从现在起我们就得分开。今后,除非你穿上铁鞋,挂上铁拐杖在森林中苦苦找我,等到铁鞋和铁拐杖磨平时,我们才能重逢。好了,再见。"话音一落,雨神王子就消失在奶池里。

公主眼见着雨神王子不见了,她一声又一声地喊叫:"王子!王子!"公主一个箭步冲到奶池前,但是,雨神王子的踪迹全然消失。公主叫用人把奶池里的牛奶全部放掉,结果还是不见王子的踪影,只在池底找到王子戴的一枚戒指。

公主非常痛苦,想起王子临走时说的话,她把戒指戴在手上,穿上铁鞋,挂着铁拐杖去寻找王子。有一天,她走进一片森林里,口渴难忍,便来到井边找水喝。只见许多女孩正忙着从井里打水,她走上前向她们要口水喝,但是女孩们抱起水罐拔腿就跑。她抓住一个女孩的手,反遭女孩的斥责:"你疯了,我们的王子热得浑身直冒火,我们打水为他降温,哪有工夫打水给你喝,要喝水你自己想办法吧。"

"好姐姐,你们的王子怎么样了?"公主问。

"他去了一个国家,回来后全身就如火烧一般滚烫。"女孩说。

公主全明白了,这位王子肯定是自己的丈夫。公主忙哀求道:"姐姐,求你给我一口水喝,然后我跟你们一块儿打水。"喝了一口水,润了润嗓子,她就跟着女孩们一起打水,趁女孩们不注意她把戒指扔进水罐里。

这时,雨神王子全身热得直冒火,他痛苦地连连大声叫喊:"请看在真主的分上,快往我身上泼水。"女孩们加快速度,但雨神王子身上的炙热仍没有丝毫减轻。这时,一个女孩把一罐水泼向雨神王子,一枚戒指也随水落在雨神王子的身上,这就是公主丢进水罐里的那枚戒指。它一接触到雨神王子的身体,他的体温立即降了下来。雨神王子把戒指拿在手中反复观看,认出这是自己留给公主的戒指。雨神王子急忙来到井旁,见到了公主。夫妻两人再次见面,喜悦的心情无法言表。

雨神王子把公主带到母亲面前,对母亲说:"是她救了我,是她让我摆脱了炙热的煎熬。您收她做女儿吧,千万别难为她。"

皇后猜出,面前的这个女子就是和王子结婚的凡间女子,因此她表面上对公主热情关照,心里却十分恨她。皇后动不动就找公主的麻烦,想方设法找一些事刁难她。一天,皇后让人把几千斤重的小麦抬到公主面前,撒到地上,要公主一粒一粒捡起来,否则她就别想吃饭。

对公主来说,捡干净这么多的小麦是不可能的,无奈之下,她只好坐在那儿一边捡一边哭。碰巧王子打那儿路过,看到这一幕,他大吃一惊,告诉公主不要捡了。只见他一招呼,一群小鸟儿飞了过来,在小鸟儿的帮助下,一会儿工夫小麦就被捡完了。皇后见公主捡完麦子,心里明白是王子帮的忙。

皇后见一计不行,便又生一计。皇后的一个远房妹妹有一个女儿,名叫"雷电",雷电与王子从小就定了亲。皇后一直想让王子同她完婚,可是由于公主的原因,王子怎么也不答应。皇后想,只有赶走公主,才能让王子同意与雷电结婚。一天,皇后交给公主一封信,让她把信送给雷电的母亲。公主不认识雷电,更不知道雷电住在哪儿,她拿着信急得直哭。这时王子来了,他拿过信一看,原来信上写道:"她就是和王子结婚的那个凡间女子,你留她住一个月,狠狠地折磨她,她忍受不了就会回到自己的国家去,之后王子和雷电就可以结为夫妻。"王子看到这里十分气愤,他把信撕得粉碎,然后又写了一封信，信的内容是："这个女孩是我们的客人，好好款待她，让她在你那里住一个月。"王子写完信，交给公主并对她说："离这儿不远有一家裁缝店，那个裁缝正在为雷电赶制一件衣服，缝衣服的丝线用完了，没有办法他只好用自己的胡须缝。你把这些丝线送给他，让他把你送到雷电家。"

公主按照王子的嘱咐，拿着丝线来到裁缝店，把丝线交给裁缝，并让他把自己送到了雷电家。雷电和母亲见了信，对公主盛情款待，热情照顾。一个月很快过去了，临走时，雷电和母亲送给公主很多礼物。

公主回来后，皇后看到公主身体调养得很好，感到十分吃惊，她猜测一定又是自己的儿子在暗地里捣鬼。不过，皇后什么也没说。过了些日子，皇后决定让王子和雷电结婚。办喜事的那一天，皇后让公主随迎亲队伍前去，并给她全身和手腕上挂满闪闪发亮的明矾灯。明矾灯发出炙热的光，烤得公主十分难受。王子眼看着自己心爱的人在受折磨，心里十分难受，但他不敢违背皇后的旨意，只能唉声叹气。走着走着，公主实在无法忍受，便对王子说："在我救你之前，你受炙热的煎熬，今天，却轮到我了。你快下雨吧，否则我会被烧死。"

"看到你在受折磨，我心里也不好受。快过来，公主，你把头放在我的马镫上。"王子说。

公主快步走到王子身边，把头放在马镫上。顿时，王子和公主像两朵云彩腾空而起，直上云霄。雷电看到王子把公主带到天空，恼羞成怒，立即追了过去，但是，王子和公主早已远去。

从此，每当阴云密布或下雨时，雷电总是紧追其后，打着闪，穷追不舍，实在追不上，就沮丧地大吼一声冲向大地。妒忌心使她常常电闪雷鸣，游荡于各地。

智慧老人

从前,有一个国王,他像世上所有的国王一样,喜欢游山玩水,过花天酒地的生活。有一天,他外出狩猎,保驾的不仅有文臣武将和奴仆,而且有一支浩浩荡荡的御林军。

正值夏季,骄阳似火,热浪炙人,国王和众人个个热得汗流浃背。从宫里带来的水上午很快就喝完了,到了下午国王渴得口干舌燥,只好派奴仆们到附近去找水。可是,派出去的人一个接一个回来禀告,既没有看到水井,也没有发现泉水和池塘。国王渴得喉咙冒烟,嘴唇起泡,但就是找不到水。最后,国王说实在找不到水,找些水果也行。奴仆们又出去找,找了半天,好不容易找到一棵石榴树。他们想,口渴时吃石榴最能解渴,摘几个石榴给国王解渴吧。可是,石榴都结在树梢上,人很难摘到,奴仆们就用石头打。就在他们为摘石榴忙得不亦乐乎时,国王也赶来了。奴仆们见用石头打不下来,就抱着树摇。忽然,传来一阵笑声,这笑声分明是在嘲笑他们的愚蠢行动。

国王向四周巡视,发现不远的地方有一个瞎老汉在笑。国王十分生气,他命令士兵立即把这个无礼的老汉抓来。

老汉被带到国王面前,国王厉声问道:"岂敢这样无礼地嘲笑朕?"

老汉回答说:"陛下,我在笑您的部下随从。这个季节树林里哪来的石榴?早就叫鹦鹉和松鼠吃光了。即使有也都是些腐烂干瘪的,怎能用来给陛下解渴呢?您的部下要是聪明的话,应该劝您回宫,或者到附近的村镇为您取来水。您说他们是不是愚蠢?他们的做法是不是惹人发笑?"

国王觉得老汉的话很有道理,于是把他带进宫里,并传令宰相:每月发给老汉一塞尔①玉米。从此以后,每当国王遇到困惑和难题时,就宣老人进宫,请他出谋划策。老人总是以自己的睿智和丰富的经验为国王排忧解难。

有一天,宫里来了两个首饰商人,他们带来了两颗"稀有的宝石"。看上去这两颗宝石不仅耀眼夺目,美丽非凡,而且雕刻工艺、式样以及重量都完全相同。商人对国王说:"陛下,它们当中有一颗是无价之宝,而另一颗是块石头。您能来辨认一下吗?"

国王和大臣一一上前辨认,都摇头说"看不出来"。国王派人把老汉叫来,让他看看哪一颗是真宝石。老汉叫商人把宝石拿出来放在阳光下,然后,他用手仔细摸了摸,最后拿起一颗递给国王说:"陛下,这颗是真宝石,您就放心买吧。"

首饰商人十分赏识瞎老汉的辨认能力,他们连声说:"陛下,老汉虽是个盲人,但他辨认宝石的本领非常高超。"

国王十分吃惊,他想:视力正常的人都分辨不清,一个盲人怎么就能分辨出来?他问道:"老汉,你的眼睛看不见,那你是如何辨认出真假宝石的?"

老汉笑了笑,说:"陛下,道理很简单,石头吸热,宝石却不吸热。在阳光底下放一会儿,不就知道哪个是宝石哪个是石头了吗?"

国王十分欣赏老汉的才智,便传令:从今天起每月发给老汉两塞尔玉米。

又过了一些日子,国王把老汉叫进宫,对他说:"老汉,你有头脑,又聪明过人,现在你实实在在地告诉我,我是否是一个有头脑、心地善良和应该世袭的国王?"

老人沉思了一会儿,说:"不,不是。"

老人的回答让在场的大臣都惊呆了,他们个个缩着脑袋不敢吭声。此时的国王更是火冒三丈,他十分生气地问道:"你是如何得出这个结论的?"

老人说:"陛下,您不是世袭国王,您曾经是一个穷士兵的儿子,一步一步升为军务大臣。穷并不是坏事,升官也不是坏事,但是,您谋害了真正的

①一塞尔:约40公斤。

国王——您的恩人之后,霸占了王位。忘恩负义、背信弃义是最大的可耻、最大的犯罪。您欺骗了自己的恩人,所以您不是心地善良的人。您也不是有头脑和有智慧的人,因为您不识好坏,对于我的能力和智慧您只奖给几塞尔玉米,而实际上我完全可做您的贴身大臣,伴随在您的左右,这样您就可以随时听我的意见。您要扪心自问:一个不能赏识他人智慧的人,又怎么能是一个有头脑和有智慧的人呢?"

老人的这番话使国王羞愧得无地自容,也没有一个大臣有勇气站出来替国王回答老人的问题。老人说完这番话,便从容地站起身来走出皇宫。

为 驴 剃 头

　　这是很久以前的事了。某城有一个剃头师傅,名叫纳斯尔。他的技术精湛,常有人登门拜他为师。他自己的铺子里整天门庭若市,找他剃头的大多是钦差大臣和贵族富商。

　　纳斯尔因技术好,很快就发了财,但是,随着钱财的增加,他变得越来越贪婪,越来越傲慢了。他很不情愿为普通人剃头,穷人和乞丐来剃头,他干脆往外轰。

　　一天,有一个樵夫碰巧路过剃头师傅纳斯尔的剃头铺子。樵夫牵着驴,驴背上驮着一大捆柴火。樵夫边走边吆喝:"卖柴火了,卖柴火了!"

　　剃头师傅听见樵夫的吆喝声,出来看了一眼柴火,说:"你这也叫柴火?还没芦苇秆粗,见火就没了。好吧,两个安那①肯卖的话,就卸下来。"

　　樵夫说:"先生,您也真敢说,这足足四十斤的干柴火,您就给两个安那?四个安那,少一个我也不卖。"

　　剃头师傅不高兴地说:"那你走吧,走吧!这生意我们做不成。"

　　樵夫没走出多远,剃头师傅又把他叫了回来,说:"等一会儿,你先别走,你说吧,驴身上的这些柴火,你到底要多少钱?"

　　樵夫说:"先生,我刚说了,四个安那。"

　　剃头师傅说:"不要按我的两个,也不要照你的四个,咱们三个安那成交,怎么样?同意,你就把柴火给我卸下来。"

　　樵夫想:少一个安那就少一个吧,这样倒也省得到处去转了。于是,樵夫把柴火卸下来放在地下。

　　"先生,给钱吧!"樵夫一边伸出手,一边说。

---

　　①安那:南亚国家的一种货币单位,现已不流通。

"东西还没有全部卸下来,就要钱呀!"

"先生,"樵夫说,"驴背上所有的柴火都卸下来了,还要什么?"

剃头师傅指着驴背上的木架子说:"这也是柴火啊,把它给我也卸下来。"

樵夫又惊又恼,说:"先生,您也太过分了。我只卖柴火,并没说卖木架子。"

剃头师傅瞪着眼睛说:"别瞎扯了,驴背上所有的东西都是柴火,我全部买了,当然也包括木架子。少说废话,给我卸下来!"

樵夫说:"别逗了,快给我钱,我还有事呢。"

"你不给我木架子,我就不给你钱。"剃头师傅说。

樵夫说:"先生,把柴火还给我,我不卖了。这样的生意让人不痛快,我到别处去卖。"

剃头师傅说:"已经成交,你就别想反悔,快把木架子卸下来! 拿上三个安那给我走人,再啰唆就揍你。"

樵夫气愤地大喊大叫,但是,剃头师傅根本不理他。剃头师傅拿下驴背上的木架子,推推搡搡地把樵夫赶走了。

樵夫哭着来找法官,向法官讲述了事情的经过。法官经常找剃头师傅剃头,所以就袒护他。法官呵斥了樵夫一通,就把他赶了出去。

樵夫来找大臣说理。因为大臣也找剃头师傅剃头,自然还是袒护他,大臣对樵夫的话更是置若罔闻。

众人给樵夫出主意,说:"去找国王,他每星期五上朝处理民间纠纷,他会给你一个公正的评判。"

星期五到了。樵夫做完祈祷,径直来到大殿,那儿已聚集了很多人。国王认真听了每一个人的申诉,然后做出评判。轮到樵夫了,他走上前,双手合十,非常恭敬地说:"陛下,我受到一个骗子的欺侮和打劫,找法官想讨个公道,法官把我赶了出来;找大臣想说说理,大臣不理我。真主对待敌人都不这样,更何况我还是您的子民呢?"

国王说:"说吧,是谁欺侮、打劫了你?"

樵夫说："陛下，就是这个城里最有名的剃头师傅纳斯尔。"

"纳斯尔欺侮了你?"

"是的，国王。我卖柴火给纳斯尔，将驴背上所有的柴火卖给他，我要四个安那，他说给我两个安那，最后我们商定三个安那成交。"

"后来又怎么了?"国王问。

樵夫说："我把驴背上的所有柴火卸给他，但是，他不给我钱。"

"为什么?"国王又问。

"他让我把驴背上托放柴火的木架子也给他，说那也是柴火。陛下，您说木架子能算在柴火里吗?"

"做交易的时候，你应该事先把条件讲清楚，纳斯尔钻了你没讲清楚的空子，你也可以反其道而行之嘛。"

樵夫说："陛下，我不明白，您说我应该怎么去做?"

国王说："我怎么说，你就怎么做。过来，到我这儿来。"

樵夫走到国王跟前，两个人嘀咕了一阵。

一个星期后，樵夫来到纳斯尔的剃头铺子。他客气地向纳斯尔问了一声好，然后就一声不吭地站在一边。

剃头师傅说："你要是来拿木架子的，就给我滚。"

樵夫说："先生，这都是过去的老账了，别提它了，我认错还不行吗?"

剃头师傅笑了笑，说："本来嘛，就是你的不对。今天来这儿有啥事，别客气，直说好了。"

樵夫说："先生，是这么回事儿，我得到王宫里的一份差事。他们让我把头好好收拾收拾，然后才肯让我做事。全城就数您的手艺好，听说您能把驴头剃成人头的样子。"

剃头师傅高兴地说："那不是吹牛，全城没有不知道我的。"

樵夫一边奉承一边说："听说您只给王公贵族和有钱人剃头，给我剃头不掉价吗?"

剃头师傅问："你想让我给你剃头?"

樵夫哀求说："是的，先生，跟我来的还有一个伙伴，与我一起在宫里干活。您给我们俩剃头，收多少钱？"

"我现在不给一般人剃头，今天对你例外。我们不打不成交，看你的面子收你俩四个安那。"剃头师傅说。

"行，就这么说定了。先生，先给我剃吧。"樵夫一边说，一边递给他四个安那。

剃头师傅两三下就给樵夫剃完了，接着问道："你的伙伴在哪儿？叫他快点儿来吧。"

樵夫从铺子外边把驴牵了进来，对剃头师傅说："它就是我的伙伴，它的皮很软，您得轻一点儿剃。"

剃头师傅原以为樵夫说的伙伴是一个人，没想到是一头驴。他一下子慌了神，急忙说："哎，你什么时候见过给驴剃头的？想拿我开心不成？滚出去！"

樵夫说："我们刚才讲好的，您答应给我们俩剃头，我给了您四个安那。不能说话不算数呀，请给驴剃头吧。"

"那就剃吧！"剃头师傅恶狠狠地说。话音还没落，他就随手抄起一根木棍，把樵夫打了出去。

又是一个星期五，樵夫来拜见国王，状告剃头师傅纳斯尔。国王听了樵夫的申诉，对大臣说："传令士兵把那个剃头的带上来。"

不一会儿，剃头师傅就被带到大殿里。国王问："你答应樵夫给他和他的伙伴剃头，是真的吗？"

"是的，陛下。"剃头师傅低着头回答。

"你为什么要反悔呢？"国王问。

剃头师傅说："陛下，我为樵夫剃了头。"

"但是，你为什么不给他的伙伴剃呢？不是说好了剃两个头吗？"

"可是，至高无上的国王，"剃头师傅说，"我以为樵夫的伙伴是人，结果是一头驴。难道驴也能是人的伙伴吗？"

"既然木架子能算作柴火，驴为什么不可以是人的伙伴呢？我命令你明天早晨在大广场上给驴剃毛，从头到脚。这是对你的惩罚。"

这个消息不胫而走，听到的人都开怀大笑。

第二天，大广场上人山人海，挤了个水泄不通。樵夫牵来毛驴，同时士兵把剃头师傅带进广场。只见剃头师傅在一个大桶里泡好肥皂，然后把泡沫水抹在驴身上，拿起剃刀开始给驴剃毛。刚把驴头上的毛剃光，剃刀就钝了。他拿出第二把剃刀，还没剃到脖子，剃刀又钝了。就这样，他换了第三把、第四把、第五把，一直换到第十把，才把驴毛剃完。

在场的人个个笑得直不起腰，小孩子们一边拍着巴掌，一边取笑剃头师傅，羞得他抬不起头来。

从那以后，再也没有人见过剃头师傅纳斯尔，他永远地离开了这座城市。

哈迪姆与樵夫

在哈迪姆时代，有一位名叫努法尔的阿拉伯国王。由于哈迪姆享有盛名，国王对他产生了敌意，心想：虽然他不是国王，但其名声超过我。于是国王就集结军队，向哈迪姆发起进攻，并占领了他的领地。

哈迪姆是一个心地善良的人，是一名虔诚的穆斯林。他想：要是我也发动战争，那么安拉的很多仆人就将遭到杀戮，就会出现血流成河的悲惨结局，这一切罪恶都将记在我的名下。想到这里，他便只身来到一个山洞里躲了起来。

努法尔听到这个消息后，便没收了哈迪姆的全部家产，并发布告：如果有人抓到哈迪姆，重赏金币五百枚。重赏之下，必有勇夫，不少人开始寻找哈迪姆。

一天，一位老人和他的老伴来到哈迪姆藏身的山洞附近砍柴。老太太说："如果我们时来运转，说不定在哪里能遇到哈迪姆。把他抓到国王那里，就可以得到五百枚金币的赏钱，我们就能过上好日子，不用再受苦受累了。"

老头儿说："闭上你的嘴吧！我们命中注定每天上山砍柴，说不定哪一天，从森林里跑出来一只老虎把我们拖去吃了呢。你就别异想天开了，快干活吧。哈迪姆不会落在你我手里的，就是落在你我手里，国王真能给我们那么多钱吗？"

老太太听了老伴的话，叹了口气。

哈迪姆听了这两个人的对话，心想：如果我躲在这里保命，不让这两位可怜的老人实现自己的愿望，那就谈不上什么英勇无畏和仁慈善良了。说实在的，人要有同情之心，否则，就成了刽子手。

总之，献身的精神使哈迪姆再也待不住了。他走出山洞，对老人说："尊敬的老人家，我就是哈迪姆，把我带到努法尔那里去吧！他看到我后，就会把许诺的赏钱给你们。"

老头儿说:"是啊,这样做会对我有好处。但是谁知道他会怎么处置你呢?要是把你杀了,我可怎么办呢?为了自己的私利,把你交给你的敌人,我绝不会干这种伤天害理的事!那些钱我能受用几日?我还能活几天?我早晚是要死的,死后怎么向真主交代呢?"

哈迪姆再三恳求说:"把我带去吧,我是心甘情愿去的。我一直有一个愿望,就是我的生命和财产要能为他人造福。"

可是老头儿无论如何也不同意带他去换取赏钱。

最后,哈迪姆只好说:"如果你不把我带走,我就到国王那里自首,就说是你把我藏在山洞里的。"

老头儿笑了笑说:"好心却得不到好报,难道我真是命该如此吗?"

在他们争论时,陆续来了很多人。当人们得知眼前这个人就是哈迪姆时,便立即把他抓起来带走了。老头儿见此情景非常懊悔,急忙远远地跟在人群后面。

来到国王面前,一个黑心肠的人说:"除了我,还有谁能有这么大的能耐,这功劳应该归我。"

另一个家伙吹牛说:"几天来,我一直在东奔西走,今天总算从森林里把他抓来了。瞧,我多辛苦啊,请国王陛下按您的许诺赐给我赏钱吧。"

因贪图钱财,这些人一个个都争先恐后地说:"是我抓来的!""是我抓来的!"唯有老头儿默不作声,躲在一个角落里。听了这些家伙的谎言,老头儿暗自为哈迪姆捏了把汗。

等这些家伙摆完了自己的功劳,哈迪姆对国王说:"其实,我是那个站在一旁的老人带来的,不信您可以去问他。如果您会察言观色的话,就可以看出来了。请您履行自己的承诺,人身最圣洁的器官是会说话的舌头,您应该说到做到。不然真主也会给牲畜安上说话的舌头。这样人畜之间不就没有区别了吗?"

努法尔把砍柴的老头儿叫到跟前问道:"说实话,这究竟是怎么回事?哈迪姆是谁抓来的?"

于是，可怜的老头儿一五一十地讲了事情的经过，并且说："哈迪姆是为了我，才来到这里的。"

努法尔听了哈迪姆如此无私无畏，不禁大吃一惊，心想：这个人如此慷慨仁慈，竟能把个人的安危置之度外！于是他下令："把那些冒充抓到哈迪姆的人捆起来，用鞋底在每人头上打五百下，来替代那五百枚金币，都给我狠狠地打！"

说完，鞋底便噼里啪啦地落到那些人的头上。顷刻间，那些家伙一个个都变成了秃子。那些说谎的歹徒受到了应有的惩罚。

努法尔心想：哈迪姆对国家有贡献，他为贫穷的臣民献出自己的生命也在所不惜。而我却与他为敌，这更显出我太没有君子豪杰的气量了。于是，努法尔友好热情地紧紧握住哈迪姆的双手，说："你这样仁慈豪爽，理应受到百姓的拥戴。"

随后，努法尔盛情地宴请了哈迪姆，并把没收的全部财产归还给他，还让他继续做达伊部落的首领。努法尔又从国库中拿出五百枚金币赏给那位老樵夫。老人祈祷感谢真主后，高兴地回家了。

法官与三个王子

从前有一个国王，他有三个儿子。这三个儿子的面貌、秉性和智慧一个胜过一个。国王请来全国最有名望的学者做他们的老师，向他们传授各种知识，结果他们个个足智多谋。

国王年事已高，谢世之前他把三个儿子叫到跟前，当着众大臣的面把王国的疆土分成三份给了三个儿子。等众大臣离去后，国王又把自己的金银财宝拿出来分给他们三个，并且嘱咐说："千万别让外人知道你们有这么多的财宝，最好藏在一个保险的地方。将来你们遇到难处，比如国家被敌人侵占，面临艰难困苦时，这些财宝会大有用处的。"

王子们牢记国王的嘱咐。国王死后，敌人侵占了他们的国家，他们被迫流落他乡。这时，他们想起了国王临终时对他们所说的话，便一同来到渺无人烟的大森林，准备取出财宝。可是，当打开洞穴一看，财宝早已不翼而飞，洞穴内连一颗珍珠也没有剩下。这些财宝是他们三个人一块儿来埋的，当时并无他人在场，如今都被拿走了，他们个个万念俱灰。

大王子对兄弟们说："小偷肯定出在我们中间，不可能是外人。谁拿了财宝，只要他能承认，我们可以原谅他。"两位兄弟低头不语，谁也不承认是自己拿了财宝。看到这种情况，大王子对他俩说："我们去找大法官。他智慧过人，秉公办事，一定能做出公正的裁决。"

于是，三兄弟上路去找大法官，路上遇见一个赶骆驼的人。赶骆驼的人问他们是否见到一头骆驼从这儿过去。

大王子问："是不是瞎了一只眼睛的骆驼？"

"是的。"赶驼人答道。

二王子问："它的后腿是不是瘸了？"

"对啊。"赶驼人回答说。

小王子也接着问："骆驼是不是驮着醋?"

赶驼人说："是啊,太对了,那就是我的骆驼。快告诉我,它现在在哪儿?"

三位王子笑着摇头说："不知道。"看到赶驼人一副疑惑的模样,他们又说,"说真的,我们连骆驼的影子也没见到。"

他们的话使赶驼人勃然大怒,他说："我的骆驼一定被你们藏在什么地方了。骆驼的特点说得那么准确,你们还说没见到。我要到大法官那儿去告你们。"

大王子心平气和地说："我们也正要找大法官断案,走吧,我们一道去那儿评理吧!"

四个人来到大法官面前。大法官先听了赶驼人的诉说,然后又让王子们回答他们是怎样知道骆驼的特点的,后来为什么又都否认见过骆驼。

大王子说："大法官先生,我没有看见骆驼,只看到骆驼啃过的树。这些树都在路的一侧。因此,我断定有一头独眼骆驼从此地经过。"

二王子接着说："我也没见到过骆驼,只发现地上有骆驼的蹄子印,而且后蹄印比前蹄印要浅。因此,我判断它的后腿瘸了。"

轮到小王子回答了,他说："我在树林看见一块骆驼躺过的地方,周围地上泛起一层白糖似的东西。因此我断定,骆驼驮着装醋的皮袋。醋从皮袋里流淌出来,洒在地上才会出现这种情况。但我并没有见到过骆驼。"

大法官听了三位王子的叙述,觉得他们聪慧过人,他十分喜欢他们。他把赶驼人打发走后,又邀请三位王子到家做客。

晚饭后,大法官问起他们此行的目的。大王子把他们的经历讲述了一遍。大法官说："现在你们先休息一会儿,容我想想,不过我想讲一个故事,以共度良宵。"王子们愉快地接受了。

大法官说："有一个美丽的少女爱上一个英俊的青年,两人海誓山盟,要结成终身伴侣。可是,少女的父母强迫她嫁给别人。在同自己心爱之人相会时,少女答应青年,结婚仪式一结束,一定找机会同他见上一面。

"谁知结婚的所有仪式举行完后,她却没有机会脱身出来。这时,她触摸新郎的脚,满脸泪水,如实地对新郎说:'我曾向我的情人许诺过,今天去见他一面。就这一次,以后再也不见他了。'也许是她的真情打动了新郎,新郎答应了她的请求。于是,新娘穿着新婚礼服,戴着各种首饰去会情人。路上,在一片不毛之地,她被一个强盗拦住了去路,并要摘下她的首饰。她赶忙跪下恳求道:'我的新郎让我同情人见最后一面,求你也成全我这一次。我保证返回时一定把这些首饰都交给你。'强盗发了善心,放她过去了。当她一身新娘打扮出现在情人面前时,那青年人惊愕了。新娘如实地述说了所发生的一切。青年十分感动地对她说:'今后你就是我的妹妹。去吧,回到你丈夫身边,你是他的人。'

"返回的路上,正在等她的强盗见她果真回来了,大大出乎他的预料。当新娘要给他首饰时,他却问道:'先告诉我,你的情人如何对待你的?'新娘告诉了他。强盗被他们的真诚所感动,放弃了原先的邪念,让新娘带着首饰走了。新娘回到家,向新郎叙说了发生的一切。新郎一片深情地把新娘搂在怀里。"

三位王子听了这个故事,都很兴奋,他们都赞叹说:"这故事真是太感人了。"

大法官说:"你们都是十分聪明的青年人。你们说,这几位角色中最好的是哪一位呢?是新娘的丈夫,还是强盗或情人呢?"

大王子说:"我认为丈夫的宽阔胸怀是最值得称赞的。"

小王子急忙接着说:"我可不同意你的意见。事实上,新娘的情人才是无可比拟的……"

二王子打断他的话说:"噢,你们可真公平啊,强盗先生所做的牺牲才是前所未有的。"

二王子的话刚说完,大法官说:"是二王子私吞了埋藏的财宝。"

大法官的判决使二王子张口结舌,而其他两位王子连声叫道:"妙!妙!"原来大法官用讲故事的方式,无形中让他们倒出了各自头脑深处的东西,使得罪犯原形毕露。

命运的钥匙

从前，有一个住在乡下的织布工。他勤奋好学，又肯钻研，织出的布精致而好看，但布价比别人的要高出好多，穷苦人买不起，只有富裕农民和地主来买。农村中大部分是穷苦的农民，因此他的布卖出的数量很少。布卖不出去，他就赚不到钱。相反，那些织粗布的织布工的生意却比他的要好。

一天，他对妻子说："我织的布在乡下卖不出去，这儿没人能欣赏我的手艺，也没有多少有钱人，村里其他织布工的生意比我的要好。我想到城里去，那里人多，我的布会受到欢迎的，我能挣很多钱。"

妻子劝他说："我们的生意不好，这是命运的安排，到哪儿去都一样，该赚不到钱就是赚不到钱，进城也没有用，命运是无法改变的。"

"你说的都是些废话。命运不能决定一切，有好的命运，也得有勇气和好的经营方法。你坐在家里不去努力，命运会给你带来什么呢？勤劳才会带来一切。"织布工说。

"你说的话才是废话。命运就是一切，如果我们命中注定要受穷，再勤奋也没有用。"妻子不高兴地说。

"就算是命运决定一切，那我们的命运是什么？为了这个也得去努力，去想办法。你自己不想办法，馅饼是不会掉下来的。我一定要进城去。"

织布工不顾妻子的反对，来到城里。他精心织布，老实做生意，织出的布很受城里人的青睐。布卖得多了，他赚的钱也就多了。后来，他又刻苦钻研，织出许多图案新颖的布来，迎合了城里人的追求和需要。结果，织布工在很短的日子里，就赚了很多的钱。一天，他带着给妻子买的首饰和给孩子们买的好吃的东西，要回家去看看。他从没有坐过船，这次他要尝试一下，于是，他选择了坐船回家。

船穿行在河中，风急浪大，有时颠簸得很厉害，但是，织布工感觉很有意思。随着船的摇晃，他浮想联翩，他想带这么多东西回去，妻子和孩子见了一定会高兴得跳起来，他会对妻子说，"怎么样，勤劳和精明能打开命运的大门"，妻子会心悦诚服地点头称是。就在他陷入沉思的时候，迎面过来一条船，只见那船一靠拢过来，就有几个人跳上他们的船。等到织布工明白过来，才知道这几个人原来是一伙强盗。他们抢走了所有人的钱财，织布工也不例外。所有的东西都被抢走了，只有命保住了。织布工回到家，跟妻子讲述了自己在船上被抢的经过。

妻子说："我没有说错吧，我们就是受穷的命，你出去再远也没有用。今后别再出去了，就待在家里，听从命运的安排吧。"

但是，织布工不同意妻子的说法，他说："命运是需要自己安排的，我一定要再试一次。我这次遭抢，没什么大惊小怪的，在河里乘船本来就有危险，这是我自己的过错，我不该走水路回家。"

过了几天，织布工又说服妻子，自己进城去了。由于有了上次的经验，加上他的精明和勤奋，他挣的钱更多了。又到他回家的时候了，他依旧买了许多礼物往家走。因为有了上次被抢的教训，这次他选择了走陆路。但是，由于出城晚了，当天赶不到家，他只好在途中过夜，第二天再赶回家。当天晚上，他住在一家客栈，早上一醒来，他就拿起自己的箱子上了路。一路上，他的心情好极了，但回到家打开箱子一看，买给妻子和孩子的礼物竟变成了一堆烂布和石头。他明白了，他的东西在客栈被人调包了。

妻子安慰他说："算了，东西丢了，人平安回来就好，再也不要出去了，我们的命运与钱财无缘，你还是相信命运吧。"

"这次被人调了包，都怪我没有安排好。我们不能认命，命运的好坏取决于人的勤奋和智慧，而和别的无关。都说命运，谁又能知道自己的命运呢？就算命运中有的，不去努力，又怎么能获得呢？我一定要再试一次。"

第二天，他又去了城里。这次他更加努力地干活，精心经营，很快又攒了许多钱。这次回家，他经过周密的安排，把东西和钱财装进一个破麻袋扛在肩上，身上穿的衣服也是破烂不堪，俨然是一个穷困潦倒的织布工。为了当天能赶回家，他早早就出了城，谁也不会想到他扛的麻袋里装有钱物。

织布工终于携带钱物回到家中,妻子和孩子见到如此多的东西和钱都高兴极了。织布工神气地对妻子说:"怎么样?这回你看见了吧,只要努力,没有办不成的事,命运的大门永远对勤劳、智慧、不怕失败的人敞开着。由于我自己的过错,失败了两次。命运的钥匙实际上就是智慧和勤劳,缺了这两点将一事无成。"

　　妻子什么也没说,只是微笑地看着自己聪明、勤劳的丈夫。她的神情表明,她完全同意丈夫的话。

聪明的公主

有一个国王,他有七个女儿。国王视七个女儿为掌上明珠,对她们倍加呵护。

国王时常想出一些新招儿逗女儿们玩。一天,他想:我有七个女儿,没有儿子,我爱她们胜过儿子,可我不知道,她们是不是也像我爱她们一样爱我。想到这里,他把女儿们叫过来,让她们站成一行。

"亲爱的女儿们,"国王说,"你们能打个比喻,觉得父王像什么吗?"

大女儿说:"我觉得您像苹果一样甜。"

二女儿说:"我觉得您像波尔糖那么甜。"

三女儿说:"我觉得您像玫瑰甜点那么甜。"

四女儿说:"我觉得您像古拉甘德点心那么甜。"

五女儿说:"我觉得您像巴鲁沙禾点心那么甜。"

六女儿说:"我觉得您像豆面点心那么甜。"

最后,小女儿说:"父王,我觉得您像盐一样好。"

国王正扬扬得意地听着女儿们对自己的赞美,突然听到七女儿把自己比喻成盐,顿时勃然大怒。他说:"愚蠢的丫头,你把我比喻成盐,我就那么渺小,那么微不足道吗?"说完,他对仆人说:"把这个不孝女儿给我撵出皇宫,让她到荒凉的沙漠里待着去吧!"

遵照国王的命令,仆人把七公主带到了一个荒无人烟的地方。七公主疑惑不解:自己到底说错了什么,国王这样惩罚自己?她坐在荒原上,对这突如其来的灾难痛苦万分,为自己的不幸伤心落泪。

当七公主处于绝望之时,来了一个砍柴的老汉。老汉看见一个漂亮的姑娘独自坐在荒原上,猜想会不会是妖怪乔装打扮成的美女,要是真的话,自己就没命了。可是他实在不忍心让一个可怜的姑娘坐在这么凄凉的地方。于是，他走上前问道："姑娘，你是谁？怎么一个人坐在荒郊野外？是迷路了吧？需要我帮你吗？"

七公主看到一位老汉，真是喜出望外，但是，她突然哭了起来。她一边痛哭，一边诉说着自己的不幸遭遇。老汉十分同情她，慈祥地摸着公主的头说："孩子，不要伤心。真主赐福，我老两口无儿无女，能收你做女儿确实是我们的福分。从今天起，你就是我们的女儿了，起来跟我回家去吧。"从此，公主和砍柴老汉夫妻二人相依为命。两位老人无微不至地关怀七公主，千方百计地让她高兴。

七公主十分聪明，她把首饰给了砍柴老汉，让他拿到市场换成钱，盖一处新房子。老汉按七公主的意愿盖了房子，他们三人搬进去住下。

一天中午，天气十分炎热，他们三人正在休息，突然传来敲门的声音。砍柴老汉出来开门，只见一个人站在门口，他嘴唇干裂，疲惫不堪，像是来讨水喝的。老汉回到屋里对七公主说，有一个过路人要讨口水喝。公主说："您让他进来，给他点儿水喝，再叫他在这儿歇会儿。"

老汉把来人带进屋里，让他坐在床上，对他说："大兄弟，稍微休息一会儿，我给你拿水喝。"这时，七公主在另一间屋子里，无意中抬头看了一眼，不禁一愣，原来此人不是别人，正是她的父王。她猜想，一定是父王出来狩猎迷了路。于是，她把老汉叫过来，并低声跟他说了几句话。

老汉把水递给那人，并对他说："我女儿希望客人以后再来，她还要请您吃饭呢。"

国王欣然接受了，并说："我星期五一定来。"

星期五到了，七公主准备了丰盛的饭菜，但是，所有的饭菜里都没有放盐。饭菜做好后，她又穿上华贵的衣服，这些衣服是打那日见到国王后做的。

今天，七公主为了不让国王辨认出来，她头戴面纱，把脸严严实实地遮盖起来。国王带着大臣们来了，七公主上前把客人们迎进屋里。桌子上摆满了各式各样的菜肴。为招待国王，七公主屋里屋外忙个不停。不料，她的衣服引起国王的注意。国王心里一直在琢磨着：一个普通樵夫的女儿怎么会穿着和七公主一样的衣服？家里的摆设怎么会和皇宫的摆设极其相似？

就在国王疑惑不解之时，七公主十分有礼貌地说："陛下，饭都准备齐了，请您用餐。"

国王看见摆在桌子上的佳肴，更是大为惊讶，因为，所有的菜肴跟皇宫里的一模一样。他吃了几口，发现所有的菜都没有咸味，实在吃不下去。

七公主有意问道："陛下，您怎么不吃了？看样子，您是不喜欢我们穷人家的饭菜。"

"不，不是这么回事，孩子，"国王说，"所有的菜都如同皇宫里的菜一样好吃，只是你可能忘了在菜里放盐。你知道，缺少盐，一切都淡而无味。"

"盐是最渺小、最微不足道的东西，即使缺了这种东西，大概也不至于淡而无味吧？"七公主反问道。

七公主的话使国王十分震惊，他想起了小女儿的话。

"你是谁？孩子，你的话很有道理。"国王说。

"我就是那个愚蠢不孝的女孩，她把您比喻成盐，使您龙颜震怒。当时您觉得我的话不中听，未想到今天菜里没有盐，您就觉得无法吃下去。"说到这里，七公主揭开面纱。

国王认出面前这个女孩正是被自己撵出皇宫的小女儿。于是他激动地说："我的女儿……"然后父女俩紧紧地拥抱在一起。

国王找到了女儿，十分高兴，但是，他又为自己的过错而感到忏悔。他对七公主说："我聪明的女儿，那次你的回答是正确的，父王冤枉了你。"说到这里，国王想求得女儿的谅解，将她带回皇宫。

但是，七公主执意不肯，她说："我的父母是砍柴老人，是他们救了我，并且给了我新的生命。他们爱我，供我吃用，但从不希望我把他们比作什么。我当然也爱他们，要跟他们一起生活在这里。"

当老夫妻俩知道他们收养的女孩是一位公主，面前的客人是国王时，感到十分惊恐。虽然他们收养公主这么久，舍不得让她离开，但是为了他们父女团圆，还是说服公主跟国王回去了。国王为了感谢老汉，赏赐他许多钱财,还给他加封了官爵。

国王带着公主回到皇宫,王后和其他公主看到她安然无恙地回来了,都非常高兴。

话 中 有 话

有一个乡下老汉每天清晨进城做工,傍晚回家。一天,从城里回来的路上,他遇见一个年轻人。年轻人看见老汉,先向他问好,然后说:"老伯,您这是去哪儿?"

老汉说:"我从城里回来,现在回村去。"

年轻人说:"我也去那个方向,如果您不介意的话,带我一块儿走,一路上我们可以做个伴。"

老汉同意了年轻人的要求,他们一同朝村子走去。没走出多远,年轻人便说:"老伯,路还很远,最好您背我一半路,我背您一半路。"

老汉听了年轻人的话很不高兴,他说:"年轻人,你可真能想招儿,你能背动我,可我年已古稀,怎么能背动你呢? 这不行。"

过了一会儿,他们来到一条河边。岸边长着酸枣树,上边结了不少的酸枣。一阵大风吹来,酸枣一个个地掉落到河里。年轻人说:"老伯,这是噶因树吧?"

老汉瞪了他一眼,说:"傻瓜,这不是噶因树,是酸枣树。"

年轻人反驳说:"不,是噶因树。"

两人为此争得面红耳赤。

最后,老汉说:"你这小伙子不懂装懂,还强词夺理,我不和你一块走了。"说完,老汉独自朝前走去。

不一会儿,老汉觉得太闷,又招呼年轻人一块走,两人又走到一起。这时他们来到一块田边,农民正在播种。年轻人说:"老伯,这些人现在就吃完了庄稼,以后还吃什么?"

老汉说:"小伙子,你真傻,他们那是在犁地播种,等到庄稼成熟了,收回家做成饭才能吃。"

说着说着,他们来到了老汉的村庄。年轻人对老汉说,他想在村里住一夜,老汉便把他带到村里的清真寺住下。

老汉回到家,女儿见父亲比平时回来得晚,就问他为什么。老汉说:"路上碰见一个傻得非常可怜的年轻人,他提了不少令人发笑的怪问题,跟他一块儿走耽误了一点儿时间。"老汉便把一路上与年轻人所争论的事说给女儿听。

"我觉得他挺聪明。"女儿说。

"你先别说他聪明还是傻,我看你倒是变傻了。"老汉说,"你说,他的那些话句句牛头不对马嘴,是聪明人说的话吗?"

"父亲,"女儿说,"那个年轻人跟你说'您背我一半路,我背您一半路',这句话的意思是路很长,前半段路你讲故事,后半段路由他来讲,这样走起路来就不会感到寂寞和疲劳,不知不觉就能走到家。第二件事,他看到大风把河边酸枣树上的酸枣刮进河里,他坚持说河边生长的是噶因树。他的意思是,酸枣掉进河里都浪费了,同噶因树不结果实没有什么区别,因为它掉进河里,顺水流走了,谁也拿不到手。第三件事,他的意思是,如果他们借钱来耕种,那么就等于播种之前就把秋天的粮食吃完了;如果用自己的钱播种,将来的收获是自己的,是粮食的主人,收获时才吃。父亲,您说的那个年轻人住在哪儿?"

"住在清真寺里。"老汉说。

"他是我们家的客人,应该打发人给他送些饭去。"女儿说完,赶忙做了四张油饼,上边放了许多香喷喷的烤肉。她嘱咐送饭人把饭送到清真寺,并捎去她的口信:十四的夜晚,月明星繁,清真寺拐角处有塔四座。

送饭人路上吃掉了一张饼和不少的肉,把剩下的三张饼和一点儿肉交给了年轻人,并把姑娘的口信说给这个年轻人听。年轻人听了姑娘的口信,看了一眼饼和肉,让送饭人传话:十四的夜晚,月明星疏,清真寺拐角处有塔三座。

姑娘听了送饭人带回的口信,便明白了送饭人吃了一张饼和许多肉。她把送饭人痛骂了一顿。然后让父亲把年轻人叫到家里。从此,年轻人和老汉一起种田。由于他们聪明能干,他们家很快富了起来。过了一些日子,老汉把女儿许配给年轻人,并说:"这个年轻人的确聪明勤奋。"

三 个 问 题

一个村庄里住着兄弟俩。弟弟穆罕默德非常穷,日子过得很苦;哥哥马力克很有钱,生活极为奢侈。虽说他们是亲兄弟,但哥哥从不接济弟弟,而且还说:"贫穷是他命中注定的。"

弟弟穆罕默德对哥哥的话总是默默地听着,他又能说什么呢? 可怜的他一年到头拼命地干活,收获的粮食只能勉强糊口。斗转星移,日子就这样一天天地过去了。一天,穆罕默德突然想:我干吗不去别的地方碰碰运气呢? 经过几天的思考,他终于走出家门,去碰运气了。他暗下决心,不获成功,决不回来。

穆罕默德毫无目标,朝着一个方向连续走了几天几夜。累了他就坐下来休息一会儿,天黑了赶到什么地方,他就在什么地方过夜。一天,他来到一个工地,这是给国王修建宫殿的工地,瓦匠、木匠和艺人忙得不亦乐乎。瓦匠们垒好一道墙,又去垒另一道墙,奇怪的是,当第二道墙快要垒好时,先前垒好的那道墙就倒塌了,瓦匠们回过头来再垒第一道墙;当第一道墙快垒好时,第二道墙又塌下来了。就这样反反复复,瓦匠们垒了几个月,也只垒出一道墙。问题出在哪里? 谁也搞不清楚。国王十分着急,于是问道:"这到底是怎么回事儿?"

穆罕默德看到这种情形,感到非常奇怪,站在那儿直发愣。

国王看见了,问他:"喂,陌生人,你是谁? 要去哪儿?"

他回答说:"国王陛下,我是一个穷农民,要去别的城市碰碰运气。"

"哎,好心的小伙子,"国王说,"你要是能达到目的,一定别忘了我。"然后他又压低声音说,"顺便为我打听一下,为什么这墙就是垒不起来? 垒一道,另一道就塌了?"

"国王陛下,我会尽力的。"穆罕默德答应了国王的要求,继续赶路。

一天，穆罕默德来到一条大河边。这会儿他有点累了，就坐在河边休息。看着宽阔的河面，他发愁怎么能到对岸去。在他愁眉不展的时候，有一只大乌龟从河里爬了上来。

乌龟问："哎，过路人，你是谁？要去哪儿？"

"我是一个穷农民，要去别的城市碰碰运气。"穆罕默德回答说。

听了他的回答，乌龟说："朋友，你要是达到了目的，一定别忘了我这只可怜的乌龟。"说到这里，它爬到穆罕默德的身边，接着说，"我生活在冰凉的河水里，但是我的胸腔里时时刻刻就像有一团火在燃烧，难受极了。请你为我打听一下，这是什么原因？"

穆罕默德答应了乌龟的请求，对它说："你放心吧，我一定为你打听清楚。"说完，他又继续赶路。

一日，穆罕默德来到一棵李子树下，树上挂满了熟透了的李子。他觉得有点饿，想摘几个充饥，于是，他就摘了几个。他拿起一个就吃，可是李子又苦又涩，他随手就扔掉了。接着他又吃第二个，还是又苦又涩，只好又把它扔掉。他一连尝了几个，竟然没有一个李子是甜的。他生气地要上前折断树枝，并且说道："像这样的苦李子树还要它干什么？不如把它连根拔掉，免得叫别人像我一样上当。"

但是，当他要动手折断树枝时，李子树开口说话了。它说："非常遗憾，凡是吃我的果子的人都这样说，我自己也很苦恼，不知道为什么我结的果子都是苦涩的？"接着，它又对穆罕默德说，"哎，好心的小伙子，你是谁？要去哪儿？"

"我是一个穷农民，要去别的城市碰碰运气。"穆罕默德回答说。

李子树说："朋友，如果你达到了目的，千万别忘了我，帮我问问，为什么我的果子又苦又涩？"

穆罕默德答应了李子树的请求，继续赶路。

穆罕默德又走了好几天，来到一片大森林，发现了一座茅草屋，想进去休息一会儿。他进了茅草屋，看见一个老人正在酣睡。这个老人是一个游方僧，他要在这里沉睡十二年，醒来之后十二年不用睡觉。穆罕默德到达时,他已经睡了十二年,快醒了。

当游方僧醒来时,他看见一个陌生人站在跟前,就说:"孩子,你在我睡觉的时候还陪着我,我很喜欢你。请告诉我,你是谁? 要去哪儿?"

穆罕默德说:"老伯,我是一个穷农民,要去别的城市碰碰运气。"

游方僧仔细看了看穆罕默德,慈祥地抚摸着他的头,说:"行了,别再往前走了,从来的路上回去吧。"

穆罕默德恳求说:"老伯,我在来的路上曾答应帮助别人请教三个问题,问题还没有解决,我哪能回去呢?"

游方僧问:"哪三个问题?"

穆罕默德叙述了一路上遇到的事,他说:"您能先告诉我为什么那个国王的宫殿就是建不起来,几个月的时间只垒起一道墙吗?"

游方僧说:"这个国王有一个女儿,到了结婚的年龄,但是,国王到现在也没有把她嫁出去。只要她不嫁出去,国王的宫殿的墙就垒不起来。"

"乌龟生活在冰凉的河水里,但是它的胸膛里总像有一团火在燃烧,这是为什么?"穆罕默德接着问。

"它太自私了,"游方僧说,"真主赐给它智慧,但是它始终把智慧藏在胸中。你告诉它,把智慧的一半分给别人,胸膛就不难受了。"

穆罕默德又提出第三个问题,他说:"请您告诉我,为什么那棵李子树上的李子又苦又涩呢?"

"因为这棵李子树下埋着宝物,只有挖出来,它的果实才会变甜。"游方僧回答道。

穆罕默德得到了三个问题的答案,他向游方僧表达了感激之情,然后踏上了返回的路程。他首先来到李子树跟前,李子树立即问道:"好心的小伙子,我的问题找到答案了吗?"

"是的,我知道了其中的原因。你的根部埋有宝物,它使你的果实又苦又涩,只要把宝物挖出来,你的果实就变甜了。"

听到这里,李子树央求穆罕默德说:"朋友,看在真主的分上,你快把宝物挖出来拿走,我一生都会记住你的大恩大德。"

穆罕默德当即挖了起来,刚挖了几下,就有一个箱子露了出来。他把箱子拿出来打开一看,里边装满了金银珠宝。他带上这些宝物,告别了李子树,又往前走。

当他回到河边时,看见乌龟正在那儿等他。乌龟见到穆罕默德,急不可待地问:"朋友,你为我打听了吗? 为什么我的胸膛里总像有一团火在燃烧?"

"我帮你问过了。"穆罕默德说。

"那是什么原因?"乌龟焦急地问。

"真主赐给你智慧,你却把它深藏起来。你不把其中的一半智慧分给别人,你就要永远遭受折磨。"

听到这里,乌龟爬到穆罕默德的身边,小声地对他说:"那好,我把其中的一半分给你。"

穆罕默德离开了乌龟,继续往回赶路。最后,他来到国王的建筑工地,看到瓦匠们还在垒墙,情况依然如旧。

国王看见穆罕默德回来了,高兴地问道:"喂,好心的小伙子,你帮我问了没有? 为什么宫殿的墙垒不起来?"

"我问过了。"穆罕默德说。

"那快点说给我听!"国王迫不及待地说。

"陛下,"穆罕默德说,"您有一个到了结婚年龄的女儿,可是您到现在还没有把她嫁出去,只要您不把她嫁出去,您的墙就永远垒不起来,宫殿也别想建成。"

国王马上问穆罕默德:"你愿意同我的女儿结婚吗?"

穆罕默德说:"只要您认为我配做您的女婿,我就愿意。"

国王同意了,开始着手准备他们的婚事。没过几天,穆罕默德就与公主正式结为夫妻。从此,穆罕默德的生活发生了翻天覆地的变化。

不久,穆罕默德把哥哥马力克接来。马力克看见自己的穷弟弟成了国王的乘龙快婿,十分吃惊。他不相信这一切都是真的。

穆罕默德对哥哥说:"你总说贫穷是我的命,我永远也摆脱不了它,但是,现在我通过自己的努力,改变了自己的命运。"

　　哥哥听到这里,惭愧得无地自容。他想:弟弟穷的时候,我从来没有帮助过他,只想着自己。现在,他既有钱财又有地位,不知今后他会怎么对待我?实际上,马力克的担心是多余的,穆罕默德原谅了他,还请他搬到王宫里住。从此,兄弟俩一起过着幸福美满的生活。

俄罗斯
民间故事

潜鸟的故事

据老人们说,从前没有陆地,所有的飞禽走兽都栖居在一块特大的冰块上。这块冰块在大海里漂来漂去,谁也说不出它将漂向何方。大家都在无忧无虑地打发日子,又是唱,又是跳,什么也不想知道,也不爱往坏处想。但是,冰块在一天天融化、破碎,最后到了飞禽走兽要被海水吞没的一天。

这时,年纪最大又最精明的熊爷爷把冰块上的所有居民召集到一起,对它们说:"咱们到底还是要被淹死了。"

"是快要淹死了。"众鸟兽表示同感,"因为冰块已经很小了。"

"也许还能对付过去吧?"鹿兄弟说,"因为到现在咱们也还是好好的嘛。来,咱们最好还是尽情地跳舞吧!"

"跳够了!"熊爷爷说,"得采取求生措施。"

"是得采取求生措施!"全体飞禽与走兽一致赞成。

"但采取些什么措施呢?"熊爷爷用爪子托住腮帮问。

小鼠彼斯特鲁什卡尖声尖气地说:"冰块上要是没有大兽,我们这些小兽完全可以无忧无虑地再待上好些日子!"

"你快说该采取些什么措施吧!"熊爷爷说,"我听不懂你这是什么意思。"

"我是说,要是你们这些大兽走开,那我们这些小兽还可以无忧无虑地待上好长时间。"

"那我们这些上年纪的该上哪儿去?"熊爷爷感到莫名其妙。

"自己看着办吧。"小鼠一声尖叫,"又不是小孩子。"

熊爷爷气坏了。

"好吧。我可以淹死,"它说,"要是这样能救大伙儿的话。"

"不!"北极狐兄弟吠起来,因为它非常喜欢熊爷爷,"今天要是熊爷爷淹死,明天就该轮到你这只傻老鼠了！你们看,冰块在一天天变小,得想出些别的办法来才行!"

然而谁也不知道该怎么办好。

这时熊爷爷又说:"很可能海水下面有些什么硬家伙,最好能下去取上一些来粘成不化的东西。"

"对,对!"飞禽与走兽齐声喊,"只是咱们得给那'不化的东西'想出个名字来。"

"是啊,没有名字不行。"精明的熊爷爷表示赞同,"咱们就暂时叫它'土'吧,怎么样?"

"好,好!"大家欣喜无比。它们还不知道要把土取上来有多难。

"咱们怎么去取呢?"熊爷爷陷入沉思。

"我知道!"雪鸥叽叽喳喳地叫上几声。它摇摇尾巴,擦擦喙,等候大伙儿安静下来。"得去求求太阳!请它把海水晒干,土就露出来了。"

"乌拉!"飞禽与走兽齐声高喊,"对极了!"

"太阳暖洋洋的!"雪鸥尖声尖气地吱吱叫着,"我非常喜欢太阳!"

"我也喜欢,我也喜欢!"众鸟兽齐声高喊,"我们都喜欢太阳!"

于是,它们去求太阳。

太阳听完众鸟兽的请求,便驾着五彩金光,慢腾腾地向它们走来。

熊爷爷彬彬有礼地向它表示问候,说:"太阳兄弟,请您救救我们吧。冰块已经很小了,您要是不太为难的话,请快去把海水晒干,好给我们土。"

"我很快就去把海水晒干,"太阳回答,"只是我还得再靠近一些……"

可是,当太阳靠近以后,冰块化得更快了,坐在边上无所事事瞎晃腿的狼大叔一下子掉进海水里,发出一阵嗥叫。据说,正是从那时起,狼便养成了习惯,一有情况就大声嗥。

"哎呀,您走吧,您快走,请您走开好了!"众鸟兽异口同声地喊道,"您这是在害我们啊!"

"我马上就走。"太阳满肚子委屈,"你们这些娇生惯养、又蠢又胆小的家伙!真是一点儿苦也吃不了!"

这时，狼大叔费了好大劲才爬上冰块，全身发抖。

"哎呀，水实在是太凉了！"它全身哆嗦不止地说。

"咱们现在该怎么办？"熊问。

"得……得去请……请风来！"狼大叔冻得直发抖地说，"叫它来把海水刮走，土就露出来了。风不会把冰块吹化的。"

"对，对！"众鸟兽齐声说，它们去请风来帮忙。

"我去！"风号道，"我去把海水赶跑！"

顿时海上掀起了大浪，可是冰块发出噼噼啪啪的破裂声，海水一阵阵涌来。

"哎呀，您走吧，您快走，请您走开好了！"众鸟兽异口同声地喊道，"我们宁愿待在冰块上吓得浑身发抖，也比淹死强！"

"你们反正也得淹死！"风号道，"因为你们一个个都是那么娇生惯养，又胆小又愚蠢。"

说完，风满天追赶着乌云去了。

"太阳和风都无能为力。"熊爷爷闷闷不乐。

"白请它们了！"狼大叔哭声哭气地直抱怨，"它们只会帮倒忙！这一来冰块更小了！"

这时众鸟兽互相挤着待在已经变得很小的冰块上，不知如何是好。

"我就说过，"小鼠彼斯特鲁什卡吱吱叫道，"最好让所有的大兽跟太阳和风一起滚蛋！"

"你要是再叫，"北极狐兄弟说，"小心我把你吃了！"

那个时候还没听说过有谁吃谁的先例，谁也不知道那是怎么回事。

"哎呀呀，太糟糕了，太糟糕了，太糟糕了！"狼大叔大嗥起来。

"光哭有什么用。"熊爷爷说，"要是太阳和风都办不到，咱们自己下去把土取上来好了。谁下水？谁勇敢？"

"哎哟哟！"狼大叔大声哭诉，"我是很勇敢，不过我已经下过水了。"

"好吧，"熊爷爷说，"我下去。"

说完，它潜入海浪之中。

大半天都没见它出来。

一直紧随其左右的北极狐兄弟甚至哭了。

突然一阵浪花过去,水面上露出熊爷爷的脑袋。

"没取到。"它又打喷嚏又吐唾沫,说,"很可能是什么土也没有,看来咱们是白想出了这个名字。"

可怜的鸟兽一个个流下伤心的泪水。这是明摆着的事,谁又愿意去死呢!

"难道太阳和风都说对了?"熊爷爷咆哮起来,"咱们是太娇生惯养和贪生怕死?"

"不,咱们并不娇生惯养,也不贪生怕死!"这时,鸟兽群中不知是谁咯咯地叫了两声。

"那么你们当中谁是不怕死的硬汉?"熊爷爷问,"请站出来呀!"

"我!"一只小小的灰色潜鸟从那些大兽身后探出头来。

"是你?"众鸟兽大为惊愕。这只小鸟居然如此厚颜无耻,引起它们一阵骚动,冰块都差点儿给弄翻了。

"你是不是想说,你比太阳还厉害?"雪鸥叽叽喳喳地叫上几声。

"也许你比风还厉害?"狼大叔一声吼,也不知是因为冷,还是因为气愤不过,只见它上牙直打下牙。据说,狼就是从那时候起落下了这个毛病,一有事便上牙打下牙。

"也许你比我还厉害吧?"熊爷爷向来都是以沉着和通达著称,这次也憋不住吼了起来。

"你比熊爷爷还厉害?"北极狐兄弟气不打一处来,"你呀,一只灰不溜丢的大傻鸟!你还比谁都厉害!你就待着吱吱地叫唤吧!"说完,它还拽了拽潜鸟的小尾巴。

小小的灰色潜鸟走到冰块边上,一声不响地潜入海水里。

大半天也没见它出来。

太阳躲了起来,风平息了。四周显得相当平静,海浪也不再喧腾。

鸟兽们不时望望映着它们脸孔的海水,都害怕动上一动,担心弄翻了冰块。

"怕是淹死了吧?"熊爷爷叹了口气。

"大概是水压太大把它挤死了。"狼大叔表示赞同。

"它虽说小,但很勇敢,"雪鸥吱吱叫,"我真不该这么气呼呼地冲它嚷!"

"是啊,我也不该拽它的尾巴。"北极狐兄弟叹了口气,"它要是没淹死,我以后再也不拽它的尾巴了。"

光滑如镜的海面上先冒出几个水泡,然后是血。

"挤死了,"狼大叔叹了口气,"这可真是太糟糕了!"

不过且慢。就在刚才冒出水泡的地方,突然露出了那只小小的灰色潜鸟。它像个漂子在水面上漂来荡去,嘴里衔着一小块带草的土。血顺着它的脖子流淌,不过谁也没看出这一点。

"乌拉! 乌拉!"众鸟兽齐声高呼,"有土!"

潜鸟把那块宝贵的土放在冰块上,说:"不过这还很少,还得再潜下去。"

说完,它又潜入水下,再次把土衔上来。其他所有的飞禽与走兽用它弄上来的土粘成一个大土块。这可是个艰苦的工程。你们要是不信,不妨去试试好了。

众鸟兽终于得救了。北极狐这时才发现潜鸟脖子上的血,那是潜得太深的缘故。它想用爪子洗去潜鸟脖子上的血,但无济于事,红印怎么也洗不掉。据老人们说,就是从这个时候起,人们开始把小小的灰色潜鸟叫作红嗉子潜鸟。而且它的所有子孙生下来也是脖子上带着红印。这样一来,所有的飞禽与走兽,后来是人,听说这个故事以后,达成一致协议:任何时候也不许欺侮红嗉子潜鸟,所以直到今天它没有一个敌人。它可以任意飞、任意游,谁也不去惊动它。

从土块粘成的那天起,小鼠彼斯特鲁什卡的日子便不好过了。无论是狼还是狐狸,抑或白鼬,尤其是北极狐,大家都想把它逮到手。这还不算!就是光吃地衣和草的鹿,只要碰到小鼠,也不会放过它。

熊爷爷从那时起一直住在冰天雪地里。它全身变得雪白,成了一头白熊。据说它见了潜鸟也怪难为情的,因为它朝潜鸟吼过。不管怎么说,潜鸟到底是真正的英雄。它这个英雄无论是比太阳,还是比风,甚至比熊爷爷都有能耐。

　　熊爷爷现在孤身一人住在浮冰群上,只有北极狐兄弟没忘了它。北极狐到处跟着它,就捡它吃剩下的东西果腹。北极狐的饭量本来就不大嘛!

小山雀唱起春之歌

很早很早以前，所有的飞鸟都栖息在南方，所以春天里阿尔泰一带也只有溪流在欢歌。

一次，北方送来了河水的春歌，引起了众鸟的一阵骚动："是谁不分白天黑夜地在那边唱歌？是谁在那边啼啭？阿尔泰那边有什么开心事？又有什么好事降临那里？"

但是，要想飞到那人所不知的地方去，谁也没这个胆量。

金雕动员过椋鸟、鸫和布谷鸟，但都枉然。足智多谋的猫头鹰、娇生惯养的苍头燕雀、灰雁和凶猛的鹞鹰也不愿前往。就是气度高贵的隼也下不了上路的决心。

只有小山雀有这个胆量。

"喂，"金雕追着它喊道，"要是那边好，就快回来，给所有的鸟带路！"

"啾——啾，啾——啾！"小山雀啁啾道，"我——一定——回来，我——一定——回来！啾——啾！"说着，它飞远了。

它飞过大海和谷地，飞过森林和河流。一开始它还尽量飞快一些，不停地扇动翅膀，后来速度就越来越慢了……肚皮冻僵了，翅膀已经乏力……最后等到飞不动的时候，它看见了阿尔泰起伏的群山。在初升旭日的照耀下，整个阿尔泰山峦金光万丈，覆盖着冰雪的丘陵和谷地像燃着一团团火。

"啊，多大的一堆火呀！"小山雀说，"宁可让火烤焦，也比冻死强……"

它收起翅膀，落了下去。不过不是落在火里，而是落在雪地上。

"吱——吱——吱……"小山雀一阵尖叫，"在这雪地上我可要冻死了……"

然而，这时它在一棵光秃秃的树枝上看到个小裂缝，里面有几只小虫。

小山雀啄了一下，又一下。它一时心花怒放，肚皮暖和过来，脑袋也不再那么沉甸甸的了。

它忘了飞来这里的使命，忘了是谁派它到这片丰饶的土地上来的，连生养它的地方也被它抛到了九霄云外。

突然，一阵大风把树刮得东倒西歪，天空被鸟翅遮得乌黑一片，这是鸟类大军飞临阿尔泰。

飞在最前面的是那只金雕。

小山雀如梦初醒，一下子吓得魂儿都没有了。这时金雕已经在小山雀的上空盘旋，大声责问："你为什么不回去找我们？为什么不回去把所有的鸟兄弟都带到这片丰饶的土地上来？"

小山雀耷拉下脑袋，连尾巴也不再抖动，它不知道该怎样才能证明自己是无辜的。

森林里寂然无声，小山雀听见了第一批滴水的滴答声。它一抖身子，猛然醒悟过来，说："我向您鞠躬了，伟大的金雕！这带地方冰有山厚，连连下着鹅毛大雪。我一个人在这里跟冬天斗，呼唤着春天：'迪——凯！迪——凯！春天，快来吧！春天快来吧！'正是在我的请求下，才吹起了暖风，白雪开始发乌变黑。我自己本打算启程去叫你们，但没工夫，一直在'迪——凯！迪——凯！春天，快来吧！春天快来吧！'地叫个不停。啾——啾！啾——啾！吱——吱——吱！您听吧，听吧！伟大的金雕，您看吧，看吧！迪——凯！迪——凯！"小山雀在啼啭，"春天啊，你快来吧！"

果然，凡是小山雀的歌声所到之处，冰雪在融化，溪流在苏醒，树木开始绽出新芽。

"好吧，"金雕笑笑，"算你运气好，这次饶了你。明年咱们就该得到证实，看你说的是不是真话。"

就从那时起，为了让骗局不被戳穿，小山雀在森林里总是最早唱起春之歌。

伤心的马鹿

　　一只火红色的狐狸从绿茵如盖的丘岗上来到万木葱茏、古木参天的森林，还来不及为自己挖好洞，森林里的事对它就已经不再是秘密：熊已经老得不中用了。

　　于是狐狸满森林里去哭诉道："哎——呀——呀，真是倒大霉啊！我们的头领棕熊没几天活头了。它的金黄色大衣已经褪色，尖牙利齿已经变钝，爪子也不像原先那么有力。快呀，咱们快来集合，大家来议一议，看森林里谁最聪明，谁最漂亮，咱们就给它唱赞歌，推举它登上熊的王位。"

　　在九座大山的山脚下，有九条江河在这里交汇，一道湍急的山泉上方耸立着一棵枝叶繁茂的雪松。这座森林里的兽类现在就是会聚在这棵雪松树下，互相显摆自己的大衣，夸耀自己如何聪明、如何有力气、如何漂亮。

　　熊老头也来了，说："你们在吵什么？都在争些什么呢？"

　　众兽立刻安静下来。只有狐狸仰起尖尖的嘴脸，尖声尖气地叫道："啊，尊敬的熊，祝您万寿无疆，永远健康！我们在这里争得不可开交，不过谁是谁非还得您说了算：我们当中到底谁最值得尊敬，谁最漂亮？"

　　"每个人都有自己的长处。"熊老头嘟哝道。

　　"是呀，英明的熊，不过我们还是想听听您的意见。您只要指出来，我们就给它唱赞歌，让它登上王位。"

　　说着，狐狸抖开自己火红色的尾巴，用舌头去修饰金黄色的毛，抿平白花花的胸部。

　　可就在这个时候，众兽突然看见从远方跑来的马鹿。只见它那四只强劲有力的细腿从山巅上飞跃而过，多叉的犄角在天穹上留下一道划痕。

　　狐狸还未从惊愕中回过神来，马鹿已经来到跟前。

　　马鹿虽说跑得很快，但它又平又光的毛一点汗珠也没有，细长的肋骨依然动作如初，鼓鼓的血管里流的是温乎乎的血，心脏的跳动还是那么平缓，一双大眼睛，目光平和而安详。它用粉红色的舌头舔舔褐色的嘴唇，露出雪白的牙齿，展颜一笑。

熊老头慢腾腾地站起身，打了一个喷嚏，将爪子伸向马鹿，说："它才是最漂亮的哩！"

狐狸妒火中烧，咬了自己的尾巴一口。

"气度高贵的马鹿，您过得还好吗？"狐狸问，"您那四只修长的腿看来很累了吧？宽大的胸膛也憋得挺难受的吧？小个子的松鼠赶在您前边了，罗圈腿的狼獾早已来到这里，就连走路慢条斯理的狗獾也比您早到了。"

马鹿低下犄角分叉的头颅，毛茸茸的胸膛微微颤动，慢声慢气地说："尊敬的狐狸！松鼠住在这棵雪松上，狼獾就在邻近的一棵树上睡觉，狗獾的家就在这座小丘下面，而我翻过了九山九岭，蹚过了九条河流……"

马鹿抬起头。只见它的耳朵像绚丽的花瓣，长着薄薄一层绒毛的犄角像灌满五月蜜般晶莹剔透。

"你在唠叨些什么呀，狐狸？"熊老头颇不高兴，"莫非是你自己想当头领？"

熊老头把狐狸扔得远远的，看了马鹿一眼，说："气度高贵的马鹿，请您坐上王座吧。"

可狐狸又跑了过来："哈——哈——哈！居然想推棕色的马鹿当森林之王，要给它唱赞歌哩。哈——哈——哈！它现在倒是还看得过去，可到冬天你们再看看它吧：头上的犄角不见了，脖子细长，身上的毛一绺一绺的，走路弓着身子，风一吹就东倒西歪。"

马鹿无言以对。它看了众兽一眼，它们也悄然无语。

就连熊老头也想不起来一到春天马鹿又会长出新的犄角，每年它的角上都会长出一个新叉，就这样年复一年地分叉越来越多，所以马鹿是越上年纪越显得精神。

马鹿伤心极了，眼眶里流出灼热的泪水，以致把脸颊烧得露出了白骨，连骨头也烧弯了。

所以,现在马鹿的眼睛下方都有两个深窝。不过,这样一来它们反倒显得更加英俊,不仅野兽,就连人都说它们长得美。

猎人与夜莺

从前,有个城市里住着一个猎人。他是个神枪手,每次打猎都没有空手而归的时候,在城里备受人们尊敬。

有一次,他没能弄到猎物,心想:我要是空手回去,人们一定会对我失望的。看来我还得再往远处走一走,说不定会碰到什么东西,空手回去脸都没地方搁。

他再往前走,突然看见有只夜莺在一株麦穗上唱着动听的歌。他举枪瞄准。

夜莺也在自己的视野里看见了猎人,吓了一大跳,赶紧收住歌喉,声音颤抖地说:"我的末日到了。喂,猎人,你打算怎么办呢?"

"我要打死你!"猎人回答。

"我知道你是个百发百中的神枪手,所以千方百计避开你常去狩猎的地方。我的个子太小,我的肉都塞不满你的牙缝。你还是别打死我吧,留着我在花间戏耍、唱歌,也好让人们开心。"

猎人说:"喂,夜莺! 你的话也在理,可我打死你不是为了吃肉。我每次回城都不曾空过手,空手回去对我是极大的耻辱。"

夜莺对此答道:"那就请你耐心等一会儿吧,先让我说三句话,等我说完你再打死我也不迟。"

"你说吧,夜莺,我洗耳恭听。"

于是夜莺说:"不可相信的话你千万不要轻易相信。对做过的事不能后悔。不能伸手的地方就不要伸手。"

猎人听完这三句话后把枪放下。他觉得夜莺的话有道理,于是说:"我不打死你了。"

夜莺飞到一棵高高的树上,说:"喂,猎人! 我骗了你。其实,死对我来说并不可怕。我肚子里有一颗鹅蛋那么大的宝石,七个皇帝合伙也买不起。我刚才是在想,这颗宝石很可能会落到像你这种冷酷无情的敌人手里。"

猎人再次举枪瞄准,但是夜莺藏在叶簇里,虽说听得见它说话的声音,却看不清它在什么地方。于是猎人把枪扔到一边,抱着树便往上爬。他一只脚踩在一根细树枝上,树枝折断了。他掉到地上摔了个半死,疼得直哼哼,连声呼叫夜莺:"哎哟,亲爱的夜莺,快来帮帮我的忙呀!"

夜莺从树上飞下来,落到猎人身旁,说:"喂,猎人! 任何不幸都有办法去除,就是对你爱莫能助。"

"为什么?"猎人问。

"我对你说过三句话,但你一句也没听进去。我好不容易咽下一颗麦粒,你却相信我肚子里有颗宝石,而且有鹅蛋那么大。我对你说了:'对做过的事不能后悔。'你给了我一条活路,可我一说起肚子里有颗宝石,你就后悔了。你也忘了我对你说过的第三句话:'不能伸手的地方就不要伸手。'我落在细小的树枝上,你却要爬上树来捉我。不,我不能帮你这个忙,你这个傻乎乎的猎人。世上所有的人都有办法祛除灾难,唯独你不可救药。"

一条老狗

一条狗为羊倌服务了多年，一直忠心耿耿、一丝不苟。羊倌要围着羊群转一圈，老狗总是跑在最前面。羊倌要把羊群赶到新的牧场，老狗便在羊只之间跑来跑去，注意不让羊掉队。羊倌只要躺下来睡觉，老狗就一直睁着眼睛。不得不提防啊！不能让狼偷偷地摸过来，不能让熊来惊散羊群，还得提防有坏人来偷羊。

一晃就是好几年，羊倌发现狗的腿脚不再像过去那么灵便了，嗅觉好像也变得迟钝了许多。

这是个蛮不错的羊倌，考虑问题很周到，他想：我的这条狗很快就要老去了。牧人要是没有狗，那是一天也别想混下去。我得去弄一条小狗来，让它先跟老的学学本事。

他看中了一条麻利一些的小狗，将它带到羊群。

从此，老狗开始教小狗学本事。老狗不准小狗随便乱叫，也不准它睡懒觉。小狗可不情愿了。一到吃东西的时候，小狗就更来气。羊倌这个人倒是一点儿也不偏心：给狗喂食的时候，给小狗骨头，给老狗也是骨头。给小狗一钵稀汤，给老狗也是一钵稀汤。饼子都是掰成两半，一条狗一半。可小狗跟所有的小狗一样，嘴馋得要命，总觉得主人偏向老狗，多给了老狗。

就说喝稀汤吧，小狗既不嚼，也不品味，一口就把钵子里的东西全囫囵吞了下去，可老狗还剩下大半钵，让小狗眼馋得要命。碰到这种时候，小狗就发出声声哀号，那如怨如诉的声音让人听了心里怪难受的。主人还真以为老狗在欺负小狗，在夺小狗的食。

羊们熟悉它们的警卫老狗，习惯听老狗的话。老狗觉得羊们也好管理，不用吠，更不用发威吼叫。小狗却发了疯似的在羊群周围跑来跑去，吠得嗓子都哑了。

羊倌坐在一旁,在想他的心事:老狗都懒得动弹了,只听见小狗在叫!

从此他开始喂小狗好些的,喂老狗差些的;有时候还摸摸小的,挠挠它的耳朵,拍拍它的脑袋;对老狗却是时不时呵斥几声,扬起手来做出要揍它的样子,有时还真的揍它。

老狗觉得委屈,再加上伙食不好,它日渐衰弱起来,瘦得只剩下一把骨头,身上的毛在一绺一绺地往下掉,眼神里透出一丝郁闷。

有一天,出了这么一件事——

那天下了一场大暴雨,几声炸雷仿佛要把天空劈成两半似的。羊们惧怕,到处乱跑,弄不好有的会掉入深谷,有的会跑折腿,有的会跑到很远很远的地方,最后找不到回来的路。

老狗清楚这时自己该怎么办。它跟在羊群后面努力地向前跑,只见它的四只蹄子在雨雾中一闪一闪。它哪儿来的这力量呢! 小狗勉强才能跟上它。

老狗追上羊群,又往前跑出一段距离,到前面去堵它们的路。一只只羊冷静下来,不再往前跑,浑身都在打战,但是不再四处逃散。有忠实的警卫同它们在一起,这就是说,再没什么好怕的。

这时,羊倌也赶到了。

他一看,老狗在躺着,舌头向外伸出老长,小狗却围着羊群跑来跑去,在扯破嗓子吠叫。于是,羊倌心想,是小狗在这场灾难中立了大功。

"你真行!"羊倌夸小狗。

对老狗羊倌却说:"你这个好吃懒做的家伙! 就知道躺着!"

老狗委屈极了,低着脑袋慢腾腾地朝一边走去,头也不回地走到森林深处。森林的小溪边有一座小木屋。是谁建造的,谁住过,这人又上哪儿去了,这始终是个谜。也许有人知道,但不是我们,也不是老狗。

老狗在小木屋里住了下来。它总算是有了个栖身之所,这是求之不得的好事。但没有果腹的东西,这可是够头疼的。它吃野果,嚼蘑菇,谈不上能吃饱肚皮,但还是能勉强维持生命。只是这种无所事事的生活太无聊了,因为它这辈子都是围着羊群跑的。

有一次，老狗坐在窗前，看见有一只狼从屋前走过。原来屋前是一条狼道。

狼有些迷惑不解："噫，多少年屋里都没住人，现在突然冒出了个主人。你是谁呀？"

"我？"老狗说，"我是个鞋匠，凡脚上穿的我都能做。我做的树皮鞋一辈子也穿不坏。我做的皮靴，你想要吱嘎响的也行，不要吱嘎响的也行。"

狼乐坏了。

"这正是我所需要的，我早就想要一双靴子。在森林里打着光脚走路太扎脚。当然，这也没什么了不起，大家都习以为常了。可是，由于森林里谁也没有皮靴，我要穿上了，非得叫别人羡慕死了不可！鞋匠，你能不能给我做一双皮靴呢？"

"要做并不难，"老狗回答，"只是我这里缺料。"

"那你都要些什么样的料？"狼问。

"就看做什么样的皮靴了！"老狗说，"不怎么样的，我用树的内皮就可以做，比如说用桦树皮。"

"那不行。"狼说，"我要的是好皮靴，人穿的那种。"

"如果要人穿的那种，事情可就不那么简单了。"老狗摇摇头，"首先你得给我弄来牛犊皮用来做鞋掌，靴头宜用大猪皮，靴筒最好用小猪皮。为使靴子能保暖，里面最好铺一层鹅毛。"

"好吧，"狼说，"我的牙——狼牙很尖，我保证去给你弄这些皮来。"

"你说什么！"老狗紧挥爪子，"你那尖牙会把皮弄坏的。你最好把整头牛犊给我弄来，由我亲自来剥皮，亲自来鞣制。"

"行，"狼说，"咱们一言为定。"

"一言为定！"老狗说，"保证有你的靴子。"

第二天，狼弄来一头牛犊。

老狗说："加工牛犊皮可不是件容易的事，得一个星期的时间，所以做靴头的猪皮你不要急着送来，一个星期以后吧。"

狼接下来去干自己的营生了。

老狗开始收拾牛犊。它先咬下一块肉来吃掉,再到河边去喝水,然后躺下来睡大觉。接着又吃肉、喝水、睡觉。这头牛犊不多不少够它吃一个星期。

这时狼正好又给老狗送来一头大猪,一头大肥猪,不知狼是从哪儿猎来的。

"这样的能做靴头吗?"狼问老狗。

"再合适不过了。"老狗回答说。

这头猪够老狗吃五天。五天刚过,狼又送来两头小猪做靴筒。

老狗还来不及吃完这两头小猪,狼又给它送来了四只鹅。老狗这辈子还没吃过这么多的肉。它已变得膘肥体壮,身上的毛油光闪亮,全身充满了力量。老狗年轻时就是个大力士,现在更是力大无比。

到了狼来取皮靴的日子。

"给我皮靴吧!"

"给你什么皮靴?"老狗做出莫名其妙的样子。

"你可是鞋匠呀。"狼说。

"我从来就没当过鞋匠。"老狗回答,"我是一名老兵,是一名专同你们狼作战的老兵!"

狼咆哮起来,向老狗扑去。

老狗也咆哮起来,向狼扑去。

狼被咬了一口,发出一声惨叫,声音都变了。尽管变了,但还是狼的声音。

众狼听见狼的嗥叫声,纷纷跑来帮忙。

一场大战开场了。一团团兽毛四下飞扬,厮杀声响彻整个森林。树吓得弯下腰,草更是趴到了地上。

老狗对付这些狼就如同厨师在摆弄那些土豆。它朝右边咬一口,咬下一只狼耳朵;朝左边转过身去,从狼身上撕下一块肉;扬起一只爪子,打瞎一只狼眼。

在战斗的呐喊声中,狼的头领也赶来了。

"喂,你们这些尖牙利齿的家伙!"狼的头领吼道,"快,不要打了!"

战斗停止了。老狗龇着牙站在一边,众狼围着头领挤在另一边。

狼的头领对自己的下属说:"你们这些疯子都在干些什么呀?! 干吗要跟这样的大力士打架? 莫非是想叫我们狼在这整片森林里绝迹不成? 不该跟它打架,而应跟它和好才是。我这就去和它聊聊。"

狼的头领向老狗方向迈出三步,隔着一段距离说:"伟大的斗士,你是否愿意离开这座林子呢? 我们一定送你一件你喜欢的东西,作为送别的礼物。"

"行呀,"老狗说,"就叫你的这伙强盗到羊群去给我弄两只活羊来好了,那些羊正在小河边的山包上吃草呢。"

狼的头领如释重负地缓了口气,其他狼也跟着缓了口气。

"这对我们来说不费吹灰之力! 我们马上就去给你弄来。"

四头最高大、牙齿最尖利的狼走出狼群,向着羊群奔去。

老狗也不敢耽误时间,绕着道向着小河边的小山包——主人放羊的地方赶去。

老狗还正好赶上:只见四个灰不溜丢的强盗从树林里蹿出来,径直冲进羊群。小狗发现了狼,发出几声尖叫,便夹起尾巴赶紧溜掉。

羊倌一时也不知所措,就知道挥着手杖喊叫。不过,一根手杖怎么能对付得了四头狼啊!

两头狼把两只羊扛上肩,迈着大步向森林跑去。另外两头狼在两边跑,负责护卫。

说时迟那时快,只见老狗从一个灌木丛中冲出来。它故意从主人的面前跑过,那意思是说,你就看我的吧! 老狗从狼的面前横穿过去,挡住了它们的去路。

狼看见了老狗,心里一阵狂喜,心想这下子可不用扛着这死沉死沉的家伙跑老远的路了。它们把羊往老狗的脚边一扔,赶紧往家跑,溜回黑黝黝的森林。

羊被狼咬得不轻,但还活着。它们站在那里四处张望,发出相当凄惨的叫声。

"你们这些傻瓜,在那里抖个什么呀?"老狗说,"赶快回到羊群去吧。"

羊倌对自己这只忠诚的老狗真是感激不尽,把它的那些亲昵的名字都叫了个遍。

小狗可就遭大罪了。羊倌狠狠地揪小狗的耳朵,还用手杖狠揍它的身子,边揍边数落它:"你这个小傻瓜,多向长者学习学习吧,看人家是怎样干活的!"

就从那时起,老狗一直受到爱戴与尊敬,即使到了老得不能走路的时候,也从未听到主人骂过它一句。

小狗呢,则从此虚心向老狗学习,终于也学会了真本事。

鸟　王

　　有一次,众鸟要为自己推举国王。你们可能要问,鸟要国王干什么呀?
但这是规矩,其道理就跟有畜群就得有牧人一样。所以,鸟类也想有自己的
国王。

　　一句话,它们有了这个想法,于是集中到一起来开会。来的鸟很多很
多,来自四面八方,来自各个角落。有的来自附近地区,有的来自遥远的国
度,有的来自南极北极,它们统统向一个地方飞来。

　　众鸟在唧唧啾啾、吱吱嘎嘎地叫:"到底谁能当国王? 由谁来统治大伙
儿呢?"而每只鸟私下里却都在想:为什么我不能当呀,我哪一点不如别人?
可是,国王只能有一个!

　　众鸟又嚷嚷了一阵,最后取得一致意见:说某鸟力量大,根据是什么呢?
根据就是那一对翅膀! 这就是说,谁飞得最高,谁就能当之无愧地当上
国王。

　　说干就干。众鸟降落到地面上,然后一同挥动双翅,哧溜一下冲入
云霄。

　　在这些鸟当中,还有小鸟儿荨麻鹩鹪,短短的尾巴,短短的翅膀,就像一
小团褐色的羽毛。荨麻鹩鹪根本就不是其他鸟的对手,这它心里明明白白。
但是它还是有当国王的瘾头,甚至还制订了以巧取胜的行动方案。只见它
几蹦几跳来到老鹰跟前,在老鹰的翅膀底下找个地方藏了起来。

　　这对老鹰算什么! 它有一对强有力的翅膀。它一起飞便腾上半空,至
于荨麻鹩鹪抓住它翅膀的某个地方,它都没有任何觉察。

　　众鸟越飞越高。慢慢地,有一只鸟落在后边,又有一只鸟落了下来。它
们累得都已经扇不动翅膀,气都喘不过来了,能有力气降落下来,就已经算
是万幸。

其他鸟都已经落在树枝上，只有老鹰还在半空中翱翔。

"是啊，"众鸟想，"老鹰到底就是老鹰！听它支配不算丢人！"

它们抬起头，都在盯着老鹰瞧，在欣赏它的英姿。老鹰在晴空中转了一圈又一圈，最后它也飞累了，开始往下降落。

这时荨麻鹩鹋从老鹰的翅膀下面飞出来，向上飞去。它飞的时间虽然不长，但终究是在老鹰上方飞过。

"那是谁，是怎么回事呀?!"众鸟齐喳喳地叫，"这到底是为什么呀？它这是从哪儿来的？"

老鹰落到了地面上。荨麻鹩鹋也降了下来。

"我是你们的国王。"老鹰说。

"不，我才是你们的国王，"荨麻鹩鹋说，"我飞得最高。"

众鸟怎么办好呢？本来它们对推举国王一事兴趣不大，没国王它们也活得挺滋润的。但是既然是大家的决定，又怎么好说话不算数呢?! 它们都有些泄气了。

突然，麻雀吱吱地叫："我看出了名堂！我可知道是怎么回事了！"

麻雀哧溜一下飞到荨麻鹩鹋跟前，从它的背上找出一根羽毛。

"这是谁的羽毛？谁的羽毛？不是它的羽毛！不是它的羽毛！"麻雀直嚷嚷。

那根羽毛原来是老鹰的！

这时真相终于大白。众鸟张开爪子，伸出喙，一齐扑向这个骗子。荨麻鹩鹋看来是必死无疑了，但狡猾的它不知是怎么逃的命。

荨麻鹩鹋一会儿朝上飞，一会儿朝下飞，一会儿歪着飞，一会儿斜着飞。众鸟在后面追它，眼看就要追上了。但这时它在一棵老橡树上发现了一个树洞，一下子就钻了进去。树洞很小，洞口又窄，像荨麻鹩鹋这种小鸟正好能钻进去，别的鸟却只能望洋兴叹。乌鸦已经把头伸进树洞，但差点儿卡在那里抽不出来。

"去它的吧！"乌鸦哑叫一声，"把它吓得够呛，也就可以了！"

"不行！"鸫回答，"这样可不行。我们得在这里守着它，它饿了就得出来，到时候我们非得狠狠揍它一顿不可。它要不出来，就让它活活饿死在里面好了。"

众鸟开始看守树洞。首先由布谷鸟看，接下来是夜莺、鸫，最后是猫头鹰。

猫头鹰在附近的一根树枝上落下来，两眼死死地盯住树洞。荨麻鹩鹪却躲在树洞深处，一动也不敢动。猫头鹰闲得无聊，觉得直犯困。它只好不断倒动双脚，好驱散睡意。不过这又谈何容易！最后它那双圆圆的大眼睛终于合上了，睡得死沉死沉的。

荨麻鹩鹪正求之不得哩，它哧溜一下，从树洞里钻了出来。

喜鹊最先发现荨麻鹩鹪。

"抓住它，抓住它！"喜鹊喊。

"抓住它！抓住它！"整座森林响起这个声音。

众鸟又都去追荨麻鹩鹪。可这种小鸟儿非常机灵，只见它一钻就钻进黑刺李丛中，要想再逮住它可就难了，非得把你的爪子划得血淋淋不可！

骗子又被放跑了。这到底是谁的过错呢？是猫头鹰的错！猫头鹰因此挨了一通好揍，好容易才飞脱。

就从那时起，猫头鹰吓得白天再也不敢露面。众鸟在飞，它就睡觉；等别的鸟睡觉，它才出来飞。

荨麻鹩鹪呢，它就一直躲在多刺灌木和荨麻丛中，因此它才叫荨麻鹩鹪，过去叫的却是另外一个名字。

小男孩盗火记

很久很久以前，紧挨着一座树林，在一块燕麦田边上有一个小庄子。

庄子里只住着一户人家，家里有四口人：父亲、母亲和他们的孩子——一个姑娘和一个男孩儿。

男孩儿是弟弟。姐弟俩相处得很不错，都爱自己的父母。庄子里这一家的生活过得美满而幸福。

美满是美满，可一直燃得很旺的火突然一下子熄灭了！

母亲直抱怨，父亲也怪难过的，他对女儿说："得想个办法，不能老这样下去……我跟你母亲老了，腿脚都不灵便了。可你年轻，腿脚麻利，脑子也好使！从云杉林过去，灌木丛那边住着林妖卡姆。卡姆有一个大火炉，炉子里是长明火。你就去跑一趟吧，想法子从他的炉子里弄个炭火块来也行……"

姑娘清楚家里目前的艰难处境，对父亲的请求点头表示同意，眼里却流露出一丝恐惧，说："哎呀！卡姆太毒了！卡姆太凶残了！他会吃掉我的！"

不过父亲还是劝她说："你呀，我的女儿，可以拿上我们家的白桌布和木梳。它们是我们聪明的先人——曾祖父和曾祖母留下来的。一旦需要，它们都会帮你的忙。"

说着，父亲叫母亲到箱子里去取来那块白桌布和木梳。姑娘开始穿鞋准备上路，不过她的手和脚在一个劲儿地颤抖。

这时，小弟弟从高板床上跳下来，说："你们干吗要派我唯一的姐姐去干这种危险的事？你们要留我干什么？不管怎么说，我总是条汉子嘛！"

说完，他抓起木梳塞进衣服兜里，再抓起白桌布揣入怀中，打开门便光脚向林妖卡姆住的地方奔去。

小男孩正跑着，看见小路一旁的草丛里有只古旧的瓦罐，从里面传出一个恶狠狠的粗嗓门儿："站住！你这是要上哪儿去？"

"去找卡姆要火！"小男孩回答。

"卡姆会把你抓住的，卡姆会把你吞下去吃掉的！"

"他敢！非叫他噎死不可！"小男孩挥挥手。

他跑呀，跑呀，又在路上看见两颗晶莹剔透的绿玻璃球。这两颗玻璃球闪烁着，变幻出无穷的色彩，甚至似乎是在望着他大声说道："站住！站住！你这是上哪儿去？"

"去找卡姆要火！"

"他会吃掉你的！"

"他敢……"小男孩还是这么回答，继续往前赶路。

路上又出现两只大耙子、一只又矮又宽的柳条筐和一只大木盆。它们都吓唬小男孩，不让他去找卡姆。可是小男孩仍旧不理会它们，没表现出丝毫的胆怯。

就是当两根云杉长杆——两只长长的高跷从密林深处迈着沉重的脚步自己跑到小路上来时，小男孩也处之泰然。

高跷吼道："回——去！回——去！要不卡姆会把你连骨头吃掉的！"

然而小男孩从两只高跷中间一穿而过，继续往前跑。

小路通向一个树木被风折损后留下的空地，空地中间是一个砖砌的炉子，卡姆在一旁蹲着。他把整棵树往炉膛里送，瞪大两只绿莹莹的圆眼睛，鼓着厚厚的腮帮子，在用劲吹那不灭之火。

他吹呀，吹呀，回转身来看见了小男孩，当即问道："你是怎么到这里来的？"

"就顺着这条小路。"

"难道你没碰见瓦罐？"

"碰见过……是碰见过。"

"绿玻璃球呢？还有耙子、柳条筐、大木盆和高跷，这些你都碰见了？"

"嗯……它们甚至还想吓唬我呢。"

"你没被它们吓住？"

"没有，没被它们吓住……"

"那好，你现在就得回答我：它们到底都是些什么玩意儿？它们都有些什么秘密？你要是回答得上来，我就让你活命；要是回答不上来，我就叫你死！"

说着，卡姆露出一口尖利的黄牙。这时小男孩是实实在在有些害怕了，他用衣袖捂住脸，全身一阵哆嗦，不过马上又想到来这里的目的。

小男孩想起来以后，开始偷偷地打量卡姆，脑子终于一下子开了窍，喊道："我知道了，我知道了！瓦罐是你的头，绿玻璃球是你的眼睛，耙子是你的胳臂，柳条筐是你的肚皮，大木盆是你的背，高跷是你的这双长腿！"

"唉——！"卡姆不无懊丧地长叹一声，他实在感到有些惊讶，"看来你蛮机灵的……那现在听我的命令：在炉前帮我把火吹得旺旺的，我去找些干柴和树苑来。你可不能偷跑！我那双绿玻璃球眼睛在任何地方都能看见你，我的高跷腿能追上你，耙子胳臂能抓住你！"

接着，空地上到处响起干树枝折断的咔嚓声，只见卡姆在忙着从树堆里往外翻捡柴火。小男孩则在搜索枯肠，想尽快从炉子里把火盗走。

父亲要求拿到烫乎乎的炭火块，但是这样的炭火块能就这样用手捧走吗？

而且卡姆像是在往回走……似乎已经到了跟前！

小男孩这时拍了一下脑门儿，甚至原地一跳，心里在说：我这个糊涂蛋在胡思乱想什么呀！这儿的火很不一般，是不灭的。这就是说，随便找一棵树枝就能把它弄走！

小男孩马上在脚下找到一根树枝，放进炉子里烧了烧。但他刚一打算溜走，怪吓人的卡姆已经来到他跟前，吼道："站——住！站——住！"

卡姆将那双耙子般的胳臂伸向小男孩，眼看小男孩就要一命呜呼，但小男孩在衣兜里找到了曾祖母留下的那把木梳。

小男孩将木梳往身后一扔，在他和卡姆之间马上起来一道栅栏。

卡姆更来火了，从炉子里扒出所有的炭火块，朝小男孩扔去。

栅栏一着火，便倒在地上。桦树和云杉树被烤得也燃了起来。迅猛的火势逼向小男孩。

　　与此同时，气势汹汹的卡姆跳过大火，施起了魔法。他的头又变成瓦罐，眼睛变成绿玻璃球，肚皮变成柳条筐，背变成大木盆，腿变成高跷。它们又跳又蹦，轰隆隆地直向小男孩追来。

　　眼看小男孩就要走投无路，它们很快就要围上来，将小男孩抓住，扔进森林大火里。就在这紧要关头，小男孩从怀里掏出那块白桌布，将它往小路上一扔，身后马上出现一条湍急的大河。

　　绿玻璃球掉进河里，顿时沉入河底。只听见扑通一声，瓦罐也掉进河里，河面上冒出几个水泡儿。柳条筐、大木盆、耙子和高跷也都掉进河里，被湍急的河水冲走了。

　　当火焰来到河边，尽管它是不灭之火，却也敌不过湍急的河流和冰冷的河水。只听见咝咝的响声，慢慢地，火熄灭了，成了一股黑烟被风吹散。

　　只有小男孩手里的树枝上的火苗还在燃着。他举着它到了家，回到父母和姐姐身边。如今，他们家的那个大炉子上又随时有了热粥。傍晚时分，只要有人路过或者有人来做客，他们家总点着令人感到温馨的松明。

两个严冬老人

有两个严冬老人，他们是亲兄弟。有一次，他俩在空旷的田野上散步。

其中一个老人对另一个说："红鼻子，我的好兄弟，咱俩去冻冻人，来逗个乐儿，怎么样？"

另一个回答说："青鼻子，我的好兄弟，要想去冻人，咱俩可不能在田野上溜达。田野上一片白雪，所有的大路小路也都让雪封死了，看不见一个人影。咱们最好到那片针叶林去。虽说那里不怎么宽绰，但是我俩会玩得更开心。说不定到那里去的路上还会碰上一两个人哩。"

说走就走。两个严冬老人跑到了针叶林。这两个亲兄弟一路跑，一路还拍拍松树、枞树，可开心了。老枞树噼噼啪啪作响，小松树发出吱吱嘎嘎声。

这时，他俩听见一边有铃铛声，一边有响铃声。发出铃铛声的车上坐着一个地主老爷，发出响铃声的车上坐着一个庄稼汉。

两个严冬老人在商量，看谁去跟着哪一个，去让他挨冻。

那个年轻一些的青鼻子严冬老人说："我最好去追那个庄稼汉，他最容易被制服。你看他穿的是一件补丁摞补丁的短皮袄，帽子上也全是窟窿，脚上光穿一双草鞋。他大概是去砍柴的。你嘛，我的好哥哥，就去追那个地主老爷吧，因为你比我有能耐。你瞧，他穿的是熊皮袄，戴的是兔皮帽，脚上是一双狼皮靴，我怎么对付得了他呢！"

红鼻子严冬老人只是笑笑，说："弟弟，你还年轻！……好吧，就照你说的办！你去追那个庄稼汉，我去追那个地主老爷。等晚上我们碰面的时候，就知道谁的活难了。再见！"

"再见，哥哥！"

他俩发出一声呼啸，各自走了。

等太阳刚刚下山，兄弟俩又在空旷的田野上会合，互相打听事情办得怎么样。

"我想呀，哥哥，你跟这个老爷打交道一定是遭了大罪，"青鼻子弟弟说，"可大概最后还没什么结果。你根本吹不透他！"

哥哥只是笑笑。

"唉，"他说，"你呀，青鼻子弟弟，真是又年轻，又头脑简单！我把他好好地收拾了一顿，让他一个钟头也暖和不过来。"

"那皮袄、皮帽和皮靴也不管事？"

"不管事。我钻进他的皮袄里，钻进他的皮帽和皮靴里，狠狠地冻他！他蜷成一团，全身裹得严严实实，满以为只要自己一动不动，任何严寒也奈何他不得。可他想错了！我把他冻得够呛，到了城里下车后他都快活不成了！你怎么样呢？把那个庄稼汉怎么样了？"

"啊呀，红鼻子哥哥！你真该及早开导我才是。我原以为能轻易冻住那个乡下佬，结果却让他揍得我浑身都疼。"

"这是怎么回事呢？"

"你听我告诉你吧。你自己也看见了，他是去砍柴。路上我就开始使劲吹他，他却一点儿也不发怵，还把我臭骂了一通。我真生气了，朝他一阵猛刮。只是好景不长，他很快就到了目的地，从爬犁上下来，抄起斧头。我当时想，这正是我制服他的好时候了。于是，我钻到他的短皮袄里面，想把他冻透。他却只顾抡斧子，只见木片到处乱飞。他甚至都出汗了。我一看事情不妙，在短皮袄里面都待不住了。最后他简直是汗如雨下。看来我得赶紧溜掉。后来我看见他脱下短皮袄，心里可高兴了。我想：你等着瞧吧，我会让你知道我的厉害！他的整个皮袄都湿透了，我钻进里面，把它冻得硬邦邦的，心里还想：现在你再穿上吧！等乡下佬干完了活，往皮袄跟前走去时，我就别提有多高兴——又该我开心了！谁料他看了我一眼，倒骂起我来了。我想：你骂吧，骂吧！反正你赶不走我！可是他不仅嘴里骂，还抄起一块长长的带结的劈柴，朝着皮袄一阵猛抽，一边抽，一边骂。我本来应该赶紧溜掉，可是钻进毛里太深了，一时跑不出来，只好让他一下一下地抽打。我好不容易才溜掉了,骨架都快被他打散了呢,直到现在浑身都还在疼。以后我再也不敢去冻乡下佬了。"

　　"叫我看呀,你现在变得世故和聪明多了。"红鼻子哥哥说。

不许解开的第三个结

有一年,渔村的收成很不好。从秋天起鱼就不怎么上网,因此入春前各家的仓库都光溜溜的了。鱼对渔家,有如粮食对农家一般重要。没有鱼,全村就得挨饿。

渔民们聚拢来商量对策。出海季节还未到,待在家里苦等不啻束手待毙。

他们想来想去,一致决定去碰碰运气。

"说不定大海会对咱们大发慈悲,给咱们往网里送来吃的东西!"

可有一位渔民说:"我就不知道这是童话呢,还是确有其事。不过听人说,卡阿列尔老人曾经跟大海的女主人很要好。他可能知道该怎样把鱼哄进网。"

"我好像也记得有这么回事。"另一个渔民说,"我还是个孩子的时候,就听爷爷多次说过,卡阿列尔好像有一件宝贝,用它什么时候都能把鱼哄进网。咱们是不是去找一下老头儿呢?"

老人住在村边上,他曾经是个勇敢而又走运的渔夫。然而岁月早就让老人弓起了背,他不仅已经停止出海,就连家门也很少出了。不过,当渔民们来敲老人家门时,他出来对他们说:"朋友们,我知道你们为什么来找我,所以你们听我说:一个好渔夫不是靠碰运气,而是靠自己的真本事和双手的力气吃饭。可是你们居然想去办一件非常难办的事。你们想提前出海,可大海不喜欢这样。好吧,你们勇敢去吧,我助你们一臂之力。"

说着,老人从脖子上摘下围巾并让渔民们瞧。

"你们看,围巾上打着三个结。第一个结能保佑你们一路顺风,你们只要一张帆就可以解开它。第二个结能把鱼哄进你们的网里,你们下网的时候就可以解开它。第三个结,你们无论在什么情况下也不能解。只要一解开,就会招来灾祸。我再告诉你们吧:大海不管送给你们什么,你们都应该知足。无论第一网打到多少鱼,都不许再撒第二网。"

"你别担心,卡阿列尔。"渔民们回答,"我们一定照你说的去做,这我们可以保证。"

"你们可得注意,下海人可是要守信用的。"

整整一晚上,渔民们都在往船上涂树脂,修补渔网,到早上一切都已准备就绪。

渔民们坐上船,驶向大海。

他们很快便驶出海湾,张起了帆。这时,领班掏出卡阿列尔老人的围巾,说:"咱们来解开第一个结吧。"

第一个结解开了,马上送来一阵清新的风。风吹满了帆,把船推着前进。

船走得很好,不用掌舵便能拐弯,像一把利刃破浪前进。渔民们很快来到汪洋大海中间。这时风停了,帆落下了,船停止前进。

"对了,这就是老头子说的那个地方!"渔民们说,"咱们就在这儿下网。"

大家齐心协力地干了起来,抛锚,理网,最后把网下到海里。

"现在你解开第二个结吧!"渔民们喊道。

领班从怀里掏出卡阿列尔老人的围巾,解开第二个结。他刚解开,海里就开始有东西拍打动荡起来,水面上打着一个个旋儿,网漂子直抖动。

渔民们等海面上平静下来,才开始小心翼翼地往外收网。这些网还从来没这么沉过,他们使出吃奶的力气往外拽。最后网边出了水面,网里的鱼多极了,银色的鳞片晃得人都睁不开眼。

"一、二!"领班一声令下。

渔民们猛拽网,鱼都掉到船舱里。

"这一网打上来真不少!"有个渔民说,"真该谢谢卡阿列尔老人!"

"这是当然的喽。"另一个渔民说,"可咱们要想在渔季到来之前不至于饿肚皮,还得打上来这样三网。伙计们,是不是再来一网呢?"

"你说什么,你说什么?"最年轻的那个渔民说,"你想想卡阿列尔老人说的话吧：'大海不管送给你们什么，你们都应该知足。'"

"是啊，老人和小孩所需不多，"领班笑起来，"可咱们要是不把船装满鱼，回去都没脸见人。"

渔民们又把网撒下。

这次他们一无所获，拉出来的是空网，连一尾小鱼也没捕到。

他们泄气了，可领班说："都怨咱们没解开卡阿列尔老人围巾上的第三个结。你们也看见了，那不是条普通的围巾，每个结都能哄来鱼。还剩下一个，咱们把它也解开吧。这样一来，咱们便可以满载而归了。"

"哎呀，咱们的头儿，"现在是那个年纪最大的渔民说话了，"卡阿列尔老人交代过不许动那个结。"

"那是因为你也是个老头儿。"领班回答说，"老头们都信'事不过三'这句话。不过也有这么一句话呀：'只有傻瓜才有福不享。'"

"这倒也是。"渔民们说，"唉，豁出去了！头儿，解开第三个结吧！"

领班早把围巾拿在手里。他猛一拽最后一个结，解开。大海顿时闹腾起来，浪头腾起得比船头还高，网漂子抖得更欢。

"啊，鱼来了！"领班说，"我就说对了嘛！"

渔民们个个欢欣鼓舞，好不容易才等到拉网的时刻。这次又和上次一模一样，网死沉死沉的。然而渔民们一个个都很结实有力，他们齐心地拽住缆绳，把网拉了上来。真新鲜！网里就一条鱼在挣扎。这是一条大得出奇的狗鱼，不过尾部是秃的，就像被人用斧头砍掉了尾巴似的。

"真是个怪物！"渔民们十分惊愕，懊丧地将狗鱼扔进船舱里。

这时，太阳快沉入水面了，日落前海浪已经平息下来。

突然，静静的海面上听见有人说话。渔民们一跃而起，往四下里张望。

"谁这时候还出海？"他们想。

但四周看不到一只船。

"兴许是海鸥在叫吧。"领班说。

接着，又响起一声嘹亮而悠长的号角，仿佛村里的牧童在召唤羊群。后来他们还听见有个女人的声音问道："都回家了？"

有个响亮的姑娘的声音回答说:"都回家了。就是秃尾巴公羊还不见回来。"

号角又吹响了,这次声音更大。

狗鱼突然在船舱里拍打起来,把满是利齿的嘴张得老大,用尽全力去拱其他鱼。领班用皮靴踢了它一脚,对同伴们大声喊道:"快起锚! 情况有些不妙,咱们快走!"

渔民们起了锚,向岸边掉转船头。

事情可真怪! 不管他们怎样用力划桨,船都纹丝不动,就像海面结了冰,船底被冻在冰面上似的。渔民们一次次齐心协力地划桨,船还是待在原地不动。

渔民们折腾了一整宿。他们时而绝望地丢下桨,时而又划起来,但都无济于事。看来,任何力量也别想使船前进一步。

天快亮了,天空出现一抹红霞,这时又听见了那些奇怪的声音。

"都醒了? 都到齐了?"

号角又吹响了,无数个铃铛叮叮当当响了起来。船舱里的鱼突然一条条都动弹开了。那条令人瞠目的大狗鱼一扭一摆地从最底层爬了出来,张开满是利齿的嘴,两腮拍得啪啪响。

"这怪物真不老实!"领班嘟哝说。他突然想:事情是不是就出在它身上? 说不定海里的东西就是在等它回去?

领班从长椅上一跃而起,抓起狗鱼,把它朝船舷外扔去。

顿时,在很远很远的地方,也许就在海底,有人鼓起掌来,还欣喜若狂地喊道:"你们看呀,你们看呀,秃尾巴公羊在往回游哩! 看它游得有多急,一路上直吐泡泡!"

渔民们再也听不到什么了。海上刮起狂风,掀起了巨浪。他们连相互之间说话都听不清了。

船动弹了,逐浪漂去。

渔民们在喧腾的大海里整整转了一天。船忽而颠得好高,仿佛都要升到云端,忽而掉到最下面,几乎到了海底。这样的大风浪渔民们大概这辈子也没见识过。

傍晚时分，小船被冲到一个怪石林立的小岛上。渔民们纷纷跳下来，好不容易把船拉上岸。

"这是个什么岛？"他们互相打听，"咱们这是被送到什么地方来了？"

这时，从一块岩礁后面走出来一个小个子老头儿。他是个罗锅儿，雪白的胡须几乎拖到地面。

"这是西乌马阿岛，"老头儿说，"你们当然不可能知道，很少有人主动上这儿来。"

老头儿把渔民们领到岩礁后面的一幢原木小屋里，让他们暖和了身子，填饱了肚子，最后说："你们是些什么人？从什么地方来？为什么这么早就下海捕鱼？"

"我们有什么办法呢？我们的仓库都空了。"渔民们回答，向老头儿叙说了事情的全部经过，但隐瞒了一点，没把他们解开卡阿列尔老人围巾上第三个结的事说出来，那个结是不许解开的。

老头儿听完他们的叙述，说："我从前认识你们的卡阿列尔老人。他是个勇敢而能干的渔夫，把大海当成家。你们知道他把你们的船送到什么地方来了吗？直接送到大海女主人的牧场来了。她在那儿放养她的鱼群。但是她的鱼都很有心眼儿，它们是绝不会进网的。进你们网的那些鱼，都是从很远的地方跑来跟大海女主人的鱼群一同找食的。就是秃尾巴狗鱼怎么会进了你们的网呢？这我就弄不明白了。你们是用什么妙法哄它进网的？"

这时渔民们才明白卡阿列尔是想让他们免除什么样的灾祸，但对老头儿什么也没说，他们的心情都很沉重。海上的风浪还未停息，风在烟囱里呼呼响，大滴大滴的水珠打在窗户上。看来一两天内天气不会好转。

老头儿安顿渔民们在屋里一个角落的旧渔网上躺下。他们睡得香极了。

天亮时老头儿叫醒了他们。大风还在窗外呼啸，海浪打在礁石上，发出阵阵轰鸣。渔民们彻底泄气了。

"我们怎么办？"他们问老头儿，"看来我们永远也没法离开这儿啦。孩子们都饿着肚皮在家里等我们回去呢。"

"没关系。"老头儿回答，"也许你们还能离开这儿。喂，你们把卡阿列尔的围巾给我吧。"

领班很不情愿地掏出围巾。

老头儿看了一眼围巾，摇摇头说："这东西我曾见过。只是我记得上面打有三个结。你们自己说有两个叫你们解开了，那第三个在哪儿呢？"

渔民们看到再也隐瞒不下去，只好如实说了。

老头儿皱起眉头。

"你们这些下海人真不怎么的！"老头儿说，"居然敢不听卡阿列尔老人的话，还想骗人。"

渔民们一个个羞得无地自容，都垂下了头。

"嗯，"老头儿说，"我看呀，你们这就算是遭到了报应。看在卡阿列尔老人的面上，看在你们那些饿着肚皮的孩子的面上，我帮你们这次忙。"

说着，老头儿接过围巾，在上面打了个结，说："注意，往后你们说话可得像这个结一样牢实可靠。"

老头儿刚拉紧结套，窗外的风立即止住，海上的大浪也静息了，就像是没起过大风浪一样。

渔民们当天回到了村里。亲朋好友高高兴兴地迎接他们的归来。

捕来的鱼已经够吃到下海季节。

这事能善始善终算是不错了。不过渔民们永远也忘不了这次教训。打那以后，下海人说出的话都像出海时绑在缆绳上的那些结一样牢实可靠。

所以说呀，你们应该多想想这个故事，因为不仅是下海人才需要守信用。

谁的宝物最好

有个亲王有许多稀罕的宝物：大胡子狮子的角，鱼的肚脐，天狗的扇子……应有尽有！

亲王对这些宝物引以为豪，不过他最感到自豪的是那只金公鸡。虽说它是由纯金做成的，但看上去完全是一只真正的公鸡。每天天刚破晓，它都要喔喔喔地叫上三遍。

把宝物拿出来欣赏是亲王最大的享受，他对自己尤为喜欢的珍品更是随时都玩赏不疲。

亲王有八个贴心侍从。作为亲王的侍从，他们每人也有自己的宝物——一些他们引以为豪的珍品。

有一次，亲王把这些侍从叫来，对他们说："你们听我说，明天晚上我要举办宝物展览。你们都带上自己的珍品到城堡里来。谁的宝物最好，他将获得丰厚的奖赏。"

侍从们一个个欣喜若狂。

"宝物展览？太有意思了！"

"我一定会拿到奖赏！"

"哪能是你呀？是我！"

他们边聊边各自回家。

转眼到了第二天的晚上。亲王拿出金公鸡，等候侍从们带上他们的宝物前来。

很快来了第一个侍从，他带来的是龙眼石。

第二个侍从带来的是一个小小的颅骨。"这是小牛的颅骨。"他不无自豪地说。

第三个带来的是妖怪的手电筒。

第四个——獾的胃;第五个——为麻雀缝制的皮鞋;第六个——原鸽的翅膀和爪子;第七个——为聋子制作的人造耳朵。

七个侍从都带上自己的稀罕宝物来了,他们在等候第八个侍从,可他迟迟不露面。

"他在哪儿?出什么事了?"

"没准是他没有什么值得展览的东西!"

"所以他就没来!真可惜。不过……"

当七个侍从聊得正起劲时,第八个侍从终于到了。他恭恭敬敬地向亲王鞠了一躬。

"我来迟了,没有什么可辩解的。"

"你等一会儿再道歉吧,先让我们看看你带来了什么宝物。"

"我没有什么可称为特别的宝物。我不知道今晚该带些什么来,就带来了最普通的宝物。"

"哈!……最普通的宝物?这是什么宝物呀?快拿出来让大家看看!"

"我把宝物放在城堡的大门外了。"

"那你就快去取来呀!"

"好、好,我就去!"

第八个侍从走了,不过很快就带来了自己的宝物。这是四个听话的小男孩和四个漂亮的小女孩。孩子们彬彬有礼地向亲王鞠了一躬。

整个大厅顿时因这一张张兴奋的孩子脸孔平添了不少光彩,而亲王的金公鸡和其他侍从的珍奇物件马上黯然失色。

"嗯……"亲王叹了口气,说,"实际上,这应该是最出色的宝物。一个个活泼可爱的孩子!尽管是那么普通,可我们的珍奇古玩跟他们比起来就成了一文不值的破烂货。我真羡慕你,因为你有全俄罗斯最值钱的宝物——孩子。算你赢了。头奖应该属于你。恭喜了!恭喜了!"

别的侍从听了这一席话,羞愧得无地自容。他们把头垂得很低,久久都不敢抬起来。

三句至理名言

从前有个当兵的,他已经在军队中服役两年,可还没轮到休假。这个当兵的多么想回家啊,想回去看看新媳妇。那可真是个名副其实的新媳妇,因为他是在婚礼宴席上被抓来当兵的。从那时起,他就失去了妻子的音讯,都不知她是死是活。

他服役的第三年爆发了战争。

残忍的敌人来进攻他的国家。在一次战斗中,三个彪悍的敌人扑向指挥官,要不是他及时赶来救援,把那三个人全部劈死,指挥官就会被他们给掐死了。

很快战争结束,指挥官对当兵的说:"你是我的救命恩人!要没有你,我早就长眠地下了!你有什么要求,尽管向我提出来!"

"我什么要求也没有,只求你放我回家,我太想老婆了。"

指挥官是个好人,准了他的假。

当兵的动身回家乡。他走了很长时间,已经疲惫不堪,而且天又黑下来了。当兵的看看四周,发现山包上有一幢小木屋。他走到跟前,敲了敲门。

小木屋里的人还没睡下。当兵的进屋,发现里面有很多人,他被邀请坐下来一起用晚餐。他一边吃着面包夹腌肥肉,一边仔细地倾听众人的谈话,逐一地观察他们。

当兵的发现,大家都在说话,唯独有个小老头不吭声。

他以为老头子有病,或者是个聋子,问道:"我们的老爷爷怎么了?"

"没什么。"主人回答。

"那他为什么一直都没开口说话?"

"你得给钱他才说话。不信你给他一枚金币,他马上就会开口。"

当兵的感到很诧异:要给钱才说话,那老头儿会说些什么金玉良言呢?

他听过各种各样的话,唯独值一枚金币的话还没听过。

当兵的身上带有三枚金币,他决定听听老头儿都说些什么。

"老爷爷,"他说,"你随便说些什么吧,我给你一枚金币!"

老头儿把金币放进兜里,然后说:"谁要喜欢什么,他会认为那是件好东西。"

当兵的苦苦思索,想这句话到底值不值一枚金币。最后他想通了,老头儿说的是至理名言。

当兵的又给了老头儿第二枚金币。

老头儿说:"谁要有什么东西,就不要遮遮掩掩。"

当兵的更喜欢这句话,于是又给了老头儿第三枚金币。

老头儿收下后说:"晚上的气最好留到第二天早上再撒。"

当兵的最爱听这句话,但是他再也拿不出一枚金币。

"唉,我要是知道会遇到这样睿智的老人,就不只弄来三枚,而是十枚金币!"他大声说。

"当兵的,你不用为再也拿不出一枚金币而难过,我也再找不出别的所谓金玉良言。"老头儿说,"我任何时候对任何人都是重复这三句话。"

早上,当兵的谢过主人,又上了路。

他很快来到一条小溪边。挨着小溪有一大片花草繁茂的空地,有个如花似玉的姑娘和一头老毛驴在空地上踱步。驴身上的毛全掉光了,耳朵耷拉着,一副老态龙钟的样子。但姑娘在温情脉脉地抚摸它、搂它、亲它。

当兵的捡起一根棍子,想去把毛驴赶走。一个如此美貌的姑娘去亲这么一头老驴,这像话吗?但他突然想起了老头儿说过的话:"谁要喜欢什么,他会认为那是件好东西。"

"也是,既然姑娘觉得毛驴这么可亲,我干吗要去赶它?它又没对我使过坏!就让姑娘跟它玩得开心好了。"当兵的私下里嘟哝道。

可毛驴高声说:"你等等,当兵的!"

等当兵的停下脚步,毛驴来到他跟前,说自己不是真正的毛驴,而是被施过魔法的王子。为了感谢当兵的不笑话他,毛驴给了当兵的一袋金子,因为在此之前,凡是从这片空地上走过的人都会笑话他。

当兵的再往前走。这袋金子实在太沉,沉得他两个肩膀发酸。

当兵的终于来到一座黑漆漆的茂密森林。

他还没反应过来是怎么回事,一伙强盗包围了他。

"口袋里是什么东西?"他们问。

当兵的又想起了老头儿的话:"谁要有什么东西,就不要遮遮掩掩。"于是他说:"金子。"

强盗们哈哈大笑,一个个笑得前仰后合。

"你真傻得可爱,当兵的!你以为我们就会相信你?!一个穷当兵的,哪来的一口袋金子?"

强盗们放走了当兵的。

当兵的又背着沉重的袋子走了好些天,最后来到了家乡的村口。当兵的高兴坏了。这是不言而喻的事!因为再过几分钟,他就要见到他的妻子!

"好,"当兵的还没迈进家门之前,自言自语道,"我不妨先从屋后的窗户往里瞅瞅。"

可当兵的看到的又是什么呢?

他的妻子把一支枪交给一个英俊的小伙子,然后亲了亲小伙子。小伙子随即开了门走出院子。

当兵的怒火中烧,从剑鞘里抽出长剑,想要进去一刀把妻子劈了。可这时他又想起了老头儿的话:"晚上的气最好留到第二天早上再撒。"

当兵的敲敲门,走进了屋。

妻子一看见他,高兴得热泪横流,跑过来搂住他的脖子就是一阵狂吻。

当兵的说,他一路上太累了,需要休息。但他只是合上眼睛,说什么也睡不着。他一直在想妻子把枪交给别人的事,以为妻子背叛了他。

当兵的一大清早就爬了起来,问妻子:"我的枪在哪儿呢?"

"我昨天给了弟弟,让他拿去藏在一个可靠的地方。我现在就到弟弟家跑一趟,把它取来。"

当兵的喜不自胜,抱着妻子吻了起来。

菲律宾
民间故事

创世纪的故事

　　在我们的世界被创造出来之前,帝瓦塔是至高无上的统治者。他和他的爱子帝莫瓦塔住在天上的宫殿中。有一天,帝莫瓦塔厌倦了这种一成不变的生活,他请求父亲为他另找一个居住地,帝瓦塔欣然同意了。他切下一块天空,把它送给了儿子,并且命令他最信任的臣子——相貌英俊、纯金塑身的巴拉格——扛着这块天。而后,为了给帝莫瓦塔找一个新的居住地,他们开始了漫长的旅途。在经历了无数波折之后,他们终于发现了一个理想的地方。帝瓦塔把那块天空放在那里,并且把那儿命名为"班瓦"(在素巴农族的语言中意为"世界")。他将一个太阳挂在天上,用来照亮帝莫瓦塔的新家。而后,他又在班瓦上画了一个圆圈,在圈内他令广袤的大地显现出来,而在圈外则注满了水。接着,他用许多美丽的植被将陆地覆盖起来,并在其中创造了各种各样的动物。他把这个美丽的地方称作"朗歌娜扬"。在完成了这一切之后,帝瓦塔回到了天上的居所;而他的爱子帝莫瓦塔则在朗歌娜扬开始了新的生活,巴拉格则奉命在此陪伴帝莫瓦塔。

　　帝莫瓦塔在他的新家里无忧无虑,快活无比。他在精美绝伦的花园里漫步,和动物们嬉戏玩耍,直到他感到疲惫不堪,他却无法入睡,因为阳光是如此耀眼。于是在他的命令下,巴拉格来到天上,请求帝瓦塔将阳光熄灭,以便帝莫瓦塔能够好好休息。帝瓦塔同意了这个请求。黑暗顿时笼罩了整个朗歌娜扬,夜晚就这样来到了。

　　当帝莫瓦塔醒来时,周围依旧一片漆黑。于是,他命令巴拉格去请求父亲给他一把火炬。帝瓦塔爱子心切,他将上千把火炬散落在天空,它们随即变成了满天繁星。但是帝莫瓦塔觉得星星的光芒还是不够亮,于是,他又命令巴拉格去请求父亲给他一把大一些的火炬。这一次,帝瓦塔送给儿子一轮明月,用来照亮夜晚的世界。这件礼物令帝莫瓦塔和他的动物伙伴们欢呼雀跃。他们在皎洁的月光下追逐嬉戏，尽情享受这美丽的夜色。

但没过多久，问题又出现了。动物们总是喜欢在夜晚玩耍，它们的吵闹声令帝莫瓦塔没法休息。于是，他又命令巴拉格去向父亲汇报此事。帝瓦塔考虑之后决定，每晚将月亮慢慢地拖走，这样帝莫瓦塔就容易入睡了。

帝莫瓦塔已经得到了他想要的每一样东西，但这些并不能排解他心中的寂寞，因为他的玩伴只有动物。他是多么渴望有人来陪伴他啊！但巴拉格不愿意和他玩，所以他只好让巴拉格去向他的父亲倾诉他的烦恼。

巴拉格飞到天上，向帝瓦塔转达了帝莫瓦塔的心愿。于是帝瓦塔命令巴拉格从天宫中找来一些石块儿，并将它们放在一个金罐子里。巴拉格带着这个罐子回到朗歌娜扬，把它交给了帝莫瓦塔。帝莫瓦塔将罐中的石头倒在地上，它们中小个儿的变成了精灵和小矮人，大个儿的则变成了巨人。这些新生命为帝莫瓦塔带来了许多快乐。他和巨人们赛跑，在精灵和小矮人们的歌声和舞蹈中消磨时光。

但此时，巴拉格嫉妒了。他憎恨帝莫瓦塔像对待奴隶一样地对待他。要知道，在天宫中他可是帝瓦塔最宠爱、最信任的臣子啊！于是他决心杀死帝莫瓦塔。他知道在天宫的一个金箱子中存有一把用金子铸成的剑，此剑被称作"阿利司"，它是唯一可以杀死帝莫瓦塔的东西。

巴拉格召集了所有的巨人、小矮人和精灵，并告诉它们他才是帝瓦塔真正的儿子，因为只有他能够飞到天宫去，而帝莫瓦塔却不能。这些善良的生灵相信了他的话。于是，它们在巴拉格的煽动下很快制订出一个秘密的谋杀计划。首先，由巨人和小矮人们向帝莫瓦塔发起挑战，让他飞上天宫以证明他的神力。无奈之下，帝莫瓦塔只好命令巴拉格去请求父亲允许他飞到天上。巴拉格暗中颇为得意，他的阴谋得逞了。于是，他急忙飞上了天庭，趁着帝瓦塔在金吊床上小憩的机会，从金箱子中偷走了阿利司，而后又匆匆忙忙地返回到地面。

当巴拉格到达朗歌娜扬时，他发现帝莫瓦塔正在一棵枝叶繁茂的大树下熟睡。他拔出金剑向帝莫瓦塔刺去。而正在此时，从天庭中传来了阵阵怒吼，紧接着一个大火球从天而降，击中了巴拉格。巴拉格躺倒在地，痛苦地扭动着被火烧着的身体,金剑阿利司随即飞回了天宫。当大火最终熄灭时,巴拉格的身体早已变成了炭黑色。他还活着,但再也站不起来了,他失去了双脚和双手,帝瓦塔命令他生活在水中。巴拉格这位曾经英姿勃发、不可一世的大臣一下子变成了一个丑陋卑贱的生灵。他慢慢地爬入水中,这里是他的新家,他成了世界上第一条鳗鱼。

愤怒的帝瓦塔将巴拉格的所有同谋全都逐出了朗歌娜扬。整个大地一下变得无比寂静,只有帝莫瓦塔形单影只地在树林中徘徊。

帝莫瓦塔恳求他的父亲再为他造一个伴侣,并且这个伴侣应当与他是同类。他对父亲发誓说,如果他这次再闯祸的话,他就会返回天宫居住。帝瓦塔思考了片刻之后,决定再给儿子一次机会。他取来一块泥巴,照着帝莫瓦塔的模样捏了起来。他花了七天时间才完成这件作品。但不幸的是,这个泥塑在阳光的暴晒下裂开了。帝瓦塔只好将它拿到河边,把它从头到脚洒上水。结果,泥人一下子沿着原来的裂缝一分为二,变成了两个一模一样的生命。他们就是世界上最初的人类,帝瓦塔将他们分别叫作"雷"和"蕾班"。

帝瓦塔告诫他的儿子让雷和蕾班远离河水。一旦他们违反禁令,灾难将降临到他们头上。为此,帝瓦塔特意在河边种了一棵与众不同的树,他称之为"邦加",也就是我们所说的槟榔树。这棵树有着金黄色的果实,它对于雷和蕾班来说是禁地的标志。而后,帝瓦塔又给了儿子一面锣,他在需要帮助的时候只要敲响这面锣就可以了。在交代完这些事之后,帝瓦塔飞回了天宫。

帝莫瓦塔的生活再次充满了快乐,雷和蕾班也过得十分惬意。他们在花园中玩耍,享用最可口的水果,和动物们赛跑,和鸟儿们一起歌唱。但是有一天,雷和蕾班无意中闯入了禁地。这里异常寂静,看不到任何生灵。忽然,他们听到有个声音在叫他们的名字。蕾班循着声音一直来到河边,看到河水像水晶一样清亮透明。她将手指伸到水中,感到非常清爽,于是她让雷也试一试。正当他们两个开心地戏水时,一个微弱的声音从水中传来,紧接着一条巨大的鳗鱼出现在他们面前。这就是巴拉格。他扭动着身体,于是河水像喷泉一样涌了起来,令雷和蕾班钦佩不已。巴拉格又让他们两人向水中看。蕾班惊讶地发现了自己的倒影，她高兴极了，这是她生平第一次看到自己的模样。巴拉格见状心中窃喜，他告诉蕾班，如果她肯服从他的旨意的话，她就能够变成一个迷人的女人。巴拉格让蕾班喝一口河水。但就在此时，雷看到了河边的邦加树，这令他突然想起了帝莫瓦塔的告诫，于是他毫不犹豫地将蕾班从水边拽走，带着她逃离了禁地。

雷和蕾班将他两在禁地经历的事情告诉了帝莫瓦塔，后者再次警告他们要远离那条河。雷和蕾班意识到了事情的严重性，他们对帝莫瓦塔发誓再也不会进入禁地。就这样，他们又相安无事地过了一段时间，谁也没有再提起这次小变故，好像它从来就没有发生过一样。

但是在一个晴朗的日子里，蕾班忽然想起了凉爽宜人的河水。她恳求雷和她一同去河边，但是雷拒绝了。随后，雷发现蕾班不见了，他开始担心起来，于是出发去寻找她。

蕾班来到了河边，她迫不及待地欣赏自己在水中的倒影。这时，巴拉格又从水中冒了出来，他热情地向蕾班打招呼，并且向她保证，如果她肯喝一口这河水的话，她就会变得非常美丽。蕾班感到很为难，她告诉巴拉格她曾对帝莫瓦塔发过誓，而巴拉格则安慰她说他可以给她一份舒适美好的生活，帝莫瓦塔却不能。接着，巴拉格又施展出他的十八般武艺，在水中上蹿下跳，不停地摆动尾巴，于是河水也随着他的摆动而跳起舞来。蕾班顿时被舞动的水柱所包围，她是如此惊喜。终于，她再也经受不住这美丽的诱惑，缓缓地将双手捧成杯状，用它来接住散落的水珠。她注视着手中清澈的河水，而后一点一点地喝起来。转眼之间，她的身体变了。她的胸部凸起了，头发长了，遮住了前胸。蕾班变成了一个真正的女人。

很快，雷来到了这里。他很惊讶地发现蕾班变了模样。蕾班用手捧着一汪河水走到雷的身边，要他喝下，但是雷拒绝了。巴拉格向雷发誓让他变成一个真正的男人。蕾班将那捧河水送到雷的嘴边，再次要求他喝下。雷终于张开嘴，一口将河水饮下。顿时，浓重的汗毛出现在他的身体上，肌肉也变得发达起来，雷变成了一个真正的男人。巴拉格高兴地叫起来。

随后，巴拉格将蕾班的美貌展现给雷看。雷注视着他眼前的这个女人，简直着迷了。他的心中涌起了一种莫名的喜悦，一种他从未体验过的感情。

就在这时，他们两人听到了帝莫瓦塔在大声呼喊他们的名字。雷和蕾班吓得浑身发抖，但巴拉格安慰他们说不会有事。他将他们一口吞下，藏在腹中。帝莫瓦塔来到河边，要求巴拉格放了雷和蕾班，但巴拉格拒绝了，于是一场恶战不可避免地爆发了。随着这两人的战斗愈演愈烈，河水不住地涌上岸，引发了空前的洪灾。脚下的大地因之而颤抖，树木也被连根拔起，原本连成一片的土地变得四分五裂。这些地块漂到各地，形成了大小不等、形状不一的岛屿，唯一幸存下来的是河边那株邦加树。曾经那么美丽的朗歌娜扬已不复存在。巴拉格仍不投降，战斗还在继续。

帝瓦塔听到了地面上巨大的吵闹声，于是下来看个究竟。他命令巴拉格和帝莫瓦塔停止战斗，并要求巴拉格将雷和蕾班放出来。巴拉格犹犹豫豫，不肯答应。于是帝瓦塔抽出他的闪电棒，用尽全力向巴拉格打去。巴拉格尖叫着屈服了，他从嘴中吐出雷和蕾班，这两人全身赤裸地出现在帝瓦塔面前。帝瓦塔向他们怒吼道："从今以后，你们将永远居住在河边，你们将在悲哀、病痛、饥饿和苦难中过活。最重要的是，你们将不再长生不老。"

巴拉格高兴了，现在已被帝瓦塔抛弃的雷和蕾班成了他的战利品。帝莫瓦塔乞求他的父亲发发慈悲，再给雷和蕾班一次机会，他发誓将在天宫陪伴父亲。帝瓦塔在儿子的乞求面前心软了，他又赐予雷和蕾班一次机会，如果他们两人能够规规矩矩地生活，就会得到他的原谅，但如果他们再次犯错，则将沦入邪恶的巴拉格的王国。听到这些之后，巴拉格偷偷地溜进水中。

就这样，雷和蕾班被留在岸边。这里是他们的新家。正如帝瓦塔所预言的那样，他们感到了以前从未经历过的阵阵饥饿，蕾班伤心地哭了。雷四处寻找食物，但这里在经历了洪水的浩劫之后已是不毛之地，只有那株邦加树孤零零地矗立在岸边。他从树上摘了一些邦加果，将皮剥开，尝了尝里面的果仁，发现味道又苦又涩。他又摘了一些邦加叶，与果实一起嚼起来。叶子刺激的味道遮盖了果仁的苦涩味。于是他又多摘了一些带给蕾班吃，槟榔成为他们在新家所吃的第一餐。

大洪水的故事

按照比萨扬人的说法,很久以前,由于地球上的人口越来越多,生活变得越来越丰富,人们再也不敬仰神灵了,此后便发生了大洪水。

事情是这样的:那时候,卡布坦神创造了人类的祖先,第一个男人和第一个女人,也就是希卡拉克和希卡巴伊。当时卡布坦和妻子女神玛古扬吵了一架,玛古扬便离开了家。在天国的卡布坦非常孤独,于是就创造了人。第一对男女生养了许多后代,地球上到处都有了人烟。卡布坦对此十分高兴。这样,卡布坦就有了许多事要做,通过管理人类,以前不快的记忆被抛到了脑后。渐渐地,他的孤独感也消失了。

于是他赐福给人类,恩赐人类的子孙巨大的财富,并恩赐人们好的收成,让他们想要的所有东西都能容易地得到。人们无须辛勤劳作就可以得到一切。家庭主妇们只要每晚把空篮子放在门口,第二天早晨,每个篮子里就会装满了食物。

卡布坦巡视了这片美丽富饶的土地,山谷和平原都沐浴在清晨金黄色的阳光中。"这片幸福的大地,"他说,"它是天国的延伸,我所拥有的东西这儿也都会有。天堂的舒适和安乐不再只是神灵的特权,所有的人都能分享。"

但是,随着时光流逝,人类开始忽视他们对神灵所要尽的义务,他们把对神灵的诺言当成耳边风。他们对神灵随意许诺,并且经常不履行祭祀神灵的义务。尽管大祭司巴乌巴瓦一再告诫,他们依然拒绝敬仰神灵,他们甚至任凭通往神庙的道路变得破烂不堪也不去维修。

人类的这种蔑视和背约的行为激怒了众神。一天,当卡布坦不在的时候,众神聚到一起开了一个会。平原和山谷之神马克利姆·沙特万非常愤怒地说:"你们都已经看到了人类是如此不尊重我们!他们对自己的职责漠然视之,他们侵占去往神庙的道路,他们拒绝提供祭品。最重要的是,他们居然公然违抗我们的意愿。卡布坦却无视这一切,还在赐予他们财富,这是多么愚蠢啊!"

"人类必须受到惩罚!"

"我们最好等卡布坦回来再决定吧!"一个神提议道。

"他太忙了,"马克利姆·沙特万说,"还是让我们来教训教训人类吧!"

结果,惩罚人类的决议被通过了。火神提议在地球上放大火以示惩罚,但是海神害怕大火的高温会伤害海中的鱼类,他坚决反对这个提议,这个计划就被搁浅了。

最终,河流之神提议在全世界发大洪水来惩罚不听话的人类。"至少,"他说,"这不会伤害到海里、河里和湖泊中的鱼虾。"大家都觉得这个主意不错,就同意了在地球上发大洪水。

此时,房屋守护女神正在隔壁房间的墙边偷听。她听到这个可怕的消息后,立即来到了地面警告大祭司巴乌巴瓦,他是姆若布若村的首领,勇猛而和善。这个繁荣的村落就在班乃岛的加拉乌河南岸。

女神告诉大祭司到最高的山峰上去,并且造一个木筏。大祭司听从了女神的告诫。

果然,海神在湖泊之神的帮助下,说服了风暴之神来帮助他们惩罚人类。

惩罚的那一天终于来到了。河流之神开始行动,他把所有河流的出口都堵上了;海神则把海洋的大门打开,让海水向陆地倒灌;以同样的方式,湖泊之神让湖水向四周溢出;风暴之神使地面上狂风大作,天空中乌云密布,暴风雨席卷了整个大地。

人们惊慌失措,四处逃散,但为时已晚。树木房屋,凡是狂风经过的地方,一切东西都被风卷走了;巨浪从大海冲向内陆,河水回流倒灌,湖水溢出。大地在颤抖!凹地很快就成了海洋,到处都是被淹死的人和动物!

当大水涨到山顶时,巴乌巴瓦把自己和所有家人绑在木筏上,木筏随波四处漂流。狂风暴雨持续了几天几夜。一天,他们终于发现木筏不再漂动了,天空也晴朗了,太阳出来了,洪水渐渐退去。一切恢复常态而不再有危险以后,巴乌巴瓦把自己从木筏上解开,然后解开他的妻子以及其他家人。他们把木筏烧了,祭祀天上的神灵。他们开垦土地,辛勤劳作,生儿育女,人类得以繁衍生息。

月亮的由来

传说从前天上没有月亮，太阳在天上时常感到十分寂寞，即使所有人都奉他为天上的皇帝，他也高兴不起来。他心里想：没有皇后，当这皇帝又有什么意思呢？

每天早晨，太阳愁眉苦脸地出现在天上，晌午一过，马上就回去休息了。太阳出现在天上的时间很短，发光很少。这对太阳来说没有什么要紧的，可是人间遭了殃。地上照到阳光的时间比没有阳光的时间短得多，大部分时间都是天昏地暗的，人们非常痛苦，眼看就要活不下去了，于是向国王抱怨太阳发光太少太弱。国王看到百姓们生活在痛苦之中，心里也十分着急。他召集大臣，要他们帮他想个办法，让太阳在天上停留的时间长一点。大臣们想了又想，怎么也想不出什么好主意，就一起去求一位年高的贤士，希望贤士用他的智慧向太阳探询一下，究竟是什么妨碍太阳发光。

年高的贤士果然没让大臣们失望，他知道了太阳这样做的原因，告诉大臣说："太阳要寻个皇后，他想娶国王的女儿苏莱明公主，因为只有苏莱明公主才能做太阳的妻子。"

大臣们把贤士的话告诉了国王，国王认为太阳的要求太过分，连想都没想就拒绝了大臣们的提议。国王非常爱自己的女儿。大臣们再三劝奏，国王还是不同意让女儿嫁给太阳。国王还下令，任何人不得在他女儿面前提起这件事。宫中人知道苏莱明素来怜老惜贫，不想和公主分开，因此都听从国王的命令。

有一天，苏莱明公主和侍女到河边散步，路上遇到一个乞丐。乞丐向苏莱明公主讨钱，公主问乞丐："你这么年轻，为什么不去好好干活，要在这里当乞丐呢？"

乞丐不知道眼前这位美丽的姑娘是什么人，就说道："姑娘难道还不知道吗？都是因为太阳要国王的女儿苏莱明公主做妻子，国王舍不得让女儿离开自己，就拒绝了太阳的要求。太阳说过，如果公主不嫁给他，他每天只给人们一点点光和热。没有足够的光和热，我们每天的劳动根本不可能养活自己，所以只好出来当乞丐了。虽然我很不喜欢这个职业，可这也是没有办法的办法啊！"

苏莱明公主听了乞丐的话，心里十分难过。

"不会再这样下去了！"苏莱明公主大声说。

她回到宫中，立刻去见父王。父女争执了半天，国王还是丝毫不肯让步，他太爱女儿了。

从这时起，苏莱明公主就已决心想尽办法去帮助老百姓获得更多的阳光，过上幸福的日子，于是就想逃出去嫁给太阳，满足太阳的心愿。国王看出了女儿的心思，不允许她走出王宫的花园。

一天早上，苏莱明公主醒来，脸上呈现出从未有过的高兴神情，她亲自给父亲端去早饭，然后照常带着女伴们到皇家花园，在园中玩了一上午。快到中午的时候，公主和侍女们捉迷藏。苏莱明公主爬到一棵枝叶茂盛的大树顶上，接着有根牵牛花的藤也缠着树干绕上去了。奇怪！牵牛花的藤在苏莱明公主身上绕了几圈，然后长呀，长呀，把她送到天上去了！

从这天起，王宫里再也听不到公主那快乐的笑声了，也是从这起，太阳每天用全力发光发热。人们有了足够的光和热，渐渐过上了幸福的生活。每当夜幕降临，漆黑的夜空中多了一轮皎洁的明月，明月发出柔和的光芒，原来那是美丽的苏莱明公主的笑脸。

大米的由来

很久很久以前，人们并不知道大米的存在。那时候，我们的祖先靠水果、蔬菜、鸟儿以及野兽为生。因为人们所依赖的食物是大自然提供的，所以他们只能暂时待在一个地方，当那个地方没有东西可供猎取时，他们就集体迁徙到另一个食物充足的地方。

但我们的祖先十分骄傲、快乐。他们为自己棕色的皮肤和创造性的风俗感到骄傲，他们对这样的生活方式感到满足。

每天，男人们会到山上的树林里去打猎，女人和小孩则忙于捕鱼、采集水果和野菜。经过一天的劳动后，猎物以及水果、野菜会被平均分配到各个家庭中。依靠集体的力量，我们的祖先在很恶劣的环境下世代繁衍生息。

有一天，一队猎人去打一只鹿。他们非常希望能得到更多的猎物，因此一直追到离村子很远的一个树林里。快到中午的时候，他们停下来在一棵大树底下休息，每个人都是又累又饿。

他们在树下休息的时候，看到不远处有一群衣着怪异的人。他们认为这是住在山中的神仙，于是立刻站起来向那些人致敬。

巴哈拉天神对猎人们的礼貌感到高兴，作为回报，他邀请猎人们参加他们的宴会。

猎人们非常高兴在他们又累又饿的时候能参加宴会，但他们又觉得不能白吃神仙们的东西，于是他们就帮着准备食物。

不一会儿，巴哈拉的仆人拿来了一些竹筒，将它们放在火上，竹筒里装着又小又白的像珠子似的颗粒。之后，煮熟的白颗粒被放在香蕉叶上，摆到了桌子上。桌子上还摆满了烤肉、煮熟的青菜和各种新鲜的水果，其他一些装着"水"的竹筒也被摆了上来。猎人们立即明白，这不是水，而是巴哈拉酿的酒。

猎人们因为看见了那些白色小颗粒,十分不情愿地加入宴会中来。

"我们不吃白色的虫子。"一个猎人说道。

在场的神仙都笑了起来。

"这些珠形的颗粒不是小虫子,"其中一个神仙回答说,"它们是煮熟的大米。它们是我们自己种植的谷物,过来和我们一起吃吧。吃过之后,那种舒服的感觉你们肯定一辈子都忘不了。"

听他这么说,猎人们也就不再争论什么,与他们一起吃桌上的美食。吃了煮熟的大米后,猎人们感觉浑身有了力量,虚弱的身子变得强壮起来。

饭后,猎人们向神仙表示感谢。

"这是稻子。"另一个神仙解释道,"去皮,洗干净,放进竹筒里,加足够的水,然后将竹筒放在火上,直到煮熟,吃过之后,病弱的人也会强壮。给你们一些种子吧,雨季开始种植,旱季后就可以收获。你们去吧,把大米介绍出去,教村里的人们耕种土地吧,你们将会进化,不再被迫从一个地方迁移到另一个地方了。"

猎人们谢过神仙回到了村里。他们按照神仙的指示去做了,在村里四处介绍吃熟米饭的方法,并教人们如何种植稻子。很多年后,吃大米及种植水稻的方法已经广为流传,其他民族的人也学会了这种技术。

从那以后,大米被人们所熟悉,人们不仅学会了耕种稻子和其他谷物,还学会了饲养动物和建设永久的家园。

达克达克瀑布的传说

很久以前,当菲律宾还是万顷碧波中的一个很少与外界交流的岛屿的时候,在岛上的一个小国中有一个受人爱戴的国王,他叫卡里卡桑,意思就是"大自然"。他有个十分美丽的女儿,名字叫黎明。正所谓人如其名,黎明公主的美貌恰似每天第一缕破晓的晨光,她那甜美的微笑好像是盛开的花朵,赞叹公主美貌的话语传遍了世界上每一个角落,不仅人世间无数富有、高贵的王子王孙都来向公主求婚,就连掌管世间万物的神灵也竞相向公主献殷勤。湖神玛拉凌、河神拉安、山神巴纳戈和天神的儿子希卡每天都要到公主的宫殿里显示自己拥有的财富,向她表达爱慕之情。每个人都希望黎明公主能够被自己的诚心打动而垂青于自己。可是公主对每个人都回以动人的微笑和一句相同的话语:"你们对我都那么好,我无法在你们当中做出一个选择。"

过了不久,国王在王宫里举行一个盛大的宴会为黎明公主庆祝生日。公主的追求者们利用这个机会大显身手:河神拉安带来了各种各样的鱼;山神巴纳戈背来了无数新鲜的水果,还献上了一个金王冠;湖神玛拉凌捧来了一个用最美的贝壳做成的酒杯;天神的儿子希卡什么都没有准备,他说自己只带着一颗真诚的心来向公主祝福。在所有这些礼物中,最让公主动心的是山神巴纳戈献上的金王冠。当看到这个王冠时,她把其他所有人的礼物全都抛在了脑后,她一边仔细地摆弄着那个金灿灿的王冠,一边高兴地和巴纳戈说话。在生日宴会快要结束的时候,公主宣布她选择巴纳戈作为自己的心上人。公主的这个决定使其他参加宴会的追求者无比地失望,他们都带着痛苦的心情离开了王宫。河神拉安在离开的时候说自己一定要让黎明公主后悔,可是沉浸在幸福之中的黎明公主丝毫没有在意,只是微微地笑了一下。

从那以后,每天早上,黎明公主都要戴着王冠到河边去走一走,对着平静的河水照一照自己戴着王冠的样子。可是有一天,正当黎明公主对着河水照镜子的时候,一阵大风把公主头上的王冠吹到了河里,公主急得哭了起来。过了一会儿,公主听到了河神拉安得意的笑声:"我说过,我一定会让你后悔的。"河神对公主说道,"你最喜欢的王冠已经掉到我的地盘里了,除非你嫁给我,否则你别想找回它。"

"我才不会嫁给你,"黎明公主恨恨地对河神说,"我一定会找回王冠的,哪怕把你这条河掀个底朝天。"

公主急急忙忙地往家里赶。当她回到家时,她看到天神的儿子希卡正在家里等她。希卡听了公主的话,十分自信地答应公主帮她找回王冠,不过希望在找回王冠以后,公主能够嫁给他。公主此刻已对河神拉安的戏弄和要挟恨之入骨,为了找回心爱的王冠,公主毫不犹豫地答应了希卡的条件。希卡一听公主答应了,就立刻拉着公主在神的面前发誓将遵守自己的诺言。

希卡无比欣喜地离开了公主的王宫,一想到公主即将成为自己的人了,希卡的心情简直难以平静。希卡心想:找回公主的王冠还不是小事一桩?只要我用上我父亲——天神巴哈拉——赋予我的神力,就没有办不到的事情,实在不行,我还可以叫我的弟兄们帮忙,公主一定是我的了。

希卡走了以后,公主一个人坐在窗前等着他的好消息。可是希卡没有这么快就带来好消息,倒是山神巴纳戈先来到了公主的宫殿。他是来迎娶公主的,可是公主说自己已经不能嫁给他了,因为她只答应选择巴纳戈作为心上人,并没有答应嫁给他。而且公主还告诉巴纳戈,自己已经答应嫁给希卡,还在神的面前发了誓。巴纳戈听了公主的话,脸上出现了暴怒的神色。他知道公主发了誓以后一切都不可能挽回了,于是他向公主要回王冠。

"噢,亲爱的公主,你辜负了我对你的信任和爱。"巴纳戈说,"好吧,我只想要回我的王冠。"

"真对不起,我把你的王冠弄丢了。我已经叫希卡去找它,等他找回来以后,我马上派人给你送去。"

"不行,你必须现在还给我,否则你就必须嫁给我。"巴纳戈丝毫不肯让步。

正当黎明公主和巴纳戈争吵不休的时候,希卡带着几个非常能干的仆人出现在公主的身边,"有我父亲巴哈拉的帮助,我一定会找回王冠还给你,希望你能给我几天时间。"

　　巴纳戈一见希卡来到了公主的身边,知道再和公主争执下去也没用,但他又不愿就这样轻易地放弃自己心爱的人,于是他对希卡说:"好吧,看在你父亲的面子上,我给你七天时间,七天以后我再回来。如果到那时我还见不到我的王冠,我就会带走黎明公主,并把她扣下做人质,直到你还给我王冠的时候,我才会放了她,也就是说只有你找到王冠,你才能和公主生活在一起。"

　　山神巴纳戈说完这些话就不见了。

　　希卡见到自己心爱的人,心中有无数的话想跟她说,可是山神已经下了最后通牒,最重要的事就是赶快去找丢失的王冠,这样自己才能和公主永远相伴。于是希卡匆匆告别了公主,带着仆人们寻找王冠去了。

　　时间一天一天过去了,可是王冠丝毫不见踪影。直到第七天,希卡的仆人才找到河神拉安。拉安告诉希卡,他根本就不想戏弄黎明公主,所以他也没把王冠藏到别的什么地方,王冠就在原来掉下去的地方。希卡请拉安帮忙,可是拉安装作什么都没听见,一声不响就走了。希卡命令仆人们到王冠掉下去的地方去找,如果河底没有就往河床下面挖,一直挖到找到王冠为止。然后希卡自己去见黎明公主,希望巴纳戈能在带走公主之前再宽限几天。

　　当希卡赶到公主的宫殿时,呈现在他面前的是一片破砖断瓦。山神已经带走了黎明公主,并且毁掉了公主的宫殿。希卡忍着失去心上人的愤怒回去找河神,希望他能够帮助自己找回王冠,然后再用王冠去换回公主。可是当他回到河边的时候,发现河神已经不见踪影了,不知躲到什么地方去了。盛怒之下,希卡命令仆人们挖了一个很大很大的坑,将河流拦腰截断,让水都流到坑里去,形成了我们今天看到的达克达克瀑布。希卡发誓在没有找到王冠换回公主之前,他不会让河流恢复原状,不会让这个瀑布消失。

望渔石的传说

摩格宁单神是比科尔族渔民的保护神。当渔民在海上打不着鱼的时候，他们就向摩格宁单神祈祷，这样他们就可以满载而归。渔民们的生活在摩格宁单神的保佑下日益富足，千百年来，渔民和摩格宁单神相处得非常友好。

有一天，渔村里来了两个陌生人。他们十分羡慕渔民们通过打鱼过上了好日子，准备加入渔民的群体。渔村里的人对这两个陌生人一无所知，就问他们叫什么名字，从哪里来的。两个陌生人中的高个子说："我们是从邻村来的，我们非常羡慕你们这里的富足生活，想要加入你们打鱼的行列。我叫帕萨卡，这是我的助手玛卢亚。"

村里人害怕陌生人不懂规矩，冒犯了保护神摩格宁单，于是就一起商量是否让这两个陌生人加入。最后，村里的一个老者说："我觉得就让他们留下吧，如果我们的保护神不喜欢这两个人，他自然就会把他们赶走的。"其他人都认为这个老人的话很有道理，于是他们决定留下这两个陌生人。在允许这两个新手出海以前，村里人一再好心地叮嘱他们，千万不要冒犯了摩格宁单神，否则灾难就会降临到他们头上。

帕萨卡和玛卢亚终于可以和其他人一起出海打鱼了。帕萨卡一边摇桨，一边问玛卢亚："村民们为什么一再叮嘱我们不要冒犯摩格宁单神呢？"

"我也不知道。"玛卢亚说，"我听说住在森林里的人也崇拜一个神灵叫奥克，是一个保佑猎人的神灵。我想，村民们那么相信摩格宁单神，一定是因为摩格宁单神具有影响渔民的收获的神力。只要我们不去冒犯摩格宁单神，我们一定可以打到很多很多的鱼。"

"我才不信这些呢。"帕萨卡非常轻蔑地说。

"啊，"玛卢亚神情慌张地说，"你可千万别这么想，我听说森林里就有猎人因为冒犯了奥克神而变成了石头。"

"我天生就有好运气,我为什么要害怕这些神灵呢?"帕萨卡说。

两个人正在争论不休的时候,有鱼咬钩了。

帕萨卡和玛卢亚与其他渔民一起回到了渔村。可是别的渔民打的鱼每一条都又肥又大,帕萨卡打的鱼却又瘦又小。帕萨卡非常奇怪,他问其他渔民打到大鱼的窍门是什么。渔民们告诉他,在撒网之前必须先向摩格宁单神祈祷,这样就可以保证满载而归。如果没有向摩格宁单神祈祷,那么撒下去的网里就只有小鱼了。

为了亲眼看看渔民们是怎么祈祷的,第二天,帕萨卡和玛卢亚搭乘别人的船出海。渔民在出海之前,先在船上装了一些切好的鱼片,这些鱼必须是从河里抓来的。渔船到了打鱼的地点,渔民们先在船舷上又喊又跳,这样来引起摩格宁单神的注意,然后,渔民们就把准备好的鱼片扔到海里。过不了多久,帕萨卡简直不敢相信自己的眼睛,他看到了无数又大又肥的鱼游了过来。求鱼的祈祷仪式还有一个规矩,就是这个仪式可以在任何时候举行,唯独不能在黎明的时候。渔民们告诉帕萨卡,那是因为黎明时摩格宁单神正在睡觉,如果祈祷者把他吵醒了,他就会严厉地惩罚祈祷者。

帕萨卡和玛卢亚从渔民那里学到了打鱼的窍门以后,每天都起早贪黑不停地在海上打鱼。他们打的鱼比其他渔民都多,并且利用自己打的鱼在市场上哄抬鱼价。通过这种方法,他们发了大财,然而他们贪婪的本性也一点一点地暴露了出来。他们有了钱以后,丝毫不肯帮助村里其他人。渔民们看清了帕萨卡和玛卢亚的守财奴本性以后,都很讨厌他们,谁也不愿意再和他们交往。于是,帕萨卡和玛卢亚在渔村里的生活变得一点乐趣都没有。打鱼赚钱,再打鱼再赚钱,打更多的鱼赚更多的钱,成了他们两个人生活的全部内容。时间一点一点地流逝,渔村里的渔民还像以往那样和摩格宁单神保持着融洽的关系,只有帕萨卡和玛卢亚对打鱼的热衷达到了疯狂的程度。

有一天,帕萨卡和玛卢亚从早上出海开始打鱼,一直干到了中午,又从中午一直干到了下午。他们不停地向摩格宁单神祈祷,海里的鱼不停地游进他们的渔网。那种喜悦的感觉使他们忘记了时间,不知不觉已经是第二天的黎明了,他们还在船舷上不停地叫喊,不停地往海里扔鱼片。

摩格宁单神被帕萨卡和玛卢亚的叫喊声吵醒了,他非常生气。"这两个贪得无厌的家伙,我给了你们那么多的鱼,你们还不知足。"

鱼神命令所有的鱼都回到海底的洞里,然后自己也回洞睡觉去了。他希望帕萨卡和玛卢亚就此罢休,收网回航。可是,帕萨卡一看海里的鱼都不见了,就在船舷上叫喊得更厉害了。这下可把鱼神激怒了,他在海上掀起了一场暴风雨。

"暴风雨来了,一定是我们把鱼神激怒了,我们快回去吧!"玛卢亚大声地喊道。

"胆小鬼,这点暴风雨算什么?别管它,我们继续打鱼!"帕萨卡几乎红了眼,他什么都不管了。

海上的风浪越来越大,帕萨卡一看情形不对,想要起锚回航,可是已经来不及了,船锚被牢牢地钉在了海底。只见半空中一个闪电劈了下来,海面又恢复了平静。

渔村里的渔民看到海上突然之间出现那么大的暴风雨,都猜到了是鱼神在惩罚那两个贪得无厌的家伙。第二天,渔民还像往常一样出海打鱼。他们在海上找了很长时间也没有找到帕萨卡和玛卢亚的影子,最后只发现海上多了两块人形的石头,仿佛是在默默地对视。渔民们都说这是帕萨卡和玛卢亚变的。

现在,在巴卡凯海滨还可以看到这两块石头。虽然已经看不出人形,可是渔民都知道,当余晖照到这两块石头的时候,渔船就该往回走了,因为打鱼的时间结束了。

杧　果

　　很久以前,有一个男孩名叫多明哥。虽然他家里很穷,可是他心眼很好,乐于助人,很小就能帮父母做家务了。在家里,各种各样的家务都由多明哥来做:妈妈洗衣服,他为妈妈打水;妈妈织布,他帮着妈妈卷布;爸爸外出干活,他帮着准备工具;爸爸干活回来,他就马上送上一杯又浓又香的热茶。邻居有什么困难也会请多明哥帮忙:"多明哥啊,请帮我把这饭送给我丈夫,他在田里干活。""多明哥啊,给我把麻布铺在地上晒一晒。""多明哥啊,请你给我拾点柴来。"……每次遇到这种情况,多明哥总是会热情地帮助邻居解决困难。

　　多明哥还时常去照顾一个住的地方离村子很远的瞎眼老婆婆。

　　"您好,奶奶。我给您带了些鱼和辣酱油,您快过来尝尝。"多明哥说。

　　"谢谢你,多明哥。"老婆婆感动地说,"要不是你这么照顾我,我早就活不下去了。你真是个大好人啊!"

　　"您可千万别这么说,即使我不来照顾您,还是会有别人来的,老奶奶。"多明哥笑着安慰老奶奶说。

　　有一次,多明哥看见有个女乞丐在路上一瘸一拐地慢慢走着,看上去好像已经精疲力竭了,随时都有摔倒的可能。多明哥连忙跑过去对她说:"大娘,到我家去,在我家歇一歇,我让我妈给您做些吃的。"

　　"孩子,谢谢你,你真是个好人。"女乞丐感动地说。

　　多明哥把她带到了家里,为她端来了热气腾腾的饭菜。

　　"你真是一个心地善良的好人啊!"女乞丐说,"人们永远不会忘记你有一颗善良的心。"

　　多明哥就是这样乐于助人。

　　多明哥所住的村子旁边有一条河。有一天,一个小孩掉到河里,正赶上小河的上游在下暴雨,水流十分湍急,小孩一掉进水里马上就被冲走了。这时候,多明哥恰好经过这里。他看见小孩在河里挣扎,赶紧跳下水,把小孩救上岸。孩子得救了,可是多明哥自己却受寒得了重病。左邻右舍听说多明哥病了,都到他家里来,守在多明哥的病床前,想尽各种办法照顾多明哥,为多明哥治病。然而,多明哥的病情非但没有好转,反而一天比一天严重,最终他离开了人世。

"多明哥不在了,"人们都十分伤心,"心眼这么好的一个人怎么会没福分呢?"

人们的哭声越来越高。突然,多明哥的床前出现了一个仙女,仙女穿着一身雪白的衣裙,脸放金光。

"你们别哭了,"她对伤心的人们说,"多明哥死了,但他乐于助人的心灵会永远活着的。"说完这话,仙女就不见了。多明哥被埋在离家门口不远的山上。第二天,大家惊奇地看见,一夜工夫,墓旁边长出了一棵大树,树上结的果子是他们从来没见过的,形状很像人的心。人们一尝这果子,又甜又香。人们知道,这是多明哥那颗助人为乐的心变来的。

这就是杧果的由来。

"水果之王"为什么会有臭味

故事发生在好几个世纪前,卡里南被一位名叫巴隆马伊的强有力的国王统治着。虽然他已经很老了,可是,他在以马蒂甘为首的十六个忠诚谋士的帮助下,让人民安居乐业。马蒂甘也因为自己的聪明睿智而闻名于周边地区。国王的妻子叫玛达雅·白霍,是塔格王的女儿,她的父亲统治着达沃湾对面的里基岛、塔利德岛和萨毛岛。

玛达雅王后既年轻又漂亮。她虽然身为王后,却行事鲁莽,而且一点都不爱已经衰老的巴隆马伊国王。她几次跑回父亲的王宫,都被她父亲满怀歉意地送回来。巴隆马伊国王实在太爱玛达雅了,尽管王后经常跑回家,他也不生气。有一次,当王后又一次跑回家时,他决定让马蒂甘和其他谋士帮他出个主意,希望能够把王后长久地留在身边。

"上帝赐予你们智慧,你们曾为我做过许多事。"巴隆马伊国王对他们说,"现在我要你们想一个办法让我的妻子心甘情愿地回到我身边,让她爱我吧,别让她离开我。"

"我们愿意忠诚地为您服务,伟大的国王。"马蒂甘无奈地摇了摇头说,"我们发现了取火的方法,我们发明了混合金和黄铜的方法,我们还发明了其他许多东西。但这次您的要求超过了我们的能力,只有上帝才能让玛达雅·白霍爱上您。"

巴隆马伊国王十分生气。他跺着脚撕扯着头发骂道:"你们这群白痴!你们连让王后爱上我的办法都想不出来,我要把你们通通抓去喂红蚂蚁!"

"且慢!"马蒂甘说,"我知道谁能帮助您,他是住在阿伯火山的一位隐士。这位隐士可不是个凡人,他拥有强大的魔力,曾经让山上冰凉的泉水变成沸腾的温泉。只有他能够想出让王后爱上您的办法。"

于是,国王亲自来到火山,带着礼物拜访那位聪明的隐士。

"您的愿望会实现的。"隐士说道,"但是,每个人都必须为了心所企盼的愿望付出巨大的努力。您必须先找到三样东西:首先,是黑塔布鸟的蛋;其次,要十二勺白水牛的奶;再次,还要信念树上的花蜜。黑塔布鸟的蛋会让王后的心变软,白水牛的奶会让她的心变善,那奇妙的花蜜会让她把您当成一位又年轻又英俊的国王。您得到这三样东西后,带着它们来见我,我再告诉您下一步该干什么。"

巴隆马伊国王一听隐士的话,心中刚刚燃起的一线希望一下子被浇灭了。第一个要求就不好办,从来没有人看见过黑塔布鸟的蛋,因为它们只在黑夜里下蛋,而且把蛋埋在很深的沙子底下。况且又有谁见过黑塔布鸟呢?白水牛的牛奶,那倒很容易;可是要拿到信念树的花蜜,那简直是天方夜谭。

隐士看了沮丧的巴隆马伊国王一眼,说道:"我一开始就告诉您了,每个人都必须为了心所企盼的愿望付出巨大的努力,您怎么一遇到困难就退缩呢?虽然您看不见信念树,但它确实存在。它只开了一朵花,现在那朵花就插在树林仙女的头发里。要拿到它,您得找到仙女,并且在她睡觉的时候把花偷到手。"

虽然巴隆马伊国王十分怀疑隐士的话,但他还是非常想让妻子回心转意。一连十个夜晚,他不停地在海边走着,希望能见到黑塔布鸟。他坐在沙滩上,不停地大声长叹着。他的叹气声引起了海龟之王巴威干的注意。

"您是强大的巴隆马伊国王,您能得到任何您想得到的东西,"巴威干说道,"为什么您坐在这儿大声长叹呢?"

"哎呀,我是可以得到我想要的东西,可是我最想要的人却离我而去了。"国王悲伤地说,"为了让我的妻子回到我身边,隐士要我找到三样东西,其中一样是黑塔布鸟的蛋。"

"别失望,巴隆马伊国王。"巴威干说,"三天前的晚上,我看见一个黑塔布鸟的蛋,它黑得发亮,大得像椰子。我可以帮您找到那个黑塔布鸟的蛋。"国王在大海龟的帮助下找到一个黑塔布鸟的蛋,他高高兴兴地回了城堡。正像他所说的,一头白色的母水牛十分容易找到。虽然他已经有了黑塔布鸟的蛋和白水牛的奶,可是他还是闷闷不乐,他在为信念树的花蜜发愁。他去了东方,又去了西方,去了北方,又去了南方,东南西北都找遍了,怎么也找不到树林仙女。他又饿又累地回到王宫,坐在阳台上大声长叹。他的叹气声引起了风仙女哈宁巴伊的注意。

"您是强大的巴隆马伊国王,您能得到任何您想要的东西。"她说,"为什么您坐在这儿大声长叹呢?"

"唉,我哪能得到所有我想要的东西呢?我连妻子的爱都得不到,还算得上什么强大的巴隆马伊国王呢?"痛苦的国王说道,"为了让她爱我,隐士让我找到三样东西。我已经拿到其中两样,但我怎么也找不着信念树的花。"

"别失望,巴隆马伊国王。"哈宁巴伊说道,"我来帮您弄到信念树的花。树林仙女是我的姐妹,为了帮您得到您妻子的爱,我可以帮您得到信念树的花。"

于是,巴隆马伊紧紧地抓着风仙女的头发,和她一起从东飞到西,从北飞到南。飞了三天,他们终于在希里的森林里发现了树林仙女。"我想个办法使她打瞌睡,然后你就去取她头上的花。"哈宁巴伊说。

巴隆马伊国王藏在一块石头后面,看着哈宁巴伊用头发扇着树林仙女,不知不觉地让她进入梦乡。这样,国王就拿到了神奇的信念树的花。

第二天一大早,巴隆马伊国王就赶到火山,把黑塔布鸟的蛋、白水牛的奶和信念树的花带给了隐士。

"您确实为您的愿望付出了努力,所以,您的愿望一定会实现的。"隐士说道,"不过您得向我保证:当您重新让妻子回到身边后,设宴欢庆时可别忘了我,让我分享你们的欢乐吧。"

隐士在蛋上凿了个洞,然后从花中提取花蜜,把蜜和牛奶一起倒入蛋中,接着用他的魔杖搅拌。"把这个种在后花园里,"他嘱咐国王,"它就会长出一棵结果子的树。让您的妻子吃树上的果实,她就再也不会离开您了。"

巴隆马伊国王按照隐士说的做了。第二天早上醒来,他闻到一股扑鼻的甜香味。他跑到后花园一看,哎呀!在昨天他埋下那颗蛋的地方已经长出了一棵大树!大树上结着累累的果实,果实大得像椰子,表皮光滑得像黑塔布鸟的蛋。有些果子已经掉在地上裂开了,它们的香味让他感到肚子在咕咕直叫。吃了一个,他突然觉得年轻了许多,就好像他的血管里重新注入了新鲜血液。

巴隆马伊国王立刻带着一个果子渡过海湾去找王后。在他见到王后之前,那芳香早就飘到了王后的身边。当王后看见巴隆马伊国王带着一个芳香扑鼻的水果来见她时,她就像着了魔一样,一下子就把水果都吃光了。等到王后再抬头看国王时,她已深深地爱上了国王。

之后,巴隆马伊国王和玛达雅王后回到他们的王宫,国王举行了一个盛大的宴会。糟糕的是,他在激动之余竟忘了邀请那位隐士!

"可恶!"隐士说,"既然你们忘了我,那我就让果皮上长满刺,谁要打开它谁就会伤着手;我还要让它的芳香消失,让它变得恶臭难闻,谁要吃它就得忍受那难闻的气味!"

尽管榴梿又长刺又难闻,可所有尝过它的人还是认为它是最好吃的水果。因为它有着"如同蛋白般滑嫩的口感,如同牛奶般醇馥的香甜,还有浓郁的蜜糖味道"。

凤　凰　鸟

邦板牙的国王生了一场很重的病,全国的医生都对国王的病束手无策。直到最后,有一个从邻国来的医生说可以治愈国王的病。国王一听到这个消息,马上派人去将这个医生请到了宫里。

国王对医生说:"我对我的病已经不抱任何希望了,你有什么办法来治呢? 这里的医生已经给我服用了各种药,可是一点用处都没有。"

医生向国王深深地鞠了一个躬,说:"陛下,只有一个办法能医好您的病。在很远的地方,有只叫作阿达纳的凤凰鸟,它的歌声具有无比的魔力。您只要能将它抓来,让它在您的王宫里唱歌,您的病就会马上好的。"

国王听了医生的话,脸上露出了绝处逢生的笑容。他问医生:"怎样才能抓到这只凤凰鸟呢?"

医生说:"国王陛下,我也不知道怎么抓住凤凰鸟,只有最聪明、最忠实于您的人才能抓住它。您有三个儿子,不妨试试哪个儿子是最忠实于您的,只有那个最忠实于您的王子才能捉到这只凤凰鸟。"

国王接受了医生的建议,他叫来大儿子彼德罗,把医生的话告诉了他。

彼德罗是一个勇敢的王子,他对国王说:"父王,您尽管放心,哪怕找遍世界上的每一个角落,我也要找到那只凤凰鸟。不管它住在什么地方,即使它在高山上我也要把它抓回来。"

彼德罗的话深深地打动了病重的国王。第二天,国王在王宫里为彼德罗举行了一个隆重的告别仪式,彼德罗充满自信地骑上骏马出发了。

彼德罗走了几天,在路上碰到一个老乞丐。这个老乞丐穿着破破烂烂的衣服,佝偻着背,拄着一根弯曲的拐杖。

"可怜可怜我,高贵的王子,请你施舍几个铜板给我吧。"乞丐说。

彼德罗看都没看老乞丐,一抖缰绳就准备继续向前跑去。

老乞丐拦住了彼德罗的马，请求王子施舍。彼德罗非常生气，他冲着老乞丐喊道："你这个懒惰的乞丐，我有要紧的事情要办，你别挡着我的路，听见没有，老东西！"

王子说完话，一甩马鞭，很快就消失在远方。老乞丐看着远去的彼德罗，摇了摇头，说："这个傲慢的王子呀！只怕你已经错过抓住凤凰鸟的机会了！"

彼德罗走了很远很远的路，他来到了一个山洞前。山洞里住着一个隐士，雪白的胡子很长很长，一直垂到膝盖。

彼德罗走了一天，想在山洞里休息一下，然后再继续赶路。他把自己路上的经历告诉了隐士。隐士听了彼德罗的话，大概猜出了彼德罗是怎样的一个人，而且他也估计到彼德罗是不可能完成这个任务的。他说："我的孩子，只有心地善良的人才能抓到那只凤凰鸟，不正直的人非但得不到，还有可能受到惩罚。"

王子很不耐烦地听老隐士把话讲完，说："你这个老家伙，我才不怕什么危险和惩罚。只要你把那只鸟的住处告诉我，其他的用不着你替我担心。"

隐士摇了摇头说："我可告诉你，那是一只具有魔力的凤凰鸟。"

彼德罗说："我才不在乎什么魔力不魔力，我只想知道那只凤凰鸟藏在什么地方。"

老隐士仿佛看到了彼德罗的结局，他把彼德罗带到了一块大石头上，说："你穿过这片辽阔的平原，就会看见一棵高大无比的树，你要的凤凰鸟就在那棵树上。我再说一遍，只有心地善良的人才能抓住凤凰鸟。去吧，孩子，愿神保佑你。"

彼德罗谢都没谢老隐士一声，骑上马就向着那棵大树奔去。他穿过了那片广阔的平原，来到了那棵大树前，在那儿他看到了很多石像，有的坐着，有的站着，还有的伸着手臂，好像要从空中抓取什么东西似的。彼德罗很奇怪：为什么会有这么多的雕像呢？哪个雕刻家没事跑到这里刻了这么多的石像？

他正在看那些石像，忽然听到半空中有翅膀扇动的声音。他抬头一看，哎呀！只见凤凰鸟正在他头上飞翔，它的翅膀比黄金还要亮，它的歌声比他曾经听过的任何音乐都要动听。彼德罗王子被这只美丽的鸟迷住了。他想坐下来等到凤凰鸟落在树上时再抓住它。可是他刚坐下，就在歌声里睡着了。从凤凰鸟的翅膀上飘下来一根金黄色的羽毛，羽毛刚刚碰到彼德罗的身上，他就立刻变成了坚硬的石头。

"这就是你所受到的惩罚。你将保持石头的形态，直到有一个心地善良的人把魔水浇到你的身上，你才能复活。"一个声音在空中说道。

彼德罗就这样一去杳无音讯，国王的病情慢慢地加重了，他又让第二个儿子迪耶戈去寻找凤凰鸟。迪耶戈的经历和彼德罗一样，他也变成了一块石头，留在了那棵大树底下。

国王看到两个儿子都一去不复返，心中十分悲伤，病情也更加恶化。一天，最年轻的王子胡安来到国王的床前，说："父王，请让我去抓那只凤凰鸟吧，我一定会有好运气的。"

胡安是国王最疼爱的儿子，如今也是他唯一的儿子，他再也不想让儿子去冒险了。国王悲伤地摇了摇头，说："现在我不能再让你走了，你是我最后一个儿子，我不能让你也出什么意外。"

这件事暂时搁了下来。几天以后，国王的病又加重了，深爱着父亲的胡安再一次请求父亲允许自己出去寻找凤凰鸟。胡安一次又一次地请求，直到父亲答应了他。

出发前，胡安在父亲面前跪了下来，接受老父亲的祝福。"我们祝福你，亲爱的儿子。"国王说道，"你要小心一点，很显然，那只凤凰鸟具有神奇的魔力。我们的祝福会一直陪伴着你的，直到你把凤凰鸟和两个哥哥带回来。"

"亲爱的父王，我一定要把凤凰鸟带回来。"胡安眼中噙着泪，深情地说道。

胡安带了一口袋干粮和一根拐杖，步行出发了。他并不在乎路途遥远，每天只在大树底下、泉水旁边休息一小会儿，然后就接着赶路。这样风尘仆仆地走了几天，他遇到了一个老乞丐。老乞丐哆哆嗦嗦地伸着一双布满皱纹的手，说："我快要饿死了，请给我一些食物和水吧！"

没等老乞丐说更多的话，胡安就搀着他坐到路边的一块石头上，把自己剩下的一点干粮送给了老乞丐，还和老乞丐一起分享水囊中的泉水。

"谢谢你，好心的年轻人，"老乞丐说，"我很久没吃过这么好的饭了。"

老乞丐从破口袋里拿出了一把小刀和一个柠檬，他说："孩子，我知道你要去寻找那只凤凰鸟为你父亲治病。你要记住，当你走到凤凰鸟栖息的魔树下，听到了凤凰鸟的歌声时，你一定要保持清醒，要不然你就会像其他人一样，变成石头。等到凤凰鸟唱完第七支歌后，它也要去睡觉，你只有趁这个机会才能抓住它。"说完这些，老乞丐又从口袋里拿出一只瓶子，他把瓶子摇了摇，里面的溶液一下就变得五光十色。

老人说："你的两个哥哥已变成石头。你把这魔水浇在他们身上，他们就活了。"

胡安虽然很奇怪老乞丐怎么会知道自己的事情，但他想到老乞丐给自己这么多的帮助，就向老乞丐再三道谢。之后胡安又走了很多天，最后在老隐士的指点下，来到了凤凰鸟栖息的树下。在那里，他看到了许多各种形状的石像，其中就包括自己的哥哥。

夜幕降临，凤凰鸟飞过来了，它开始唱歌。胡安一听到这甜美的歌声，便开始觉得想睡觉。他想起老乞丐的话，抵住了凤凰鸟所唱的七支歌。凤凰鸟唱完了歌，就栖息在树上睡着了。这时，胡安王子爬到树上把它抓住了。

然后，胡安就到石像当中去寻找哥哥们，找到了他们后，就把魔水洒在他们身上，破除了魔咒。于是，他们醒了过来。两个哥哥一醒过来就高兴地互相拥抱，可是当他们看到胡安手里抓着凤凰鸟时，脸上就再也高兴不起来了。

在回家的路上，两个哥哥妒忌胡安抓到了凤凰鸟，害怕父亲因此把王位传给他，就商量着要谋害他。他们把胡安痛打一顿，打得他失去了知觉，倒在路上。然后，他们抢走了凤凰鸟，回到了王宫。哪知凤凰鸟却一声不响，国王的病还是不能好转。

胡安被老乞丐救了，他平安地回到了父亲的身边。

当他出现时,那只凤凰鸟立刻唱出了最美的歌。听到这歌声,国王的病马上就好了。

凤凰鸟向国王详细讲述了胡安迟到的真正原因。国王非常生气,立刻下令要处死那两个王子。可是善良的胡安替他们求情,请求把哥哥们留下。国王听从了胡安的请求,饶恕了两个王子。

国王又统治了几年,临死前,他把王位传给了胡安。善良的胡安把国家治理得井井有条,人民的生活幸福美满。

拉普拉普——亚洲的英雄

有一天早上,渔民们还像往常一样在海上捕鱼。海面上和风徐徐,波光粼粼,真是一个打鱼的好天气。正当渔民们兴高采烈地忙着的时候,忽然有人喊道:"你们快看,那边那个闪闪发光的是什么东西?"

大家顺着那个渔民所指的方向望去,只见前方不远处的海面上有一片耀眼的光芒。渔民们把船划了过去,有人用渔网从海里捞出了一个圆形的、沉甸甸的、像水晶一样的东西。它发出的光就像天上的星星一样,闪烁不停。渔民们对这个神奇的东西感到无比惊奇。他们很想知道这个东西是谁的,是干什么用的。在一个老渔夫的建议下,他们将这个神奇的东西献给了国王拉普拉普。拉普拉普国王将这个神奇的东西放在王宫中,空闲的时候就盯着它看上一段时间,他也很想知道这个东西是谁的,是干什么用的。

有一天,拉普拉普国王闲坐在海边,不觉又开始思考那个水晶一样的东西是从哪里来的,渐渐陷入了沉思之中。忽然,远处慢慢退去的海水引起了拉普拉普的注意,只见一个可爱的女人出现在海水中。仔细一看,拉普拉普几乎不敢相信自己的眼睛,因为他看到一条非常美丽的美人鱼正向他游过来。拉普拉普以为是在做梦,他擦了擦眼睛,在一阵惊奇之中,美人鱼已经游到了他的跟前。

"国王陛下,我来自苏禄海,到这里来拜访一个亲戚。但是,几天前当我到达这里的时候,我把我的皇冠弄丢了,那是一个圆形的、沉甸甸的、像水晶一样的东西,几天来我一直在这里寻找,可是毫无结果。陛下,我希望能够得到您的帮助。如果您能够帮我找到那个皇冠,我将用一把充满力量的宝剑作为报答。"美人鱼对拉普拉普说道。

拉普拉普听完美人鱼的话,一抹淡淡的笑意浮现在他的嘴角。原来那个闪闪发亮的东西是美人鱼丢失的皇冠,几天来一直困扰着拉普拉普的问题终于解决了。"你真是太走运了！你丢失的皇冠就在我的王宫里收着，而且我也一直在想这么精美的东西会是谁的，是干什么用的。现在好了，我的问题解决了，你的问题也解决了。这样吧，你现在回去取宝剑，而我回去取你的皇冠，咱们今晚再在这里见面。"

美人鱼听了拉普拉普的话，脸上露出了惊喜的神情。她立刻同意了拉普拉普的建议，一转身就消失在大海的深处。拉普拉普也回到王宫，取来了美人鱼的皇冠。傍晚时分，余晖洒下万顷波光，美人鱼看到拉普拉普手中的皇冠，欣喜万分，她急切地用手中的宝剑换取拉普拉普手中的皇冠，然后就消失得无影无踪，拉普拉普甚至都没来得及向她致谢。

美人鱼送给拉普拉普的剑确实是一把充满力量的宝剑。握着这把宝剑，拉普拉普感觉到一股从未有过的勇气和力量。在这把宝剑的鼓舞下，他甚至觉得自己走路的脚步都特别轻快。

拉普拉普回到王宫以后，马上把臣民集合起来，说："你们还记得在大海中发现的那个闪闪发亮的东西吗？你们一定也很想知道那个东西是谁的，是干什么用的。现在，我就把答案告诉你们：那个东西是一条来自苏禄海的美人鱼所丢失的皇冠，我已经将皇冠还给了美人鱼。作为回报，她送给我这把充满力量的宝剑，这把宝剑能够使它的主人更加强大。这件神奇的武器是属于我们所有人的，它的力量必将鼓舞我们战胜敌人，保卫我们这片神圣的土地不受侵犯。"

就在拉普拉普讲完这些话以后不久，麦哲伦率领的西班牙军队入侵马可丹岛，他们的目标是要征服拉普拉普和他的臣民。麦哲伦低估了拉普拉普保卫家园的决心，以为只要一提西班牙国王的威名，拉普拉普就会乖乖地臣服。他派了一个使者来见拉普拉普，敦促拉普拉普向西班牙国王纳贡。拉普拉普对麦哲伦的使者说："麦哲伦是西班牙国王的奴才，我却是自己的国王。我不会向任何人纳贡的。"

麦哲伦被拉普拉普的答复激怒了，他命令军队进攻布拉亚城，利用自己军队武器上的优势占领了该城，并在城里大肆烧杀淫掠。麦哲伦以为自己已经将拉普拉普包围了，就再一次派使者去见拉普拉普，并提出了更加苛刻的要求。

　　麦哲伦军队的暴行和苛刻的条件更加坚定了拉普拉普不惜一切保卫家园的决心。他迅速召集了士兵和其他成年的男子，组成保卫国家的勇敢军队。他高高地举起美人鱼送给他的宝剑，说道："我们虽然是一个小部落，但是我们是不可战胜的。我们一定要和入侵者战斗到底。"所有在场的人无不被拉普拉普的气概所鼓舞，他们很快准备了竹矛、大刀、弓箭，发誓要和西班牙入侵者决一死战。

　　战斗很快爆发了。西班牙军队倚仗精良的装备，向拉普拉普的阵地大举进攻。战斗使双方都伤亡惨重，尸积成山，战场周围的海水都被染红了。

　　尽管麦哲伦穿着厚厚的铠甲，拉普拉普麾下的一名神箭手还是将毒箭从盔甲的夹缝射进了麦哲伦的身体，紧接着又有一个战士用竹矛刺中麦哲伦的身体。麦哲伦浑身是血，疯狂地挥舞着手中的长剑乱砍。这时，拉普拉普遇到了麦哲伦，他举起宝剑砍中麦哲伦的大腿，麦哲伦仰面落入海水中。麦哲伦的军队一看指挥官被杀，仓皇撤退。

　　据说，拉普拉普的这次胜利是亚洲人民反抗西方殖民者的第一次胜利，拉普拉普也因此被菲律宾人称为"亚洲的英雄"。

猴子媳妇

从前,有户人家有三个儿子,大儿子叫彼德罗,二儿子叫迪耶戈,三儿子叫胡安。儿子们长大成人后,父亲把他们叫到面前,说:"好孩子们!现在你们都已经成年了,我要你们去外面的世界看看,希望你们能在外乡讨个门当户对的媳妇,带回家过幸福日子。"

三个兄弟回答说:"我们一定不会让您失望的。"

他们辞别了父亲,动身上路。兄弟们约好将来在一个地方会面后,就各自朝不同的方向去寻找幸福了。

胡安走了几天,看见路旁坐着一个老头儿。

"老爷爷,您好,"胡安很有礼貌地说,"您有什么需要帮忙的吗?"

"多谢你的好心,"老头儿回答,"我没有什么事要你做的。我想给你一块面包,它会给你带来幸福。"

老头儿把一大块面包递给胡安。

"那里有一座宫殿,"老头儿用手一指,说,"你可以在那里找到幸福。你走到门口,马上把我给你的面包掰开,分给看门的猴子吃。你若不这样做,猴子不会让你进宫殿,你自然也就得不到幸福了。"

胡安朝老头儿指的方向走去,很快就看见了一座漂亮的大宫殿,宫殿门口有很多猴子守着。胡安按照老人的指点,掰开面包,分给每个猴子一块。

"进来吧。"猴子打开门,对胡安说。

胡安从宽大的楼梯上了大殿,看见一个金宝座,宝座上坐着一只大母猴。母猴对胡安说:"你好,年轻人,我知道你是来找幸福的,我要把女儿嫁给你。聪吉娜,出来吧,你的未婚夫来了!"

一只年轻的母猴走上大殿,后面跟着一群猴子。这群猴子把不知所措的胡安和聪吉娜简单地打扮了一下,就把他们送进了洞房。

过了几天,胡安对妻子说:"我得走了,我和两个哥哥约好的见面时间马上就要到了。"

聪吉娜把胡安的话告诉了母亲。母亲听到这话,对胡安说:"你要走,就得把聪吉娜一起带走。"

这下胡安可就犯难了,本来他是想借口和两个哥哥见面而离开猴子窝,没想到聪吉娜的母亲还是要他把聪吉娜带上。"带着这么一只猴子,我可怎么去见我的哥哥和父亲呢?"胡安心想,"可是如果老留在这里,哥哥们和父亲会很担心的。"想来想去,胡安还是带着聪吉娜上路了。

胡安和聪吉娜来到约定的地点,看见两个哥哥已经在那里等着了,两个嫂子都长得十分漂亮。胡安心中又是懊恼,又是委屈,一句话也说不出来。

"胡安,你怎么啦?"迪耶戈问他,"干吗愁眉苦脸的? 你妻子呢?"

"在这儿。"胡安闷闷地回答。

"在哪儿?"迪耶戈又问。

"我身边的这只猴子就是我的妻子。"胡安回答。

彼德罗和迪耶戈都感到十分奇怪:弟弟怎么会娶一只猴子当老婆呢?

"你昏了头啦!"彼德罗说,"你怎么能和猴子结婚呢?"

胡安不回答,只是说:"快回家吧,只怕父亲等久了要着急的。"

胡安带着聪吉娜往家里走去,彼德罗和迪耶戈带着各自的妻子,很神气地跟在后面。

父亲听说儿子们回来了,心里非常高兴,很想看看三个儿子娶了什么样的媳妇回来。彼德罗和迪耶戈把他们的妻子带到父亲面前,父亲笑得嘴都合不拢了。当看见胡安娶了只猴子当媳妇时,他还以为胡安是在和他开玩笑,没当真。可是当他看见胡安认真的神情时,他就知道胡安说的是真的,差点儿没把他气死。

"不行,我不能让我的儿子娶一只猴子当老婆,不能让一只猴子当我们家的媳妇。如果这件事传出去,那岂不成了村里人的笑柄?"父亲自言自语,"我得想个办法,把这个猴子媳妇赶出门去。"

有一天,他把儿子们叫到跟前,对他们说:"叫你们的老婆每人给我做一顶绣花帽子，限两天内做好。两天以后谁要是没做好，我就把谁赶出门。"

他说这话的目的很明显，就是希望聪吉娜办不到，然后就可以把她赶出去了。可是父亲的愿望没能实现。第三天，儿媳们给他送来做好的帽子，最好的一顶是聪吉娜做的。

可是父亲仍旧想打发猴子媳妇走。他又把儿子们喊到面前说："叫你们的老婆每人给我做一件绣花短褂。告诉她们，如果有人三天之内做不好的话，那她就别当我们家的媳妇。"

可是结果还是像上次一样，短褂如期做好了，聪吉娜做的那件还是最好看的。

这么一来，父亲不知再想什么主意好，他又把儿媳们都叫来，说："你们每个人都在自己家的墙上画一幅画，限三天之内画好，谁的画最美，谁的丈夫就可以继承我的全部财产。"

过了三天，画都画好了。父亲去三个儿子家看了一圈，聪吉娜画的画比另外两个儿媳妇的好得多。父亲这下可就犯难了，可他向来是说话算数的，他说："胡安媳妇画得最美，胡安将继承我的全部财产。"

胡安听了父亲的话，高兴得不得了。他不是高兴自己可以继承父亲的财产，而是因为兄嫂们总是笑话聪吉娜，可她三件事都做得比嫂子们出色，所以他非常高兴。胡安越来越觉得聪吉娜可爱，忍不住搂着她亲了一下，谁知这一下竟然亲出了一个大美人，聪吉娜由一只猴子变成了一个年轻貌美的女人。

聪吉娜对胡安说："我小时候家里来了个巫婆，我不小心惹了她，她把我变作猴子。她说：'等有人真心亲了你一下，你才会变回人的样子。'她把我送给了女猴王，我就做了女猴王的干女儿。虽然你娶了我当老婆，可是你从来都不亲我。直到刚才，你亲了我一下，我就变回了原来的样子。现在巫婆的法术解除了。"

从此胡安和聪吉娜过上了幸福的生活，不再有人嘲笑聪吉娜，每个人都羡慕她和胡安是幸福的一对。父亲去世以后，胡安把遗产平均分作三份，自己拿一份，其余两份分别给了彼德罗和迪耶戈。

盗　火

　　从前,人们生活的世界里并没有火。火被两个巨人控制着,两个巨人看着火,不许人们接近。有的人比较勇敢,想去把火偷出来,可是所有尝试的人都被巨人打死了。于是人们不能烧水做饭,天气冷的时候也不能烤火。每天夜晚来临的时候,人们都感到非常需要火。

　　人们就这样生活了很长时间。终于,有一个叫胡安的人无法忍受这种没有火的生活,请了几个动物朋友,商量盗火的办法。

　　"我们再也不能这样忍受巨人的折磨。只要我们齐心协力,就一定可以把火从巨人手里抢过来。"

　　胡安请来帮忙的动物都觉得胡安的话十分有道理,它们都愿意和胡安一起去把火偷出来。胡安带着他的动物朋友来到村外不远的一块草地上,让青蛙在草地里埋伏着;又往前走了一会儿,胡安让马躲了起来;再往前走了一会儿,胡安让猫趴在地上等着;又往前走了一会儿,胡安让狗蹲着。狗蹲着的地方离巨人住的地方已经不远了,再往前,胡安让老虎伏在地上。然后,胡安就去敲巨人家的门。

　　"你们好呀,巨人!"他在巨人家门前大声叫道。

　　"进来,进来,"巨人高兴地说,他们当时正觉得十分无聊,"过来和我们一块聊聊天。"他们打开大门,把胡安请了进去。

　　"你们人类在村里好吗?"巨人问他。

　　"不太好,我们没有火,不能烧饭,天冷了也不能烤火,那日子简直没法过了。"胡安回答,"你们能不能给我一小块炭火呢?"

　　"不行,我们不能把火给你,"吝啬的巨人回答,"一个火星儿你都甭想要。"

　　这时,胡安走近窗口,朝窗外看一眼,悄悄打一个手势。顿时老虎呜呜地啸起来,狗汪汪地吠起来,猫喵喵地叫起来,马咴咴地嘶起来,青蛙呱呱地鸣起来。

"谁这么大胆在外面瞎嚷嚷?"巨人说着,跑出去看出了什么事。

胡安让动物朋友把两个巨人引出去以后,就从炉里拿起一块通红的火炭,跑出门。巨人看见他手上的火炭,跟着追来,眼看就要追上了。

胡安赶紧跑到老虎跟前,把火炭抛给老虎,喊:"老虎,拿着火炭快跑!"

老虎接住火炭,飞速地跑开了。巨人紧追不舍,眼看就要追上老虎了。

老虎赶紧跑到狗跟前,把火炭抛给狗,喊道:"朋友,拿去快跑!"

狗接住火炭就跑。巨人还是不肯罢休,眼看就要追上狗了。

狗跑到猫跟前,把火炭抛给猫,喊:"朋友,拿去快跑!"

猫接住火炭,朝马蹿去。巨人不肯罢休,眼看就要追上猫了。

猫立刻跑到马跟前,把火炭抛给马,喊:"朋友,拿去快跑!"

马接住火炭,疾驰而去。巨人仍旧不肯罢休,再有一会儿就要追上马了。

马跑到青蛙跟前,把火炭抛给青蛙,喊:"朋友,拿去快跑!"

青蛙接住火炭,向村里跳去。那时青蛙是有尾巴的,一个巨人抓住青蛙的尾巴。青蛙又怕又痛,把眼睛鼓得圆圆的,使劲一跳,啪的一声掉在村子当中,只是尾巴落在巨人手里。

人就是这样取得了火种,但青蛙从此没有了尾巴,眼睛也就那么鼓着。

不忠的西诺古

在棉兰老岛北海岸的某个地方,一股洋流涌来,到了锡基霍尔岛,然后稍稍向东偏了点儿,流向了宿务岛和内格罗斯岛,在圣塞巴斯蒂安和阿宇卡潭间的峡口处分成了许许多多的小旋涡,搅得附近的水域唑唑冒泡。

这对蒸汽机船和大型船只不会构成丝毫威胁,而对坐在仅用竹子做舷外支架的小船中的本地人来说,这些旋涡却足以令他们心生恐惧。他们只能绕道来躲避这些旋涡。如果你问为什么,他们的解释永远是避开旋涡,然后将西诺古的故事告诉你。

很多年以前,马古扬统治着这片海域,可怕的卡普坦从天上放了霹雳,水中和天空中就充满了游弋和飞行的怪兽。天空中的怪兽都有巨大的牙齿和锋利的爪子,但是,由于害怕主人卡普坦,它们虽然凶猛野蛮,却能和平共存。

然而,在海中却不是一片祥和,因为一些怪兽体型庞大又野蛮,而且相信自己的力量,就连马古扬对它们也无可奈何。他一直害怕这些凶猛的怪物会袭击自己,最终,他绝望了,叫上卡普坦帮其解决困境。

于是卡普坦把他的快行使者们送到陆地、天上和海里的每个角落,指示使者们应该举行一个世界上所有生物参加的会议。他指定苏禄海中心的卡乌里小岛为会议地点,命令所有生物赶紧到那儿,不得延误。

不久,会议成员陆续到来,天空黑压压一片,飞满了怪兽,海水也因为那些可怕的爬行怪兽的到来而翻滚着。

很快,这个小岛就挤满了这些可怕的生物。有棉兰老岛的布雅斯、吕宋岛凶猛的地波澜、内格罗斯岛和保和岛的野蛮希宾斯、班乃岛和莱特岛的许多乌戈洛斯、巨大的乌雅克,还有来自萨马岛和宿务岛的其他可怕的怪兽。他们围着金制御座聚成一个大圆,卡普坦和马古扬坐在御座上,这些怪兽尖叫、怒号着,等待主人下达命令。

最后,卡普坦举起手,嘈杂声立即就停止了。然后,他宣布了命令,说马古扬和他就像兄弟一般,也应该得到一样的尊敬。他命令所有怪兽要服从海之神的命令,如有违抗,则会被雷电劈死。然后他要求所有怪兽回到自己的领地,于是乎,怪兽们回去的时候,天空中又一次充斥着雷声,大海又一次咆哮、翻滚着。

不久,岛上就只剩卡普坦和马古扬以及卡普坦的使者西诺古、达拉干和古达拉。他们都很巨大,还有大大的翅膀,能够快速飞行。他们还有长矛、锋利的剑,强大无比。在这三个使者中,达拉干最敏捷;古达拉最勇敢;西诺古最帅,也最受卡普坦喜爱。

所有怪物都走后,马古扬感谢了卡普坦,但这个伟大的神说他只是尽了帮助兄弟的责任。然后他给了马古扬一个小小的金贝壳,并说它有强大的力量。马古扬只要把它放在嘴里,就可以变成自己想变的样子了。万一哪个怪兽违反卡普坦的命令要攻击他,他只要把自己变成一个体格比敌人大两倍的更强大的怪兽就可以轻松制敌了。

马古扬再一次感谢了他的兄弟卡普坦,把金贝壳放在他旁边的御座上。然后卡普坦命令使者拿来食物和饮料,这两个神就在一起欢饮了。

此时,西诺古碰巧就站在御座后面,听到了刚才的话,于是他非常想占有那个神奇的金贝壳。虽然卡普坦非常喜爱他,但他还是决意把它偷过来。越是想到这个贝壳的神奇的力量,他就越想得到它。拥有它,他就可以作为一个神统治陆地和大海了,得到贝壳后,他就可以逃过卡普坦的怒火了。因此,他在等待时机把贝壳偷走。终于,他的机会来了。在给马古扬上食物的时候,他偷偷地拿走了金贝壳,随后便悄悄地溜走了。

过了一段时间,大家都没有发现他不在了。有一天,卡普坦喊这个他最喜爱的使者,但没有得到回答,于是就命令达拉干去找。达拉干很快就回来了,并说在岛上找不到西诺古。同时,马古扬也注意到金贝壳不见了。

卡普坦知道他的使者偷了金贝壳逃走了,他勃然大怒,发誓要杀了西诺古。他命令达拉干和古达拉赶往北方寻找这个不忠的使者,并带回来押入大牢。

使者们赶紧飞越蓝色大海，一路向北，在吉马拉斯岛附近发现了西诺古。西诺古看到来追他的人，就飞得更快了，但他的速度还是比来人慢一些，追他的人离得越来越近，拔出了剑，冲上前去准备抓住他。

但西诺古也不是那么容易被抓的。他快速把金贝壳放在嘴里，潜入水中，同时把自己变成一只鳄鱼，鳞片像钢盔一样。

达拉干和古达拉徒然地对这个怪兽穷追猛打，但利剑始终无法刺破厚厚的鳞片。

他们一直追到吉马拉斯海峡，西诺古一边逃跑，一边掀起海水。这片海被搅得天翻地覆。当他们来到内格罗斯岛北岸时，海浪朝着巴卡巴岛涌了上去，淹没山川，抹平大地。

西诺古一直在逃，他径直向班塔延岛跑去，但突然改变了路线，一头冲进内格罗斯和宿务岛之间的窄水道。于是达拉干让古达拉继续追，他自己快速飞到卡乌里，告诉卡普坦：西诺古就在这个小海峡里。卡普坦一跃而起，直接向东飞去，守住这个海峡的南出口。他手里握着一个巨大的霹雳，就这样等着西诺古的出现。

这个不忠的使者急速驶往峡口深处，掀起滔天巨浪，勇往无敌的古达拉也没有打到他巨大的身体。这时雷声突然响起，正好落在这个怪兽的背上，将他打到海浪下，深深压在海底。他被固定得死死的，无论怎样努力挣脱，都无济于事。挣扎中，金贝壳从他的嘴中掉出来，被一条小青鳞抓住了，把它交给了卡普坦。

数千年过去了，但在海水深处，西诺古依然以大鳄鱼的样子挣扎着，像一只被钉住的苍蝇。海水绕着他冒泡，小旋涡竞相流过这个海峡。撑着小船的当地人都会避开这个海水翻滚冒泡的峡口，因为西诺古还在扭动着，依然让人感到害怕。

柬埔寨
民间故事

柬埔寨新年的来历

柬埔寨新年是柬埔寨人民一年之中最隆重的节日。关于这个节日,民间流传着这样一个神话故事:

很久以前,有个财主家的儿子名叫托玛巴尔。托玛巴尔从小喜欢念书,熟读"三吠陀",并懂得各种鸟类的语言。一天,戈比尔大婆罗门神从仙界下凡,向托玛巴尔提出三个谜语让他猜,如果托玛巴尔在约定的时间内猜不出,就要被砍头;如果猜中了,戈比尔大婆罗门神就将砍下自己的头,献给托玛巴尔。

时间一天天过去了,托玛巴尔冥思苦想怎么也想不出答案。就要到约定的期限了,他想,这次自己必死无疑,便趁着夜色逃到一棵糖棕树下躲起来。碰巧,树上有个老鹰窝,住着一对老鹰。它们在树上对话。雌鹰问:"明天我们吃什么?"雄鹰答道:"明天可以吃托玛巴尔的肉,因为他猜不中戈比尔大婆罗门神提出的三个谜语,就要被砍头了。"雌鹰又问:"猜什么谜语呀?"雄鹰说:"那三个谜语是,早上祥光在哪里? 谜底是在脸上,因此人们早上要洗脸。中午祥光在哪里? 谜底是在胸部,因此人们要擦身、洗胸脯。晚上祥光在哪里? 谜底是在脚上,因此人们晚上要洗脚。"这对老鹰的对话被躲在树下的托玛巴尔听得真真切切、清清楚楚。他无意中得到了答案,感到喜出望外,就胸有成竹地回家了。第二天早上,他按照老鹰的话向戈比尔大婆罗门神揭开了谜底。这次打赌,托玛巴尔赢了。

戈比尔大婆罗门神在兑现自己的诺言之前,把他的七个女儿叫到跟前,对她们说:"我就要把头砍下来献给托玛巴尔了。但是,如果把我的头放在地上,大地就会烧成一片焦土;如果扔进大海,大海就会彻底干涸;如果抛向天空,人间就会久旱无雨。为了不给人世间带来灾难,就请你们用盘子托着我的头吧!"说完,他便砍下自己的头,由大女儿托着按顺时针方向环绕须弥山一圈,然后她把父亲的头供奉在吉罗婆山的香花洞里。

　　此后,每年公历四月中旬,七个仙女便轮流托着父亲的头环绕须弥山转一圈。这就是柬埔寨新年的开始。传说柬埔寨新年前夕的迎仙仪式,就是迎接戈比尔大婆罗门神的女儿下凡,祈求给人们带来吉祥幸福。

闪电和雷声的来历

从前,有一位天神,他有两个徒弟,一个叫列密索男神,另一个叫梅卡列女神。两个徒弟都有非凡的本领。为了从天神那里早日学到新绝技,他们十分勤奋刻苦。天神对这两个虚心好学的徒弟非常喜欢,毫无偏爱之心。过了一段时间,天神想试试两个徒弟究竟谁更聪明、更有本领,便对他们说:"你们谁能给我取来满满的一杯露水,我就将那只盛露水的杯子变成一件如意之宝,杯子的主人想要什么都可以如愿以偿。"

列密索取来一只杯子,每天清晨去收集沾在树叶上和草丛里的滴滴露水,一连忙碌了好多天,还是没有把那只杯子装满。聪明的梅卡列精心挑选了一根质地松软的树枝,削去外皮,把去掉皮的树枝放在有露水的树叶和草丛之中。去皮树枝吸进了大量的露水,然后,她将饱含露水的去皮树枝往一只杯子里挤压,露水一下子就装满了杯子。她把这杯露水送到天神那里。天神夸梅卡列比列密索聪明。天神当即喝下杯中的露水,并用魔法使这杯子变成一只神奇的魔杯。他把杯子交给梅卡列,并嘱咐道:"这杯子神奇无比,你想要得到什么东西,只需摇晃几下,便可实现愿望。它还能使你腾云驾雾,上天入地,随心所欲地去任何地方。"梅卡列高兴地接过魔杯。她想去大海,便摇晃几下魔杯,于是她立即腾空而起,向东方的大海飞去。

列密索仍坚持不懈地收集露水,露水装满杯子以后,把它送给天神。天神对他说:"你来迟了,梅卡列比你先来的。我已经将魔杯交给她了。而这种魔杯我只能变一只。"列密索听了,非常难过,伤心地哭起来。天神安慰他说:"你别太难过了!这样吧,我给你一把斧子。你可以用这把斧子做武器,从梅卡列手中夺过魔杯,归你所有。梅卡列喜欢下雨时在空中飞舞,用雨水沐浴。你趁机朝梅卡列抛出斧子,这样,她一定会扔掉魔杯的。不过,你与她争夺魔杯时,一看见她晃动杯子,就要立即闭上眼睛。"列密索高兴地接过斧子,告别了天神,便去寻找梅卡列。

梅卡列一见列密索,立刻明白了他的来意。她迅速摇晃杯子,向高空飞去。这时,天空立即出现一道强烈的闪光。列密索按天神的教诲,先闭上眼睛,然后将斧子向空中抛去。魔杯带着梅卡列在云雾中来回穿梭,发出一道耀眼的光亮。列密索抛出的斧子追逐着梅卡列,发出隆隆的巨响,但始终未能击中梅卡列。

从此以后,每当有雷阵雨时,人们总可以看到天空上一道道闪电,随之而来的便是轰隆隆的巨响。这就是闪电和雷声的由来。

青蛙叫就会下雨

古时候,有一段时期曾久旱不雨,土地龟裂,到处闹饥荒。大江、大河、小溪、山泉都干涸了,不计其数的动物相继死去,尸积成山,原来郁郁葱葱的植物都枯萎而死。就连那些耐渴的蟾蜍也都干渴难忍,瘦得只剩皮包骨了。

一天,青蛙的首领对它的亲戚和伙伴大肚蛙和蟾蜍们说:"亲人们!朋友们!如果天帝老不降雨,我们只有等死了。我们不能再沉默,再迟疑了。我们应该组织起来,与天帝斗争,迫使他降雨。我们与其渴死在家里,还不如战死在疆场,况且我们与天帝斗,还会有一线生存的希望。参加战斗吧,亲人们!朋友们!"

听了首领的这一番动员,众蛙一致响应,随即组成一支青蛙大军。浩浩荡荡的队伍穿过田野,越过山冈。途中,它们遇到另一支队伍,青蛙首领定睛一看,原来是一支鱼虾队伍,它们浑身沾满泥沙,面目模糊不清。青蛙首领问道:"伙伴们,你们上哪儿去?怎么弄得满身泥土?"鱼虾首领答道:"朋友们,我们是众鱼虾派出的精兵强将,要和你们一同去讨伐天帝,要求老天下雨。让我们一块儿去吧!"众青蛙听后非常高兴,于是,两支大军会合,继续在龟裂的田野上行进,欢呼声不绝于耳。

走了一会儿,它们听见嗡嗡的声音,抬头一看,只见黑压压的一片,一大群飞虫从头上掠过,领头的是蜜蜂和黄蜂。它们问道:"朋友们,你们上哪儿去呀?怎么走得这样急?"青蛙首领回答说:"蜂哥儿们,我们去和天帝作战,要求降雨。天旱这么多日子了,草不长,花不开,更看不见树荫。你们无处筑窝,也不能采蜜。让我们联合起来去讨伐天帝,迫使他降雨,别再迟疑了!"飞虫按青蛙首领的命令也编入了这支讨伐大军。

当队伍路过瓜田时,只见甜瓜、黄瓜一个个都干瘪瘦小,无精打采,稀稀拉拉地吊在瓜蔓上。一根黄瓜发现了队伍,像看见救星一样,惊呼道:"朋友们，让我们也参加你们的行列吧！我们决心去和天帝作战，为了我们家族的生存，即使战死也是值得的。"三支队伍的首领都同意接受黄瓜的请求。黄瓜、甜瓜就高兴地跳下瓜蔓，骨碌碌地滚进了前进的队伍中。

队伍穿过田野，来到一片快要枯死的树林中，只见绕在一棵大树上的两条粗大的葛藤还幸存着。它们一见讨伐大军，立刻就问："朋友们，你们的队伍是去向天帝宣战吗？让我们也跟你们去吧！我们的伙伴都死光了，我们也活不下去了。我们愿和天帝决一死战，以换取万物的复苏。"三军首领都同意葛藤的请求，让它们加入队伍，一同前进。

队伍昼夜兼程，忍受饥渴，不辞劳苦，最后来到了天帝的宫殿。讨伐大军一致推举青蛙首领为总指挥官。它当即命令蜂群分两路从宫殿院子的正门和后门夹攻，命令鱼虾占领放置于后门的水缸和一切有水的地方。两条葛藤分立于宫门两旁，黄瓜和甜瓜滚到天帝的宝座下面埋伏起来，青蛙和蟾蜍、大肚蛙充当先头部队。当部署完毕后，总指挥一声令下，先头部队向正坐在宝座上的天帝冲去。顿时杀声震天，吓得宫里的卫兵、众神、王妃、公主、王子、官员及贵夫人们争先恐后地向外逃命，他们刚刚到宫门口就遇上了鱼群劈头盖脸泼过来的污水，使他们无法睁开眼，乱作一团。蜂群飞来把他们蜇得又痒又疼，一个个哭爹喊娘。天帝见讨伐的队伍来势凶猛，想夺路而逃。可天帝刚一抬脚就踩在脚下的黄瓜和甜瓜上，摔了个四脚朝天。这时，两条粗葛藤从门旁爬了过来，把天帝五花大绑地捆了起来，又在天帝的脖子上绕了几圈。接着，蜂群飞来狠狠地蜇他，疼得他连声告饶，向讨伐队伍的总指挥说："我认输，我认输！"

见天帝已战败，总指挥官命令队伍停止攻击，厉声责问天帝："你为什么长时间不下雨？害得我们很多伙伴先后丧命。我们再也不能忍受下去了。如果你还不下令降雨，休怪我们不客气。我们要捣毁你的宫殿，把你手下的人连同你一起灭了！"天帝听了这话万分惧怕，连忙恳求道："诸位息怒，有话好好说。这下我服你们了，我马上下令降雨，请你们先回去吧！"青蛙首领说："不，我们才不上你的当呢！我们一撤，你只下一场雨就算了事，过后仍会像以前那样，不顾我们的死活。你是想让我们再次讨伐你呀？你必须与我们约法三章,否则,我们决不收兵!"天帝想了一会儿,说:"这样办吧,以后,当你们需要水时,就让青蛙、蟾蜍、大肚蛙一起发出叫声,我听见叫声就马上下令降雨。你们看怎么样?"青蛙首领说:"那好,一言为定。不过,我们得当场试试!"当即蛙队齐声喊叫,天帝便命令雨神哗哗地降起雨来。这样,讨伐大军才撤离天宫,回到大地。

自从那次交战之后,每当田野有青蛙、蟾蜍齐声鸣叫时,雨就一定会降落人间。

孔雀舞的来历

古时候，有一个国王，他有一位如花似玉、聪明伶俐的公主。国王对她十分疼爱，视她为掌上明珠。

一天夜里，公主做了一个梦，梦见一只雄孔雀展翅开屏，色彩纷呈，非常美丽。孔雀还以悦耳动听的声音念经给公主听。公主醒来，迫切希望能够梦想成真。她日思夜想，闷闷不乐，寝食不安。国王见公主这副模样，就关心地问她有什么心事。公主遂把自己做的梦和愿望如实禀告了父王。

国王答应要满足公主的愿望，便在全国挑选最优秀的射手，去寻找公主梦中的那只孔雀。这时，有一个本领高强的猎人接受国王的圣旨，愿去森林为公主寻找那只会念经的雄孔雀。猎人在森林中走了很多天，始终未见到美丽的雄孔雀，他几乎要失望了。一天早上，猎人突然发现一只雄孔雀站在树枝上，面朝东方，正在诵经呢！过了一会儿，孔雀从树上跳下来，欢快地跳起了舞。猎人十分惊喜，正举弓搭箭瞄准拦截孔雀的去路，不让孔雀飞跑，以便抓到活孔雀呈献给公主。但孔雀非常机敏，怎么也抓不着。猎人觉得有些蹊跷，想必这只孔雀一定具有什么魔法，便一路跟踪这只孔雀。

在偷偷观察了两天之后，猎人掌握了这只孔雀的生活规律：它每天清早一醒来，总是先面朝东方诵经，傍晚太阳下山时，面朝西方再一次诵经，然后才进巢休息。猎人冥思苦想：究竟用什么方法才能使这只孔雀早上起来忘记诵经，然后抓住它呢？猎人想到了一个好主意。第二天，他从别处套住了一只美丽的雌孔雀，故意在这只雄孔雀的栖息之地把雌孔雀放掉。清晨，雄孔雀醒来，拍打了几下翅膀，正准备诵经时，突然瞥见了眼前美丽的雌孔雀，感到十分惊喜，就从树枝上纵身跳下来去接近雌孔雀。这时，雄孔雀就落入了猎人前一天晚上布下的陷阱。

雄孔雀问猎人："你抓我干什么呢？我之所以跑到深山老林，就是为了脱离肮脏的地方和猎人的追杀。你为什么一直跟踪我并捕捉我呢?"猎人听了孔雀的一番话,心中也很同情,以婉转的语气讲出了实情:"孔雀啊,并非是我要杀你。我抓你是为了呈献给公主,因为她曾梦见一只会诵经的孔雀,公主还想听你诵经呢!"孔雀笑着回答:"如果这样,那你不用发愁,我保证每逢斋日就去宫中为公主诵经,从下一个斋日起。"从此,每逢斋日,这只雄孔雀就准时飞到宫里为公主诵经。

由于这个美丽的传说,在柬埔寨新年时,住在柬埔寨西部的科拉族人就编出了孔雀舞。到了现代,孔雀舞仍流行于盛产宝石的拜林地区。孔雀舞用科拉族语伴唱,歌词大意是祝愿人们在新的一年中万事吉祥如意,开采到更多的宝石。

四句谚语的故事

饥饿时要忍耐，
贫穷时要勤奋，
对财物不贪心，
害怕时不远离。

从前，有一个叫冈姆少特的男子，二十岁时父母给他娶了妻。婚后，夫妻俩接受了双方父母分给的微薄的财产，另立门户，他们省吃俭用、辛勤耕作，日子还算过得去。不久，家底被花光，日子开始难熬了，他们经常是吃了上顿没下顿，过着朝不保夕的生活。冈姆少特心中十分焦急。

一天，他坐在家门前沉思："我为什么穷到今天这种地步？"后来，他意识到是因为没有学问才受穷的。以前常听老人们说，谁有学问，谁就会广交朋友，如果朋友多了，他就会富裕起来。所以，自己应该去寺庙寻求知识才对，即使将来成不了名人，也总可以过上富裕的日子。他便把自己的想法告诉了妻子。妻子听后很赞成，决定支持丈夫去寺庙求学，并为他准备路上所需的物品。临行前，冈姆少特安慰妻子道："我学成后，马上就回来。你要照顾好孩子。我最多去五年时间。如果超过五年不见我回来，那你就另嫁给一个可以信赖的男子吧！"

冈姆少特告别了妻儿，去寺庙求学。在一座寺庙中，他遇到一位师父。师父问他为何而来，他答道："我长途跋涉来此，是为了寻求知识。请接受学生一拜。"师父见他十分有礼，话语真诚，便收他为徒。这位师父精通佛经，教导过来自四面八方的学生，被誉为德萨巴茂克大师。大师对徒弟说："你必须学习四年才能学成。"徒弟满口应允。

自从冈姆少特来到师父这里后，就天天盼着学知识。可是，一个月又一个月过去了,直到满四年,也不见师父教什么。冈姆少特想:规定的四年时间已到了,什么也没有学到,那我还待在这里干什么? 还不如回家谋生养活老婆孩子呢! 他便向师父说了自己想回家的打算,并决定明天就动身。师父吩咐道:"你回去后,要牢牢记住四句话,千万不要忘记。这四句话是:饥饿时要忍耐,贫穷时要勤奋,对财物不贪心,害怕时不远离。"接着,师父叮嘱说:"你一定要记住,切莫忘了。这就是我教你的学问,它将使你终身受益。"冈姆少特暗想:天哪! 就这四句话太容易了。他反复背诵着师父的教诲。师父问道:"记住了吗?"冈姆少特答:"记住了!"师父说:"那好,祝你明天返回故乡一路平安!"

　　第二天一大早,冈姆少特向师父辞行。师父向他祝福,并再次叮嘱:"别忘了我教你的四句话!"告别师父,冈姆少特穿森林、过溪流,途中二十天未见一户人家。带的干粮也吃完了,他仍然不停地往前走。不久,他来到一座精美的建筑前。他想:谁家房子这么漂亮?! 他很想进去见见这房子的主人,可四下张望,却不见一个人。他转念一想:这可能是妖怪的住处吧! 想到这里,他准备转身躲开,可师父的嘱咐回响在耳际:"害怕时不远离。"他便蹑手蹑脚地向屋内走去。只见室内摆设华丽,桌子上还放了很多香喷喷的菜肴。他又饥又渴,真想饱餐一顿,可他又想起了师父曾说过的话:"饥饿时要忍耐。"因此,他继续忍受饥渴。正在这时,他突然听见外面一声巨响,犹如霹雳,几乎震塌了这座房子。冈姆少特吓得心惊胆战,一时不知该往哪儿躲。他满屋子乱转,看见房梁上的阁楼空着,就迅速爬上去藏起来,并仔细观察动静。不一会儿,从门外走进来一个高大的妖怪,它把一根绳子和一根棍子往阁楼上一扔,躲在阁楼上的冈姆少特吓得丧魂落魄,不敢动弹。当妖怪看见饭菜时,津津有味地吃起来。冈姆少特想试试绳子和棍子的魔力,就轻轻说道:"绳子去捆它,棍子去打它!"绳子立刻把妖怪捆绑起来,棍子也狠狠地朝妖怪打去。妖怪被打得死去活来,向冈姆少特求饶道:"别打我,别打我! 我送您一条魔巾。"冈姆少特让棍子停住,让绳子松开些,才从阁楼上走下来,对妖怪说:"从今以后,不许你再欺压世上的人们,如果今后还看见你干坏事,那我就要你的命!"妖怪发誓不再害人,并送给他一条魔巾。冈姆少特就饶恕了妖怪。

妖怪走后,冈姆少特对手中的魔巾说道:"去给我弄些饭菜来。"不一会儿,他看见美味的食品摆了一大桌,于是,他饱餐了一顿,然后继续往前走。走了很多天,他来到一个村庄,遇到五百名商人,每个商人都有一百辆车子的货物。冈姆少特向商人讨水喝,然后他问商人:"你们为什么不在此暂时停一下,也好让牛喝水吃草?"商人说:"先生啊,你可不知道,此地不可久留。这里有一个女妖,它威胁我们不要在这里停留。"冈姆少特问道:"那女妖现在何处?可以带我去找它吗?"商人们异口同声地说:"先生啊,您千万别去!那女妖十分凶恶,您还是不去找它为好。"由于冈姆少特执意要去,几个商人便把他领到女妖的住所。冈姆少特径直往里走,毫无畏惧。女妖见有人向它走来,又玩弄它那一套吓唬人的伎俩。可冈姆少特用魔绳把它捆住,用魔棍狠狠地打它。这时,女妖痛得无法忍受,只得求饶,愿意答应冈姆少特提出的任何条件。冈姆少特严厉地说:"我可以放了你,但今后不许你再到此地胡作非为。"女妖连连跪拜,慌忙逃走了。

商人们对冈姆少特擒妖镇魔的本领赞叹不已。大家便合计说:"看这位先生本事真大,我们应该送给他一些珍贵的东西作为礼品,因为他搭救了我们。"商人们便纷纷取出自己的货物,以表示对冈姆少特的感激之情。

而冈姆少特想,师父曾对自己说过,对财物不要贪心,便婉言谢绝道:"大家送东西给我,我很高兴,但我不能收下,请你们各自拿回去经商吧!我该向诸位告辞了,我离家已四年多了,还不知家中父母妻儿的情况呢!"商人们请他留下姓名、住址,冈姆少特一一作答,然后继续踏上归途。

一家人见到冈姆少特回来都很高兴,不过冈姆少特心里感到惭愧,离家四年多,什么也没有学到,只得到师父的四句话。邻里乡亲见他空手而归,便对他冷嘲热讽,这使冈姆少特更加感到无地自容。

那些商人送货回到故乡后,时时不忘路途上的这段奇异的经历,常说:"我们应该报答他。当时,我们送东西给他,他不肯收。现在,我们去他家做客,顺便捎些礼物,这次兴许他会收下。"商定之后,大家把礼物放在牛车、马车或大象背上,向恩人的家乡走去。大约经过九天的长途跋涉,他们向村民打听冈姆少特的家住哪儿,村民指着一处矮小的茅草房说,那就是他的家。商人们急忙朝那茅草房跑去。快走近冈姆少特的家时,遇到一个男子,商人们又问:"刚刚学本领回乡的冈姆少特先生的家是在这儿吗?"那人答道:"还叫他先生?他呀,穷得连衣服、裤子都穿不上,老婆孩子连饭都吃不上。"商人确认这是恩人的家后,急于见到恩人,便一齐拥进茅草房,见到冈姆少特后都跪拜在地。冈姆少特客气地接待他们。邻里乡亲见到此情此景,感到很纳闷,难道这些商人都疯了?还向这个靠乞讨过日子的穷人跪拜。

商人们和冈姆少特寒暄一阵之后,便问:"房屋周围的一片地是属于您的吗?"冈姆少特答道:"这地是人家的,我只是在别人的房基地上盖了这么一个小棚子而已。"商人们听后,决定买下这方圆几公顷的土地,并修建一幢新的住房,外加粮仓、牛栏,还打算在四周建起牢固的围墙。没过多久,冈姆少特一家便搬进了崭新舒适的瓦房,用商人们带来的礼物把房子装饰得富丽堂皇。从此,商人们和冈姆少特成为亲密的朋友。

这样,冈姆少特由穷变富的故事很快传遍了全城、全国。国王得知此事,便下令让冈姆少特前去谒见。国王在详细地询问了事情的经过后,便决定让冈姆少特留在朝廷当官。

神女送镰刀

古时候有一个农夫,在收割季节从早到晚弯着腰在田里割稻子。这个农夫家里很穷,没有钱去买一把新镰刀,只好用家中那把用了多年的钝镰刀。到晚上收工回家时,他把镰刀藏在路边的草丛中,等第二天再拿来继续割稻子。

第二天早上,农夫找不到藏在草丛中的镰刀了,割不成稻子,他很难过,就只好空手回家。在回家的路上,他看见一只饿得气息奄奄的老鼠。农夫很怜悯它,把它捧在手掌中,并喂稻谷给它吃。霎时间,这只老鼠变成了一个非常漂亮的小姑娘,农夫惊奇万分。

小姑娘对农夫说:"我是神女,你救了我的命。现在我能帮你什么忙,用来答谢你的救命之恩呢?"

农夫说:"我只请求你把我的镰刀找回来。"

神女立即递给农夫一把非常精致的金镰刀,问农夫:"这把镰刀是你的吗?"

农夫回答说:"这不是我的镰刀,我从不用金子做的镰刀来割稻子。"

神女又拿出一把银镰刀,问农夫:"那么这把镰刀是你的吗?"

农夫摇摇头说:"也不是的。"

神女最后拿出一把铁镰刀问道:"这把是不是?"

农夫回答说:"是的,这把镰刀是我的,刀刃都钝了,我记得很清楚。"

神女说:"你真是个诚实的好人。我把金镰刀和银镰刀作为礼物送给你。"说完,神女转眼消失在农夫的眼前。

狼吃鱼虾的故事

从前,有一只肥肥大大的狼,到了秋凉季节,能捕捉到的猎物明显减少了,便到处寻找干涸的湖泊、池塘,想抓一些鱼虾来充饥。它来到一个池塘边,看见整个池塘的水都干涸了,只剩下一个满是泥泞的小水坑,里面有很多小鱼、小虾和螃蟹在苦苦地挣扎着。狼见此情景,十分得意,自言自语道:"今天我的运气太好了,入秋以来,还没有碰上这样丰盛的美餐。"聪明的小虾听到狼要吃自己和同伴,就哄骗狼说:"没错儿,我们都是狼大哥的口中食了,谁也跑不了。不过,您瞧,我们个个浑身都是泥泞,您就这样把我们吃下去是不会好吃的。"狼回答道:"依你说,怎样才好吃呢?"小虾说:"狼大哥,您把我们放在水里洗干净,然后再吃,味道就好了。"狼说:"你们那么多鱼、虾、蟹,我怎样才洗得干净呢?"小虾说:"狼大哥,您别担心,我保证想办法让您办得到,不过您一定得听从我的安排。"狼回答道:"虾兄弟,你说吧,我一定照你说的去做。"小虾说:"您到这泥坑里打个滚儿,我们大家就紧紧攀附在您的背上,然后您把我们带到清澈见底的湖水或溪水里洗洗干净,您就可以随意地美餐了。"

狼是个性情贪婪并且愚笨的家伙,就按小虾说的去办了。鱼、虾、蟹合计好攀附在狼的背上,和狼来到一个大湖里。湖水清清,狼刚走下湖里,早就饥渴难忍的鱼虾立即跳入水中。这时,小虾又说:"狼大哥,请把那边原来泥坑里剩下的鱼、虾、蟹全都运过来,洗干净后再吃。我们在这里等您。"狼又返回去,把剩下的鱼、虾、蟹都运到湖水里。

当鱼、虾、蟹得知同伴都被运过来了,便一块儿潜入深水中消失了。狼这才知道自己被小虾欺骗了,非常生气,便四处邀集大象、犀牛、老虎、蛇、蟒,还有飞禽等各类动物,让大家一起来把湖里的水淘干,以便把鱼、虾吃个精光。蛇、蟒用身体筑起堤坝,其余动物都去舀水。湖里的动物得知狼邀集众动物来把湖水舀干的计划时,都惊恐万状,思索着同一个问题:"我们如何能使众动物停止舀水?"这时,小鱼说:"我听说,兔子判官哥哥是有智慧的动物,它为人类和动物多次排忧解难,既然这样,我们何不去求兔子哥哥来帮助我们消除眼前的灾难呢?"大家认为这是一个好主意,试试无妨,便派小鱼去请兔子哥哥。小鱼游到湖边,然后奋力在地上打滚,在草丛中寻找兔子判官,灼热的太阳晒得它鱼鳞焦干,只好躺在草上有气无力地等待兔子判官。出来觅食的兔子正巧遇见小鱼,问道:"鱼兄,你这是上哪儿去?"小鱼见兔子真的出现在自己的面前,心中十分高兴,便央求道:"兔子判官哥哥,你可怜可怜我吧,湖中的鱼群派我来请你去一趟。听人们说你既聪明又乐于助人,谁遇上麻烦事都请你帮忙。现在,大象、犀牛、老虎、蛇、蟒,还有空中的飞鸟联合起来要舀干湖里的水,要把我们鱼、虾等当成它们的口中食。你就帮帮我和我的伙伴们,一来我们可以继续帮你扬名;二来我们将铭记你的恩德,随时报答你的恩惠。"兔子听了小鱼的遭遇,很痛快地答应:"好吧,鱼兄,你先回去告诉你的伙伴,让他们不用害怕,我一定帮助你们摆脱困境。"小鱼就高兴地回到湖中去了。

第二天清晨,众兽和飞禽正在湖边舀水。这时,兔子判官手里举着一片被虫子吃得满是窟窿的树叶,跑到湖边大声说道:"喂,动物兄弟们都听着,玉皇大帝派我送信给各位说,他很快就会下凡来拧断老虎的脚,砍掉狼的头,还要拔去大象的牙。"众兽和飞禽听完兔子判官下达的玉皇大帝的旨意后,都顾不上再去舀湖里的水,吓得魂飞魄散,乱作一团,各自逃命去了。个头大的象、犀牛乱跑乱奔,把当作水坝的蛇和蟒的身体踩成三大截,湖水把其他动物都淹死了,一个个成了鱼虾、乌龟、甲鱼的美餐。

从此以后,众兽更加崇敬兔子的智慧,一致尊称它是众兽之王。

瓢虫和乌鸦

　　一只瓢虫正在一边吃树叶一边玩耍,突然飞来一只觅食的黑乌鸦。乌鸦瞅见瓢虫,心想:今天运气真好,马上就可以吃到瓢虫了。它便高兴地飞来停在瓢虫旁边。瓢虫一眼瞥见乌鸦,就知道乌鸦这坏东西是来吃自己的。面对强敌,瓢虫毫无惧色,而是明知故问:"你来干什么?"乌鸦答道:"我要吃你。"瓢虫灵机一动说:"你先别急,除非你猜对了我出的谜语,你才能吃。如果猜不出来,那就不能吃。"乌鸦问:"这有什么难的!你的谜语是什么,快快讲来。我一定猜得中。"瓢虫便一口气说了谜面,共四句话:

　　"世上什么东西最甜?世上什么东西最酸?世上什么东西最香?世上什么东西最臭?"

　　听了瓢虫出的谜面,乌鸦心中甚喜,高兴得跳了起来,想:这四句话,我马上就可以说出谜底,看来瓢虫我是吃定了。乌鸦很有把握地说出了四个谜底:

　　"世上最甜的是糖和蜜。世上最酸的是醋和梅子。世上最香的是茉莉花和香水。世上最臭的是粪便和尸体。"

　　乌鸦答完后,傲慢地等着瓢虫评判。这时,瓢虫说:"全都猜错了!"乌鸦被弄得摸不着头脑,恼怒地催促说:"那你说说,谜底究竟是什么?"瓢虫说:"我有个要求,你得保证不吃我,我才告诉你谜底。"乌鸦说:"行,我答应你的要求。"当它们达成协议后,瓢虫揭开了如下谜底:

　　"世上最甜的是赤诚相见、肝胆相照的肺腑之言。世上最酸的是信口雌黄、不堪入耳的污言秽语。世上最香的是助人为乐、与人为善的高尚美德。世上最臭的是横行霸道、为非作歹的丑恶行径。"

　　乌鸦听完谜底,自知理亏,良心受到谴责,就不吃瓢虫,悄悄地飞走了。

鳄鱼和赶车人

一条鳄鱼生活在一个大湖里,旱季来临,湖水干涸,鳄鱼无法生存,只好爬到陆地上寻找有水的地方。这时,有个老大爷赶着牛车正好看见这条鳄鱼,鳄鱼装出一副可怜相请求赶车人让它搭车。赶车人问鳄鱼:"你要上哪儿去呀?"鳄鱼说:"我以前生活过的那个大湖完全干涸了,我无法再待下去了,现在出来找个有水的地方住,如果你方便的话,就把我带到一个有水的地方,然后我下车就好了。"赶车人出于同情,就让鳄鱼上了车。鳄鱼担心自己会从车上滑下来,就让赶车人用绳子把自己捆在车上。赶车人按照鳄鱼的要求,就用绳子把鳄鱼捆好后,继续上路。

当来到一个水面宽阔的大湖时,赶车人停下车,解开绳索对鳄鱼说:"这大湖里有很多很多水,你就下车吧!"不料,这时鳄鱼凶狠狠地对赶车人说:"你这个老头儿,把我捆在车上,让我吃尽了苦头,你该让我吃一头牛,我才免你无罪,不然,我可要吃你了!"赶车人一听,吓得毛骨悚然,连忙求饶说:"我对你是有恩的呀!我把你带到这里来,你反而要吃我,这可不行,我们得先去找个判官评评理。"鳄鱼表示同意说:"那就赶快去,我在这儿等你。"

赶车人拿了一把香蕉找到了兔子判官。这时,兔子正蹲在白蚁堆旁,见一个老大爷走来便问道:"老大爷,你愁眉苦脸的,有什么为难事呀?"老大爷把自己的遭遇如实告诉了兔子。兔子说:"鳄鱼这个家伙真是忘恩负义,老大爷我们一起去找鳄鱼。"

赶车人带着兔子来到鳄鱼等着的地方,兔子先开口说:"哟,鳄鱼先生,你在森林迷了路,请求搭老大爷的车,现在你到了有水的地方,怎么反而恩将仇报,要吃掉你的恩人呢?究竟老大爷对你有什么不对的地方呢?"鳄鱼回答说:"噢,兔子判官,这老头是让我搭车了,但他把我折腾得够呛,他把我紧紧地捆在车上,根本不能动弹,差点儿把我憋死。他应该交出一头牛让我吃,否则我就吃他。"兔子听后,转过身对赶车人说:"你干吗要把鳄鱼捆得这样紧,让它无法动弹?"赶车人连忙说:"我并没有把它捆得很紧,只是让它不会从车上掉下来而已。"这时兔子说:"你们一个说捆得很紧,而另一个说捆得不紧,双方都没有证据。因此,鳄鱼应该重新躺在牛车上,让老大爷再捆一次,我亲眼看看究竟捆得紧不紧!"

　　鳄鱼听了兔子的话,就照着做了,让老大爷像起初那样把自己捆起来。兔子问鳄鱼:"是这么紧吗?"鳄鱼说:"不,先前比这捆得紧多了!"兔子对老大爷说:"你就把它捆得再紧些!"老大爷紧了紧绳索后,兔子又问鳄鱼,鳄鱼仍说不够紧,这样反复问了多次,直到捆得鳄鱼不能动弹了,鳄鱼才说:"兔子判官,起初老头就是把我捆得这么紧的!你瞧,谁能忍受呢!请你做公正判断吧!"兔子见鳄鱼已无力挣扎了,便对老大爷说:"老大爷,您还等什么呢?还不赶快用车上的斧子劈开鳄鱼的脑袋,难道还让这个忘恩负义的家伙继续留在世上坑害人吗?"老大爷这时才醒悟过来,连忙操起车上的斧子朝鳄鱼头上猛砍过去,鳄鱼便一命呜呼了。老大爷非常感激兔子,向兔子连声道谢后,套上牛车,高高兴兴地拉着鳄鱼回家去了。

猴子偷王冠的故事

从前，有个爱打猎的皇帝，每当他和武将们来到森林后，他便摘下王冠，放在一个金盒里，让一名宫女看管，然后去打猎。

有一次，看管王冠的宫女太困倦，躺在地上睡着了。这时，一只猴子从树上跳下来，趁机打开金盒，偷走了王冠，把它藏在树洞里。

宫女醒来，只见金盒敞开着，王冠没有了。她大惊失色，急忙寻找，但始终不见王冠的影子，不由得大哭起来。

皇帝打猎回来，宫女把丢失王冠的事禀告皇帝。皇帝一听，断定王冠被人偷了，立即命令武将们搜寻。这时，一个猎人正从远处走来。武将们一拥而上，把他捆绑起来，押回去审讯。猎人申辩说："我是靠打猎为生的，根本没有看见什么王冠。你们平白无故地把我抓来，真是冤枉啊！"皇帝见他死不承认，就下令拷打他。猎人被打得皮开肉绽，疼痛难熬，只好编造口供说："王冠是我偷的，我已交给村长了，是村长叫我偷的。"

皇帝下令立即传讯村长。村长如实说道："我没有让猎人去偷王冠。"村长也遭到严刑拷打，最后，也只得屈打成招说："是我让猎人去偷王冠的，我已把它交给乡长了。"于是，皇帝又命令武将们把乡长抓来审讯。在酷刑下，乡长也被迫承认说："村长把王冠交给了我。我把它藏在森林里了。"皇帝马上派人去林中搜寻，结果自然是一无所获。皇帝大发雷霆，下令给乡长再上重刑……

这时，一位足智多谋的军师见这情景，思忖道：如果照这样搞下去，这三个人不但会被处死，而且还不可能找到王冠，这里面一定有文章。于是，他就把自己的想法禀告皇帝。皇帝同意让军师和武将们商议处理，务必查出王冠的下落。

当晚，军师把猎人、村长和乡长三人关在同一间屋子里。夜间，军师派一名看守躲在墙外，听个究竟。看守先听到村长对猎人说："我什么时候让你去偷王冠啦？你无中生有乱栽赃，害得我吃了这么大的苦头！"猎人哭诉着："村长呀，你确实没有叫我去偷，可我被他们打得实在难熬啊，不得已才乱编造呀！"后来，又听到乡长对村长说："你什么时候把王冠交给我啦？干吗要赖到我的头上？"村长说："哎呀，我也是屈打成招，胡编的呀！"过了一会儿，村长反问乡长："我没有把王冠交给你，那你干吗说把王冠藏在森林里？"乡长说："嘻！他们动不动就给我上刑，我也是随口瞎说的。"三个人互相埋怨，争吵不休。

看守在屋外听得真切，如实汇报给军师。军师断定：这三个人都不是偷王冠的贼，于是就悄悄释放了他们。同时，军师立即吩咐金匠照原来王冠的样子重做了一顶，献给皇帝。

军师、武将们陪同皇帝再次来到林中打猎，来到原来王冠丢失的地方。军师让一部分武将随皇帝打猎，让那位宫女仍然看管王冠，叫她假装睡着，留心察看，并让另一部分武将埋伏起来，以便配合宫女行动。

过了一会儿，上次偷王冠的那只猴子从树上跳了下来，它以为宫女睡着了，便打开金盒，偷出王冠。宫女看见了，大声喊道："猴子偷王冠啦！"埋伏在四周的武将立即围上来，猴子敏捷地抱着王冠藏到一个树洞里去了。武将们搜查树洞，发现新旧两顶王冠都在里面。军师把两顶王冠都交给了皇帝，并讲述了事情的经过。皇帝听了，目瞪口呆，无话可说。

老虎、猴子和兔子

很久以前，一只饿了好几天的老虎到处觅食，遇见一只鹰停在湖边的一棵大树上。老虎看见鹰后心想：怎样才能抓到这只鹰呢？它停在高高的树上，如果我爬上去，它一旦发现就会立即飞走。老虎不敢贸然行动，坐下来静静地观察鹰的举动。停在树上的鹰目不转睛地注视着湖面，过了一阵，湖中的鱼儿跃出水面，鹰急速俯冲下去，叼着一条大鱼，又飞回树上，津津有味地吃起来。

老虎看得很真切，心中十分羡慕，心想：这鹰还真有好运气，只在树上静静地待着，就能一下子抓到湖中正在游的鱼儿，也不用花什么力气，根本不用像我这样担心没吃的会饿死，如果我能像鹰那样，该多好啊！老虎慢慢地往前走，去寻找鱼多的湖或池塘。它在有许多大树环绕的湖边找了一个安静的地方停下来休息。这时，它看见有一个男子在此钓鱼，只见那男子站在湖边，手持钓竿，轻松地抛下装有鱼饵的钓钩，就爬到一棵大树上静静地观察是否有鱼儿上钩。老虎在湖边走来走去，找到一棵大树爬上去，像鹰一样待在树上。过了一会儿，它看见鱼跃出水面，就学鹰的样子猛地跳进湖里，不但没有抓着鱼，反而被湖水呛得狼狈不堪。钓鱼的男子看见了，觉得这只老虎真是愚蠢可笑，大声喊道："你这个傻瓜，你这不是要找死吗？"老虎听见树上男子的话，感到十分羞愧，它从来没这么干过，第一次干就被人发现了，真丢人。今天他看见了，如果他去告诉别人，那我不就声名狼藉了吗？我还是去求求他，让他别把今天的事说出去。老虎用温和的口气央求男子道："先生，我原本想学鹰抓鱼吃的，没想到鱼没有抓着，反而呛了水。我觉得实在太丢脸了。因此请求先生可怜我，不要再对别人说起这件事，我一定会报答您的。"男子问："你用什么来报答？"老虎说："我发誓，每天早上在湖边，我送给您一只猎物，但请您一定要保守这个秘密，不让外人知道。"男子相信了老虎的诺言,就回家去了。

第二天早上,男子来到湖边。老虎果然送给男子一只猎物,以后每天如此。时间一久,男子的妻子开始怀疑起丈夫,认为丈夫一定有什么事瞒着她。于是,她问丈夫:"你怎么每天总有猎物,今天是野猪,明天是鹿,后天是麂子?"丈夫回答说:"我在林子里放了捕兽器。"妻子说:"什么捕兽器这么灵,能让你一天不落地总有猎物?你还是对我说实话吧!"那男子以为反正老虎天天都送猎物来,已成习惯,不妨告诉妻子,就违背老虎与自己的诺言,把事情的来龙去脉讲给妻子听。妻子相信了他。翌日,男子像往日一样去湖边向老虎要猎物,只见老虎早已坐在湖边气呼呼地等着他了,老虎先开口:"你终于来了,我在这里等着吃你呢!我们以前说好的,不许你对别人说那件事,我每天送一只猎物报答你,现在你为什么告诉别人?"男子听老虎这么说,早已吓得不知所措,也没有理由辩解,只好央求老虎:"你要吃就吃吧,我没话说。反正早晚都是死,也不在乎这一两天,你等我回家与老婆、孩子见上一面再说。"老虎答应:"去吧,可得快些回到这里来,我吐口水在这里等着,如果口水干了你还没来,我就去你家,连你的老婆一起吃掉,留你们这些不守信用的人干什么?"男子回家后痛哭流涕,把老虎要吃他的事对妻子说了:"现在我得走了,老虎还等着呢,如果我在家待的时间长了,它会来把我们全都吃掉的。"妻子哭得死去活来,后悔自己当初做错了。男子告别妻儿,边哭边向湖边走去。途中他遇到一只兔子,兔子问:"您上哪儿去?哭什么呢?有什么事令您这么伤心?"男子把事情的经过对兔子述说了一遍。兔子说:"要是这样,您不用害怕。这荒唐的老虎!您去找一把香蕉来!"男子立刻转悲为喜,连忙跑去找来一把香蕉送给兔子,对兔子说:"请兔子先生救我一命,再过一会儿,老虎就要追过来吃我了。"兔子说:"我和您一块儿去,看老虎究竟敢怎样?"说完,兔子和男子爬上一个山丘,坐在高处看着老虎。

老虎等了很久,仍不见那男子的影子,就想,干脆我也不等了,自己去找他,把他们夫妻俩一块儿吃了。快要接近小山丘时,男子对兔子说:"你瞧,老虎来了!"兔子说:"您别出声,等它走近了再说。"老虎越走越近了,这时,兔子嘴里含着一口香蕉,对老虎大声喝道:"嗯,吃了五只老虎还没有饱,一只指头大的茄子反倒卡着我的喉咙了,真是的。"老虎一听说那个动物吃了五只老虎肚子还不饱,吓得直往后退。兔子一遍一遍地重复着这句话。老虎拔腿头也不回地逃跑了。一只猴子看到老虎跑得很狼狈,就问:"虎大哥,有什么事这么着急呢?"老虎停住脚步,回答道:"不,不,没什么急事。那边有一只动物,吃了五只老虎还不饱,我怕那家伙要吃我,所以赶紧跑了。"猴子问:"你看见它长得什么样子?"老虎说:"我没看见,只听见声音。"猴子问:"在哪儿?"老虎答道:"在那边小山丘上。"猴子说:"可能是兔子吧? 我经常看见它在那里。"老虎否认说:"不是的,兔子的声音不是那样的。"猴子肯定地说:"不,就是兔子。那我跟你走一趟吧!"老虎不愿去,说:"我担心你看到那家伙会害怕,然后就爬上树逃之夭夭,扔下我自己去送死。"猴子说:"如果你怕我跑掉,我们把尾巴捆在一起,我就不能只顾自己逃命了。"老虎说:"那好吧,去就去!"老虎和猴子将它们的尾巴捆在一起,朝小山丘走去。

男子看见老虎和猴子,就对兔子说:"兔子先生,老虎又来了,还搬了救兵猴子一起来了,我害怕极了。"兔子说:"别担心,静静地待着,等它们走近了,我来对付它们。"兔子剥好香蕉放在嘴里。当走近小山丘时,猴子问老虎:"虎大哥,它在哪儿?"老虎说:"就在那里,声音是从那边发出的!"兔子嘴里含着香蕉,大声呵斥道:"哟,你这小猴子,欠我的债已经四五年了,就拿这只瘦老虎来抵债呀! 瞧你这家伙就不地道。"老虎听到后,不由分说,扭头就往回跑,猴子怎样阻止它也不听。老虎心想:你这个骗人的猴子,原来是拿我来抵债的。猴子大声喊:"虎大哥,别跑!"老虎哪里听得进去,就一个劲儿地跑,最后,把猴子撞在了树上,猴子当场死去。

鸽王和鸽群

一只鸽王带领一群鸽子在稻田上空盘旋,发现猎人放的一只捕鸟笼和周围撒满的稻谷。鸽群见了地上的稻谷,就迫不及待地想飞下去吃。而鸽王很警觉,它想:这些稻谷,我们在平时很少见到,为什么人们无缘无故地丢在地上呢?一定是人们为了欺骗我们而故意设下的诱饵,一旦我们飞下去吃,就一定会被猎人一网打尽。鸽王就尽力劝阻鸽群不要盲动。

然而,鸽群禁不起稻谷的诱惑,听不进鸽王的劝告,它们议论说:"眼下我们很难找到东西吃,好不容易发现这么多的稻谷,正好可以饱餐一顿,鸽王却不让我们去吃,还让我们等到什么时候?"

鸽王听了,仍然耐心地开导说:"你们也真太幼稚了,只要看见食物就飞下去吃,不知道大难就会临头,甚至还会送掉性命,正如古人常说的'鸟为食亡'。你们要知道,这撒满地面的稻谷是猎人布下的圈套,就像放在鱼钩上的钓饵一样,请大家一定不要飞下去吃稻谷。"

可是鸽群对鸽王的话置之不理,执意要飞下去吃。鸽王看到这态势已无法控制了,就想:如果我不跟它们一起飞下去,那大伙儿正好上了猎人的当,还不如因势利导,我跟它们一起飞下去后再想办法。于是,鸽王就和鸽群一同飞了下去。

当猎人看见鸽群飞来吃稻谷时,就迅速拉动了捕鸟笼的绳子,鸽子们一下子全都被罩在捕鸟笼子里了。这时鸽王对大伙儿说:"怎么样,你们看到大祸真的临头了吧!现在我们赶紧想办法逃命!"鸽群也都承认自己错了,但谁也想不出好办法,一致请求鸽王快想出妙计让大家脱离险境。鸽王沉着冷静地说:"这次我们惹出了大乱子,已很难挽救。但请大家不要自暴自弃,要振作精神,只要我们齐心协力,一同往上飞,就可能挣断这捕鸟笼的绳子!"

鸽群听了鸽王的一番话,备受鼓舞,信心十足,就同时一起向上奋飞。果然,啪的一声,捕鸟笼的绳子被挣断了,鸽子们连同捕鸟笼一起冉冉飞上天空。过了不久,它们在一个白蚁堆上方缓缓停了下来,那里是一只鼠王的住地,而这鼠王和鸽王早已相识并有很深的交情。鼠王看见后,马上率领鼠群从白蚁堆里钻出来,帮助咬断捕鸟笼子,鸽子们才一只只安全地飞出了鸟笼。鸽王将这次遇险的经过从头到尾讲给鼠王听,并衷心感谢鼠王对鸽群的救命之恩,然后各自回家去了。

老挝
民间故事

布纽祖先的故事

　　有一天，耶纽老太太独自一人坐在地上，默默地遥望着远方的一座大山。正当她聚精会神地看得发呆的时候，她的儿子突然从她背后走过来，急切地问他的母亲："母亲呀，我的父亲呢？他在哪儿？为什么别人都说我是没有父亲的孩子？母亲，快告诉我吧！"

　　耶纽听到儿子的问话，心中一阵痛楚，她疼爱地望着孩子的脸，然后摇摇头说："孩子呀，你的父亲就在那边。"她一边说，一边用手指着远方的那座大山。

　　儿子顺着母亲手指的方向望去，奇怪地问道："啊，我的父亲就是那座大山?!"

　　耶纽老太太缓缓地点点头，满腔悲愤地讲述了多年积压在心头的往事："孩子，你的父亲名叫布纽，他和我原来都不是凡人，而是天上神仙的后代，神仙派我们下凡到世上管理人类。那时人类满身长毛，没有衣穿，露宿野外，没有房住，生活在一片黑暗寒冷的世界里。太阳很久才出来一次，当太阳出来时，地上一片光明温暖，树木花草生长繁茂，飞禽走兽生机勃勃。可是当太阳落下去后，大地又恢复成漆黑一团，寒冷无比，树木花草纷纷枯萎、凋落，飞禽走兽也被冻死、饿死，人类经受着生活的煎熬。人们成群结队地寻找太阳，追求光明。他们找啊找啊，却经不住饥饿和劳累，在半路上不断倒下死去，一个也没有到达有太阳的地方。你的父亲见到这样的惨状，对人类充满了同情，决心要帮助人类摆脱苦难。于是他长途跋涉，来到一座远在天边的高山。在那里，他看到响声隆隆的瀑布，浓密的云雾笼罩着高高的山峰；在那里，寒气袭人，冷风刺骨。

　　"在云雾缭绕的高山顶上，长着一棵巨大的神树，树上结满了红红的果子。你的父亲爬上树，摘下好几个果子吃了，他立即感到浑身是劲，力大无穷。于是他走遍各地,帮助人类与寒冷、与妖魔鬼怪做斗争,但人类仍然没有摆脱苦难。他感到十分忧伤,但他立志要千方百计为人类谋幸福。他不顾天帝的禁令,毅然飞上天庭,寻找太阳。在天空中,他看到一个光芒四射的巨大火球,便勇敢地靠近它,然后挖下一团烈火,带着它迅速飞回大地。他把这团烈火塞进大地的中心,烈火便向四周蔓延,使得大地变得温暖起来。从此大地恢复了生机,到处是一片欢声笑语,人人都歌颂你的父亲。

"后来,天神透过云层,往大地望去,看到在一片辽阔的森林中盛开着五颜六色的鲜花,人类像蚂蚁那样在忙碌地耕田种地,建设着自己的家园。天神立即得知,这是你的父亲偷了天火带回人间的结果,便怒火中烧,马上召他回到天庭,给予惩罚。天神把一团烈火塞进他的肚中,顷刻间烈火把你的父亲烧死了。后来,他的尸体变成了一座巨大的火山。

"虽然你的父亲去世了,但他仍然惦记着受寒冷威胁的人类。人们铭记着他的恩德,不断地呼唤着他的名字,但他再也不会回来了。自从你的父亲去世以后,为了躲避天神的惩罚,我们母子俩悄悄地逃进了深山老林。现在你已长大成人了,你要以父亲为榜样,继续帮助人类脱离苦难,使他们过上幸福的生活。"

儿子听了母亲的话,对父亲十分钦佩,表示一定要继承父亲的遗志,完成父亲未竟的事业,为人类谋求幸福。

英雄陶朗贡

从前,有一对贫苦的夫妻,结婚多年一直没有孩子。后来,妻子怀了孕,可十分奇怪的是,她一直怀胎三年,才生下孩子。孩子一落地,就像成人一样会走路、吃饭、说话,力大过人。夫妻俩十分惊奇和高兴,就给他取名为"陶朗贡"。

一天,陶朗贡的父亲外出到山坡上种地,陶朗贡就问他的母亲:"妈妈,我刚生下来时,爸爸妈妈给我吃米饭,可现在,为什么老让我吃芋头、木薯?"

母亲听了噙着眼泪,伤心地对陶朗贡说:"孩子,我们家和其他人家一样,都在闹饥荒,因为没有水田耕种,到处都是山地石头,我们只好上山种坡地。要知道种坡地全靠老天爷,哪年年景好,没有野兽糟蹋,还能收到一点粮食。要是哪年天旱不下雨,又有野兽破坏,那就颗粒不收,只能以芋头和木薯充饥。今年我家坡地上长的庄稼全被野兽糟蹋光了,就连芋头、木薯也都快吃完了。"

陶朗贡仔细地听着母亲的话,不解地问:"妈妈,那为什么我们不开垦坡地,把它变成水田呢?"

妈妈叹着气说:"我们又不是神仙,哪有那么大的力气把这一大片高坡山地变成水田呀!"

陶朗贡决定外出了解情况。他来到山区,看见挨饿的人们个个面黄肌瘦,他们以草根、树皮、野菜充饥,许多妇女、儿童和老人倒毙在地。看着这惨不忍睹的凄凉景象,陶朗贡立志要改变这种状况。他沿着湄公河畔察看地形,用他生来就有的无比巨大的力气从山上搬来一块巨石,投入老挝南部的湄公河中,巨石立即挡住了水流,给湄公河沿岸带来了许多肥沃的淤泥。没过多久,一大片荒凉的山地变成了千顷良田。直到现在,老挝南部湄公河中的那块巨石还被人们称为"里匹"大礁石。

陶朗贡不顾劳累和安危,在老挝南部和中部地区,用他那力大无比的双脚踏平了许多高山峻岭,使之变成一马平川,然后分给农民耕种,使人们丰衣足食。这些平原直到现在都是老挝最著名的粮仓。

　　在陶朗贡决心把老挝北部贫瘠的山地变成平原时,他遭到了守护老挝北部山区的魔王的激烈反抗,最后,陶朗贡不幸中计被谋杀身亡,他的遗愿没有得到实现。所以,老挝北部桑怒、丰沙里、琅勃拉邦等地区仍是一片崇山峻岭。

　　尽管这样,千百年来,老挝人民还一直怀念这位给他们带来幸福的英雄,每年到了稻谷金黄的收割季节,家家户户都把新收获的稻米做成糕饼等食物撒在土地上,以祭祀他们所崇敬的陶朗贡。

家和万事兴

　　古时候,有个名叫西达的孩子,当他两岁的时候,父亲就去世了,母亲辛辛苦苦地把他抚养长大。西达是个懂事的孩子,对母亲非常孝顺,也经常帮助人家干这干那,从不叫累。

　　西达继承了父亲的职业,以打柴为生,每天他上山打柴,然后挑到集市上去卖,几年如一日,从不间断。他积攒了一些钱交给了母亲,并对母亲说:"妈妈,现在儿子已经长大了,该成家立业了,而妈妈一天比一天年老,该享享福了,请妈妈先收下这些钱。我什么时候遇上中意的姑娘,我就给妈妈找个儿媳妇。"西达一边说,一边不好意思地笑了起来。

　　西达的母亲听到儿子这样说,就明白儿子的心事了,但如果让儿子自己找媳妇,她担心娶来的儿媳不合自己的心意,于是她就告诉西达,应该让母亲为他挑选媳妇。

　　母子俩经过促膝交谈,西达十分理解母亲的心思,也就同意让母亲为自己挑选媳妇。

　　过了一年,西达和邻居家的一个姑娘相爱了,他把这件事告诉了母亲。母亲觉得那个姑娘还算称心满意,便同意了这门亲事。

　　自从西达结婚成家以后,夫妻恩爱,婆媳融洽,日子过得挺美满,村里的人都夸西达一家幸福和睦。

　　由于西达是个英俊能干的小伙子,村里的不少姑娘也都喜欢他,当西达决定和现在的妻子结婚后,村里的其他姑娘都非常妒忌,她们无中生有,挑拨离间,诬蔑西达的妻子到处说西达母亲的坏话,使得西达的母亲对儿媳妇产生了不满的情绪。西达的母亲耳根软,听别人一说就信以为真了,对没有过错的儿媳妇横挑鼻子竖挑眼,经常对她指鸡骂狗、指桑骂槐。起初,儿媳妇对婆婆的态度还能忍气吞声,但那些挑拨离间的人仍在变本加厉地从中挑唆,西达的母亲越来越憎恨儿媳妇,西达的妻子也就对婆婆以眼还眼,以牙还牙。婆媳之间的矛盾日趋激化,家庭的气氛失去了往日的宁静,经常骂声不断,鸡犬不宁。

面对家庭严重不和的局面,西达痛苦不堪,心急如焚,他想起了一句古语:"让儿媳跟婆婆住在一起,就等于把魔鬼引进家门。"西达想了又想,认为这句话不全对,他觉得妻子怎么也不像魔鬼。在母亲与妻子之间,西达不偏向不袒护,母亲是自己的亲生母亲,她没有任何理由憎恨儿媳妇,妻子也是大多数人称赞的好人,只有少数几个人说三道四,于是西达决定让村里德高望重的老人来说服调解,使婆媳关系和好,但无济于事。

有一天,西达的妻子到野外去挖竹笋,西达就趁机问母亲:"妈妈,你真的恨儿媳妇吗?"

母亲面带怒色地说:"那还用说? 要是她在家,我就待不下去,我实在看不惯她,乡亲们也说她不好。"

西达说:"要是妈妈确实憎恨她,那我就把她杀了,因为留着她,妈妈得不到幸福,你同意吗?"

西达的母亲很干脆地说:"那当然同意啦,你就把她杀了吧!"

西达接着说:"那就这么办。但我请求妈妈,反正她将死,要离开我们了,在她死之前,我请求妈妈尽力待她好十五天,等到十五天以后,我就马上把她杀了。妈妈,你看行吗?"

母亲高兴地说:"行,行,别说十五天,就是三十天、四十天都行,但你一定得把她杀了!"

傍晚时分,西达的妻子回到了家,吃过晚饭后,西达对妻子说:"你真的恨婆婆吗?"

西达的妻子咬牙切齿地说:"恨死了! 让我跟这样的婆婆在一起,我实在无法待下去!"

西达马上说:"要是你确实恨婆婆,我就把她杀了,你同意吗?"

西达的妻子答道:"那好啊! 要是她在家,每天只听到她的骂声,全家都不得安宁。"

西达接着说："在我杀母亲之前,我先请求你一件事,反正她要死的,要离开我们了,在她死之前,你就尽力待她好十五天,等到十五天以后,我就马上杀了她,你同意吗?"

西达的妻子高兴地说："行,行,多于十五天也行!"

当西达的母亲和妻子分别与西达说定以后,她们就按照各自说的话去尽力待对方好,西达看到母亲和妻子的态度与过去相比有着天壤之别。

西达的母亲积攒了一些钱,她把钱全都交给儿媳妇用,到集市上看到有漂亮的衣服,就买回来送给儿媳妇;而儿媳妇经常给婆婆做好吃的饭菜,婆婆也逢人就夸儿媳妇待她好,听到有谁说儿媳妇的不是,她就马上反驳说这不是事实。

从此,家中再也听不到婆婆的骂声,到了守戒日、敬佛日,儿媳妇主动拿了鲜花向婆婆请罪说:"在过去一段时间内,要是我有意无意对婆婆犯了什么过错,请婆婆多原谅,今后我再也不跟你闹别扭了。你送给我的钱,我都放得好好的,一分也没有乱花,要是想花的话,我一定先征得婆婆的同意。"

就这样,婆媳关系越来越和睦亲密,村里的人也都说,西达家的婆媳关系同以前大不相同了。

当离西达决定要杀死母亲和妻子的第十五天还有三天时,西达把父亲生前留下的一把大刀从挂在床头的刀鞘中抽出来,在磨刀石上磨了又磨,大刀被磨得锃亮,锋利无比。当他的母亲走近他身旁时,他咬着牙,瞪着眼,自言自语地说:"这一回,要让妈妈看见,我要亲手杀了妻子,只要妻子一回家,我就马上砍下她的头!"

正在这时,西达的妻子牵着一头水牛从外面返回家中,西达的母亲看见西达挥舞着大刀跑来跑去,露出一副真要杀人的凶相。当西达的妻子正要走上高脚屋的楼梯时,西达的母亲抢先一步,冲到儿子跟前,紧紧地抱住儿子说:"儿呀,快住手,千万别杀她,她是个好儿媳妇,你不能杀她呀!"西达只好把大刀插进刀鞘,然后挂回原处。

第二天早上,西达的母亲去北村参加一个拴线仪式,西达取下大刀又开始磨起来,然后把它插入刀鞘,背在身上,他对妻子说:"今天我要杀母亲给你看，只要她回家一上楼梯我就砍下她的头！"

西达的妻子立即央求丈夫说："千万别杀她，婆婆待我很好，很难找到像她这样好的婆婆！"

当西达的母亲正要上楼梯时，西达的妻子跑过去紧紧地抱住婆婆，西达的母亲以为儿子要杀儿媳妇，也就紧紧地抱住儿媳妇，俩人紧紧地抱在一起，互相保护，不让西达杀对方，婆媳俩互相怜惜地放声痛哭起来。

西达见此情景，把大刀插进刀鞘，站在一旁，脸上露出了欣慰的微笑。

从此，西达一家一直过着宁静和谐的生活。

淘气的孩子

很久以前,有一对夫妻生了两个儿子,大的叫陶赛,小的叫陶社。这两个孩子稍长大后,十分淘气,每天吵嘴、打架,在家中总能听到其中一个的喊声、哭声。父母经常教导劝阻他们,可他们总是不听,父母为此伤透了心。

有一天,父亲离家到外地去做工,家中剩下母子三人,兄弟俩又开始吵嘴打架,闹得家里鸡犬不宁,吵得四邻不安。母亲一个劲地规劝,两个儿子就是听不进去。

这时,天上的观音得知这家情况后,想调教一下这两个孩子,试探一下他们的智慧和能力。于是观音变成一个妖魔下凡,悄悄地把这两兄弟的母亲暂时藏在深山密林里。

做父亲的从外面干活回家,得知自己的妻子被妖魔抢走,心焦如焚,但不知如何是好。到了晚上,兄弟俩睡觉都梦见自己的母亲被关押在一个山洞中,正请求他们去营救。

第二天一早醒来,兄弟俩怀着对妖魔的满腔仇恨,一致商量决定去寻找母亲。他们就向父亲拜别去寻找母亲。一开始,父亲劝告他们别去,担心他们年纪还小,没有与妖魔斗智斗勇的本领。但兄弟俩决意前往,父亲也就同意了,并把两把一大一小的铁钳子当作武器交给他们,还再三嘱咐,一定要小心谨慎,考虑周密。兄弟俩连连点头,便告别了父亲,离家上路了。

一路上,兄弟俩互相照顾,披荆斩棘,历尽艰辛。一天,他们来到一个大湖边,大湖挡住了他们的去路,他们只好在湖边徘徊,正巧看见一只巨蟹躺在那里,陶赛上前就问巨蟹:"大蟹伯伯,请你告诉我们,怎么能渡过这大湖呀?"

当巨蟹得知他们的来意后,回答说:"渡过这湖一点也不难,我只想知道,你们用什么来感谢我?"

陶赛想了半天,就说:"我们除了随身带的两把铁钳子以外,再也没有其他东西了。你愿意要铁钳子吗？"

巨蟹一看到铁钳子就立即想：要是我用这钳子来改装成螯作为自卫的武器，那该有多好呀！巨蟹决定收下这两把钳子，然后驮着兄弟俩安全地渡过了大湖。

陶赛和陶社兄弟俩继续朝前赶路。他们来到一个山洞，这时观音已变成一个白发老翁住在山洞中。当得知这兄弟俩的来意后，观音就对他们故意编造说："我住在这个山洞已经很久了。有一天，我走出山洞去寻找吃的，当我回到山洞时，有人带来了一个妇女，这个人要我好好照顾那个妇女，还说将有两个孩子来寻找那个妇女。"

老翁刚说完，陶社马上说："你说的那个妇女可能就是我们的妈妈，我们就是来找我们的妈妈的。老大爷，让我们去见我们的妈妈，好吗？"

老翁一口答应说："行呀！但你们必须得赢我！"

陶赛马上问道："那你要我们怎么做？"

老翁慢条斯理地说："我将躲在离这里不太远的一个村寨，然后你们来找我，要是你们找到我，就让你们去见你们的妈妈。"

兄弟俩听了只好照办。当白发老翁进村好一会儿以后，兄弟俩就一起去寻找。当他们到了村子后，看见一只被圈套夹住的鹧鸪鸟，鹧鸪鸟的腿被圈套的绳子捆住了，它正拼命挣扎着，发出痛苦的哀鸣。兄弟俩二话没说，立即把圈套的绳子从鹧鸪鸟的腿上解下来。鹧鸪鸟得救了，向兄弟俩表示深切的感谢，在临飞走之前，它嘱咐他们说："以后，如果你们需要我帮助的话，只要呼唤我的名字就行了。"

兄弟俩在村子里继续寻找白发老翁，他们走遍了村子的每个角落也没有发现白发老翁，他们疲惫不堪，在村边的一棵番石榴树下坐下来休息。陶社抬头看见一个熟透了的番石榴正挂在树梢上，就想用树杈钩摘下来吃。他先问哥哥陶赛，陶赛同意后，陶社就找来树杈准备钩摘。当他刚举起树杈接近番石榴时，就听到有人说话的声音："别、别摘，我是老大爷呀！"起初，兄弟俩感到很愕然，后来当他们明白是老大爷变成番石榴后，他们就咯咯地笑了起来。

白发老翁从番石榴树上下来后，就竖起大拇指夸他们："你们很聪明、很能干！现在我将去村外的草原再一次躲起来，如果你们能找到我，你们就可以见到你们的妈妈了。"

兄弟俩只好又照老翁说的话去做。到了约定的时间，兄弟俩来到一望无际的草原寻找白发老翁，但除了见到一群马正在吃草外，一个人影也没有。

陶赛一下子醒悟了，对弟弟陶社说："上次老大爷能变成番石榴果，这次他同样能变成马！"弟弟听了觉得有道理。他们仔细观察那一群马中的每一匹马，陶社发现其中有一匹马特别瘦，就举起鞭子对这匹马喊道："躺下！"那匹马乖乖地躺了下来。陶社又扬起鞭子，做出要抽打的样子喊道："站起来，围绕我跑三圈！"那匹马又很顺从地做了。当那匹马停下来时，陶社非常自信地喊道："老大爷，你快出来吧，否则，我真的要抽鞭子了！"

白发老翁发觉陶社已知道底细了，就一下子走出来不得不认输，然后带他们兄弟俩去山洞中见他们的母亲。兄弟俩对白发老翁说："这回我们要带我们的妈妈一起回家！"

老翁一听，放声大笑说："那可不行！你们已经跟我说定了，只请求去见你们的妈妈，并没有说好要把你们的妈妈带回家呀，是吗？"

兄弟俩哑口无言，直后悔当初因太着急，考虑不周。白发老翁见他们兄弟俩沉默不语，便带着鼓励的口气说："你们很聪明又能干，但考虑得不周到，要把你们的母亲带回家，这并不难……"

陶赛打断白发老翁的话说："你是不是还要让我们跟你比试一次？"

白发老翁点头说："对了！要是这回你们赢了，你们就可以把你们的母亲带回家！"说完，他就把满满的一箩筐晒干的玉米粒用力撒在草地上，然后对兄弟俩说，"你们怎么做都行，只要在太阳下山之前，把所有撒落在草地上的玉米粒都拾起来放进原来的箩筐。"

兄弟俩见此情景，面面相觑，觉得这对他们来说是个很大的难题。这时，太阳已经偏西了，陶赛对陶社说："要是光靠我们俩捡，恐怕到明天、后天也捡不完。我们应该请鹧鸪鸟来帮忙，说不定鹧鸪鸟会来帮我们呢！"

陶社听了连连点头说："这是个好主意。"

于是兄弟俩呼唤鹧鸪鸟的名字,鹧鸪鸟听到后立即飞来了,当得知兄弟俩的难处后,它就飞出去呼叫在各地的许多同伴来一起商量对策,必须在太阳下山之前,把所有撒落在草地上的玉米粒统统捡起来,放入原来的箩筐中。

这时,有一只鹧鸪鸟疑惑地问道:"我们能捡得完吗?"

另一只鹧鸪鸟非常自信地说:"只要我们团结一心,专心致志,一定能完成!"

成千上万只鹧鸪鸟齐心协力帮助他们兄弟俩,没过一会儿,就把玉米粒全捡完了,并装进了原来的箩筐。

白发老翁见了,十分高兴,就准备了两桌饭菜招待陶赛和陶社兄弟俩。第一桌饭菜有糯米饭、牛肉干、竹笋汤;第二桌饭菜有糯米饭、鱼肉酱、嫩藤尖。

白发老翁对他们说:"你们一定很饿了,我为你们各自做了一桌饭菜,你们喜欢哪一桌,就随便挑着吃吧!"

饥饿的兄弟俩毫不迟疑地走向饭桌,当他们发现两桌饭菜不一样时都停住了,谁也没有先动手。哥哥陶赛让弟弟陶社先挑选,而弟弟陶社把两桌饭菜合并成一桌,然后两人津津有味地吃了起来。

白发老翁见此情景,装作惊讶的样子问道:"你们为什么不照我说的一人吃一桌呀?"

陶社马上说道:"老大爷,请原谅我们没有照你的话去做,因为我们看到两桌饭菜不完全一样,就想,我们兄弟俩从一条路上一起走过来,就应该吃在一起,住在一起才对。另外,也想让我们的妈妈知道,现在她的儿子懂得团结友爱了,不再像以前那样吵架、不和了。"

白发老翁听了哈哈大笑,连连夸他们说:"好极了,你们越来越聪明,越来越懂得团结了。今后你们必须更加亲密友爱,就没有任何敌人能战胜你们,你们的父母再也不会被妖魔抢走了!"

兄弟俩吃完饭后,向白发老翁道谢告别,然后带着母亲高高兴兴地回到了自己的家。

父亲的力量

从前,有个名叫沙耶的王子,率领着他的臣民,迁移到一个更加富饶的地方去定居,准备重建国家。

一路上,千里迢迢,困难重重。王子觉得随行的老人是负担和累赘,就下令要把所有的老人统统杀光,谁敢违抗,谁就得被处死。

一个名叫奚汉的大臣,不忍心杀死自己的父亲,便悄悄地把父亲藏在一个大皮包里,带着他一起上路。

傍晚时分,大队人马来到一条大河边,王子命令就地休息。一个官员看见河底有一个闪闪发亮的东西,仔细一看,原来是只美丽无比的金杯,他连忙禀告了王子。

王子下令派人去捞金杯,但派了很多人,都是有去无回。最后,王子派奚汉去捞,奚汉悄悄地向父亲告别。

父亲急切地问道:"出了什么事?"

奚汉叙述了事情的经过。

父亲一听,无限惋惜地说:"哎呀!为了那只金杯,那么多人白白地去送死,太不值得了。实际上,那只金杯根本不在河底,而是在附近的高山顶上,水中的金杯不过是它的倒影罢了。"

奚汉问:"那山又高又陡,很难爬上去,该怎么办?"

父亲说道:"你躲在山脚下,等到羚羊、鹿群跑过来时,你大喊一声,动物受惊,往山顶奔去,就会碰到金杯,这样金杯便会顺着山坡滚下来,你捡回来就是了。"

奚汉照着父亲的话去做,果然得到了那只金杯,把它献给了王子。

队伍继续前进,当来到一片漫无边际的沙漠地带时,人们口干舌燥,惶恐不安。奚汉私下和父亲商量怎样找到水源。

父亲告诉他："你把那只三岁的黄牛放出去，跟着它，当看到它在哪儿停下来低头闻土时，你就在哪儿往下挖，一定会找到水的。"

奚汉又照着父亲的话去办，果真如愿以偿，找到了水源，解救了大家。

大伙儿又往前赶路，不巧一连遇上了好几个下雨天，烟火断绝，人们啼饥号寒，束手无策。有一个人望见远处山顶上火光闪闪，禀告了王子。王子派人去取回火种，但在半路上，火种被大雨浇灭了。这时，奚汉又悄悄地请教父亲。

父亲告诉他："只要把烧红的木炭放在封好的灰袋中取回来，火种就不会熄灭了。"

奚汉再次按父亲的话去做，成功地引来了火种，搭救了忍饥受冻的人们。

王子对奚汉的聪明才智感到迷惑不解，再三追问奚汉。奚汉不得不说出了实话："这都是我父亲出的点子。"

王子惊奇地问："你的父亲？他在哪儿?"

奚汉说："我违反了您的命令，没有把父亲杀死，把他藏在一个大皮包中。"

王子对奚汉说："你做得对！当初我下的命令是完全错误的，造成了难以挽回的损失。老人不是我们的负担和累赘，他们的知识比我们丰富，他们的经验比我们丰富，我们应该尊重他们、保护他们才对。"

聪明的芎茗

遵　嘱

　　从前有一个贪婪、吝啬又爱虚荣的财主，每当他骑马外出时，总要让芎茗和许多仆人跟在后面，以显示他的威风。仆人们个个累得疲惫不堪，喘不过气来，还得受财主的咒骂，仆人们敢怒而不敢言，不知怎么办才好。

　　一天，财主骑马外出，他对芎茗和仆人们嘱咐说："凡是我的东西，无论在什么地方，你们千万不要动手！"

　　芎茗听了连连回答说："是！是！"

　　财主走到半路，不料把钱袋遗失在路上，芎茗看在眼里，但他记住了财主的嘱咐，没有捡起来。

　　财主回到家，发现他的钱袋没有了，十分着急，就把芎茗叫来查问："芎茗，你捡到我掉的钱袋了吗？你把它藏在哪儿啦？"

　　芎茗如实回答说："我看见了，你的钱袋掉在路上了！"

　　财主马上说："快把钱袋还给我！"

　　芎茗不慌不忙地说："老爷，您吩咐过我，老爷的东西无论在什么地方，我们都不能动手，所以我没敢把钱袋从地上捡起来。"

　　财主听了，恼羞成怒，但也无可奈何，骂了芎茗几句后，重新吩咐说："从今以后，你要是看到我的东西掉在什么地方，你一定得捡起来送还给我，听见了吗？"

　　芎茗连连点头说："老爷，我一定照您说的办！"

　　过了几天，财主骑着马去看望一个亲戚，还是让芎茗和几个仆人跟在后面。当财主回到家后，等了好半天，才看见芎茗回来。财主对他生气地说："芎茗，你怎么那么晚才回来，一定在路上玩了吧？"

芎茗一面从肩上放下布袋,一面对财主说:"老爷,我哪有工夫在路上玩呀?这回您掉的东西太多啦!我一直忙着捡都捡不过来。"

财主一听,连忙转怒为喜说:"你捡到我什么东西啦?快给我看看。"

芎茗一本正经地把布袋递给财主。财主接过布袋,迫不及待地打开一看,原来里面装的全是臭烘烘的马粪,财主被熏得连忙掩鼻,他一边跺着双脚,一边大声骂道:"你这个鬼东西,竟敢如此捉弄我!"

芎茗慢条斯理地说:"老爷,请别发火,您不是吩咐过我,要把您的东西都捡起来吗?"

这时,财主再也说不出一句话来。

道 心 思

一天,芎茗的妻子对芎茗埋怨说:"自从我嫁给你后,一直很穷,一分钱也没有到过我的手。"

芎茗安慰妻子说:"你要钱嘛,这不难,你给我一只空布袋,我给你背一袋回来。"

芎茗的妻子疑惑不解地把一只空布袋递给芎茗。芎茗接过袋子,一声不响地走出了家门。

当芎茗来到县府时,看见县府里的几个官吏正商议事情,芎茗便站在门口,大声地对他们说:"喂,老爷,我早就知道了你们每一个人的心思!"

官吏们被这突如其来的喊声弄得莫名其妙,都感到十分惊讶和恼怒。一个官吏走过来,厉声责问芎茗:"你这个蠢家伙,你怎么会知道我们每个人的心思?!"

芎茗不慌不忙地回答:"我怎么会不知道你们的心思?!"

双方各持己见一阵子后,打赌商定,如果芎茗说对了,官吏们就给芎茗一袋银子;要是芎茗说错了,芎茗就得被惩罚。说定之后,他们就去找县官评判。

芎茗和官吏向县官说明事由后,县官便先问芎茗:"你真的知道这几个官吏的心思吗？那就请你说说看,他们每个人各有什么样的心思?"

芎茗跪拜在地上,恭恭敬敬地说:"禀告县官大人,我非常了解他们的心思,他们不会欺骗、背叛您,也绝不会危害您!"

县官听了之后,转过脸问在场的几个官吏:"刚才芎茗说的话,你们认为究竟对不对?"

官吏们一听,面面相觑,不敢说"不对",只好异口同声地连连回答说:"芎茗说得对,说得对。"

于是,官吏们不得不认输,给了芎茗一袋银子。芎茗背起一袋银子,头也不回地走出了县府。

鲫 鱼 上 树

从前,有个名叫陶嘎帕的猎人。一天,他在野外的地上设置了一个捕兽器,同一天,县官的儿子罗克也到野外打猎,他在附近的一棵树上安放了一个捕鸟夹子。

过了两天,罗克去看他的捕鸟夹子。他见到在陶嘎帕设置的捕兽器上套住了一只肥美的鹿,而在他自己的捕鸟夹子上只夹住了一只小鸟。他顿生邪念,想把那只鹿据为己有。于是他来了一个调包计,把鹿从陶嘎帕的捕兽器上解下来,绑在自己的捕鸟夹子上,再把小鸟挂在陶嘎帕的捕兽器上。过了一会儿,陶嘎帕也来看自己的捕兽器,他发现上面有一只鸟,而在附近的树杈上却挂着一只鹿。他觉得十分奇怪,立即意识到这一定是县官的儿子罗克暗中用鸟换取了鹿。

他向罗克索要那只鹿,但罗克一口咬定那只鹿是自己的猎物。两人争吵不休,谁也说服不了谁,只好到县府衙门去评判。衙门的法官十分势利,不分青红皂白马上判定那只鹿属于县官的儿子罗克。陶嘎帕不服,决定请芎茗帮忙。芎茗知道事情的缘由后,对陶嘎帕非常同情,对县官儿子的仗势欺人和衙门法官的徇私枉法十分痛恨,决定帮助陶嘎帕。

第二天,芎茗跟着陶嘎帕来到县府见衙门的法官。芎茗一进门,突然伸

老挝民间故事 | 211

手指着门外对法官大声喊道:"你快看,一条鲫鱼正在酸木甘树上吃树叶!"

法官一听,感到十分诧异,转过头朝芗茗指的方向看去,但什么也没有,便讥笑芗茗说:"你是痴人说梦话吧,哪有鲫鱼上树吃树叶的!"

芗茗接着反驳说:"既然如此,哪有地上跑的鹿被挂到树杈上的?"

法官听后,张口结舌,无言以对。最后,法官只好重新判定那只鹿归陶嘎帕所有。

神奇的小水洼

在班纳迪村,有个名叫都西的老大爷,今年60岁,头发全白了。村里跟他年纪差不多大的老人大多头发都花白了,但也有不少人不服老,把白发染成黑发。虽然不能欺骗别人,但至少还能安慰自己。

都西大爷平时除了种地之外,还外出到森林里采摘蘑菇等山货,拿回家作为食物,如果吃不完,就拿到集市上卖,换点钱贴补家用。

都西的老伴叫坎迪,比都西小两岁,头发也都全白了。她在家养鸡、洗衣、做饭,干些家务。

一天,都西大爷和平常一样,一大早带着柴刀、篮子去森林里采摘蘑菇。坎迪则在家里准备午饭。

下午时分,一个陌生小伙走进了村子,在坎迪大娘家的高脚屋前停了下来。陌生小伙放下手中的柴刀和装满蘑菇的篮子以及一卷藤条,走近屋旁的水缸,舀水洗脸洗脚,然后准备上梯子进屋。

正在屋旁喂鸡的坎迪大娘见了,十分惊讶,就对他大声喊道:"喂!你是哪一位? 来找谁呀? 怎么这么没有礼貌就直接进屋呀?"

"哟! 你今天怎么啦? 跟我开什么玩笑!"陌生小伙答道。

坎迪大娘一听,越发生气,立即抄起靠在粮囤旁的一把铁铲,一手指着他的脸吼道:"谁跟你开玩笑! 赶紧离开,你要是不走,小心我的铁铲!"

陌生小伙一看这架势,再也不敢说什么。

坎迪再次发出逐客令:"请你马上离开!"

陌生小伙只好顺从地从高脚屋的梯子上下来,站在院子中间。

坎迪再次盘问:"你是谁? 究竟来干什么?"

"我不敢告诉你我是谁!"陌生小伙战战兢兢地回答。

坎迪定睛细看,发觉这个人好像有点面熟,心想是不是都西的侄子。

"孩子,你究竟是谁?从哪儿来,好生告诉我,我不会打你的!"坎迪大娘温柔地说。

"我就是都西呀!你怎么不认得我啦!你怎么这么糊涂呀,差点把我打死!"陌生小伙万分委屈地哭诉道。

这时,坎迪大娘从头到脚反复打量着这个陌生小伙,她似乎恢复了记忆,觉得他跟几十年前的小伙子都西长得一模一样。但她还是无法理解今天一大早离家时还满头白发的 60 岁的都西老伴,回家后怎么一下子变成了满头黑发、脸上没有皱纹的 20 来岁的小伙。

"究竟是怎么回事?你倒是好好讲清楚,你要是敢骗我,小心我手中的铁铲!"

陌生小伙一五一十地道来:"今天早上,我走进森林深处,先采了一篮子蘑菇,又割了一大卷藤条,正当我准备回家的时候,突然觉得头晕眼花,分不清方向,怎么也走不出森林。身上带的水也喝光了,我走了半天还是找不到回家的路,又十分口渴。这时,正好看见一棵大榕树,树洞中有一个清亮的小水洼,我就削了一根竹子,做成竹筒,一连舀了三四筒水,喝完水后,我顿时觉得浑身是劲,头脑也清醒了,还记起了回家的路,终于走出了森林。回到家后我洗脸洗脚,准备上梯子进屋,不料被你大声呵斥,赶下梯子!"

坎迪大娘揉了揉眼睛,再次仔细地打量着这个陌生小伙,问道:"究竟是怎么回事,白发老头怎么能变成黑发小伙?"

"我变成小伙子了吗?"陌生小伙惊叫起来,他赶紧对着镜子照了照,说,"啊呀!还真是这样啊!"

但是坎迪大娘还是没有轻易相信他的说辞,怀疑有人来骗她。她走过来看了看陌生小伙带回的砍刀、装蘑菇的篮子,正是都西用过的东西,看他身上穿的衣服也都是都西的衣服。她心想:是不是他杀害了都西,然后穿了都西的衣服来骗我?于是她说:"为了证明你是都西,请回答我的问题,要是你全答对了,我就相信你!"

陌生小伙一听,觉得自己的老伴很有警惕性,不轻信别人,感到很欣慰,就很自信地说:"那你就随便问吧!"

"我家最值钱的东西有哪些呢?"

"噢,最值钱的东西有你的一条金项链,重三钱,我的一条金项链,重二钱,你的一枚钻石戒指、两对耳环、两个手镯,其中一个手镯有裂纹了,还有一个犀牛角,就在床头的小柜中。"

坎迪一听,默默点头,心里嘀咕着,难道他真的是都西吗?接着她又问:"你说说咱们有几个孩子、几个孙子,现在他们都在哪里?"

"哟!你还不相信我啊?咱们有四个孩子,大儿子五岁时被疯狗咬伤,九岁时去世了。老二是女儿,已成家,她家有四个孩子,他们一家住在巴色。老三是儿子,当教师,已搬到琅勃拉邦,也成了家,有两个孩子。最小的女儿叫沙蒙,也有两个孩子,现在她跟她丈夫去万荣探亲,已经去了四天了。怎么样?你该相信我了吧!"

"噢!我相信了,你就是都西!"坎迪心服口服,说着走进厨房,准备饭菜给他吃。

吃饭的时候,坎迪又好奇地问都西:"你说的那棵大榕树在什么地方?什么方向?离家有多远?我也想喝小水洼中的水,像你变成小伙一样变成年轻姑娘!"

都西马上说:"如果想喝那儿的水,你就不必去啦,我去给你拿回来!"

坎迪却不愿意,心想还是亲自去喝才灵验。都西拗不过她,就详细地告诉她那棵大榕树在什么方位。

坎迪听后高兴地说:"噢!那我知道了。前几天我进森林时,曾在那棵大榕树下歇过凉,只是没有留心树洞下有小水洼。"坎迪忙向都西告别说:"我进森林去找那棵大榕树,喝树洞下面小水洼的水!"

都西目送着坎迪远去的背影。

就在坎迪大娘离家进入森林后不久,到万荣探亲的女儿女婿回来了,看见满头黑发的父亲都西,都大吃一惊,不敢相信。都西从头到尾向他们叙述了事情的经过,女儿女婿才相信。后来这个消息在村子里传开了,许多人都来看望都西并向他询问事情的来龙去脉,大家感到十分惊喜,都在迫切等着坎迪大娘变成年轻的姑娘回来。

一直等到太阳下山快天黑了,还不见坎迪的影子,于是大家纷纷猜测道:"这么晚了还不回家,是不是遇上什么野兽了?"

都西和女儿女婿更是焦急万分,坐立不安。到了晚上八点多了,仍不见坎迪回来,大家越发觉得坎迪可能遇上了什么危险。

大家立即决定到森林里去寻找坎迪。于是他们带上了对付野兽的柴刀、长矛、猎枪,点亮火把后走进了森林。

人们来到有小水洼的大榕树树洞旁,但没有发现坎迪,就举着火把围着大榕树转了几圈,最后才发现大榕树树根旁的不远处躺着一个三四个月大的小女婴,小女婴正在那儿不停地挣扎着。都西睁大眼睛一看,小水洼中的水一点儿都没有了,便大声说着:"哎呀!难怪呀!坎迪她喝这水喝得太多了,本来能变成年轻姑娘,可她喝过头了,就变成小女婴了!"

最后,人们只好赶紧抱起小女婴回家了。

真 相 大 白

从前,在孔卡河旁生长着一片茂密的糖棕树林和许多杧果树。一天,一只兔子来到一棵杧果树下躺着休息,它十分担忧地想:我躺在这里,要是大地翻倒过来,那我可没命了。它想了很久,怎么也睡不安稳。后来,它实在太困倦了,就不知不觉进入了梦乡。

这时,一个熟透了的杧果从树上掉落下来,碰到糖棕树的叶子,发出沙沙的声响,兔子立即从梦中惊醒。它睡眼惺忪,没有看清究竟是什么,以为大地真的要翻倒过来了,便不顾一切地拔腿就跑。

在路边的兔子们看见了,大声地问道:"瞧你慌慌张张的,出了什么事啦?"

兔子一边跑,一边煞有介事地回答说:"要是你们还想活命,就赶快逃吧,大地就要翻倒了。"

兔子们听了,信以为真,不假思索地跟着那只兔子一起逃跑。

一群老鼠看见兔子们惊慌失措地奔跑,不解地问道:"喂,兔子,发生了什么事啦?"

兔子们回答说:"听说大地就要翻倒了,赶快逃命吧!"

老鼠们听了,毫不怀疑,跟着兔子们奔跑起来。

一群鹿看见成群逃窜的老鼠,奇怪地问道:"喂,老鼠,出了什么事啦?"

老鼠们上气不接下气地说:"大地就要翻倒了,你们还不快逃命?"

这群鹿听了,十分害怕,跟着老鼠逃奔。

一群野牛看见一群鹿仓皇逃遁,惊诧地问道:"到底出了什么事啦?"

鹿们气喘吁吁地说:"大地就要翻倒了,赶紧逃命吧!"

野牛们一听,认为是真的,便跟着一起狂奔。

一群老虎看见狂奔着的野牛,关切地问道:"你们干吗那样急急忙忙地逃跑呀？"

野牛们一本正经地说："大地就要翻倒了，还不快逃命？你们要是不怕死，那就待着好了。"

老虎们听后，深信不疑，它们惊叫一声，也跟着跑起来。

一群大象看见老虎们失魂落魄地奔跑，便立即上前打听："喂，老虎先生，到底发生了什么事啦？"

老虎们急促地回答："哎呀，大象老兄，你们长得身高体大，大概不怕死吧？大地就要翻倒了！"

大象们一听，确信无疑，跟着逃跑。

就这样一传十，十传百，森林中许许多多的动物都跟着狂奔乱逃，杂乱的脚步声响彻大地，仿佛大地真要翻倒似的。

一头狮子闻声从山洞中走出来，看见一只兔子正带领着许多动物逃窜，觉得十分惊奇，便大声问兔子："喂，兔子，你们这样慌慌张张，出了什么事啦？"

兔子立即回答说："尊敬的大王，难道您还不知道大地就要翻倒了吗？您想活得长寿，赶快跟我们逃跑吧！"

狮子又问了其他动物，它们也都这样说。狮子听后，独自思忖起来：大地果真要翻倒了，那么是谁最先看见或听见的？前面就是一条又宽又深的大河，这么多的动物盲目地逃窜，非得淹死不可。我一定要问清楚。

狮子疾步跑到动物们面前，雷鸣般地吼叫了一声，动物们一个个都惊呆了，纷纷停住了脚步。狮子大声盘问道："你们都说大地就要翻倒过来，究竟是谁第一个知道的？"

动物们回答说："我们都这样听说，就跟着逃跑。"

狮子回头问兔子们："你们说，究竟是谁告诉你们的？"

兔子们指着站在最前面的一只兔子说："就是它告诉我们的。"

那只带头的兔子以为狮子要伤害自己，吓得浑身哆嗦。

狮子和颜悦色地走近它，问道："小兔子，不用害怕，你是怎么知道大地就要翻倒的？"

兔子跪在地上，战战兢兢地说："禀告大王，我是在糖棕树林里亲眼看到的。"

狮子立即让兔子带它去看个究竟，但兔子说："我害怕，不敢去，请大王一个人去吧！"

狮子安慰它说："不用怕，要是大地真的翻倒了，我就把它再翻正过来。"

说着狮子让兔子骑在自己的背上，来到了那片糖棕树林。

兔子指着它原来睡觉的地方说："就在这里。"

狮子仔细看了看，没有发现什么异常的情况，只看见一个熟透了的杧果掉落在那里。狮子立即恍然大悟地对兔子说："啊！原来是这个从树上掉下来的杧果才把你吓成这个样子，以为大地就要翻倒了，许多动物轻信了你，也都跟着瞎跑。要不是我亲自来看看，你们非得淹死在大河里不可。"

说完，狮子又驮着兔子回到了动物们集合的地方，向它们讲了事情的真相，大家才发现原来是虚惊一场。

朋 友 之 道

从前,有一只乌龟和一只猴子结成了好朋友,它们互相帮助、照应。乌龟保证说,将帮助猴子在需要过河的时候驮它过去。猴子保证说,将带领乌龟到密林深处观光觅食。

一天清早,猴子醒来后,告别妻儿,穿过树林去找乌龟。来到乌龟的住处后,猴子大声喊道:"喂!乌龟老兄在家吗?"

性情冷静、沉默寡言的乌龟听到喊声后,头从甲壳内伸出来,慢条斯理地说:"哎!在家。噢,猴子老弟,你一清早来找我,有什么好事呀?"

"当然有啦!今天我要请你一起去吃木奶果。现在正是木奶果成熟的季节,熟得红透了的木奶果挂满了枝头,真是香甜可口呀!你喜欢吃吗?"

"喜欢,非常喜欢。但可惜我不会上树呀!"

"这你不用担心,由我负责好了。"

猴子一边说一边跳来蹦去,以显示它高超的跳跃本领。乌龟看在眼里,连连点头叫好。

猴子催促说:"老兄,现在就动身吧!"

乌龟满口答应说:"好!"

乌龟看见猴子带上了一个大口袋,马上也找来了一个大口袋,心想自己吃饱后,还要把木奶果装在口袋里带回来给妻儿吃。

于是它们俩一起来到了一片茂密的木奶果树林。猴子对乌龟说:"你就在下面等着,我上树去摘果子。"

说着,猴子一下子蹿到一棵木奶果树的树梢上,灵巧敏捷地跳来跳去,攀来攀去。乌龟看在眼里,连连摇头,自愧弗如。

不一会儿,乌龟发现有一个东西啪的一声掉落在面前,乌龟立即捡起来,一看,原来是一个空空的木奶果的壳,里边的果肉已被猴子吃光了。接着,木奶果的壳接二连三地掉落下来,乌龟眼巴巴地看着,馋得口水不停地从嘴角两边流淌下来。它高仰着头,朝正在木奶果树上忙碌的猴子说:"喂,老弟呀,你摘几串木奶果给我吃吧!"

但是乌龟没有听到猴子的回答,而木奶果的空壳还是不停地掉落在乌龟的四周,乌龟开始怀疑猴子不够朋友,在暗中使坏。

在树上的猴子只顾自己,专挑熟透了的木奶果,一个接着一个津津有味地吃着里边的果肉,而把木奶果的空壳随便乱扔,根本没有想到等在树下的朋友乌龟。猴子吃得肚子胀鼓鼓的,腮帮子也鼓了起来,口袋也装满了后,就在木奶果树的树杈上躺下,悠然自得地睡着了。

而在树下等着吃木奶果的乌龟,一直等到正午也没有吃到一个木奶果,肚子开始咕咕地叫起来。乌龟再也忍耐不住了,对着树上的猴子大声骂道:"你这个坏蛋,你在骗我,耍弄我!"

而猴子还在呼呼地酣睡着。这时,乌龟灵机一动想到了一个妙计,决定惩罚猴子,便悄悄地爬走,离开了猴子。当乌龟来到路中央时,它就在地面上挖了一个洞,把整个身子钻进洞内,只留尾巴竖立起露出地面,等待着猴子路过。

猴子睡足醒来以后,又吃了一些木奶果,然后从树上爬下来。发现乌龟不见了,它便大吃一惊,觉得大事不妙。它竖起耳朵,快速地转动着眼珠,现出惊恐的神色。它担心老虎会突然追赶过来咬断自己的脖子,便拔腿就跑。跑到路中央,它一不小心碰上了露在地面上的乌龟尾巴,重重地绊了一跤,仰天倒地,装木奶果的口袋也随之扯破了,木奶果四处滚散。

这时,乌龟暗自高兴,立即扯开嗓子学着老虎的叫声,连连吼了起来。猴子听了信以为真,顾不上拾捡散落在地上的木奶果,头也不回地飞奔回到自己的家。

乌龟马上钻出地面,不慌不忙地把猴子散落在地上的木奶果一个一个地装进自己的口袋,然后背起满口袋的木奶果,兴高采烈地踏上回家的路程。

当乌龟一回到家,就看见猴子跑过来迎接自己。猴子看见乌龟的背上背着一大口袋木奶果,十分惊奇地问道:"你从哪里得到那么多的木奶果?"

"就在木奶果树下呗!"乌龟头也不抬地回答。过了一会儿,乌龟反问猴子:"你摘了多少木奶果呀?"

猴子红着脸说谎道:"我在到处找你,哪有时间摘什么木奶果?"

乌龟看透了猴子的真面目,再也不跟猴子交朋友了。

马来西亚
民间故事

大鹏鸟的故事

传说，从前的朗加普里岛①是一个人口众多的国家。不幸的是，有一天灾祸降临到了这个岛上。一场大火过后，岛上所有的人都被烧死了，房屋也被烧得一间不剩。

有一天，朗加普里岛上飞来了一只大鹏鸟。据说，这只大鹏鸟硕大无比。当它飞过村庄时，整个村庄都被遮得漆黑一片。这只大鹏鸟不但力大无比，而且脾气暴戾，因此所有的飞禽都怕这只大鹏鸟，世界上所有的动物都唯恐躲之不及。

有一天，大鹏鸟栖息在海边的一块石头上。不一会儿，一只苍鹰朝大鹏鸟飞来。大鹏鸟看着面前涌动的海浪，知道苍鹰正在飞过来。

"喂，大鹏鸟，难道你没有听说，罗马国的王子要同中国的公主订婚了？"

大鹏鸟转过头看着苍鹰。它不太相信这件事，因为中国远在太阳升起的地方，而罗马在太阳落下的天边。"这两个国家不是离得非常遥远吗？"大鹏鸟问道。

"确实是很远，大鹏鸟。但是罗马国王想要展示他们的国力。别的国家可不会像他那么做。"苍鹰回答说。

大鹏鸟半信半疑，它还是不太相信苍鹰的话："你是从哪里听说这件事的？"

苍鹰向大鹏鸟靠近了些。苍鹰想，得向这只大名鼎鼎的大鹏鸟讲得更详细些。

"大姐姐告诉我的。刚开始我也不大相信，我就飞到罗马去了。在那儿我亲眼看到罗马国王在做着准备，好多船只也在港口集结待发。"

---

①朗加普里岛：现在的马来西亚浮罗交怡岛。

大鹏鸟听完显得有些急躁,它说:"我不同意罗马王子娶中国公主,我要去阻止他们的联姻!"

　　苍鹰不说话了,大鹏鸟的想法太危险了。"你应该先去见见苏莱曼王,听听他的意见。"苍鹰说。

　　"我会去拜见苏莱曼王陛下的,我想知道这件事的真假。"大鹏鸟说。

　　苍鹰飞走了,大鹏鸟也向苏莱曼王的王宫飞去。到了王宫,大鹏鸟展开翅膀,俯下头去向那位人类和万物之主致敬。

　　"你有什么要求吗,大鹏鸟?"苏莱曼王威严地问道。

　　"陛下,我只想求证一件事。听说罗马国王想让他的王子娶中国的公主,是真的吗?"大鹏鸟问道。

　　"是真的。"苏莱曼王答道。

　　"啊,陛下。这样会让他威名远扬的。我是不会答应罗马国王借此机会来炫耀他的力量的。如果陛下恩准的话,我要去阻止这件事。"大鹏鸟请求道。

　　听了大鹏鸟的话,苏莱曼王微微一笑,然后用洪亮的声音说:"大鹏鸟,真主的力量是无穷的,谁也阻止不了真主的旨意!"

　　大鹏鸟摇了摇头,它对苏莱曼王的回答不是很满意。"我会尽力拆散他们的。如果我失败了,我甘愿离开这个世界。"大鹏鸟发誓。

　　苏莱曼王站起来看着铁石心肠的大鹏鸟:"朕不阻拦你那么做,但事情过后你要来告诉朕有关的结果。"

　　大鹏鸟要阻止中国公主与罗马王子结婚的消息很快就传到了中国,苍鹰将这个消息告诉了中国皇帝,皇帝命令所有的卫士昼夜警戒。

　　有一天,当公主在御花园里摘花的时候,大鹏鸟飞到了皇宫,它一口把公主和奶妈叼起来,飞回了朗加普里岛。

　　就在同一时间,罗马皇帝请梅容王担任王子的随从。所有物品都准备妥当以后,船队便开始驶向大洋。

　　经过一段时间的航行,罗马王子的船队抵达了瓜拉昌刚海域。突然之间,狂风骤起,船员们一下惊慌起来。梅容王觉得很奇怪,心中隐隐地有一种不祥的感觉,他命令所有水手准备战斗。

"把本王的弓箭取来。"梅容王看到一只大鹏鸟飞来袭击船队,命令众官兵将所有炮口对准那只大鸟。

大鹏鸟赶紧飞开了。过了一会儿,它又飞回来了。这一次,它用双脚抓起三只小船,飞到高空后把船重重地扔到了海里。梅容王和罗马王子奋力拼搏,但每次梅容王刚拉开弓,大鹏鸟便赶紧飞得远远的。

不一会儿,大鹏鸟又飞回来了。这次它又摧毁了三只小船,只是它还没能征服梅容王和罗马王子分别乘坐的大船。

大鹏鸟暂时消失了,罗马王子剩下的将士们感到了一丝安慰。梅容王决定继续航行。由于梅容王船上的淡水和燃料快消耗尽了,他便让罗马王子的船先行一步。"殿下,您先走吧。"梅容王对王子说,"别担心,大鹏鸟不会再出现的。"

临行前,罗马王子担心再次遭到大鹏鸟的袭击,心里很沉重。航行了一段时间以后,罗马王子的船抵达了一个海岛,可他们并不知道这个岛正是朗加普里岛——曾经袭击过他们的大鹏鸟居住的地方。

大鹏鸟看着罗马王子的船只驶近了它的小岛,就故意隐蔽起来,它想等到晚上再动手。当晚,又是一阵狂风骤起,罗马王子和随从们都感到十分害怕。刹那间,大鹏鸟将罗马王子的大船和其他小船都打翻了,罗马王子失踪了。

得知罗马王子失踪了,梅容王感到非常伤心。他到港湾和附近小岛的海滩上到处寻找,但是罗马王子还是杳无踪影。

再说,罗马王子的船被打翻后,自己也掉到了海里。幸运的是,罗马王子抓到了一块木板,于是他一整天都靠着木板在海上漂浮。得助于真主的力量,罗马王子后来被海浪冲到了朗加普里岛的一个石缝中。那天下午,中国公主和她的奶妈正在海滩上一边散步,一边捡着螃蟹和贝壳。她们沿着海滩往前走着,突然,公主听到了人的呻吟声。

"奶妈,我听到有人在呻吟,好像很痛苦似的。你过去看一下。"中国公主说。

奶妈循着声音往石头缝那边找去。声音越来越清晰,奶妈再往前,看见海滩上仰卧着一个无助的年轻男子。奶妈赶忙跑去找公主。

"公主殿下,海滩上有一个年轻男子,他看上去好像很虚弱,他的声音甚至都在发抖。"奶妈说。

公主微笑着拍拍奶妈的肩膀说:"奶妈,去问个清楚,看看他究竟是妖怪还是人?"

奶妈跑回罗马王子躺着的地方,按照公主的吩咐向他问话。

"我是罗马王子,要去娶中国的公主。"年轻人有气无力地说。他还讲述了自己如何遭遇大鹏鸟并被袭击的经历。

奶妈又回到公主那里,转述了那个年轻男子的话。中国公主听后微微笑了,她和奶妈一起把罗马王子带到一个山洞里治疗,公主还让奶妈每天给他送食物。

有一天,公主对大鹏鸟说,她的衣物不够了,请求大鹏鸟到中国的皇宫里去取些衣物来。大鹏鸟答应了公主的要求。

大鹏鸟取回衣物后,奶妈就去了罗马王子藏身的地方,把衣物给了他。换上了干净衣服的罗马王子一下子显得非常威武英俊。

躲了七天后,奶妈带着罗马王子去见公主。王子和公主一见钟情,互相倾诉着衷情。当大鹏鸟觅食回来的时候,罗马王子就迅速地躲了起来。

过了一段时间,大鹏鸟想起了苏莱曼王的话。想到自己已经成功地拆散了罗马王子与中国公主的婚姻,大鹏鸟便前往觐见苏莱曼王。

"你好啊,大鹏鸟!"苏莱曼王开口道。

"我已经成功实施了我的计划。"大鹏鸟不无自豪地说。然后,它向苏莱曼王讲述了它是如何抓获中国公主,又如何击沉罗马王子的船只的经历。

"哈哈哈——大鹏鸟!事实上,他们俩正在谈情说爱呢。"苏莱曼王说。

"您这是什么意思?"大鹏鸟疑惑不解地问道。

"他们俩现在就在你的岛上!"苏莱曼王说。

苏莱曼王命令手下去把王子和公主带来。不一会儿,罗马王子和中国公主就被带到了大鹏鸟面前,大鹏鸟羞愧地低下了头。

"大家都记住，要从我们的朋友大鹏鸟身上吸取教训。"苏莱曼王说。

大鹏鸟低头不语。

从那天起，大鹏鸟就从这个世界上消失了，再没有人见到过它。

克伦拜巫婆的诅咒

这是一则老辈们经常给小孩子们讲的故事。

从前,有一个国家叫比尔马·英德拉。在这个国家的一个边远村寨中有一条河,河边住着一户贫穷人家,丈夫叫巴德克,妻子叫莫勒克,他们有一个女儿,名叫莫卢尔。莫卢尔是一个小姑娘。

巴德克每天的工作就是到家附近的森林里去捡木柴和藤条,然后背回家。等攒多了,他就用自己的一条小木船把木柴和藤条运到河口去卖。那时候,木柴和藤条都很好卖,木柴可以当柴火烧,藤条可以编织东西或者捆绑东西。由于生活贫困,巴德克一家三口都得干活,妻子莫勒克和女儿莫卢尔也在家起早贪黑地干活。母女俩将屋子后面的空地开垦成园子,种上了旱稻。她们还开垦了另一块荒地,种上了一些蔬菜,如西红柿、茄子和辣椒等。这样,他们平日里吃的饭菜就不用发愁了,娘儿俩开垦的园子都能提供。日子就这样一天一天过去了。

由于巴德克家很穷,村里人都不太愿意搭理他们,巴德克一家人觉得在村子里抬不起头来。有一天,巴德克正在森林里捡柴火,忽然看见不远处站着一个白发凌乱的老妇人。巴德克心里嘀咕着:不知道这个老妇人是从哪里来的。巴德克不禁又抬头看看老妇人的脸,而老妇人也正望着巴德克汗津津的脸,还开口夸奖道:"看你干活的样子真勤快。很好!"

巴德克觉得自惭形秽,叹了口气说:"唉,没有办法,不这么干就没有饭吃啊!"他接着问道,"您这么早要赶路去哪里?您是从哪里来的呀?"

老妇人说:"我这是来帮助你的呀。"

"帮助我?"巴德克听了很惊讶,满脸狐疑地看着老妇人。

"是的,不过是有条件的!"老妇人马上补了一句。

"什么条件?"巴德克问道。

"如果有一天你家富了,过上了好日子,你可不要骄傲狂妄,不要有害人之心。否则,你们家会变得更穷。"老妇人对巴德克说。

巴德克沉默了片刻,对老妇人说:"我发誓,我将遵守这些条件!"

"还有,如果你违背了诺言,你要接受惩罚!"

"好吧。"巴德克一口答应了。

老妇人微微一笑,点着头说:"好极了! 如果你们家发生了什么变化的话,不要害怕,不要觉得奇怪。你要像往常一样每天干活,明白了吗?"

"我懂了。"巴德克一边说,一边仔细地端详老妇人的脸。当老妇人突然从他的眼前消失的时候,巴德克还是十分惊讶,觉得有点毛骨悚然,于是他赶紧离开了那个地方。

从那以后,巴德克家的日子一天比一天好起来。巴德克捡来的柴火和藤条有许多人争着买,莫勒克和莫卢尔管理的园子也获得了很好的收成,他们家的收入不断增加。短短的时间里,巴德克家的生活发生了很大变化,日子越过越好。

巴德克用攒的钱买了一条大木船。这样,他就可以将柴火和藤条用大木船运到集市上去卖,而不用到河口去卖给中间商了。巴德克总是把船开到比较远的镇上去卖。这样他可以卖更好的价钱。巴德克一家三口的生活越来越红火,他们修建了一座又大又漂亮的新房子,取代了原来那个破旧的老房子。

巴德克整天忙着做生意,几乎没有时间和邻居们交往了。他的行为开始发生了变化:骄傲自大,喜欢自吹自擂,而且不关心别人的事,哪怕是左邻右舍的事情。莫勒克和莫卢尔的态度也跟着发生了变化。巴德克似乎已经将老妇人的叮嘱忘到了脑后。为了获取更大的利益,巴德克学会了言而无信,出尔反尔。他以低价买进一些货物,然后以昂贵的价格转手倒卖出去,这样他总能获得不菲的利润。村里人开始对巴德克的态度和行为举止感到不满。现在要请巴德克去商量点事儿可真不容易,因为他总是只顾着自己的事情。随着时间的推移,巴德克与村里人的关系逐渐疏远,大家都不愿意跟他说话。

转眼间,巴德克的独生女莫卢尔长大成人了。她长得很漂亮,皮肤细腻白嫩,和小时候判若两人。村里许多年轻人都争着跟她交朋友,并且希望能够娶她为妻。可惜的是,莫卢尔根本看不上这些人。终于,莫卢尔和一个商人的儿子订了婚,这个商人是巴德克的生意伙伴。话说有一天,这个商人到巴德克家拜访时看到了莫卢尔,对巴德克的这个姑娘很满意,于是在征得儿子同意后,便为儿子和莫卢尔订了婚。他们选择了良辰吉日,大摆婚宴,十分奢侈。有道是:

　　　　宰牛数十头,
　　　　宰羊几十只,
　　　　鸡鸭更无数,
　　　　血流已成河,
　　　　骨头堆成山。
　　　　狗儿村里吠,
　　　　谷壳堆积如蚁冢,
　　　　一笼的鸡一个月啄不完,
　　　　一塘的鸭一个月吃不尽。
　　　　变质发臭的食物不计其数,
　　　　一年的豪雨也无法冲净。

　　婚宴持续了整整四十个昼夜,各种歌舞表演也一直没有间断过。客人们看到这热闹非凡的婚宴,都满心欢喜,对巴德克夸奖不已。巴德克邀请的客人大多是富人和他的生意伙伴,他们都是远道而来参加婚宴的。村里只有个别人被选中来参加,大部分村民,尤其是穷人因为地位悬殊而未被邀请。因此,许多人都对巴德克更加不满,但因为早已知道巴德克的傲慢,也就没有说什么。

　　当客人们正在大吃大喝的时候,有很多大人和孩子成群结队地来看热闹。在院子里的一角,号角齐鸣,两个武士在那里表演马来剑术。突然,院门口出现了一个老妇人,老妇人的样子非常丑陋,她驼着背,拄着拐杖,走起路来颤颤巍巍。

"求求你给点儿吃的吧,我已经好几天没有吃东西了。"老妇人向闻讯出来的巴德克请求着。

巴德克撇了一下嘴,然后用一副轻蔑的神态看了一眼这位战栗着的老妇人,对她说:"这里没有吃的,到别处去!"

老妇人朝院子里望了望,客人们正在那里忙着吃喝。"先生,今天你们家不是有婚宴吗?"老妇人用颤抖的声音问道。

"这个婚宴只招待富人和有地位的人,可不招待像你这样的穷光蛋!"巴德克说。

"可怜可怜我吧,先生。我是个贫穷卑贱的人,你就给点吃的吧。我找不到别的地方了。再说我已经累得不行,没有力气再走路了。求求你,先生!"老妇人依然在那里恳求着。

巴德克摇着头说:"那是不可能的!你只能去别的地方。我这里没有为穷人准备吃的,你懂吧?"巴德克一边粗鲁地呵斥着老妇人,一边往家里走去。

巴德克进了屋子,刚想继续招呼客人,突然他听到离他家不远的一棵树上有人在叫他的名字:"喂,巴德克!商人,你是否忘记了你曾经许下的诺言?哈哈哈……"

听了这声音,巴德克不禁一愣,声音很耳熟,好像是他以前在森林里遇到的那个老妇人的声音。他慢慢地记起了当时的情景。巴德克朝树的方向望去,不屑一顾地喊道:"什么诺言!现在我富起来了,你能对我怎么样?""哈哈哈!"这时,又传来了老妇人的大笑声,客人们听到那奇怪的笑声都感到十分惊讶和恐怖。

"喂,狂妄自大、目中无人的商人,告诉你,我是克伦拜巫婆!只可惜你不珍惜我给你的帮助,你已经违背了诺言。你不是答应一旦违背诺言就要承担后果吗?哈哈哈!"那老妇人一边说,一边笑。笑声在空中带着回响,十分吓人。

巴德克沉默了片刻,脸色变得苍白。他心里开始有了悔意:"求求您,求求您原谅我吧。您的话是对的,我已经违背了自己曾经许下的诺言。现在我感到非常后悔,您行行好,可怜可怜我,可怜可怜我吧!"巴德克可怜兮兮地哀求着,因为心里害怕,声音都在发抖。

树上的声音又笑了起来,这一次笑声更响亮,更令人毛骨悚然。客人们听到笑声都四处逃窜,争着找地方躲藏起来。他们都害怕被克伦拜巫婆诅咒,因为他们都知道,被巫婆诅咒过的人不得安生。

"您可怜可怜我吧!"巴德克泣不成声地哀求着,然后就跑进屋去找老伴莫勒克、女儿莫卢尔和女婿。

"已经晚了。现在该让你接受践踏诺言的粗暴无礼行为的恶果了!"躲在树上的老妇人用响亮的嗓门儿说道。

顷刻间,巴德克感觉到房子在晃动,又听到一阵雷鸣般的轰隆声。客人们一片混乱,都争着往外逃。混乱中,巴德克的房子突然变成了一座小山,陷在房子里的客人们都变成了石头,巴德克和莫勒克在婚礼大厅里变成了石头人,莫卢尔和她的新郎也在座位上变成了石头人,似乎婚礼庆典在瞬间凝固了。表演用的所有道具,如鼓啊、锣啊还有箫啊什么的,也都变成了石头。反正,家里所有的东西都变成了石头。

从此,这座山被称为"巴德克山",这个名称一直流传到现在。人们说,直到今天,在巴德克山的山洞里还可以见到因为巫婆的诅咒而变成石头的人和各种家具、器皿。

马六甲王国

15 世纪 60 年代,马六甲王国与中国友好来往频繁,至今在马来西亚流传着不少有关中马友好的传说。

朝廷上的斗智

相传中国明朝皇帝有一次派使臣前往马六甲,并将满满的一船针作为赠品送给马六甲国王曼苏尔·沙。使臣抵达马六甲后,向马六甲国王呈上明朝皇帝的信件。信上写道:"这是大明天国国王陛下给马六甲国王的信。听说,马六甲国王是一位伟大的国王,我愿意同贵国建立友好关系,因为我们同是亚历山大大帝的子孙。世界上没有一个国家比我国更强大。我国人口众多,多得数不清。如果我要求每户供奉一枚针,那么,这些针就可以装满一条船。这就是朕赠给贵国的礼物。"

马六甲国王曼苏尔·沙听使臣读完这封信后微微一笑。他知道这是中国皇帝向他表示中国的强大。国王命令手下人收下中国皇帝的礼物,然后,他命令部下用这条船装满一船硕莪粉①作为回赠,并命宰相的弟弟敦·波巴蒂·普蒂回访中国。

抵达中国后,由中国宰相李保把他们带进宫殿。宫殿门口戒备森严。随着一阵震耳欲聋的锣鼓声,第一重大门打开了。这时,一大群乌鸦飞来,铺天盖地,跟着他们一起飞进宫殿。他们先后经过七重门,最后来到一个大殿。大殿没有屋顶,只见文武大臣跪在那里等候皇上驾到。

突然,狂风大作,电闪雷鸣,只见乌鸦张开翅膀,严严实实地保护着马六

---

① 硕莪粉:西米粉。

甲的使臣。

这时,中国皇帝出现了。皇帝坐在龙轿里,众大臣纷纷跪拜在地,不敢抬头。

马六甲王国使臣宣读了马六甲国王给中国皇帝的信,中国皇帝十分高兴,他命手下人收下马六甲国王的礼物——硕莪粉。然后,中国皇帝问道:"这些硕莪粉是怎么制作的?"

使臣答道:"启禀皇上,这是敝国国王命令每户碾一粒西米,很快就装满了一船,可见敝国百姓众多,不计其数。"

中国皇帝十分赞赏马六甲国王的机智。于是,中国皇帝决定把公主杭丽宝嫁给马六甲国王。

同时,为了表示中国比马六甲更强大,中国皇帝吩咐宰相李保:"李爱卿,马六甲国王吃的粮食是每户百姓碾的西米。从今以后,朕吃的米,必须由朕的臣民一粒粒地剥好。"从那以后,中国皇帝只吃剥壳的米,不吃碾过的米。

马六甲王国的使臣敦·波巴蒂·普蒂每次朝拜中国皇帝时,手上都戴满戒指,无论哪位大臣夸赞他的戒指,他都送上一枚以炫耀马六甲王国的富有。

吃空心菜的故事

马六甲王国的使臣敦·波巴蒂·普蒂出使中国多次,但他从来不知道中国皇帝是什么模样,因为中国皇帝的龙颜是不准别人看的。谁敢偷看,就要被推出午门斩首。怎样才能见到中国皇帝的模样呢?聪明的敦·波巴蒂·普蒂想出一条计策。

一天,中国皇帝问马六甲王国使臣敦·波巴蒂·普蒂:"朕想知道贵国人民喜欢吃什么。"

使臣答道:"启禀皇上,敝国人民最喜欢吃空心菜。但这些空心菜不用刀切,而是整棵地煮。"

于是皇上在宴请马六甲王国使臣时,命人端上来一盘空心菜,马六甲王国的使臣夹起长长的空心菜,有意仰着头,装出吃菜的样子。这样,他就能偷偷地看见中国皇帝的龙颜了。从此,这种只洗而不切的空心菜的吃法也传到了中国。

杭丽宝公主

马六甲王国的使臣在中国住了一段时间后,打算回国。他先向中国皇帝辞行。中国皇帝对使臣说:"朕有意把公主嫁给贵国国王,请贵国国王来中国举行婚礼。"

使臣答:"启禀陛下,敝国君主不能离开,因为马六甲王国正忙于抵御外来侵略。真主保佑,只要陛下恩准,臣将负责安全地护送公主去马六甲王国。"

中国皇帝同意了马六甲王国使臣的请求。皇上下旨由宰相李保负责安排、组织一支由一百艘船组成的船队,由大臣赖蒂保带队并选派五百名漂亮的宫女和五百名英俊的青年随同公主赴马六甲。待一切筹备就绪,一干人马终于浩浩荡荡地出发了。

马六甲苏丹曼苏尔·沙听说使臣带回一位美丽的中国公主,率领大臣去码头迎接,用十分隆重的仪式把中国公主迎回王宫。

苏丹见中国公主有沉鱼落雁之容、闭月羞花之貌,不禁心中大喜,立即吩咐手下筹备婚礼。根据伊斯兰的习俗,杭丽宝公主和随从都加入了伊斯兰教。

杭丽宝公主与苏丹曼苏尔·沙婚后不久,即生下一位王子,取名为巴都加·哈米马。

峇峇和娘惹

随公主去的五百名宫女和五百名青年亦在马六甲王国定居,并与当地马来人通婚、成家立业,他们的子女,男的叫"峇峇",女的叫"娘惹"。

一直到今天,"峇峇"和"娘惹"的文化已成为马六甲的人文景观。他们不懂中文,说马来话,吃马来饭,但家中摆设是中国式的,处处可感受到中国的文化气息。过年过节家家户户门口贴上大红对联。问他们对联上写的是什么内容,他们只是微笑摇头。

"中国山"和"公主井"

马六甲有一座山,百姓称它"中国山",山下有口井,名为"公主井",井水甘醇甜美。据当地传说,谁喝了"公主井"的水谁就会对马六甲流连忘返,对这段中马友好佳话回味无穷。

相传 16 世纪葡萄牙军队入侵时,马六甲王国军民英勇抵抗,许多葡萄牙士兵喝了"公主井"的水都被毒死了,在打败入侵者后,井水又恢复甘醇。据说这是杭丽宝公主在显灵保护马六甲王国呢!时至今日,马六甲的"中国山"和"公主井"已成为旅游胜地,成为中马友谊的历史见证。有机会去马六甲访问或旅游时,一定不要忘记去马六甲的"中国山"和"公主井",亲身感受一下中马两国世代相传的友好情意。

神奇的石洞

干旦和丹蓉夫妇在贫穷的山村里过着清贫的生活。他们的村庄在巴拉碧山山下，距离干巴尔码头只有一里路。夫妇俩平日里靠种植水稻、编织草席及穿亚答叶为生。经过几年的辛勤劳作，他们终于拥有了自己的一小块土地和一间茅屋。

有一天，夫妇俩正在地里采摘蔬菜，突然听见一声令人毛骨悚然的巨响，他们循声而去，发现了一个又深又黑的大石洞，看着觉得十分可怕。干旦告诉妻子那就是他们曾经听祖父辈说起的神秘的石洞。

一段时间后，他们生下了一个女儿，起名为茉莉。五年后，他们又生下了一个儿子，取名为贝甘。儿子出生后不久，干旦，这个会体贴人的丈夫、慈爱的父亲就因故去世了。可怜的丹蓉瞬间失去了依靠，茫然无措。从此，她带着年幼的孩子艰难度日。

有一天，丹蓉在河边钓到了一条鱼。回到家中，她叫茉莉把鱼蛋煮熟，自己有事出去了。乖巧的茉莉将煮熟的鱼蛋分成两份，给母亲留下一份后，姐弟俩高兴地吃了起来。吃完之后，馋嘴的贝甘没有满足，哭闹着要吃母亲的那一份。茉莉连哄带骗，实在没办法了，只好把剩下的鱼蛋全给了弟弟。因为担心母亲责骂，茉莉取来一个鸡蛋，想要以此来代替鱼蛋做给母亲吃。

丹蓉回到家中，得知鲜美的鱼蛋已被孩子们吃光了，她感到非常失望和伤心，觉得儿女们不能理解她养家的艰辛，而且不懂得孝顺。万念俱灰的丹蓉一气之下决定跑到神秘石洞，永不回来。尽管茉莉哭着请求母亲原谅，但去意已决的丹蓉还是推开一双年幼的儿女向石洞跑去。茉莉和贝甘一路哭着追赶着母亲，由于太累了，他们俩一路上跑跑停停。等姐弟俩来到石洞前，发现母亲已经被石洞吞噬，只留下一缕头发在洞口。伤心欲绝的茉莉顿时晕了过去。

昏迷中的茉莉梦见了一位老者。老人告诉她不要再回家去了,并嘱咐她带上母亲留下的七根头发及之前准备用来代替鱼蛋的那个鸡蛋一起上路。老人告诉她要大胆地往前走,在途中如果姐弟俩犯困了,就烧一根头发。

　　于是,茉莉背起弟弟,大胆地往前走,他们穿过了丛林和沼泽,来到了村长家。村长听了姐弟俩的遭遇后非常同情他们,让姐弟俩以后就住在他家。那天晚上,姐弟俩住在了村长家中。夜里,茉莉又梦见了那位老人,老人告诉她不要停留,继续往前走,直到走到第三个村庄。

　　在接下来的路途中,他们经过贝拉兰代村,遇见了村中的酋长,酋长热情地款待了姐弟俩。那天晚上贝甘不知为何,不停地哭泣,仿佛中了邪,酋长为他念咒驱邪,却全然无效。最后,酋长将一条金色的链子戴在他的脖子上,他才止住哭声。第二天,姐弟俩继续上路,最后他们来到了卡巴尔村。

　　在村里,他们借宿在一户农民家。第二天,茉莉想继续赶路。农民夫妇看她长途跋涉,显得十分疲惫,就劝她在家中多住几天,茉莉也就答应了。在农民家住的那段日子,那个农民伯伯经常向她讲起有关佳严沙帝国王的故事以及国王的爱好——斗鸡。

　　不久,茉莉姐弟又上路了,他们的目的地是达马路兰村。到了那儿,他们遇见了一位正在拾柴火的老婆婆。老婆婆听了姐弟俩的诉说,非常同情他们的遭遇,就让他们在家中住下。

　　在老婆婆家中住下的第一个晚上,茉莉又梦见了那位老者。这一次,老人吩咐茉莉把鸡蛋放在后院的鸡窝里,并说七天后那个蛋就会孵出一只小鸡,老人叫茉莉一定要好好照顾那只鸡。老人还说,贝甘以后一定会成为一名斗鸡能手,并嘱咐她说每次贝甘带鸡去参加比赛时,一定要把戴在贝甘脖子上的那条金色的链子挂在雄鸡的距上。茉莉决心按照老人的嘱咐一一去做。

　　几年后,姐弟俩已经长大成人了。茉莉越发心灵手巧,她善于编织和刺绣,老婆婆每天把她的织品和绣品拿去卖来维持生计。长大成人的贝甘对斗鸡比赛有了浓厚的兴趣,他经常和同龄的伙伴们一起去观看斗鸡比赛。

有一天，贝甘想带他的公鸡去参加斗鸡比赛。他请求姐姐答应他，茉莉答应了并交代他要好好照顾那只斗鸡，并提醒他不要忘了赛前把那条金链子挂在雄鸡的距上。他们给鸡取名为佳拉克。

　　在以后的几场比赛中，佳拉克从未输过。这件事情在村庄里传播开来，也传到了伊丹·巴尼的耳中。伊丹·巴尼是远近闻名的斗鸡高手，于是，他决定向贝甘挑战。比赛开始了，人们纷纷议论这将是一场激烈的比赛。但出乎意料的是，佳拉克并没有费多少时间就取得了胜利。这场比赛之后，贝甘和他的斗鸡佳拉克更是声名远播了。这件事情终于传到了皇宫，佳严沙帝国王传令贝甘，让他带上斗鸡到宫中比赛。

　　在进宫之前，茉莉细心地嘱咐弟弟在国王面前一定要懂规矩，守礼节。她还说："如果佳拉克斗输了，你一定要规规矩矩地俯首认输；如果佳拉克取胜了，国王要给赏赐时，你也只能要求衣物、食品等小赏赐。"

　　神勇的佳拉克在皇宫斗鸡比赛中又取得了胜利。佳严沙帝国王高兴地派宫中的官员将衣物、食品等赏赐之物送到贝甘家中。受命前往的官员在贝甘家中见到了茉莉，不由得惊叹于她的花容月貌。回到宫中，他将此事禀告了国王。佳严沙帝国王于是亲自前往贝甘家中，将茉莉迎娶回宫。

　　温婉贤淑、德才兼备的茉莉深深地折服了国王，国王决定封她为皇后。盛大的皇家婚礼和皇后的册封仪式在宫中隆重举行，皇宫内外一片欢腾，举国同庆。

　　婚后，细心的国王发现皇后经常独自一人陷入深深的沉思，于是他就询问起来。茉莉将以往的一切都告诉了国王，说到伤心往事时，悲痛之情溢于言表。佳严沙帝国王决定亲自带人前去摧毁那个神秘的石洞。

　　当他们来到石洞口，发现石门洞开，从洞内传出一阵阵可怕的声音。为了不让这个害人的石洞再危害周围的百姓，机智的国王立即从背后的箭篓中抽出一支具有神力的金箭，对准洞口射去。顿时，地动山摇，轰隆一声，石洞坍塌了。不久，村民们就在石洞的废墟上搭起了一排排小木屋，靠自己勤劳的双手过上了丰衣足食的幸福生活。

善良的格拉拉

　　在离婆罗洲不远的地方有一个小岛,岛上有一个卡达山人居住的村落,村民们生活十分贫困,因为那里的沙质土壤使农作物难以生长。而他们的村长葛亚亚是一个凶狠贪婪的人,村民们都非常痛恨他。在村子里只有葛亚亚一人生活富足,因为他经常搜刮村民们的财物。照理说,村里的年轻人应该起来反抗他们的村长,但是这个村庄经常受到巴兆人的袭击,而只有村长能抵抗他们,因此年轻人不得不服从葛亚亚。

　　有一天,葛亚亚带着一个名叫格拉拉的穷苦青年到另一个小岛上去寻找松脂。一大早,他们就乘着格拉拉的小船出海了。出发前,葛亚亚吩咐格拉拉带上砍刀和干粮,但格拉拉只带了三十个西米面包。

　　他们到了那个小岛后,就到树林里去寻找松脂。割取松脂及挑运松脂的活儿全由格拉拉一个人干。很快,他们的小船装满了松脂。葛亚亚知道此时的小船已无法负载两个人,而他贪婪的个性又使他舍不得舍弃哪怕是一点点的松脂,于是他就指使格拉拉去取水。他说:"在这个岛的北部,一棵无花果树下有一个泉眼。你马上到那儿去取一点儿水,我渴极了。"

　　格拉拉遵命去取水。他刚刚转身离开一会儿,葛亚亚就跳到船上驾驶着小船离开了小岛。

　　当格拉拉带着水回到岸边时,发现他的小船早已载着葛亚亚和松脂驶远了。他这才知道自己上了葛亚亚的当。格拉拉害怕独自一人待在小岛上,他仍希望葛亚亚会回来接他。就这样在恐惧和希望之中,他在岛上等了三天三夜。

　　到了第四天,格拉拉终于意识到葛亚亚再也不会来接他了,而他带来的食物早已吃光了,于是他就开始在小岛上寻找食物以及可以安身的地方。突然他发现了一座奇怪的山,山上有许多奇形怪状的山洞。于是他小心翼翼地走进其中一个山洞。他惊奇地发现山洞里堆满了各种各样美丽的铜腰带,就如同他们族中的妇女日常所佩带的一样。由于这个山洞中没有可以休息的地方,格拉拉就离开了这儿到另一个山洞中去。

第二个山洞入口处显得空旷、黑暗而又潮湿。但是当格拉拉走进山洞深处,他惊讶地发现这里到处是铜制的盘子、碟子、箱子,还有枪炮。这些东西比葛亚亚家中的还要精致、美丽。但是这个山洞太潮湿了,没有一块干燥的地方可供人休息或生火,格拉拉不得不又走出了这个山洞。洞里的东西他一样也没有拿。

最后,格拉拉走进了一个更大的山洞,他发现这个山洞比其他山洞更加明亮、宽敞。在这个山洞里,他发现了各种不同形状的铜锣。在铜锣四周还有一排排大缸。卡达山人通常要用几头牛才能换取这样的一口大缸来盛椰酒,这是卡达山人的习俗。由于格拉拉太累了,他不知不觉就睡着了。他梦见一个老人对他说:"格拉拉,快起来,去找那口最大的缸,然后睡到里面去。"格拉拉按照那个老人的话去做,找到那口最大的缸,然后就睡在里面。

在梦中,那个老人又出现了。这一次,老人手中拿着一根闪闪发亮的拐杖。他把拐杖递给格拉拉,然后说:"因为你毫无怨言地服从我的命令,所以我把这根金拐杖送给你,你好好使用它吧!"格拉拉惊醒过来,他诧异地发现那根拐杖就在自己手中。他看了一眼拐杖,又睡着了。

正当他睡得香甜的时候,那个老人的声音再次响起:"如果你希望得到什么或想去哪里,你只要轻轻地敲打一下这根拐杖,你的愿望就会实现。"声音消失了,格拉拉也醒了。此时他特别想回家,同时他想得到一条小船。他决定试一试拐杖的威力,于是他紧紧地握住那根拐杖,在石头上敲了一下,然后跑出山洞,向海岸边跑去。他非常高兴地发现岸边果然停泊着一条小船。可是当他上船以后,他发现如果他想带走山洞里的财物,这条小船就太小了。

于是他再次敲打那根神奇的拐杖,这时他得到了一艘可以出海远航的大船。然后,他跑回山洞去挑选他想要带走的东西。因为那些东西实在是太精美了,所以他很难选择。这时他想:为什么我一定要选择呢?我可以要求一艘可以装下山洞中所有财物的船。于是拐杖再一次发挥了它的神力，一艘巨轮停在了海边。

于是格拉拉开始往船里装东西，他上上下下、来来回回地忙了许多天，觉得非常累，这时他才想起可以要求拐杖给他几个帮手，拐杖又一次满足了他的要求。在助手们的帮助下，巨轮满载着财物，带着格拉拉回家去。

几天后，巨轮停在了葛拉拉所居住的那个小岛边。当船上的助手们敲起锣鼓，村里的卡达山人都跑到海边来。他们认为这艘巨轮一定是海盗的船，于是他们都惊慌地逃往丛林中，葛亚亚也在逃跑的人群里。只有格拉拉的母亲没有逃走，因为她依然沉浸在巨大的丧子之痛中。

巨轮停住后，格拉拉上岸朝家里走去。到了家中，他发现母亲正惊恐地蹲在一个角落里。格拉拉轻轻地呼唤着母亲，他告诉母亲他带着无穷的财富回来了，还拥有了一根具有神力、有求必应的拐杖。开始时，老人并不相信，但是当她看见海边停着的那艘大船还有满船的财物以及在格拉拉的要求下，那根金拐杖为他们变出了一间华丽的大屋子时，母亲终于相信了，并且非常高兴。

格拉拉现在远比葛亚亚富有，但是他非常寂寞，因为村子里没有其他人了。有一天，村子里来了一位讨饭的老人。他原来就是这个村庄的村民，当他见到格拉拉时非常吃惊，因为他以为村庄早已遭到了海盗的袭击。于是格拉拉就把自己的经历告诉了他，并请老人把躲在丛林里的乡亲们都找回来。乡亲们回来后，格拉拉盛情款待了他们。葛亚亚得知格拉拉衣锦还乡后就害怕得躲起来，格拉拉找到他，并告诉他自己不会报复他的，只是要求葛亚亚反省自己过去的所作所为。刚开始时，葛亚亚心里不服，但当他看到格拉拉已拥有巨额财富及神奇的拐杖时，他只好屈服了。

村民们推选格拉拉为海岛上的国王。从此以后，海岛在格拉拉的统治下，人民过着和平安宁的生活。

小鼠鹿和巨人的故事

在一个美丽的早晨,小鼠鹿打算去河边捕鱼,在路上它遇见了自己的好朋友——小猪,它俩愉快地聊了一会儿。当知道小鼠鹿要去捕鱼时,小猪希望能同小鼠鹿一起去,并表示自己可以帮助小鼠鹿捕鱼,于是它们便一起去捕鱼了。在路上它们又遇见了老虎和大象,当它们知道小鼠鹿和小猪要去河边时,它们决定也跟着一起去,于是这四个朋友便一起去河边捕鱼了。

当它们来到河边时,小鼠鹿便开始指挥大家捕鱼,它命令大象用石头和树枝来筑建小坝;老虎和小猪将坝里面的水舀干,小鼠鹿则在干涸的河床上抓鱼。然而它们的运气不好,在河床上并没有太多的鱼。小鼠鹿让小猪留在这里守着它们已经捕捉到的鱼,而它和大象、老虎则去下游碰碰运气,在下游开展它们的捕鱼工作。

小鼠鹿它们走了之后,一个巨人来到了小猪留守的地方,一看到那些闪闪发光、活蹦乱跳的鱼,这巨人便不由分说地把这些鱼抓了起来,塞进了自己的嘴里。小猪完全保护不了它们辛辛苦苦捕到的鱼,巨人可不会听小猪的话。于是小猪只得无奈地跑向了下游,与它的朋友们会合,向它们讲述发生了什么。它们虽然很不高兴,但也无可奈何。

第二次,它们依然没有捕到足够的鱼。于是小鼠鹿要求更加凶猛的老虎去看守第二次它们捕获的鱼,而自己和小猪、大象则去另外一个地方围筑河坝捕鱼去了。当它们三个离开之后,饥饿的巨人一下子从树林后面钻了出来,把所有的鱼都给吃完了。老虎在一旁生气地咆哮,但是它并不敢和巨人战斗。

当其他几个动物回来的时候,老虎身边已经一条鱼都没有了。小鼠鹿狠狠地训斥了它,老虎面红耳赤。现在轮到大象去守卫它们捕的鱼了。

"我的朋友,我相信你这个庞然大物是一定能守卫住我们的劳动成果的!"小鼠鹿说。

巨人又来了。当大象看到巨人有这么庞大时,它胆怯了,又一次,巨人抢走了它们的鱼。小鼠鹿和它的朋友们回来发现装鱼的篮子里又是空空如也。小鼠鹿非常生气,它吼道:"你们有着这么强壮巨大的身躯却赶不走一个巨人,真是没用!你们都走吧,这次我会守在这里,你们是不是觉得我身材太小不能够完成这个任务?哈!不用担心我,你们尽管去捕鱼吧,当你们回来的时候,你们会看到那个巨人小偷躺在我身前,束手就擒。"

当小猪、老虎和大象走远后,小鼠鹿从河岸边拔了很多芦苇,它用这些芦苇捆住了自己的身体,然后躺在了附近的树下,它将芦苇的一端系在树根上。不久之后,巨人来了,小鼠鹿假装没有看见它,继续认真地捆着芦苇。巨人非常好奇,于是他没有马上去吃鱼,而是停下来问小鼠鹿在干什么。

"哎呀,难道你不知道今天要发生什么事吗?"小鼠鹿假装很吃惊。

"今天会发生什么事儿?"巨人好奇地问道。

"我还以为大家都已经知道了呢!"小鼠鹿说,"当苏莱曼先知到森林里来通知大家洪水即将到来时,你一定是在睡觉吧?这次洪水如此之大,能把所有人都冲走,但是如果做好了准备的话说不定能避免灾祸。"

"啊,我完全不知道关于这个大洪水的事情。"巨人一下子就相信了小鼠鹿的话,回答道:"告诉我,怎样才能避免被洪水给冲走?"

"难道你没有看见我正在做什么吗?"小鼠鹿问道,"把自己和这些大树缠在一起,这样的话洪水就冲不走我了。"

"这真是一个好主意!"愚钝的巨人回答道,"你愿不愿意帮我也缠一下?"

"为什么不呢?大家都知道我是一个乐于助人的动物。"小鼠鹿回答道,"但是我用的这些芦苇可能不够结实,你实在是太庞大了,这点儿东西拴不住你。不如这样,你去森林里找一些粗大的藤条过来。我在这儿等你,但是要抓紧时间了,洪水没多久就要来了。"

愚蠢的巨人很害怕自己会在洪水中丢了性命,于是马上跑到了森林里拿了一堆巨大的藤条过来。小鼠鹿告诉巨人,它首先要用藤条绑住自己的腿,然后靠在一棵大树上,这样小鼠鹿就可以帮忙把它的身体固定好。巨人照办了,不一会儿巨人就被结结实实地绑在了大树上。为了以防万一,小鼠鹿又用多余的藤条把巨人结结实实地捆了起来,现在巨人一动也不能动了。

　　然后聪明的小鼠鹿就去呼唤它还在捕鱼的伙伴们去了,当小猪、大象和老虎看到巨人已经被结结实实地绑在了树上,不能再抢它们的鱼时,它们非常高兴。

　　当然,小鼠鹿没有告诉它的伙伴们它是怎么诱骗巨人的,它的三个小伙伴还以为小鼠鹿击败了巨人呢。它们很钦佩小鼠鹿的勇敢,它们分给小鼠鹿最多的一份鱼,吃完后,它们便各自回家了。

巴厘海峡的由来

很久之前,一个名叫西帝·曼德拉的婆罗门教徒神通广大,拥有非凡的魔力。神王赠予了他丰厚的礼物和一个美貌的妻子。结婚后过了几年,他的妻子为他产下一个男婴,他为儿子起名叫作玛尼·安珂兰。

长大后的玛尼·安珂兰变成了一个伟岸且聪慧的小伙子,但是他特别喜欢赌博。然而他逢赌必输,因此不得不拿父母的钱来抵债。偶尔他也会赊账不还,这时候他便会央求父亲替他还债。西帝·曼德拉只好向神王祈祷,想从他那里得到帮助。祷告词刚念完,西帝·曼德拉耳边蓦地响起神王的声音:"你好啊西帝·曼德拉,在神山的火山口有一处无主的宝藏,宝藏由一条名为薄速奇的大蛇看守着。你去找它要一点财宝,它会给你的。"

于是西帝·曼德拉跋山涉水赶赴神山,历经艰险终于到达了火山口。他盘膝而坐,一边摇铃铛一边念咒作法,召唤薄速奇大蛇。没过多久,大蛇就从山里探出头来。见来人是西帝·曼德拉,大蛇便侧身把身下的黄金和钻石推向他。收下了大蛇的馈赠后,西帝·曼德拉连声道谢后便回家了。回家后西帝·曼德拉把所有的财物都给了儿子,希望他能下决心戒掉赌瘾。然而事与愿违,这些财物不久就被儿子挥霍光了。玛尼·安珂兰只能再次找到父亲寻求帮助。然而这次西帝·曼德拉对他感到十分失望,拒绝了他。

向父亲求助无果之后,玛尼·安珂兰并没有老老实实待在家里,而是四处向人打听自己的父亲是从哪里得到这些财宝的。不久,玛尼·安珂兰就得知了这些财宝都是父亲在神山里找到的,而且只有通过念咒语和祷告的方式才能到达神山,然而他之前并没有跟父亲学习过这些技能。于是,趁着父亲熟睡之时,他把父亲做祷告用的那只铃铛偷了过来。

历尽一番曲折之后,玛尼·安珂兰最终也来到了神山之中。他摇了铃铛之后,被应声而至的大蛇吓了一跳。大蛇警示他说:"你可以如愿以偿地得到财宝,但是你要发誓,痛改前非,不再赌博。你要知道,这世间是有因果报应的!"

此时,玛尼·安珂兰被眼前巨额的金银珠宝迷了眼,顿时鬼迷心窍,一个邪念在他脑中滋生出来。趁薄速奇大蛇回巢之际,他斩断了大蛇的尾巴,想要杀了大蛇夺取更多的财宝。然而大蛇具有非凡的魔力,被斩断尾巴而不死,反而回头喷火把玛尼·安珂兰烧成了灰烬。

得知了儿子的死讯后,西帝·曼德拉悲痛欲绝。他立刻找到薄速奇大蛇,求它把自己的孩子复活。薄速奇大蛇答应了西帝·曼德拉,但是要以西帝·曼德拉复原它的尾巴为条件。于是西帝·曼德拉立即施法复原了大蛇的尾巴。大蛇随即如约复活了玛尼·安珂兰。重生之后,玛尼·安珂兰对之前的所作所为后悔不已,诚恳地向大蛇承认了错误并承诺不会重犯。听到儿子自省的话,西帝·曼德拉知道他已经改过自新了,然而他还是下定决心,不再让儿子和他们住在一起。

"你必须独自开始新的生活。"临别之前,西帝·曼德拉留给玛尼·安珂兰这句话,随后他便消失了。在他原来站立的地方,涌出了一眼泉水,水势越来越大,最终奔流成海。西帝·曼德拉用自己的魔力划分了这么一条界线,把自己和孩子分隔开来。这个故事就是巴厘海峡由来的传说。现在,巴厘海峡成了爪哇岛与巴厘岛的分界线。

阿布·努瓦斯传奇

有一天，一个来自马希尔的商人带了大量的货物来到巴格达，随后他租下了一间房，想要在此住下并售卖货物。不久他的生意便红火起来，他也与当地人相处得十分融洽。

在货物卖完之后，这个马希尔商人想回到自己的家乡去。由于还未到客船回程的时间，他便继续留在巴格达，和当地人一起开心享乐。

有天晚上，他梦到了自己和刚上任的法官的女儿结婚了，并给了女方一大笔聘礼。第二天起来后，他心想：我应该把这么美妙的梦告诉我的朋友们。于是，他跟朋友们聊天的时候就说起了关于这个梦的故事。

"昨晚，我梦到了自己和法官大人的女儿结婚了。"

随后这个消息被迅速传播开来，最后连法官本人都听说了这件事。于是，法官来到马希尔商人的住处问他："听说你梦到了用一大笔聘礼迎娶我的女儿？"

"确实如此，小人不敢虚言。"马希尔商人回答道。

"要是这样的话，那就快把聘礼给我吧！"

马希尔商人连忙解释道："我只是做梦而已，又不是真的娶了您的女儿，怎么能给您聘礼呢？"

然而法官不由分说，夺走了马希尔商人所有的财产。在临走之前他还放话给马希尔商人："这些还远不够付清给我女儿的聘礼钱！"

马希尔商人现在除了身上穿的这套衣服外，可谓一无所有。他四处求问，希望能够找到地方去控诉法官，然而并没有人能够给他答复。久而久之，他只能依靠乞讨求生。

有一天，他到一个老妇人家中乞求施舍，那个老妇人随即问道："嗨，你是从哪里来的？"

马希尔商人答道:"我从马希尔来,带了大量的货物到巴格达。然而天有不测风云,我突然遭人陷害,所有的财产都被巴格达的法官抢走了。"

老妇人说道:"如果是这样,你可以求助阿布·努瓦斯,把你的冤情告诉他,他一定能帮你伸张正义。来,我带你去找他。"

马希尔商人说道:"您能先替我去找阿布·努瓦斯,把我的事情都告诉他吗?"

老妇人答应了他的请求,去找阿布·努瓦斯说明了事情的原委。当时阿布·努瓦斯还在教小孩子读经文,听闻这件事情后,他便请老妇人把马希尔商人带来见他。马希尔商人一见到阿布·努瓦斯就开始诉苦,把自己的遭遇一五一十地告诉了他。

阿布·努瓦斯说道:"年轻人,你跟我说的这些话,你敢在苏丹哈伦·拉希德面前也这么说吗?"

马希尔商人回答道:"当然可以,我说的都是实话。"

阿布·努瓦斯问道:"你现在住在哪? 我要是想找你的话去哪找?"

马希尔商人说:"我现在暂住在那个卖咖啡的老妇人家,她还给我饭吃。"

马希尔商人走后,阿布·努瓦斯对他的学生们说:"你们先拿着书各回各家。今天晚上带着铲子、锄头、斧子、篮子和石头这些东西来找我。"

随后孩子们就回到各自的家中,他们都很好奇:阿布·努瓦斯老师晚上要这些东西干吗?

到了晚上,所有的孩子都如约来找阿布·努瓦斯,并把东西带给了他。阿布·努瓦斯说道:"来,大家听我说。今晚你们去那个新上任的法官家里,把他家给拆了。不管谁来问你们,都不要去理会,接着拆房子。就说是我让你们这么做的。要是有人打你们,你们就拿石头砸回去!"

阿布·努瓦斯吩咐过后,所有的孩子就都跑去拆法官家的房子了。

法官从睡梦中惊醒,他质问这些孩子:"是谁让你们来拆我家房子的?"

孩子们说道:"我们的老师阿布·努瓦斯让我们来的!"

此时也有一些居民赶过来帮忙,想赶走这帮孩子,然而孩子太多了,所以他们也没办法靠近。

天亮之后，法官去觐见苏丹哈伦·拉希德，想要找苏丹控诉阿布·努瓦斯，并讨要说法。然而那天来参加王室活动的孩子们也特别多。苏丹哈伦·拉希德还派人给阿布·努瓦斯下谕旨请他来参加活动，于是他便带着马希尔商人一起去觐见苏丹。

　　苏丹问阿布·努瓦斯说："你为什么让人拆了法官家的房子？"

　　阿布·努瓦斯答道："启禀陛下，原因是这样的，有一天晚上，我梦见法官来找我，他让我拆了他家的房子。"

　　苏丹说："阿布·努瓦斯，梦境能当真吗？你也太不把法律放在眼里了！"

　　"陛下恕罪，可是法官大人自己也把梦境当真了啊。"阿布·努瓦斯回答道。

　　听到这话，法官羞愧地低头不语。看到这种情况，苏丹转过头来问阿布·努瓦斯："阿布·努瓦斯，你说这话是什么意思？"

　　阿布·努瓦斯回答道："启禀陛下，事情是这样的。有一个马希尔商人来巴格达做生意，他带了很多的财物。有一天晚上，他梦到自己跟法官大人的女儿结婚了，并给了法官大人一笔丰厚的聘礼。这个消息不知怎的就传到了法官耳中，于是他来找那个马希尔商人讨要聘礼。马希尔商人当然不想给聘礼，所以最后法官就强行抢走了马希尔商人所有的财物，只给他留了一身衣服。"

　　听了阿布·努瓦斯的这番话后，法官更是哑口无言。苏丹此时又发话了："那个马希尔商人现在在哪？"

　　听到苏丹询问，马希尔商人马上站出来向苏丹叩拜行礼。

　　苏丹问他说："马希尔商人，你在我们这里遇到了什么事情？"

　　于是马希尔商人把事情原原本本地跟苏丹禀报了一通。听了马希尔商人的话之后，苏丹勃然大怒，当即剥夺了法官所有的财产，把它们都赐给马希尔商人。于是法官在苏丹这里得到了惩罚。

　　终于，在事情解决之后，马希尔商人和阿布·努瓦斯回到了家里。马希尔商人想拿财物报答阿布·努瓦斯的热心帮助。然而阿布·努瓦斯婉拒道："你什么都不要给我，我只是帮忙而已，不要你任何财物作为回报。"

　　在此之后，马希尔商人就继续留在巴格达。等到季风来临的时候，他便带着财物一起安全地乘船回到了家乡。

猴子的报应

　　曾经有一只猴子和一只乌龟住在一片树林里。这只猴子因为太调皮，又喜欢戏弄别的猴子，所以被猴群抛弃了。形单影只的猴子后来和一只孤独的乌龟交上了朋友。乌龟很清楚猴子的品性，但它还是愿意与猴子交个朋友。

　　有一天，乌龟对猴子说：“喂，猴兄，树林里的食物一天比一天少了。咱们种些农作物，你看怎么样？”

　　“哈哈哈！”猴子大笑起来，“你累不累呀？如果这里的食物没了，我们可以搬到别处去嘛！”

　　“常搬家不好吧，猴兄？受人尊敬的鹿法官就说过，如果经常搬家，家产会流失的。这样的话，时间长了我们会变穷的。”乌龟辩解道。

　　“哎，不会的。再说，这个地方够好的了。要搬离这个地方，我还真舍不得。但是……”

　　“但是什么，猴兄？”乌龟急着问道。

　　“咱们种什么呢？”猴子皱起眉头，还搔了两下并不怎么痒痒的身子。

　　“嗯……我们种空心菜吧。”乌龟建议。

　　“空心菜？有什么用？要是让我吃空心菜，我会肚子痛的。”猴子表示反对。

　　“那么，你有什么好建议呢？”乌龟问。

　　猴子想了一会儿，然后看着乌龟，脸上露出了笑容：“这样吧，我们最好种香蕉，香蕉很好吃的。我吃香蕉，你也可以吃香蕉。”

　　“可以，种什么都可以。我们先去找香蕉苗，然后就种在这里。”乌龟同意了猴子的建议，开始爬出去找香蕉苗。

　　它们俩很幸运，在树林边上就找到了一棵香蕉苗。乌龟用爪子刨土挖香蕉苗。可是猴子呢,只是站在一边看着。直到乌龟开口请求猴子帮忙,猴子才过去拔香蕉苗。它们一起把香蕉苗拖进树林里,乌龟负责挖坑,猴子往里竖香蕉苗,然后再填上土。

日子一天一天过去了。猴子和乌龟种的香蕉树逐渐长高长大了。过了八个月,香蕉树上长出了花苞。猴子和乌龟非常高兴,因为不久以后树上就会结出许多香蕉来了。看着香蕉树不断结出香蕉,猴子都觉得等不及香蕉长熟了。

"猴兄,香蕉还没熟呢,青香蕉可是很涩的。"乌龟劝猴子。

"可是,香蕉怎么长得这么慢呢?"猴子嘟哝着,垂涎欲滴。看到猴子的样子,乌龟无奈地摇了摇头。

又过了几个月,香蕉已经开始泛黄变熟了。猴子高兴得又蹦又跳。可是乌龟却说:"再等一两个星期,到那时香蕉已经熟透了,那才好吃呢。"可猴子呢,对此嗤之以鼻,它说:"哎,乌龟,你这家伙可真有耐心。"

乌龟回答说:"有耐心是好的品性。"

听了乌龟的话,猴子有点恼羞成怒。猴子在心里说:等着瞧,我会让你后悔的。

终于,香蕉熟透了。几根熟过头的香蕉被鸟偷吃了。看到这种情景,猴子再也按捺不住了,它说:"不行,现在我就要爬上去。"

"好吧,可是别忘了我的那份儿啊!"乌龟提醒猴子。

"那当然。我们是伙伴嘛,不是吗?"猴子笑眯眯地说。

猴子敏捷地爬上了香蕉树。它骑在香蕉叶上掰了一根香蕉塞进嘴里,一边吃,一边叫道:"嗯,真香啊!"猴子的嘴里塞满了香蕉,腮帮子都鼓了起来。

"哎,猴兄,不会是你独吞果肉,我只能吃香蕉皮吧?"在下面等着的乌龟问道。

"你的那份儿我不会拿的。不过,"猴子故意说,"你想要品尝香蕉的美味,就自己爬上来呀。"

"猴兄,我不会爬树,你又不是不知道。你行行好,扔一两根香蕉给我吧,我也想吃。"乌龟哀求猴子。

"哈哈哈!"猴子大笑起来,"要有耐心,乌龟!过会儿我就扔给你。"

猴子掰下一根香蕉,又麻利地把皮剥下来。它拿着香蕉并不给乌龟,而是故意在那里戏弄、诱惑乌龟。乌龟被折腾得晕头转向。突然,猴子大叫一声:"喏,接住!"

乌龟没有了动静。你猜这是为什么?原来,它的头让香蕉皮给罩住了。猴子在香蕉树上咯咯地笑开了。

乌龟慢慢地把头上的香蕉皮抖掉。乌龟心想,你看着吧,不诚实的人是要遭报应的。

乌龟爬到池塘边,那里长着许多野生树木。它小心翼翼地把一些枯死的带刺的含羞草拖到了香蕉树下。猴子呢,正忙着吃香蕉,根本没顾得上注意乌龟在树下干什么。

乌龟在香蕉树下铺完含羞草,就对猴子说:"猴兄,你在那儿吃香蕉,也不喝水,待会儿会噎死的。"

"也是啊!我的肚子也够饱的了。"猴子没有细想乌龟的话,就从香蕉叶上跳了下来。刚一着地,猴子又蹦了起来——含羞草的刺扎进了猴子的脚掌,它疼得哇哇直叫。可是它越跳,脚上就扎进了越多的刺。猴子又喊着:"乌龟救我呀!"

等猴子明白过来,它一边拔掉脚上的刺,一边怒吼着:"乌龟,你等着瞧。我一定要报这个仇!"好不容易拔完了脚上的刺,猴子马上跑去把正在树下休息的乌龟抓住了。"现在,我要杀掉你!"猴子咬牙切齿地说。

"哎!哎!你要干什么?就为这点小事,你要杀了我?"乌龟说。

可是,猴子根本不理睬乌龟,它把乌龟高高地举起来,然后狠狠地摔到地上。但是,乌龟还是能够伸出头来。它对猴子说:"你摔我是没用的,猴子,我的壳硬着呢。如果你想杀死我,你得把我扔进河里,那样我就会淹死的。"猴子一听可高兴坏了,它毫不迟疑地举着乌龟,来到河边。"去死吧,乌龟!"猴子一挥手,把乌龟扔进了河里。猴子等了一会儿,看不见乌龟,它很高兴,以为乌龟已经淹死了。

突然，乌龟在不远处冒出水面，还哈哈大笑："谢谢你，猴子！有你的帮忙，我不用走路就从陆地来到了河里。你难道不知道我是能够生活在水中的动物？这回，我可以往上游游去，那里有许多空心菜，我可以吃个痛快了！"乌龟向猴子挥挥手。

　　因为上了乌龟的当，猴子怒不可遏，在河边又跳又叫。乌龟呢，向河的上游游去了，只剩下猴子孤零零地待在那里。

缅甸
民间故事

三 个 龙 蛋

在缅甸北部的崇山峻岭中有一位漂亮绝伦的小龙女。这位小龙女与太阳神相恋。太阳神常常到小龙女这里来，一住就是好多天。

有一天，太阳神回到自己的住处去了。这时，小龙女生下了三个龙蛋。小龙女对三个龙蛋非常疼爱，小心翼翼地孵着，快孵化出来时，小龙女叫一只乌鸦去给太阳神报信。当时，乌鸦的羽毛不是黑的，而是雪白雪白的。这只乌鸦飞到太阳神的住处，见到了太阳神，把小龙女下了三个龙蛋并且三个龙蛋快要孵化出来的消息告诉了太阳神。太阳神说，他现在特别忙，没有空去看小龙女，请乌鸦给小龙女捎去一块价值连城的红宝石，并让小龙女把这块红宝石变卖以后，建立一个国家，让他的儿子们做这个国家的国王。

太阳神用一块丝绒布把这块红宝石包好，交给乌鸦。乌鸦用嘴衔着往回飞。路上，这只乌鸦看见商人们用餐时把很多不吃的东西扔在地上，一群乌鸦正在抢着吃这些食物。于是，它把嘴里衔着的用丝绒布包裹的红宝石放到一个灌木丛里藏起来，然后，自己也来和其他乌鸦一起吃这些食物。

乌鸦把红宝石藏在灌木丛里的时候，正巧被一个正在吃饭的商人看见了。那个商人趁乌鸦吃东西的时候，悄悄地用粪便换掉了红宝石。

这一切，乌鸦一无所知。吃过东西以后，乌鸦从灌木丛中找出了那个丝绒布包，衔在嘴里，继续往回飞。飞回小龙女的住处以后，乌鸦把丝绒布包交给了小龙女。小龙女喜出望外地打开了布包，一看里面包的是一把粪便，好半天说不出话来，最后，难过地死去了。

太阳神听到小龙女死去的消息后，心里痛苦极了。经过调查，他了解到是馋嘴的乌鸦害死了小龙女，于是，给了乌鸦最严厉的惩罚。从那以后，本来是羽毛雪白的乌鸦全身都变成了黑色。人们现在还传说这是太阳神对乌鸦的惩罚。

三个龙蛋由于没有父母的照顾，变得无依无靠，一直没有孵化出来。就这样，夏天来了，三个龙蛋被雨水带到了河里。

一个漂到缅甸北部的抹谷市时被碰碎了，但是从蛋里出来的不是小龙，而是无数的红宝石，所以，至今抹谷市仍然盛产红宝石。

一个在中国云南境内被碰碎了，变成了一个美若天仙的公主，后来她成了一位皇后。

一个顺着伊落瓦底江漂呀漂，漂到了下缅甸①，变成了一个力大无比的英俊王子，后来他成为一个部族的驸马，并继承了王位。据说，他就是蒲甘王朝的开国君主，历史上有名的骠苴低国王。

据此，缅甸人民就亲切地称呼中国人民为"胞波"，意即"亲兄弟姐妹"或"一奶同胞"。

---

①下缅甸：缅甸地区名，与"上缅甸"相对而言，指缅甸南部靠近孟加拉湾，安达曼海沿海的各省、邦。

绛霞的来历

有一只鳄鱼正在河边休息。一只乌鸦看见了,立刻产生了把鳄鱼吃掉的念头。但是,鳄鱼这么大,它怎么才能把鳄鱼吃掉呢?乌鸦思索了好一会儿,突然,眼睛一亮,计上心头。

"喂,朋友,这条河的水太浅了,对你不合适。我发现有一条河,河水比较深,对你挺合适的。如果你想去的话,就跟我来。"乌鸦对鳄鱼说。

"我当然想去了!但是,我怎么没听说有那么个地方啊?"鳄鱼反问道。

"我不骗你,我说的是真的。我是对你有好意才告诉你的。我想,从这儿算起也就半里路吧。"乌鸦说。

鳄鱼相信了乌鸦的鬼话,爬上岸,跟在乌鸦后面。

见好半天也没有到乌鸦说的那个地方,鳄鱼问乌鸦:"我说朋友,我跟你走了这么半天,估计早超过半里了,可把我累坏了,我想我不能再跟你去了。"

"像你这样的大力士还说累,那我不就更累了吗?来吧,朋友,快到了。"乌鸦回答。

就这样,鳄鱼又一次相信了乌鸦,继续跟着乌鸦向前爬。

但是没多久,鳄鱼就累得喘不过气来,翻躺在路上,再也爬不动了。

乌鸦见了,不由得哈哈大笑,说道:"你别着急,朋友,你死了以后,我会把你吃掉的。"说完,乌鸦就得意地飞走了。

过了一会儿,一辆牛车来到翻躺着的鳄鱼身旁。鳄鱼一见到车夫就可怜巴巴地说:"有只乌鸦可把我害惨了,它把我骗到这儿,扔下我不管了。"车夫觉得鳄鱼很可怜,就把它装到车上,向江边拉去。快到江边的时候,鳄鱼对车夫说:"乌鸦太残酷了,它把我扔在太阳底下晒了这么久,我疲乏极了。你有心帮助我,就别把我放在江边,请你把我送到江心,好吗?"

于是车夫就按照鳄鱼的请求,把鳄鱼送到了江心。车夫刚把鳄鱼放到江里,鳄鱼就一口咬住了牛的脚,死死不放。

这时在岸上的一只小兔子看见了,就大声地对车夫喊道:"快用车上的棍子打它!"车夫按照小兔子说的,迅速操起车上的棍子向鳄鱼打去。鳄鱼吓跑了。

鳄鱼对小兔子怀恨在心,它气急败坏地发誓:"这个坏小子,你别得意得太早!你总得要到江边来喝水吧,等我看见你,非把你吃了不可。"

没过几天,小兔子真的到江边来喝水,已经在江边等候了几天的鳄鱼看见了它。小兔子发现鳄鱼在窥视自己,便机警地大声说:"你如果是鳄鱼,就会逆流而上;你如果是木头,就会顺流而下。"鳄鱼心想:我要是逆流而上,小兔子就会知道我是鳄鱼,所以,我要像一根木头一样顺流而下,然后找机会把它吃掉。于是,鳄鱼纹丝不动,装作一根木头向下游漂去。聪明的小兔子等鳄鱼漂远了以后,便很快喝足水跑开了。

第二天,小兔子如法炮制,在未喝水之前,先大声喊起来。但这一次,鳄鱼没有上当,既不逆流而上,也不顺流而下,而是不露声色地待在原处。小兔子误以为水面上漂的是根木头,便放心地去喝水,结果,被鳄鱼一口咬在嘴里。鳄鱼之所以只把小兔子含在嘴里而不马上把它吃掉,是想炫耀一下自己,让别人知道它连这么有学问的小兔子都能抓到。

鳄鱼一边含着小兔子,一边嘻嘻嘻地笑着。这时,被含在嘴里的小兔子对鳄鱼说道:"你只会嘻嘻嘻地笑,而不会哈哈哈地笑。"鳄鱼不愿意让小兔子这么说它,就张开嘴哈哈哈地大笑起来。鳄鱼刚一张开嘴,小兔子就乘机咬断了鳄鱼的舌头,然后从鳄鱼的嘴里跳出来,迅速地跑开了。

由于鳄鱼的舌头太重,小兔子没法拿到家里,它只好在江边找一处灌木丛把鳄鱼的舌头藏起来。藏好以后,小兔子便回家去了。路上,它碰见一只猫,就对猫说:"朋友,如果你饿了,你就去吃鳄鱼的舌头吧。我把它藏在江边的灌木丛里了。"说完,小兔子就把藏鳄鱼舌头的具体位置告诉了猫。

一天,猫确实很饿,就按小兔子说的去找藏鳄鱼舌头的地方,但是它怎么也找不到。原来,在藏鳄鱼舌头的灌木丛里,长出了一棵很奇怪的植物,它茎很长,果实也很奇特,扁扁的,长长的。猫想:哦,这棵植物可能就是鳄鱼的舌头变的。

直到今天,人们还管这种植物叫"绛霞",它的学名是"木蝴蝶",其果实叫"豆荚",又扁又长,可达二尺。在缅文中,"绛霞"的意思就是"猫到处寻找的鳄鱼的舌头"。

诚实的渔夫

　　从前,有一个名叫吴财的富翁吝啬极了。有一天,吴财去朝见国王,从京都回来上渡船时,他不小心将钱袋掉进了河里。这下可把他急坏了,他赶紧叫随从们下河去捞钱袋,但是怎么也找不到钱袋。回到家里以后,吴财为这事吃不好,睡不宁,整天挖空心思地想怎么样才能找回他丢失的钱袋。最后,他终于想出了一个主意。

　　第二天,他让人沿街鸣锣宣告:"大家听着,若有人能把吴财富翁丢失的钱袋找回来,重赏银圆一百块!"

　　吴财以为这样肯定可以找回他丢失的钱袋,就每天在大门口等候来送钱袋的人。

　　一天,两天,三天……时间一天天地过去了。吴财每天都到大门口等,可是每天都是空手而归。吴财伤心透了,他觉得他的钱袋是没希望找到了。

　　一晃又过了几天。这一天,来了一个年轻人,这人手里拿着一个大钱袋。吴财远远地看见了,甚是喜出望外,乐得嘴都合不上了。

　　"请问,吴财大财主在家吗?"

　　当吴财听到有人打听他的名字的时候,他急忙回答说:"在、在,我就是吴财!""那么,你找我有什么事吗?"吴财明知故问道。

　　"我找回了大财主丢失的钱袋,特地给您送来。"年轻人回答。

　　"太好了。那么,小伙子,你是从哪儿捡到的呢?"吴财又问道。

　　这时,穿着破旧衣裳的年轻人回答说:"我是一个渔夫。今天早晨我出去捕鱼的时候,在渔网里发现的。我想,肯定是大财主您丢失的那个钱袋,所以就送来了。"

　　"好哇,好哇。"富翁忙接过钱袋,一边打开钱袋数钱,一边连声说好。

　　富翁仔细数过钱袋里的钱以后,倒是说了声"谢谢",但对曾答应重赏一百块银圆的事只字不提，装作对此事一无所知的样子。

渔夫耐心地等着，心想：富翁可能就要给重赏了。过了很久，富翁仍然无动于衷，丝毫没有想给的意思。

"大财主，我想回去了。您把答应给的一百块银圆给我吧。"渔夫实在等不下去了，就向富翁索取。

富翁马上红了脸，愤愤地反问道："什么，你说什么一百块银圆？"

"大财主不是让人在大街小巷里鸣锣宣告了吗？若能找到富翁丢失的钱袋并还给富翁，就重赏一百块银圆，您难道忘了吗？现在，我已经将您的钱袋找了回来，并原封不动地还给了您，您应该按您说的那样给我一百块银圆呀！"渔夫提醒说。

这时，富翁狡辩道："噢，你是说这件事呀，那不用再给你了，因为你已经从钱袋里取出去了，不是吗？"

"我没有取呀！"渔夫坚定地说。

"你听着。我的钱袋里原来装的钱是一千一百块银圆，现在，只剩下一千块，那缺的一百块不就是你拿走了吗？所以呀，不能再给你了！"富翁提高嗓门喊了起来。

"你骗人！你是不想给我一百块银圆。你的钱根本不可能少！"渔夫对富翁无端地污蔑他气愤极了，也大声喊道。

富翁非但不给渔夫一百块银圆，反而命手下人将渔夫轰出门去。渔夫非常不满富翁的做法，也接受不了富翁对他的污蔑，最后，他决定到府衙那里去告富翁。

富翁呢，由于找回了他丢失的钱袋高兴得不得了，哈哈大笑起来。

府衙大人接到渔夫的诉状，立刻传富翁带着他失而复得的钱袋到府衙来。府衙大人问道："富翁，渔夫告你不给他一百块银圆的奖赏，这是真的吗？"

"没有这件事，大人。我已经给他了。"富翁回答说。

"那么，渔夫怎么说你没有给他呢？这到底是怎么一回事？你要老实交代！"

"启禀大人,原来我的钱袋里总共装着一千一百块银圆,现在一查只剩下一千块了,缺了一百块,这分明是被渔夫拿走了。所以我说已经给了他一百块银圆。"富翁争辩道。

　　"我根本没有拿他的钱。我甚至连他的钱袋都没有打开过。请大人明查。"渔夫立刻反驳道。

　　"富翁,那么你的钱袋里原来确实装了一千一百块银圆,是吗?"府衙大人问道。

　　"是的,是的。"富翁回答。

　　"那么,请把你的钱袋给我看看。"府衙大人命富翁交出他的钱袋。

　　府衙大人随即将钱袋打开,然后一板一眼地说道:"是呀,钱袋里总共有一千块银圆。富翁说他的钱袋里总共有一千一百块银圆,渔夫说他根本没有拿富翁的银圆。如果果真像富翁说的那样,是渔夫拿了那缺的一百块银圆的话,那么,他拿一百块也是拿,拿一千块也是拿,那他为什么还要还给富翁一千块呢? 所以,这是根本不可能的事。因此,这个钱袋从一开始就只有一千块银圆,这个钱袋根本就不是富翁丢失的那个钱袋。这个钱袋与富翁无关,只与渔夫有关。所以,本衙判定:这个钱袋由渔夫拿走。"

　　由于富翁一直强调说他的钱袋里有一千一百块银圆,所以,他也不好说这个只有一千块银圆的钱袋就是他丢失的钱袋。他无法拒绝府衙大人的判决,只好十分不情愿地将手中的钱袋交给了渔夫。

　　诚实的渔夫拿着装有一千块银圆的钱袋高高兴兴地离开了府衙。富翁呢? 出了府衙,他便昏了过去。

聪明的法官

有一天，天气很热，一个农夫手里牵着两头刚从邻村买来的牛，在回家的路上走着。他心里高兴极了，为了买到这两头牛，他舍不得吃，舍不得穿，才积攒够了买牛的钱。他一路走着，不时看向这两头牛，心里美滋滋的。"现在有了牛，干活就不需要费力气了。重活有牛干，我呢，只干点轻活就可以了。从今年开始，地一定犁得更好，收成也必定很不错，这样就能多赚一些钱了。"农夫越想心里越得意。

天气真热。农夫一边走着，一边擦着额角的汗水。这时，他看见眼前有一棵枝叶繁茂的大树，觉得那边凉爽多了。他赶紧牵着两头牛来到大树下，一屁股坐在一块大石头上。"啊，真凉快呀！"农夫自言自语地说。这里离他居住的村子已经不远了。大热天，他走得很累，想在这儿先休息一下，牛也可以在大树附近吃一些青草，然后再回家不迟。

农夫又热又乏，坐在石头上看着两头牛吃草，手里牢牢地牵着牛的缰绳。刚过了一会儿，他就觉得有些昏沉沉的，头不自觉地向下垂，眼睛也睁不开了。他累得睡着了。

这时，一个陌生人路过这里。他看见靠着大树打盹的农夫，还有在大树旁吃草的两头牛，便心生邪念。他立刻把两头牛的缰绳轻轻地从农夫手中抽出，牵着牛蹑手蹑脚地走了。

过了一会儿，农夫醒了，立刻发现两头牛不见了。他非常后悔，刚才自己为什么打盹儿呢？于是他顺着大路望去，只见前面不远处有一个人正牵着两头牛急匆匆地赶路。

农夫马上赶了上去。看见那人神色慌张地牵着自己买来的那两头牛，农夫便大声问道："你为什么偷我的牛？"

"你的牛？"陌生人故作镇静地反问道，"你说什么呀？这两头牛明明是我的,怎么能说是你的呢?"

"当然是我的啦,是我刚刚买来的。刚才我还牵着它们呢!你为何趁我在大树底下打盹儿的工夫,偷了我的两头牛?"

农夫说着,就从陌生人手里抢牛缰绳,陌生人死死攥着不放。于是,两个人撕扯起来。

陌生人贼喊捉贼,恶人先告状,便在路上大声喊起来:"你这个人欺人太甚,明明是你光天化日之下拦路抢劫,却污蔑我偷了你的牛,真是岂有此理!"

两个人拉拉扯扯,撕撕打打,不知不觉来到了农夫居住的村子。村民们看见他们扭打在一起,感到很惊讶,就围上来看个究竟。

"这个家伙偷了我刚买的两头牛!"农夫对村民们说。

"我说,善良的人们,你们千万别听他胡说。"陌生人极力分辩说,"他发疯了。刚才,我牵着两头牛在大路上赶路,他突然跑过来从我的手中抢缰绳,想半路抢劫。"

"你纯粹是胡搅蛮缠,胡说八道。你趁我在大树下歇着的时候,偷走了我的牛。"农夫分辩说。

"那么,好吧。你说说看,你的牛有什么记号?你用什么证明这是你的牛?"陌生人挑衅地说。

"喂,我说,你们干吗不去找村里的法官?"围观者中有人提议道,"你们都知道,那法官可是一个聪明的法官呀!"

于是他俩在众人的簇拥下,来到了法官家。法官是个老头儿,他专心地听了两个人的申诉,又以锐利的目光看着两个人,然后思索了一会儿,对陌生人说道:"我可以问你几个问题吗?"

"当然可以,阁下。"陌生人回答。

"你说这两头牛是你的,请问,你说的是实话吗?"

"是的,阁下。我说的全都是实话。这两头牛当然属于我!"

"那么,你买了很久了吗?"

"当然。"

"看样子,这两头牛长得很结实,是吗? 那么,请问,你都喂什么东西给它们吃呢?"

"回答阁下,我喂的是玉米和谷壳。"陌生人说。

接着,法官又问农夫:"请问,这两头牛是你的吗?"

"是的,阁下。"农夫回答说,"我没有钱买玉米和谷壳,只好喂它们青草吃。当这个家伙牵走我的牛时,它们正在我身旁吃草呢!"

"好。"法官对围观的众人说道,"牛到底是谁的,到底谁是偷牛人,我们马上就会见分晓了。请诸位稍等片刻。"

只见法官走进屋内,少顷,又提着一桶水出来,让两头牛喝水。不一会儿,牛开始呕吐。原来法官往水里加了能让牛呕吐的草药。结果,牛吐出来的全是青草,没有玉米,也没有谷壳。这样,谁是牛的主人,谁是偷牛人,就一清二楚了。众人赞叹不已,对法官用这么简单的方法就断明了这个案子,佩服得五体投地。

这时,只听法官微笑着对农夫说:"好啦,你就把你的牛赶快牵回去吧,下次可要小心喽。"

接着,法官又厉声对陌生人说道:"你还敢说你没有偷牛吗? 行啦,事实俱在,罚你十个金币,作为对农夫的赔偿。"

偷牛人低着头,不敢吭一声,乖乖地拿出十个金币给农夫,然后狼狈地溜走了。

农夫拿着偷牛人给他的十个金币,买来了好吃好喝的,宴请法官和全村的乡亲们。大家一边吃喝,一边称赞法官。

金黄色的马

　　很久很久以前，在一个名叫雅塔扑拉的王国里，有一个富翁，他特别喜欢马。不论在哪里，只要他看中的宝马良驹就是价钱再高也要买到手。

　　富翁有很多很多的马，什么白色的，棕色的，高的，矮的，大的，小的，胖的，瘦的，他样样都有。每天早晨，富翁连脸也顾不得洗，就先跑到马厩去看自己的马丢没丢。每当冬季到来，他怕马冻着，甚至还给马披上一层绒毯呢！

　　有一天，富翁从窗口瞥见一个少年骑着一匹金黄色的高头大马打门前经过，他立刻就看中了这匹马，起了占有之心。骑马的人是住在城郊的一个贫困的年轻人，名叫貌南达。貌南达的马长着一身油光发亮的金黄色的鬃毛，显得格外好看。马的鼻梁处毛色黄白相间，显得十分神气。特别是，这匹马一跑起来轻快敏捷，四蹄如飞，人们都管它叫"金色的飞马"。

　　富翁自从那日看到这匹马，整日里吃不好睡不宁，朝思暮想这匹马。他打发一个仆人去找貌南达。

　　仆人来到了貌南达的家，对他说："貌南达，你把你的马卖了吧！"

　　貌南达听说是来买自己的马的，便立刻说道："马是我爷爷留给我的，不能卖。"

　　仆人只好回到家里，把貌南达的话告诉了富翁。富翁很着急，这时他眼前又出现了那匹金黄色的马的影子。他对仆人说道："我非把这匹马买到手不可。你去告诉貌南达，就说我出一百元买这匹马，另外，还白给他一匹马，问他卖不卖。"

　　仆人再次来到貌南达家里，对他说："貌南达，我家主人说给你一百元外加一匹马，这回你该卖了吧？"

　　貌南达十分喜爱自己的马，他对富翁的诱惑丝毫没有动心，他说："我压根儿就没有打算要卖我的这匹马!"

仆人把貌南达的话告诉了富翁,富翁仍不死心,他跺了跺脚对仆人说道:"你去告诉貌南达,就说我给他一千元。"

于是,仆人第三次来到貌南达家里商量买马一事。貌南达对仆人说道:"我爱这匹马就像爱我的弟弟一样。它知道我的声音,熟悉我的脚步声,所以,你就是给我一万元,给我一座金山,我也不卖!"

仆人听了只好又回去禀告富翁,这下可把富翁气坏了。他暴跳如雷,怒吼道:"给他这么多钱还不卖,真是不识抬举。好,咱们走着瞧吧,我早晚要把这匹马弄到手。"

富翁想这匹金黄色的马想得发了疯。他茶不思饭不想,一天到晚盘算着怎么样才能把这匹马弄到手。他想呀想,突然想出来一个好主意。他打好了包头巾,戴上了假胡子,穿着一身破烂不堪的衣服,向貌南达进城必经的森林走去。他来到森林边上,躺倒在貌南达进城必走的路旁,呻吟着装作一个半路病倒的旅客。

过了一会儿,貌南达果然骑着金黄色的高头大马,沿着林间小路向城里走来。貌南达看见路旁躺着一个衣衫褴褛的人,以为他是一个出门在半路上生了病的人,立刻翻身下马,拿出自己带来的水给他喝,然后把他抱到马背上。富翁一声不吭,装出一副可怜相。貌南达把他放到马背上,一手拽着马缰绳,一手扶着他骑马赶路。

走了很远一段路以后富翁才开口说:"年轻人,我已经好多了,非常感谢你对我的帮助。现在你可以松开手,不用再扶我了。"

貌南达信以为真,便松开了手。但是,就在这一刹那,突然发生了意想不到的事。貌南达刚一松开手,富翁就立刻挥动拳头朝他的胸部猛打过来。一拳接一拳,富翁一直把貌南达打下马,紧接着双脚一夹马肚,口中吆喝一声"驾!",便骑着马迅速向前奔去。

貌南达忍着疼痛从地上爬起来,使劲叫道:"金黄!金黄!"聪明的马一听到貌南达的叫声,便止住了脚步转身回来。富翁使劲勒住马的缰绳不想让马往回跑,可他哪里能阻挡得了。马跑回到貌南达的身旁,貌南达仔细一看,才知道这个病人原来是富翁装的。

"你的心太黑了!"貌南达对富翁说,"你既有钱又有势,而我呢,是个穷光蛋,我和你无法较量。虽然这次我叫回了我的马,可下次,你一定会以更坏的主意来把我的马弄到手。"

富翁见阴谋没有得逞,便咬着牙恶狠狠地盯着貌南达。

"要是你答应我一件事,我就把这匹马给你。"貌南达一边抚摸着自己心爱的马,一边对富翁说。

富翁一听说貌南达要把马给他,连忙高兴地问道:"答应你什么事?快说!"

"你必须答应我,不能把你怎样得到这匹马的事告诉任何人!"貌南达一字一句严肃地说。

富翁听了,气得涨红了脸,大声地喊道:"为什么我不能说马是怎么得来的?"

"不能说就是不能说呀!"貌南达大声地说道,"我碰见你的时候,你是一个病倒在路旁的旅客。我喂你吃的,把你抱到马背上。你忘恩负义,把帮助你的人打到马下,抢了马。若是世人都知道了这件事,那么就再也没有人敢帮助倒在路旁的病人了。大家都会以为倒在路旁受疾病折磨的人,都是像你这样的坏人恶棍。这样,那些真正病倒在路旁的人,那些口渴、饥饿倒在路旁的人,就会因为没有人帮助而死去,就是这个缘故我才不让你说!"貌南达一口气把要说的话全都倒了出来。

貌南达的一席话把富翁说得羞愧难言,他一句话也说不出来,脸色很难看,低头沉思着:要是我把这匹马拿走了,貌南达可就一无所有了。但是,貌南达不为自己着想,他想的是别人,处处为别人着想,这个年轻人的确是个心地善良的好青年!

"是我做了坏事。"富翁惭愧地对貌南达说,"貌南达,你的马还是你自己的。你是个好心人,只有你才配拥有这匹马。我做了对不起你的事,请原谅我吧!"

棕 绳 套 圈

　　很早很早以前，在一个非常偏僻的小乡村里，住着兄弟三人。在这三个兄弟中，小弟弟为人忠厚老实，而两个哥哥却很狡猾、奸诈，经常欺负小弟弟。他们的父母去世以后，有一天，哥仨儿在一起商量如何分父母留下的遗产。

　　"我是老大，家里人口多，应该把房子分给我。"大哥说。

　　"我的生活负担重，家里的财物和土地都给我吧!"二哥说。

　　最小的弟弟听完两个哥哥的话，心想：看来两个哥哥是要欺负我一辈子了。父母在世时，有父母照顾我。现在父母去世了，本想可以依靠两个哥哥，但是他们丝毫不体贴我，把父母留下的全部遗产都分光了。小弟弟越想越难过。

　　"两位哥哥，给我剩下点儿什么呢?"他伤心地问道。

　　这时，只听大哥冷冰冰地说："房子是我的，地和家里的财物是你二哥的，家里剩下的，你想要什么就拿什么吧!"

　　小弟弟垂头丧气地在房间里看了看，什么值钱的东西也没有，只在墙角里发现一卷棕绳。

　　"就把这卷棕绳给我吧!"小弟弟对两个哥哥说。

　　"好吧，你已经得到了你想要的东西了。你拿着这卷棕绳愿意到哪儿就到哪儿去吧!"

　　小弟弟被赶出了家门。他拿着这卷棕绳漫无目的地向前走着，心里痛苦万分。他走呀走，不久，来到了树林边的一个小湖旁。湖水碧绿、清澈。小弟弟走得疲倦不堪，便坐在湖旁一棵大树下休息。

　　这时，一只小松鼠趴在一根贴近水面的树枝上喝小湖里的水。小弟弟觉得小松鼠的毛非常漂亮。他抬头往树上一看,几只正在树枝上欢唱的小鸟儿的羽毛也都非常美丽。他心想:如果捕捉这些小动物,把它们拿到市场上去卖,不是可以赚大钱吗?于是,小弟弟用拿来的棕绳做成套圈,放到小松鼠喝完水要回去的树上,果然,小松鼠喝完水回到树上时被套圈套住了。

起初,小弟弟想把捉到的小松鼠杀死,可是他觉得它很可怜,所以,他做了一个笼子把它养了起来。然后,他又把套圈放在树下。这一次,他套住了一只小兔子。他也不忍心把小兔子杀死,把它同松鼠一起放在笼子里养着。小弟弟重新把套圈放在树下,可是,这一次,他什么也没有套着。只见附近的动物都惊慌失措地向四面奔跑,树上的小鸟儿也似乎见到了什么,惊慌地飞走了。

小弟弟看到这种奇怪的现象,断定准是发生了什么事情。他警惕地向四周观望,看到一只大狗熊钻进离自己不远的一个洞里去了。小弟弟认为大概这就是小动物们害怕的原因吧。他不以为然,依旧继续观察他的套圈是否套住了什么动物。

突然,他看到离套圈不远的湖面上,漂着一根大木头,大木头旁边浪花翻腾。不一会儿,只见一个似人非人的怪物浮出水面,怪物把一只手扶在大木头上。小弟弟是一个勇敢的人,他并没有被吓住,而是捡起了一块石头,准备抵抗。

小弟弟看到的怪物是守护小湖的妖怪的儿子。他和他的妖怪父亲无权吃湖外面的动物,但是他们可以吃掉到湖里来的人和动物。所以,妖怪父子经常诱使人们掉到湖里,然后把他们吃掉,并且把他们身上的财宝统统收藏起来。妖怪父子住在水下一个大岩洞里,他们已经有了很多财宝。这一天,妖怪的儿子又想要吃人,便浮出水面侦察一下情况。

小妖怪见小弟弟坐在大树下,便问:"你为什么到我管辖的小湖来?"

"我正在用套圈套这个湖呢!要不了多久,这个湖就会被我套住的!"小弟弟紧紧握着拳头,威胁说。

小妖怪一听,本来就很大的眼睛,这时瞪得更大了。他马上潜到水下,把小弟弟的话告诉了老妖怪。

　　老妖怪稍微想了一下,对小妖怪说:"说不定这个人还真有点儿能耐呢!如果我们这个湖被他套住了,那他就可以任意摆布我们了。你再到他那儿去一次,当他累了的时候,你就把他从树上推到湖里,然后由我来收拾他,快按我说的去做吧!"

　　小妖怪按照父亲的吩咐,来到岸上,向小弟弟挑战说:"你在没有套住我们的湖之前,我想和你比赛爬树。如果你赢了,说明你的套圈能套住湖,否则,就说明你和你的套圈都没有用。"

　　"那好吧。不过我现在没工夫,还是先让我最小的弟弟和你比赛吧。如果他输了,我再和你比。"小弟弟说。

　　"那也行,就来吧。"小妖怪表示赞同。

　　这时,小弟弟把松鼠从笼子里放出来,说了声:"比赛去!"只见松鼠三蹦两跳便蹿到了树顶上,然后又从这棵树上跳到另一棵树上。小妖怪还差得远呢!结果,小妖怪输了。

　　小妖怪急忙潜入水下,把比赛结果告诉了老妖怪。老妖怪低头沉思了片刻,又想出了一个计策,就又把小妖怪派到岸上。

　　老妖怪觉得第一次比赛输了不要紧,他想人不管怎样也是跑不快的。所以,这一次,他告诉小妖怪,要和这个人赛跑,等这个人跑累了,就把他捉住扔到湖里,然后把他吃掉。

　　小妖怪按照父亲的指点,又一次来到岸上,对小弟弟说:"第一次比赛虽然我输了,但是还应该比第二次。这一次,我想和你赛跑,假如你赢了,我就让你用套圈套住这个湖。"

　　"那好吧。可是,我没有时间,还是先让我的另一个小弟弟跟你比比看。如果他输了,我再和你比。"

　　小妖怪表示赞同,并做好了比赛的准备。这时,小弟弟说:"我来当裁判。"他让小妖怪准备好起跑,然后,从笼子里把小兔子放了出来。小兔子一溜烟地跑进了树林,小妖怪还未来得及跑,就已经看不见小兔子的影子了。这次比赛,小妖怪又输了。他只好垂头丧气地回到水下,把自己的失败告诉了老妖怪。

老妖怪听完儿子的话,眼睛一眯,又想出一个主意来。他让小妖怪和小弟弟进行摔跤比赛,心想:人和妖怪摔跤,人哪有妖怪的力气大呀!这样,小妖怪就可以轻而易举地把小弟弟摔倒,然后把他扔到湖里吃掉。

小妖怪听了父亲的话,又来到岸上,对小弟弟说:"朋友,我父亲说不管什么比赛一般都要比三次才能决定胜负。这回是最后一次比赛,我和你决战,我们进行摔跤比赛。"

"好倒是好,可是我还是没工夫。在正前方那个山洞里,有我的一个弟弟正在那儿等我,你先同他摔一跤,等他输了,我再同你摔。"小弟弟指着前面不远的山洞说道。

小妖怪按照小弟弟指点的方向,走进山洞里。大狗熊见洞里来个小妖怪,就把小妖怪夹在腰间,然后狠狠地摔在地上。小妖怪痛得嗷嗷直叫,急忙跑回水底向老妖怪诉苦。

老妖怪大为吃惊,心想:这人真是有能耐。我的儿子连这人的弟弟们都赢不了,更甭想赢他了。所以,我们不如认输为好,免得被他的套圈套住遭殃。我们还是把所有的金银财宝都献给他,求个安宁为妙。于是老妖怪让小妖怪拿着全部的金银财宝去找小弟弟。

小妖怪见到小弟弟以后,把全部的金银财宝献给了他,央求说:"几次和你比赛,我都输了,再也不敢和你比赛了。你拿着这些金银财宝回去吧,可别用套圈套我们的湖了!"

小弟弟接过金银财宝,警告小妖怪说:"以后你们别再吃人。如果听说你们吃了人,我就拿套圈回来套你们!"

当小弟弟回到家里的时候,两个哥哥见他扛回这么多金银财宝,急着问他是怎么弄来的。

这时,小弟弟说:"就是用这条棕绳弄到的。"说着便把棕绳给了两个哥哥。

　　两个哥哥拿到棕绳后,顾不得细问就匆忙离家走了。他们到哪里去了呢?谁也不知道。直到今天,人们都没有见到他们回到家里来。

美人鱼的儿子

从前,有个叫爪亚亚基的国王统治着东当堆国,他有个儿子叫贡觉德拉。贡觉德拉成年后,国王立他为王储,准备将来把王位传给他。但贡觉德拉并不想当国王,他经常拿着弓箭钻进森林里,快乐地打发着时光。

一天,王子在森林里迷了路,不知不觉他来到了一条大河边。他又饥又渴,正准备坐下来吃饭,发现在不远的水中有一条黑色的鱼正大声地吐着水泡。他看着看着,不禁想起前人曾说过的话:在水中吐泡的黑鱼价值连城。

王子正想着,那条鱼却在水中用人的语言自言自语起来:"我这条美人鱼,在这波涛汹涌的大河中游弋了几个来回,但谁也抓不住我,与其在这里浪费时间,我还不如回家去。"

王子听到美人鱼的话,惊讶万分,他对美人鱼说:"朋友,我正在吃饭,你愿意和我一起进餐吗?"

美人鱼回答道:"恩人,感谢您能邀我一起进餐,但是我是鱼,我不能上岸和您共同进餐。如果您真心对我好,就请把食物撒到水面上吧。"

王子果真按美人鱼说的,从饭盒里拿出一些饭撒进水里。

不一会儿,美人鱼又从水里浮上来,说:"恩人,您刚撒的食物都被那些饥饿的小鱼抢走了,如果您还有的话,再给我撒一点儿吧。"

这时王子已经把饭吃光了,他对美人鱼说:"美人鱼朋友,饭已经被我吃光了,但我嘴里还有一口,如果你不嫌弃,我把它吐出来给你。来,张开嘴接着。"

美人鱼听了王子的话游过来,吃了王子吐给她的食物,然后他们亲密地聊起天来。

王子说:"我是东当堆王国的王子贡觉德拉,现在就要回去了。回去以后我一定禀明父王,举行盛大的仪式来把你迎到我们的吉祥湖中,在那里你可以饮食无忧,我们还可以经常在一起。"

美人鱼说:"好啊,我就等您来接我了,希望您能遵守诺言。"

王子回到皇宫,向国王禀明了路遇美人鱼的经过,以及想把它放养在吉祥湖的想法。国王听了以后说:"孩子,这些妖魔鬼怪总是在引诱你,如果我满足了你的要求,恐怕会给我们的国家带来灾难。"因此,国王拒绝了王子的要求。国王根据自己的意志,为王子娶了一位公主,并立即将王位传给了王子。王子无计可施,只好接受了父王的安排。他统治着王国,日理万机,渐渐地,也就把对美人鱼许下的诺言忘到九霄云外去了。

美人鱼一直坚信王子一定会来接自己,她等啊盼啊,却始终不见王子的身影,不禁伤心万分。这时,她发现自己的身体悄悄起了变化。原来,因为吃了王子吐出来的食物,她怀孕了。

斗转星移,十个月过去了,王子依然没有来,美人鱼却生下了一对双胞胎,她给两个孩子分别取名为亚亚加和孔达。这两个儿子是人身,不能与她生活在水里,于是美人鱼就把他们放在靠岸边的一个石洞里,自己则忙着四处为孩子们搜寻适合他们吃的食物。

不知不觉,孩子们到了懂事的年龄。一天,他们问美人鱼:"妈妈,为什么我们和您长得一点儿也不一样呢?"

美人鱼回答说:"孩子们,这件事说来话长,等你们长大成人后,妈妈就告诉你们前因后果。"

转眼间,孩子们到了十六岁,美人鱼便把事情原原本本地告诉了孩子们。原来他们是东当堆国王子贡觉德拉的儿子。孩子们知道了事情的真相,向母亲请求道:"妈妈,我们已经到了自食其力的年龄,我们和您不同,也不能和您生活在一起,所以我们想去找父亲,请您原谅我们吧。"

尽管美人鱼万分舍不得孩子,但她还是含着眼泪嘱咐道:"你们说得很对,但一想起要和你们分离,妈妈就很伤心,命运的安排使我们走到了今天这一步。妈妈原谅你们,但有几句话要特别叮嘱你们。你们要到人类社会中去了,和人交往要特别当心,有一些人不守信用,会用狡猾的手段引诱你们、陷害你们,你们要避开那些假仁假义的朋友而交真正的朋友。亚亚加,你作为哥哥要多照顾弟弟孔达,有吃的一定要分给弟弟一半。俗话说长兄为父,你要像对待儿女一样对待弟弟,不要听信别人的挑拨离间。兄弟俩任何时候都不要分开。遇到困难就想想我的恩情,记得父母恩情的人会平安无事的。孩子们,你们要牢记妈妈的话,妈妈的祝福无时无刻不在跟随你们,保佑你们。"美人鱼一边说着,一边泪水滚滚而下。

兄弟俩拜别母亲,翻山越岭,来到一个叫东宋巴的小国边境,那里有一个小村庄,村旁的一处房子里住着一位无父无母的少女。他们又饥又渴,来到少女家讨点儿饭吃。少女对他们的到来非常惊讶,当她听说了兄弟俩的身世后很同情他们,不仅给他们做了饭,还请他们和自己一起住。于是他们三人在村边开垦了一块旱地,种点儿五谷杂粮,日子过得非常快乐。渐渐地,哥哥亚亚加和少女相爱了,不久他们便结为夫妻。而弟弟孔达觉得哥哥慢慢地和自己疏远了,再也找不到以前兄弟之间亲密无间的感觉了。

这一年赶上天灾,他们赖以为生的那块田地只收了一点点粮食,吃饭都成了问题。这时嫂子起了私心,想把孔达从家里赶出去,她不停地在丈夫亚亚加身旁吹"枕边风"。可是哥哥实在不忍心赶走弟弟孔达,只得好言相劝,安慰妻子。嫂子借口孔达不会干农活经常找碴儿,给他气受。孔达忍气吞声,每每想起母亲曾经嘱咐过的话,便提醒哥哥别忘了。但是哥哥毕竟已经成家,总是处处袒护着自己的妻子。

一天,哥哥终于决定把弟弟赶出家门。他把孔达骗到森林深处,说:"今天,我们兄弟俩来到这里捕野兽,补充一点儿我们日渐缺少的粮食。我们在野兽常出没的路上挖一个五米深的陷阱,野兽一不小心掉进去,我们就很容易捉住了。我们去挖陷阱吧。"

弟弟孔达一点儿也没有察觉到哥哥的真实意图。陷阱在一点点地加深,为了方便上下,他们用竹子搭了一个梯子。当陷阱挖到五米深的时候,亚亚加让弟弟下去试试看。当孔达下到陷阱底端的时候,亚亚加迅速将竹梯拉了上来,把孔达扔在陷阱里,自己回家去了。

起初,孔达以为哥哥是在跟自己开玩笑。当他在陷阱下等了很长时间,他一遍又一遍地喊着:"哥哥呀,哥哥,来救我。"却根本不见哥哥的踪影,他只好自己想办法救自己。可是，毕竟是五米深的陷阱，他折腾了一天一夜，也没能从陷阱里出来。

太阳升起来了，新的一天又开始了，孔达在陷阱里不禁想起了临别时母亲的叮嘱："时刻想着父母恩情的人会平安无事的。"他向着母亲所在的方向叩头说："恩重如山的母亲呀，儿在这遥远的地方给您叩头了。因为哥哥起了坏心，我现在遇到了麻烦。母亲救我呀。"他刚叩完头，就刮起了一阵狂风，狂风吹倒了陷阱旁边的一丛竹子，竹梢正好落到陷阱里。孔达便顺着竹子慢慢地爬到了地面上。他高兴万分，心想：我今天之所以得救，全是因为我记得母亲的恩情。他沿着来时的路又回到了哥哥家里。

嫂子见孔达回到家里，又开始对亚亚加嘟囔个不停。亚亚加将妻子叫到一边，小声地安慰妻子说："关于弟弟的事，你就别再说了，明天我把他骗到别的地方，顺了你的心愿就是了。"然后他又对弟弟说："我昨天因为突然有一件特别紧急的事，所以先回家了。今天一大早我就想去救你，但突然刮起了大风没去成，现在看到你平安回来我真高兴。"

第二天早晨，亚亚加对孔达说："弟弟呀，今天我们还要出去找吃的，带上干粮我们就出发吧。"兄弟俩跋山涉水，来到一片茂密的桐油树林，林中有一棵直径约四米粗的大桐油树，在最高的树梢上架着一个很大的鸟窝。亚亚加说："我们上去把鸟蛋掏下来。可是这棵树太高，我们先往树上钉一些楔子，然后踩着这些楔子往上爬。"兄弟俩说干就干，不一会儿，就钉好了一排楔子。然后他们小心翼翼地往上爬，爬到鸟窝旁，往里一看，里面有两只很大的鸟蛋。这时亚亚加想出了一个馊主意，他对孔达说："弟弟，我们如果这样带着两只鸟蛋爬下去很不容易，不如你先在这儿等着，我去找个篮子和一些绳子，你把鸟蛋放在篮子里，用绳子顺到下面去。"说着他就先下了树，为了断绝弟弟下树的路，亚亚加把刚才钉好的楔子全部拔下来扔掉了。

起初孔达根本没有发觉哥哥的图谋，他照哥哥说的在鸟窝旁等着，等哥哥快到地面的时候，他无意中往下一看，不禁大吃一惊，发现哥哥已经把楔子全拔掉了。他大声朝哥哥喊道："哥哥，你为什么把楔子全拔掉了，你让我怎么下去啊？"但哥哥什么也没有说，下到地面，就沿着原路回家去了。孔达在树上望着哥哥一步一步远去的背影,不禁放声大哭:"哥哥,你怎么把我扔下了? 你还记得妈妈曾嘱咐过的话吗? 你不心疼我吗? 我们兄弟就这样分开了吗? 现在我也下不去了,难道你让我在树上饿死,或是掉下去摔死吗?"

孔达正在树上哭着,突然传来雷鸣般的声响,原来是鸟窝的主人大鸟回来了。大鸟有着圆圆的大眼睛、弯弯的嘴巴和铁钩般的利爪。见到孔达,它竟用人的语言说道:"你为什么跑到我的窝旁来骚扰我的孩子呢? 你不怕我啄死你吗? 现在我要把你当作早饭美餐一顿了。"

看到这只大鸟,孔达非常害怕,硬挺着才没从树上摔下去,他心想:就算现在不掉下去摔死,也会被这只大鸟啄死。他不禁又想起了临别时母亲的嘱咐,便一边给母亲磕头,一边说:"母亲啊,儿现在有生命危险,您对我恩重如山,儿最后一次给您磕头了。"

大鸟看到孔达的所作所为,心里非常感动,便用温柔的声音对孔达说:"可怜的人,你告诉我,你为什么要到我的窝边来呢?"孔达便把前因后果说了一遍。大鸟听了以后,非常吃惊:"可怜的孩子,照你的话说,你是我的朋友美人鱼的儿子啊! 我和你的母亲一样会说人类的语言,很久以前我们就成了好朋友。算你运气好,如果我不知道你的情况,今天你就成了我腹中的美食了。现在你不用担心,我给你一个任务,这两枚蛋就要孵化出来了,小鸟们出世后,我得去给它们觅食,我不在的时候,你就守着鸟窝看护这些孩子吧。但是我的丈夫马上就要回来了,我要跟它商量一下。它有点儿粗鲁,乍一看到你在我们的窝旁,肯定会攻击你的,所以你先到我的翅膀下躲一会儿。"

孔达刚一躲到雌鸟的翅膀下,就听到雄鸟声音洪亮地叫着回来了。它一停稳,就皱起鼻子闻了闻,然后对雌鸟说:"夫人,这里怎么会有人的味道呢? 好像有人到过我们的窝边,现在我们就把他找出来当作美餐。"雌鸟掩饰说:"郎君,这么高的大树,人怎么能够爬得上来呢? 这个气味肯定是我们窝里就要孵化的蛋发出的。看看我们窝里的小宝贝,它们多么可爱啊!"

"是的,多可爱啊!"雄鸟也由衷地感到欣慰。

接着,雌鸟又问:"郎君,在这个世界上你最爱谁?"

"在这个世界上我最爱的就是你啊,此外,还有我们的骨肉——这两个即将出世的小宝贝。"

"是啊,我们的小宝贝这么可爱,不久它们就要破壳而出了。但是它们那么弱小,羽毛也不丰满,它们会面临许多危险的。因此,它们需要日夜不停地照料。为了糊口,我们俩得早出晚归外出觅食,不能守护着它们,把它们留在家里我实在很担心,我们找个人专门守护着它们,不好吗?"

"如果能照你说的那样做当然好了,可是到哪儿去找一个能让我们放心的人呢?"

"这你不用担心,你还记得我们的老朋友美人鱼吗? 为了照料小宝贝,我把美人鱼的儿子喊来了,你看。"说着,它把藏在翅膀下的孔达亮了出来。

雄鸟问了一下孔达的情况,感到非常满意。从此,就让孔达也住在它们的窝里,它们像对待自己的孩子一样对待孔达。孔达每天悉心照料着两枚鸟蛋。不久,两只毛茸茸的小宝贝破壳而出了。大鸟夫妇非常感激孔达,也尽量满足他的要求。

不久,两只小鸟慢慢长大,羽毛丰满了,翅膀硬了,身体也逐渐变得像父母一样庞大健壮,它们和孔达亲密无间。刚学会飞翔时,它们兴奋不已,从一棵树上跳到另一棵树上。之后,它们也让孔达坐在自己的背上,把他驮到地面上去。

两只小鸟成年以后,一天,大鸟夫妇对孔达说:"孩子,我的两个小宝贝在你的照料下都已成年了,你也完成任务了,按我们鸟类的习性,小鸟长大后我们就要另外找一个合适的地方,所以我们和你就要分开了。如果你想在这片林子里开垦一片土地,过你们人类的正常生活,我们会帮助你的。以后到孵卵的季节,我们还会回到这里来的。"

大鸟夫妇到附近人类居住的村庄,为孔达衔来了稻种和蔬菜种子,在森林里给他开垦了一大块旱地。大鸟夫妇帮忙拔除杂草和灌木,还为孔达在大树的枝丫间建了一个栖身之所,又为他弄来各种农具、锅碗瓢盆等,一直把孔达的一切都安排妥当以后,才和孔达告别,带着两个儿女另觅栖息之地去了。

之后，孔达的庄稼和瓜果蔬菜获得了丰收，从此，他悠然自得地过着日子。大鸟夫妇不时地来看望他，到稻谷收割的季节还来为他建粮仓，而到了鸟儿们产卵的季节，大鸟夫妇也回到原来的窝里产卵孵化，孔达就帮忙照料小鸟。这样又过了两三年，孔达收获了更多的粮食。这时，孔达想：从前我是个穷人，现在我也有了一些积蓄，我很同情那些穷苦人，如果有可能，我要把自己的粮食分给他们。

话说孔达的哥哥亚亚加居住的东宋巴国由于气候反常，庄稼颗粒无收，发生了饥荒，人们用碎米煮点儿稀粥勉强度日，许多家畜被饿死。亚亚加养的一条狗为了活命，四处觅食，这天恰巧来到了孔达居住的地方。狗见到孔达后高兴地摇着尾巴直奔孔达而去。孔达仔细端详了一下，发现它就是哥哥家养的那条狗，不禁万分高兴。他试着叫狗以前的名字，狗也兴奋地在他身边蹭来蹭去。看着这只被饿得瘦骨嶙峋的狗，孔达就让它饱饱地吃了一顿。狗吃饱以后就回到自己的主人那里去了。亚亚加看到狗吃得饱饱的，感到很奇怪，心想：我们都吃不饱，这只狗在哪里找到食物了呢？它好像到过一个很富庶的地方。

第二天早晨，狗又去了孔达那里，吃饱后又回到自己的家。亚亚加看了以后，更加坚定了自己的想法。第三天，他悄悄地跟在狗的后面，到了孔达的田地边。他累得气喘吁吁，就坐在田埂上休息。这时，孔达拿着两片竹板到田里来驱赶那些破坏庄稼的野兽，一边走，一边敲，竹板发出响亮的吧——吧——吧的声音，正坐着休息的亚亚加听到这个声音，大惊失色，因为这个声音和自己小时候母亲招呼自己和弟弟吃饭时发出的声音非常相似。缅甸有句俗语叫"遇到困难才想起母亲"。这时的亚亚加想起了母亲临别时的嘱咐，又想起自己的所作所为，后悔不迭，他向着母亲所在的方向一边磕头一边说："母亲啊，我现在听到的这个声音，多么像以前您给我们喂食时呼唤我们的声音啊。我不听母亲的话，现在遇到了很大麻烦，我因为听从蠢婆娘的主意而将我的手足兄弟赶到了这片荒林中，我真是大错特错啊。作为对我做错事的惩罚，现在就让我死了吧。母亲对我恩重如山，我就在这里和母亲叩别了。"

他的哭声恰巧被路经此地的孔达听到,孔达暗自纳闷:"谁会在我的田边哭呢?"他想探个究竟,便躲在一丛灌木的后面,没想到哭的人竟是自己的哥哥亚亚加。听着哥哥忏悔的告白,他再也忍不住自己的眼泪,一边哭,一边来到哥哥的身旁。

亚亚加看到弟弟突然来到自己的身边,吓得转身就要跑;弟弟紧紧地抱住他的腿,使他动弹不得。亚亚加呆呆地望着自己的弟弟,因为他本来以为被自己抛弃的弟弟已经死了,没想到弟弟现在突然出现在自己的面前,这使他又惊又怕。只听弟弟说:"哥哥,你感到意外吗? 我因为记着母亲的恩情才没有死。哥哥你也不用为过去的事情而难过,看你已经意识到自己的错误,我也很高兴。现在我们兄弟俩又见面了,你应该高兴才对呀!"然后,他又问哥哥怎么会跑到自己的田边来。哥哥看到弟弟并没有责怪他的意思,反而很关心他,十分感动,便把自己遇到饥荒以及跟着狗跑到这里来的情况告诉了弟弟。孔达安慰他说:"我这里积存了很多粮食,以后你再也不用担心会挨饿了。"

孔达把哥哥领到家里,让他饱餐了一顿,又把自己被哥哥抛弃后发生的事情详细地告诉了亚亚加,然后又说道:"哥哥,你以后再也不用为粮食发愁了,你需要多少就尽管拿吧。明天你把嫂子也喊来一起运粮食吧。"

"亲爱的弟弟,看到你这么重感情,我不知道有多么高兴。我现在也很后悔以前的所作所为,所以我再也不想回到那个恶婆娘那里去了,就让我和弟弟一起同甘苦、共患难吧。"

"哥哥,你不应该对嫂子怀恨在心,嫂子以前对我们还是有恩情的,是她最先收留了我们,看在这份恩情上,你也应该回去和她一起生活。"

"弟弟,你真是个知恩图报的人,我就依了你的意思吧。"说完,亚亚加接过孔达送给他的粮食和许多其他食物,沿着原路回家去了。

回到家,妻子看到丈夫背了这么多的东西,惊叹不已,亚亚加便把发生的一切原原本本地告诉了她。妻子听了后,说:"如果你说的是真的,我倒想见见这个懂事的弟弟,毕竟我们好长时间没见面了,还真有点想他呢。"

第二天,亚亚加照弟弟说的,和妻子一起拿上家里的筐子、篮子,又到弟弟的家里拿回了许多粮食。就这样，他们夫妻俩每天都去背一些回来，很快他们家就积存了一大批粮食。这时他们居住的东宋巴国因发生饥荒，米价像金银一样贵，亚亚加和妻子抓住机会，将从弟弟那里背来的粮食卖了出去，发了一笔横财，过起了富翁的生活。

这时，哥哥想把在荒林中辛苦劳作的弟弟接回来一起居住，弟弟却说："我还不能和你回去，现在除了要收割稻谷外，我还想再开垦一块田地。你如果愿意的话，可以来帮忙。"在哥哥及其奴仆们的帮助下，孔达又开垦了很大一片田地。到第二年收割时，获得了大丰收。孔达认为自己是托了母亲的福才发达起来的，为了纪念母亲，他和哥哥商量建一座可供路人休息的凉亭。哥哥很赞同弟弟的主意，在大路口买了一块好地，建起一座美观实用的凉亭，还为母亲立了一尊精美的美人鱼塑像。

一天，从亚亚加和孔达的父亲贡觉德拉统治的东当堆国来了一队商人，他们中途休息的时候看见这座漂亮的凉亭和美人鱼的塑像，赞叹不已。孔达来到凉亭和大家打招呼，商人们问起了这凉亭及塑像的来历，孔达回答说是为了纪念自己的恩人也是自己的母亲而建的，然后他又热情地款待这些商人。从此，他们成了好朋友。从商人们口中，孔达得知这些商人居住的国家正是自己的父亲贡觉德拉统治的东当堆国，于是他决定跟随这些商人前去寻找父亲。孔达对商人们说他想和他们一起去玩，商人们很高兴，愿意为孔达提供方便。孔达和商人们说好之后，就回家向哥哥辞别，哥哥说由于自己手头事情很多，不能一起跟着去。

不久，孔达和商人们来到了父亲统治的东当堆国，他想：现在立刻就前去认父的话，由于从未谋面父亲恐怕会起疑心，触犯龙颜麻烦就大了。于是，他决定先暗自察看父亲的态度，等时机成熟了再认父也不迟。打定主意之后，在那些商人朋友的帮助下，孔达进了和父亲关系非常好的一个大臣家里当差。孔达非常珍惜这个机会，他干得很卖力，不久就得到了这个大臣的赏识，被提升为贴身随从，成了一名得力助手。大臣长期观察孔达的思想行为，感觉他一定不是寻常人家出身的孩子，便询问他的身世，孔达便将自己的身世原原本本地告诉了这个大臣。大臣听了孔达的话，万分惊讶，问："你说的话都是真的吗?"

孔达说:"大人,我说的都是真的,为了感念母亲的恩情,我们建造了一座精美的凉亭,还为她塑了像。贵国的商人们都见到了,不信的话,您可以去找他们印证。"

"噢,这么说,你的话是真的了? 因为我们的国王陛下在他还是王子的时候曾经四处巡游。我听说,他曾经遇到过一条会说话的美人鱼。回来后,王子想把那条美人鱼接来,放在吉祥湖里养着,但是那时还是他的父王当政,他的请求并没有得到同意。你说的情况正好和我所了解的相吻合,我要把这一情况禀明国王陛下。但如果这样唐突地直接说,万一陛下不信就麻烦了,我们先看看陛下的态度再做决定。陛下现在后继无嗣,如果国王接受你的话,你以后就是王储了。"

"好吧,大人,您见机行事吧。"

这位大臣和国王的关系非常好,他学识渊博,特别擅长讲故事,是一个专门为国王讲故事的大臣。一天,大臣又有机会给国王讲故事,他趁机说:"陛下,今天臣要给您讲一个特别的故事,它是所有故事中最值得记住的故事,请您一口气把这个故事听完。"接着他就把孔达的身世冠以"美人鱼的儿子"为题,开始讲述。他从王子出游讲起,一直到孔达悄悄到自己家当差为止,讲得声情并茂、绘声绘色。

一直在听故事的国王被感动得几乎掉下眼泪,说:"爱卿,这个故事太精彩了。"这时,国王想起这个故事跟自己以前的遭遇很相似,于是又对大臣说:"爱卿,你讲的这个故事和我从前出游时遇到一条美人鱼的情况很相似,我很激动,我希望它就是我的故事,这个故事好像是真的。爱卿,你好像见过这个故事里的当事人,你快把真相说给我听。"

大臣看时机差不多了,就把孔达正住在自己家里的情况禀明了国王。国王给了这位大臣很多赏赐,然后把孔达召到御殿前。尽管父子俩从未谋面,但毕竟血浓于水,一见到孔达,国王立刻认出这是自己的亲生儿子,父爱之情自然而然地流露出来。国王在众大臣面前询问起孔达的遭遇,孔达如实地一一回答。众大臣听得感动不已,潸然泪下。

然后国王立刻召开御前会议，说："众爱卿，今天你们也听到了我的离奇的故事，我继位多年，但一直没有后嗣来继承王位。每想到此，我就很伤感，现在上天给我送来了亲生儿子，我真是太高兴了，太激动了。现在，在众爱卿面前，我宣布我的儿子孔达将是王位继承人，大家说，好吗？"

众大臣一致附和："国王英明，国王英明。"

孔达却说："父王，你想安慰我、补偿我，我很高兴，可是我年纪尚小，您还是把王位传给我的哥哥亚亚加吧。我只要能随时在父王身边就心满意足了。"

贡觉德拉听了小儿子的回答，非常满意，说："你真是个心地善良的孩子，对于曾经虐待你的兄长竟然一点儿也不怨恨，还为他的前途着想。虽然你的话有一定道理，但作为一国之君不仅要忠诚、正义，还要有一颗善良的心，治理国家责任重大，必须有一定的道德水准。照你刚才所说，你的哥哥因为听了恶婆娘的话，连自己的亲生弟弟都虐待，说明他是一个不忠不义的人，如果把这样的人推上王位，以后只怕会虐待臣民。所以，我不会让他当王储，以后我会封他个食邑。现在就让你当王储，你就别违抗旨意了。"

随后，贡觉德拉又把大儿子亚亚加找来，封他做某个城的食邑，父子三人幸福地生活在一起。

一天，孔达对国王说："父王，我们因父王的恩情而过上了富贵的生活，现在到了报答母亲养育之恩的时候了，我想把母亲接来，放在吉祥湖里奉养她。"

国王听了儿子的话，感动地说："你说得很有道理。当年我也曾这样许诺过你们的母亲，但是我没有遵守诺言，现在你这个愿望也让我重新实践诺言，所以，现在就隆重地迎接你们的母亲去吧。"

孔达和哥哥亚亚加带着众多的奴仆前去迎接母亲美人鱼，他们到了当年的出生地，位于河岸边的石洞里，呼唤着母亲："母亲，我们来报答您的养育之恩了，快到我们这里来吧。"他们一遍又一遍地呼喊着，却始终不见母亲的身影。原来，就在不久前，美人鱼因受不了与儿子们的分离之苦，忧郁而死。

兄弟俩迟迟不见母亲的身影,以为母亲一定是遇到了什么危险,于是他们在石洞附近仔细寻找,最后在从前母亲给他们喂食的水边找到了母亲的遗骸。两位王子号啕大哭起来:"小时候,就是在这里,母亲给我们喂食,教我们游泳,和我们嬉戏,给我们讲做人的道理,唱着催眠曲哄我们入睡……唉,母亲的恩情真是说也说不完,我们实践自己的诺言,今天来报答母亲的养育之恩,可是您命不好,享不到儿孙福了,您真是太可怜了。"他们的哭声如此悲恸,连跟来的随从也都感动得泪如雨下。

　　兄弟俩收拾起母亲的遗骸回到都城,将情况一一禀告父王,请求父王为母亲用纯金塑一座像,并举办七天的"收遗骸"布施会①。国王看到两个王子如此孝顺,自然答应了他们的请求。他们隆重地安葬了母亲,一直供奉着美人鱼的塑像。

　　当国王老了的时候,他把王位传给了孔达,孔达成为东当堆国的新主人。因为他的忠诚、正义、善良,东当堆国的臣民们一直过着幸福美满的生活。

---

　　①布施会:直到现在,一些农村的克伦人在埋葬父母三年之后,还有举行隆重的布施会、歌舞盛会等纪念父母亡灵的习俗。

智者猫头鹰

从前，森林里住着一只非常聪明的猫头鹰。动物之间发生了争执，都会到猫头鹰那里请求裁决。

一天，一头大象对猴子说："我能够折断大树，又能拉动木头。这证明身高力大是非常有用的。"

猴子说："无论哪棵树，无论它有多高，我都能轻而易举地飞快爬上去。这就证明轻巧灵活比身高力大更有用。"

它们之间发生了争执，就一起到智者猫头鹰那里去寻求评判。它们向猫头鹰讲述了事情的前因后果，然后向猫头鹰请求道："尊敬的智者猫头鹰，请您说说谁更有用。"

猫头鹰指着离它待的树不远处的小河说："朋友，请你们二位都渡过那条河，在河的对岸有一棵大树，请将树上的果子摘回来吧。"

大象问："那大树与我们的问题有何相干？"

猫头鹰道："有关系。你们就照我的话去做吧。"

大象和猴子一起朝着猫头鹰所指的河边走了过去。猴子从来没有渡过这条河，不知道河水的深浅，所以不敢过。

大象说："一会儿你就会知道身高力大的好处了。你要是不敢过河的话，就骑到我的背上来吧。"说完它就驮着猴子渡过了河。

对岸的树又高又大，只有树顶上才有果子。大象既够不着果子，又不能将大树放倒，更不会爬树，只好在那里发愣。

这时，猴子得意扬扬地说："大象朋友，你的身高力大无用武之地了吧！现在，只有我的轻巧灵活才管用。看我的吧。"说完猴子就飞快地爬上树，摘了果子，递给大象。之后，它们又一起回到了猫头鹰那里。

大象和猴子对猫头鹰说："智者，我们已按您的吩咐将果子采回来了。

现在,就请您回答我们的问题吧。"

猫头鹰说:"你们已在实践中找到了问题的答案。"

大象和猴子迷惑不解地问:"在哪里找到的啊?"

猫头鹰就教训它们道:"如果没有身高力大的大象,猴子就不可能渡过河;如果没有轻巧灵活、擅长爬树摘果子的猴子,大象也不可能得到果子。所有的动物,各自都有自己的一技之长,这都是在特定的环境下才有用的。如果用自己的所长去弥补他人之短,就能取得成功。这一点,你们都亲身感受到了。重要的是,如果能化解纷争,团结一心,那将战无不胜。"

貌保健

　　貌保健在学堂里上了三年学,可什么也没学会,只好回老家父母那里。临行前,老师迪达赠他三句话:"走得多了,就能到达目的地。问得多了,就能增长见识。坚持活动,就能长寿。"

　　虽然貌保健什么也没学会,但是临回家前,老师给他的赠言,他牢牢地记在心里。

　　回家的路上,他决定到太公国①去看一看。因为没有多少盘缠,他不得不步行去。到太公国的路途很遥远,走着走着,貌保健就有点儿灰心了。他真的累极了,实在不想去了。但就在这时,他想起了分别时老师赠给他的一句话:"走得多了,就能到达目的地。"于是他又坚持着继续往前走。

　　到了太公国以后,他迷路了。这时,他又想起了分别时老师赠给他的一句话:"问得多了,就能增长见识。"所以,他就一边问一边走,听到了一条关于这个国家的消息。

　　这条消息是:统治这个国家的是一位王后。这位王后和很多男子结婚,但是不知为什么,每逢新婚之夜,新郎就会不明不白地死去。所以,这个国家至今还没有一个想当国王的人。

　　貌保健听说这个国家急缺一个国王,不由得心里暗自高兴。"我来当国王,我来跟王后结婚。"貌保健非常严肃地对大臣们说道。

　　大臣们听了心中大悦,立刻给貌保健与王后举办了婚礼。貌保健就成了国王。

　　当上了国王以后,貌保健想起了分别时老师赠给自己的最后一句话:

---

　　①太公国:缅甸古代最早建立的部落国家,据缅甸《琉璃宫史》记载,建于公元前6世纪,位于缅甸北部太公一带。

"坚持活动,就能长寿。"下午,他亲自到香蕉园里砍了一根香蕉树,将香蕉树干拿回宫殿里,放到自己睡的龙床床底下。

到了晚上,貌保健躺在龙床上,假装睡着了。王后走进来,脱衣上床,不一会儿也睡着了。等王后睡着以后,貌保健翻身起床,将藏在龙床床底下的香蕉树干轻轻地拿出来,放在龙床上,然后用丝绒毯将香蕉树干蒙上,看上去就好像国王在床上睡熟了一样。这一切都弄好以后,貌保健藏在暗处细心察看。

过了一会儿,出来一条大龙,它一口咬住了香蕉树干。由于大龙用力太大,咬进香蕉树干的牙齿竟一时拔不出来。这时,躲在暗处的貌保健拔出长剑,一剑砍死了那条大龙。翌日一早,大臣们看见国王还活着,不由得万分惊喜,王后却很难过。

王后给貌保健出了一个谜语,并说:"如果国王解不出这个谜语,王后就可以把国王杀掉。而如果国王解开了这个谜语,那国王就可以把王后杀掉。"王后还说,可以给国王四十天的思考时间。

王后给国王出的谜语是:"给一千可以剥,给一百可以缝,爱人的骨头做发簪。"

貌保健千思万想,怎么也解不出这个谜语,文武百官也解不了。如果过了四十天,貌保健还解不出这个谜语,王后就要把他杀死。为此,貌保健整日里愁眉不展。

这时,貌保健的父母听说儿子当上了太公国的国王,就千里迢迢到太公国寻子,他们带了许多干粮,准备路上食用。

路上,貌保健的父母拿出干粮来吃,由于着急见儿子,他们无论如何也吃不下,便随手把干粮扔在路边。一对乌鸦夫妻看见了,飞过来捡吃干粮,它们边吃边聊。不料,乌鸦夫妻说的话全被貌保健的父亲听见了。

雄乌鸦说:"我说老伴,今天我们倒是吃饱了,那明天该怎么办呢?"

雌乌鸦说:"没关系。明天,太公国的国王回答不出王后的问题,就要被砍头。所以我们不是又有吃的了吗?"

貌保健的父亲能听懂鸟语,他为儿子而担忧。

貌保健的父亲继续听乌鸦夫妻的谈话。

雄乌鸦说："这么说，这道谜语对国王来说一定很难喽？"

"不难，挺简单的，只是国王猜不出来罢了。'给一千可以剥'，是说王后的爱人——那条大龙，如果给一千元的话，就可以把龙皮剥掉；'给一百可以缝'，是说那条大龙的皮，如果给一百元的话，就可以缝制衣服；'爱人的骨头做发簪'，是说把自己爱的人——大龙的骨头做成发簪，戴在头上。"雌乌鸦回答说。

貌保健的父亲一一记住了乌鸦夫妇的对话，便急忙向太公国赶去。

到了太公国以后，貌保健的父亲立刻把乌鸦夫妻的对话告诉了貌保健。貌保健听后非常高兴，马上把谜底告诉了王后。

虽然，按照约定，貌保健猜出了谜语就可以杀死王后，但是他没有这样做，而是免除了王后的死罪。

富翁的遗言

从前,在一个村子里,住着一位颇有学识的富翁。他膝下只有两个儿子。富翁快死的时候,把两个儿子叫到跟前,嘱咐说:"好孩子,爸爸死了以后,你们就要各自谋生了。可有几件事请你们务必要记牢:村村建粮仓,屋后开店堂,吃一百个头,一日换三次筒裙,不懂就问有三个脑袋的人。"

富翁死了以后,小儿子只是肤浅地理解父亲的话,在各个村子里都修建了粮仓;在自己屋后开了一个店铺做买卖;每天都买猪头、鸡头、鸭头、鱼头等足足一百个头来吃;每天还换三条筒裙穿。所以,没过多久父亲给他留下的遗产都被他花光了。

大儿子心想:父亲的话一定有深刻的含义,绝不能简单理解,草率从事。为了真正弄懂父亲所讲的话,必须照父亲说的那样,首先去寻找有三个脑袋的人,把父亲的话弄清楚。

过了好久好久,富翁的大儿子终于在一个村子里遇见一位德高望重的驼背老人。老人正盘腿坐在屋前的一张竹榻上,由于背驼,一个脑袋好像埋在两个膝盖中间。

从远处望去,那位老人活像是长着三个脑袋。富翁的大儿子高兴了,心想:难道父亲说的三个脑袋的人就是这位老人吗? 于是他急忙走向前去给老人叩拜行礼,向他请教父亲遗言的含义。

老人听了,微微一笑,说道:"我的孩子,'村村建粮仓',意思是你要在每个村子里结识一个好朋友,以后有事外出,走到哪里你都有个歇脚的地方,你就不用为吃饭而担忧了。

"'屋后开店堂',那是让你在屋后种些黄瓜、倭瓜、蛇瓜、蕹菜、玫瑰茄等蔬菜,这样不仅自己不用到市场买菜吃,而且还可以拿出一部分出售,你也就有长久的收入了。

"'吃一百个头',就是让你去买价钱很便宜的虾、泥鳅等小鱼虾吃,你只要花两分钱就能买来一百多个头,花费少了,钱就可以积攒起来了。

　　"至于'一日换三次筒裙',是说你身上系的筒裙不要老穿在一个地方,那样老是磨损一处,筒裙容易破损,所以每天得转筒裙三次。

　　"所谓'不懂就问有三个脑袋的人',就是指我这样的驼背人,一只脑袋能放在两个膝盖中间的老人。因为年纪大的人见识广,能明辨是非。"

　　富翁的大儿子听了老人的回答感到非常满意,回家后就遵循父亲的嘱咐勤俭度日,一生都过得愉快幸福。

泰国
民间故事

大梵王的故事

从前，泰国北部有一个城邦国家叫"庸那猜布里"，就在现在的清莱府清盛县境内。另一个城邦国家叫"四东"，是在今清莱府美塞县境内。

庸那猜布里由高棉人管辖。四东以及周围其他小国都是庸那猜布里的附庸国，四东国王每年都要向庸那猜布里进贡四个枳子果大小的金锭。

四东的一个沙弥到庸那猜布里去观光。进城后，他一路化缘。他走到庸那猜布里的王宫门口，被国王从窗口看见。国王见这沙弥的袈裟与本国的不同，就叫大臣问他从哪里来。沙弥如实相告，说是从四东国来的。国王听说是自己属国的沙弥，立即表现出一脸的不屑，斥骂道："哼！奴才，我的饭食喂了狗也比喂了你这沙弥强。快滚出我的领地！"

沙弥满怀愤怒走出城去。在城外他看见一座佛塔，便把化来的食物全部供奉在佛像前，心中祷告。

七天之后，沙弥绝食而死。他的灵魂投胎到四东王妃的肚子里，王妃怀了孕。她当晚梦见一头白象从面前经过，这白象驱赶着一群高棉人，最后撞倒了庸那猜布里国的城墙。

第二天，王妃把梦告诉了国王，国王叫相士解梦。相士说："此梦大吉，王妃将要生下一贵子。此子威力无穷，日后定能推翻高棉人的庸那猜布里国。"怀胎十月之后，王妃产下一子，小王子白白胖胖，可爱无比。国王及王妃对他珍爱有加。等到小王子长大些的时候，国王给他取名"梵童"。梵童自幼喜欢习武，父亲就给他找了一伙年纪相仿的孩子陪他练武，他的功夫果真一天比一天长进。

有一天，梵童梦见一位天神告诉他说："如果你想得到象征王位的白象，明天清早可以带着大臣到湄公河边去洗澡。你会见到三头白象顺着河水漂来。第一头象，如果能得到，你就可以征服周边的诸侯；第二头象，如果能得到,你就可以征服北方和西方敌国;第三头象,如果能得到,你就能征服南方和东方的敌国。"

梵童一觉醒来,天神指点的话犹在耳边。他决心要去捕获那三头白象,于是叫上大臣和心腹侍卫立刻赶到湄公河边。

梵童正在河中洗脸时,忽然一条树干粗的大蛇从上游游了过来。他和随从们一惊,吓得急忙爬上河岸。眼看着大蛇游过河湾不见了。

过了一会儿,又有一条略小一点的蛇游了过来。梵童心中奇怪:我梦中明明听天神说会有三头白象从河中游过来,为什么却只见蛇不见象?

正想着,那第二条蛇已从身边游走了。又过了半天,上游又游过来一条蛇。这条蛇比第二条又略小一些,而且是靠近河岸游过来的。

梵童想:这条一定是白象了。绝不能再犹豫,否则可能错失良机。待到蛇一靠近他的身边,他就忽地跳了上去,骑到蛇的身上。说来奇怪,那蛇竟立刻变成了一头白象!

梵童拼命驾驭白象逼它上岸,可白象就是不肯。梵童实在没了办法,只好叫父王招来相士卜测原因。相士说,这头白象非一般白象可比,必须要打制一面金锣,敲着金锣请它上岸。国王照着相士的指点,命人立即打了一面纯金的响锣来。梵童敲着金锣引路,那白象才慢慢走上河岸,随着前呼后拥的队伍,向四东城中走去。梵童就把白象拴在城内。

自从有了这头象征王位的白象,梵童就开始招兵买马、修碉堡、筑工事、挖战壕、操练士兵,准备打仗,并且不再向庸那猜布里缴纳贡品。

庸那猜布里的高棉王见四东国连续三年不来进贡,查问大臣,才知道四东国的王子蓄意反叛。高棉王当即下令臣属速速招募士兵,征集粮草、战马和大象,准备发兵围剿四东。

四东王得到消息,心下恐慌。王子梵童却镇定自若地说:"父王放心。待孩儿前去迎敌。"四东王准奏之后,梵童择了良辰吉时,点齐将士,自己亲自乘坐那头白象率队出征。

当队伍穿过红龙林,来到赛河附近的一座大山下时,正好遭遇来犯的敌军。

敌军没料到四东会主动发兵迎战,一时倒慌了神。梵童毫不犹豫地驱象直冲过去,挥戟猛刺,四东将士随后如潮水般杀向敌人。高棉军立刻溃散,躲避不及者被战象、战马践踏,死伤无数,余者拼命掉头逃命。梵童岂肯罢休,一路追击,直逼庸那猜布里城下。敌军逃进城去,立即关闭了城门。

梵童驱象撞开城门,高棉王见势不妙,弃城向东逃窜。梵童追击了一段路程,看高棉王已逃得不知去向,就收兵回城。梵童占领了庸那猜布里之后,命令修复战争中损毁的房屋、庙宇,尤其是把他前世做沙弥时受辱之后拜祭祈祷过的那座佛塔修葺一新,算是还了夙愿。然后就把父王请来统治这个国家,自己则回到四东去了。

有一天,这头白象突然冲出象栏向外跑去。梵童命大臣带人去追回。大臣们直追到一处悬崖,眼看白象已无路可走,人们正要上前去牵,突然,那白象一下子变成了一条大蛇,嗖嗖几下,钻进石缝中便不见了。

大臣及随从们看得目瞪口呆,急忙回去禀告梵童。梵童知是白象助他灭敌已毕,自然恢复原形去了,心中才渐渐平静,不再因失去白象而伤心。

不久,为了进一步巩固势力、扩展国土,梵童又将四东交给兄弟治理,自己则带着一批百姓,向西进发,重建了另一个城邦国家"猜雅巴干",立王号为"大梵王"。这"猜雅巴干"在今清迈府附近。

伟大的兰甘亨王

三　结　义

在罗斛国的萨莫宽山上,有个修道士的茅舍。里边有三个青年人围坐在师父面前,他们双手合十,毕恭毕敬地聆听师父苏坦的最后一次教诲:"我已经把本领传授给你们了,从此你们都要回到各自的领地去。我只希望你们不要离心离德,要齐心合力把高棉人赶出泰族人的土地。你们三人中哪个本领高强,就一定能光复泰人的国土。"

"我发誓毕生遵从师父的教诲。"昭兰说。

"昭兰说得对。"昭莱附和道,"我们俩也一定照师父的话去做。"

师父就在他们三人面前摆上法水,念了咒语,然后他们盟誓:"我三人誓结生死之交,彼此忠诚不渝。如有不忠,三日内身亡……"说完,三人各舀一瓢咒水,一饮而尽。

随后他们含泪拜别了师父苏坦,一起上了路。走到三岔路口,就要分手了,三人拥抱在一起,依依不舍地互道珍重,然后各自踏上了通往领地的道路。

昭兰回邦阳,昭莱回清盛,昭勐回帕夭。他们都是城主之子,机缘巧合之下,三人共从一师数载,结下了深厚的友谊。

邦　阳　国

那时候中南半岛北部的素可泰、清盛、罗斛、哈里奔猜、阿瑜陀耶都在高棉人的统治之下。高棉总督克伦南朋坐镇素可泰为王。周围的泰人小国都要向高棉进贡纳税。中南半岛南部的地盘则由马来人的西维猜国统治。

昭兰看快到自己的故土邦阳了,想着与父母、亲人久别重聚的欢乐,心里十分欢畅。来到邦阳城外时,昭兰看到男女老幼背着、扛着兽角、兽皮和各种山林土产去向素可泰的高棉王缴税,人们怨声载道,痛苦不堪。昭兰心中十分不是滋味。乡亲们告诉他,他的父亲邦刚陶城主正在联合昆帕勐城主,准备起兵攻打素可泰。昭兰一听,立刻兴奋起来。他胸有成竹地对乡亲们说:"我们泰族人不必再向高棉人进贡纳税的日子就要到了!"

安 勐 王

昭勐与昭兰、昭莱分手后,也匆匆忙忙赶回帕夭。这帕夭国由他的父亲帕明勐治理。帕夭国的泰人据说是从中国南方迁徙来的。由于离素可泰路途遥远,高棉人鞭长莫及,帕夭遭受侵扰的时候不多。帕夭与清盛国往来频繁。那时候的清盛也算是北方一个繁华的城邦国家。

昭勐来到帕夭城下时,本来晴空万里、烈日炎炎的天空突然生起一片乌云,遮没了阳光。这片乌云一路追随着昭勐,直到他进了父王的宫殿。父王帕明勐见儿子到来时天呈异象,就在欢迎儿子归来的盛宴上为昭勐赐号"安勐王"("安勐"是统治国家的意思),宣布安勐王为城主继承人,又为他娶了清盛国王族的美女娘娥为妃。不久,帕明勐去世,安勐王便做了城主。

昆 明 莱

昭莱赶回清盛时,父亲洛明王已经重病缠身,卧床不起。昭莱跪在病榻前,泪流满面地聆听着父亲最后的嘱托:"孩子啊,父王怕不久于人世,父王赐你封号'昆明莱',以后就靠你治理清盛国了。"

不久,洛明王去世,昆明莱便继位为城主。

昆明莱是个雄心勃勃的青年。他看到清盛地处湄公河边,常有洪涝之灾,就计划着开辟新的家园。在不长的时间里,他占领了东山,改名为清莱,之后又扩张到哈里奔猜、南奔、清迈等地。

南奔、清迈两地离素可泰不远。昆明莱恐怕昭兰疑心自己有染指素可泰之心,便下书去邀请昭兰来共同商议立国清迈的大事。

建立素可泰王朝

在邦阳城主邦刚陶宫前的广场上,聚集了成千上万的人。他们个个摩拳擦掌、跃跃欲试。城主及大臣们正在大厅里等待着来自叻城的消息。假如叻城城主昆帕勐同意共同举事,那么泰人推翻高棉人统治的日子就要到来了。

终于有大臣来报:昆帕勐城主决定与邦刚陶城主共襄大举。

"昆帕勐同意四月十五出兵!他们从南面进击,我们邦阳军队从北面强攻。南北夹击,克伦南朋必败无疑!"邦刚陶兴奋地向广场上的人们宣布了这个消息。

邦刚陶对儿子昭兰说:"我看打败高棉人,收复素可泰并非难事。因为高棉人骄奢淫逸已久,对我们泰人毫无戒备。难的倒是将来的素可泰由谁来治理。"

"当然是父王。"昭兰毫不迟疑地回答,"这次攻城,我们一定要尽全力,抢在昆帕勐之前打进城去。首先进城的人自然应该当仁不让地登上国王宝座。"

邦刚陶就命昭兰为攻城先锋。昭兰身先士卒,勇猛无比,骑象撞破城门,直捣王宫,活捉了高棉总督克伦南朋。这一仗,双方士兵死伤无数,但也换取了泰人的解放。

昆帕勐见邦刚陶的军队首先攻入素可泰城,也就同意拥戴邦刚陶做素可泰的国王。邦刚陶立王号"昆西因陀罗提"。素可泰从此摆脱了高棉人的统治。

伟大的兰甘亨王

昭兰十九岁时，乔国城主昆三春与素可泰国王昆西因陀罗提交战。昆西因陀罗提打不过昆三春，眼看要被昆三春挑下战象的时候，昭兰挺枪而上，驱象撞向昆三春的坐骑，一枪取了昆三春性命，敌军大败而逃。

昭兰救了父王的驾，父王赐他封号"兰甘亨"（意为骁勇之神），并有意将王位传给他。但是兰甘亨坚持遵从旧制，以长兄为先。不久，昆西因陀罗提病故，长子昆班勐便承袭了王位。

公元1277年，昆班勐去世，素可泰人民一致拥戴他们心目中的英雄兰甘亨即位为王。

兰甘亨在举行即位盛典时，他的两位结义好友安勐王和昆明莱都来参加了，并邀请兰甘亨回访自己的国家，兰甘亨也愉快地答应了。

这一时期的素可泰可谓国泰民安、繁荣昌盛。兰甘亨十分关心人民疾苦。他的宫门前挂有一个铜铃，无论高官显贵、平民百姓，谁有冤屈都可以摇铃鸣冤。兰甘亨总会亲自出来公平断案。这件事对于长期受高棉人压榨的素可泰人民来说如拨云见日，一时间传为美谈。

一天，兰甘亨征求大臣的意见说："你们看我是否应该回访清盛和帕夭呢？"

大臣说："应该。只是路途遥远，且车行不便。"

兰甘亨说："我已经查问过守关将士，他们说可以走水路，到了松国再走陆路。我此行主要目的是巩固与北方兄弟盟国的关系，而后逐步征服南方各国。南方可是鱼米之乡啊！"

星相大臣禀奏说："陛下对南方各国志在必得，也是顺应天意，只是……只是……"

"只是什么？"

"只是陛下此去，运逢桃花，会有是非惹身，但并无大碍。"

兰甘亨听了，并未将此放在心上，命相士选了良辰吉时，便起驾上路了。

帕夭的安勐王为迎接兰甘亨的到来,在城门一直到王宫的道路两旁都插上了彩旗。列队欢迎的人群兴高采烈地等候着这位声名赫赫的青年国王的出现。安勐王骑着骏马,后面的轿子上坐着他美丽的王妃,宫娥彩女们像众星捧月般环绕在周围。

当兰甘亨的队伍缓缓走来时,安勐王下马快步迎上前去与兰甘亨亲热地拥抱在一起。此时锣鼓齐鸣,欢声四起。安勐王牵了王妃娘娥的手,引她见过兰甘亨。兰甘亨望着这位绝代佳人,心中竟生出一股说不出的酸涩。

在盛大的欢迎宴上,安勐王又让娘娥献舞。安勐王一边赏舞,一边问兰甘亨:"亲爱的朋友,素可泰可有人比我的王妃跳得更美?"

"怎么可能有呢? 王妃真是天上仙女下界,为了让我们这些凡夫俗子一饱眼福的。"

宴罢,兰甘亨回到下榻的客馆,却久久难眠。望着窗外御花园上空的明月和园中的绿树、假山,他不禁情思涌动,信步走了进去。此时御花园中飘来一股淡淡的奇香,兰甘亨循着香气走来,拐过一处假山,月光下赫然是一位肌肤如玉、乌发披肩的美人静静地坐在那里,正两眼出神地凝望着前方的客馆。

兰甘亨走近前去,戏言道:"是何方神仙在此?"

娘娥一惊,抬头一看,正是自己思念中人,不由得又羞又怕,只轻声回答:"是我。"

兰甘亨贴近娘娥,二人拥在了一起。

二度萌誓

御花园中的一幕,被安勐王的宫廷总管看个正着。总管如实禀告了安勐王。安勐王心中五味杂陈:一个是心爱的王妃,一个是结义兄弟。怎么办? 处死兰甘亨,还是放他一马?

正在左右为难,决心未下之时,他想到了昆明莱。一封请柬,把昆明莱请到了帕夭。

昆明莱听完了经过，认为此事非同小可，关系到泰人国家的安危。若是盟友反目为仇，彼此争斗，势必削弱各自的实力，使高棉人坐收渔翁之利。

当天夜深人静之时，昆明莱把安勐王与兰甘亨请到一座大寺之内，请兰甘亨说明真相。兰甘亨承认曾与娘娥深夜私会，但发誓说绝无非礼之事。因为当他拥抱娘娥的一刹那，耳边响起了师父的叮嘱，于是收住了自己的非分之念。安勐王听了，心中的怒火这才消了一半。

昆明莱趁机建议三人再次盟誓，结为兄弟。他们就在僧人和婆罗门法师面前二度举行了水咒仪式。从此三人和好如初，三国相安无事。

兰甘亨创建伟业

安邦定国之后，兰甘亨励精图治，把素可泰王国推向了繁荣昌盛的顶峰。

为了泰人的千秋大计，兰甘亨亲自召集宫廷大臣商讨创造了泰人自己的文字，结束了使用高棉文的历史，并把这种泰文刻在石碑上，写在贝叶上，通过寺庙广为传播。泰文文字从此诞生。

兰甘亨还积极发展同中国的友好关系，多次派使团去中国，请中国的陶瓷工匠建窑生产陶瓷器皿，改变了泰人用芭蕉叶或粗陶器盛饭的习惯。他对大臣们说："你们注意到中国工匠的打扮了吗？他们上身穿衣服、下身穿裤子、脚上踩着木屐，这样又方便又干净。他们吃饭用筷子而不是用手，喝水要喝热水泡开的茶，这样就不会生病。这些都是我们应该学习的啊！"

社会文明发展，人民体魄强健之后，兰甘亨开始广招兵马、操练军队、制造兵器、储备粮草。经过一段时间的准备，他发动了统一南方各城邦小国的战争。在不长的时间里，素可泰王国的疆域已经大大扩展。北至帕莱、南抵马来半岛、东达万象、西接宏萨瓦迪。整个黄金半岛都已是素可泰的国土，曾经旗鼓相当的清盛、帕天，此时已是望尘莫及了。

一天，太傅向兰甘亨建议说："现今我素可泰地广物丰，繁荣强盛，可是民心不稳。尤其南北各归顺国的降民颇难驾驭。本国百姓富足日久，物欲横流,对国家的长治久安将是个隐患。"

兰甘亨说:"有这么严重吗?"

太傅说:"权势如烈火,财富迷人心。强大的素可泰,不必担心外部敌人,令人忧虑的倒是内部的争夺和自相残杀。"

"那么,应该怎么办呢?"

"人,要有心灵的依托。陛下应该通过宗教教化百姓,让他们懂得道德和正义比权力和财富更重要。"看着兰甘亨正在虚心聆听,太傅接着说,"南方的西探马叻城有部三藏经,是教人向善的宝典。陛下何不把它请到素可泰来?"

兰甘亨接受了太傅的建议,派太傅及护从一行南下西探马叻,请回了三藏佛经及一尊佛像,供奉在素可泰城中,又请了高僧向人们讲解经文。从此,皈依佛教者日众,寺庙和僧侣随处可见,素可泰一派祥和盛景。

点　金　术

古时候，人们迷信点金术，以为只要找到仙水，用仙水不断地点洒，就能使红铜变成金子。

有一个男人，家境还算富有。自从娶了一个门当户对的媳妇之后，他就开始不务正业，一心只想找到点铜成金的诀窍。他听谁说有什么配制仙水的秘方，就去求来试验，却百试不灵。几年过去了，红铜还是红铜，家中的钱财却越来越少。因为他除了"点金"，什么都不做，家里只有消耗没有收入。

他的妻子是个明辨是非又懂得持家之道的女人，对丈夫沉迷于点金术十分不满。也不知她劝了多少回，丈夫就是不听，妇人束手无策，整日长吁短叹。

一天，妇人回到娘家，向父亲诉说自己的苦闷，希望父亲劝劝丈夫，心想：说不定丈夫能听得进岳父的话，痛改前非呢！

父亲听了女儿的诉说，二话没讲，就叫人去把女婿请了来。女婿进了家，丈人问："你的点金术学得怎么样了？听说你折腾好几年了嘛！"

女婿说："咳！别提了。试过的秘方不下几十种了，还是不成功。哪一种也不灵验。"

丈人说："谁叫你舍近求远只顾去试别人的秘方呢！要是早来问我一声，何至于落到今天这个地步！你也许觉得我并不精于此道，可是，你哪里知道，我的点金术比谁都灵啊！我用的仙水，只需点上一下，红铜立刻成金。如今我老了，没有力气再做下去了。我要是还像从前那样年轻力壮，不知道能点化出多少金子来呢！"

女婿见丈人似有传授之意，立刻洗耳恭听。他一边听还一边挪动身子，趋近丈人身边，双手合十，毕恭毕敬地拜了一拜，求丈人把秘方告诉自己。

丈人说："这秘方不是轻易就能学得到的，你必须要吃得了苦、耐得住劳。"

女婿急忙说:"只要能学到手,多苦多累我也心甘情愿。"

丈人见他决心已定,就解释道:"我这方子所需要的东西别的都全了,只差一样,虽不是件稀罕东西,但要花些气力、有大耐性才能得到。那就是芭蕉叶子上的霜粉。要两斤重呢!而且从别人那儿买来的还不行,必须是自己亲手所种、亲手收集。种的时候和浇水的时候都要念着我告诉你的咒语才能灵验。要想快点儿刮到两斤霜粉,你就得多多地种芭蕉。开始的本钱你不用发愁,我给你补足就是了。"

女婿听完,高兴极了。从丈人家回来,就跟妻子商议种芭蕉的事,说是只有这个办法才能实现他的点铜成金的美梦。妻子高兴地答应了。他们立即去找雇工开垦荒地栽种芭蕉。头一年下来,夫妻俩就收获了好几百斤芭蕉。丈夫一门心思地从芭蕉叶上刮那薄薄的一层霜粉,把积攒下来的霜粉称了又称,只盼着快些攒够两斤重。妻子却不理会这些,整日里忙着收摘芭蕉,拿去卖或者加工晾晒,有时候也卖芭蕉叶。丈夫性子急,看看霜粉还差很多,就又扩大蕉园。这样三年下来,他们竟有了两百多亩芭蕉园。家门前的码头也成了热闹的贩运芭蕉的商港。他们一家从此名声大噪,因为当地还从来没有过这么大的芭蕉园。

虽然家门前整日船来船往,生意兴隆,这女婿却从不过问,只是让自己的妻子去料理。他自己仍然埋头于念着咒语种芭蕉,然后就是刮那蕉叶上的霜粉。五年过去了,有一天,他又一次称量辛苦积攒的霜粉时,发现终于已经够了两斤。那份高兴劲儿就甭提了!他即刻包起这"宝贝",撒腿就往丈人家跑去。妻子也跟着去了父亲家。

丈人一见女婿包了足足两斤重的霜粉来,呵呵地笑着说:"这下我的孩子可就富裕了!你们夫妻辛辛苦苦地干了五年,一定会得到足够的报酬。"女婿听了,心情格外激动,心想:成功在望了!这回我一定会拿到那点铜成金的仙方!他在那里等啊等啊,并不见丈人去取什么仙方来,而只是叫女儿回家去把这些年卖芭蕉的钱全部拿来,数一数一共多少。女婿呆呆地坐在那里,丈二和尚——摸不着头脑。看着妻子把钱数完,说是总共两万铢。这时丈人开口了："看见了吧？这就是我那点铜成金的秘方。这两万铢钱，你要拿去买金子、买地、买象、买牛，还不是随心所欲吗？比你在那里整日点红铜，盼着它们变成黄金，可强百倍。你点了这么多年也不见成功，岂不是白白浪费掉了大好年华！"

丈人一番话，把女婿说得愣怔在那里，不知说什么好。因为他根本不知道种芭蕉竟然能换来了这么一大笔钱，发了财自然高兴，可是受了丈人的愚弄，心里也不免难平。丈人见女婿一言不发，又继续开导说："点铜成金是根本不可能的。金子的生成有它的自然规律，不是人力可以随意左右的。有良知的人，要由坏变好尚且需要长时间的教育培养，何况金石之物！你花了三年时间，煞费苦心地钻研点金术，结果是耗尽家财，一无所获！后来种芭蕉五年却得到两万铢巨资。如果从一开始就经营芭蕉园，如今少说也有四五万铢资财了！"

这时，女婿幡然醒悟，羞愧于自己糊涂了三年，从此不再相信点金术的神话，而是兢兢业业地按照丈人的秘方经营他的芭蕉园，终于成了富甲一方的财主。后来，他请人用那两斤霜粉拌上米汤铸成一尊丈人的头像，并把头像供奉在家里，以不忘丈人的教诲之恩。

治　懒　病

　　从前,有一个大富翁,财产多得不计其数,儿孙几代都享用不尽。富翁只有一个儿子,视他为命根,对他娇生惯养,百依百顺。

　　富翁雇了三个仆人,专门服侍儿子,想让他享尽人间幸福。富翁的儿子一切事情都由三个仆人代劳,过着饭来张口、衣来伸手的生活,从来没想过像其他年轻人一样自食其力。渐渐地,他就变成了一个十足的懒汉。

　　吃饭时,仆人把饭菜端来,摆好。富翁的儿子不吃,仆人问他为什么不吃,他说:"我懒得吃。"

　　仆人不知如何是好,就去告诉富翁。

　　"老爷,少爷不想吃饭。"

　　"为什么?"

　　"他说懒得吃。"

　　富翁听了,吩咐说:"他懒得吃,你们就喂他好了。"

　　仆人回到少爷的房间,用勺子喂他吃。饭进了口,嘴却不动,仆人问少爷为什么不嚼。他含混不清地说:"我懒得嚼。"

　　仆人没有办法,只好又去告诉富翁。

　　"老爷,少爷懒得嚼,还是不吃饭。"

　　富翁听了,心里可怜儿子,就对仆人说:"他懒得嚼,你就做成不用嚼的流食给他吃。"

　　仆人跑回去,把饭菜做成流食,倒入富翁儿子的口里。因为他的嘴不肯动,流食有一半流出口,一半流进肚子里。吃过饭不久,富翁的儿子开始肚子痛。仆人说:"少爷,去解一下大便,肚子就会舒服了。"

　　"我懒得走路。"

　　仆人没有办法,只好再去报告富翁。

"老爷,少爷要去厕所,又懒得走路,怎么办哪?"

"他懒得去,你们就抱他去吧。"老爷说。

仆人就回来抱起富翁的儿子去厕所解大便。

富翁儿子的懒,真是世上罕见,三个仆人每天忙得团团转,就连富翁也什么事情都做不成。因为仆人不停地来报告,少爷一个劲儿地提要求,大小事都要富翁想办法解决。富翁为此苦恼不堪,绞尽脑汁也想不出解决的办法。一天,有位高僧来到村里。这高僧学识渊博,很受众人尊敬,富翁就向高僧求救。

"长老,我儿子得了一种怪病。"

"什么病?"

"懒病。他得病以后,懒得吃,懒得睡,连坐也懒得坐。为这事儿,我真伤透了脑筋。再这样下去,我儿子只有等死了。"

高僧听了说:"贫僧活了这么大年纪,头一回听说世上有懒病。如果懒得吃,懒得睡,以后是不是还会懒得死呢?死是不随人愿的,谁也不能幸免。"

"那我该怎么办呢?我只有这么一个儿子,请长老无论如何发发慈悲,帮忙治好吧,不然他真会病死的。"富翁央求着。

这时,仆人又跑来报告:"老爷,少爷懒病更重了,今天又懒得说话了,怎么办哪?"

富翁转向高僧,说:"长老,我儿子已经懒到不说话了,这样下去,不久就会病死了呀!请您快救救我的儿子吧!"

高僧沉思一会儿,对富翁说:"他懒得说话,就不让他说好了,把他一个人留在屋里。三天以后,贫僧自有办法医治他。"

高僧说完,告辞回了寺院。富翁想,如果按照高僧吩咐,把儿子独自一个人留在屋里,儿子一定会痛苦寂寞。他实在放心不下,仍旧派仆人去照顾他。

三天以后,突然有二十多名"强盗"闯进了富翁家,他们高声呼喊着,要把富翁全家老少都抓起来。富翁的儿子看见强盗来了,担心自己被抓去受苦,急忙悄悄地从后窗跳下竹楼,拼命逃跑,把对仆人讲过"懒得走路"的话,忘得一干二净。

"强盗"们发现富翁的儿子跑了,就追上去,抓住以后,把他绑起来带走了。出了村庄,"强盗"首领命令富翁的儿子站在一个红蚁穴上,红蚁很快爬满了他的全身,拼命咬他。富翁的儿子扯着嗓子大呼救命,央求快放了他。

"大少爷,你不是懒得说话吗?怎么还能喊叫?"

"你怎么不说'懒得走'了?看你刚才逃跑的时候,比谁都跑得快!现在要是还懒得走,就站着让红蚁多咬一会儿吧!""强盗"们你一言我一语地奚落着。

"我能走,我能走!我不敢再懒了。"富翁的儿子连声说。

"强盗"首领将富翁的儿子带到一处隐蔽的竹楼上,交给高僧。高僧把他关在一个房间里,一连几天不给他送饭。富翁的儿子饿得直叫,可是不管他怎么哭喊,也没人理睬。一天,当他饿得嗷嗷叫时,高僧走进来说:"你不是懒得吃吗?现在还懒吗?如果还懒,就让你永远待在这里,直到饿死为止。"

几天以后,富翁的儿子饥饿难耐,终于觉悟,答应不再懒惰,高僧才同意给他饭吃。高僧和颜悦色地说:"孩子,如果一个人懒惰,他就没有前途,世人都会嘲笑他,没人愿意跟他交往,他就无法在世上立足。只有勤劳、自食其力的人才会受到世人的尊敬。"

富翁的儿子悔悟后,高僧就把他送回了家。富翁见到儿子脱胎换骨,万分高兴。高僧语重心长地对富翁说:"你儿子的懒病,娇惯是病根。你错在太溺爱他,才使他好逸恶劳,懒惰成性。物极必反,溺爱非爱,实为害也。"

富翁的儿子接受了高僧的教诲,痛改前非,丢掉了懒惰恶习,重新做人。后来他帮助父亲经商,事业越来越发达。

贪 财 失 财

俗语说,聪明人不可自以为是。如果一个人倚仗自己的聪明,把别人都看成傻瓜,再加上贪心不足,聪明有时反倒会变得愚不可及。你也许不相信,那么,就请你读一读下面这个故事。读完你就会明白,一个极有本事的赫赫有名的珠宝行家是怎么被一个无名之辈轻而易举地骗去了钱财。

有一个大官,兼营珠宝生意。因为他的官宦地位,生意做得很火,几乎所有官宦人家要买珠宝都会通过他去买。这就使他在珠宝行业的名声越来越大,人们都相信他是擅长鉴别珠宝的行家。

一天,一个叫阿唐的下等人来找他。阿唐随身带来一颗用玻璃瓶塞打磨、加工后制成的"钻石"。阿唐脸上堆出一副傻乎乎、老实巴交的表情,把"钻石"用双手捧上说:"这块'钻石'我家收藏很久了,是我祖上传下来的,已经传了好几代了。我本来不愿拿出来,可是您看看我现在这副模样,就是自己享用,别人看了也不会相信这颗枣核儿大的'钻石'是真货。再说,我也实在没这么大福分。要是一直收藏下去,这'钻石'也就没了用处。还是把它换成钱,维持生计为好。大人您要是愿意帮这个忙呢,我就把它放您这儿,请您替我卖了。除了您,我再也找不到一个可以信赖的人了。"

这大官听他说完,哈哈大笑说:"阿唐啊!你认为我看不出你那是个玻璃瓶塞啊?"阿唐立刻睁大了眼睛争辩说:"什么?这明明是我家收藏的稀世之宝,我从小亲耳听父亲说这是从祖父、曾祖父手上传下来的。我今年也是四十岁的人了,这宝贝保证是古董。只是求您收下它,没人要,我就拿走;有人要时,就劳您神,帮我卖掉。算是您行个好,帮帮我们这些穷人吧!"

大官听他如此说,心就软了下来,收下那颗"钻石",问道:"你要卖多少钱?"阿唐说:"只要八百铢。"大官一听,大笑不止:"什么?八百铢?我看它连一个大子儿也不值。不过倒也说不定会有人一时兴起,买去挂在猫脖子上玩玩儿。可话又说回来,谁肯花一个大子儿为猫脖子打扮呢! 我可不能保证卖得出去哟! 既然你非要卖那么高的价钱,那就随你的便吧! 我就先收下来。"阿唐谢了大官,就告辞回去了。

三个月过去了。一天,东边寮国的使臣来到这大官的府邸,说:"寮国国王想买一颗大钻石佩戴,找遍了所有的地方,都觉得太小。听说大人府上有上等的钻石,能不能让我看一看?"大官一听,赶忙把所有的珠宝都取出来供使臣挑选。那使臣挑来选去总是不满意,而且表现得十分外行。上等的钻石,他说不好;次等货他却说:"真漂亮,可惜小了点儿,再大些就好了。"

大官犯了愁:到哪儿去给他找那么大的钻石呢? 想来想去,他突然想到那个精雕细琢的玻璃瓶塞。那颗大概够大了吧? 可是把个玻璃瓶塞拿出来卖,这也太掉自己的身价儿了。可他转念又一想,这家伙看样子不是个识货的主儿,只要说明那是别人托卖的,并不是自己收藏的也就没什么了。于是,他就把它拿出来递给了使臣。

没想到那寮国使臣把这个玻璃瓶塞接过来看了又看,然后微微一笑说:"啊! 这还差不多,相当漂亮,大小也合适,我们国王恐怕会喜欢的。这一颗你要多少钱?"

大官被他一问,心里立刻打起了算盘:阿唐要八百铢,要是按真钻石卖,这么大何止八百铢? 要价太便宜了,买方岂不疑心有假? 不如再翻一倍,自己也好赚八百铢。于是他就说:"卖主要一千六百铢。"使臣说:"一千六百铢不贵。可我今天随身只带了四百铢,先给个定金吧。七天后我把全部货款付清,再取走这颗'钻石'。"

大官见使臣买意已决,就与他签下了合同,合同上写明:"若七日之后买方不来取货,卖方有权没收定金四百铢;若买方付清货款后,卖方不能如期交货,则须赔偿买方四百铢。"双方谈妥之后,寮国使臣告辞回国。

又过了两天,阿唐来了。阿唐说:"大人,我那颗'钻石'放到您这儿好几个月了,还没卖出去。我还是把它拿回去得了。我听说有寮国人到处打听要买颗大钻石,说不定我能卖给他。这样也省得老爷您费心了。"

大官一听愣住了:眼看着三四天后就有一笔大财到手了,若告诉他实情，他就知道我卖的真实价钱，哪里还肯让我白白得到八百铢？不说呢，他就要取走。寮人来取货时，我若交不出货来就得受重罚。思来想去，他只好对阿唐说："阿唐啊，你干吗要费那么大劲到处去找买主呢？卖给我不就得了！"阿唐问："大人给我多少钱？"大官说："你不是要卖八百铢吗？我就给你八百铢好了。"阿唐说："那就谢谢大人了！"大官二话没说，数出八百铢，交给了阿唐。阿唐点过钱，不多不少正好八百铢，就告别大官，转身回家去了。

　　大官见阿唐一走，心中喜滋滋的。他盘算着几天后，自己就能美美地净赚八百铢。

　　七天到了，寮国使臣没有来。等到第八天、第九天还是不见人影儿。大官这才着了慌，慢慢地回过味儿来，明白原来是自己受骗了。大官心想：这骗招儿还真够绝的！我一个堂堂珠宝行家，竟然用八百铢去买了一个玻璃瓶塞儿！就是扣除那到了手的四百铢定金，也是白白损失了四百铢哟！

三 车 知 识

从前,有个小伙子想学习知识,获取功名,于是拜师学习。不过,他不是把老师教的知识记在心里,而是抄在蒲葵叶上,日久天长,蒲葵叶装了满满三辆牛车。

小伙子想,自己有整整三车的知识,足够用来向别人炫耀了。于是,他告别老师,推着那装满各种知识的三辆牛车,返回自己的家乡。一路上,他不停地向旁人夸耀,说他的知识有三车,没有谁的知识像他一样多。

有一天,他经过一个村庄,一个村民问他:"运什么来卖啊?"

"什么也不卖,这三车里装的都是我的知识。"

"什么? 你的知识装了三车?"一位老太太惊叹道,"如果是那样的话,大学问家,大妈我向你提个问题,好吗? 哪里的坟场埋的尸体最多?"

小伙子愣住了,他在车里翻了又翻,找了又找,也没看到类似的问题,最后他只好说:"大妈,我找遍了车里的笔记,都没有这个问题。"

老太太笑着说:"怎么会有呢? 这么容易的问题,书上是不会有的。你想知道答案吗?"

"想知道,我要把它记在蒲葵叶上。"

"想知道,大妈就告诉你,最大的、埋尸体最多的坟墓就是你的嘴巴和肚子,你天天吃,每天吃掉很多的生命,对不对?"

小伙子点点头,他想,自己有三车的知识,却回答不出一个老太太的问题,真是太丢人了。于是,他决定回去重新学习。

老师见学生把他的知识运回来了,就问道:"你回来干什么?"

小伙子回答:"我有三辆牛车的知识,却比不上一个老太太,太丢人了,我要重新向老师学习。"

"既然你想重新学,那我明天就教你。"

第二天一早,小伙子随老师一起走到私塾旁。那里有很多棵松树,老师指着其中一棵松树说:"你爬到这棵树的最顶端,然后我就教给你。"

小伙子按照老师的话,爬到了松树顶端,然后对下面的老师喊:"老师准备教我了吗?"

"我现在就教,你把树抓紧啊,死死抓住。"

话一说完,老师就抓着松树使劲摇起来。

"抓紧啊,牢牢地抓住,别掉下来!"

"老师,我要掉下来了! 您教我了没有?"

"我不是已经教你了吗?"

"您教给我什么了,我没听见!"弟子在树上大声地喊。

"我教你牢牢地抓住,别掉下来。"

小伙子一听猛然醒悟过来。老师的意思是说:抓东西要抓得紧,做事情要认真做,才会有成效。好像他抓松树,如果他抓不紧,就会掉下去。

老师见学生不吭声了,就大声地问:"知道老师已经教你的知识了吗?"

"我知道了。"小伙子回答。

老师一听,这才松开手,让小伙子下来。

"老师教你什么了?"

"老师告诉我,抓东西要抓紧,干事情要认真,才会有成效。"

"你把我教你的知识写在蒲葵叶上,一点也不思考,不用心记,虽然写了三辆牛车,也比不上一个动脑筋的孩子或者那个老太太。重新学吧,你会真正拥有知识的。"

小伙子听了老师的话,开始重新学习记在蒲葵叶上的知识,终于变成了一个博学的人。后来,他去做官,位至宰相之职。

智擒强盗

从前,有一个国家,物产丰富,取之不尽,用之不竭,百姓生活非常安逸。后来,来了一伙强盗,无恶不作,令人望而生畏。

国王派手下人去剿匪,结果都大败而回,强盗因此更加嚣张了。于是国王宣布:如果谁能把这伙强盗消灭,将给他丰厚的奖赏。

这一消息引起了所有喜欢冒险的人的注意。人们纷纷志愿去剿匪,但都非死即伤,最后谁也不敢去冒险了。

后来,有个年轻人知道了这件事。他一直注意着这伙强盗,看他们是怎样抢劫的,剿匪的人又是如何被抓住、如何被折磨至死的。当他把所有的事情都了解清楚后,便禀明国王,自己愿去剿匪。

年轻人一个人上了路,一直向强盗住的大山走去。他一到山脚,就被强盗抓住交给他们的首领。强盗头子是个中年人,讯问后得知年轻人想来投靠他。

强盗头子做事很稳重,不愿轻易让人做自己的手下,他必须考虑这个人合不合适留下,够不够聪明机敏,因为愚蠢的强盗对他的同伙来说意味着更大的危险。

为了检验一下这个小伙子的能力,强盗说:"在我们收下你之前,你必须向我们证明你的能力,证明值得让你留下来。因此,让你做一件事情。"

年轻人静静地听着。

强盗头子继续说道:"你要去偷一个男人的牛,这个人十分小心谨慎。他就住在这座山脚下,养了三头牛,你偷其中的一头牛。记住,不能受一点伤。聪明的强盗,必须知道保护自己的安全。祝你成功。"

年轻人接受了命令后,他就仔细地观察、寻找线索,看看怎样才能把那个男人珍爱的牛弄到手,而又不发生争斗。他想了很多办法,最后终于决定按照自己认为的最好的办法行事。

每天早上这个男人都要牵着三头牛经过一片灌木林，然后把牛带到田里去吃草，天天如此。有一天，这个男人在路中间看到一只新鞋，他想捡回去用，可是只有一只，他便牵着牛走过去了。

走了一会儿，他很奇怪地发现，又有一只新鞋掉在路中间，和刚才看到的那只正好是一双，不捡挺可惜的。于是他把牛拴起来，捡起那只鞋，然后赶紧跑到原来看到鞋子的地方。可奇怪的是，那只鞋不见了，他找了又找，还是没找到，最后只好回去了。

走到拴牛的地方，他发现自己的牛少了一头，他想顺着牛的脚印去找，可是脚印没有了。于是男人只好回家，把这件事讲给自己的妻子听，妻子告诉他要小心点。

年轻人带着第一头牛去见了强盗头子，告诉他事情的经过。首领很满意，但还不想马上收下他，于是便让他再去偷一头牛，并且和上次一样不能有冲突，不能受伤，年轻人接受了命令。

第二天早上，牛的主人牵着剩下的两头牛像往常一样去放牛。在他路过灌木林的时候，他看到路上有一根绳子。他觉得绳子没什么用，就走过去了。

牵着牛走了不一会儿，他听到路边的树林里传出牛叫声。这是他的牛在叫，刚才看见的那根绳子，原来就是他拴牛的绳子，他高兴极了，赶紧把两头牛拴起来，回去捡那根绳子，好回来拴那头被偷的牛。

他走到刚才看见绳子的地方，发现绳子不见了，找了半天也没找到，就回到他拴牛的地方，谁知又丢了一头牛。这时他才意识到自己又输给那个聪明贼了，没办法，他只得牵着剩下的那头牛垂头丧气地往家走。

年轻人带着牛去见强盗头子，强盗头子很满意，决定再试他一次，让他去偷第三头牛。

第二天一早，年轻人就准备好了，在路上等牛的主人。晌午时分，牛的主人牵着牛静静地走了过来，他看见有个男人吊死在树上，吓得赶紧离开这里。走了一阵之后，他到一棵大树下休息。这时，他看到又有一个男人吊死在树上。牛的主人有些疑惑,便走近去看,发现吊在树上的男人的口袋里露出了一张纸条,上面说卖两头牛得的钱放在第一个上吊的人身上,他自己吊死在这里,是因为强盗首领不肯收他入伙。

牛的主人看了纸条很高兴,心想总算能拿回两头牛的钱了。于是,他把牛拴好,马上往回跑,想到第一次遇见的那个男人口袋里去拿钱,可等他跑到一看,那个男人已经不见了,他意识到,自己大概又像前两次一样中计了,便赶紧往回跑。果不出所料,他的最后一头牛真的不见了。

强盗头子验证了年轻人的能力,让他做自己的副官,同时下令杀一头牛来庆祝,并把牛的主人请来参加宴会。牛的主人一看到年轻人就大叫起来:"就是他用计偷了我的牛。"

强盗头子点点头说:"是的,我命令他去偷你的牛,他每一次都能把你的牛偷回来。记住,作为财产的主人,一定要好好地保管自己的财产,千万不能像你那样贪小便宜。为了给你一个教训,我下令杀了你的一头牛,其余两头牛还给你。"

年轻人加入强盗团伙以后,和首领全力配合,抢到了大量的金银财宝。最后,他建议强盗头子去抢皇城,如果成功了,他们就马上推举首领做国王。

强盗头子听了年轻人的计划,非常满意,决定下一次去抢皇城。于是他们开始准备大量的武器和工具,到了预定的时间,他们出发了。内线早已给他们打开了城门,他们轻轻松松就进了城。等所有的强盗都走进城后,城门突然被关上了,一时间,无数火把照亮了皇城。

强盗头子和他的喽啰们吓得几乎断了气,他们已经被皇家军队包围得严严实实,插翅难逃了。

就在众强盗发愣的一刹那,年轻人拔出剑,用剑尖顶着强盗头子的背大声向强盗们说:"现在你们被包围了。我是志愿来抓强盗头子的,现在他已经被抓住了,你们快放下武器吧。"

强盗头子及其喽啰们走投无路,只好放下武器投降。国王看到强盗团伙被一网打尽,非常高兴。他命令士兵收缴武器,把强盗们都关起来。

第二天早上,国王审理强盗团伙的案子时,问年轻人:"这些人应该受到什么样的惩罚?"年轻人回答说:"这伙人罪当处死,但我恳请陛下原谅他们,因为……"

国王很迷惑,追问道:"因为什么?"年轻人回答说:"因为每个人都是国家的财富,应该充分利用这些财富。如果认为死刑是一种惩罚,那么这些人将没有机会报效国家了。因此,陛下应该原谅他们,教导他们为国家做些有益的事。"

国王觉得年轻人的话很有道理,便赦免了这伙强盗,让他们改过自新,行善积德,做个对国家有用的人。

国王赦免强盗的消息一下子传遍了各地,人们纷纷称颂国王,而且每个人都很自豪,因为自己是个对国家有用的人。

阿佩智斗鳄鱼王

从前有一户人家,住在萨母巴干府一条大河边,靠捕鱼为生。父亲叫波瑞,母亲叫阿班,唯一的儿子叫阿佩。

空闲的时候,父亲喜欢讲故事给儿子听,他讲得最多的是鳄鱼王的故事。这只大鳄鱼叫千眼王,就住在他们家门前的大河里,手下有几十只鳄兵鳄将,个个凶猛无比。它们经常到岸边咬人,搅得百姓不得安宁。父亲常常讲这些给儿子听,目的也是为了提醒儿子要时时小心,不可大意。

转眼阿佩到了十二岁。有一天,父亲带着阿佩到河里捕鱼。阿佩在岸上,父亲站在河里正要解网的时候,千眼王突然游了过来。父亲急忙向岸边游去,可是已经来不及了,只好反转身来,抽出腰间短刀与鳄鱼搏斗。千眼王被扎伤多处,但是,父亲最终还是被它叼在了口中。阿佩亲眼看到了这一切,把悲伤和仇恨深深地埋在了心底。

从此,阿佩勇敢地挑起了家中生活的重担。除了劳作之外,他无时无刻不在想着怎样才能杀死千眼王为父亲报仇。一有空闲,他就到处去向人求教降伏鳄鱼的方法,了解千眼王的习性。到了十四岁时,阿佩已经非常了解鳄鱼的习性。一天,他请求母亲准许他去杀千眼王。母亲却千方百计阻止他:"孩子啊!你还小,再耐着性子等两年吧!你现在还打不过它,万一失手,叫妈妈依靠谁呢!"

阿佩决心已下,就安慰母亲说:"妈,您不必担心。我已经把它的习性了解得一清二楚,怎么对付它,我心中有数,保证自己不会有危险。我要用我的智慧去战胜它!"

母亲拗不过儿子,只好答应,并祝福他降鳄成功。阿佩跪倒,接受祝福,拜别母亲而去。

来到千眼王洞府附近的河岸边,阿佩仔细观察着河底的动静。那儿的水清澈见底,一眼就可以看到千眼王正在它的洞口睡觉呢!阿佩故意弄出很大的声响,把千眼王惊醒。千眼王睁开眼,看到了阿佩,然后又傲慢地把眼闭上。阿佩知道它在装睡,就对着河大声地喊道:"我是波瑞的儿子,叫阿佩。自从父亲死后,我和母亲再也没有吃到过鱼虾。今天千眼王和它的属下都睡着了,我正好趁机下河捉些鱼虾来。"

千眼王听了,立即命令喽啰们:"你们赶快游上水面,待到这小儿跳下水时,把他捉住,叼来见我!"

鳄鱼们纷纷离开洞口游上水面。这时阿佩向河中丢下一块大石头,扑通一声,引得鳄鱼们都朝那石头飞快地围拢过去——它们以为那是阿佩跳下河来。这时,阿佩却悄悄从另一个方向迅速潜下河底,把鳄鱼们在洞里藏着的美食——鱼、虾,全部偷了出来,然后迅速游上了河岸。阿佩放下鱼、虾,大声对着千眼王喊道:"今天我能拿到这么多鱼、虾,全亏弯尾巴鳄鱼的指点,谢谢啦!下次再见。"说完他背着满满一篓的鱼、虾回了家。

千眼王听了,气鼓鼓地点齐了所有的鳄兵鳄将,找出那只非常凶猛的弯尾巴鳄鱼,愤怒地把它杀了。

过了几天,阿佩又来到河边,冲着鳄鱼洞大喊:"我是波瑞的儿子阿佩,现在我又要下河捕鱼了!"说着他又朝河内扔进去一块大石头。

千眼王的喽啰们呼地拥上水面,向大石头落水的地方包抄过去。阿佩仍然从另一处水面迅速潜下河底,从鳄鱼洞中偷出许多鱼、虾。待到上了岸,他又大声喊道:"这回我得感谢大肚子鳄鱼了,多谢你的妙计,让我一下子得到这么多鱼、虾。"

千眼王听了,又气得不得了,抓来大肚子鳄鱼,把它杀了。

阿佩用这种办法,骗得千眼王把手下凶狠的兵将一个个都杀死了,最后只剩下千眼王自己。

阿佩看时机已经成熟,就去砍了两棵粗壮的竹子,把竹子截成三尺来长,又用防水布包了木炭和火柴,然后来到河边喊道:"我是阿佩,今天又来捉鱼了。千眼王上来咬我我也不怕,因为我母亲就站在岸上拿着枪等着呢,只要她一看到水中有血,就会立刻开枪射击。我怕的只是千眼王会张开大嘴把我一口吞进肚子,那我可就没救了。"千眼王一听,心想:我可不能咬他啊!一咬,我就得挨枪子儿,还是把他一口吞进肚子里好。

阿佩带着两截竹杠、一包木炭和火柴跳进河里,千眼王呼啦一声张开大嘴迎了上来。说时迟,那时快,阿佩咔嚓一声用两截竹杠撑住了千眼王的嘴巴,又立刻打开防水布包把木炭塞进鳄鱼口中,点着了木炭。千眼王被烧得疼痛难忍,想逃回洞府,可嘴巴合不上,又不能潜下水底,只好仰着头向河边游去。阿佩骑在鳄鱼背上说:"你要是把我扔在这儿,我会感谢你,千万别把我带到西仑岛去。到了那儿,我可就活不成了。"

千眼王恨不得把阿佩立即弄死,当然忍着痛也要把他驮到西仑岛。

到了西仑岛的河滩上,阿佩放开喉咙大声地向岛上的人们呼喊:"大家快来帮忙啊!我捉到大鳄鱼千眼王了!"

岛民们一听,纷纷提了扎枪、鱼叉赶到河滩上,大伙儿你刺我戳,一会儿就把作恶多端的千眼王扎死了。

人人夸赞阿佩的机智勇敢,都说他是传说中的伏鳄英雄格莱通转世。从此人们就把阿佩叫作"格莱①佩"了。

---

①"格莱"在泰语中是勇敢的意思。

老虎为什么嗷嗷叫

很久以前,森林边的小茅屋里住着一家三口。森林里有很多野兽,为防止野兽袭击,他们便把房子建成高脚屋状。

一天晚上,孩子在睡梦中哭了起来。父母两人忙安抚他。父亲轻拍他的背,嘴里哼着:"当对蒙①、当对蒙……"

孩子听着催眠曲又进入了梦乡。

之前,有只斑纹大虎正好经过。听到高脚屋底下传来牛儿的叫声,它顿生邪念,悄悄混入牛群中。这晚月色昏暗,牛儿看不清楚老虎,以为是同类,便不害怕。老虎听到催眠曲,心里很高兴,以为唱催眠曲的就是当对蒙。老虎躺在牛群里听催眠曲,不知不觉就睡着了。

天色未明,一个小偷从屋外经过。听到高脚屋底下传来小牛的叫声,他心中一动,便走了过去。他盘算着最少也得弄走一头壮牛。

决心一下,他便摸入牛栏。由于天色未明看不清东西,他只好用手一头一头摸过去,直到摸到老虎。小偷心里一阵窃喜,这头"牛"膘肥体壮。他忙从门上解下主人用来拴牛的绳子,拴住老虎的脖子,把它牵了出去。

老虎不明白这人为什么如此大胆,竟不怕它,于是决定忍一忍,看他有什么花招。

天快亮了,天边已闪现出灿烂的金色光芒,黑暗被渐渐驱散了。小偷牵着老虎急匆匆地往前赶,一门心思想摆脱牛主人的追踪。他转过头来,想看看那只"牛"能否跟得上自己的步子。一看之下才发现:自己一直牵着的根本不是牛,而是老虎!他大惊失色,踉踉跄跄地后退了几步。老虎发现他原来害怕自己,便张开血盆大口,作势要咬。

---

①当对蒙:一种动物。

小偷恢复了理智,大胆嚷了一句:"别咬我,你是人!你想不想知道自己前生的故事?"

老虎起了好奇心,很想知道自己的前生是什么,都发生过什么故事,便停止攻势。

小偷编道:"你原来是人类的一分子,你父亲是我哥哥,我们全家都很喜欢你。你小时候一直和我,也就是你的叔叔在一起生活。有一天你病倒了,不久就离开了我们。你的死令我十分悲伤,使我不愿再留在家里。我离开家四处流浪,就是为了寻找你啊!当我觉察你和牛睡在一起,我担心第二天早上你会被牛主人发现,遭遇不测,便赶紧用绳子拴住你,把你牵出来。难道你真要杀死你的亲叔叔吗?"

老虎信以为真,便点了点头:"叔叔,您在这稍等一会儿,我去给您找些吃的来。"

小偷答应了。可当老虎的身影一消失时,他立刻就爬到树上。

不久,老虎拖回了一只鹿。它把鹿放下,对树上的小偷说:"叔叔,掏完蜂窝后请您下来享用这只鹿吧。我走了!填饱肚子后我就回来找您。"

说完老虎就离开了。

小偷立刻从树上溜了下来。他把鹿肉割成一块一块的,扎成长条扛回家。乡亲们见状都问他,他便如实说了。

有个邻人也想白得这么一堆肉,便按小偷说的路线径直闯入森林里。巧得很,他正好遇上了那只老虎。老虎向他打听"叔叔"的下落。他哈哈大笑:"叔叔?哈哈哈……是你的叔叔吗?人就是人!你怎么可能有一个人类叔叔呢!"

老虎恼羞成怒,认为他蔑视自己的"叔叔",不由分说便扑了上去。

那人用贴身的刀子和斧头砍了老虎几下,这更激起了老虎的野性,老虎一下就把他咬死了。

老虎对自己的"前世"的故事深信不疑。它非常想念自己的"叔叔",四处寻找他,嗷嗷①地呼唤他。但它从不敢贸然闯入人类居住的村庄,怕人伤害自己,只在村庄以外的地方到处呼唤:"嗷!嗷!……"

①泰语里"叔叔"一词的发音近似"嗷"。

熊为什么是短尾巴

很久很久以前,在一座大森林里生活着许许多多的动物。在所有四条腿的动物中,熊自认为是最强者;而在所有有翅动物中,大犀鸟也认为自己是最强的,因为它身躯庞大,有巨大的翅膀,耐力强,能毫不费力地飞出很远。

这两种动物都非常自负,以为没有别的动物能超过自己。于是,当它们彼此得知对方和自己一样强时,心里都很不高兴。一天,它俩偶然相遇,便互相挑衅,非要比试出谁更厉害。熊和大犀鸟商定,一定要当着所有动物的面比赛,好让大家做证。比赛的日子选定后,它俩便向动物们宣称:它们要争夺"森林之王"的称号。

这一消息在动物中引起了轰动,许多动物相邀前往观看。有翅动物们纷纷飞来,有的落在树枝上,有的落在悬崖峭壁上,密密麻麻的一大片。而两条腿和四条腿的动物则把比赛场地围了个水泄不通。

比赛开始前,它俩先后出场亮相。动物们对它们的精彩亮相报以震耳欲聋的欢呼声。

熊爬上树,在最高的树杈上坐了下来;而大犀鸟笔直地朝树顶飞扑过去,非常潇洒地落在了树枝上。

比赛时间终于到了。熊站起身,大声宣布:"现在,我要开始和大犀鸟争夺'森林之王'称号了!我们比的是叫声,看谁叫得最响。"

动物们又是一阵雷鸣般的欢呼。

它俩抓阄定先后,熊抓到了"先"。

熊高傲地挺起胸脯。它那长长的尾巴自然下垂,在微风的轻拂下不住飘动,非常好看。它挺拔地站在树枝上,大声说道:"各位,我要开始了。胆小的动物们,请抓紧树枝和石头。鸟儿们千万可别掉下树。至于大犀鸟,快叼紧树枝！你离我太近了。"

熊如此狂妄，大家心里都十分不快。大犀鸟却微笑地站着，一副若无其事的样子。

准备就绪，熊鼓足力气大喊了一声。它的喊声真是惊天动地，整个比赛场地都为之一震，动物们立刻一片沉寂。

熊连喊三声后，便自信地坐回原处。它坚信这"森林之王"的称号是非自己莫属了。动物们也都在议论着："熊可能会赢。它叫得多响啊！"

轮到大犀鸟了。它上前几步，站在树枝上一个非常显眼的位置："下面该我来了。大家请自便。不过，勇敢的熊先生，您最好把您美丽的尾巴紧紧拴在树上，不然您可能会有危险。"

熊对大犀鸟的话嗤之以鼻，暗自嘲笑它："哼！你能比我强？我才不理你呢！"

大犀鸟仰起脖子，使劲拍打起翅膀来。它巨大的翅膀扇起一阵狂风，刮得所有树枝都剧烈地摇晃起来。熊吓得紧紧抱住树枝。

大犀鸟见状大笑："您看到了吧！要是您不把尾巴系在树枝上，一旦我叫出声后出了事，我可不负责。"

熊非常害怕，因为它这时正坐在高高的树杈上，很容易发生危险。于是，它乖乖地把尾巴系在树枝上，以防大犀鸟叫时自己不小心掉下树来。

一切就绪，大犀鸟仰脖叫了一声。这声音不但使整个比赛场地震动起来，还远远传到对面的山谷，回声不绝。动物们欢声雷动。大家没想到大犀鸟的叫声竟会这么响亮，都非常激动。

大犀鸟喜笑颜开："我再给大家叫一声，让熊先生也评一评。"

说完，它鼓足劲又叫了一声。这回它的叫声竟传到了远处的好几座山谷中，在山谷间回旋激荡了很长时间。

这声音使熊大惊失色，昏了过去，从树上掉了下来。由于下坠的力量太大，它系在树枝上的美丽尾巴不幸就这么扯断了。

比赛结果自然是大犀鸟获得"森林之王"的称号。而熊呢？这场比赛留给它的却是一条短尾巴。

比赛结束后,动物们纷纷向大犀鸟表示祝贺,并极力赞美它的英勇。大家建议:"为了纪念这场胜利,以后您的巢应该用三个城市的土壤来筑造。"

大犀鸟欣然同意。

天黑时,大犀鸟的父母兄弟等等亲戚都聚集在一起。大犀鸟首先发话:"今天,我要好好感谢各位。感谢你们在各个山谷响应我的叫声,使其他动物们相信我的叫声能传得那么远。从今天起,按规定,我允许你们都用三个城市的土壤筑巢。"

从此,大犀鸟成了森林之王,有权使用多达三个城市的土壤构筑自己的巢穴。另外,犀鸟之间也比以前更加相亲相爱了。尤其是犀鸟夫妻,如有一只被猎杀,另一只必飞上高空,然后收拢翅膀任由自己从高空坠下活活摔死,绝不独自活着。

匈牙利
民间故事

飞翔的城堡

很久很久以前,要穿过七个国家,甚至还要再远一点的地方,有一个穷苦的人和他的妻子,他们的生活穷困潦倒,而且他们经常愁苦,为什么自己没有孩子。

他们有一棵苹果树。在一个秋高气爽的日子里,妇人走进院子,正当她走到苹果树旁的时候,树上掉下来三个苹果。三个苹果在地上都分成了两半,从里面出来三个健康漂亮的小婴儿。三个都是小男孩。

妇人十分高兴,兴高采烈地把三个孩子抱进屋里:"你看呀,孩子爸爸,上帝在苹果核里赐给我们三个孩子!"

然后她向丈夫叙述了在院子里发生的事情:她一到院子里,三个苹果就从树上掉了下来,然后三个孩子就从苹果里出来了。现在要做的事情就是赶紧给孩子们起名字。

夫妇决定,三个孩子都起名为苹果之子:大苹果之子、二苹果之子和三苹果之子。

孩子们逐渐长大了,因为他们长得无比相似,邻居们都分不清楚谁是谁。除了他们的父母,别人都分不清。孩子们长到十八岁的时候,父亲对大苹果之子说:"儿子,你已经走入第十八个年头了。你也看到了我们家有多穷苦,你出去闯世界,碰碰运气吧。"

母亲给他烤了一个全麦面包,大苹果之子告别父母和弟弟们,然后上路了。

他走啊走,走了一天。晚上的时候,他非常劳累,也非常饥困了。他坐到路边的一块石头上,从包裹里拿出母亲烤的全麦面包,开心地吃了起来。他没吃几口,眼前就出现了一个老者。老人家说:"你好啊,年轻人!"

"你好啊，老爷爷！"大苹果之子打招呼说。

"年轻人，我看你在吃东西，"老者说，"我已经三天没有进过食了。"

"那可不妙啊！老爷爷，我来帮你。我也没别的东西，我就把我的食物分给你一半吧。"

说完大苹果之子把全麦面包一分为二，把其中一半递给了老人。老人一口就咬了上去，吃得精光，然后说："谢谢你啊，年轻人！感谢你对我的善意，或许我可以为你服务。我想问问，你究竟为什么要出来闯呢？就我所想，你是要试试自己的运气，所以你才来到这个地方。晚上等到镰刀星出现的时候，你朝着镰刀口指的方向出发，你会碰到好事儿的！不过我要提醒你，年轻人，等你到了一条湍急的小溪时，它的浪翻滚得特别厉害，但是你不要害怕，只管往水里面走。那是一条神奇的小溪，踩在上面，就跟走在干燥的田野上一样。"

大苹果之子认真地听着。老人继续说："当你走到那条河的中间时，你会看到许多漂亮的水玫瑰。它们一朵比一朵好看，一朵比一朵吸引人，但不管你有多喜欢这些玫瑰，你千万不要去摘它们，因为它们会让你失去生命。等你穿过它们后，你就会看到一片银草地。那里所有的草和玫瑰都是银子做的。那些也会让你心生欢喜，但是你千万不能采摘它们，因为它们会让你失去生命。如果你有幸通过了银草地，你就会抵达金草地。那里的每一根草和每一朵玫瑰都是金子做的，它们到时候会诱惑你，但是你千万不能去摘它们，因为它们会让你失去生命。如果你穿过了金草地，那你就能碰上你的好运气了！"

大苹果之子对老者表示感谢，两人就此分别。然后老者像樟脑丸一样蒸发不见了，悄悄地来，悄悄地走。

大苹果之子等到镰刀星出现在夜空，他辨别出了镰刀口指的方向，然后根据老者的指点上路了。他找到了那条湍流的小溪。他很踟蹰，不知道老者说的是不是事实。但是他想起老者言之凿凿的那些话语，勇敢地跨出了自己的脚步。他想着总归要试一试。他一上前，果然和老者说的情况一模一样！他走在小溪上的感觉就跟走在干燥的地面上一模一样。当他走到河流中间的时候，异常美丽的玫瑰在他眼前盛开。他想起了老者的警诫，但是他看着眼前的美景开始心不在焉。他想：这些可爱的玫瑰怎么会伤害我呢？我就摘下它，把它别到我的衣服扣子上，多配呀！于是，他摘下了玫瑰，别到自己的衣服扣子上。就在那一瞬间，神奇的小河吞没了他，然后他就消失了。

时间一天天过去，大苹果之子一直没有回来，于是父亲对第二个儿子说："儿子，现在轮到你了，你出去碰碰运气，找到你的哥哥！"

二苹果之子上路了。母亲也为他烤了一块全麦面包。他跟自己的哥哥走上了同一条路。他累了、饿了，于是坐到他哥哥曾经坐过的那块石头上开始吃面包。他眼前也突然出现了一个老者。他向二苹果之子抱怨自己的境遇，然后二苹果之子像哥哥一样分给了他一半面包。老者也给了他同样的引导，提醒说要注意那条神奇的小溪、神奇的草地及一朵玫瑰都采摘不得。他说："之前你哥哥也来过这里，因为他采了玫瑰，才让自己丧了命。你得注意啊，年轻人，别犯跟你哥哥同样的错误！"

老者跟他告别后，便像樟脑丸蒸发一般消失了。

二苹果之子也上路了。他顺利地走上了那条神奇的小溪。他在水玫瑰前弯下了腰，想要摘下一朵，这时候他想起了哥哥的命运，所以不管这些玫瑰怎么引诱他，他都忍住没有摘。但是当他抵达银草地的时候，他无法继续忍下去，便摘下了一朵银玫瑰，别在了自己的纽扣眼上。就在那一瞬间，他变成了一只银蜥蜴，躲到石头后面去了。

现在两个苹果之子都不在了。

时间一天天过去，两个儿子一直都没有回来。父亲对三苹果之子说："儿子，现在轮到你了。你出去碰碰自己的运气，找到你的两个哥哥。"

他和两个哥哥一样，带着一块全麦面包上路了。他走的路和自己的两个哥哥一模一样。他正打算坐在两个哥哥坐过的石头上吃面包时，眼前突然出现了之前的那个老者。三苹果之子分给他一半全麦面包，然后老者说：

"我知道你是一个好心肠的男孩子，比起两个哥哥，你到时候的表现可能会更聪明点儿。"

他向三苹果之子解释了神奇的小溪、草地，让他千万注意，不要走两个哥哥的老路。三苹果之子接受了老者所有的叮嘱，表示会注意一切的。

三苹果之子抵达了那条神奇的小溪，他也想采下一朵玫瑰，但是他想起了老者的建议，于是忍住了。他幸运地穿过了那条神奇的小溪，穿过了银草地。当他抵达金草地的时候，他几乎快弯下腰想去采摘玫瑰了，这时候他又想起了老者的警诫。

所以他继续往前走，走啊走啊，走出了金草地，来到了一片荒野中。"喏，"他对自己说，"老者说得可真没错啊！我怎么可能在这里碰到自己的运气？这里寸草不生！没有草，没有树，什么踪迹都没有！"

他怀着巨大的悲伤继续自己的旅程。他想着只要还能忍得了饿，就不会停下来。他足足走了三天三夜，又饿又渴，几乎快要昏过去了，就在这个时候，他看到远处有一栋大房子。那里面或许有人！他想再忍忍饿意，至少要走到大房子那里！

等他抵达房子前面时，他震惊了。那里是一座宫殿，可是连一扇小小的窗户都没有。整个宫殿的入口只有不起眼的一扇小门。管他呢，三苹果之子打开门走进宫殿，来到了一个很大的房间。

房间无比敞亮，三苹果之子几乎睁不开眼睛。他环顾四周，看到了桌子，这些桌子都按照次序排着。他走到第一张桌子前，看到桌子上有一大碗粥，粥旁边有一块银色的板子，上面写着：这是神仙的粥，谁要是吃了这粥，以后永远不会挨饿了。三苹果之子已经饿得半死，没一会儿就把粥吃得精光。他觉得自己永远也不会再饿了。

他走到第二张桌子前面，桌子上有一瓶液体。瓶子旁边有一块金色的板子，上面写着：这是神仙的饮料，谁要是喝了这瓶饮料，那以后永远不会再渴了。他丝毫没犹豫，把里面的饮料喝得底朝天。他觉得自己以后再也不会渴了。

他走到第三张桌子前，桌子上有个小盒子，小盒子里面装有一块小药膏似的东西。小盒子旁边有一个宝石板子，上面写着这是神仙的药膏，谁要是涂抹了它，就可以拥有神力。三苹果之子拿药膏擦了自己的身体。

　　他接着走到第四张桌子前，上面有一把剑。剑旁边有一块翡翠板子，上面写着：这是神仙的剑，谁要是把它佩戴在腰侧，就不会再害怕任何敌人，因为这把剑是所向披靡的。三苹果之子就把剑给自己佩戴上了。

　　然后他来到第五张桌子前，上面有一小瓶油。旁边的钻石板上写着：这是神仙的油，谁要是把油滴到自己的眼睛里，那就什么都能看到了。三苹果之子想也没想就把油滴到了自己的眼睛里。

　　现在三苹果之子稍微有点清醒了，明白自己是在什么地方。那个老者真的没有骗他。他擦完仙人药膏后，就立马觉得自己获得了前所未有的力量；在眼睛里滴上油后，看向一旁的长凳，结果直接穿过宫殿看到了各种各样的怪物。因为走了很长时间的路，现在又吃好喝好了，所以他直接躺到一条长凳上，立马就入睡了。

　　他睡了多久，自己也不知道，他只知道自己在一阵喧嚣声中起来了。他以为是房子要塌了呢。他跑到空地上，左右环顾了一下，这么大的动静到底是从哪里来的？当他看向天空的时候，一座美丽的飞翔的城堡出现在他眼前。他被飞翔的城堡给吸引住了，直到最后一刻他才注意到，城堡的阳台上坐着一个美丽的姑娘，就这样，他爱上了这个姑娘。

　　城堡很快消失了，但是三苹果之子暗暗下决心，一天不找到飞翔的城堡，他就永远不会甘心。

　　他朝着飞翔的城堡的方向走去。足足走了三个月，来到了仙女国。这是一个什么样的国家呢？树上都不是叶子，而是金子。河里一边流的是牛奶，另一边流的是托卡伊葡萄酒。总之一句话，这个国家的一切都那么不可思议。三苹果之子已经在这个国家行走了一天。晚上，他来到一栋房子前。大家在房子里跳着舞，许多美丽的姑娘围着圈踏着舞步。三苹果之子也是一个年轻人，他混入大家，和姑娘们一起跳舞。快结束的时候，他开始向别人询问，是否听说过关于飞翔的城堡的故事。但谁也没有办法给他引导。可怜的小伙子只能带着巨大的忧伤继续走，他也不知道自己到底会走到哪里去。他来到一片森林前，看到一棵大榕树。天已经黑了，他感到非常疲惫，想要好好休息一下，他便在树下躺下，想着不知道自己还要四处徘徊多久才能找到那座飞翔的城堡。

没一会儿，他就入梦了。没睡多久，他就听见了鸡鸣声。三苹果之子抬头看向树，看到自己头上的一根枝干上坐着一只金冠鸡。

三苹果之子说："哎哎，金冠鸡！你内心也充满忧伤，所以鸣叫得如此伤感。"

金冠鸡对他说："是啊，地上赶路的人，我的事情足够让人伤感。"

三苹果之子问："为什么？我可以问吗？万一我能帮到你呢？"

"我不这么觉得，地上赶路的人啊，"金冠鸡回答道，"我不觉得你能帮到我。"

"你尽管说，金冠鸡，"三苹果之子回应它，"我不会伤害你的，你从树上下来吧，告诉我你的忧愁。"

金冠鸡勇敢地跳了下来，飞到三苹果之子跟前。

"我可以告诉你，哪怕你帮不到我分毫。我爱上了一个仙女，但是很不幸，阴险国的仙人也爱上了她。我曾经是一位仙人，善良却穷苦。我把仙女带回来，不让她嫁给阴险国的仙人。我已经和她订婚，想要成为彼此的新郎新娘，因此积极地准备婚礼。但是一次阴险国的仙人让我吞下了神奇的魔术水，我就永远变成了鸡的样子。我有个金冠，别人还能从普通的鸡里面把我认出来。"

三苹果之子说："你告诉我，怎样才能帮你拿回解药呢？"

金冠鸡说："阴险国的仙人花园里有一口井，井里面的水就是神奇的魔术水，如果你能帮我取来一杯水，并在我不注意的情况下洒到我身上三次，那么我就能变回原来的样子。只是那口井由一条长着十二个头的龙守着，所以人无法靠近井边。那条龙时刻注意着周边的动静，会一下子把靠近的人给吞了。"

可三苹果之子是一个勇敢的男孩,他不感到害怕,他相信自己的剑是所向披靡的。他说:"那你告诉我,去哪里可以找到阴险国的花园呢?"

"有一座说话山,"金冠鸡说,"那座山里有一块大理石板,要是有人能看到那块板上的字,就可以打开那座山的嘴巴,那座山的嘴巴发出的声音跟人一样。"

"那你再告诉我,我怎么才能到那里去呢?"

"你切下我鸡冠的一小部分。"

"你不会疼吗?"三苹果之子问。

"你只管切下鸡冠的一小部分,不要管我疼不疼。"金冠鸡回答他。

三苹果之子从鸡冠上取下一小部分,然后金冠鸡说:"你把这一小部分扔到天上去,它就会一直走在你的前面。如果它停了,那你就到了。剩下的就是你的事情了。"

一切就像金冠鸡说得那样,金冠在前面带路,三苹果之子在它三米后紧跟着。他们走了三天三夜,直到进了一片森林,森林的中间有一座高山,金冠就停在山的上方。三苹果之子马上明白了,他已经抵达目的地。

他环顾山的四周,终于找到一块大理石板,上面究竟写着什么呢? 它写着谁要是想打开这座山的嘴巴,那他就要凭借自己的力气在森林里拔起十二棵有香气的松树,把它们做成篝火,点燃它们。直到最后一丝火星烧尽,山就会打开自己的嘴巴。

三苹果之子把树一棵棵地拔出,排好,做成篝火木材的样子,然后点燃了它们。这十二棵树烧了很大的火,松树在火光里发出迷人的香气。当最后一丝火星将要熄灭时,山发出了低沉而又震颤的声音:"地上行走的人,你用自己的力量拔了十二棵香松,用它打开我的嘴巴,你有什么愿望?"

三苹果之子说:"请你告诉我,阴险国的仙人花园在哪里,还有被魔法变成公鸡的仙人的新娘又在哪里。"

山回答道:"海洋的底部有一座玻璃山,那里面住着他的新娘。"

"那阴险国的仙人花园在哪里？"

"你只管往东走，看着你头顶上的金冠。"

金冠立马动了起来。它走了七天七夜，三苹果之子跟了七天七夜。然后金冠停了下来，花园到了。

三苹果之子进入花园，那口井旁边果然守着一条长着十二个头的龙。它看到三苹果之子，大吼一声，整个院子都颤抖了起来。阴险国的仙人醒了过来，但是他以为是什么鸟飞了过来，打扰到了龙。

中间的龙头已经开始喷火，但是没用。三苹果之子拔出自己的剑，自如地使用着，他一下子就砍掉了龙的三个头，他挥了四次剑，把龙的头全部斩落。这时候，阴险国的仙人才开门跑到院子里。三苹果之子精疲力竭，躺在地上睡着了，他甚至都没有意识到自己被阴险国的仙人绑了起来。当仙人把他扔到地窖的时候，他才被惊醒。仙人大笑着对三苹果之子说："小弟弟，我们三周之后再见！这期间你什么东西也吃不到！"

三苹果之子只是吹了吹小口哨。

三个星期后，阴险国的仙人来到地窖，他觉得这个家伙肯定已经饿死了。但是当他走近地窖的时候，他听到三苹果之子正在大声地吹口哨！

阴险国的仙人很生气："我都准备等你死了，然后把你的身体吃了。你还活着？那我就生吃了你！"仙人抓着三苹果之子，想把他直接放到篝火上去。但是三苹果之子也不是软弱的，他抓住阴险国的仙人，钳住了他的手和脚，直接架到了庭院里。他对仙人说："你知道吗？有一句话叫作自掘坟墓，你刚才想把我煮了，现在我要把你给杀了。"

从此，世界上再也不存在阴险国了。

三苹果之子找来一个小容器，他从井里取出水装满，然后走上了返程的路。那个金冠是一颗好"星星"，始终在空中等着三苹果之子。他们再一次一同启程，走了三个星期，终于回到了金冠鸡住的那座森林。"星星"就在这个时候消失了。三苹果之子躺下来睡觉。

他一直睡到早晨，天亮的时候他又一次听到鸡叫声醒了过来。看到金冠鸡站在树上,他对金冠鸡说:"从树上下来吧,金冠鸡!"

金冠鸡从树上飞下来,然后问三苹果之子:"你旅途还幸运吗?"

"真是很遗憾,"三苹果之子回答道,"我没能帮助你,因为我没法靠近那口魔法水的井。"

金冠鸡特别难过,垂下了脑袋。三苹果之子趁着鸡没注意,拿出了装水的小容器,三次洒到了金冠鸡的身上。金冠鸡受了一惊,它颤抖着,变成了一个仙人。三苹果之子面前立刻出现了一个好看的年轻人,他拥抱了三苹果之子,并亲吻了他。他想做三苹果之子的仆人以示感谢。

三苹果之子说:"你知不知道自己的新娘发生了什么事情?"

"我不知道。"仙人说,"因为我那时候已经被施了魔法。"

"我问了会说话的山,它说,她在海里的一座玻璃山里关着。但是那片海在哪里它却没有说。"

"我知道那片海在哪里,"仙人说,"但是对此我做不了什么。谁能看到海的底部呢?我可看不到。这样的话,我们怎么找得到她呢?"

"你只管相信我就好了。"三苹果之子说,"我们现在就上路吧。"

他们走了一段路,仙人有法术,他会飞,于是他对三苹果之子说:"不然这样吧,你坐到我的背上来,我带着你飞。"

"我会很重的。"三苹果之子说。

"那算不上什么。"仙人说,"如果我觉得累的话,我会停下来,我们再继续步行。"

他们飞了一段时间,然后停下来步行了一段时间。就这样,他们一边飞,一边走,在路上花了三天三夜,总算到了那片海的边缘。

"我们到了。"仙人说,"三苹果之子,我们已经在海边了,你看到了吗?"

三苹果之子回答说:"我们飞到海的中间去,这样我能看到海的全貌。"

他们飞到海的中间,三苹果之子说:"我们已经找到你的新娘了,仙人朋友。我这下不奇怪了,为啥阴险国的仙人要跟你抢新娘,你的新娘是个美丽的姑娘!"

"你已经看到了吗，朋友？"

"是的，我已经看到了。"三苹果之子说，"她现在正在玻璃山里面梳头呢。我们到岸边停下来。现在这个位置我帮不了你什么。我们怎样才能到那里呢？因为我没法往水里边走。"

"你告诉我在什么位置就好，别的交给我吧。"

仙人跳入水中，在水下对着梭子鱼喊了一声。梭子鱼是游泳游得最好的鱼，他找到梭子鱼的伙伴，请它们一起把玻璃山从海底慢慢抬出来。

没出一刻钟，玻璃山就被梭子鱼们缓缓地抬了起来。三苹果之子正好能够到玻璃山，他拉了一下，把玻璃山拉到了岸上。然后，他小心翼翼地敲开玻璃，仙女毫发无损地从玻璃山里被解救了出来。

这对情侣快乐地拥抱在一起，他们都高兴极了。他们曾一度觉得，这一辈子都有可能不会再见面了。他们再一次拥抱在一起的时候，一只鹰落了下来。仙人发现了鹰，示意它飞回去，把信息带回去给他的母亲，说自己在这里，让她派一辆车来接他们，好让他们早早回家，因为他们都会飞，但是三苹果之子不会飞。不久，车就到了，四头鹿拉着一辆金色的车，他们三个人坐进去，回到了神仙国。

家里人看到他们也非常高兴。仙人高兴地向自己的母亲和妹妹介绍说，是眼前的这个男孩从法术里解救了自己，解救了自己的新娘。三苹果之子想要与他们告别，但是仙人不舍得："留在这里吧，朋友，留下来参加我的婚礼，你可以从我的两个妹妹中选一个做你的妻子。"

三苹果之子留了三天，见证了仙人和仙女的婚礼。他也曾有机会娶妻，但是他无法爱上别人，他只爱飞翔的城堡上的那个姑娘。他看着两个姑娘，想着："她们可以嫁给我的两个哥哥。"

在宴会之后，仙人问三苹果之子路途的目标究竟是什么。三苹果之子说，他要找一座飞翔的城堡，但是关于它的消息没有人听说过。仙人对他说："你帮了我，那我也要帮助你。我们一起上路。"

两人一块走了，他们跟以前一样，飞飞走走，一直行了三周整。他们穿过了七个国家。

他们再一次飞过海的上空时,三苹果之子在远处瞥见了什么?飞翔的城堡!他立马拍打自己朋友的背,让他赶紧朝着那座飞翔的城堡飞去。他们飞了三天三夜,最后终于追上了城堡,那座三苹果之子朝思暮想的城堡。

他们看到那个姑娘现在就在阳台上,但怎样才能毫无动静地上去呢?

仙人说:"朋友,不然我背着你飞到城堡上空,然后降到城堡庭院里去,你再爬下我的背,进到姑娘房间里去?"

三苹果之子说:"谢谢你,我的朋友。但是你已经有妻子了,别再拿你的生命跟我一起冒险了。我只有一个请求,我有一对年迈的父母,还有两个失踪的哥哥,你要找到他们、解救他们,然后把他们带到你那里,把你的两个妹妹嫁给我的两个苹果之子哥哥。"

于是他们就分别了。仙人朝着他们来的路回去了。三苹果之子则来到了城堡的院子里,进了宫殿。他进门,挨个走进房间,很快找到了那个姑娘所在的阳台。三苹果之子走进去的时候,姑娘正在抽泣。

三苹果之子问她:"我亲爱的爱人啊,你为什么要哭泣?"

姑娘说:"我怎么能不哭泣呢?我已经被困在这座城堡、这个阳台上三年了。"

三苹果之子看着她,看到了姑娘的手和脚都被链子锁着,链子上有一个大锁。他掰开了姑娘手脚上的链锁。他根本不用找钥匙,因为他的力量就是他的钥匙。

"现在你告诉我,你是怎么被关到这里的?"

姑娘开始讲述自己的故事:"我是一个国王的女儿,一次我的父亲去打猎,进了一片森林,但是没有找到任何猎物。当他从猎场回来的时候,遇到了一个怪兽。他拉开弓,射中了怪兽。怪兽逃走了,但它对我的父亲说他会付出惨痛的代价,让他好好看着自己唯一的女儿。回来后,父亲越来越不安,虽然嘴上没说,但是我们都能看出来,他异常忧伤。问他也是徒劳,因为他总在我们面前隐藏悲伤。后来他可能忘记了这回事儿,或者他也曾想过怪兽无法实现它的威胁。一天,我偷偷溜到花园里散步,因为父亲对我的保护很严格,无论我去哪里都有随从跟着我。突然之间,有东西嗡嗡作响,吸引了我的注意力。于是我环顾四周,想找到声音的来源,发现原来是一座飞翔的城堡。我看到飞翔的城堡径直朝我飞来,就在离地面还有一米的时候,里面跳出一个怪兽,怪兽一把抓住了我。等我从惊恐中恢复过来的时候,就发现自己在这个阳台上了。起初还没有链子捆着我,城堡的房间我都可以自由地进出,但怪兽每天都会来找我,要求我做它的妻子。我不听它的话,总是想逃跑,所以就被锁在了这个阳台上。好在怪兽没有伤害我,我什么也不缺,就是不能自由走动。现在怪兽仍是每天都会出现,问我想清楚没有。但直到审判日的来临,我都不会成为它的妻子。"

"嗯。"三苹果之子回应道,"那我去哪儿能找到这个怪兽呢?"

公主回答说:"这座城堡共有一百个房间,怪兽就住在第一百个房间里。据我推测,它现在应该正在睡午觉。它之所以所向披靡,因为它喝了一种酒,这种酒就藏在城堡酒窖的酒桶里。如果你想和它决斗的话,你快去喝了这种酒,这样你就能战胜它了。"

三苹果之子找到了酒窖和酒桶,他没用杯子,直接拿起酒桶往嘴里倒。他觉得自己突然强壮了起来,身体里的力量非常强大,他觉得自己身体里有一千个人。他立马去找怪兽。

三苹果之子走到第七个房间的时候就听到了怪兽的打呼声,他朝着打呼的方向走去。找到第一百个房间,他踢了踢怪兽的床:"快醒醒,怪兽!"

怪兽醒过来,揉了揉眼睛,看到自己眼前站着一个普通人,它就躺着说:"你怎么敢打扰我的美梦!"

"因为我们两个中必须要死一个!"三苹果之子回答道。

"可以!"怪兽回应道,"虽然你是个凡人,但勇气可嘉,尽管放马过来吧!"

那房间里有只两百斤重的大铁球。怪兽坐了起来,对三苹果之子说:"先比一比谁能用那铁球打穿墙。"

"怪兽,那你先扔!"

怪兽抓住铁球,用手把球甩向那面墙,球只进了墙面的一半。三苹果之子不甘示弱,从墙里面拔出铁球,狠狠地向着墙一甩,球穿过了墙面,滚到了外面的院子里。怪兽这才开始正视眼前的人,它说:"看出来了,你是个强壮的人。我们去院子里决斗!"

他们在院子里缠斗在一起。三苹果之子狠狠地把怪兽摔在了地上,一下子把它邪恶的灵魂打出了身体。

三苹果之子立马跑到阳台去找女孩,他站在她面前,说:"你知道吗?我整整追逐了你两年啊!"

然后,他开始叙述自己的故事。这时候,姑娘也对三苹果之子产生了感情,因为他是自己生命的保护者,而且他是个英俊的小伙子。他们在飞翔的城堡上对彼此许下了承诺。

但是,三苹果之子不喜欢这样永无休止的飞行。他问女孩,如何才能让城堡停止飞行。姑娘知道城堡的两侧有一双翅膀,但她不知道怎么让翅膀停止挥动。

"如果不行的话,"三苹果之子说,"我就把这两个翅膀斩断!等我看到地面的时候,我就那么做!"

他们就在阳台上聊着天,三苹果之子突然跳了起来,然后对姑娘说:"我心中的爱人哟!我不仅看到了地面,还看到了城市!"

当城堡经过城市上空的时候,它的高度已经下降了不少,三苹果之子拔出剑,倏地一下就砍断了城堡一侧的翅膀,然后又砍断了另外一侧的翅膀。这里正是一处好地方,因为这座城市恰好是公主所在国家的首都。

距离公主离开这座城市已经三年了,整个城市都在哀悼。每家每户都挂着黑色的旗子,日日夜夜都不曾摘下来过。国王颁布了严格的条例,每个人甚至连笑一下都不可以,要是谁违反了规则,嘴巴稍微有点要微笑的样子,那国王就会狠狠地惩罚他。

国王听到声响,走到院子里,看到了飞翔的城堡!当他看到自己失踪已久的女儿和一个年轻人从城堡上跳下来的时候，他喜极而泣。公主立马向自己的父母介绍了自己的未婚夫，也是自己的保护者。

这座城市里的人停止了哀悼。国王重新颁布了法律，每个人都降下自己的黑色旗帜，欢庆起来。之后，三苹果之子和公主举行了婚礼，他们请来了仙人、另外两个苹果之子，还有年迈的父母，一同欢庆。

如果他们还没有死的话，现在还活着呢！

阿尔杰鲁斯和仙女伊洛纳

很久以前有一位国王,他有三个儿子。国王有一棵苹果树,树上只结金苹果。这棵树非常神奇,每晚都能开花结果,所以国王的财富日益增长,他的富裕程度在世界上无人能及。

一天,国王跟往常一样去花园里观赏他那美丽的苹果树,但是,枝头上空空落落,有人把苹果摘走了。第二天是这样,第三天也是这样。

国王把三个儿子都叫到院子里,告诉他们,如果谁能找到偷苹果的人,他就把自己一半的财产给谁。

先是大儿子出马。但是一到晚上,沉沉的睡意就向他袭来,哪怕他只睡了一刻钟,醒来时,苹果又少了。

然后二儿子出马,但他和大儿子一样也睡了一会儿,醒来时,苹果又少了。

最终三儿子,阿尔杰鲁斯王子承担了这个任务。

月光照亮了阿尔杰鲁斯王子的脸庞,他已经能感受到睡意正在拉扯他的眼皮,他抽了自己一个耳光,立马眼睛睁开了不少,感觉也清醒了一点。突然他听到一阵轻语,抬头一看,自己的头上有十三只乌鸦,它们一起飞向苹果树,有一只乌鸦就像是它们的头领,飞在最前面。阿尔杰鲁斯抓住了第十三只乌鸦的腿,对它叫道:"抓住你了,小偷!"

正当他看着乌鸦,突然发现自己的臂弯里躺着一个美丽的姑娘,她金色的头发散落在美丽的肩膀上。

"你是谁,美丽的小偷?"王子问,"我一定不会再抓你了。"

"我是仙女伊洛纳。"姑娘说,"这些乌鸦是我的玩伴。我们为了找乐子才来这里摘苹果的。我不能留在你这里,但是我可以跟你承诺,我永远不会忘记你,因为我爱上了你!"

"留在我这里吧。"阿尔杰鲁斯请求道。

"我不能。"仙女伊洛纳回答,"但是我可以承诺,以后每天晚上我都会过来。今后我不会再来摘苹果了,我只是想看到你。"

说完的一瞬间,十三只乌鸦就飞走了。

从此,阿尔杰鲁斯王子每晚都去守护苹果树,而苹果再也没有被偷过。

国王的庭院里有一个老巫婆,十分注意阿尔杰鲁斯王子的一言一行。国王也开始好奇,为什么儿子这么喜欢去守护那棵苹果树。他把巫婆叫来,对她说:"我看到你十分注意阿尔杰鲁斯王子的一言一行,他去守苹果树的时候,你再好好看看。"

巫婆遵循了国王的旨意。等阿尔杰鲁斯王子去守护苹果树的时候,巫婆躲到了灌木丛后面。第二天早上,巫婆去报告国王:"我监视了阿尔杰鲁斯王子。我看到一位极其有魅力的金发少女坐在苹果树下,她是以乌鸦的样子飞到苹果树上的,然后变成了金发女孩。"

"你撒谎,老巫婆!"国王说,"这不可能。"

"但事实就是这样,我的国王。如果你不信的话,我明天可以把证据带来,证明我是对的。"

第二天晚上,阿尔杰鲁斯和仙女伊洛纳在一起嬉戏。他们被老巫婆施了法术,昏昏沉沉地睡去。这时候,老巫婆走了出来,剪了一撮仙女伊洛纳的金色头发,然后慢悠悠地离开了。

仙女伊洛纳醒了过来,嘤嘤地哭了起来,阿尔杰鲁斯也因此醒了过来。

"怎么了,亲爱的?"

"哎呀,阿尔杰鲁斯,你要快乐地活着,我以后再也不能见到你了。我不能再留在你这里了。你的花园里有小偷,你看,小偷剪了我一小撮头发。"

说完,她抱了抱阿尔杰鲁斯,从手指上摘下一枚戒指,套在了阿尔杰鲁斯的手上。

"这是给你的,"她说,"无论在哪里,我都能凭此认出你。"

说完,她拍了拍手,变成一只乌鸦飞走了。

第二天早上,巫婆把那一小撮头发带给了国王。国王非常惊讶,立马叫来阿尔杰鲁斯王子。

"亲爱的儿子啊,你的哥哥们都已经成婚了,现在时候到了,我也该让你结婚了。我为你找了一个公主,你肯定也会满意。"

"亲爱的爸爸,我会结婚的,但是我必须自己选择妻子。我已经找到了我的伴侣,仙女伊洛纳会成为我的妻子!"

国王并不喜欢他的回答,但是说什么也没有用了。之后,阿尔杰鲁斯佩上剑,就踏上了找仙女伊洛纳的旅途。随即,国王的园子挂上了麻布。

阿尔杰鲁斯王子来到一个小房子,找到了一个老太太。他问候了老太太,老太太坐在椅子上,疑惑地问:"你怎么会来到这鸟儿也找不到的地方?"

"亲爱的老太太,"阿尔杰鲁斯问候说,"您可否告诉我,仙女伊洛纳住在何方?"

"我也不知道,亲爱的王子,但是我的主人——太阳到处都能照耀到,等他回来了可能就知道了。但你得躲起来,如果他看到你的话,你就会被吞噬!"

因此,阿尔杰鲁斯躲了起来。太阳回来了,果然,他一回来就开始说:"咦,奶奶,有人肉,很臭!"

说完,阿尔杰鲁斯从床底下爬了出来,问候了太阳。

"你很幸运,你问候了我。"太阳说,"不然的话,我就会吃掉你!仙女伊洛纳的事情我也不知道,但我的月亮兄弟可能知道。"

于是阿尔杰鲁斯去找月亮,月亮又把他送到了风那里。

他到了风那里,问候了风,并问风知不知道关于仙女伊洛纳的事情。

"我,"风说,"不知道。但离我不远,有一个森林,里面住着动物之王,他有可能知道。"

阿尔杰鲁斯再次起程,但是走啊走啊,路上什么东西也看不到,他爬上一棵树,朝四周望了望,看看是不是有亮光。他看到远方有点亮光,这亮光是从一个漂亮的城堡里发出来的。他一直走到城堡,过去敲了敲门,这时一个巨人出现在他的面前,巨人的眼睛长在额头上。

"晚上好,亲爱的国王。"阿尔杰鲁斯问候道,"你能不能告诉我仙女伊洛纳住在哪里?"

"你很幸运,你的问候很有礼貌。不然的话,你就会死在我的手上。我就是动物之王。关于仙女伊洛纳的事情我并不知道,但是我的动物们可能听说过什么。"

说完,他吹了吹口哨,于是所有的动物都来到了宫殿,动物之王问了问题,一只瘸腿的狼走出来。"我!"那只狼说,"我知道仙女伊洛纳的事情。她住在黑色的海对面,我就是在那里弄断自己的腿的。"

"那好,那你把这可怜的小王子带过去。"国王说。

瘸腿的狼站了出来,让阿尔杰鲁斯坐到自己背上。他们走啊走啊,走了一年又一年。最终,狼放下了阿尔杰鲁斯。

"我就不带你走接下来的路了,剩下的路要你自己去找,应该离这里不远了,你再走一段就可以到了。"说完,他们就告别了彼此。

阿尔杰鲁斯走啊走啊,他看到了一个山谷,它被三座高山环抱着。山谷中有三个怪物在吵架,他走到怪物们面前,问怪物们为什么吵架。

"我们的父亲过世了,它留下一个斗篷、一条鞭子,还有一双鞋。谁要是披上这个斗篷,穿上这双鞋,拿上这条鞭子,然后说:'呼哈,让我去我想去的地方',一下子就能够到那地方去。所以我们没法达成一致,到底把这些东西给谁。"

阿尔杰鲁斯说:"如果这个就是问题的话,我来帮你们分。你们一个上这个山头,一个上那个山头,还有一个上第三个山头。"

怪物们分别上了山,阿尔杰鲁斯迅速穿上斗篷和鞋子,挥了一下鞭子,然后说:"呼哈,我想去仙女伊洛纳那里!"于是,他眼前出现了一座水晶宫殿。

正好仙女伊洛纳的一个玩伴往窗外看,她认出了阿尔杰鲁斯,便跑进去找仙女伊洛纳,大声说:"阿尔杰鲁斯来了!"

伊洛纳觉得她是在开自己玩笑。

但是第二个、第三个、第四个、第五个……第十二个都跟第一个说的一样。

阿尔杰鲁斯敲了敲门，一个老太太打开了门。她惊讶地看着阿尔杰鲁斯，然后惊讶变成了喜悦。

"哎呀，太好了，阿尔杰鲁斯，你来了！至少你可以把我们的公主救出来。现在你不能进去找她，因为巫婆给她施了魔法，你只能半夜进去，那时候你就能自由出入。如果你能三次亲吻她，那她就能脱离魔法的捆绑。现在你来得正是时候，不然的话，你早就死定了。"

"我不害怕，"阿尔杰鲁斯说，"我可以和巫婆决斗。"

老太太把阿尔杰鲁斯请了进去，为他准备了床和丰盛的晚餐，然后对他说："每到晚上仙女伊洛纳就会过来，你可别睡着了。"

但是这位老太太就是那个邪恶的巫婆。她有一个哨子，只要吹一下，就可以让人睡着。她这次又拿出哨子，吹了一下，阿尔杰鲁斯睡得根本不知道自己在何方。晚上，仙女伊洛纳来了，她看到自己亲爱的王子，对他喊："快醒醒，亲爱的，如果你亲吻我三次，我就可以摆脱魔咒了！"

但是阿尔杰鲁斯并没有醒过来。早上巫婆对他说："昨晚仙女伊洛纳来了，但你睡得太沉了。"

第二天同样如此，第三天也是。

有一次，老巫婆打瞌睡的时候，阿尔杰鲁斯看到了巫婆脖子上挂的哨子。他好奇地摘了下来，吹了一口，身边所有的仆人都睡着了。

这时候他才反应过来，自己之所以睡得那么沉，是因为巫婆吹了哨子。他把哨子挂到自己的脖子上。只要巫婆要醒过来，他就马上吹一下哨子。就这样到了半夜。

仙女伊洛纳来了，阿尔杰鲁斯亲吻了她三次，然后整个城堡都亮了，所有的门都打开了。

阿尔杰鲁斯双手抱住仙女伊洛纳，然后穿上斗篷和鞋，甩了一下鞭子："呼哈，让我去我爸爸的城堡吧！"

于是，他们一下子就回到了王子的家乡。后来，阿尔杰鲁斯成为一位伟大的国王，仙女伊洛纳成为一位伟大的王后。

忧伤的公主

　　很久很久以前,有一个国王,他有一个非常非常美丽的女儿,可是她从来没有笑过。她总是愁容满面,谁也不能让她展开笑颜。一想到自己的女儿时常在悲伤之中,国王就非常难过。于是他诏告全国,谁要是能让公主展开笑容,那么他就将公主许配给这人为妻,并且把半个王国送给这个人。

　　有一个牧人,他有一只金色的小羊羔。小羊羔很神奇,谁要是凑近它,立马就会被它吸住,就跟小羊羔身上长出来的似的。

　　一天,牧人赶着小羊羔出门,这时候走来一个待嫁的姑娘,她摸了摸小羊羔,结果一下子被吸住了。

　　牧人说:"哎呀呀,我的小金羊羔!你的金毛边粘上了一个大姑娘!"

　　牧人继续赶着小羊羔往前走,迎面走来一个牧师,牧师用棍子打向姑娘。

　　"哎呀,你这个笨蛋!你干吗要到这里来?"结果牧师一下子被粘了上去。

　　牧人又说道:"哎呀呀,我的小金羊羔!你的金毛边粘上了一个大姑娘,大姑娘背上是一根大木棍,大木棍连着一个牧师。"

　　然后走来一个手里拿着烤盘的女人,女人用烤盘打向牧师:"尊敬的先生啊,你为什么要伤害这位可怜的姑娘呢?"说完她也被粘了上去。

　　牧人又说道:"哎呀呀,我的小金羊羔!你的金毛边粘上了一个大姑娘,大姑娘背上是一根大木棍,大木棍连着一个牧师,牧师屁股上是烤盘,烤盘连着一个女人。"

　　这时迎面走来一个军官,他骑着一匹小骏马。军官抓了一下女人的手臂,一下子就被粘了上去。

　　于是牧人又说道:"哎呀呀,我的小金羊羔!你的金毛边粘上了一个大姑娘,大姑娘背上是一根大木棍,大木棍连着一个牧师,牧师屁股上是烤盘,烤盘连着一个女人,女人手臂上粘着军官,军官手里抓着缰绳,缰绳上拴着一匹小马。"

这时候走来一个织布的人,手里拿着许多麻布。他伸手去摸小马驹:"哎呀,真是一匹漂亮的马啊!"话音刚落,他就被粘了上去。

这时牧人说:"哎呀呀,我的小金羊羔!你的金毛边粘上了一个大姑娘,大姑娘背上是一根大木棍,大木棍连着一个牧师,牧师屁股上是烤盘,烤盘连着一个女人,女人手臂上粘着军官,军官手里抓着缰绳,缰绳上拴着一匹小马,马尾巴上是麻布,麻布连着织布的人。"

后来又迎面走来一个皮匠,手里拿着鞋模,他上前碰了一下织布的人,说:"你在这儿干啥呀,朋友!"话一说完,他也被粘了上去。

这时牧人还是说:"哎呀呀,我的小金羊羔!你的金毛边粘上了一个大姑娘,大姑娘背上是一根大木棍,大木棍连着一个牧师,牧师屁股上是烤盘,烤盘连着一个女人,女人手臂上粘着军官,军官手里抓着缰绳,缰绳上拴着一匹小马,马尾巴上是麻布,麻布连着织布的人,他背后是一只鞋模,鞋模连着一个皮匠。"

他们就这样向前移动,一直走啊走啊,走到了忧伤的公主面前。公主一看到这奇怪的一团东西,心情立马就好起来,她先是扑哧一下笑了出来,而后几乎笑晕了。

国王也看到了这一幕,派人把牧人叫来,给了牧人一半的王国,并把自己的女儿许配给了他。

魔鬼和两个女孩

从前，有一个穷男人和一个穷女人，两人的伴侣都过世了，两人都有一个女儿，只是男人的女儿很美丽，女人的女儿却无比地丑。

一天，男人想要烤点东西，但是家里没有揉面的盆。他对女儿说："女儿，你去隔壁阿姨那里借个揉面盆来，我要用来揉面团。"

于是姑娘去了邻居家。

"邻居阿姨，我爸爸让我来借个揉面盆，我们用来揉面，很快就会还给您的。"

"我不能给你啊，姑娘，你去对你爸爸说，叫他娶了我，他就能有揉面盆了。"

于是姑娘就回家了，她把邻居的话带给了爸爸。

家里出现麻烦了，父亲早就把烤东西的炕热了起来，但是没有铲灰的铲子。于是男人就对女儿说："女儿啊，你去邻居家借个铲灰的铲子回来，你就说我们马上会还回去的。"

"邻居阿姨，我爸爸让我借个铲灰的铲子，我们要清理炕下面的灰，用完就会还回来的。"

"我不能借给你啊，姑娘，你对你爸爸说，娶了我，揉面盆和铲灰的铲子就全有了。"

姑娘就回家了，她把邻居阿姨的话带给了爸爸。

家里准备灶头和面团有困难呀，而且还没有烤面包用的烤铲，于是男人对女儿说："女儿啊，你去邻居家里试试，看看她会不会把烤铲借给你。你就说，别舍不得，我们不会弄坏的，用完马上还回去。"

姑娘第三次去了邻居家，说爸爸让自己来是为了借个烤铲。但是邻居阿姨说，她不会借的："对你爸爸说，娶了我，揉面盆、铲灰的铲子，还有烤铲就全有了。"

姑娘回家了,把邻居阿姨的话带给了爸爸。

男人也开始考虑,是不是娶了女人比较好。你看,娶了她,揉面盆、铲灰的铲子、烤铲就全有了。他苦思冥想,最终决定,还是娶了再说。

但是事情并不像男人想的那样,男人刚娶女人过门,女人就开始当家做主,对事情指指点点,男人只能躲在门背后。女人对男人的女儿恶语相向,又打又骂,但对自己那丑得无比的女儿宠爱得很,捧在手心怕掉了,含在嘴里怕化了。

男人的女儿受不了这痛苦的生活,去找爸爸,说:"亲爱的爸爸,我不想再屈服于任何一个人的脚下。我不想再在这里承受痛苦,她们对我就像大风刮来,毫不留情。我要去外面的世界,或许我可以找到适合我的工作。"

男人也不好再做过多的挽留,因为他也知道女儿在外面好过在家里,至少能不那么屈辱。于是姑娘出发了。后母用灰给她做了几个波卡其面包。

"你可别对别人说,你上路我没给你准备吃的。"

可怜的姑娘走啊走啊,看到了一座小房子,她便走了进去,因为她非常累了。但是在屋子里她谁也没看到,只看到一只白色的猫。她坐上长凳,开始吃后母用灰做的波卡其面包。

这时白猫走近她:"阿姨阿姨,给我吃一口吧!我会给你建议的!"

姑娘喂了白猫一口,可吃完后它又问姑娘要,就这样它吃完了姑娘的一整块面包。然后它跳进姑娘的怀里,躺在怀里静静地休息。这时候门外面突然传来窸窸窣窣的声音。

"盘子!不修边幅的尾巴!漂亮的垫子!开门!"

"哎呀!我的小猫咪呀!我该怎么办?"

"给他开门去。"

于是姑娘打开了门,进来一个又高又丑的魔鬼。

"盘子!不修边幅的尾巴!漂亮的垫子!点火!"

"哎呀!我的小猫咪呀!我该怎么办?"

"给他点火去。"

于是姑娘点了火。

"盘子！不修边幅的尾巴！漂亮的垫子！做饭！"

"哎呀！我的小猫咪呀！我该怎么办？"

"给他做饭去。"

于是姑娘做了饭。

"盘子！不修边幅的尾巴！漂亮的垫子！过来吃饭！"

"哎呀！我的小猫咪呀！我该怎么办？"

"过去吃饭。"

于是姑娘吃得津津有味，因为她早就饿了。

"盘子！不修边幅的尾巴！漂亮的垫子！铺床！"

"哎呀！我的小猫咪呀！我该怎么办？"

"给他铺床去。"

"盘子！不修边幅的尾巴！漂亮的垫子！躺我旁边来！"

"哎呀！我的小猫咪呀！我该怎么办！"

"躺他旁边去。"

于是姑娘躺到了魔鬼的旁边。

"盘子！不修边幅的尾巴！漂亮的垫子！伸进我的左耳来！"

"哎呀！我的小猫咪呀！我该怎么办？"

"伸进去。"

于是姑娘把手伸了进去，她突然抓到了什么东西，然后开始往外拉。那是什么呢？不是别的，正是一大堆金子和银子。有多少呢？姑娘拿出来多少就有多少。

魔鬼又吩咐说："盘子！不修边幅的尾巴！漂亮的垫子！伸进我的右耳来！"

"哎呀！我的小猫咪呀！我该怎么办？"

"伸进去。"

于是姑娘把手伸了进去，她抓到了什么呢？我说出来，你们可能不相信，不是别的，是一辆漂亮的金子做的马车和六匹骏马。魔鬼把这些东西都送给了姑娘,姑娘把金子和银子装进马车里,她自己也坐上马车,然后没一会儿就回到了自己出生的地方。谁都不知道姑娘一下子拥有那么多的财富,她只让父亲晓得了这事,父亲也保证,不会把话传出去。

结果没多久,丑姑娘和她妈妈知道了这件事。丑姑娘的嫉妒心被激发了,她决定不再守在家里,她对妈妈说自己也要出去找活干:"您看,妈妈,她在外面才待了三天,都能发财,我也要出去看看,万一幸运女神宠幸我了呢。"

她的妈妈连连赞同:"肯定行。"

于是她的妈妈给她也烤了波卡其面包,但不是用灰,而是用干净的小麦粉做成。姑娘带着波卡其面包上路了,她走啊走啊,也来到了那座小屋,进去后在里面她谁也没看到,所以她坐到长凳上,打算等主人回来。这时候她想到自己还有波卡其面包,于是她拿出面包来吃。这时候小白猫走向了她:"阿姨阿姨,给我吃一口吧!我会给你建议的!"

但是姑娘不愿意给它吃,于是小猫咪又一次求她,姑娘还是不给,甚至还笑它:"哟,小可怜哦,尽管你能给我建议,但是有啥用呢?"

可怜的小猫咪打了个喷嚏,在角落里闷闷不乐。丑姑娘坐在长凳上继续吃东西。就在她吃的时候,门外传来了声音:"盘子!不修边幅的尾巴!漂亮的垫子!给我开门!"

"哎呀!我亲爱的小猫咪!我现在该怎么办呀?"

"哦,别理他。"

丑姑娘当作没听见,于是魔鬼踢开门走了进来。他进来后又大喊:"盘子!不修边幅的尾巴!漂亮垫子!给我做饭!"

"哎呀!我亲爱的小猫咪!我现在该怎么办呀?"

"别给他做饭。"

于是她没有做饭,魔鬼也没说啥,他自己做了一顿饭,然后说:"盘子!不修边幅的尾巴!漂亮的垫子!过来吃!"

"哎呀!亲爱的小猫咪!我该怎么办呢?"

"别跟他一起吃饭。"

于是姑娘没有去吃饭,魔鬼独自吃完了所有的食物,然后又发出了指令:"盘子!不修边幅的尾巴!漂亮的垫子!去铺床!"

"哎呀!亲爱的小猫咪!我现在该怎么办呢?"

"别去铺床。"

于是姑娘没有去铺床,魔鬼只好自己去铺床。

等魔鬼铺完床,他自己躺了上去,然后他说:"盘子!不修边幅的尾巴!漂亮的垫子!躺我旁边来!"

"哎呀!亲爱的小猫咪!我该怎么办呢?"

"别躺过去。"

于是姑娘没过去,只是呆呆地站在床头边。

魔鬼又说:"盘子!不修边幅的尾巴!漂亮的垫子!把手伸到我的左耳里!"

姑娘看到自己虽然没遵从魔鬼的意思,但是他没伤害自己,也没说一句难听的话,于是胆子大了起来,她大声吼道:"你的脏耳朵还要我来掏?"

魔鬼依旧一声不吭,他自己静静地把手伸进了右耳,从里面拿出了一辆铁马车和四匹马,他在马车里点上火,然后把姑娘塞了进去。四匹马快跑起来,马车像一条龙越飞越远,马车在天上不断地燃烧,最后化成一道火焰,丑姑娘化作了灰烬。

魔鬼赐给美丽姑娘的财产,使她在当地富了起来,不久就有一位贵家公子娶了她。我不知道是伯爵还是公爵,王子还是国王,但肯定是其中一个。

青蛙和乌鸦

乌鸦抓到了一只青蛙，它用嘴叼着青蛙，飞到了屋顶上。乌鸦停在屋顶上，青蛙突然开始大笑。

"你笑什么，青蛙老弟？"乌鸦问。

"没什么，没什么，我亲爱的乌鸦老姐呀，"青蛙回答，"没什么大事儿。就是吧，我觉得自己太幸运了。我的爸爸也住在这里，就是在这个屋顶。它威武雄壮，是个大块头。要是谁伤害了我，它肯定会为我报仇的。"

乌鸦听了这话，有些不大高兴，它觉得，还是把自己的猎物放到更安全的地方为好。它飞到屋顶的另一侧，到了一个水管旁边。它休息了一会儿，正想吃掉青蛙，结果发现青蛙又高兴地在一旁大笑。

"哎呀，你现在又在笑什么，青蛙老弟？"乌鸦问。

"没什么，没什么，亲爱的乌鸦老姐，这都不值一提呀。"青蛙回答说，"我就是想到，我的叔叔，它比我爸爸更强壮，就住在这里呢。谁要是伤害我，我的叔叔一定不会放过它。"

乌鸦听了非常害怕，决定立马离开屋顶，于是它张开翅膀飞走了。

它用嘴叼着自己的猎物，飞到了最近的一个井旁，把青蛙放了下来。它正想开始享受自己的大餐，青蛙张口说话了："亲爱的乌鸦老姐啊，我看到你的喙有点钝了，你吃饭前不应该准备准备吗？你看，那边有块石头，你快去那边磨一磨，把你的喙磨得亮亮的。"

乌鸦觉得青蛙说得有道理，于是走到石头那里，开始磨自己的嘴巴。正当乌鸦背过身子的时候，青蛙跳了一大步，然后消失在水中。

乌鸦还在一旁磨着自己的喙，等它转回去的时候，这才发现青蛙早就不见了。它在井边这找找，那找找，结果完全不见青蛙的踪影。

最后，乌鸦想到，青蛙应该在井里，它对着井大声唤道："青蛙老弟！我亲爱的青蛙老弟啊！你这一回头就不见了,吓了我一大跳！我把我的喙磨好了！你快出来,让我吃了你！"

　　"哦,太不好意思了,乌鸦姐姐,"青蛙回答说,"我没法从井里爬出去呀!要是你还想吃我的话,那还是你进来吧。"说完,青蛙就消失在深水之中。

三 个 愿 望

很久很久以前,在七个国家以外的太平洋之外,住着一个穷苦人,还有他的妻子。他们都还年轻,彼此相爱,但是因为贫穷,两人也会拌嘴。

有一天,妇女生了火,她想着,等到丈夫回家,就可以给他做晚饭了。水还没开的时候,丈夫就回来了,他欣喜地对妻子说:"哎,亲爱的!你知道今天发生了什么吗?我们的苦日子终于到头啦!以后,只要是我们想要的,就都会应有尽有的!"

"你别开玩笑,"妇人说,"你是找到宝藏啦?"

"我没胡说,你听我说,我今天出森林的时候,你知道我在路中间看到什么了吗?我看到了一辆金色的马车,前面有四只小狗陷在土里,于是我就帮了它们一把。车里面坐着一个漂亮的女人,我这辈子都没见过这么漂亮的人。她肯定是仙女!她对我说:'好人呀,你帮了我一个忙,我一定要回报你。'

"我想了想,我帮了她的忙,肯定是要她能帮我们解决贫困的问题。仙女问我是否结婚了,我说是的。她又问我是不是富有,我对她说,我们非常贫穷。

"于是仙女说:'那我可以帮你的忙。你回去告诉妻子,你们可以许三个愿望。'说完,她就像风一样,消失了。"

"你肯定是犯迷糊了。"妻子说。

"不信我们试试,你说个愿望,亲爱的。"

妇人听了这话,立马说:"我想要一根香肠,香肠在锅里煎着。"

话音刚毕,房子里出现了一口锅,里面的香肠塞得满满的。

"看到了吧,我没有骗你。"穷人说道,"我们再来许一个更聪明一点的愿望。两头牛,两匹马,两只猪……"他边说边拿起烟斗,往里塞着烟叶。他凑到火旁,想把自己的烟斗点上,但是他笨手笨脚,打翻了一锅香肠。

"我的天哪!香肠!你做了什么呀!我还不如许愿让香肠长到你鼻子上!"妻子大叫了起来,想去把香肠接到手里,但是香肠一点点长到了丈夫的鼻子上。

"哎呀!笨蛋,你把第二个愿望用掉了。快把香肠拿下来!"

妇人尝试着把香肠取下来,但是它就像长在鼻子上了,怎么也拿不下来:"不然切下来吧!切掉一点你的鼻子不会有啥大碍。"

"怎么不会!你把世界上所有的财富给我,也不能伤害我的鼻子!不然这样吧,我们第三个愿望就让香肠回锅里去吧。"

"那牛、马、猪怎么办?"

"算了算了,老婆,我长着香肠鼻子,以后还怎么出门呢?你赶紧许第三个愿望,让香肠回锅里去。"

那还能怎么办呢,妇人只好许愿:让香肠从丈夫鼻子上下来。

他们把香肠洗干净,煎好,一起吃了好多顿。他们决定,以后不再走捷径,还是更努力地工作,更努力地存钱。

伊朗
民间故事

法里东三分天下

　　法里东打败了暴君佐哈克后，以仁义之道治国安邦，因此天下归顺，宇内清平，江山日益稳固。这期间后宫中的两位王妃先后为他生下三位王子，王位有后，法里东更是喜上眉梢。

　　两位王妃名叫沙赫尔纳兹和阿尔纳瓦兹。她们原是贾姆希德国王的同胞姐妹。当初佐哈克发兵来攻贾姆希德，占领王宫时，见她们生得明眸皓齿，美丽出众，便将她们强纳为妃。姐妹俩以身事仇，保全了性命，如今法里东当了国王，替她们报了仇，又立她们为王妃，对她们宠爱有加。沙赫尔纳兹为法里东生下了长子和次子，阿尔纳瓦兹又生了第三子。三位王子一天天飞快长大，法里东还未想好为他们取什么名字，他们已长得身高体壮，敢和大象角斗了。法里东眼见孩子们一个个长大成人，心中暗自欢喜，便委派朝中贤臣钦达尔到各地巡访，为王子们选择佳偶。

　　钦达尔受了委任，当即动身前往各国寻访。他走了许多地方，一直没有收获。这一日他来到也门国境内，听说国王萨尔夫有三位公主美貌非凡，并且正好都待嫁闺中，钦达尔十分欢喜，心想这正是天造地设的良缘，不可错过，于是马不停蹄地赶到也门王宫来拜见萨尔夫。

　　萨尔夫膝下无子，只有三位公主。她们不仅都秀丽端庄，而且聪敏颖悟，善解人意，为萨尔夫排解了老来无子的忧闷寂寞。因此，虽然她们都到了婚嫁的年龄，许多王孙贵胄前来求亲，萨尔夫一直没有应允，他不肯让她们离开身边。这一次听到钦达尔道明身份与来意，他心中不免闷闷不乐起来。他实在不愿让自己的掌上明珠远嫁他乡，但是法里东的赫赫威名又使他无力拒绝。他踌躇半晌，并不作答。

　　法里东的使臣钦达尔是个通达人情的贤士，他见萨尔夫沉吟不语，明白他的心思，也不加催逼，只是盛赞三位王子如何品貌超群，才识过人。萨尔夫只好说他必须先见一见三位王子,倘若他们真像钦达尔所说的那样出众,他便答应婚事。

钦达尔回国报告了消息,王子们便依约来到也门拜谒萨尔夫。萨尔夫见三人果然气宇轩昂,应对自如,俨然有王者之风,心中不得不承认法里东确实教子有方。不过他依然不动声色,只是吩咐设宴款待远来的贵客。

酒宴设在王宫的花园中。正是花开时节,园中姹紫嫣红,景色如画,而席间的弦乐声更是悠扬婉转,仿佛在殷勤劝酒。三位王子陶然欲醉,放怀畅饮,一杯又一杯,直饮到夜半时分,他们才醉眼蒙眬地在园中一处婆娑的树影下酣然入睡。

花园中静了下来,王子们熟睡不醒。萨尔夫悄悄站起身,在一个花坛后站定,口中念念有词,施起了法术。不一会儿,只见园中寒风骤起,一阵紧似一阵,仿佛严冬突然来临,枝头绽放的花朵转眼间随风飘零,落了一地。萨尔夫暗想:如此天寒地冻,王子们在花园中睡得人事不知,明天他们醒来发现自己冻得鼻青脸肿,狼狈不堪,一定不好意思再向我提起婚姻之事,这样一来公主们就可以继续留在我身边,以慰我晚年的孤寂了。萨尔夫这样想着,不禁高兴得笑出了声。

寒风呜呜刮了一夜。天刚亮,萨尔夫便起了床,前来探视三位王子,看他们如何出丑。不料眼前的情景使他大吃一惊:王子们容光焕发,神采奕奕,看来一夜休息得很好,哪里有丝毫受冻的模样。萨尔夫这才明白,法里东有灵光佑护,他的儿子也非凡人,自己的法术遇上他们是施展不开了。

萨尔夫不得不把爱女们嫁给了三位王子。带着新婚的妻子和满载嫁妆的驼队,王子们喜气洋洋,启程回国。

他们一路迤逦行来,进了伊朗境内,此时风和日丽,天色尚早,再过一座山便可望见王宫了。众人正欣喜间,忽见狂风大作,天色骤然暗了下来,尘土飞扬中,一头口中吐着烈焰的巨龙狂吼着从山上扑下来。它首先扑向老大,老大见势不好,连忙纵身一跃,闪到一旁;巨龙见一扑不中,又扭身扑向老二,老二此时早已张好弓搭上箭,见巨龙扑来,马上嗖地一箭射出,巨龙连忙躲闪,老二也趁机闪出了一丈开外;巨龙大怒,腾身又扑向老三,老三不慌不忙，横刀纵马上前喝道："恶龙听着，休得在此逞凶！我兄弟三人乃法里东国王之子，你若识得厉害，赶快离开此地，若继续拦路逞凶，休怪我手中刀剑无情，叫你脑袋搬家！"说来也怪，那巨龙听了这番话，当即收敛了气焰腾空而去，不一会儿就消失在空中。

兄弟三人继续赶路。过了山坳，只见前边的大路上旌旗招展，鼓乐齐鸣，好一派欢腾景象。原来尊贵的法里东国王率领朝中文武大臣早已在路旁等候多时了。王子们连忙下马，上前见驾。

法里东含笑望着三位王子，说道："刚才你们受惊了。那条巨龙乃为父所变，意在考验一下你们的勇气与谋略。老大能迅速避险，机灵敏捷；老二临危不乱，有勇有谋；老三气度从容，胆识过人。你们是天地间最为杰出的勇士。孩子们，你们是我的骄傲。现在，我要正式给你们授名。老大赐名萨勒姆，老二赐名土尔，老三赐名伊拉治，愿你们不负众望，光大父业。三位美丽的公主我也为她们选定了名字，萨勒姆之妻赐名阿莉祖，土尔之妻赐名阿扎德胡，伊拉治之妻赐名尼克佩。孩子们，愿天神赐福你们！"

为孩子们娶了妻室又授了名，年事已高的法里东决定将国家一分为三，交给三位王子去管理，了却自己的最后一桩心事。

扎尔与凤凰鸟

　　玛努切赫尔国王统治伊朗时,勇士萨姆是东方锡斯坦地区的统帅。萨姆长年征战,膝下无子,他常常祈祷上苍赐予他一男半女。后来,他的妻子果然为他生下了一个儿子。这孩子长着红扑扑的脸蛋和乌黑发亮的大眼睛,很招人喜爱,可是不知为什么一生下来就满头白发。孩子的母亲非常伤心,萨姆更是长吁短叹。他觉得这孩子是个不祥的征兆,使他无脸见人,所以,他狠狠心吩咐仆从把孩子从母亲怀里抱走,丢到野外去。仆从抱着孩子,来到厄尔布尔士山下,含泪把孩子放在一个角落里就走了。

　　正是日落时分,天气越来越冷。这可怜的孩子孤零零地躺在山下,哇哇大哭起来。

　　在高高的厄尔布尔士山上,居住着"众鸟之王"凤凰。这一天它正在空中盘旋着寻觅食物,发现了这个被遗弃的孩子。孩子嗷嗷待哺的模样令它动了恻隐之心,它叼起孩子的襁褓,把他带回山上的巢中。巢中还有几只雏凤,看见来了小客人,它们都用小翅膀轻抚他,表示友爱和亲善。于是,凤凰便收养了这个人类的孩子,让他和自己的孩子们一起长大。

　　许多年过去了,孩子和雏凤们都长大了,他们常常一起在山间觅食、嬉戏,亲如兄弟。厄尔布尔士山下过往的路人发现,时常有一位满头白发的少年与凤凰相伴,出没于崇山峻岭之间,少年身手异常矫健,人们惊奇地猜测着这少年的身世。渐渐地,这些议论传到了萨姆的耳中。萨姆变得心神不定起来,他知道,那少年便是被自己抛弃多年的孩子。

　　一天晚上,萨姆做了个奇怪的梦,梦见一个英姿勃勃的少年在山间飞奔,少年的身后闪出一位老者指着萨姆斥道:"你这冷酷无情的人!上天赐予你孩子,你却将他丢弃于山野,让凤凰来替你负起为人父母的责任,你丝毫不觉羞愧吗?"萨姆从梦中惊醒,心中充满自责。他再也不能等待了,马上带着人奔向厄尔布尔士山。

他们来到山下，只见巍峨的山峰高耸入云，找不到可以攀缘上山的路。萨姆焦急万分，绝望地抬头喊道："万能的主神，请饶恕我的罪过！让我爬上这高山，寻回失去的孩子，补赎从前的罪过吧！"

萨姆的喊声惊动了凤凰。它知道，少年该返回人间了。它叫来少年，对他说道："亲爱的孩子，这些年来我们朝夕相处，我爱你如同亲生的孩子，并给你取了名字叫达斯坦。现在你父亲正在山下找你，你已长大成人，是该回到亲人身边去了。"

泪水涌出了达斯坦的双眼，他说："这里就是我的家，你就是我最亲的母亲，难道你已不再爱我，才要我下山去吗？"

凤凰答道："孩子，我爱你依然如故，可是你长大了，小小的凤巢不再适合你，你该回到人间去驰骋四方了。这是我身上拔下的一片羽毛，你把它带上，以后不管在什么地方，只要遇上了难题需要我帮助，你就将它用火点燃，我会马上来到你的身边。"

凤凰让达斯坦与自己的孩子们道过别，便背上他振翅飞到了山下，落在萨姆的面前。萨姆望着眼前这高大挺拔的少年，禁不住热泪盈眶。他谢过凤凰的大恩，便紧抱着儿子，请求他的宽恕。达斯坦于是告别凤凰，跟随父亲回到了人间。因为他满头白发，人们都叫他佐勒·扎尔，意为"白发人"。

这位佐勒·扎尔便是后来叱咤风云的大英雄鲁斯塔姆的父亲。在佐勒·扎尔和鲁斯塔姆充满危险的征战生涯中，神鸟凤凰一直是他们的保护神。

神奇的苏莱曼戒指

从前,有一个小商人,他的儿子叫巴赫兰。巴赫兰还在襁褓里的时候,父亲就去世了。母亲没有再嫁,靠变卖丈夫留下的家当含辛茹苦地抚育着巴赫兰。当他长到十八岁的时候,家里除了一个装有三百迪拉姆①的钱袋以外,就一无所有了。

一天清晨,母亲对巴赫兰说:"好孩子,你父亲去世十六七年,母亲没有改嫁,一心只想把你抚育成人。如今你已经长大,应该设法谋生了。"说完,她从壁橱里取出一个小袋,抖去袋上的灰尘,小心地解开带子,取出一百迪拉姆交给巴赫兰,说道:"你把这些钱拿去,像你父亲一样,到集市上做点小买卖吧!"

巴赫兰带着钱走出家门,来到集市广场上,他看见几个小孩捉住一只猫正把它往布袋里塞。小猫喵喵地哀叫着,样子很可怜。巴赫兰走上前去说道:"你们干吗折磨这可怜的小动物?"

孩子们说:"嘿,我们正准备把它扔到河里去呢!"

巴赫兰说:"别这么胡闹,快把它放了,让它爱去哪儿就去哪儿!"

孩子们说:"你要是可怜它,就给我们一百迪拉姆,它就归你了。"

巴赫兰把一百迪拉姆给了他们,然后解开袋子,把小猫放了出来。

小猫友好地望着巴赫兰,蹭蹭他的脚踝,吻吻他的脚背,说:"我不会忘记你的恩德!"说完它就走开了。

傍晚,巴赫兰两手空空地回到家,母亲说道:"孩子,告诉我你今天做了些什么买卖?"

巴赫兰把自己所做的事详细讲了一遍,母亲耐心地听着,没有说什么。

第二天早上,母亲对他说道:"孩子,昨天你做了好事,用钱救了小猫的

———————————

①迪拉姆:伊朗古代钱币名。

性命,这是对的。不过你也该为自己的生活着想。今天你再拿上一百迪拉姆,去集市上做点买卖吧!"

巴赫兰拿了钱,又来到集市上。还没到广场,他就看见几个孩子用项圈套住一条狗,一边用棍子打它,一边拖着它往前走。巴赫兰很同情那条狗,问他们道:"你们要把它弄到哪儿去?"

孩子们说:"我们要把它扔到城墙下边去。"

巴赫兰说:"别折腾它,狗是忠实的动物,把它放了吧!"

孩子们说:"你要是可怜它,给我们一百迪拉姆,它就归你了。"

巴赫兰给了他们一百迪拉姆,然后解开小狗的项圈,把它放了。

小狗摇摇尾巴,围着巴赫兰转了两圈,对他说:"好心人,你做了善事,会有善报的。"

傍晚,巴赫兰又像昨天一样两手空空地回到家。母亲听说他又倾囊救了一条小狗,心里不高兴,便责备了他几句。

第三天,母亲又交给巴赫兰一百迪拉姆,并对他说:"今天一定得好好做点买卖了,这是最后的一百迪拉姆,要是这点本钱也送了人,我们就什么也没有了!"

巴赫兰带上钱来到集市上,他东转西转,不知做什么买卖好。他就这样走来走去,天都快黑了,他也走累了,就坐在墙角下歇息,忽然看见三四个人点燃一堆火,正要烧毁一个盒子。

巴赫兰好奇地上前问道:"盒子里是什么? 你们为什么要烧它?"

那伙人说:"是一个又漂亮又可爱的小动物。"

巴赫兰说:"别烧,放了它,让它走吧!"

那伙人说:"你要是可怜它,给我们一百迪拉姆,这盒子就归你了,你愿意把它怎么样就怎么样!"

巴赫兰不由自主地把钱掏了出来,买下那个盒子。他刚要把盒盖打开,那伙人对他说:"别在这里打开,你拿到城外去吧!"

巴赫兰来到城外,打开盒子,一条小蛇从里面爬了出来。他吓了一跳,转身想逃跑,小蛇张口说道:"不要跑,我从来不无缘无故伤人,何况你还是我的救命恩人。"

巴赫兰想起自己把最后的一百迪拉姆也给了别人,不由得在一块石板上坐了下来,垂着头发呆。小蛇问道:"你怎么啦?为什么愁眉不展的样子?"

巴赫兰把自己的身世和这几天的经历告诉了小蛇,小蛇安慰他说:"别难过,你刚才救了我,现在轮到我来帮你了。"

巴赫兰说:"你能帮我什么呢?"

小蛇说:"我的父亲是众蛇之王,大家都叫它蛇王。它只有我这一个儿子。我带你去见它,告诉它你救了我的命。它会问你要用什么东西来报答你,你就说:'我要苏莱曼戒指。'如果它说给你别的东西,你千万别同意,就说你只要苏莱曼戒指。"

巴赫兰很高兴,跟着小蛇一起去见蛇王。小蛇把自己获救的经过一五一十地告诉了蛇王,蛇王听了非常感动,对巴赫兰说:"多亏你救了我的儿子,我要报答你,你想要什么?"

巴赫兰说:"我不想要什么,如果你一定要谢我的话,就把苏莱曼戒指给我吧!"

蛇王说:"苏莱曼戒指是我的传家之宝,不能随便给外人的。"

巴赫兰说:"这样的话那就算了,我救你儿子的时候本来就没有想到要什么报酬的。"

蛇王说:"小伙子,你救了我的儿子,保住了我们家的香火不断,我一定要报答你,否则我会于心不安的。"

巴赫兰说:"那就给我苏莱曼戒指吧。"

蛇王说:"你不知道,一旦苏莱曼戒指落入魔鬼手里,世界就会被搅得天翻地覆,不得安宁。只有心地纯洁、勇敢无畏的人才配拥有它。"

巴赫兰说:"你怎知我不是一个心地纯洁、勇敢无畏的人呢?"

蛇王无话可说了。它认真地打量了一下巴赫兰,终于把戒指拿出来交给他,并叮嘱道:"要时时刻刻把它随身携带保管好,千万不要告诉别人你有这么一件宝物!"

巴赫兰说:"好!"然后他就起身告辞了。

小蛇问他说:"你有没有问蛇王这戒指有什么用?"

巴赫兰说:"没有。"

小蛇说:"我来告诉你。只要把戒指戴在中指上,一摩擦它,就会有一个黑奴从里面跳出来听你吩咐,你要他做什么他都能做到。"

巴赫兰听了很高兴。他这时候正饿得肚子发慌,想吃清油米饭了,就连忙把戒指戴在中指上,擦了一擦,眨眼间,一个黑奴出现了,然后把一盘清油米饭放在他跟前。巴赫兰大吃了一顿,然后高高兴兴地回家了。

母亲一见面,就担心地问他:"你去哪儿了?怎么这么晚才回来?"

巴赫兰把自己的经历告诉了母亲,最后说道:"从今以后我们就有好日子过了,再也不用为衣食发愁啦!"

母亲听了也很高兴,说:"那你现在有什么打算?"

巴赫兰说:"我想先把咱们家这间小屋拆掉,新建一座像宫殿一样的房子。"

母亲说:"不,孩子,我跟你父亲在这小屋里共同生活过,这里留下了许多美好的回忆,我喜欢住在这里。你在小屋旁边另外建一座宫殿,你住在那里好了。"

巴赫兰听从了母亲的建议,在小屋旁边建起了一座豪华的宫殿。

从此,巴赫兰过上了舒适富足的好日子,丰衣足食,无忧无虑。要说还有什么欠缺的话,那就是他还没有娶到一个好妻子。

一天,巴赫兰从王宫外经过,意外地看见了一个美丽的公主,他高兴得情不自禁地对自己说道:"巴赫兰,你终于找到了能配得上你的人啦!"

他回到家就请母亲去为自己求婚。

巴赫兰的母亲来到王宫,请求卫士让自己进去。她先见到王宫总管,对他说:"我要见国王。"

王宫总管问明她的来意后便报告了国王,国王说:"让她进来吧!"

巴赫兰的母亲来到国王跟前,国王说:"你有什么事?"

巴赫兰的母亲说:"我来为我的儿子向公主求婚。"

国王听了大怒,对宰相说:"我怎么处置这个大胆的老太婆呢?"

宰相在国王耳边说道:"给她出个难题难倒她。比方说,要一笔贵重的聘礼,她付不起,就不敢再提婚事了。"

　　于是国王对巴赫兰的母亲说:"你的儿子是干什么的?"

　　巴赫兰的母亲说:"我的儿子还没有什么职业,可他是个心地纯洁的好青年,身强体壮,什么都不缺。"

　　国王说:"我的女儿可不能随便嫁人。娶她为妻,要有万贯家财才行。首先要用七峰骆驼满载金银送给王后,感谢她的养育之恩;其次要有七颗大钻石,用来装扮新娘在婚礼上戴的花冠;还要有七罐黄金作为聘礼,七块缀满珍珠的锦缎用作新婚之夜的地毯。"

　　巴赫兰的母亲说:"国王啊,这些财物都算不了什么,把'七'这个数字换成'七十'好了!"

　　国王笑了起来,说:"那好,你去准备好了送来,就可以迎娶公主了。"

　　巴赫兰的母亲回到家,把国王的条件告诉了巴赫兰。巴赫兰借助苏莱曼戒指的神力,准备好所有物品并送到王宫。国王只好把公主嫁给了他。迎亲时,他们欢天喜地地庆祝了七天七夜。

　　巴赫兰的幸福生活,我们暂且讲到这里。有一个邻国叫作土兰,土兰王子一直爱着这个公主。当他听说公主嫁给了巴赫兰以后,痛苦万分,同时又很吃惊,他想:我是堂堂的土兰王子,向公主求过两次婚,她父亲都没把她许配给我,一个小商贩的儿子凭什么娶了她?

　　土兰王子派人前去打听,才明白原来巴赫兰满足了国王提出的苛刻条件,送去了很多金银珠宝。王子想:我得弄清楚这小商贩哪儿来的这么多财富,然后再把公主夺过来。

　　土兰王子找来一个诡计多端的老巫婆,对她说:"你去把这件事查清楚,要是能帮我把公主夺过来,我会重重地奖赏你。"

　　老巫婆接受了差遣,马上动身上路,三个月以后终于来到巴赫兰和公主居住的城市。她找到巴赫兰的宫殿,上去敲门。女仆打开门,问道:"你找谁?"她说:"我找你的女主人。"女仆把她带去见公主,老巫婆对公主说道:"我是个可怜的异乡人,在这里无亲无故,让我在你的宫殿里歇息几天,然后我再继续赶路。"好心的公主说:"欢迎你,你愿意住多久就住多久。"

老巫婆就这样留了下来。她每天不停地夸奖公主待人和气,心地善良,又称赞她的美丽真是人间少有,天下无双。慢慢地,公主变得越来越喜欢她、信任她,什么心里话都跟她讲了。

一天,老巫婆对公主说:"亲爱的公主,我年纪这么大,什么稀奇古怪的事儿都见过,可是我从来没见过一个小商人比国王还富有。"

公主说:"我以前也没见过。"

老巫婆说:"你知道你丈夫这么多钱财是从哪儿来的吗?"

公主说:"不知道,他从来没对我说过。"

老巫婆说:"那你可得问清楚,说不定哪天就会有用呢!"

晚上睡觉的时候,公主对巴赫兰说:"你是个小商人的儿子,怎么会有这么多财产?"

巴赫兰说:"这跟你有什么关系?"

公主说:"我们是终身伴侣,当然应该什么都知道。"

巴赫兰说:"这种话你不应该问。"

公主听了很不高兴,对巴赫兰的态度变得越来越冷淡。巴赫兰见她这样,只好把戒指的事告诉了她,并一再叮嘱她道:"千万别把这个秘密告诉别人,否则我们会大祸临头的。"

可公主还是把这个秘密向老巫婆泄露了。一天,老巫婆趁大家不注意的时候,悄悄溜进了巴赫兰的卧室,窃取了那枚戒指。她戴着戒指,立即溜出王宫,一刻不停地赶回土兰去见王子,并把戒指的故事对他讲了一遍。

土兰王子急不可待地把戒指戴到中指上,擦一擦,然后对那个跳出来听候命令的黑奴大声说道:"把公主和宫殿搬到这里来!"果然,一眨眼的工夫,黑奴就把公主和宫殿搬到了他的跟前。

土兰王子见到公主,欣喜若狂,马上就提出要和她成婚。公主不肯,可是最后经不住他软磨硬泡,无可奈何地答应四十天后和他结婚。

巴赫兰这一天正好不在家,等到他回来时,宫殿和公主都已不见了踪影。他明白一定是有人偷走了戒指。他非常伤心,一时不知该怎么办才好。

就在这时,正好小蛇、小猫和小狗一起来看巴赫兰。它们明白了他伤心的缘故之后,小蛇对小猫和小狗说:"他是我们的救命恩人,我已经报答过他了,现在是你们报恩的时候了,你们应该去把苏莱曼戒指找回来。"

小猫和小狗说:"好。"

小猫和小狗匆匆上路了。它们穿过一片片原野,爬过一座座山冈,终于到达了土兰国,并找到了那座宫殿。

小狗躲在宫殿的花园里,小猫悄悄溜进王宫找到焦虑不安的公主。公主对它说:"土兰王子总是随身戴着戒指,睡觉时还把它含在嘴里,生怕有人把它偷走。你们要想办法尽快把戒指拿到手,否则四十天一到他就要逼我结婚了。"

小猫回到花园里把消息告诉了小狗,它们决定当天晚上就行动。

半夜里,夜深人静。小猫和小狗溜进王宫,小狗躲在一个角落里,小猫钻进厨房,逮住了一只老鼠。老鼠吱吱叫着求饶,小猫对它说:"你要想活命就得照我的话去做。"老鼠说:"一定照办。"小猫说:"先去把你的尾巴蘸上胡椒粉。"老鼠照办了。小猫又说:"现在我们一起去王子的卧室。到那儿以后,你赶快用尾巴朝他的鼻孔里捅一捅,让他打个喷嚏,然后你就自由了。"老鼠说:"我一定办到。"

它们一起来到王子的卧室。老鼠悄没声息地爬到床上,把蘸着胡椒粉的尾巴伸进王子的鼻孔里捅了捅。睡梦中的王子马上打了个大喷嚏,把戒指从嘴里喷了出来。还没等戒指落到地上,小狗就一个箭步冲上去,用嘴接住戒指,然后和小猫一起跑出了王宫,头也不回地离开了土兰。没过多久,它们就遇到了匆匆赶来的巴赫兰,高高兴兴地把戒指交给了他。

巴赫兰把戒指戴在中指上,轻轻一擦,黑奴就跳了出来,巴赫兰命令他把公主和宫殿,还有他自己和小猫、小狗都一起送回自己的家乡。

土兰王子一连打了好几个喷嚏,还没等他把口水擦干,就发现戒指不见了,公主也不见了。

巴赫兰借助苏莱曼戒指的神力,把自己需要的所有物品都准备充足。为了不让戒指再落入坏人手里,他把它扔到了大海深处。从此,他和家人、朋友们一起过着快乐的生活。

金　丝　雀

好多好多年以前,有一对贫穷的老夫妇相依为命,住在一个破烂不堪的磨坊里。

多少年以来,老大爷一直靠捕捉和出售飞鸟为生。

有一天,他在收网时看见一只金丝雀落入网中。他正要抓住这只鸟把它放入笼中,那只鸟突然开口说道:"喂,老人家,您行行好吧!我家里有几个孩子,正等着我给它们带回食物呢。请您把我放了,我将竭尽全力来报答您,您想要什么,我就送给您什么。"

老大爷有些信不过,说:"啊!金丝雀,我希望能离开这个破烂的磨坊,同妻子一起住进一座好房子里。你能办到吗?"

金丝雀十分肯定地回答说:"请相信我,只要您放了我,我一定会满足您的要求,让您的愿望很快实现。"

老大爷将信将疑,最后还是把金丝雀放了出来,让它飞回去哺育自己的儿女们。过了不久,金丝雀果真信守诺言又飞回来,将老夫妇带到森林边的一座极其漂亮的房子里。这房子里面生活用具和衣物食品一应俱全。

金丝雀彬彬有礼地说:"老人家,这座房子和里面的全部东西,都归您所有了。您二老就在这儿好好生活,安度晚年吧。"接着,它从身上揪下一根羽毛交给老大爷,说:"什么时候有事找我,就将它烧掉,我马上就会飞来。"说完之后,它就拍打着翅膀飞走了。

老夫妇非常高兴,没想到晚年时来运转,过上如此幸福的生活,再也没有什么忧愁和烦恼了。他们每天早晨起床后一起出去散步,回来后在阳台上歇息一会儿,再迎着朝阳,煮茶品茗;吃过早饭又出去观花赏草,四处游玩,与外界没有丝毫联系。他们就这样悠闲自得、轻松愉快地打发着日子,不觉一晃两三年过去了。一天,老太婆忽然心血来潮,有些不满现状地对老头子说:"我们如此孤独寂寞,无声无息地躲在这森林的一角生活着,什么时候才是尽头啊?"

老头子很不高兴地说道:"闭上你的嘴,别没良心,说这些忘本的话!难道你已经忘了我们在磨坊里度过的那种日子吗?那时,每逢下雨,就得用脸盆接水往外倒,我们连块坐的干地都找不到,你说那有多艰难啊!"

老太婆不以为然地反驳道:"你这样说就不对了,人总是要往高处走、朝前看的,尤其在生活上不能满足于现状。快叫金丝雀来想办法,为我们改善一下。否则,在这荒山野岭里长此生活下去,我将郁郁寡欢而死。"

老头子见妻子根本听不进他的劝说,只好拿来金丝雀留下的羽毛,将它点着烧掉。

金丝雀很快就出现在他们面前,十分热情地问道:"老人家,有什么事吗?"

老头子有些不好意思地说:"你去问那女人吧。"

老太婆毫不客气地开口说:"喂,金丝雀,我们在这儿过得很不舒服。乌鸦、喜鹊成了我们的密友,我们周围荒凉得连个可以打招呼的人都没有。快把我们带到城里去吧,好让我们在暮年也能过上与常人一样的热闹生活,学习点知识,免得别人问起时我们什么都不知道,什么也不会干,在真主面前太丢面子了。"

金丝雀听了,十分冷静地说道:"老人家,这没有什么难的。这里你们就不用管了,跟我到别的地方去吧。"

金丝雀说完之后,就将他们夫妇带到了城里,给了他们一栋大房子,里面仍然是一应俱全。

老太婆一见这么好的条件,兴奋地对老头子说:"你看,还是我的主意对吧!人在生活上就是不能满足于现状,你总是不同意,还东找一个理由、西找一个借口来反对我。现在让你感到称心如意了吧!"

金丝雀对于老太婆说的话,好像什么都没有听见似的,仍然很有礼貌地问道:"老人家还有什么事需要我办吗?"

夫妇二人都满心欢喜地说:"谢谢了,给你添了不少麻烦,很过意不去,祝你一路顺风,全家幸福平安。"

金丝雀又给他们留下了一根羽毛,就告辞了。

老两口开始了新的生活,家里一切都是现成的,无须他们更多地操劳。夫妇俩白天去逛大街,晚上四处串门做客,快乐无比地生活着。

又过了一两年,老太婆对现有的生活又不满足了,她对老头子说:"哎,现在金丝雀随时都能听候我们的吩咐,不管提出什么要求,它都是一切遵命照办,我们为什么不趁此时机再提出一些更高的要求呢?"

老头子这次更加不高兴地责骂道:"行了,别再给我找事了,你这不知好歹的老太婆,没完没了地异想天开,早晚要遭报应,不会有好下场的。"

老太婆不仅一点都听不进去,反而更加气势汹汹地数落老头子懦弱无能,目光短浅,没有见过大世面,在生活上太容易满足了,让金丝雀随便糊弄两下就打发过去了。她越说越生气,最后竟怒不可遏地命令老头子说:"快去拿羽毛来,我把它烧掉!我对这种生活已经厌倦透了,再也过不下去了!"

老头子一贯惧内,吵来吵去,家中的大小事还是都得听老太婆的。无奈,他只好又把金丝雀的羽毛烧了。

金丝雀很快又飞来了,仍然十分热情地问道:"老人家,又有什么事了?"

老头儿愧疚地说:"不知道,你还是去问老太婆吧。"

老太婆仍然毫不客气地说道:"哎!金丝雀,我们对目前的状况十分不满。"

金丝雀还是耐心地问道:"你们又遇到什么困难了?"

老太婆厚着脸皮将她的奢望一股脑儿地抛了出来:"我想让我的丈夫成为这里的君主,而我也就成为王后了。"

金丝雀一听,心里感到这老太婆太难伺候了,她的欲望真是永无止境。但是金丝雀表面上仍然保持常态,平静地说:"原来是这样。好吧,请你们随我来吧。"金丝雀在天上飞着给他们带路,不久,就将他们带进了一座宏伟壮丽的宫殿,里面早已有大臣、奴仆、行刑者等诸多官吏和杂役等候着,宫殿里各方面的条件都很好。

金丝雀认真严肃地对老夫妇说道:"从现在起这座城市就归你们掌管

了,宫中的人员都听从你们使唤。如果没有别的事,我就告辞了。"它又给他们留下一根羽毛然后飞走了。

老两口在统治这个城市期间,不管老百姓的死活,只顾自己穷奢极欲地享乐。就拿老太婆洗澡来说吧,她已奢侈、讲究到不用水,而是用牛奶来洗,洗完后还要躺在阳光下让皮肤吸收奶液,让皱纹消失。

一天,老太婆洗完澡,正躺着美美地享受日光浴。这时一片浮云飘过来遮住了太阳。老太婆立即大怒,叫来丈夫,蛮横无理地责问道:"老家伙,这片云为什么遮住了太阳?"

老头子没好气地说:"天有不测风云嘛!我怎么知道?"

老太婆怒不可遏地喊道:"快去把羽毛拿来烧掉,我有事要找金丝雀。"

老头子略带嘲讽地问:"这次你又有什么奇妙高明的打算啊?"

老太婆更加怒气冲冲地骂道:"老头子,你还敢挖苦人!不该你管的事,你就别过问!快按我说的去办,耽误久了我的皮肤就不能变柔软了,你负得起这个责任吗?"

老头子只好又无可奈何地拿来羽毛烧掉了。

金丝雀又很快飞来了,像以往一样热情不减地问道:"老人家,你们这次又想要什么?"

老头子还是说不知道,让它去问老太婆。

老太婆余怒未消地埋怨道:"哎,金丝雀,我本来正在晒太阳,可这块该死的云飘过来,把太阳给挡住了,影响了我的日光浴。我想让你把掌管天地的大权也交给我,好让宇宙间的一切都听我指挥,由我主宰。"

金丝雀对老太婆的狂妄无理的要求和贪得无厌的野心反感透了,已经到了忍无可忍的地步。它认为如不惩罚她一下,她不知还会提出什么荒唐的要求来。但它表面上还是一点声色也不露,仍和前几次一样地说:"这儿你们就别管了,随我来吧。"

金丝雀在前面带路,他们俩跟在后面。当他们出城以后,那金丝雀突然不见了,天也一下子黑暗起来,一阵大风刮来,掀起了漫天尘土,霎时间什么都看不清了。

老两口只好手拉着手,相互搀扶,摸索着慢慢向前走去。他们万万没有想到,走着走着,又回到了以前生活过的那个磨坊。

老头子长叹一声,怨恨无比地对老太婆说:"你这个贪婪的老家伙!都是你闹的,遭报应了吧? 你还不赶快去把脸盆找出来,把地上的水弄干净,让我能坐在地上休息一会儿,我真的快累死了。"

法官的判决

很久很久以前，有一天，一个老国王把首都的大法官叫来，命令他给一个新城市挑选一名法官。大法官把这件事告诉了他的四个学生，并且说道："明天我要考考你们，把你们当中的一个推荐给国王。"

第二天，大法官把自己的四个学生叫来，说："现在你们准备应试。我提出一个问题，请你们做出判断，把结论说出来。

"问题是这样的：有一个主人设宴招待客人，他派仆人到奶站去买奶。仆人把奶盛在大瓦罐里，用头顶着往家走。半道上，有一只天鹅抓了一条大蛇，叼着从天上飞过。那条蛇的口中流出几滴毒汁，正好掉进盛奶的罐子里。仆人把这罐奶拿回家，用它做了一道美味的甜食，客人吃了之后，全都中毒丧命。

"现在，我请你们说，如果你们是法官，认为谁是这个事件中的罪犯，应该怎样判决，你们每个人把自己的意见写在纸上。"

法官的四个学生把各自的意见写完交给了大法官。大法官把他们的答卷拿去看了。第一种意见是这样的："我若是法官，就把仆人吊死，他为什么不把罐子盖子盖上，让蛇的毒汁滴不进去呢？"

大法官说："这个判决离公道太远。是的，罐子是应当盖上盖子，但是从空中往奶里滴毒汁的这种危险不是随时都有，咱们并没有法律规定食物的器皿必须有盖子，因此，不能惩治仆人。"

然后，大法官又念了第二个学生的意见："我若是法官，会认为天鹅是有罪的，是它把蛇弄到了天上，但是我们又无法惩治天鹅，我看客人的死亡是命中注定，即使他们不是因为中蛇毒而死，也有可能老死在床上或战死在疆场上。"

大法官说："这个判断也不对。说命中注定是没有知识、头脑简单的人的结论。法官必须努力分清是非。"

第三个学生写道:"如果我是法官,我就惩治请客的主人。如果主人能先尝一下,就能知道甜食有毒,别人就不会吃了。主人是罪犯,因为如果没有蛇毒,也可能会有人下毒。"

大法官说:"这个判断也离公正太远,因为主人家里并没有怀疑对象,以致必须如此小心谨慎。我们也没有这样的规定,每个人在为客人准备饭菜时,他自己要先尝一尝。而天鹅在天上飞,叼着一条蛇,蛇的口中流出毒汁滴到奶里,主人是全然不知的。认为他有罪这太不公平了。"

最后,大法官念了第四个学生的回答,他写道:"需要解释一下。"大法官问:"你想解释什么?"

那个学生说:"依我看,这个问题本身就提得不对。也就是说,如果天鹅叼了一条蛇在天上飞,从蛇的嘴里流出毒汁滴到奶里,滴得那么轻,没一点声音,连仆人自己都没发觉,那么是谁对您说的这个故事呢?要是仆人真的发觉了这件事,或者有谁看见告诉了他,他也就会告诉主人,主人就会先检验一下奶,而客人们也就不会被毒死了。要是谁也没说,谁也不知道,那又是谁去报告法官的呢?我说需要解释的就是,到底是谁第一次讲的天鹅和蛇的故事,而又从哪儿证明他讲的是真的。我要是法官,就从这里开始调查:我把主人、仆人、卖奶人和厨师,总之,把所有有关的人都叫来,单独地向每个人询问事情的经过,再把他们的话加以比较分析。如果天鹅的故事是有人编造出来的,我就更多地怀疑他,更详细地盘问他。为什么要编这个故事呢?可能是奶站的奶坏了,就编造了这个故事;也可能是仆人或厨师跟自己的主人有仇,他们之中的一个人在奶里放了毒,然后又编了这个故事。在这种情况下,谁编造了天鹅和蛇的故事,谁便是罪犯。但是,也有可能这个天鹅和蛇的故事是真的,真有人看见了,然后又传出了这个故事。所以要调查这一切。公正的法官是不急于做出判断的,要详细调查各种情况和有关的人,把真正的罪犯识别出来,然后再做出判决。"

大法官说:"妙极了!这个天鹅和蛇的故事正是我为了考你们才编出来的,你的回答是对的,我要把你介绍给国王。"

后来,大法官把这个学生介绍给国王,国王就任命他到那个新城市里去当法官了。

看谁先说话

从前有一对夫妻,妻子聪明勤快,丈夫却又笨又懒,两人经常拌嘴。

有一天,丈夫又躺在床上睡懒觉,妻子忍不住抱怨他道:"你看你,天天在家里躺着不干活,也不出门找点儿事情做,你害臊不害臊?"

丈夫说:"我干吗要出门找罪受? 我爹死时留下的那几只羊,有羊倌带着它们去吃草,卖了羊奶和羊毛换来的钱足够我们过日子。至于家里的杂活儿嘛,有你干就行啦!"

妻子说:"洗衣、做饭、搞卫生,这些我全都包了,我一天到晚忙得团团转,你也该帮点儿忙吧? 比方说牛圈里那头小牛,你去给它喂食吧!"

丈夫说:"我把你娶回来,可不是为了让你吃饱喝足了睡大觉,养得一天比一天胖的!"

妻子说:"我嫁给你,也不是来当牛做马做长工的!"

丈夫说:"你是我老婆,我让你干什么你就得干什么,我就是让你从屋顶上往下跳,你也得照办。"

两个人吵了半天,最后还是妻子同意当天由她去给小牛喂吃的,不过他们约定:明天早上起来谁先开口说话,谁就得以后天天去喂牛。

第二天,妻子像往常一样先起床搞卫生、做早饭。早饭做好后,丈夫也起来了,他记着昨天的约定,一声不吭地埋头吃饭。

妻子想:我要是待在家里,一不留神就会先开口说话,不如躲到邻居家里去。于是她披上斗篷就出门了。

丈夫吃完饭,就在家门口的台阶上坐下来晒太阳。

不久,门口来了一个乞丐。乞丐对他说:"先生,真主赐福给你,请发发善心,给我一点儿吃的吧!"丈夫就像没听见一样,没有搭理他。乞丐又提高嗓门重复了一遍,丈夫瞪了他一眼,还是没吭声。乞丐想:这人准是个聋子,我再说大声点儿。他凑到丈夫跟前，扯着嗓子大声喊道："真主保佑你，给我点儿吃的吧！"

丈夫心想：别以为我不知道，你是我老婆派来的，她就想骗我先开口说话，好让我以后天天给小牛喂水喂草。哼，我偏不上你的当，你就是说得天花乱坠，我也不开口，看你怎么办！

乞丐见自己喊破了嗓子，这个男子也没有反应，就把他当作傻子，壮起胆子自己闯进屋里，把桌子上能吃的东西全都装进了自己的背囊，然后高高兴兴地走了。

丈夫看见了乞丐所做的一切，以为他不过是在演戏，所以一句话也没有说。

过了一会儿，又来了一个沿街串巷上门服务的剃头师傅。他看见一个男人坐在台阶上，就问："兄弟，要理发刮胡子吗？"

丈夫以为这又是妻子派来骗他说话的人，因此没吱声。剃头师傅想：沉默就表示同意。于是剃头师傅拿出工具，先把他的胡子刮得一干二净，然后给他理了个鸭尾式的发型，最后把镜子放在他面前，说："你自己看看，满意不满意？"丈夫干脆把眼睛一闭，一言不发。剃头师傅想：这人怎么回事，连一句谢谢的话也不说？没办法，他只好伸出手，说道："给点儿工钱吧，我要去别处揽活儿了。"丈夫还是不说话。剃头师傅不耐烦了，说道："甭跟我装聋作哑，快点儿给钱！"丈夫还是毫无表示，剃头师傅火了，自己伸手在男人的衣兜里掏出一把钱，走了。

没过多久，又来了一个专门给人修眉、美容的女人。她看见台阶上坐着个男人，脸上光溜溜的没有胡子，就走上前不管三七二十一，用细线把他的眉毛修成细细的两条弯眉，又把他脸上的汗毛也拔得干干净净，然后给他涂上脂粉，打扮得像个女人。

美容师刚走，又来了一个小偷。他看见一个女人浓妆艳抹的，身上却穿着男人的衣服，觉得很奇怪，就问道："夫人，你怎么开着房门，衣衫不整地坐在这里？"丈夫没有答话，小偷又走近两步仔细一看，才明白这是个男人，不禁失声叫道："哎哟，我的天，你干吗弄成这副样子？"

丈夫心想：我知道你也是我老婆派来的，我可不上你的当。

小偷发现这个男人不管问他什么都像一根木头似的，胆子就大了起来，径直走进屋里，翻箱倒柜，把所有值钱的东西洗劫一空，然后背着鼓鼓的背包一溜烟跑了。

却说牛圈里的那头小牛，渴得喉咙冒烟也没人来理它，就撞开牛栏闯进院子里哞哞大叫。丈夫听见牛叫，心想：那懒婆娘真可恶，居然还教这头牛来哄我说话！

就在这时，妻子回来了，她见一个浓妆艳抹的女人坐在家门口，以为是丈夫从哪儿带了个小老婆回来，顿时火冒三丈冲过去叫道："喂，谁让你来这儿的？"

丈夫马上高兴得跳了起来，说："你输了，你输了！快去给牛喂水吧！"

妻子目瞪口呆地说："天哪，怎么是你？你怎么弄成这么一副男不男女不女的样子！"

她喂牛喝了水，进屋看见东西被翻得乱七八糟，明白家里被盗了，气冲冲地问丈夫道："你是死了还是睡着了，怎么会让小偷跑了？"

丈夫说："我没死也没睡，我知道那些把戏都是你幕后指挥的，幸好我聪明，没上你的当，这下子我再也不用喂牛了！"

妻子说："死心眼的倒霉鬼，家都被偷光了，你还在得意你不用喂牛！小偷什么时候走的？往哪边走了？"

丈夫说："刚走不久，不过我可没注意他往哪边走了。"

妻子急忙冲出家门，小牛紧跟着她。妻子跑到巷口，看见一群孩子在玩耍，就问他们："你们看见一个男人从我家出来了吗？他往哪儿走了？"

孩子们指指东边，说道："他向那边走了。"

妻子牵着牛追了过去，追着追着就出了城。不一会儿，她看见前边有个男人背着鼓鼓的背包在匆匆赶路。她断定这就是那个小偷，马上牵着牛快步赶上小偷并超过了他。

小偷对她喊道："大姐，你到哪儿去呀？"

女人说："我要回家，家离这儿还远着呢！"

小偷说:"走得这么急干吗?"

女人说:"天快黑了,我得赶快找到一个村镇落脚,免得黑夜里一个人待在荒郊野地害怕。唉,要是有个同伴就好了,就用不着赶路赶得这么辛苦了。"

小偷说:"那我跟你结伴走好不好?"

女人说:"好啊!"

于是他们一起继续赶路。一路上,女人又是甜言蜜语,又是暗送秋波,小偷被她迷住了,问道:"大姐,你结婚了吗?"

女人说:"没有。我要是有了丈夫,怎么会孤零零地一个人出门呢!"

小偷说:"这样太好了,你若是不嫌弃,就嫁给我怎么样?"

女人听后很爽快地答应了。他们约定:等进了城就去法官那里签订婚约。

黄昏时分,他们经过一个村子。小偷提议他们就自称是一对夫妻去村长那里借宿,女人说:"好啊,不过有个条件:在没有订婚之前,你不能碰我。"小偷答应了。

他们在村长家得到了热情的招待。晚上睡觉时,村长的妻子给他们准备好一间客房,女人在房间的两头分别铺了两床被褥,两人分别就寝了。

等到半夜,女人听到小偷鼾声如雷,睡得很熟,外边也一片寂静,大家都安睡了,就悄悄地起身走出房间,到厨房里抓了一把面粉,用水和成一团烂泥一样的面糊,分别在村长和小偷的鞋子里各塞了一把。然后她背起小偷的背包,到牛圈里牵出自己那头牛,急急忙忙地出了门,离开了村子,沿着来时的路一刻不停地往家跑。

谁料女人离开村长家时关门发出了声响,村长的妻子被门声惊醒,连忙推醒村长,让他出去看个究竟。村长起身穿鞋,脚一伸进鞋里就被面糊粘住了。他脱了鞋,把脚上的面糊擦干净,光着脚跑到客房,只见男客人还在呼呼大睡,女客人却已不见了踪影。他把男客人叫醒,客人迷迷糊糊地问道:"出了什么事?"

村长没好气地说:"能有什么好事儿!你老婆把面糊塞进我的鞋里,半夜三更开门走了,也不知道她拿走了我们家东西没有!"

小偷说:"不会不会,我老婆从不小偷小摸,她就是有时犯糊涂……"

小偷说着说着突然发现自己的背包不见了,心里暗暗叫苦,连忙对村长说:"我得赶紧找她去,三更半夜的,她一个人在外头碰到坏人就糟了!"

小偷说完赶忙起身穿鞋,发现鞋里有一团黏糊糊的东西把他的脚粘住了,他不想让人看出破绽,只好硬着头皮把鞋子穿上了,然后慌慌张张告别了村长。他出了门,看看四下里没人,才一屁股坐在地上,脱下鞋,费了好大的工夫才把鞋里和脚上的面糊擦净。

这时候,女人牵着牛已经走出了很远。她一边赶路,一边不停地回头张望。天蒙蒙亮时,她望见后边有个人飞快地向她跑来,她知道是小偷追上来了。她拍拍牛犊的背,说道:"小牛呀小牛,请你拿出点儿威风来,用你这大脑袋上的大犄角,在那坏蛋的肚子上扎个大窟窿!"

小牛转过身瞪着小偷,先慢慢退了两步,然后猛地向前一冲,牛角正好撞在小偷的肚子上,小偷顿时倒在地上昏了过去。

女人高兴地抱着小牛的头亲了一下,牵着它回家了。

妻子回到家,看见家门仍然洞开着,丈夫仍然懒洋洋地在睡大觉,心里气不打一处来,刚想数落他几句,却见小牛也气呼呼地围着他转了几圈,似乎想用犄角来教训他一下。她急忙把牛牵到一边,说道:"哎,小牛呀,我知道你也看不惯他那副懒相,可他到底是我的丈夫,我和他就像秤和砣一样分不开,看在他为人还算实在、没什么坏心眼儿的分上,这回我们就不跟他计较了吧!"

丈夫听了妻子这番话,也觉得惭愧起来,就起身牵着小牛喝水吃草去了。从此以后,他天天主动喂牛,再也不用妻子催了。

努鲁兹爷爷

从前,有一个努鲁兹①爷爷,他头戴圆毡帽,脚穿麻布鞋,身着蓝布袍,手里还拄着一根拐杖。每年新春的第一天,他就从冰天雪地的高山上下来,来到我们的身边。

在一座城市的城门外住着一个老奶奶,她一心爱慕着努鲁兹爷爷。新年的第一天,老奶奶一大清早就起来开始梳妆打扮。她先用指甲花染红自己的脸颊、手掌和脚心,再用麝香和龙涎香把头发涂得香喷喷的,接着换上红色的衣裤和百褶裙,把自己装扮得焕然一新,漂漂亮亮。然后,她在门廊前铺上地毯,在地毯上面摆两个大托盘,一个盘里装满象征着吉祥幸福的"七新"②,另一个盘里装满各种水果和点心。她又搬来火炉,把炉火烧得旺旺的,再把水烟袋也拿来放在旁边。这一切都准备停当以后,她就坐在水池边一心一意地等着努鲁兹爷爷的到来。

等啊等啊,不知等了多久,老奶奶的眼皮渐渐变得越来越沉,怎么也睁不开,不一会儿,她就打起呼噜睡着了。

就在这时候,努鲁兹爷爷来到了老奶奶家门口。他看见老奶奶睡得那么香,不忍心叫醒她,就在院子里摘了一朵金盏花放在她怀里,然后坐在她身旁,夹起一块火炭点燃了水烟袋,吸了几口烟,又切开一个橙子吃了两瓣。他看见炉火烧得很旺,怕它很快就会烧尽,就撒了一把炉灰在上面。然后,他低头吻了一下老奶奶的脸颊,站起身来又匆匆上路了。

太阳升起来了,金灿灿的阳光洒落到门廊上,老奶奶醒了。她睁开眼睛,发现自己胸前衣襟上多了一朵花,再仔细一看,发现炉子旁放着的水烟

---

①努鲁兹:波斯语,意为"元旦""新年"。

②七新:伊朗人过新年时家家必备的七种物品,一般是苹果、醋、蒜、沙枣、麦苗、麦芽糖和漆树籽等,象征着如意吉祥。

袋已经点上了火,橙子切开了,炉火盖上了炉灰,就连自己的脸颊上也残留着一丝湿润,好像刚刚被亲吻过……老奶奶一下子明白过来:努鲁兹爷爷来过了!

老奶奶懊恼极了。她盼望了那么久,好不容易等到努鲁兹爷爷来了,自己却睡着了,没有见到他,这多让人难过啊!

老奶奶从此每见到一个人就要讲一遍自己的伤心事,并不停地问人家:"你说怎么办?你说怎么办?"有一个好心人安慰她说:"只要你耐心等待,再等一个春夏秋冬,等到下一个春天来临,在新春的第一天,努鲁兹爷爷会再次从高山上下来,当他经过城门口的时候,你就可以见到他了。"

老奶奶相信了,她又满怀希望开始了等待。可是谁也不知道第二年她是否见到了努鲁兹爷爷,因为人们都说:如果这两个老人真的碰面的话,世界就到尽头了。既然世界现在还没有结束,那看来他们还没有见面。

阿巴斯国王和老人

有一次,阿巴斯国王外出打猎,看见一个老人步履蹒跚,满面沧桑,不禁对他起了恻隐之心。他想出了一个让自己的侍从们帮助老人的办法,走上前对老人说:"老人家,你的伙伴们都好吗?"

老人答道:"唉,它们都七零八落了。"

国王问:"天各一方的那两个怎么样了?"

老人答道:"它们倒是越来越近了。"

国王问:"总是出双入对的那两个又怎么样了?"

老人答道:"它们两个已经变成了三个。"

国王又问:"莫非你没把三变成九?"

老人答道:"怎么没有? 可惜白忙了一场,没有结果。"

国王哈哈笑道:"别着急,老人家,不要轻易出手,一定要卖个好价钱。"

老人也微笑道:"托你的福,但愿如此。"

国王离开老人以后,对自己的侍从们说:"你们知道我对那老翁说的话是什么意思,他的答话又是什么意思吗?"侍从们面面相觑,回答不上来。国王说:"我给你们四十天时间去想,到了第四十一天来向我报告答案。"

侍从们绞尽脑汁也想不出答案。第二天,他们去找那个老人,要他说出他和国王猜的是什么谜,老人只是微微一笑,并不作答。不管他们怎么询问、恳求,他就是不予理会,他们一点办法也没有。

日子一天天过得飞快,眼看国王指定的日子就要到了,侍从们仍然一筹莫展。怎么办呢? 他们只好再次去向老人求教。这一次他们给老人带去了很多金银珠宝当礼物,只求他能够开口相助,使他们免受国王的责罚。

禁不住侍从们的再三恳求,老人终于开口说道:"国王的第一句问话是:'老人家,你的伙伴们都好吗?'他的意思是:你的牙齿还好吗? 我的回答是:

'它们都七零八落了。'意思是:我的牙齿都掉了。国王的第二句问话是:'天各一方的那两个怎么样了?'意思是:你的两只眼睛怎么样了?我回答说:'它们倒是越来越近了。'意思是:我的眼力越来越差,只能看近处,不能看远处了。第三句问话是:'总是出双人对的那两个又怎么样了?'意思是:你的一双腿脚还灵便吗?我回答说:'它们两个已经变成了三个。'意思是:我得拄着拐杖走路了。最后一句问话是:'莫非你没把三变成九?'意思是:你有没有在春季的三个月里好好耕种,为剩下的那九个月储备粮食?我回答说:'怎么没有?可惜白忙了一场,没有结果。'意思是说:我虽然辛辛苦苦地耕种,可是赶上了干旱和蝗灾,我的庄稼颗粒无收了。国王最后又说:'别着急,老人家,不要轻易出手,一定要卖个好价钱。'意思是暗示我:我帮你一个忙,你不要轻易把我们对话的秘密告诉别人,除非他们带着足够的钱财来求你。这就是国王和我对话的秘密。"

待从们听了恍然大悟,对老人和国王的机智和默契深表佩服。

会走路的南瓜

从前有一个老奶奶,她有三个女儿都出嫁了,剩下她一个人孤孤单单地过日子。

一天,老奶奶在家觉得非常寂寞,很想念自己的女儿。她想:自从闺女们一个一个出嫁以后,家里越来越冷清了。对了,我干吗不去看看小闺女,在她那儿住上几天呢?

小女儿的家就在城外的一个山坡上,路程不算远。老奶奶这个念头一动,她在家就坐不住了,马上拄着拐杖动身了。

她出了城门,没走多远,一只大灰狼突然跳了出来,拦住她的去路。老奶奶吓了一跳,只好壮着胆子对它说道:"你好!"

大灰狼说:"喂,老太婆,你去哪儿?"

"我去我闺女家,吃点油拌饭,吃点烤肉串,还有烧鸡和炖肉汤,吃得我老太太白又胖!"

"得了,你用不着费神吃那么多了,我正饿得慌,现在就要一口把你吞下去。"

"哎呀,我这么个皮包骨头的老太太,你吃下去也吃不饱,不如让我到我闺女那儿住几天,在那儿吃好睡好,养得白白胖胖的再让你吃,那才好吃呢!"

"这倒是个好主意,那就让你去吃几天吧! 不过你可得记着:我就在这儿等着你,你可别想跑。"

"放心吧,我很快就会回来。"

老奶奶说完又拄着拐杖上路了。走着走着,一只大花豹又突然跳了出来,拦住她的去路,说道:"老太婆,你去哪儿?"

"我去我闺女家,吃点油拌饭,吃点烤肉串,还有烧鸡和炖肉汤,吃得我老太太白又胖！"

"嘿，你用不着费神吃那么多了，我肚子正饿得慌，现在就要一口把你吞下去。"

"哎呀，我这么个皮包骨头的老太太，你吃下去也吃不饱，不如让我到我闺女那儿住上几天，在那儿吃好睡好，养得白白胖胖的再让你吃，那才好吃呢！"

"这个主意不错，那我就先忍一忍，等你回来了再吃你。"

"你不用等太久，我很快就会回来。"

老奶奶说完又拄着拐杖上路了。眼看就快到女儿家了，一只大狮子突然跳出来，拦住了她的去路。老奶奶吓得一屁股坐在地上，可还是壮起胆子站起来说道："你好！"

大狮子说："老太婆，你去哪儿？"

"我去我闺女家，吃点油拌饭，吃点烤肉串，还有烧鸡和炖肉汤，吃得我老太太白又胖！"

"哈，你不用费神吃那么多了，我正饿得肚子咕咕叫，我得把你吃了填填肚子。"

"哎呀，狮子大王，牛和驴那么肥的大腿都填不饱你的肚子，何况我这么个皮包骨头的老太太！不如让我到我闺女家住上几天，在那儿吃好睡好，养得白白胖胖的再让你吃，那才好吃呢！"

"嗯，说得有道理，那就让你去吧，不过可别耽误太久。"

"放心吧，不会让你等太久的。"

老奶奶说完又上路了，走呀走，终于走到了小女儿的家里。女儿和女婿见到她都很高兴，做了很多好饭菜来招待她，晚上又给她铺了个暖融融的被窝，让她睡得舒舒服服。

老奶奶在女儿家里快快活活住了三天。第四天，她想回家了，就对女儿说："到菜园里给我摘一个最大的南瓜来。"女儿给她抱来了一个特别大的南瓜。

老奶奶说："在南瓜顶上挖个洞，做个盖子，再把里头的瓜子都掏掉。"

女儿问道:"为什么要这么做?"

老奶奶把来时路上的经历告诉她,然后说:"一会儿我躲在南瓜里面,你把瓜搬到门外,推一把,让南瓜滚起来。"

女儿按照她的吩咐,把南瓜掏干净,老奶奶钻进南瓜里,女儿盖上盖子,把南瓜搬到门外一推,南瓜便顺着山坡往下滚。

南瓜滚呀滚,一直滚到大狮子跟前。

大狮子说:"会走路的大南瓜,有没有看见一个老大妈?"

南瓜说:"没看见,没看见,对硬邦邦的石头起誓我没看见,对圆嘟嘟的核桃起誓我没看见!推我一把,推我一把,让我过去,让我回家!"

大狮子不耐烦地说:"走吧走吧!"它顺手一推,让南瓜走了。

南瓜滚呀滚,一直滚到大花豹跟前。

大花豹说:"会走路的大南瓜,有没有看见一个老大妈?"

南瓜说:"没看见,没看见,对硬邦邦的石头起誓我没看见,对圆嘟嘟的核桃起誓我没看见!推我一把,推我一把,让我过去,让我回家!"

大花豹说:"走吧走吧!"它顺手一推,让南瓜走了。

南瓜滚呀滚,一直滚到大灰狼跟前。

大灰狼说:"会走路的大南瓜,有没有看见一个老大妈?"

南瓜说:"没看见,没看见,对硬邦邦的石头起誓我没看见,对圆嘟嘟的核桃起誓我没看见!推我一把,推我一把,让我过去,让我回家!"

狡猾的大灰狼听出了老奶奶的声音,说道:"好啊,你想糊弄我?你不就是那个答应让我吃掉的老太婆吗?你以为你躲在南瓜里头就能溜掉?"说完,它抱住南瓜使劲啃起来,把它啃出一个洞,然后把头伸进去想咬老奶奶。老奶奶急忙推开南瓜的盖子,从另一头钻了出来。大灰狼的头卡在南瓜洞口上,进退不得,老奶奶就赶紧跑呀跑,跑进了城里,把大灰狼甩掉了。

戴铃铛的山羊

　　从前有一只母山羊,它的脚腕子上戴着一个铃铛,人们都管它叫戴铃铛的山羊。它有三个孩子,分别叫作山咕儿、曼咕儿和哈贝安咕儿,它们和妈妈一起住在一个牧场上。

　　一天,戴铃铛的山羊听说牧场附近来了一只凶猛的狼,非常担心,就对小山羊们说:"孩子们哪,你们千万要小心! 妈妈不在家的时候,你们要把房门闩上,如果有人来敲门,你们要从门缝里先看看是谁,如果是狼的话,千万别开门!"

　　小山羊们说:"好的!"

　　戴铃铛的山羊便出门吃草去了。

　　不久,狼果然来敲门了。小山羊们问道:"谁呀?"

　　狼说:"是我,你们的妈妈。"

　　三只小山羊说:"不对,妈妈的声音细细的,很好听,你的声音那么粗,真难听! 你不是我们的妈妈。"

　　狼听了就走了。过了一会儿,它又回来了,又开始敲门。三只小山羊问道:"谁呀?"

　　狼尖着嗓子答道:"是我,你们的妈妈。妈妈给你们带青草回来了。"

　　三只小山羊把眼睛贴在门缝上看了看,看见了狼的手,说道:"你骗人,你不是妈妈。妈妈的手白白的,你的手却是黑黑的。"

　　狼听了又走了。它跑到磨坊里,找到一袋面粉,把手伸进去沾满面粉,又跑回山羊的家门口敲门。三只小山羊问道:"谁呀?"

　　狼尖着嗓子说:"我是你们的妈妈。"

　　小山羊们又从门缝里看了看,这回看见了狼的脚,说道:"你不是我们的妈妈。妈妈的脚是红色的,你的脚不是红色的。"

狼只好又离开了。它去找了一些指甲花,把脚染成了红色,然后又跑回来敲门。三只小山羊问:"谁呀?"

狼尖着嗓子说:"我是你们的妈妈呀,妈妈带了青草回来给你们吃。"

三只小山羊又从门缝里看了看,看见了白白的手和红红的脚,就把门打开了。狼一下子扑了进来,一口吞下了山咕儿,又一口吞下了曼咕儿,哈贝安咕儿趁此机会钻进水沟里藏了起来。

太阳快下山了,戴铃铛的山羊从牧场回家了。它老远就看见家门大开着,跑进家一看,孩子们都不见了!它急忙喊道:"山咕儿!曼咕儿!哈贝安咕儿!你们在哪儿?"

哈贝安咕儿听见了妈妈的声音,从水沟里爬出来,把事情的经过告诉了妈妈。

戴铃铛的山羊马上就去找狼。找到了狼的家以后,它一跳跳上了屋顶,在屋顶上又蹦又跳。

狼从屋里伸出头来问道:

"是谁在我的屋顶上跳舞?"

山羊在屋顶上大声答道:

"是我,我是戴铃铛的山羊,

"我有两只弯角尖又长,

"我有四个蹄子硬邦邦。

"是谁吃了我的山咕儿和曼咕儿,

"我定要以牙还牙叫它把命偿!"

狼听了以后神气地说:

"我是尖牙利齿的大灰狼,

我的名字响当当,

是我吃了你的山咕儿,

是我吃了你的曼咕儿,

看你能把我怎么样?"

戴铃铛的山羊说:"好,明天这个时候我来找你决斗,咱们拼个你死我活。"

狼说："决斗就决斗，难道我还怕你不成？"

山羊回到家休息了一夜。第二天一早，它先去牧场吃草，吃饱后到挤奶师傅那里，请他为自己挤奶，再用挤出来的奶炼取了一勺黄油和一碗奶皮。它拿着奶皮和黄油去找制锉刀的师傅说："请你给我做一对钢角，大小要正好能套在我的角上。这黄油和奶皮是给你的报酬。"制锉刀的师傅按照它的要求做了一对钢角，套在它的角上不大也不小。

再说那只狼也去找了一个剃头师傅帮它把牙磨一磨。剃头师傅说："你给我多少酬劳？"狼说："帮这点儿忙也要酬劳？"剃头师傅说："当然啦，不给酬劳谁替你干活？"狼说："那好，我回家去拿。"它回到家找出一个皮袋子，往皮袋里吹满了气，用绳子系住，就拿去交给了剃头师傅。剃头师傅接过去一看，里边全是气，什么也没有。他忍住气没说话，心想："你要这种花招来糊弄我，看我怎么收拾你！"他拿起钳子把狼的几颗大尖牙都拔了下来，然后用棉花堵上。狼一点儿也没发觉有什么不对劲儿。

约定决斗的时间到了。戴铃铛的山羊和狼选好了场地，狼说："我渴了，我先去喝点儿水再来和你决斗。"它跑到小河边喝了一肚子的水，这才回到场地上。戴铃铛的山羊戴着钢角，仰起头来准备进攻，狼说："在我面前你还敢神气？让我好好教训你！"它猛地向前一扑，张嘴来咬山羊的喉咙，不料根本没咬住，却有几团棉花从它嘴里掉了出来。戴铃铛的山羊看准时机，立刻把钢角对准狼的肚子猛扎进去，狼肚子被扎了两个大窟窿，倒在地上死了，山咕儿和曼咕儿从狼肚子里钻了出来。戴铃铛的山羊领着它俩，高高兴兴地回家和哈贝安咕儿团聚了。

印度尼西亚
民间故事

犬 变 人

在中加里曼丹的唐卡亨村,有一位叫巴卡拉的族长,他在村里有很高的威望,受到人们的爱戴。巴卡拉养了一只机敏、高大的猎犬。这只猎犬无须主人带领,便可单独出猎。村民们经常得到它捕获的各种猎物,因此都很宠爱它。猎犬还具有超凡的力量,当它对天空狂吠时,经过这里的飞鸟就会立即掉下来。

巴卡拉对猎犬精心喂养,就连喂食用的盘子也是名贵的中国瓷器。每当喂食时,巴卡拉便用木棍敲击盘边,猎犬则闻声而至,香甜地吃起来。

一日,猎犬单独外出狩猎,遇到一头奇大无比的单蹄野猪。见到猎犬,野猪扭头便朝着太阳升起的方向逃窜,猎犬在后面紧追不舍。不知跑了多久,也不知翻过了几座山,涉过了几条河,当跑到萨姆布鲁湖畔时,野猪被迫停了下来,它无法游过宽阔的湖面。见猎犬越追越近,野猪不知如何是好。野猪站立的地方恰好是"布杠帕亥万"圣地,那是一块神奇的土地,任何生灵站到上面都会产生无穷的力量。所以一会儿工夫,野猪便发起疯来,不顾一切地跃入湖中,朝对岸游去。

猎犬追到湖边,见湖面宽阔,不敢贸然下水。它见野猪越游越远,便狂吠不止。神奇的猎犬站在那块神奇的土地上,它的吠声产生了神奇的力量。霎时间,黑云遮日,天昏地暗,狂风大作,雷雨交加。野猪随之变成一块巨石,停立在湖中央,而猎犬则变成了人。更奇怪的是,"布杠帕亥万"圣地突然出现了一座村庄,人称"朗康村"。

自从爱犬离去后,巴卡拉茶饭不思,坐卧不安,每日都到村头张望,企盼心爱的猎犬早日归来。几十天过去了,仍不见猎犬的踪影,巴卡拉决定外出寻找。他整装完毕,便朝猎犬跑走的方向追寻。他跋山涉水,穿越森林,到处打听猎犬的下落,但毫无结果。

一天,巴卡拉来到杜黑安·卡伊特村。他从村长处得知,萨姆布鲁湖畔不久前突然出现了一座来历不明的村庄和许多村民。村长建议他到那儿找找,也许会打听到猎犬的下落。巴卡拉二话没说,立即划着小船前往朗康村。在那儿,他仍然一无所获。

朗康村的村长名叫任丹·丁昂,他美丽的妻子叫比娜。他们有两个孩子,一男一女,一家人生活得很美满。

这一天,任丹·丁昂在房上修盖屋顶,巴卡拉的小船恰好停泊在离任丹·丁昂家不远的岸边。巴卡拉陷入对猎犬深深的思念之中,不知不觉地拿起平时喂猎犬用的盘子,机械地用木棍敲打起来。这时怪事发生了:任丹·丁昂听到敲盘声,立即从房顶滚落到地上。只见他的屁股上突然长出尾巴,身上开始长毛,转眼就变成一只猎犬,奔向他的主人。巴卡拉惊喜万分,赶忙喂它食物。猎犬像往常一样,香甜地吃起来。

在场的村民不相信眼前发生的一切,比娜更不知如何是好,只是呆呆地望着转瞬间变成猎犬的夫君。巴卡拉十分同情比娜,更加怜惜两个孩子。他尽力宽慰她,并当众表示两个孩子由他抚养。

不久,巴卡拉娶比娜为妻。一年后,比娜又生下一个男孩,一家五口生活得很好。

日月如梭,转眼几年过去了。巴卡拉思乡心切,决定带全家返回家乡。决心一下,他便伐树造船,着手准备。几十天后,他造了一条大船,再做一根桅杆就可使用了。他选中一棵大椰树,当他加工椰树时,怪事又发生了,每当他用锤子敲击凿子时,猎犬便嚎叫起来。他停住手,猎犬随之安静下来。反复几次后,巴卡拉的火气不打一处来,忍不住挥动着锤子追打起猎犬来。不料,他手中的锤子鬼使神差般地击中猎犬的头部,猎犬当即倒毙在地。巴卡拉捶胸顿足,懊悔不已。过了一会儿,他强忍悲痛,查看起猎犬的尸体。他在猎犬的脑部发现了七颗玉米粒大小的钻石。他又拾起扔在地上的锤子,发现锤头镶嵌着一颗鸟蛋大小的钻石。他突然醒悟过来,当锤子敲击凿子时,猎犬脑中的钻石便会产生共振。因此,猎犬不可自制地嚎叫起来。

巴卡拉怀着悲痛的心情为猎犬举行了隆重的葬礼,并把猎犬的骨灰放入一个精致的木匣内,供奉在湖畔的一个立柱上。

巴卡拉把七颗钻石交由比娜留存,让妻子和三个孩子留在朗康村陪伴猎犬的亡灵,而他自己只身返回家乡。

猎犬的骨灰匣很神奇,每当鬼魂经过,骨灰匣内便发出犬吠声。海鬼达鲁巴万闻声大怒,他拔掉存放骨灰匣的立柱,把它插在野猪石旁,然后把骨灰匣抛入湖中。

至今,萨姆布鲁湖畔的居民到了中年,仍会长出两指长的尾骨。妇女的肚子上还有两排黑点,好似母犬的乳头。据传他们都是猎犬的后代,从未离开过家乡。

多巴湖的传说

　　不知是多少年前,反正是相当久远的年代,苏门答腊岛上的多巴地区还是一片肥沃广阔的平原。一条大河横贯平原,绵延起伏的山峦点缀其中。

　　有一个名叫西利亚的渔夫就住在那里。他年轻力壮,勤劳朴实,靠下河捕鱼为生。

　　有一天,西利亚照例去河里捕鱼。可是忙碌一天,连条小鱼都没捞到。天色将晚,西利亚怀着最后一线希望撒下渔网。只见渔网迅速下沉,似乎网住了很多鱼。西利亚不由得一阵惊喜,用力将网拖上岸来。原来网中只有一条大鱼,这条大鱼有一人多高,而且非常美丽。

　　西利亚欣喜万分,吃力地提着大鱼回到家里。可是他家的锅怎么能容下这么大的鱼呢? 西利亚无奈,只好去邻居家借大锅。

　　但是,当西利亚回到家时,他惊讶地发现,网中那条大鱼竟然变成了一个漂亮的少女。

　　西利亚犹豫良久,最后还是解开了渔网。望着少女娇羞动人的面庞,西利亚怦然心动。他顾不得害羞和胆怯,立即向少女求婚。

　　"我答应你,但是有个条件。"少女说。

　　"什么条件? 你快说。我一定照办。"西利亚早已神魂颠倒,如醉如痴,不要说一个条件,就是十个条件,他都会满口答应的。

　　"我的条件很简单,就是你绝对不许泄漏我的秘密!"少女说。

　　"噢,这太容易了!"西利亚马上答应,并指天发誓道,"我西利亚如果信口胡说,就不得好死!"

　　结婚后,两人过着幸福美满的生活,很快就有了一个儿子。儿子刚到12岁,便长得魁梧健壮,不同凡人。但是他很不听话,常常惹得父母生气。不过,最糟糕的还是他食量惊人,全家人的饭还不够他一个人吃!

一天傍晚,西利亚疲惫地拖着一网鱼虾回到家。妻子急忙煮熟了鱼虾当晚餐。可是香喷喷的鱼虾刚端上桌,转眼就被儿子吃了个精光。

又累又饿的西利亚看到儿子如此无理,立刻火冒三丈。他随手抓起一个盘子向儿子扔去。儿子拔腿就往外跑。西利亚紧紧追赶,气得晕头转向,大声叫骂:"哼,你这畜生!我看你往哪逃,你还能逃到你妈的江河老家不成……"西利亚话还没说完,便感到地动山摇。一时间,狂风大作,电闪雷鸣。山峦发出怒吼,平原裂开缝隙,河水上下翻滚,到处泛滥成灾。

西利亚被滔滔河水淹死了。他的妻子随着雷鸣和电闪重新变成了一条大鱼。

从此,这里形成了一个大湖。这就是碧波万顷的多巴湖。多巴湖是东南亚最大的湖泊,也是印度尼西亚的游览胜地。勤劳的巴塔克人世世代代居住在那里。

传说那条大鱼就藏在湖中一座大岛附近。每当狂风骤起,雷声隆隆时,大鱼便推波助澜,疯狂地袭击船只,向人类报复。

千岛的由来

如果你乘船来到爪哇海,一驶入丹戎不禄港,就会看到许许多多的岛。人们称这些岛为"千岛"。据说,这个名字还有一段有趣的来历呢。

很久很久以前,当雅加达还是一片茂密森林的时候,安枣河边就住着一个老妇人。她有一个儿子,名叫古牙。古牙这孩子又顽皮又懒惰。他都12岁了,还不愿意帮母亲干活,整天就知道玩耍。母亲一旦做饭迟了一会儿,他就大发脾气,把屋子里的东西摔个精光。他家里很穷,可他一点儿也不心疼自己的母亲,左邻右舍的孩子不少都跟他学坏了。

有一天,古牙的母亲提着篮子到河边去洗米,不小心摔了一跤,连篮子带米都沉入水中。老太太又担心又难过,这样一来连下锅的米都没了,儿子肯定又要大吵大叫,闹上一场了。马上去买米吧,又没有钱,要等到明天卖完柴以后才能拿到钱呢。想到这,老人不禁流下了伤心的眼泪。

突然,一只鳄鱼浮出水面,老人吓了一跳。

鳄鱼说:"老人家,不要伤心。您看,您那篮子米在这儿呢!"

鳄鱼将篮子递给老人。可篮子里装的不是米,而是珍珠。在阳光的照射下,那些珍珠发出耀眼的光芒。

开始,老人家不想接受这些珍珠,因为这不是自己的东西。可是鳄鱼说:"这是我送给您老人家的,请收下吧。您卖掉它以后,马上就能发家致富。"

老人推托不过,便向鳄鱼一再道谢,将珍珠收下了。

回到家里,老人家把刚才发生的事情对儿子详细讲述了一遍。古牙听了十分高兴,因为他家很快就要发财了。

晚上,母子俩吃了几个烤白薯后,就开始商量怎么卖珍珠。他们这个村里住的都是穷渔民,没人能买得起这么贵重的东西。最后他们商定,由古牙到外地找个买卖兴隆的大城市去卖。恰好这两天有一个大商船在他们村边靠岸停泊,正在装运饮水。

第二天,古牙的母亲就去找船长。她说,她的儿子要到海外去闯荡谋生,可是家境贫寒,花不起路费,请船长允许搭乘他的商船。

好心的船长很同情老人,便答应了她的请求。

次日,古牙告别了老母亲和乡亲便坐上大船出发了。一路上,他记住老母亲的嘱咐,帮助船员们干这干那,手脚很勤快,深得船长的喜爱。他把珍珠用旧衣服包得严严实实,他对谁都没有讲他这次远行的真正意图。

几周以后,商船来到一个繁华的海港城市。经船长的帮助,古牙在船长的一个老朋友家居住下来。船长的朋友是个商人,以经营蔬菜水果为生。

古牙初到这里人生地疏,举目无亲,觉得非常憋闷,而且他不懂此地语言,无法与别人往来,当然也就不能打听富人住在哪里,谁能买得起珍珠了。城里的大街小巷交错纵横,他不晓得都通向哪里,平时不敢轻易外出。

可是由于他天天在商店里和顾客打交道,便逐渐学会讲当地的方言了。他在店里干活很卖力气,对人又有礼貌,所以店老板很喜欢他,每天晚上都允许他出去逛逛。

两年后,古牙能讲一口流利的当地方言了,对全城大街小巷都了如指掌,谁是财主,住在何处,他一清二楚。

一天,古牙穿上体面漂亮的丝绸衣服,来到一个富商家里,说明来意后,就把带来的珍珠包裹打开。

富商看到闪闪发光的珍珠,大吃一惊。他有生以来还从未见过如此宝贵奇特的珍珠呢!

最后,富商付出巨款买下了这些珍珠。

从此,古牙变成了有名的富人。他购置了宽敞华丽的房舍,开辟了大片的庭院,在院中建起了花园、洗澡池、逍遥厅,还雇用了很多伙计,开了一个商号,经营金银珠宝、绫罗绸缎。从此,他每天只是吃喝玩乐,纵情享受,有钱有势的朋友也越来越多。

又过了几年,古牙年满21岁的时候,和一个财主的女儿成了亲。妻子相貌出众,遐迩闻名。

这时他才想起分别多年的老母亲。老人家每天都在眼巴巴地盼望着儿子的归来,日夜为儿子祷告,希望他能平安幸福。

古牙打算回家看看老母亲,就把这个想法告诉了妻子,妻子欣然同意。

选好出发的吉日,小两口便乘坐着自己的大船扬帆起航。这只大船既宽敞又漂亮,后面还跟着几十条货船,个个满载着珍贵的财宝。

几周过后,船队驶进了雅加达湾。还没抛锚,古牙家乡的居民便纷纷赶到海边看热闹,大家都以惊奇的眼光看着这只漂亮的大船。从海上归来的渔民都认出了古牙,因为他左手食指少了一截,是小时候让乌龟咬断的。渔民回村后把看到的情景告诉了古牙的母亲。老人确信是儿子卖珍珠发了大财,她喜出望外,急忙到海边去看儿子。古牙的船只停泊的地方离岸边还有一段距离,好心的乡亲就划着小船把老人送到儿子的船边。

老人登上儿子的大船,告诉船员们说,她是古牙的母亲。船员们听了都哈哈大笑,他们根本不信主人的母亲会这样衣衫褴褛。这时古牙和妻子一块儿站在甲板上,听到众人对母亲的嘲笑,他觉得在妻子面前认这个穷母亲实在难为情。于是古牙改变了原来的主意,吩咐船员送给老人一点钱和几件衣服,然后把老人赶走。

老人十分伤心,眼泪不住地流下。她拒绝了儿子的"施舍",气愤地返回了村子。

老人一时难以割舍母子的血肉之情,第二天又来到古牙的船上。结果,船员们又嘲笑了老人一番,把她轰下船去。

老人没见到儿子,仍不甘心,第三天又一次上船找古牙。这一次,古牙亲自出来撵母亲。

"快走开,老太婆,三番五次地到我这儿来乞讨,真可耻!我没有像你这样的母亲。快滚,疯老婆子。"

"古牙呀,我的儿,你听妈说,我不想要你的财产,只想和你见一面。你把我扔下这么多年,可真把妈的心想碎了。我求求你,让我好好看看你,在你面前待一会儿。这样我死了也就能安心了。"

古牙听了母亲的话,不但没有软下心肠,反而恼羞成怒,一脚把母亲踢倒在地。可怜的老人心如刀割,挣扎着站起来,忍痛回到海岸。

老人一上岸就向真主祈祷,请求真主给她这个大逆不道的儿子以应得的惩罚。一时间,海上狂风大作,雷电交加,瓢泼大雨从天而降。巨大的海浪将古牙尚未驶远的大船和货船全部击毁,碎片在昏暗的海面上四处飘散。古牙夫妻和几个随从又慌忙坐上一只小船,可这只小船也被风浪掀到海滩上。

大约过了一个小时,海上风息浪止,天空晴朗如洗,仿佛什么都没有发生过似的。只是在古牙的那些船只破碎的地方出现了许多小岛,那些船只的碎片都变成了岛上的礁石,被海浪卷到岸上的古牙夫妻和几个随从都变成了猴子。

直到现在,我们还能看到那些船只碎片变成的小岛。人们把这些小岛叫作"千岛"。古牙夫妻和他们的随从变成的猴子到现在还有,而且还很有名呢。这种猴子人们都叫它安枣猴。这就是对老人不孝顺的孩子应得的惩罚呀!

天 鹅 仙 女

很久以前,在苏拉威西岛的多纳地湖畔,住着一个身强力壮的小伙子,名叫麻玛奴亚。他在湖边种了许多甘蔗,每天他都去甘蔗地里干活。一天,他发现甘蔗被人偷吃了一些,甘蔗渣被丢得满地都是。这种现象连续几天都没有改变,引起小伙子的警觉。

一日清晨,麻玛奴亚藏在甘蔗地里,偷偷地观察着湖边的动静。

不久,一阵沙沙的响声从天空传来,由远及近,越来越大。转瞬间,九只白天鹅拍打着翅膀,先后降落在湖边。落定后,天鹅们说说笑笑地脱去天鹅皮,立时变成九个美丽的少女。

然后,九个少女争先恐后地向甘蔗地跑来。她们叽叽喳喳,七手八脚地折甘蔗吃;吃够以后,就接连跳进湖中戏水。那银铃般的笑声、娇嫩的肌肤、动人心魄的花容月貌,使麻玛奴亚目瞪口呆,如痴如醉。

小伙子还没看够,少女们便纷纷上岸,披上天鹅皮,又变成白天鹅,振翅飞向湛蓝的天空。

就这样,九个少女日复一日地光顾麻玛奴亚的甘蔗地。而麻玛奴亚每天都尽情地欣赏九个少女的姿容。

日子久了,小伙子并不以此为满足。他想:我何不请一个美女来和我做伴呢?

次日清晨,趁九个少女在湖中嬉闹的时候,麻玛奴亚蹑手蹑脚地走过去,拿走一张天鹅皮,便躲藏起来。

少女们玩累后,陆续上岸,穿上天鹅皮,飞上天空。

只见一个少女到处寻找自己的天鹅皮,最后没能找到,急得大声哭起来。这时,麻玛奴亚走过来,低声问道:"请问,姑娘为何流泪?"

少女害羞地答道:"我的衣服不见了,怎么回家呀!"

"你的家在哪里？请问你叫什么名字？"小伙子又问道。

姑娘战战兢兢地说："我是天神的公主，我叫林甘伯妮。"

小伙子趁势又问："公主，你愿意过人间的生活吗？如果你愿意嫁给我，我一定让你幸福。"

林甘伯妮见小伙子一脸憨厚和诚实，胆怯和羞涩立时烟消云散。

"反正我丢了衣服，也无法再回天宫，那就和你一块过日子吧。"姑娘爽快地说，"不过，我有一个条件，无论如何你都不能碰断我的头发。否则，即使碰断一根，我们也会大难临头的。"

麻玛奴亚又兴奋又激动，满口答应了姑娘的条件。

从此，小两口一块生活，一块劳动，和和美美，相敬如宾。第二年，林甘伯妮生了个男孩，取名叫布兰顺托。这孩子长得十分可爱，麻玛奴亚两口子把他视为掌上明珠。

没想到，他们的好日子没过多久，就发生了他们最怕发生的事情。一天，麻玛奴亚不小心碰断了妻子的一根头发，鲜血立即从断处喷个没完。麻玛奴亚见状，吓得脸色苍白，不知所措。这时，林甘伯妮把孩子交给丈夫，伤心地说："对不起，麻玛奴亚，我必须马上回天宫治疗伤口，否则我将命丧黄泉。"

"我对不起你，林甘伯妮。"丈夫悔恨交加地说，"可我绝不是故意的。"

"不必责备自己了，这是命里注定。"林甘伯妮擦掉眼泪，披上天鹅皮，依依不舍地离开了丈夫和孩子。看着妻子飞上天空，在视野中消失，麻玛奴亚父子俩抱头痛哭一场。

麻玛奴亚日夜思念着妻子，小布兰顺托天天喊着要妈妈，最后父子俩决定去天宫找林甘伯妮。

可是，通往天宫的路在哪里呢？父亲领着孩子到处寻找，逢人便问。

一天，他们看见一只巨鹰，便请它来帮助。

巨鹰见父子俩很可怜，便答应下来："好吧！那你们就抓住我的脚，闭上眼睛。我带你们到天宫去。"

巨鹰虽说力气很大，可同时带两个人还是头一次。它吃力地飞到半空中,再也无力继续飞翔,只好飞回地面,让麻玛奴亚父子俩另想办法。

麻玛奴亚领着孩子继续寻找通天之路。一日,他们父子俩正坐在大石头上发愁,旁边一根长藤开口说道:"别愁了。我来帮你们吧!"

麻玛奴亚惊异地说:"谢谢您。可您怎么帮我呀?"

长藤笑着说:"抓紧我的那一端,我一弹就会把你们弹到天上去。"

确实,长藤威力很大。麻玛奴亚父子俩被长藤高高地弹上天空。然而,一阵暴风雨袭来,把他们父子俩吹落到大海之中。

幸运的是,麻玛奴亚父子俩在海中被一条大鱼救了性命。

"我带你们到天边去找我的朋友神狗吧。神狗会帮忙找到你的妻子的。"大鱼慷慨相助,使麻玛奴亚感激得不知如何是好。

麻玛奴亚父子俩骑在大鱼的背上,乘风破浪,向天边游去。不知过了多少天,他们终于到了天边。那里是神狗的家。神狗听完麻玛奴亚的叙说,立即带着他们父子爬上天宫。

天神得知人间的女婿和外孙来到天宫,寻找他的女儿,便故意给麻玛奴亚出了个难题。"那好吧,"天神对前来禀报的卫士说,"让他亲自来认他的妻子。如果认不出来,那我就不认他这个女婿!"

麻玛奴亚领着儿子走进宫里,只见九个公主并排坐在他的面前,不动声色地向着他们父子俩抿嘴微笑。这九个公主个个都像他的妻子,什么都一模一样。他怎么能辨认出来呢?这时,他忽然想起神狗可以帮他的忙。他立即拿出他妻子穿过的衣服,让神狗嗅嗅。神狗嗅完,便走到林甘伯妮面前停下,不住地摇着尾巴。

麻玛奴亚欣喜若狂。他抱起孩子,三步并作两步,匆匆走到妻子面前,激动地说:"原谅我吧,林甘伯妮。你看,咱们的孩子多可爱。"

林甘伯妮接过孩子,紧紧地拥抱他,不停地亲吻他,兴奋的热泪扑簌簌地滚落下来。

从此麻玛奴亚父子俩一直留在天宫,一家三口又过起了甜美的团圆日子。

转眼间十几年过去了,布兰顺托已长成一个英俊威武的小伙子。他不甘住在寂寞的天宫里，执意要去人间施展才能。父母挽留不住，只好同意儿子的意见。

临行前，外公送他一个包裹做礼物，并叮嘱他到人间后才能打开。

布兰顺托回到人间，想立即解开包裹。一不小心，包裹滑落到地上，从里面滚出一只摔破的大蛋来。只见一位娇媚的姑娘手里拿着一个小盒子从蛋中走了出来。

"你是谁？"布兰顺托惊奇地问道。

"我叫玛蒂浓班，是你外公派我来陪伴你的。"姑娘一边笑盈盈地回答，一边打开她手中的盒子。原来，那里面装的全是各种植物的种子，有稻谷、玉米，还有榴梿、柠檬、杧果等各种果树的种子。

于是布兰顺托和玛蒂浓班把种子分给乡亲们，全村人便开荒播种天神送来的各种植物种子。从此，这里到处是庄稼和果树，村民们丰衣足食，日子过得越来越美满。

据说，米纳哈萨地区的人们就是从这个村子得到果树的种子的。

不公正的朋友

　　从前,有一个乡下人名叫哈山,他和一个城里人马赫穆德结为好朋友。他们俩交情很深,每逢周末或节假日,马赫穆德都要到乡下去拜访哈山一次。而每次告别时,他总是满载而归,手里拎着哈山送的各种礼物:有时是哈山家自己种的蔬菜瓜果,比如香蕉、木瓜、番樱桃、木薯、甘薯等;有时是哈山家喂养的母鸡等。总之,马赫穆德没有一次是空手而归的。当然,这也是乡下人真诚、好客、慷慨大方的缘故。然而,奇怪的是,他们交往了如此之久,马赫穆德已多次来乡村会友,可哈山一次也没有进城回访过,而马赫穆德也从来没有问过他这是什么原因。其实,哈山心里是非常向往城市的,他想,自己毕竟只是一个寻常的农夫,一个普普通通的乡下人啊。就这样,他们俩来往了好长一段时间。

　　一天,哈山举行婚礼,他当然没有忘记邀请城里的朋友马赫穆德。马赫穆德不仅前来出席,而且还在哈山家里逗留了一晚。他快要回去的时候,哈山又和往常一样,老早就准备了大包小包的礼物,让朋友带回家。婚礼刚刚结束,哈山便挥动大刀砍了一大串自己种的安汶香蕉,并且大清早就从床上爬起来,捉了四只肥嫩的大母鸡,拣了四十枚新鲜的鸡蛋和鸭蛋,装满了那个铺着干稻草的篮子。而且他还从自家菜园子里摘了许多卷心菜、马铃薯和扁豆,一块送给了马赫穆德。由于东西实在太多,一个人根本无法拎回去,所以哈山牵来一匹马,托人帮他送去,他还亲自将马赫穆德送到大路口。可见,这位农夫是多么善良。

　　几天后的一个星期天,马赫穆德照例前来看望哈山。自然,纯朴、正直、谦虚的哈山又热情地款待了他,在他临走前又赠送了很多礼物,再次将他送到大路口。看见马赫穆德的身影渐渐远去,哈山的妻子问道:"这个城里人到底是谁呀?"

哈山无比自豪地告诉妻子,这个城里人是马赫穆德,是他一个非常要好的朋友。这时,哈山还大大夸奖了马赫穆德一番,说他对友谊是如何忠诚。妻子又问道:"是不是每次马赫穆德回去时,你都送给他大包小包的东西?"哈山听了,又无比自豪地回答说:"那是当然喽!我怎么能让自己忠实的朋友空手而归呢?"

接着,妻子又问:"你拜访过他吗?"

哈山有些迟疑了:"嗯……从来没有!不过这没什么。再说,我这好心的朋友也没要求我这样做啊。"

听了丈夫的回答,妻子不再说话了,她微微笑着,心里却开始怀疑起丈夫最好的朋友马赫穆德对于友情的忠诚了。

过了几天,丈夫终于被妻子说服了,决定进城探望一次这个朋友。其实,哈山本人也早有此意。一天,哈山换上漂亮的衣服,骑上一匹漂亮的白马,朝城里出发了。

到了朋友家门口,哈山把马拴在一棵树下,与马赫穆德寒暄几句,便被迎进屋里。坐在朋友对面,哈山忍不住一阵羞怯,神情举止都非常拘谨。刚坐不久,敏感的哈山便发觉马赫穆德有点异样,看上去一点儿也不像以前来看望自己时那样兴高采烈、热情爽朗,相反倒有点心不在焉、满怀心事的样子。于是,哈山开口问为什么他看起来那么焦虑。马赫穆德回答说:"哈山,我亲爱的朋友!我刚刚听到一个消息,国王陛下今天丢失了一匹最漂亮、最健壮的白马。国王气愤极了,命令士兵们,无论谁骑白马,都要把他捉起来。士兵们刚刚在各个大街小巷搜查过。他们毫无所获,十分气恼。如果看见有谁骑着白马,就一定会冲上去,狠狠揍他一顿。我深知这群豺狼的粗暴和残忍,他们对谁起了疑心,经常不问青红皂白,就是一顿毒打,所以我很担心,万一这帮豺狼来到这里,瞧见了你拴在门外的那匹白马,你可就遭殃了。哈山,我亲爱的朋友,我真的很担心你的命运啊!"

听到这个消息,哈山吓坏了,顿时坐立不安起来。没多久,他便站起来告辞回家。临走前他还三番五次地对马赫穆德表示感谢。他心想:多好的朋友啊,多亏他提醒,否则我就要吃士兵们的苦头了。看见哈山急着要回去,马赫穆德还假惺惺地挽留他。可是,哈山实在太害怕了,一想到国王手下那群如狼似虎的士兵,哪里还敢停留片刻!他匆匆忙忙地跳上坐骑,快马加鞭往家里赶。

看见哈山这么快就回家了,妻子十分不解,开口问道:"你怎么这么早就回来了?"喘息稍定后,哈山便将事情的原委一五一十地告诉了妻子,同时不住地夸马赫穆德心肠好。听完丈夫的讲述,妻子心里早已明白了一切。但她沉默不语,只是微微笑着。她暗自赞赏丈夫的诚实与正直,同时打定主意,坚决让丈夫与他那虚伪的朋友断绝往来。

转眼又过了一个星期,马赫穆德又如期前来拜访哈山。碰巧,这时哈山正在园子里做活,只有哈山的妻子坐在屋前。于是,马赫穆德向她问起哈山的情形。

"哎呀!"哈山的妻子假装十分悲伤地叫道,"我丈夫的命好苦啊!"

"怎么这样说呢?"马赫穆德很是不解地问道。

"哎呀,再也没有人敢踏进我家大门了! 从昨天开始,哈山无论看见谁都追着痛打。你不知道,哈山疯了好几天了。喏,你看,他回来了。"

这时,正巧碰上哈山干完农活回家歇息。瞧见哈山的身影,对哈山妻子的话早已深信不疑的马赫穆德害怕极了,生怕这个疯疯癫癫的朋友真的会冲过来将自己狠揍一顿。于是,他立刻慌慌张张地要告辞回去。而哈山一眼瞥见家里来了人,就急忙扛着锄头,加快脚步往家赶。这就更增添了马赫穆德心里的恐惧,也让他更加确信哈山妻子的话。

刚刚进屋,哈山便问妻子:"刚才那人是谁? 他来这儿有事吗? 怎么看上去慌慌张张的?"

"哦,他不就是你那个好心肠的、忠实的城里朋友吗? 他来这儿想要一把杵子。我告诉他你还在园子里干活,就先等一等吧。谁知他还是匆匆忙忙地走了,也许有什么要紧事儿要办吧。"

"你为什么不给他?"哈山说,"咱们不是有很多吗?"

想到马赫穆德还没走远,哈山迅速抓起一把杵子,大踏步地往村子外面跑去。他一路高声喊道:"嗨,马赫穆德,等一等! 我把你要的杵子拿来了!"

看见哈山握着一把杵子,沿途叫喊着奔来,马赫穆德更加害怕了,他认定哈山是千真万确地疯了。于是,他急忙加快步伐,一路小跑起来,生怕让哈山追上,被他痛打一顿。哈山看见朋友不但不停下脚步,反而奔跑起来,便一边跑着追赶,一边大声呼唤着马赫穆德的名字。在这个正直、憨厚的农夫看来,如果让朋友就这样两手空空地回去,那是怎么也说不过去的。然而,他哪里知道,他这番好心在那已经被吓得魂飞胆丧的马赫穆德眼里,已经变成了十足的疯子行为。

就这样,哈山追了马赫穆德好半天。最后实在追不上了,哈山才拎着那把杵子回家去了。一路上,这个善良的农夫万分懊恼,他后悔没能把朋友需要的东西送到他手里。他想:我那好心的朋友,他是不是在生我的气?要不听见我的呼喊,他怎么也不应一声?而马赫穆德那边的情形又是怎样的呢?他一回到家,便觉得累得要死。他从来没有像今天这样拼命地奔跑过,也从来没有像今天这样胆战心惊过!很快,马赫穆德就生了一场大病,在床上一连躺了好几天。从那以后,他再不敢去拜访哈山了,唯恐被这个疯朋友狠狠揍一顿。而哈山,这个善良的农夫,则一直翘首盼望着久未见面的朋友的到来。但是,他一想到朋友还在生自己的气,也就一直没打算进城去探望马赫穆德。

哈山和马赫穆德两人之间的友谊就这样彻底完结了。要知道,友谊之花是需要朋友双方用真诚和正直来培育、浇灌的啊!

鳄鱼和猴子

　　一只鳄鱼悠闲自在地在湖里生活。湖边有一棵果树,树上长满了可口的鲜果。鳄鱼很喜欢吃树上的果子。它在湖里待得太舒服了,用不着四处觅食,每天除了睡就是吃,偶尔爬上岸晒晒太阳,懒洋洋地在树底下等熟透了的果子掉到嘴里。

　　有一天,湖边来了一只淘气的猴子。只见那猴子爬上果树,摘下成熟的果子就嚼了起来。看到这,鳄鱼十分生气,因为这等于它唾口可食的果子平白少了一份。如果那淘气的猴子不断地来劫掠,那么自己可能一点也没有了。鳄鱼的怒火越来越旺,却拿猴子没什么办法,想教训一下猴子,把它赶走吧,偏偏自己不会爬树。

　　得杀了那该死的猴子。要不然它老来抢吃的,我就得饿死。鳄鱼想,可是该怎么办呢?

　　爬上树把猴子赶走?这条路显然行不通。看来得想别的法子。鳄鱼想了半天,终于有了主意。某一天,猴子又来到湖边,正要摘果子吃的时候,鳄鱼来拜访它,说道:"嘿,朋友。你看上去快活得很嘛,看来日子过得挺舒服的。其实,我也想跟你一样,活得快乐点,可是做不到啊,总是有摆脱不了的烦恼。"

　　"你究竟烦恼些什么呢?"猴子问。

　　"太多了。各种各样的烦恼。"鳄鱼回答道,"但最让我感到痛苦的只有一样。"

　　"是什么呢?如果你把我当朋友看的话,不妨跟我说说。"

　　"在我跟你述说之后,你愿意帮助我吗?哪怕只是分担一点点的烦恼。"

　　"当然。"猴子答道,"我将尽力而为。"

　　"你的话当真?"

"当真。快说吧,到底是什么让你烦恼?"

"是这样,我的父亲得了重病。"

"你父亲得了重病?"猴子问道,"你找到药了吗?"

"找到了。一会儿我就把药送去,你和我一块去,行吗?"

"行!我陪你去。你父亲住哪儿?"

"那儿,在湖的对面。"

"我是想陪你,可是怎么才能渡过这湖呢?"

"哈,好办。你如果真想去,就站到我背上来,我驮你过去。"

"那好!"猴子说完,就跳到鳄鱼背上。于是鳄鱼向湖对岸游去。游到湖中央时,鳄鱼对猴子说道:"嘿,你这猴头,告诉你吧,我父亲病得厉害,它说除了猴子的肝和肠,世上再没有别的药能治它的病。所以没办法,只好杀了你,拿你的肝、肠做药。"

糟糕!猴子想,看来这回是死定了。其实,说父亲有病只不过是鳄鱼用来欺骗猴子,好逮到猴子的奸计。只有用这个办法才能抓到猴子。现在鳄鱼轻而易举地就能杀死猴子了。

好一会儿,猴子惊怕得说不出话来。但不久它就想到一个逃脱的办法。

"哎,朋友。可惜得很啊!"猴子一边说,一边抚摩着自己的肚子,"可惜,我把肝和肠子都挂在树上了。刚才吃完果子时,我忘了带上它们。要是你真的需要,就先把我送回岸上去取吧。"

鳄鱼信以为真,不假思索地向果树游去。猴子则安安稳稳地坐在它的背上。

一到岸边,猴子便飞快地跳离鳄鱼的背,爬到树上,嘲笑道:"喂,鳄鱼,你可真笨啊!到口的美食又溜掉了。"

鳄鱼这才知道上了猴子的当,沮丧地沉到湖里去了。

暹 罗 猫

在一片茂密的大森林里,住着猫妈妈和它的孩子。猫妈妈非常疼爱它的孩子,尽管孩子已经长大了,它仍然亲自去给孩子找食物。为了养活孩子,猫妈妈过度劳累,终于病倒了。它把孩子叫到跟前,告诉孩子自己生病了,并且嘱咐孩子学习自己去找食。

又懒又娇的猫娃娃误会了妈妈的意思,以为妈妈是在婉转地赶它离开家,而且不再爱它了,于是它离开了年迈生病的妈妈。

猫娃娃漫无目的地走着,偶然一次抬头向上望的时候,看到了耀眼的太阳。它想,如果太阳是它的妈妈就好了,那它的生活一定会变得幸福。

"嗨!大太阳!你愿意收养我做你的孩子吗?"它向太阳大声喊道。

"你为什么想做我的孩子?"

"因为我想像你一样威力无比。"

"在这个世界上我并不是常胜将军,也不总是威力无比,还有能够打败我的人呢。"

"它是谁呢?"

"云彩。它总是挡着我的脸让我看不见你。"

听了太阳这样回答,猫娃娃开始琢磨起来:如果云彩能够做我妈妈就好了。

"好心的云呀,你愿意做我的妈妈吗?"

"为什么?"

"太阳说你比它还厉害。"

"噢,可爱的小家伙,世界上还有能战胜我的人呢。"

"是谁呀?"

"风。如果风吹起来的话,我的身体就会四分五裂,飘来飘去,散落成雨水。"

听了云的话,猫娃娃不说话了,它又琢磨起来,随后向风吹来的方向跑去。

"风啊,风啊,你愿意当我的妈妈吗?"

"什么原因让你想当我的孩子?"

"因为你能自由来去,而且比云还厉害。"

"你不要以为我始终那么棒,我也经常遇到问题,因为还有比我更厉害的!"

"谁?"猫娃娃继续问。

"山峰!不管我行动多么自由,只要我眼前有山峰,我就不能继续前进了。"

听了风的话以后,猫娃娃立刻向高山的方向跑去。

"高山啊高山,你愿意把我当你的孩子吗?"

"你想从我这儿得到什么呢?"山峰问道。

"你高大威武,我想和你一样。"

"我的生活中也不是没有难题,有人经常打扰我的宁静。"

"真的吗? 它是谁呀?"

"牛。它们经常用角顶我的身体,把土搞得又平又碎。"

猫娃娃立刻向拴牛的地方跑去,根本顾不得自己已经气喘吁吁了。问过牛之后,牛表示捆着他的藤条最让它难受。因此猫娃娃就去找藤条。藤条说它的生活也不快乐,因为一群耗子常常把它的身体咬得遍体鳞伤。听了藤条的回答,猫娃娃立刻去了一个大洞,那儿住着耗子一家。猫娃娃向它们讲明了自己的意图。

"嗨! 耗子,你愿不愿意收养我当你的孩子?"

耗子妈妈心里想,怎么会有猫要当它的孩子?

"有没有搞错?"耗子妈妈警惕地问。

"没有啊,我是诚心诚意的。"猫娃娃答道。

"我们的生活中也常常发生不幸,树林那边有种动物经常杀了我的孩子当点心吃。"

"真的吗？什么动物胆子这么大？"

"在树林那边，有只老猫让我的孩子们非常害怕。这两天，我的孩子们在外边玩儿的时候，听说那只老母猫最近病倒了，它唯一疼爱的孩子又离它而去。那只老猫看起来可难过了，它的孩子只顾自己找快乐，也不知道报答它的妈妈。"

听完耗子妈妈的叙述，猫娃娃无力地坐下了。如今它明白自己一直都想错了，眼中不知不觉已泪光闪闪。它是那么想念自己的妈妈，又觉得非常对不起自己的妈妈。

猫娃娃不顾疲劳回去找妈妈。见面时，猫妈妈一如既往，满怀慈爱地迎接它。从那以后，猫娃娃变得勤快起来。现在它为妈妈找寻食物，再不是又娇气又懒惰的猫娃娃了。

金枪鱼和鸡毛

　　在纳杜纳群岛和阿纳巴斯群岛上的渔民,有一种十分特别的捕鱼习惯。他们出海捕鱼时,一定会用公鸡羽毛做诱饵,特别是捕金枪鱼的时候。很奇怪,对吧?那羽毛都是从公鸡脖子上拔下来的。为什么金枪鱼要吃鸡毛呢?

　　传说,从前,金枪鱼和鸡是一对亲密无间的好朋友。一天,一个渔夫在海边为儿子举行一场隆重的婚礼。他邀请全岛的居民都来参加这场盛大的婚礼。鸡得知后,跑去告诉金枪鱼:"你们如果对岸上的表演感兴趣,可以来看。"

　　金枪鱼们知道这件事后,都十分高兴。它们早就渴望出去看看大海外面的世界了。不过在去那儿之前,金枪鱼首领向鸡首领提出一个特别的请求。因为每到黎明,海水就开始退潮,原本涨潮时的浅水区会变成陆地,所以它们必须在黎明前离开那里。

　　金枪鱼首领说:"朋友,黎明前你一定要通知我们。"

　　鸡首领答道:"好的,朋友,我一定照办!"

　　鸡首领爽快地答应了好朋友的请求,它也不希望朋友遭遇不幸。再说,每日天亮前雄鸡打鸣早已成为习惯,它的工作就是唤醒岛上所有居民。

　　在一个皓月当空的夜晚,海水涨潮了。金枪鱼成群结队地游向海边,悄无声息地潜入婚宴现场。婚宴十分热闹,宾客们载歌载舞。这次难得如此靠近地欣赏节奏明快的手鼓乐曲和班顿诗朗诵,让所有的金枪鱼听得如痴如醉。入夜后,它们都不知不觉地睡着了。

　　睡着的不光是金枪鱼,还有鸡。然而,这时已临近黎明。

　　糟糕!要出大事了!公鸡忘了打鸣!

　　海水开始退潮。

　　金枪鱼突然从梦中惊醒。这时天已大亮,海滩变得一片干涸。金枪鱼们再也无法游回海里了，它们有的扑腾到一个离海边不远的珊瑚坑里，而更多的金枪鱼则搁浅在沙滩上，动弹不得。一缕阳光透过墙缝射进鸡窝，鸡首领醒来，吓坏了！它和雄鸡们竟然忘记为金枪鱼打鸣。它连声哀叹道："糟了！糟了！"

这时候，岛上的居民惊喜地发现海滩上有无数的金枪鱼，于是这些倒霉的金枪鱼就成了人们的囊中之物。

金枪鱼首领艰难地抬起头，朝着鸡窝的方向尖叫。它恨透了鸡，尤其是那些不守信用的公鸡。它咬牙切齿地发誓："从今天起，金枪鱼要杀死所有的鸡！尤其是公鸡！吃不到它们的肉，也要嚼碎它们的骨头！"

至此，朋友成了宿敌。也正是这个原因，那里的渔民只要用公鸡毛当诱饵，就很容易捉到金枪鱼。

狗 的 角

很久以前,狗是长角的,但尾巴很短。相反,山羊没有角,但尾巴很长。它们都住在格达玛尼的巴杜地区,是一对形影不离的好朋友。它们互帮互助,和睦友爱地生活在一起。

实际上,羊对狗早已暗藏嫉妒之心,它嫉妒狗有一对优雅的角。

羊想:啊! 我如果有一对角,一定会成为最威风的动物!

羊想那对角想得都要发疯了。一天,它受邀去参加一个宴会,便缠着狗借角。

羊说:"狗,我的朋友,我要参加一个很重要的宴会。你是我唯一的朋友,我想在宴会上显得与众不同。况且,我从未参加过这样的宴会,这可能是我出席如此隆重宴会的唯一机会。好朋友,帮帮我吧! 把你的角借给我,我一定会好好保管,不让它碰到硬东西。宴会后我就还给你。"

狗说:"羊,我的朋友,除了你我是不会把角借给任何人的。你是我多年的老朋友了,为了表示我们真诚的友情,我愿把引以为傲的角借给你。不过,你必须保证,宴会后马上把角还给我。"

羊说:"当然! 狗,快点! 快把你的角从头上摘下来! 我都等不及了,好想立刻把它戴在头上!"

狗说:"朋友,冷静点儿! 你硬拽,我会疼的!"

最后,狗虽心里很不舒服,但还是把角摘下来给了羊。羊迫不及待地把角戴在自己的头上。羊戴上了角,的确显得很好看。

羊兴奋极了,它得意地对狗说:"瞧呀! 狗,我现在怎么样? 是不是很神气?"

狗答道:"嗯,是啊,是啊。"

羊听后心花怒放,便戴着借来的角赴宴去了。它的确显得与众不同,所有的动物都羡慕地注视着它。羊甚是得意,于是它贪得无厌地想:我怎么才能让这对美丽的角,一直都戴在我的头上呢?我一定要留住它,并占有它!

宴会结束后,羊并没有马上去找狗。狗多次去羊家,羊都躲了起来。终于有一天,它还是与狗不期而遇了。狗当面提出要回自己的角。

狗说:"羊,我的角在哪里?你可是答应还我的!"

羊嘟哝着说:"哦,是的,过一会儿我一定还你。"

狗耐着性子说:"好吧,不过你要说话算数!"

羊信誓旦旦地说:"当然。"

第二天,狗又来找羊。

羊撒谎道:"狗,我昨晚一直在努力摘掉头上的角,但是太难了,我的头皮都被拔疼了!可能这个角,已经长在我的头上了。你耐心点儿,等我把角拔下来,就亲自登门送还。"

可是过了很多天,都没见羊的踪影,狗很懊恼。

狗再次来找羊,但是羊又不在家。狗拜访了羊的所有朋友,也没有找到羊。但狗没有放弃,继续寻找羊的踪迹。最后,它终于在离家很远的地方,找到正在悠闲吃草的羊。

狗压着心中的怒火说:"羊,现在你必须兑现诺言!"

羊看到狗来要角,赶紧跑到更远的地方。狗紧追不放,它们开始了激烈的追逐。羊逃进灌木丛里,狗跟着也跳了进去。羊蹚水过河,狗也游了过去。羊跑过草原,狗还在追。最后,羊跑累了,可狗还精力十足地继续追赶。狗决心要把角夺回来,它拼命地跑着,眼看就要追上羊了,愤怒的狗拼尽全力,一口咬住了羊的长尾巴。

羊疼得大叫:"啊呀!"

羊的尾巴被咬断了,它拼命地挣扎着,最后终于摆脱了狗的追赶。

从此,狗的角就一直长在羊的头上了,羊也不再有漂亮的长尾巴。而狗虽然没了角,却有了一条漂亮的长尾巴。

鹌鹑的故事

　　传说，从前的鹌鹑也是有长尾巴的鸟。而麝香猫是出了名的狡猾动物，几乎所有动物都被它坑害过。麝香猫还是个又懒又馋的家伙，自打它在村子里出现，这一带就没安宁过。它到处骗吃骗喝，为达目的不择手段。

　　一天，麝香猫来找鸡大婶。它看到鸡大婶正带着一群小鸡觅食，便凑了过去。

　　麝香猫笑嘻嘻地招呼道："婶子，照顾孩子呢？"

　　鸡大婶温和地答道："是啊。"

　　麝香猫故意撇着嘴讥讽道："连家都不管呀？！"

　　鸡大婶问道："麝香猫大叔，你怎么这么说呀？"

　　麝香猫故作轻蔑地说："你家都着火了，你还不知道？！"

　　鸡大婶一听到自家失火，顿时慌了手脚。它顾不上理会小鸡们，跳起来就拼命往家赶。鸡大婶刚走，麝香猫就偷吃了一只小鸡。

　　鸡大婶发现鸡窝根本没失火，又赶忙跑回来看自己的小鸡。

　　麝香猫问："鸡大婶，怎么回来啦？"

　　鸡大婶说："哪儿着火啦？"

　　麝香猫随口说："哦！原来不是你家。"

　　鸡大婶又问："到底哪儿着火啦？"

　　麝香猫说："那就是你主人的厨房！"

　　果然，鸡大婶看到有烟从它主人的厨房里飘出。于是，它又朝那边跑去。鸡大婶一离开，麝香猫又偷吃了一只小鸡。

　　鸡大婶始终都没意识到，自己三番五次地被狡猾的麝香猫玩弄。到它醒悟的时候，只剩两只小鸡了。

　　鸡大婶问："麝香猫！你把我的孩子弄到哪儿去了？"

麝香猫说："我怎么知道！刚才你跑的时候，它们可是一直跟着你的！兴许是掉进厨房的火里了吧！"

鸡大婶又朝主人的厨房跑去。但它在那里没有找到孩子。当它回去找麝香猫的时候，剩下的小鸡也被吃掉了。

鸡大婶十分伤心，它向朋友们述说了自己的遭遇。原来，大部分的动物都被麝香猫骗过。大家聚到一起，商量将麝香猫赶出村庄的办法。动物们听说，鹌鹑和麝香猫早就相互看不顺眼了，所以就请鹌鹑出主意。最后大家都愿意照鹌鹑的计谋赶走麝香猫。

一天，鹌鹑故意把麝香猫的丑事散布出去。消息一传十，十传百，最后，森林里所有的动物都知道了。其中传得最多的就是麝香猫拉屎的糗事。

鹿说："麝香猫真是最让人恶心的动物！"

兔子接着说："鹌鹑说得没错，我还亲眼看到麝香猫的粪便里，有很多绒毛呢！"

鸡大婶说："如果它知道我们偷看它拉屎，会暴怒的。"

麝香猫听到动物们在议论，心里十分地不爽。起初，它只是偷听。时间一长，它便想弄清是谁在到处散布自己的糗事。

麝香猫涨红着脸，猛地跳到动物中。动物们正兴致盎然地谈论着它的丑事，突然看见它跳了进来，大家马上都吓得闭上嘴不说话了。

麝香猫呵斥道："是谁把我的隐私告诉你们的?!"

动物们都不吱声了。麝香猫凶神恶煞地瞪着被吓得直哆嗦的鸡大婶。麝香猫威胁道："如果你不告诉我是谁把我的糗事抖出去的，我就立马把你的孩子都吃光！"

胆小怕事的鸡大婶只得招供，它最早是从鹌鹑那里听到的。

于是，麝香猫到处去找鹌鹑。很多年过去了，麝香猫一直到处追踪鹌鹑的下落。这样村子里再也看不到麝香猫的身影，又重新恢复了往日的祥和。

后来，动物们听说，在很远的地方，麝香猫找到了鹌鹑。因为鹌鹑机灵又敏捷，麝香猫只能从后面扑过去，咬断了鹌鹑的尾巴。所以打那以后，鹌鹑就没有长尾巴了。

奇怪的石头

　　相传,在伊利安有块会喷火的石头。伊利密亚米和伊索拉伊夫妇是最初发现这块石头的人,由此,这两个人被人们视为发现这块喷火石的始祖。至今,那块喷火石依旧被视为圣物,人们每年都会为它举行隆重的祭祀仪式。

　　其实,伊利密亚米和妻子是无意中发现那块石头的。刚开始的时候,夫妇俩一起住在瓦屋迪瑞屋义。这个地方位于印尼的东亚彭,确切地说,他们居住的地方叫岗波拉玛。这个山区刚刚被其他居民抛弃,那些人搬到海边去,是因为这里再也没有桃榔树了。桃榔粉是这一带居民的主要食物。

　　为什么没有桃榔树了呢?发生这样的事情是因为神仙伊里沃纳外生气了。所有人都只采桃榔而不种树,久而久之,桃榔树就越采越少了。神仙一生气,就把桃榔树移植到别的地方去了。人们只得随之搬迁。现在,大部分岗波拉玛居民迁到了一个叫兰杜阿依菲的地方,岗波拉玛只剩下神仙和伊利密亚米夫妇。

　　在一个晴朗的早上,天生丽质的伊索拉伊刚用岗波拉玛山中的泉水洗完凉水澡,正坐在巨石上独自享受日光浴的时候,她突然觉得那块石头越来越烫了。她被烧得实在难受,赶忙站了起来。伊索拉伊仔细端详着这块刚被她坐过的石头,只见从石头里冒出了一团团的热气。她惊异极了,赶忙唤来了丈夫伊利密亚米。她的丈夫试着坐了上去,的确觉得这块石头很烫屁股。

　　夫妇俩不约而同地想到:如果在巨石上的不是人,而是动物的肉,又会怎样呢?

　　于是他们把鹿肉放在那块石头上做试验。烤了一段时间后,他们拿来品尝,烤过的肉的确比生肉要好吃很多。自那以后,夫妇俩一直都用那块怪石头烤东西吃。

　　后来他们又尝试着把竹子放在那块石头上,想以竹子来取火。他们烤过的竹子上突然溅出了火星。

后来，夫妇俩每天都尝试用各种东西取火。第一天，他们用干草和枯叶。第二天，他们在草和叶子的基础上又增添了竹枝。第三天，他们又拿更多的草、叶子和木头来取火。总之，只要是他们能想到的东西，都会被放在这块怪石上烧。

有时候他们这样做会使得石头升起一片炽热的红云，这让他们很害怕。于是，夫妇俩向那个叫伊里沃纳外的神仙祈祷，渴望得到他的帮助。伊里沃纳外爽快地答应了。

过了一段时间，他们烧烤时，石头又冒出了许多浓烟。夫妇俩又害怕了，他们再次向伊里沃纳外求助，请他让浓烟消失。伊里沃纳外再次答应了他们的请求。

因为夫妇俩乐此不疲地烧烤，让岗波拉玛山每天都浓烟滚滚。兰杜阿依菲的百姓都误以为是神仙伊里沃纳外又在施法。

每当浓烟滚滚之时，就会响起鼓声。那是伊里沃纳外的鼓，叫索格雷，也有人叫它索沃伊。每当那鼓声响起，人们便都习惯性地跑来看鼓。虽然鼓声很响亮，但不是任何人都能看到它的。只有年长和拥有法力的人，才能看见那种乐器。

起初，人们只是想看看那面神鼓。但是当他们走到岗波拉玛时，却看到了那块怪石。那块石头依旧炽热地冒着浓烟，人们都十分惊讶。尤其是听过夫妇俩对它奇特功能的介绍后，人们更是倍感惊奇。听说放在上面烤的食物会变得更加美味可口，大家都亲自品尝了一下。人们一致认为，这样烤过的食物味道的确更好了。

兰杜阿依菲的居民们听说这件事后，现在都明白不是伊里沃纳外施法导致的浓烟了。因此，大家一致赞同在次日清晨举办一场传统宴会。

在传统宴会上，大家围着那块怪石坐下。人们带来了桃榔、芋头、肉和其他食物。几乎所有人都往那块怪石上放置干草。因此石头喷出巨大而耀眼的火焰。那场宴会热热闹闹地举办了三天。大伙儿都为伊利密亚米夫妇发现并拥有这块奇石而感到由衷的高兴。

打那以后，那里的百姓每年都会为那块石头举行隆重的祭祀仪式。

越南
民间故事

娘娘山的由来

在文郎国的西南面有一个节侯国,它的领土辽阔,有许多山脉。那个国家人口众多,物产丰富,尤其是森林里的物产更多。

与它交界的文郎国,也有许多山脉,但是与节侯国不同的是,除了山地,它还有平原和沿海地带。

两国交界的地方是山脉,那儿山连山,水连水,没有明显的分界线,因此,边界地带因领土纠纷引起的战争时有发生。

为了结束战争,两国多次互派使节谈判,但都没有达成协议。当一方提出一些条件时,对方总是又提出更多的条件,谁都不愿意吃亏。

节侯国的人一般靠种稻谷和狩猎生活。他们的国家山川密布,沟壑纵横。人们从小到大,从生到老,只要一出门,就必须跋山涉水。因此,全国的人都善于步行,人人都有一副大脚板和结实的双腿,走起路来健步如飞。

他们为此感到很自豪,并且自称无他国可敌。

他们也承认文郎国有山脉,但没有他们的多,没有他们的大,而且文郎国多沼泽、多平原,到处是泥泞。试想这种常陷在泥泞中的脚怎么能跑得快呢?

在最后一次的谈判中,节侯国的使者提出这样的条件:凭竞走来决定两国的疆界。与上次不同,这一次文郎国的使者很高兴地接受了,因为这涉及国家的荣誉。

比赛的规则是这样的:每个国家按照自己的方式挑选一名最优秀的选手,两人同日同时从各自的京都出发,按照指定的路线向有争议的边界地带行走。他们相会的地方就成为两国的分界线。准备时间是一个月,并且规定了许多由双方共同负责的检查站,以免发生舞弊行为。

在节侯国这边,人人都兴奋地准备参赛,认为自己稳操胜券。在县、府一级乃至国家级的比赛时,气氛热闹非凡。他们在全国的优秀竞走选手中很轻易地就选定了一个最优秀的竞走选手。

而文郎国这边,雄王传令全国著名的竞走选手会集京城比试才能,但结果让雄王摇头——找不到满意的人。比赛准备时间只剩下几天了,雄王不得不派使者到一些最偏僻的地方搜求人才,以便找到一个技艺超群的竞走者。

在群众中,使者果真找到了一个这样的人,一个不会辜负国王希望的人。

这是一个偏远的山村,当国王的使者来传令时,一个健康而步履矫健的女子报名参加了。

这个女子身材高大,比普通人高出半个头来,双腿修长,肌肉结实,走起路来健步如飞。她独自住在森林边上的一间小屋里,平时就在山里砍柴然后把柴拿到市场上换回食物和日常用品。她多次碰到猛兽,但通常是猛兽被她打几下之后就逃之夭夭了。也有许多次,她碰到山洪,但她只需跨越几步,就安全地脱离了洪水。

她的性格中有一种豪侠义气。看到谁做坏事,她就要阻止。如果有谁做了伤天害理的事,她就要惩治他。而若谁遭遇了不幸或困难时,她总是尽量去帮助他。

由于还没有谁能配得上她,所以她独自一人生活,愉快地以砍柴为生。尽管如此,大家都很敬重她,把她推为女首领,一些重要的事情都要来征求她的意见。为了表示尊敬,大家都称她为娘娘。

使者见到她后非常高兴,连忙把她带到了京城。在朝见礼之后,这女子按照国王的要求在国王和大臣面前走路,只走了几步,大家就感到无比高兴和振奋。

按照国王的命令,内宫里日夜为她供应茶水、饭菜,准备比赛的事项,因为第二天她就要启程了。由于重视,国王下了这么多命令,事实上,她根本不需要什么。她稍微准备了一下,就早早地睡了,以便养精蓄锐。

当京城的雄鸡报晓之后,她就起床了,洗脸、漱口、梳头,然后吃了一点东西就上路了。这时,文郎国的国王、大臣和节侯国朝廷的代表们都来观看。

她走得快极了,就像风中飞翔的小鸟一样,只过了一会儿,她就出了京城。又过了一会儿,她便来到了村庄和原野。她走一小步就相当于走过了几条河和几片田,她走一大步则相当于走过了一片平原和几座山。

在各检查站,节侯国的代表们急得脸色灰白,但又不得不交口称赞她。而她仍然走得很坦然,而且越走越快。高山、密林、短坡、长坡——这一切就像突然间被她几步甩到了身后。不到半天工夫,她就走了几千里。

到中午的时候,她就登上了姜曼山脉的顶峰。她停下来吃了点东西,喝了点水,又接着飞奔。不一会儿,她就出现在山脉的南面了,但与此同时,节侯国的选手也到了。

比赛结束了,从此,这座山成了两国的分界线。

说起来,节侯国的选手也是他们国家最优秀的选手,但比较起来,仍稍逊文郎国那女子一筹,这只要看看两国的京城到分界线的距离就一目了然了。为了永远纪念她,按照雄王的命令和全国人民的意愿,分界的那座山就以她的名字来命名,被称为"娘娘山"。

这座山就是现在越南同老挝的界山,位于现在越南义安省的西部。

山精与水精

　　在大越国京都的南面,有一条高耸入云的山脉。这条山脉很大,山麓延伸到很远的地方。这条山脉有很多山峰,其中最高的那座山顶浑圆,像一顶罗伞,所以被人们称为"伞圆山"。相传,管辖这座山的神仙是山精。

　　那时候,第八世雄王有一个女儿,名叫媚娘。媚娘长得美貌绝伦,聪慧非凡。雄王视女儿为掌上明珠,决心要找一个配得上女儿的女婿。于是雄王诏告天下,要为女儿选女婿。

　　一天,山精来向雄王求亲,请求娶媚娘。但是很碰巧,管辖江河湖海的水精也来求亲。看到两位神仙同时前来,雄王很为难,决定让两人比试,才能决出高低胜负。

　　雄王刚说完话,山精就开始显示自己的法力。他一下就能拔起很粗的树,还移动了一整座大山,弄得天摇地动。水精也不甘示弱,施展法术行云布雨,吹起了大风,在海面上掀起了滔天巨浪。山精和水精斗法使得整个京城和附近地区地动山摇,水雾漫天,山石树木四处乱飞,真是惊心动魄!

　　两位神仙都很厉害,雄王也分不出他们孰高孰低,只好传令说:"两位都很有本领,但是我只有一个女儿。所以明天早上,谁能首先把珍宝带来作为聘礼,我就把女儿嫁给他。"

　　第二天早晨,天刚蒙蒙亮,山精就给雄王献上了很多金银珠宝和陆地上的珍禽异兽。雄王很高兴,认为山精很有诚意,就依照诺言,把媚娘许配给山精,并让山精把新娘迎娶回伞圆山。

　　水精也送来了无数的珍珠、玳瑁、珊瑚等水里的宝贝和很多稀有的鱼虾。但是因为晚了一步,媚娘已经被山精娶走了。水精大怒,派出自己所有的水族部下包围了伞圆山,一定要打败山精,得到媚娘。整整几天几夜,伞圆山地区天昏地暗,风雨不断。水精发起的洪水淹没了山脚的田地。山精带领部下坚决抵抗,水涨多高,山精就把山加得更高,不让水精淹没山峰。山脚的老百姓也打下一排排的木桩子拦住洪水。他们还敲锣打鼓,大声呐喊,给山精助阵。山精的士兵也奋勇作战,向水精的部队扔石头、射箭。经过几天几夜的激战,水精的部队死伤惨重,水里漂满了虾兵蟹将的尸体。

看到自己赢不了山精,水精只好收兵回水里去了。于是山精和媚娘在伞圆山上开始了幸福的生活。

尽管这样,水精还是不服气,他忘不了这样的奇耻大辱。所以每年的七八月间,他就派兵攻打山精。这时,在伞圆山周围的地区就会有暴风雨,洪水泛滥成灾。人们说,这就是水精在攻打山精,要夺回媚娘呢。

迎 春 竿

在很久很久以前，不知从什么时候开始，也不知用什么方法，有一群妖怪占领了人类的国家，人只有给妖怪干活才能活下来。妖怪对待人很残暴，他们每年都提高税收，一点一点地提，就这样，没过几年，人上交给妖怪的财物就翻了一番。

人很气愤，但是又没有能力来对付妖怪，只好就这样忍受着。妖怪看到人不敢反抗，就更变本加厉了。最后，妖怪想出一条特别的规定：稻谷的梢连着稻穗，是可以吃的，所以要全交上来；稻谷的根部没用，人可以自己留着。人不同意，妖怪就用各种办法逼迫他们听从。因此，这一年的收获季节，人向妖怪交完稻谷后，就只剩下光秃秃的稻秆和稻根了。各地都发生了饥荒，景象十分凄惨。妖怪得意地狂欢，而人却奄奄待毙。

西天的佛祖很同情人的遭遇，想帮助他们对付妖怪的残酷剥削。于是第二年播种的时候，佛祖告诉人不要种稻子，而是种红薯，因为红薯是长在地底下的。人按照佛祖的话去做了。妖怪不知道人已经有了对付自己的办法，所以还是按照前一年的规矩，自己要地面上的东西，人留下地下的根。

这年的收获时节，人把长在地底下的红薯挖出来，高高兴兴地扛回了家，只把地面上的红薯秧留给了妖怪。人人家里的红薯堆得像小山似的。看到这一切，妖怪很生气，因为自己家里只有红薯叶和红薯秧。但是规矩是他们事先定好的，所以妖怪只能眼睁睁地看着，无可奈何。

又到了播种的季节。这次，妖怪吸取了前一年的教训，改了规矩，要求人把庄稼的根部交上来。佛祖就告诉人再种回稻子。这样的结果当然又是妖怪什么都没得到。人把金灿灿的稻谷扛回了家，妖怪只得到光秃秃的稻秆和稻根。妖怪大怒，所以到下一年播种的时候，他们宣布要把庄稼的梢和根都收上来。他们想：这次不管你们种什么，都逃不出我的手心了。

但是佛祖又教人改变了计划。他给了人一些玉米种子,让他们四处播种。玉米长在植物的中间部位,梢部和根部都是不能吃的。于是这一年,人付出的汗水又一次有了收获。家里的稻米还没吃完,玉米又有收成了,人人家里粮食塞得满满的。妖怪们则非常生气,最后,他们强行收回了土地,不让人继续种下去了。妖怪想:宁可什么也没有,也不能让你们独吃。

人没有地种,以后就什么都没有了,所以佛祖又一次帮助人和妖怪做斗争。佛祖告诉人去跟妖怪商量一下,买一块一件袈裟的阴影那么大的地。人在这块地上种一棵竹子,竹竿尖上顶一件袈裟,袈裟在地面上的影子覆盖的面积就属于人。刚开始,妖怪不答应,生怕人又要什么诡计。但是他们经不起人不停的请求,而且人愿意出不低的价格来买这块地。最后,妖怪想:一件袈裟能有多大? 这一小块地卖给人也不会有什么问题,再说可以换来一大笔收入。于是妖怪就答应了人的请求。双方还事先说好:袈裟影子没遮住的地就是妖怪的。

于是人就在地面上种了一棵竹子。竹子种好以后,佛祖就来了。他站在竹子尖上,伸手一甩,袈裟就展开了。妖怪一看,袈裟也没多大,就暗自高兴。但是没想到这件袈裟好像会变魔术似的,越变越大,而且那棵竹子也越长越高,竹子越高,袈裟投在地面上的影子就越大。最后,袈裟仿佛把所有的阳光都挡住了,地面上顿时被黑暗所笼罩。原来还是白天,好像一下子就到了黑夜。妖怪变得惊慌失措,因为地面上已经没有一块地不被袈裟的影子遮住,也就是说,地面上已经没有妖怪的地盘了。妖怪没有办法,只好不停地向后退,最后一直逃到了大海里。

肥沃的土地又回到了人的手里,人人欢欣鼓舞,他们感谢佛祖的帮助。但是妖怪不服气,他们发誓要夺回土地。于是妖怪召集了大批兵马,来抢夺土地。妖怪的军队里有各种猛兽,有老虎、大象、狗熊……人又没有准备,所以一直不占上风。这一仗打得很激烈。最后,又是佛祖来帮忙,才拦住了妖怪,使他们不能前进。

妖怪连连败了好几仗。他们想:不能再这样下去了,得想个办法。他们想啊想,终于想出来了:派人去打听佛祖到底怕什么,找到佛祖害怕的东西,不就可以战胜佛祖了吗？佛祖也知道了妖怪的打算，就放出风声说自己最怕香蕉和糯米饭。同时，佛祖也派人打听到妖怪最怕石灰、大蒜和菠萝叶。

妖怪以为知道了佛祖害怕的东西，就可以战胜佛祖，但他们反而中了佛祖的计。这天交战的时候，妖怪用香蕉朝佛祖扔去，希望能以此吓跑佛祖。没想到佛祖不但没被吓跑，还笑眯眯地让人把香蕉都捡起来，拿回家去吃。然后佛祖拿出早已准备好的石灰粉，撒到妖怪的阵地周围。妖怪一看到石灰，就吓得抱头逃窜。这一仗，妖怪又输了。

又到了交战的时候。这次，妖怪拿来了糯米饭对付佛祖。佛祖还是像上次一样，叫人把糯米饭捡起来吃。然后佛祖叫人用大蒜来打妖怪。妖怪一闻到大蒜刺鼻的味道，就四肢瘫软，再也没法打仗了。

但是妖怪还是不肯认输，再次卷土重来。这次佛祖毫不客气，挥起他的金刚杖，把他们打得落花流水。不管是大鬼小鬼，统统被赶回海里去了。他们一边逃跑，一边向佛祖求饶，求佛祖允许自己每年回来几天，到陆地上探望祖先的坟墓。佛祖看到他们实在可怜，就答应了他们的请求，规定他们只能在年初的时候回来三天。

所以，每年一到春节的时候，就会有妖怪回到陆地上来。人害怕妖怪再回来捣乱，就在自己家门口竖一根竹竿，竹竿上挂一个小铃铛，风一吹就会发出声响，以此来告诫妖怪这是人住的地方，不要靠近。人还在竹竿上挂上几片菠萝叶子，让妖怪不敢靠近。他们还在家门口撒上石灰，以免妖怪进门。另外，妇女们在干活的时候，腰间总是放着几头大蒜。

从此，民间就流传了一首歌谣：

菠萝叶子高高挂，
石灰粉末门前撒。
妖怪再也不敢来，
春节平安乐万家。

倒春寒的由来

在越南的北部和中部,每年到了阴历三月都要出现一股寒流,有时候只有两三天,有时候会持续半个月。

阴历三月也就是阳历四月左右,是越南开始进入夏季的时候。本来已是阳光明媚,万物竞相生长的季节了,突然,老天爷似乎翻了脸,刮起刺骨的寒风,人们又不得不穿起厚衣服,戴上围巾,把自己紧紧地裹起来。民间流传着一句话:"正月开花冷,二月生芽冷,三月倒春寒。"正月和二月冷是很自然的,可是,为什么到了三月,天还会冷呢?

民间认为老天爷做什么事都是有其根据的,一切都不会无缘无故地发生。传说,倒春寒正是与一位叫阿冰的姑娘有关。

阿冰是一个善良而勤劳的姑娘,她品行端正,为人处世也极为周到。周围的人都很赞赏她。

她做事极为认真,无论干什么都不愿意马虎行事。从刷筷子、洗碗到扫地、收拾东西,她都做得一丝不苟,弄得整整齐齐,干干净净。她烧菜做汤也一定要达到香甜可口才行。至于在地里锄草、施肥、浇水等,她更是小心谨慎。而在水田里插秧时,她则更加严格要求自己,要让成千上万株秧苗之间的高矮和行距都保持得一模一样。她做针线活也是行家里手,非常讲究针脚的匀称,绝不少一针也不多一针。她在衣服和鞋上绣的花更是巧夺天工,不仅做工精致,而且花纹生动形象,犹如活物一般。

大概人间再没有第二个人能做得像她一样了。别人做事时或多或少总会出一些差错的,尤其是做那些需要持续很久而且十分单调的工作时,人们总会感到乏味,总会有一些心不在焉。而阿冰姑娘则具有非凡的忍耐力,她做起事来总是十分投入,自始至终都孜孜不倦。

她这种追求完美的精神和坚韧不拔的个性真是可以同山川媲美,与日月争辉。

到了出嫁的年龄后,她同别的姑娘一样做了新娘。但她的性格丝毫没有改变。人们对她没有半句责备。至于有人认为她做事过于认真而使速度比较慢,这也只是周围的人还不了解她罢了。她从不为自己辩解,也不改变自己的做事准则。

她出嫁的时候正是初冬时节,看到丈夫没有保暖的衣服穿,她就决定纺纱绕线来为他织一件暖和而漂亮的衣服。

她先纺出了均匀而柔软的纱线,然后找来各种树皮将纱线染成各种绚丽的颜色。接着,她又开始在衣服的样子上画花纹和其他装饰物。她弄来弄去,直到自己完全满意才开始织起来。

啊!她的针线那么光滑,那么巧妙!这真不像人工织出来的东西。阿冰姑娘专心致志地织起来,她织的每一针就像从心里飞出来的歌声一样。

时间像流水一样飞快地逝去,而对于阿冰姑娘来说,时间仿佛不存在似的,她根本没有去理会白昼和黑夜的交替进行。她织得太仔细,太认真,太投入了,两个月过去了,她才织完了脖领。人们都笑她织衣服比蜗牛还慢呢,而她却不去理会,对她来说最重要的是如何使自己的工作做得更完美。织完了脖领,她接着织衣身。就这样,一天又一天,她整天坐着织衣服,她是那么专心,那么陶醉。

她把织衣服当作最重要的事情来做,仿佛她就是为了织那件衣服而生的。所以,当正月和二月过去了时,她仍浑然不觉。不论刮风下雨还是寒霜大降的天气,她都一心一意地织衣服。最后,到了阴历三月初,她终于为丈夫织完了那件衣服。

让我们来看看这件衣服吧。啊!这真是人间的极品啊!绝没有第二个人能织出这样精美绝伦的衣服来!她看着自己辛辛苦苦完成的作品,露出了满意的笑容。她太高兴了,简直想飞上天去,想把自己的快乐告诉所有人。但是,可惜的是,天气已经转暖了,那件衣服根本用不着了。

阿冰姑娘好伤心!她仿佛一下子从高空中坠落下来一般,因为她的心血都付诸东流了。要知道她曾经在那针尖上留下了多少希望和梦想啊!

她太怜爱自己的丈夫了。那几个月里丈夫一直默默地等待着,所以她织衣服的时候才感到小小的针尖给自己带来无穷的希望和幸福。可是,天地间有谁能明白她的心思呢?老天爷为什么不再冷几天?哪怕让丈夫试一试那件衣服也好啊!

她伤心地哭起来。她哭呀哭,那哭声是那么绝望,包含着许许多多难以言说的忧伤和愤懑。

她的哭声传到了天上玉皇大帝的耳朵里。玉皇大帝尽管每天日理万机,但他仍很关心人间的事。他听到那哭声那么凄惨,就想人间一定有人蒙受了冤屈,于是立即派遣南极和北斗两位天神到人间去查看。

当玉皇大帝了解到阿冰姑娘的事情后,他沉吟了一会儿,然后说:"我知道人间有很多人活得很苦,尤其是妇女,她们往往忍受着许多冤屈。她们要相夫教子,要操心全家的衣食住行。阿冰姑娘充满爱心,做事专心,勤于吃苦,善于忍耐,真是人间的楷模。因此,我宣布:每年的阴历三月仍要持续冷几天,这样,就可以满足像阿冰姑娘这样由于太专心为丈夫织衣服却过了适宜季节的人了。人们织完衣服,总是要试试嘛。但这样的寒冷天气也不能持续太久,只要持续几天就够了。"

听到这里,南极和北斗一言不发地站着,过了一会儿,他们才大胆地说:"启禀陛下,我们认为您这道圣旨恐怕不太公平。我们不能为了一个阿冰姑娘而让所有的人挨冻啊。我们众神如果这样做,将来就很难管理人间了。"

玉皇大帝挥了挥手,让两位天神坐下,对他们说:"我知道,我知道,但我已经慎重考虑过了。我想,对于人间的那种善心和坚韧不拔的精神,我们理所当然要进行鼓励嘛。我这样做正是为了让那些做事粗枝大叶、没有耐心的人以阿冰姑娘为榜样,让他们知道做事要专心,要有耐心,不能不负责任,潦草办事。我就这么决定了,你们不必多说,尽管去执行好了。"

听了玉皇大帝的话,两位天神都感到言之有理,他们就赶紧去执行任务了。

从此,在越南的北部,每年到了阴历三月都还要冷几天,人们不得不穿保暖的衣服。当然,有时候寒冷的天气会多持续几天,这是因为天神做事也没有阿冰姑娘那么专心,他们有时候也难免会马虎一点,忘了自己正在做的事呢。

西 瓜 始 祖

　　雄王十七世时,同前代国王时一样,仍然有商人从南边的海上来到京都峰州,卖给国王货物和一些奴隶。

　　那些货物是国内所没有的珍稀而奇异的东西,国王先是把它们放到国库里,然后逐渐分发给大臣和官吏,或者赏给那些立功的人。至于奴隶,偶尔也会被分给大臣们,但绝大多数被安排做宫廷事务,如收拾宫殿,打扫房间,还有做各种手工,因为他们都是能工巧匠。

　　刚开始时,这些奴隶既要干活,又要学习本地的语言。渐渐地,他们熟悉了风俗习惯后,就变成了本地人,他们或娶亲,或嫁人,同当地人一样地生活。尽管如此,在生活中有时候会发生一些事,当地人能明白理解,而他们却会遇到烦恼;他们去买东西时常常被索要高价,他们中如果有谁青云直上或者得到国王的宠幸,就会遭到周围的人,尤其是官吏们的妒忌和厌恶。

　　梅安沾,这位后来被尊为"西瓜始祖"的人,最初就是国王买来的奴隶。

　　他是一个贤良的青年,身材魁梧,长相英俊,而且手特别巧。在他遥远的南方故乡,男孩子从小就要到庙里去学习和修行,这样,本地的宗教观念从小就深深地印在了孩子们的头脑中。那时候他刚从庙里回来,因家境困窘,他便提出卖了自己来为父母还债,于是他就被卖到峰州来了。

　　刚来到峰州的那些日子,梅安沾十分忧愁,老是想念父母,思念家乡,但渐渐地,他很快意识到自己再也没有可能重返故乡了。他想起了一位高僧的教诲,这位高僧是他在寺庙里的启蒙老师。他记得老师告诉他:"孩子啊,在这个世界上,一切事情的发生都有前世的因缘。人们之所以欢乐或者忧愁,那都不是外界加到自己头上的。善有善报,恶有恶报,播下什么种子就会结下什么果,因为天地和鬼神随时都在关注人们的言行。"

　　想起这些教诲,渐渐地,梅安沾在一切变化面前有了坦然的态度,也因此很快投入工作中,和大家打成一片。由于聪明伶俐,他学本地的语言学得很快,在劳动中也表现出很大的创造性。编织和建造房屋是他从小就熟悉的事,现在做这些事,他感到得心应手,就尽量地发挥自己的特长。他的编织,他做的梁、榫头以及他在柱子上、梁上雕琢的各种图像,使每个见了的人都不禁开口称赞。由于他是一个专心干活、沉默寡言而且十分谦虚的人,周围的人都喜欢他、器重他。

雄王十七世是一个有度量的人,在处理事情时,他常常恩威并施,因此,朝廷大臣和民众都很尊敬和仰慕他。看到梅安沾是一个贤良而又聪明伶俐、做事专心而又心灵手巧的人,国王就心生爱怜,把他收为养子。几年后,国王还为他娶了亲。

他的妻子虽是一个穷苦人家的女儿,却是一个美丽可爱的人。她本来是被选进宫来服侍公主的,雄王见她懂礼节,做事专心又勤快,就认她为养女,给她取名为阿波姑娘。

那时候民风淳朴,因此国王收许多人为养子也是很平常的事。国王的养子并没有什么特权,只是多了一层亲密的关系罢了。国王给养子们娶亲或让养女们嫁人,也都是人之常情。

日子就这样平静地一天天过着,梅安沾得到雄王的信任,当上了一个小官。到三十五岁时,他有了两个孩子,也有了可观的家产:一所整洁漂亮的房子和齐全而精致的家具。公平地说,这些都是他们夫妻两个辛勤劳动得来的,当一个小官的俸禄并不多,如果说国王有时候也给他一些奖赏,那也都是他工作出色的缘故。

许多人都为他的幸福而感到高兴,但是也有一些人对他怀着厌恶和嫉妒之心。在他们的眼中,梅安沾只不过是一个来历不明的奴隶,本应遭受轻视,可相反,他却做了官,有了妻子和孩子,日子过得那么舒畅。他们看到梅安沾这么幸福感到十分难受,就暗暗打算陷害他。

一天,因为家里有事,梅安沾夫妇就多炒了几个菜,请客人和亲朋好友一起吃饭。说是客人,实际上是一些和他一起在朝廷当小官的人。在这些客人中有梅安沾不喜欢的人,但不能只请这个不请那个,所以他就把他们都请来了，谁知就这样埋下了祸根。

在他的家产面前，客人们都交口称赞。为了答复大家的盛情，梅安沾把两手放在胸前说："多谢各位的美言，这些都不算什么，不过是一些传世的东西罢了。"

由于没有人能明白他以前信奉的宗教，所以大家听了他的话，都感到很吃惊。尽管如此，大家在宴会上都没有提这件事，只是高高兴兴地吃喝。

但是，从梅安沾家回去后，有几个坏心肠的客人留心到了梅安沾说的话。他们对梅安沾一向抱有嫉恨之心，这一次他们找到了一个证明梅安沾没良心的证据，因为如果没有国王的恩赐，无论梅安沾怎么手巧也不会有现在的家业。于是几天以后，梅安沾的话就被他们添油加醋地禀告国王了。国王尽管很大度，但是听了之后仍然很生气，便下令把梅安沾投入监狱以待审判。

几天之后，国王在神亭进行审判，梅安沾被带到一个宽阔的大院子里，许多大臣都参加了审判。

当梅安沾跪着抬起头来时，大家看到他举止恬淡，神色从容。这使那些对他怀有恶意的人感到十分生气。在证人陈述了他说的话之后，他的神色和举止仍然没有改变。

一位心肠狠毒的大臣见此情景，再也忍不住了，急忙站出来，企图迫使梅安沾认罪："启禀陛下，梅安沾出身于奴隶，得了恩宠却胆敢忘恩。况且，现在他的态度竟然如此不敬。如今，其罪行昭然若揭，请陛下严厉惩治以维护国法。"

另一位大臣也站出来说："启禀陛下，梅安沾这样是犯了欺君之罪，应当砍头示众。"

国王始终沉默着，一言不发。审判会上的空气十分沉闷，四周寂静无声。文武百官们都面面相觑起来。

一位对梅安沾没有恶意而且平常仗义的大臣站出来说："启禀陛下，梅安沾从前虽然是一个奴隶，但是自从陛下重用他的时候起，他就专心而勤勉地工作，立下了许多功劳。现在他说这样的话一定有其他含义，请陛下明察。"

国王一边倾听一边点头,然后从容地发问:"梅安沾,我一向重才,就是对家里的人也没有私心,这是大家都清楚的。但是为什么你自始至终仍不服气,而这么轻视国法呢?"

梅安沾跪着,小心谨慎地说:"启奏陛下,小臣由于陛下的恩宠,才有今天,岂有忘恩和轻视国法的道理?小臣说是传世之物,意思是说人们今世得到什么是由于前世已撒过种子了。在小臣以前居住的地方,从小到大,大家都是这样学习和修行的。请陛下明察。"

听梅安沾亲口说出了这样的话,国王露出了焦急的神色:难道这事是真的?尽管如此,作为判决者,他还想听一些参考意见。

那两个欲置梅安沾于死地的大臣又站出来,请求国王让梅安沾在大众面前自杀。他们的理由是:"入乡随俗。"

国王漫不经心地听着,突然,他传令侍卫官拿一把剑来。众大臣还在疑惑之时,国王拿着剑端详了一下,说道:"刚才我听了各位大臣的意见,但是法律对每个人都是严明的。如果梅安沾是从小就生长在文郎国的话,那么他现在就应该在众人面前用这把剑自决。但是梅安沾是在别的地方长大的,如果也这样处理就显得我们文郎国太好杀人了。梅安沾,你自己拿着这把剑到荒岛的尽头,在那里你将自取结果,是死是活你不要怨恨我们。如果你还活着,那么,有一天我们将去迎接你。"

大臣们松了一口气。梅安沾叩头谢恩,然后抬起头站起来,走上前领取了剑。他的举止恭敬而且从容大方。说实在的,从过去到现在,梅安沾从来没有害怕过,就像他从来不懂得阿谀奉承一样。当他被卖做奴隶的时候,当他被封官的时候,当他在家中招待客人的时候以及当他被投入监牢的时候,他始终是平静的、坦然的,就像从来没有发生过什么事一样。那些在场的大臣,也是第一次目睹了这样一个有气度的人。

按照国王的命令,三天之后,宫内的人为梅安沾准备了一艘大船,由一员大将带着随从送他到本国最偏远的荒岛上去。梅安沾是否带妻儿去听其自便,但是粮食可以带足够三个月的,另外可以带上锅碗瓢盆和自己的贵重物品。此外,不准带其他东西,至于剑是用来自绝还是防身就由他自己决定。这些都是国王的意思。

梅安沾劝阿波姑娘留下来抚养孩子,然后再嫁人,不必跟着他去,因为一个人在荒岛上生活已经很困难了,怎么还能拖儿带女呢?但是阿波姑娘不听,她说他们夫妻生活在一起很和睦,已经生活了十年,又有了两个孩子,不管是死是活都要在一起,而不能一个走,一个留下来。

不得已,梅安沾听了妻子的话,夫妻二人带着孩子上了船。

船先是在河上航行,然后驶入了大海,整整过了半个月,船才开到了荒岛的码头,也就是今天的清化省鹅山海域。

这真是一个荒岛啊!当梅安沾夫妇带着孩子走上荒岛时,呈现在他们眼前的是嶙峋的怪石和茂密的树林。那里只有汹涌的海浪声和响彻天空的猿啼,真是令人毛骨悚然啊!两个孩子紧紧地抓着父母不放。阿波姑娘犹豫不决地望着丈夫。梅安沾则十分坦然地望着周围的景物,然后安慰妻儿道:"老天总是有眼的。父王和朝廷大臣也会明白我们的。一切该怎样就会怎样的。"

梅安沾拿着剑砍树开路走在前面,妻子扛着行李带着两个孩子跟在后面。他们走了很久,最后来到一大面石墙跟前停下来,决定在这里盖一个小茅棚暂时住下来。就这样,他们盖起了一个小茅棚。梅安沾又在里面用树枝搭起一张床,妻子则去寻找淡水回来做饭。

梅安沾花了三天的时间来了解荒岛。他四处行走,砍树开辟道路,到处都是树木和攀缘的藤蔓。尽管如此,在树木和沙滩交接的地方,竟有几块梯田,还有乌龟、海鳖的足迹和老鼠刨的洞。梅安沾心想:只要坚韧不拔,在这儿是可以长期容身的。

梅安沾从来没有抱怨过什么,也没有怨恨过谁。几天后,他就和妻儿在那里安顿下来,开始编织竹篓、竹篮,做陷阱来捕鱼、捕鸟和野兽。他们的生活好了起来,每天都有鱼肉吃,但要维持吃喝还必须节省。

同妻子和孩子们一起干活、说笑,梅安沾感到心情很舒畅。想到当初妻子执意要跟自己上荒岛的情景,梅安沾心里更增添了对妻子的爱恋和尊重。

看着国王赐给自己的剑,他感到自己没有用它自绝,而是用它来开荒并且开辟新的生活,这对于他自己、妻子和孩子们来说,都是完全正确的,是完全符合名誉和道理的事。虽然他表面上很平静,但内心里时常感到忧郁:找到种子,才是长期活下去的根本。

由于聪明爱动脑筋,他想了想,就明白了许多道理:岛上的树木有的是自古以来就长在那里的,也有的是鸟儿从其他地方带来种子后来长出的。他连忙把自己的想法告诉了妻儿,并且嘱咐他们:当看到鸟儿来的时候,要分外留心它们是否把什么东西扔到地上了。

于是他每天就和妻子、孩子们一边干活,一边看天上有没有什么东西掉下来。他们看了上百次,上千次,甚至上万次,却从没有看见鸟儿带来什么东西。有好几次,两个孩子都厌倦了,梅安沾就安慰他们,跟他们一起玩游戏,使他们高兴起来。

梅安沾他们一家在荒岛上的生活就这么过着,有欢乐也有忧愁,但是他们从来没有绝望过。一个月过去了,两个月过去了,三个月也过去了,由于他们节省,他们带的粮食只消耗了一小部分,照这样下去,他们还能支撑很长一段时间,他们还有希望。

果然,一个充满希望的好时机到来了。

一天,梅安沾一家吃完饭,正坐着喝水,突然一群大鸟从西边飞过来,然后停在海滩上。那群鸟儿一边叫着一边争着去啄什么东西。不能失去这个机会了,梅安沾这样想着,便从屋里捡起一截儿木头冲到外头去,他一边跑,一边使劲挥动木棍,那群鸟儿惊慌地飞走了。梅安沾赶到那儿,看到海滩上留下几个水果的碎片。他捡起来看了看,这是几片像峰州的胡瓜一样的东西,但是它的皮更绿一些,里面的瓤更红一些,而且还有一些黑色的籽儿。梅安沾想:这可能是某种瓜类。

梅安沾认为鸟能吃的东西人一定能吃,于是就把它们洗干净之后,送了一片到嘴里尝尝。他感到一种香甜的味道从舌尖上四溢出来。他把剩下的瓜和撒落在海滩上的籽儿都捡起来,放到衣襟里,包起来,带回家。他让妻子和孩子们吃剩下的瓜,他们吃了之后,也有梅安沾说的那种感觉。

那天傍晚，梅安沾就和妻子、孩子们一起在家门口的一小片地上用剑砍树，刨树坑，整出一块地方来种这个奇异的瓜种。接连几天，梅安沾和妻子、孩子们轮流弄淡水来浇灌种子。七天之后，那垄地上露出了两片小芽。又过了七天，那两片小芽长成了小小的瓜秧。接着又过了七天，瓜秧长大了，在地上长出许多根茎，而且从叶子的旁边长出了一个个小小的瓜来。在这些日子里，梅安沾一家经常给瓜秧浇水、施肥。

那些瓜渐渐地长大了，一天变一个样。开始它们只有玉米粒那么大，后来长成番石榴那么大。过了不久，它们又长得像圆圆的酸杞那样了，最后长得像最大的椰子那么大，十分饱满，还有一层深绿色的皮。这时瓜不再长大了，瓜皮却变得更绿了，同时上面还有一条条淡淡的绿线。在瓜还小的时候皮上长的那层毛现在已逐渐褪去了，取而代之的是几处薄薄的白皮。梅安沾知道瓜熟了，他摘了一个最熟的，用剑切开，分给每人一块，请家人品尝。

每人吃了一片之后，都感到十分香甜，他们感到某种十分清凉而甜甜的东西进了胃里。那种甜味、那种香味和舒服的感觉，就像最初吃沙滩上鸟儿剩下的瓜时一样，但那时是吃鸟儿剩下的东西，多少还有一些缺憾，而现在，是吃自己亲手种出来的东西，那种感觉就更加舒畅了。梅安沾一家感到高兴极了。尽管如此，谁都没有忘记要留下籽儿来。啊，这些给人希望的种子！它们黑黑的，就像番荔枝的种子一样，它们可以保证今后在屋里屋外都堆满瓜，而且可以用来代替饭。

梅安沾深信这一切一定会发生，因为在吃了瓜之后，他感到格外畅快，就像吃了什么补品一样。梅安沾心里暗暗想：这种奇异的瓜必定会给我家带来粮食、衣服和日用品。

他又叮嘱家人，当他们出海的时候，一定要记住向西边走。梅安沾多次观察海面，他感到不论风平浪静的时候还是狂风巨浪的时候，海浪都是拍向西边。这个发现虽然很简单但很重要，因为海浪将梅安沾一家住的地方同陆地连在一起了，陆地上有许多人生活，他们生产粮食、布匹和日用品，正像梅安沾他们一家亲手种瓜一样。于是当第一茬瓜熟后，他就选了三个瓜，在瓜皮上刻了四个人的样子做记号，然后把它们放到海里，让它们漂向陆地。

日子就这样一天天过着,梅安沾一家忙于种瓜,种了一茬又一茬。正像梅安沾预计的那样,屋里屋外都堆满了瓜。他们吃饱了瓜,每天只需要吃一半的粮食就行,而且感到很健康。同时,梅安沾还是不断地在瓜皮上刻上四个人的样子,把它们放到海里,让它们漂向陆地。

　　果然,正如梅安沾预料的那样,一天,有一艘船开向荒岛来了。人们是认出了信号而来的,人们带着稻米和布匹来换取瓜。从此以后,通过这样的交换,梅安沾一家的生活物品完全充足了,再也不用担心粮食和别的必需品了。

　　再说雄王十七世,自从那天把剑交给梅安沾让他去荒岛上自决生死以后,有时候想起来,他心里总感到十分郁闷。如果当时不是几个大臣极力诬陷梅安沾犯了死罪的话,他是不会判梅安沾那么重的刑的。一边是自己的养子,一边是国法,他必须显得公平才行。尽管如此,他相信梅安沾是一个充满才智的人,他希望还有机会能迎接梅安沾回来。

　　一天,雄王让人准备了一艘大船,带上充足的粮食、衣服和日用品,由先前的那员大将带领着,扬帆出海,驶向荒岛。

　　当船到了海边停下来休息,准备蓄精养锐以待第二天进岛时,士兵们看见海边的集市上在卖一种从未见过的瓜。将军让士兵们去买瓜并询问卖家那瓜是从哪里弄来的。当得知瓜是从荒岛上的梅安沾夫妇那里交换来的之后,将军和士兵们都很高兴,第二天,他们就扬帆前进,驶向荒岛。到了那里,他们果然看见了梅安沾夫妇的家业,他们美美地吃了一顿瓜,大家都十分高兴而且都很佩服梅安沾。而梅安沾仍然像以前那样平静。

　　将军传达了雄王的命令,然后帮着梅安沾收拾好行李物品,并把瓜运到船上。半个月后,他们回到了京都,所有回来的人都去面见雄王。

　　当被问及荒岛上的生活时,梅安沾用十分尊敬的口吻回答了雄王,他原原本本地讲述了事情的经过,讲的时候既没有流露出怨恨的神色也没有什么喜悦的表情。雄王一面看着自己的养子,一面想:梅安沾以前说的是实情,他并没有轻视君王的意思;"传世之物"的意思就是善有善报,恶有恶报,但是,天下没有几个人能明白和相信这个道理。

在梅安沾回到峰州后的第一次招待会上，来了许多人，包括文武百官，雄王让人把瓜打开请到会的人吃，又命人将剩下的瓜送给那些没来参加招待会的人。雄王的决定正好表达了梅安沾的愿望：他也希望人人都尝尝这新奇的瓜，而且，从此每家都有种子来种它。

大家一边吃，一边交口称赞。雄王问梅安沾瓜叫什么名字，梅安沾站起来回答说："启奏陛下，当有人带着东西来交换此瓜时，小臣就把这瓜称作'西瓜'。下臣之所以这么称呼，是因为最开始的种子是鸟儿从西边带来的。"

雄王听了，想了想，说："从西边来也就是从大陆来，可是为什么从古到今从来没有听说过有这种瓜呢？如果是从西边的某个国家来的，难道我们不可以用那个国家的名字来称呼这种瓜吗？"

在场的人想了很久，但大家你看我，我看你，都默不作声。过了一会儿，一位诚实而直率的大臣站起来说："启奏陛下，臣以为还不如按照它的特征来取名。这种瓜吃起来又甜又清凉，是因为它里面有很多水分，因此，臣以为可以称它为'可口瓜'。"

雄王摇摇头说："这个名字只说对了一部分含义，但听起来没什么感情。我认为可以称之为'透瓜'。'透'的意思是说当我们吃了它之后，那甜味和清凉的感觉就仿佛深深浸透到我们的肝肠里了。'透'也可以警醒大家，从今以后要透彻地明白梅安沾的冤屈。此外，'透'还可以提醒人们在说话和做事时，必须前前后后思考透彻。"

听雄王这么一说，文武百官都沉寂下来了。他们都从心眼儿里佩服雄王的英明，因为他们想起了几个月前，正是雄王判决梅安沾带着剑自决生死才有了今天的瓜。

从此以后，梅安沾带回京都的瓜种就在全国遍地种开了，并且这种瓜就取名为"透瓜"。但人们传着传着，就说成了"侯瓜"。

而清化省鹅山地区的人们一直把它称为"西瓜"，用以纪念这位首先种植并为这种瓜最先起名的人。

在荒岛上，梅安沾首次得到瓜种的地方被取名为"安沾滩"。梅安沾一家以前盖的房子被人们建成一座庙,以便世世代代纪念这位"西瓜始祖"。

在荒岛上,梅安沽一家走后又有许多别的人去居住。他们建成了村落,而且继承了梅安沽种瓜的职业。随着时间的推移,这个村子的人越来越多,也越来越热闹,后来,这个村子就取名为"梅安沽村",并一直沿用到现在。但为了避讳始祖的姓名,人们只称它为"梅安村"。

粽子的来历

　　与中国一样,春节是越南民间最盛大的节日。按照越南的传统习俗,春节期间,家家户户要吃糯米粽子。这种粽子个头很大,内有肉、豆沙、葱等,形状有方形和圆形两种,取自古代天圆地方、天地合一的含义,象征风调雨顺、五谷丰登、大吉大利。粽子是越南春节必不可少的传统食品,说起这春节吃粽子,越南还有一个美丽动人的传说呢。

　　雄王六世在打退了瓯国侵扰,保持了国家的稳定之后,就着手选拔继承者。雄王有许多妻子,妻子们总共生了二十二个儿子。那时候,孩子多意味着兴旺,但是,也正是因为这样,要选择一个继承王位的人就十分困难了。

　　雄王是一个英明、勇敢的国君,他从战争中吸取了具有历史意义的经验教训,那就是作为一国之首,必须德才兼备、品德高尚。只有这样的人,天地才会包容,人心才会感服,也只有这样的人才能有足够的力量担当起重任。因此,雄王认为不能像以前那样把王位传给长子了。在众多的儿子中已经长大成人可以交付重任的也不少,但是很难区分出谁是德才兼备的人。到最后,雄王已经年迈体弱了,但还是没有选定一个人,于是他传令组织一场比赛来选继位的人。

　　雄王认为高尚的品德是最重要的,因此,继位的人必须是一个对天地、对祖先、对父母有孝心的人。有这样的孝心,天地才会包容,人心才会感服,才能集中力量办好国家大事,也只有这样,才能取得成功。这种孝敬之心,按照雄王的意思,应该就像过新年时供奉给天地、祖先的祭品一样,首先用来祭祀,然后父母和大家一起分享。

　　雄王有了这样的想法之后,就决定:在新年的第一天,让皇子们每人准备一盘礼物。通过这盘礼物就可以看出他们的品德和才能了。谁拿出最好的礼物,谁就有资格成为继位者。

雄王提前三个月就颁发了命令，以便皇子们有时间准备。

　　在得到父王的命令之后，皇子们便争相准备起来。他们中的绝大多数都认为用来供奉的礼物应该是珍稀、奇特的礼物。如果能弄到许多珍稀的东西就证明自己是一个有诚心而又有才能的人，也就有资格继承王位。

　　虽然都是皇子，但是并非人人都有财有势。皇后和那些乖巧的皇妃就想办法赢得雄王和大臣们的心，以便日后得到荫庇，而皇子们则派家丁四处收买珍奇的物产。那些钱多的人不论多贵的东西都毫不犹豫地买下来，而那些钱少的人则一边买，一边自己带领家人四处去寻找、搜求合适的礼物。一场比赛就这样沸沸扬扬地展开了。成群的人带着弓箭和棍棒上山了，又有成群的人扬帆下海了。那时候，虽然人们已经知道了一些只有王公们才偶尔能吃到的稀有而珍贵的食品，如海参、燕窝等，但是他们的烹调技术十分有限，只会简单地剁成几块，撒上盐晒干，还不会把它们做成点心。皇子们费尽心力去寻找珍贵的东西，虽然表明了他们的孝心和才智，但无形中已经犯下了一个严重的错误，那就是他们忽视了广大老百姓的饮食需求，而恰恰是这种需求才是保持国家稳定的必要基础。他们没有像他们的父王那样从击退瓯国的战争中得出那种清醒的认识。

　　有二十一个皇子和他们的家人都朝着同样的方向行动了。只有十八皇子的想法不同，很独特。

　　这位皇子名叫阿柳，刚刚成年，有自己的家庭，但是并不富裕。他很小就死了母亲，一直同奶妈生活在一起。如果说其他皇子从小就得到细致的照顾、严格的教育，那么十八皇子则被照顾得马虎，管束得松一些，正因为如此，从小他就经常玩一些泥沙游戏。由于他从小聪明，有头脑，有创意，因此那些泥沙游戏也给他带来了许多乐趣。那些泥巴一会儿被他捏成方的，一会儿捏成圆的，一会儿捏成锅，一会儿捏成各种动物。

　　随着年龄的增长，十八皇子变得越来越聪明伶俐。他认识到当稻米煮熟成了米饭时，最下面靠近底部的部分就会形成一个锅的形状。他还知道当饭熟了而且还是热的时候，可以把它捏成各种想要的形状，就像用泥巴玩的那些游戏一样。这样的认识虽说很简单，但对他即将要做的事很有帮助。

当其他皇子专心上山下海寻找奇异的东西时,十八皇子却从容地坐在家里。他知道如果自己也像其他皇子一样,就一定会输。他怎么会有那么多钱财和家丁来同那些富有的人比呢? 他很明白父王的心思,他想:这个比赛主要是斗才斗智,而不是斗财斗势。父王有那么多财宝和将士,哪里还需要他的儿子们带着财物和家丁来比试呢?

当时的人们认为天是圆的,地是方的。十八皇子通过认真思考,明白了如果要孝敬天地和祖先,就要用一种既像天地的形状又是天地间的物产来做贡品。因此,这种食品就必须包裹或者捏成圆形和方形,就像他从小用泥巴做的东西一样,而现在是要用食品来做,不是用泥巴。那么,这种食品是什么呢? 将用什么来包制呢? 那时候,饼这种食品还没有出现。

在那些可以用来包裹或者捏的食物中,皇子阿柳想到了稻米,米做成饭后就可以按照意愿被捏成各种形状。但是在粳米和江米中间选择哪一种米呢? 只稍微比较了一下,皇子就感到自己应该选择江米,因为江米又香又甜,做成饭后还比粳米有韧性。

象征着地的食品的形状自然也应该呈方形。这种形状可以用包大米的方式造出来,当米熟了后就可以把它包成想要的样子。用来包的叶子可以选用香蕉叶或黄精叶,这两种叶子既易得到又没有毒。但是香蕉叶比黄精叶容易破损,因此他选用了黄精叶。至于包的线则选用江竹篾,大家都知道江竹的篾是最柔软的。

当用黄精叶包好的米煮熟的时候,叶子的绿色印在米的外层。这种礼物有两个特点:剥开叶子后既呈方形又有绿色,并且是生长在地面上的植物的绿色。

皇子接着想,土地提供稻米来养活人类,在地上还有成千上万种野兽和植物也可供人类食用。因此在米里面必须包有象征这些食物的馅,而且这些食物必须是有代表性的。

这样想了之后,皇子决定选用猪肉、葱和绿豆来做馅,因为这三种东西又香又甜,十分可口,而且它们是地上的物产中的代表。把它们同江米饭一起吃口感极好,胜过单吃江米饭。

做完了这种象征土地的食品后，皇子阿柳又开始思考怎么做象征天的食品。

　　天是穹隆状的，可以从一个点上观察，然后辐射到四周。这样，象征天的食品底部就必须是平的，而上面呈穹隆形，也就是半圆形。天没有绿色，因此不能用前面的那种叶子包，因为它会染色的。而且，半圆形不能用叶子包出来，而只能用手捏出来，就像他小时候玩泥巴一样。

　　江米蒸成饭后就可以捏成半圆形，但不够油滑，不足以代表天。想要米光滑就必须舂一下，舂完之后再捏就光滑了。

　　因为天常常是笼罩着地的，因此在代表天的食品中必须有一种代表地的食品。这个代表，阿柳选择了绿豆。因为江米要舂，所以绿豆也要舂，以便显得光滑。而且豆有香味，同江米一起吃起来更有味道。

　　由于天是纯洁而明亮的，因此只需用光滑的江米裹上绿豆就足够了，不需加上葱和肉之类的东西，要不然，反而毁了它的清纯。

　　江米蒸熟舂过之后，再放入舂过的熟绿豆。然后把它揉成圆形放到一片香蕉叶上，过一会儿，它自然就形成了下面平上面圆的形状，也就是天的形状。

　　皇子阿柳想好了要做这两种模仿天、地的形状的食品后，他把自己的想法与妻子和家人商量，然后大家就一起准备起来。由于江米、绿豆、猪肉、葱、黄精叶，都是家中有的东西，即使没有，也很容易弄到，因此，大家都兴高采烈地干起来。

　　材料准备齐全之后，阿柳就动手做起来，他一边做，一边教大家做，然后大家一起做。做起来并不难，只需要把东西洗干净，做的时候小心点，再加上一点技巧就能做成了。

　　正好到了除夕那天，皇子阿柳的两种食品都做好了。但是把它们称作什么呢？不能叫江米饭，再说也不像。皇子想啊想，最终决定把它们命名为"粽"。象征地的叫"方粽"，因为它代表了地上的一切事物。象征天的叫"圆粽"，因为它圆满得像苍穹一样。

　　于是他完全放心地等待着大年初一的早晨，那时他将带着礼物去供奉天地、祖先，并且同其他兄弟们比试才能。他并没有抱定必胜的希望，只希望父王能明白自己做这两种糕点所想表达的心意。在他的内心深处只想到自己表达了完整的孝敬之心，自己会感到无比坦然。

大年初一那天清晨，天刚蒙蒙亮，二十二个皇子和家人们就带着礼物来到南郊坛①参加祭天仪式。在礼台的周围，站着手执着长矛的士兵，气氛十分庄严肃穆。雄王和文武百官都穿着礼服，皇子们也是如此，而普通老百姓则穿着五颜六色的衣服。京都峰州历年来的新年初一还从来没有像这天一样热闹过。

仪式进行的程序是这样的：先是举帽大礼，接着是考察皇子们的礼物，然后聚起来讨论、做决定，最后公布结果。

雄王行完大礼后，就和大臣们一同来观看皇子们的礼物。皇子和大臣们围坐成一个圈，民众则在外面围坐成一个圈，他们都十分紧张地盯着雄王的一举一动。每次看到雄王点头或摇头，人群里就传来一阵窃窃私语。

雄王，这位刚刚打完仗的领导者也是头一次看到这样的情景。他走过那些华贵的礼物，露出坦然的神色，但当走到十八皇子的礼物面前时，他和大臣们都不禁停下了脚步。呈现在他们面前的是他们从来没有见过的东西，更使他们奇怪的是其他二十一个皇子放礼物的大盘子里堆满了碟子和碗，而这个盘子虽然也放满了，但是只有两种东西，一种敞开着，另一种包得紧紧的。

雄王立刻传诏十八皇子来问个究竟。

同前面只尝一点就作罢相反，这次，雄王让皇子阿柳把粽子打开，请大家一起吃。这实在是给皇子阿柳带来了一个取得支持的良机，因为那时雄王和大臣们都饿了，他们各吃了一个方粽和圆粽后，感到越吃越好吃，而且那种香味也十分熟悉。而前面吃的那种山珍海味，贵重是很贵重，可是他们以前都吃过，现在不需尝就知道是什么味道了。

雄王对十八皇子的礼物十分满意，但他什么也没说，到最后同大臣们会

①南郊坛是古代越南都城祭天的神坛，相当于中国北京的天坛。

聚起来商量时，他仍然保持沉默，先听大臣们的意见。但是那些大臣绝大多数都是代表富有皇子的利益的。有人说大皇子最有资格继承王位，因为他的礼物最好吃、最奇特。有人说二皇子的礼物也不错。而第三个人则振振有词地说三皇子的礼物才是最好的，因为他有一些特别珍稀的食物，而且这些食物是其他皇子所没有的，等等。在商议会上，争论十分激烈，大家各执一词，互不相让。

雄王仔细地听了各方的意见，但是感觉没有一个人同自己想的一样。最后，他站起来，雍容大度地说："刚才我听了诸爱卿的意见，感觉你们说得都有道理。各位皇子都不辞辛劳地准备了很好的礼物。谁都想通过这些礼物表明自己的孝敬之心和才智。尽管如此，我感到皇子阿柳的礼物最好。孝敬天地就把礼物做成天地的形状，而且在里面包上天地间的产物，我感到这既表明了诚心又有深远的意义，而且吃起来很香，我感到再没有更好的了。作为人子，无论穷还是富，都要对天地、祖先和父母有孝敬之心。像皇子阿柳这样使用江米、猪肉、绿豆和葱来做糕点，都是一些香甜可口的东西，也都是一些人人能弄到的东西。逢年过节的时候，如果大家都做这样的糕点，那么全国的人都可以拥有这种既周到又可口的礼物了。"

听了雄王的一席话，会场上一时鸦雀无声。那些刚刚还极力为自己支持的皇子说话的大臣，此刻都感到十分窘迫。雄王的话合情合理，无法反驳，而且不存在偏袒之心。到了午时，在南郊坛上，雄王隆重宣布了比赛结果和继承王位的皇子的名单。骚动的兵士和人群立刻安静下来听雄王讲解用糕点来象征天和地的意义和方法。当皇子阿柳走上祭坛时，四面八方响起了雷鸣般的掌声。雄王六世的英明和才智及那令人佩服的品德终于有了继承人，而且他一定会不负众望。

等到欢呼声稍微平息了点，雄王又郑重地宣布："我命令从今以后，每逢过节的时候，每家每户都要做这两种糕点来答谢天地之恩，供奉祖先。有了这样的孝心，天地才会让我们风调雨顺，避免天灾和疾病；祖先才会保佑我们，帮助我们。"

几年之后，雄王驾崩，皇子阿柳正式即位，他就是雄王七世，号为雄昭王

（"昭"是"柳"的变音）。在其他二十一个皇子中，有的十分佩服新雄王的德行和才能；有的则暗含嫉妒之心，他们派家丁砍树回来在自己的土地上做了一圈篱笆，自立门户。

雄昭王是一个谦和而又有才智的人，听到这个消息，他显示出了惊讶的神色，却没有派兵去镇压。到了过节的时候，他还派大臣们带着礼物逐个赠送给这些皇亲。礼物中有酒、槟榔和粽子。就这样过了三年，那些篱笆丝毫无损，皇子们这时都感到悔恨，再也不让家丁们去砍树回来做篱笆了。

像雄王六世一样，雄王七世也是一个明君。他的后裔一直继承王位，直到雄王十八世时才终止。

稻 穗 夫 人

从前,在一个村子里出现了一件很奇怪的事:每到收获时节,人们每天干完活回家休息时,总看见一个鹤发童颜的老婆婆来到地里。她从远处的一个山丘那边出来,手里拿着一个竹篮,走过一片又一片稻田,一边走一边弯腰捡着什么。到天快黑了,她就拿着竹篮回去了。有的人很好奇,想到近处去看看这个老婆婆是谁,在干什么。但每当快接近时,就发现老婆婆又在很远的地方,只能看到她的身影,就是不能接近她。晴天是这样,下雨天也不例外,人们在村子里总能看到老婆婆那弯着腰的身影,但就是没有人能看清老婆婆的真面目。

村里有一个年轻人决心要搞清楚这个问题。他想:这个老婆婆也许不是凡人,所以凡人不能靠近她,只有神仙才有办法解开这个谜。于是他就到村里供神的庙里去算卦,求神仙指点。神仙果然告诉他怎么做才能看到凡人看不到的事。为了保险起,这个小伙子还叫上了村里的一个长者,两人一块上路了。

他们向老婆婆出现的那座山丘走去。他们知道绕过山丘以后,是一片平坦的山间盆地。但是这次他们走到那里,却发现在平地上出现了一座很大的庄园。庄园的门大开着,从外面看去,可以看到里面人来人往,还传来一阵歌舞声。他们屏住呼吸,蹑手蹑脚地走进门,想看个究竟。身边的人好像都没看见他们,仍然干着自己的事。他们看到院子里有很多谷垛,谷子堆得满满的。老头拿了一粒放到嘴里尝尝,看是不是真的谷子。结果发现这种谷子虽然颗粒较小,但嚼起来却很香甜,是上等的稻谷。

两人继续往里走,看到正屋中间摆着一张椅子,两边是两行桌椅,摆得整整齐齐。屋里有几个姑娘在说话。这时,屋外有动静,进来一个人。小伙子和老头一看,正是在田里出现过的老婆婆。老婆婆拿着一竹篮的稻谷进了屋。两个姑娘赶紧上前迎接，说道："妈妈回来了。今天妈妈捡到不少呢！"老婆婆点点头，径直走到屋中间的椅子上坐下，开口问道："孩子们都到哪里去了？过来把今天干的活都仔细地跟我说说。"

不一会儿，从里屋走出一群姑娘，她们到自己的座位上坐下。一个姑娘说道："妈妈，今天我捡了一大斛呢！"老婆婆问："你在谁家的田里捡的，捡到那么多？"姑娘回答说："我在阿加的田里捡的。他家地不大，但他割稻子割得很马虎，在稻秆上还留着很多稻穗。稻子捆得也很不细心，一挑起来就有很多稻秆往下掉，后面的人也不愿捡。所以我捡到了很多他们都不要的稻谷。"老婆婆听完后点头说："你这样做就对了。阿加也是不应该，现在有饭吃，就忘了以前什么都没有的日子。不珍惜老天赐给的东西，是不会有好结果的。"

阿加就是那个老头的儿子。老头在旁边听着老婆婆责骂自己的儿子，听得脸直发红，差点就忍不住要走了。旁边的小伙子赶紧把他拦住，让他安安静静地听完再走。接着，其他姑娘也向老婆婆讲自己干活的情况。原来她们都到田里捡稻穗了。正是由于村里的人不爱惜粮食，收稻子的时候随随便便、马马虎虎，才让她们捡回了这么多稻谷。

姑娘们说完后，老婆婆说话了："孩子们，你们看，一粒稻谷掉下来人们不以为然，但是这两年来，我们把这些掉下来的稻穗捡到一起，就有了我们现在的这么几个大谷垛。明天你们继续去捡稻穗，我到天上去向掌管农业的神说说，明年歉收一年，让这些人尝尝自己种下的苦果。"

小伙子和老头听老婆婆这么说，非常担心，如果真的歉收一年，那就糟了。幸好这时一个看起来年龄最大的姑娘说话了，她劝阻老婆婆说："我求妈妈先息怒。这些人的确是不爱惜上天赐给的东西，但仔细想想，我们去捡稻穗的人家大部分都是一些生活较为富裕的人家。但是在村里还有不少人家生活很困难。昨天我去捡稻穗的时候，看到村头有几个穷人家的小孩正在富人家的稻垛旁捡那些别人遗漏的谷子。如果明年收成不好，这些穷人家日子就没法过下去了。求妈妈再仔细想想。"

老婆婆沉思了一会儿，说道："你说得也有道理。但还是要想办法让这些村里的人知道他们不对的地方。要不这样吧，明天小青和小莲变成两个小孩，唱几句歌谣给人们听，让他们明白道理，认识到自己的过失。我给他们一年的时间改正。如果下一年他们还是这样浪费粮食，我绝不会放过他们。另外，咱们家里的这些稻子是经过咱们自己培育的好稻子。你们把这些稻子拿去送给穷人，这样他们的收成就能好点儿。"

老婆婆说完，周围的姑娘们都连连点头称是。她们齐声唱道：

> 不论晴雨，辛勤耕种；
> 终有一天，稻谷成熟。
> 粒粒稻谷，汗水换来；
> 暴殄天物，必遭天谴。

在旁边偷听的两人到这时才松了口气。在捡稻穗的老婆婆和她的女儿们提到的浪费粮食的人家里，就有他们自己的家庭。他们真是害怕会受到惩罚。但是他们更感到惭愧，因为自己不懂得珍惜用辛辛苦苦的汗水换来的粮食。姑娘们最后唱的那几句话一直在他们心头萦绕。他们心事重重地走了出来，甚至忘了这不是人间，他们已经偷听了神仙说的话。尤其是老头，心里更难受。他低着头，拖着沉重的步子往回走。这时，仙女们听到了重重的脚步声，那座大庄园突然不见了。两人再回头看时，老婆婆和仙女们都不见了。

这时，他们才幡然醒悟，明白了整个事情的经过。他们赶紧回到村里，向人们详细讲述了自己看到的和听到的事。人们听完后，仔细回想起来，发现自己或多或少都有过不珍惜粮食的行为。大家纷纷表示要改掉这个不好的习惯。

不久之后，村头出现了一个粮垛，稻谷颗粒较小，但有一种香味。村里人知道这是给穷人家的稻种，所以称它为"仙稻"。至于那位拾稻穗的老婆婆，人们就尊称她为"稻穗夫人"，代代供奉。

状元阿琼

阿琼从小就非常聪明，脑子很机灵，常常有很多玩耍的好点子，因此孩子们都把他奉为孩子王。他的名声很快就传遍了全国，连皇帝都领教了他的厉害。他的学问也很深，写诗、对对联都没有人能比得上他，他却不去考功名。虽然这样，老百姓还是很喜欢他、佩服他，称他为"状元阿琼"。在民间，流传着很多状元阿琼的故事。

晒 书

在阿琼住的村里，有一个非常有钱的财主，一个字都不识，却偏偏要装出一副有学问的样子，时不时地到阿琼家借书。阿琼很厌恶这种人，不愿把书借给财主。但这个财主总是厚着脸皮，硬要把书拿走，还把书摆到自己家里的架子上，来装装样子，骗骗人。

一天，天很热。阿琼光着上身正在家里看书。这时，财主又跑来了。他还在院子外，阿琼就听到了他跟邻居的说话声，说是来拜访状元阿琼。阿琼很生气，决定治一治这个财主。阿琼赶紧跑到院子里，躺在吊床上，等着财主进门。

财主进来了，阿琼还是半闭着眼睛，光着身子躺在吊床上，动也不动。财主正要进门，看到阿琼一动不动，就咳嗽了一声："状元公啊，看到客人进门，也不招呼一下。这么热的天，还躺在那儿晒太阳，要得病的！"

"得什么病呀！我在这儿晒书呢！"

"晒书？晒什么书？"财主惊讶地问道。

"对呀。太阳这么好，我出来晒晒书，免得书受潮了生虫。"

"但我没看到书呀！"

"书在我肚子里呢！"阿琼得意地说。

财主知道阿琼这么说就是赶自己走了。书都在阿琼肚子里，怎么还能拿出来借给别人呢？财主只好悻悻地回去了。

过了几天，财主派人来请阿琼到自己家去玩。阿琼知道这个财主肯定有什么鬼把戏，就想去看个究竟，看财主到底想干什么。到了财主家，还没进门，阿琼就看到财主躺在吊床上，肚皮朝天，也在晒太阳。

阿琼说："啊，今天你也在晒太阳啊！"

财主打定主意要捉弄一番阿琼，以洗刷前几天被阿琼拒之于门外的耻辱，所以财主也是在那儿躺着，一动不动，对阿琼说道："是啊，天这么好，我也把书拿出来晒晒，免得生虫。"

阿琼马上接着说："瞎说，你的肚子里哪有什么书呀，还怕生虫！怕只怕你肚子里塞得太多，消化不了，会把你噎死！我从来没听到你的肚子里有翻书声，好像只有那些鱼呀、肉呀，挤在你肚子里，现在发出拼命要逃出来的叫声。"

财主被阿琼讽刺得说不出话来，脸上一阵红一阵白。他说不过阿琼，只好请阿琼进门。没想到阿琼根本就不领情，高声地说道："不敢，不敢，等下次吧，你正忙着晒书呢，我哪能打扰呢！"说完就回家了。

石 头 芽

皇帝在皇宫里天天吃山珍海味，渐渐地得了一种怪病，不管吃什么也不觉得好吃，肚子什么时候都是胀的，不知道什么是饿，什么东西也不想吃。大夫也看了，药也吃了，但就是治不好。

一天，皇帝向阿琼说起这个病，看阿琼有什么办法能治好。阿琼听皇帝说完，低头沉思了好一会儿，终于抬起头来，问皇帝说："皇上，你吃过'石头芽'这道菜吗？"

"'石头芽'？这是什么菜呀？我从来没听说过啊。如果你知道在哪儿有，能找来给我尝尝吗？"

阿琼回答说：“没问题，这是一种味道很美的菜，只是煮起来颇费工夫，所以得到明天才能做好。我敬请皇上明天早上到我家里去吃‘石头芽’。”

　　第二天一大早，皇帝就到了阿琼家，等着吃这道从来没听说过的“石头芽”。但是等了很久，菜还是没端上来。阿琼则一直在厨房里待着，好像很忙的样子。

　　等啊等，都过了中午，皇帝还没看到这道菜。但是这时候，皇帝的肚子已经很饿了，饿得咕咕直叫。皇帝去催阿琼，阿琼总是说“就快好了”，却总不见什么动静，好像一点也不着急似的。皇帝急了，只好责骂阿琼说：“怎么搞的，要这么长时间！我的肚子都饿坏了。”

　　阿琼说：“我已经说过要做好这道菜颇费工夫嘛！要不这样吧，皇上先吃点别的东西垫垫肚子。来人啊，给皇上端些吃的上来！”

　　家人早已按照阿琼的吩咐，准备好了一些饭菜。他们端上来一个大托盘，盘里只有一碗饭、一碟空心菜和一个瓦罐。瓦罐里不知道装着什么，罐子外面写着两个字：大风。皇帝也饿了，顾不得那么多，连忙吃了起来。阿琼舀了一点“大风”到皇帝碗里，请皇帝用空心菜蘸着吃。没想到，空心菜蘸这个“大风”非常可口，皇帝赞不绝口。皇帝吃完一碗，又要了一碗，才觉得饱了，肚子胀起来了。皇帝很满意地问阿琼：“这道菜肯定就是‘石头芽’了吧？这比我以前吃过的任何山珍海味都要好吃啊！”

　　阿琼突然哈哈大笑起来，笑得皇帝都不明白为什么。只听阿琼说道：“启奏皇上，石头哪里会有芽呢？即使石头真的有芽，就算‘石头芽’再嫩，也没有办法能把石头煮烂呀。只不过是皇上以前山珍海味吃得太多，所以才会觉得什么菜都不好吃。其实今天，我让皇上等这么久，根本不是为了煮什么‘石头芽’，而是等皇上的肚子饿了，想吃东西了，这样才觉得好吃啊。我让皇上饿肚子，实在有罪……”

　　皇帝赶紧拦住阿琼，说：“那不是你的罪过。我明白你的用心。现在我只想知道，那个‘大风’不是‘石头芽’，那又是什么呢？”

　　阿琼老老实实地回答说：“那罐‘大风’其实就是蘸酱啊。皇上看来很久没有吃百姓的饭菜了，连蘸酱都不认得了。”

皇帝一想，是啊，自己怎么就连蘸酱都不认得了呢？看来自己的确要吃点民间的粗茶淡饭了。

长　寿　桃

一天，皇帝请阿琼到皇宫参加宴会。宴会上，有人献上一盘桃，说是"长寿桃"，吃了以后能长寿，祝皇帝寿与天齐。阿琼看到那些桃又大又红，拿起一个就吃。当时皇帝和文武百官都在，大家都看到了阿琼吃了一个献给皇帝的"长寿桃"。官员们想：好啊，这次阿琼是不想活了，竟然敢吃皇帝的"长寿桃"。而皇帝因为以前被阿琼捉弄过好几次，也想找机会治治阿琼的罪。现在看到阿琼竟敢如此大胆，觉得机会来了。于是皇帝大怒，对阿琼说道："你好大的胆子！我还没吃呢，你竟敢先吃我的桃！你等着被杀头吧！"

可是阿琼没有一点害怕的样子。他跪下对皇帝说："启奏皇上，我知道没有得到您的许可，就吃掉了您的寿桃，的确是死罪，把我处死，的确没有冤枉我。但我死之前只有一个请求，如果这个请求能得到满足，我死也瞑目了。"

皇帝说："你有什么请求就说吧，只要我能做到，就答应你。"

阿琼说："我只请皇上在砍我的头之前，先定献桃人的欺君之罪。"

"为什么？"皇帝一愣。

阿琼正色道："启奏皇上，每个人都希望自己能长生不老，所以我一听说吃了这些桃就能长生不老，就忍不住吃了一个，希望自己也能够长寿。但没想到桃还没到肚子里，砍头的刀就要架在脖子上了，所以我想：这些桃不是'长寿桃'，而是'短寿桃'才对。献桃的人竟敢这样欺骗皇上，应该定他的罪才是。"

皇帝听完，虽然心里很生气，但是又辩不过阿琼，只好免去了阿琼的罪。

九　兄　弟

　　从前,在一个山村里住着一对家境贫寒的夫妻。他们过着食不果腹、衣不遮体的生活,顿顿靠稀饭野菜充饥,天天穿着补丁摞补丁的衣服。但是,他们不乏仁爱之心,夫妻俩经常互相提醒要多行善事。

　　在干活回家或赶集的路上,看见失物,夫妻俩从不捡拾。丈夫会对妻子说:"人家丢掉的东西就原样放在那儿,一会儿人家肯定会回来找。如果我们拿走了,那人家上哪儿去找啊?"

　　干活时看见牛吃了地里的稻谷、玉米,他们也只是把牛赶开,而不用石头打或木棍戳,怕打疼了牛。妻子会对丈夫说:"牛也像咱们一样知道疼。如果我们被石头打中头,也会疼的。"

　　看见路上成群的蚂蚁,他们不会踩死一只。夫妻俩互相告诫说:"蚂蚁们相亲相爱,觅食也是成群结伴而去。咱们不能伤害它们。"

　　因为他们为人善良,所以天神赐给他们九个男孩儿,孩子们个个都胖墩墩的,健康可爱。夫妻俩给他们分别取名为:莫侬、岱侬、高兰、赫蒙、倮倮、侬、瑶、芒、京。

　　看见九兄弟每天从早到晚快快乐乐地跟着父母松土锄地,辛勤劳作,人人都说这夫妻俩是善有善报。

　　当九兄弟长大成人后,他们的父母相继去世了。他们九个人互相关心,互相爱护,共同生活在一起。每个人都继承了父母的秉性:善良、行善举、尊敬爱护人们、怜惜动物。

　　一天,天气很闷热。不知从哪飞来了成群的白蚁,遮天蔽日。白蚁降落到各家各户,爬得到处都是,白花花的一片,人们都无处落脚。白蚁到处乱飞,有的落在床上,有的在饭桌上爬来爬去。见此情景,家家户户都开始拍打白蚁,白蚁死伤无数。许多家都把死白蚁成筐地装在一起,倒出来喂鸡吃。

只有九兄弟家没有打死一只白蚁。哥哥对弟弟们说:"这种带翅的白蚁飞来还会飞走的,不会留在这儿。老人们常说,白蚁这样飞是天气有变的征兆。"

成群的白蚁在九兄弟贫穷的家里爬来爬去,白花花的,爬满了每一个角落。但是,果真过了一阵,它们就都飞走了,一个也没留下。屋里院外又像从前一样干净了。

第二天,一个满头白发、须长两拃、神采奕奕的老人来到九兄弟的家。老人说:"我是飞蚁之祖。昨天我的士兵在进行演练,它们飞进了我们挑选出来作为练兵处的山谷中的一些人家。但是这些人家的人心肠歹毒,不容我们,狠心地打死了我许多的士兵。只有飞进你们家的士兵没有损失一兵一卒。但是总共活下来的只有十分之三,十分之七都被打死了。今天,我来是要谢谢你们九兄弟。你们想要什么谢礼,请尽管说。"

九个穷兄弟恭敬地向老人俯首问好,并请老人坐下。然后大哥笑着对老人说:"从出生那天起,我们就以父母为榜样来处世待人,只做善事,从未伤害过一只动物。因为动物和人一样,每天为了生存而劳累,昨天的那群白蚁肯定也如此。您说要奖赏我们是吗?我们只希望有强壮的身体,自己劳动养活自己。"

蚁祖郑重地说:"普天之下,你们最有仁爱之德,我告诉你们一件大事:不日会天降大雨,大地将被洪水整个淹没,你们最好造一个大竹筏,等洪水来的时候,你们都上到竹筏上去,这样才可以活命。你们记住,随身要带着大米、玉米、衣服等,以便在竹筏上的一段时日你们能有的吃、有的穿、有的用。你们还应该在竹筏上再建一个坚固的小草棚。我想送给你们金银珠宝,你们不要,你们想有健壮的身体,自食其力。我满足你们的愿望。"说完,老人拿出九片药,让九个兄弟吃下去。九兄弟感谢老人,老人笑着与他们告别,转眼之间便消失不见了。

听了蚁祖老人的话,九兄弟如实地告诉村民们这个坏消息,并邀请乡亲们一起做准备。但是,村里人都觉得这件事太可笑,谁都不相信。有人还讥讽说："这烈日当空的却说要下大雨,说起来也真够可笑的。"

村里的几个长老沉吟、思索着说："这九个年轻人一年到头只知道行善积德,从未胡言乱语过。难道他们得到了神启不成? 咱们最好仔细问问,还是小心为妙。"

有几个年轻人打断了老人的话,说："各位长老,你们的岁数比他们大三四倍,还怀疑什么? 这烈日炎炎的,只会有旱情,怎么会有大水灾呢?"

人们议论来议论去,最后没有人再相信九兄弟的话。

虽然如此,九兄弟仍然相信蚁祖的话,他们马上着手进行准备。他们用二十棵梅竹扎成一个大竹筏,用绳子紧紧地捆绑好,并在竹筏上建了一个小草棚,棚顶和四周都仔细地遮盖好。然后他们舂米、磨玉米,把衣服、被子、蚊帐、日常用具等都打好包,并整齐地排列好。村里人谁也没有留意九兄弟所做的一切。

果然,两天后开始天降大雨。雨越下越大,连续下了九天九夜。每天都是大雨倾盆,村民们谁也不敢出门。水越涨越高,一天夜里,大水开始淹没整个山谷。

当天夜里,九兄弟把所有的东西都转移到竹筏上,他们也都钻进了小草棚,外面仍然是大雨如注,水不断地上涨。到第二天早晨,洪水已经淹没了整个山谷,继而淹没了周围的高山。

九兄弟的竹筏漂浮在茫茫的水面上。放眼四望,他们看不到边际。大水一直涨到天宫的门口,他们把竹筏停靠在天宫的门口,然后径直走了进去。

这时,天神正入神地和一个须发皆白的仙人下棋。九个仙女——天神的九个女儿正在棋盘四周专注地观看父亲和客人下棋。看见从凡间上来的九个穷兄弟,天神只是瞥了一眼,就又全神贯注地下棋了,没有问他们一句话。

九兄弟见天神很冷淡,不理睬他们,便悲切地痛哭起来,讲述了人间的死亡惨景。

天神吓了一跳,猛然想起了自己的失职。他抛开棋盘,咚咚地捶打着自己，责怪自己只顾着与棋友下棋而忘了布雨之事，以致布雨过度，造成如此灾难。他立即命天将马上关闭雨宫的大门，但为时已晚。

天神急忙亲自拿一根巨大的杵，把下界的许多地方捅得凹下去，好让洪水汇流进去。被捅得深陷下去的地方就变成了大大小小的洼地，各地的水大都汇流到这些洼地里。天神又在大地上画了许多纵横交错的沟痕，剩余的一部分水则沿着这些深深的沟痕而流淌。这样，大地上的水很快就退光了。

后来，世人就把大地上那些凹陷下去的洼地叫作大海或者大洋，把那些沟痕叫作江河。

想到凡间的人都已经死光了，只留下这兄弟九人，天神十分悲伤。他温和地安慰九个兄弟，劝他们返回人间。

九兄弟都哭得两眼通红，满面愁容，犹豫着不想回去。天神明白他们的意思，便叫来他的九个女儿，嘱咐她们下凡，跟随九兄弟到人间生活。天神还给了女儿们许多种稻种和家畜，让她们带下去种植和饲养。天神还叮嘱他们以后任何时候缺少什么尽管说，他派人送下去。

来到凡间，这九对男女结成了九对夫妻，开始重建人间的生活。为了处处有人居住，土地有人耕种，九个兄弟分开，住在了四面八方不同的地方。只有大哥夫妇住在原来的山谷里，日夜看守着父母的坟墓。他们相约，虽然相距甚远，但大家还要同甘共苦，有福同享，有难同当。

由于相距遥远，平时很少往来，所以他们的语言也日益有所差异，相距太远的地方，语言则完全不同了。渐渐地，大地上的人口多起来，每个家庭都是儿孙满堂，代代繁衍不息。每一个地方的人都按照自己祖先的名字来取名，因而形成了不同的民族。虽然不同的民族有不同的名称，但是很久很久以前他们拥有同一个祖先，就像一棵同根树，因此今天各个民族仍然团结一心。